LE VAISSEAU DES VOYAGEURS

J'AI LU

ROBERT CHARLES WILSON

La marche de l'ours	
Vice versa	*J'ai lu* 3263/**3**
Le fils du vent	*J'ai lu* 3621/**5**
Le vaisseau des Voyageurs	*J'ai lu* 3733/**8**

ROBERT CHARLES WILSON

LE VAISSEAU DES VOYAGEURS

TRADUIT DE L'AMÉRICAIN
PAR GENEVIÈVE BLATTMANN

ÉDITIONS J'AI LU

Collection créée et dirigée
par Jacques Sadoul

Titre original :

THE HARVEST
A Bantam Spectra Book

PROLOGUE

« *Ce soir,* déclara le président des Etats-Unis, *de par le monde, les hommes tournent leur regard vers le ciel, et une foule de questions se pressent à leur esprit.* »

C'est vraiment le moins que l'on puisse dire, songea Matt.

Il observa le visage solennel du Président dans l'aura bleutée du téléviseur. L'homme avait vieilli depuis le début de son mandat, mais il semblait surtout avoir pris un sérieux coup de vieux au cours des deux dernières semaines.

Matt augmenta le volume et ouvrit la baie vitrée donnant sur le jardin.

L'air froid s'engouffra dans le salon. Le thermostat réagit aussitôt et les radiateurs commencèrent à se réchauffer. Matt écouta distraitement le métal chaud crépiter pendant les longues pauses du Président.

Le ciel nocturne s'était enfin éclairci. Pour la première fois depuis le début de ce mois de mars pluvieux, Matt pouvait voir de ses propres yeux le phénomène qui terrifiait le monde. Il avait vu des photos sur l'écran de son Sony quarante-huit centimètres, bien sûr. Mais c'était la télévision. Une image de synthèse. Là, il s'agissait de son jardin. En direct. Du ciel au-dessus de Buchanan, Oregon : sans lune, sombre, et éclaboussé d'étoiles.

Il regarda sa montre. 22 h 05. Sur la côte Est, dans la capitale, il était 1 heure passée. Il y avait déjà plusieurs heures que le Président avait fait son discours. Rachel, la fille de Matt, était à son cours de claquettes lors de la première diffusion. Elle répétait sur des airs de Scott Joplin pendant l'annonce de ce qui se solderait peut-être, qui sait, par une apocalypse. Matt avait tout enregistré. Les chaînes en présentaient des extraits toutes les heures, mais il préférait qu'elle en voie l'intégralité. Surtout ce soir. Avec ce ciel clair...

Il se tourna brièvement vers la conque chaude de la maison.

– Rachel ? Ça devrait être bon, maintenant, ma chérie.

Rachel, claquemurée dans sa chambre depuis le dîner, réarrangeait l'album de famille. Ses contrariétés, ses peines, Rachel les oubliait dans ces vieilles photos qu'elle étalait sur son lit et observait un temps avant de les replacer dans un ordre différent soi-disant plus rationnel. Matt ne s'y était jamais opposé, même s'il n'aimait pas la voir s'abîmer ainsi dans le passé, déplier l'histoire familiale comme une carte routière, comme si, quelque part, elle s'était trompée de direction.

Mais ce rituel avait aussi sur elle un effet apaisant et pour rien au monde il n'aurait voulu la priver de la moindre miette de réconfort. Elle n'avait que sept ans quand Celeste était morte, et le souvenir de sa mère, si triste fût-il, pourrait peut-être la soutenir pendant cette crise. Du moins l'espérait-il.

Elle sortit de sa chambre déjà prête à se coucher : chemise de nuit et robe de chambre de flanelle rose. Une tenue confortable, rassurante. Rachel avait seize ans, et Matt s'étonnait parfois qu'elle ait grandi si vite ; c'était le refrain de tous les parents, d'accord, mais il avait la sensation qu'elle avait réellement poussé comme un champignon. Pas ce soir, toutefois. Ce soir, avec cette vieille robe de chambre, on lui aurait donné à peine douze ans. Elle leva vers lui un regard sombre, un peu fâché. Peut-être avait-elle vraiment douze ans, dans sa tête. *Ne m'oblige pas à voir ça. Je ne suis qu'une gosse.*

Ils sortirent ensemble dans la nuit.

« Pour la première fois dans l'histoire de l'humanité,

disait le Président, *la Terre est baignée d'un nouveau clair de lune.* »

– Le ciel a vraiment l'air immense, remarqua Rachel.

Plus immense qu'il ne l'avait jamais été, songea Matt. Plus hostile, aussi. Mais cela, il le garda pour lui.

– C'est une belle nuit.

– Fraîche.

Elle resserra frileusement les bras sur sa poitrine.

La maison était située sur une colline, et Matt avait toujours apprécié la vue plongeante qu'elle offrait. Il montra, par-delà une dizaine de toits sombres, une crête où un bouquet de Douglas s'entrelaçait aux étoiles.

– On devrait le voir par là.

« Beaucoup d'entre nous, face aux récents événements, ont cédé à la panique. J'ai sur mon bureau des rapports d'émeutes, de mises à sac. Cette attitude est peut-être compréhensible, mais elle nous est fortement préjudiciable. Notre nation est, par tradition, forte et équilibrée. Si nous avons survécu à Pearl Harbor, si nous avons su adroitement manœuvrer à Bull Run, il serait absurde de nous abandonner aujourd'hui au désespoir. »

Mais la flotte américaine avait été décimée à Pearl Harbor, et l'armée nordiste avait paniqué à Bull Run ; et puis, de toute façon, se dit Matt, on n'avait pas affaire à une guerre, cette fois-ci. Mais à une situation sans précédent.

Rachel se pressa étroitement contre lui.

– Tu as peur ? demanda-t-il.

Elle acquiesça en silence.

– Il n'y a pas de honte ; on a tous un peu peur, tu sais.

Elle agrippa fermement sa main, et Matt éprouva une brusque bouffée de colère froide.

Je vous hais, dit-il au ciel vide. *Vous n'avez pas le droit d'effrayer ma fille comme ça.*

La voix presque métallique du Président résonnait étrangement sous les étoiles printanières.

« Selon nos scientifiques, nous avons parcouru une longue route depuis l'aube de la vie sur cette planète. Nos visiteurs, quels qu'ils soient, ont dû suivre une évolution similaire. Peut-être sommes-nous à leurs yeux aussi étranges qu'ils le sont aux nôtres... ou peut-être pas. Peut-être nous considèrent-ils comme de distants cousins, pourquoi pas ? Peut-être très, très distants, mais pas totalement étrangers. Je souhaite que ce soit le cas. »

Mais vous ne pouvez pas en être sûr, songea Matt. Ce n'était qu'un vœu pieux, optimiste. Pour l'instant, personne ne pouvait savoir.

Une porte s'ouvrit et se referma en claquant. Nancy Causgrove, leur voisine, sortit de chez elle. Le projecteur jaune de son jardin lui donnait un teint bilieux, maladif. Elle versa du lait dans la soucoupe de Sookie, son gros chat tigré qui devait se promener dans le quartier.

– Bonsoir, dit Rachel d'un ton morne.

Mme Causgrove répondit d'un mouvement de tête... puis releva les yeux.

« Quand j'étais enfant, continua le Président, *nous passâmes une année nos vacances dans les Adirondacks. Nous avions un bungalow près d'une rivière. Une rivière large, au courant lent ; j'ai oublié son nom. Cet été-là, j'avais dix ans, et je pensais que nous étions seuls, aussi loin de la civilisation qu'il était possible de l'être. Or cette rivière me réserva des surprises. Elle était très peu fréquentée, mais de temps à autre quelqu'un passait : un promeneur le long de la rive ou un canoë quand le courant plus rapide le permettait. J'appris peu à peu à vaincre ma timidité vis-à-vis de ces visiteurs, à sourire et à agiter la main, et toujours ils souriaient et me saluaient en retour. Parfois ils s'arrêtaient, et nous leur offrions une tasse de café ou un repas. »*

Le Président s'interrompit et, un instant, on n'entendit plus que les coassements des grenouilles qui montaient depuis le froid marécage de la vallée.

« Je suis convaincu que notre Terre est comme ce bungalow. Nous sommes seuls depuis très longtemps, mais il semble qu'une rivière coule près de chez nous, et que des gens l'empruntent. Notre premier instinct est d'aller nous cacher ; nous nous sentons un peu timides après tout ce temps loin du monde. Mais nous avons aussi envie de sourire, de dire bonjour et de croire que l'étranger est animé de bonnes intentions. Et je pense que ceci est une force. Je pense que ce désir nous permettra de franchir cette crise, et je vous engage vivement tous à cultiver ce sentiment dans votre cœur.

« J'ai l'intime conviction que, lorsqu'ils relateront cet épisode, les historiens nous présenteront comme un peuple généreux, ouvert, qui a su comprendre que ce qui apparaissait tout d'abord comme la fin du monde n'était que la naissance d'une nouvelle amitié.

« Je ne saurais trop vous conseiller de... »

L'exclamation de Rachel couvrit la suite.

La bouteille de lait glissa des doigts de Nancy Causgrove et éclata sur le sol. Une explosion mouillée.

Matt regarda le ciel.

A l'ouest, juste au-dessus de la cime des Douglas, le globe blafard du vaisseau spatial commençait lentement à s'élever.

Matt Wheeler avait trois raisons de vivre : sa fille, son travail et la ville de Buchanan, dans l'Oregon.

Les yeux rivés sur cet engin lactescent aux dimensions inconcevables qui glissait au-dessus des arbres, qui quittait Orion pour filer vers la constellation des Gémeaux, il éprouva une brusque certitude : *Ces trois choses sont en danger*.

Il s'évertua à repousser cette pensée née de la peur animale que lui inspirait cet engin inconnu.

Mais elle revenait. Tout ce qu'il aimait était fragile. Tout ce qu'il aimait pouvait être détruit par cette nouvelle lune sans nom.

La pensée s'enracina. Angoissante. Menaçante.

Une année s'écoula.

PREMIÈRE PARTIE

NOUVELLE LUNE

1

Août

La situation de crise continue, à l'approche des élections, de préoccuper le Congrès et l'administration.

Nous l'appelons « Contact » mais, comme l'a pertinemment remarqué le sénateur républicain Russel Welland de l'Iowa la semaine dernière, le contact fait cruellement défaut dans cette affaire. Le vaisseau spatial – s'il s'agit bien de cela – tourne autour de la Terre depuis plus d'un an sans émettre le moindre signal. La seule fois où il s'est manifesté – en envoyant ces monolithes qui occupent nos grandes villes comme autant de monuments à l'impuissance de notre défense aérienne –, personne n'a été en mesure d'interpréter l'événement. C'est comme si nous avions été envahis par une troupe de mimes extraterrestres, détraqués mais très puissants.

Du moins est-ce ce dont la croyance populaire aimerait nous persuader. Mais de récentes rencontres au sommet – et certains voyages en catimini du secrétaire d'Etat – ont fait naître la suspicion qu'un authentique « contact » pourrait être imminent. D'après des sources officieuses de la Maison-Blanche, les lignes téléphoniques avec l'Allemagne, la Russie et la Chine – entre autres – sont constamment occupées depuis au moins une semaine. Coïncidence ?

Qui sait ? De toute évidence, il y a anguille sous roche. Au Congrès, les leaders des deux partis exigent d'être mis dans le secret.

> 10 août. Extrait de la rubrique *Washington Insider* (archives personnelles de miss Miriam Flett, Buchanan, Oregon).

Un peu plus d'un an après l'arrivée de l'énorme engin spatial en orbite autour de la Terre, Matt Wheeler passa un après-midi entier à se demander comment inviter Annie Gates à la soirée qu'il organisait chez lui le vendredi suivant.

La question n'était pas de savoir s'il l'inviterait – le problème ne se posait même pas – mais comment. Pour être plus précis, qu'est-ce qu'une telle invitation suggérerait quant à leur relation ? Et que voulait-il qu'elle suggère ?

La question toujours en tête, il se lava les mains et s'apprêta à voir les deux derniers patients de la journée.

Dans une ville de la taille de Buchanan, un médecin finit par traiter les gens qu'il rencontre au supermarché ou autour d'un barbecue dans le jardin du voisin. Ses dernières patientes étaient Beth Porter, la fille de Billy, un patient occasionnel ; et Lillian Bix, la femme de son ami Jim.

Les deux femmes, Beth et Lillian, tels deux presse-livres dépareillés, occupaient chacune une extrémité du canapé de la salle d'attente. Lillian feuilletait un *Reader's Digest* et se tamponnait le nez de son mouchoir. Beth gardait les yeux fixés sur le mur du fond, dissoute dans la musique qui filtrait des écouteurs de son Walkman. Encore quelques années de ce régime, songea Matt, et il soignerait sa surdité.

L'adolescente venait en tête de liste.

– Beth, dit-il.

Elle continua de fixer le vide.

– Beth. Beth !

Elle releva la tête avec l'air contrarié de quelqu'un qu'on réveille en plein rêve. Son irritation disparut quand elle reconnut Matt. Elle pressa une touche de son Walkman et ôta les écouteurs de ses oreilles.

– C'est à toi, dit-il.

Il se tourna au moment où Annie Gates, un dossier à la main, sortait de son cabinet de consultation. Elle jeta un coup d'œil vers Beth, le regarda : *Bon courage !* Matt répondit d'un sourire.

Annie Gates portait une blouse blanche et un stéthoscope autour du cou. Contrairement à Beth et à Lillian, Annie et Matt étaient en parfaite harmonie. Une équipe professionnelle. Il était plus ou moins amoureux d'elle. Il y avait maintenant presque dix ans qu'il était plus ou moins amoureux d'elle.

Matt Wheeler occupait les fonctions de généraliste dans ce bâtiment depuis une quinzaine d'années. Il avait grandi à Buchanan, découvert sa « vocation médicale » à Buchanan et, après avoir effectué son internat dans un hôpital de Seattle et obtenu ses différents diplômes, il était revenu dare-dare dans sa ville natale pour y ouvrir un cabinet privé. Il avait à l'époque un associé, Bob Scott, avec qui il avait fait son internat. Originaire de Denver, Scott était un garçon brun monté sur des ressorts. Ensemble, ils avaient loué ce local, une salle d'attente et trois cabinets de consultation au septième étage du Marshall Building, un bâtiment de grès hérité de l'ère Hoover et fermement planté à l'intersection des avenues Marina et Grove.

Matt et son associé avaient vite compris les risques inhérents à l'exercice de la médecine familiale, ou du moins le pensaient-ils. C'était dans la spécialisation, les petites interventions, qu'on moissonnait les gains intéressants ; la médecine de famille ne récoltait que les ennuis. Pas seulement au niveau des clients – ces ennuis-là, ils avaient été formés pour. Mais les ennuis d'assurances, de mutuelles, de paperasses... Au bout du compte, on se retrouvait enfoui, paralysé, sous une montagne de frais généraux.

Le Dr Scott, en mal d'effervescence urbaine, revendit sa part et s'envola pour Los Angeles en 1992. Aux dernières nouvelles, il travaillait dans une sorte de société coopérative médicale, parfois baptisée « Soins en boîte ». Adieu ennuis. Adieu indépendance.

Matt persévéra et revint à ses premières amours : la médecine familiale. Il ne pouvait envisager de vivre ailleurs qu'à Buchanan, ne pouvait imaginer carrière plus satisfaisante que la sienne. Celeste était morte à peu près à l'époque du départ de Bob pour la Californie, et le surcroît de travail qui lui échut alors avait été une véritable bénédiction.

La remplaçante de Bob arriva au mois de juin de cette même année : Annie Gates, une jeune spécialiste des maladies organiques. Matt n'aurait pas cru que cette association pût intéresser une femme, et encore moins une jeune blonde en jupe droite à qui les lunettes cerclées de noir donnaient un regard disproportionné, un regard de hibou sévère. Il ne lui cacha rien des contraintes qui l'attendaient : horaires astreignants, visites à domicile, disponibilité permanente pour les urgences locales, le tout pour une rétribution qui n'avait franchement rien de spectaculaire.

– On n'est pas à la ville, ici, conclut-il, songeant au départ de Bob.

Annie Gates lui expliqua alors qu'elle avait grandi dans une petite ville perdue au fin fond du Manitoba ; elle connaissait la vie rurale et Buchanan ne lui apparaissait pas aussi petit que cela, et tout à fait convenable. Elle sortait d'un internat dans un hôpital urbain où le service des urgences voyait défiler des patients blessés par balle, poignardés, ou des cas d'overdose. Cette épreuve n'avait pu toutefois venir à bout de sa foi ; elle croyait toujours dur comme fer aux vertus de la médecine générale. Quant aux rétributions, elle s'estimerait heureuse de vivre loin des cafards, de bénéficier de plus de cinq heures de sommeil par semaine et de traiter l'occasionnel patient qui saurait se présenter autrement qu'en vomissant son déjeuner sur sa blouse.

Dès lors, Matt Wheeler sut qu'il avait une nouvelle associée.

Ils travaillaient ensemble depuis près d'un an quand ils commencèrent à porter l'un sur l'autre un regard autre que professionnel. Il se remettait lentement de la mort de Celeste et, en cette époque douloureuse, Annie Gates l'intéressait particulièrement pour, entre autres, sa remarquable habileté en sigmoïdoscopie fibroscopique, une intervention qu'il détestait tout autant qu'il la redoutait. Ils s'échangeaient les patients en fonction de leurs forces et de leurs faiblesses réciproques ; Anne se retrouva ainsi avec un bon nombre de ses patients âgés, et il la déchargea d'une partie de sa clientèle en pédiatrie.

Mais Annie était aussi une femme – célibataire de surcroît – et Matt était veuf ; il y avait des jours où la résultante de cette équation pouvait difficilement lui échapper. Au soir du premier anniversaire de l'arrivée d'Annie à Buchanan, il l'emmena dîner au *Fishin' Boat*, un restaurant sur la marina. Crabe au beurre d'échalotes et margaritas ; conversation professionnelle formellement proscrite. A la fin de la soirée, il l'appelait Annie. Ils passèrent leur première nuit ensemble trois jours plus tard.

Leur passion dura presque toute l'année. L'année suivante, ils s'écartèrent insensiblement l'un de l'autre. Pas de disputes, non, mais moins de rendez-vous, moins de nuits ensemble. Puis un nouveau rapprochement pendant six mois. Suivi d'un autre hiatus.

Ils n'en parlèrent jamais. Matt n'aurait su dire si ces hauts et bas venaient de lui ou d'elle. Ou s'il fallait même les déplorer. Il savait en revanche qu'ils se conformaient à un scénario bien établi. Près de dix ans s'étaient écoulés depuis qu'Annie Gates avait franchi le seuil du cabinet médical pour la première fois. Les tempes de Matt avaient blanchi et son front s'était quelque peu dégarni ; Annie, elle, voyait des pattes-d'oie se dessiner autour de ses yeux. Mais ces dix ans étaient passés en un clin d'œil, en fait, et à aucun moment ils n'avaient été ni tout à fait séparés ni tout à fait ensemble.

Ils étaient en plein interlude, dernièrement, et Matt se demandait comment elle interpréterait sa proposition pour vendredi. Comme une simple courtoisie ? Ou comme une invitation à passer la nuit avec lui ?

Et que préférait-il ?

La question resta en suspens.

Il introduisit Beth Porter dans son cabinet, voisin de celui d'Annie, au fond du couloir.

C'était son enclave, son espace de création. Le joyau en était un superbe meuble médical, en chêne, époque victorienne ; il l'avait acheté à une vente aux enchères rurale en 1985. Derrière son bureau se trouvait un fauteuil de cuir craquelé dans lequel était moulée la forme exacte de son postérieur. De la fenêtre, il voyait, par-delà la ville, la marina écrasée de chaleur et l'océan indigo.

Beth Porter prit place sur la chaise tandis que Matt tirait les rideaux pour escamoter le soleil de l'après-midi. Annie avait récemment équipé son bureau de stores vénitiens, ce qui, aux yeux de Matt, apparaissait comme une entorse aux usages. Son bureau à lui annonçait : *Tradition.* Celui d'Annie répondait : *Progrès.* Peut-être était-ce la main invisible qui s'évertuait à les séparer.

Décidément, elle assiégeait son esprit, aujourd'hui.

Il prit place dans son fauteuil et reporta son attention sur Beth Porter.

Il avait étudié son dossier avant de l'introduire

dans le cabinet. Matt était le médecin traitant de Beth depuis le jour de son onzième anniversaire, quand sa mère l'avait traînée jusqu'à la salle d'attente. Gamine renfrognée, elle portait une casquette en carton sur un visage bouffi comme un ballon de foot. Entre deux parts de gâteau et de glaces, Beth avait trouvé le moyen d'aller déranger un nid de frelons dans le cerisier du jardin. La réaction histaminique qui en était résultée avait été si intense et soudaine que sa mère n'avait même pas tenté de lui ôter sa casquette. L'élastique était comme enchâssé dans la chair gonflée sous le menton.

C'était il y a neuf ans. Par la suite, il l'avait revue sporadiquement, et plus du tout depuis ses quinze ans. Encore un petit jeu du temps : Beth n'était plus une enfant. C'était une jeune fille de vingt ans, dépourvue de finesse mais non de certains charmes dont elle jouait de façon provocante. Elle portait un jean et un T-shirt moulants, et Matt remarqua une trace bleue qui apparaissait quand le T-shirt glissait sur l'épaule gauche. Grand Dieu, songea-t-il, un tatouage...

– Qu'est-ce qui t'amène aujourd'hui, Beth ?

– Un rhume, dit-elle.

Matt fit mine de prendre note. Des années d'expérience lui avaient enseigné que les gens préféraient se confier à un homme tenant un stylo à la main. La blouse blanche rendait bien service, aussi.

– Un mauvais rhume ?

– Oui, enfin... pas particulièrement.

– Tu sais, tu n'es pas vraiment la seule dans ce cas. Je crois bien que toute la ville est enrhumée.

C'était vrai. Annie était arrivée le matin en reniflant. Lillian Bix, dans la salle d'attente, faisait de son mieux pour essuyer discrètement son nez qui coulait. Et Matt lui-même avait avalé un cachet au déjeuner.

– On ne peut pas faire grand-chose contre un rhume. Tu as les poumons pris ?

Elle hésita, puis hocha la tête.

– Un peu.

– On va voir ça.

Beth se tint raide sur sa chaise tandis qu'il posait le stéthoscope sur son dos. Pas de congestion notoire, mais Matt était persuadé que Beth n'était pas venue le voir pour un rhume. Le rituel du stéthoscope permettait simplement d'établir la relation médecin-patient. Et une certaine intimité médicale. Il palpa la gorge et découvrit les ganglions lymphatiques sensiblement gonflés – cailloux durs sous la peau – ce qui le conforta dans sa suspicion.

Il s'appuya contre le bord de son bureau.

– Je ne vois rien d'alarmant.

Beth étudia le sol un instant ; elle ne semblait pas étonnée du diagnostic.

– Peut-être n'est-ce pas un rhume qui t'amène, Beth ? Je me trompe ?

– Je crois que j'ai une blennorragie, annonça-t-elle.

Matt prit note.

Elle le surprit en énumérant les symptômes sans rougir.

– J'ai regardé dans un livre de médecine. Ça ressemble à une blennorragie, ce qui a l'air assez grave. Alors j'ai pris rendez-vous. Qu'est-ce que vous en pensez ?

– Ton diagnostic paraît sensé. Tu devrais peut-être envisager de faire médecine.

Elle sourit.

– On en saura plus quand on aura les résultats des analyses.

Le sourire disparut.

– Les analyses ?

Annie vint distraire Beth tandis que Matt effectuait un prélèvement vaginal. On eut droit à la plaisanterie habituelle : Pourquoi Matt rangeait-il son spéculum dans le congélateur ? Puis Beth bavarda avec Annie de son travail : elle vendait des pizzas et des tartes congelées au 7-Eleven. Rasoir au possible.

Matt étiqueta le frottis. Beth descendit de la table ; Annie retourna chez elle.

– Dans combien de temps est-ce que j'aurai les résultats ? demanda Beth.

– Sans doute demain après-midi, à moins que le laboratoire ne soit débordé. Je t'appellerai, si tu veux.

– Chez moi ?

Matt saisit le sens de la question.

Beth vivait toujours avec son père, un homme qu'il avait soigné pour une infection de la prostate à répétition. S'il n'était pas un mauvais homme, Bill Porter, réservé et vieux jeu, n'avait jamais donné à Matt l'impression d'avoir l'esprit particulièrement ouvert.

– Je peux t'appeler à ton travail, si tu me laisses ton numéro.

– Et si moi je téléphone ici ?

– Très bien. Demain vers 16 heures ? Je préviendrai la réceptionniste de me passer la communication.

Beth parut rassurée. Elle acquiesça puis les questions fusèrent : Et si c'était une blennorragie ? Combien de temps devrait-elle rester sous antibiotiques ? Faudrait-il qu'elle prévienne son... enfin, il comprenait, son ami ?

Elle écouta attentivement les réponses. A présent qu'elle avait retiré le casque de son Walkman, Beth Porter lui apparaissait comme une jeune femme plutôt vive et intelligente.

Intelligente mais perturbée. En pleine crise. Et fatiguée de l'être, à en juger par la lassitude qui transparaissait parfois dans ses yeux.

Elle avait vingt ans, songea Matt, et semblait à la fois bien plus âgée et bien plus jeune.

– Si tu as besoin de parler... commença-t-il.

– Ne me demandez pas de parler. Enfin, merci, mais... Je prendrai les médicaments, et le reste. Je ferai ce qu'il faut. Mais je n'ai pas envie d'en discuter.

Inflexible, quand elle voulait.

– Comme tu veux. Mais n'oublie pas d'appeler demain. Il faudra probablement que tu reviennes chercher l'ordonnance. Et on devra se revoir quand tu arriveras au bout du traitement.

Elle comprit.

– Merci, docteur.

Il data la fiche et la rangea dans son dossier. Puis, après s'être lavé les mains, il fit entrer Lillian Bix, sa dernière patiente de la journée.

Lillian n'avait pas eu ses règles et pensait être enceinte. Peut-être.

A trente-neuf ans, elle était la femme du meilleur ami de Matt. La conversation fut cordiale, bien qu'un peu gauche en raison de la timidité de Lillian. Elle en vint enfin au fait ; Matt lui donna un gobelet stérile et lui indiqua les toilettes. Lillian devint cramoisie mais suivit les instructions. Quand elle revint, il étiqueta l'échantillon pour l'analyse d'urine.

Lillian, assise face à lui, tenait son petit sac sur ses genoux. Matt avait souvent eu l'impression que tout, en elle, était petit : son sac, sa taille, sa présence dans la pièce. Peut-être était-ce pour compenser cette discrétion naturelle qu'elle avait épousé Jim Bix, un homme corpulent et exubérant.

Ils n'avaient jamais eu d'enfants, et Matt n'avait jamais évoqué le sujet, pas plus avec l'un qu'avec l'autre. A présent, armé de sa blouse blanche, il demanda à Lillian si cette hypothétique grossesse était intentionnelle.

– Plus ou moins.

Elle s'exprimait avec une concentration extrême.

– En fait... c'est plus la faute de Jim que la mienne. C'est toujours lui qui s'est occupé de... vous voyez ce que je veux dire. De la contraception.

– Et vous n'y étiez pas opposée ?

– Non.

– Mais on sait que les systèmes de contraception ne sont pas infaillibles.

– Oui.

– Que ressentez-vous face à une éventuelle grossesse ?

– Je suis ravie.

Son sourire, à défaut d'être énergique, semblait sincère.

– Il y a longtemps que j'y pense.

– Que vous y pensez vraiment ? Avec les couches, les biberons de nuit, les genoux couronnés et les vergetures ?

– Ça n'est jamais vraiment réel tant que ce n'est pas là. Je sais, Matt. Mais oui, je l'ai souvent imaginé.

– Vous en avez parlé à Jim ?

– Je n'ai même pas évoqué la possibilité. Je ne veux rien lui dire tant qu'il n'y a rien de sûr.

Un pli soucieux s'était dessiné sur son front quand elle regarda Matt.

– Vous ne lui direz rien, n'est-ce pas ?

– Je ne peux pas à moins que vous ne me le demandiez. Secret professionnel.

– Même entre médecins ?

– Code d'honneur de la profession.

Elle eut de nouveau ce sourire fugace. Disparu sitôt apparu.

– Mais vous déjeunez toujours ensemble.

Jim était pathologiste à l'hôpital. Matt et lui avaient suivi ensemble leur année préparatoire de médecine. Ils aimaient se retrouver pour déjeuner dans un petit restaurant chinois, à cent mètres de là, sur Grove.

– Je serai peut-être dans mes petits souliers, c'est vrai. Mais pas longtemps. On devrait être fixés rapidement.

Il affecta d'inscrire quelques notes sur sa fiche.

– Vous savez, Lillian, parfois, chez une femme

approchant de la quarantaine, il peut y avoir certaines complications...

– Je sais. J'en suis parfaitement consciente. Mais j'ai entendu dire qu'il y avait des procédés pour découvrir certaines choses à l'avance.

Comprenant son angoisse, Matt s'efforça de l'apaiser.

– Si vous êtes enceinte, on surveillera attentivement votre grossesse. Il est inutile que vous anticipiez les problèmes.

Il n'y avait pas que cela... mais, sur l'instant, Lillian n'avait pas besoin d'en savoir davantage.

– Très bien, dit-elle.

Mais le pli soucieux était réapparu. Elle n'était pas tranquille. Pas heureuse, non plus. Loin s'en fallait. Il hésitait : devait-il lui tendre la perche pour qu'elle se confie davantage ou, par discrétion, ignorer son anxiété ?

Finalement, il reposa son stylo.

– Quelque chose vous tracasse ?

– Eh bien... Oui, trois choses, en réalité.

Elle rangea son mouchoir dans son sac.

– D'abord, ce dont nous venons de parler. Mon âge. Je suis inquiète. Et puis Jim, bien sûr. J'ignore quelle sera sa réaction. J'ai peur qu'il n'ait l'impression de... je ne sais pas. De perdre sa jeunesse, peut-être. Je ne suis pas certaine qu'il ait envie de ce genre de responsabilité.

– Peut-être pas. Mais Jim est tout à fait capable de s'adapter à la situation. Il adore choquer et s'amuser, c'est vrai, mais il prend son travail très au sérieux. C'est l'attitude de quelqu'un de responsable, non ?

Lillian acquiesça en silence et parut quelque peu réconfortée à cette idée.

– Et la troisième ? demanda Matt.

– Pardon ?

– Vous avez dit que trois choses vous perturbaient. Votre âge. Jim. Et... quoi d'autre ?

– C'est évident, non ?

Elle le regarda sans ciller.

– Quelquefois, la nuit, j'ouvre la fenêtre... et je vois cette *chose* dans le ciel. Ça m'effraie. Et puis ces gros blocs qu'ils ont mis dans les villes ; ces constructions bizarres, on ne sait même pas ce que c'est... Je les ai vus à la télévision. Ça n'a pas de sens, Matt. Comment appelle-t-on ça ? Un octaèdre. Un mot qu'on ne devrait jamais avoir à utiliser une fois qu'on a quitté l'école. Un octaèdre de la taille d'un paquebot posé en plein Central Park. Je ne peux plus allumer la télé sans voir ça. Et personne n'en connaît la signification. Tout ce qu'ils savent faire, ces journalistes, ces hommes politiques, c'est user leur salive pour en parler sans arrêt, mais tous ces discours ne mènent à rien. Alors bien sûr, on se pose des questions. Enfin, qu'est-ce qui va se passer, maintenant ? Peut-être qu'être enceinte serait une manière de conjurer le mauvais sort. Ou une nouvelle raison de paniquer.

Elle se redressa, son sac toujours sur les genoux, et riva son regard farouche au sien.

– Vous êtes un père, Matt. Vous devez comprendre ce que je veux dire.

Oh oui, il comprenait. On retrouvait les mêmes questions dans la façon qu'avait Beth Porter de se dissoudre dans son Walkman, dans celle qu'avait Rachel de s'asseoir après l'école devant les informations télévisées, les genoux remontés sous le menton.

Il renvoya Lillian Bix chez elle avec des paroles de réconfort, et fit un peu de rangement pendant qu'Annie recevait son dernier patient. Puis il ouvrit les rideaux et laissa le soleil se déverser à flots dans la pièce ; un long rayon doré s'imprima sur le carrelage, sur le meuble de chêne. Il regarda la ville.

Depuis le septième étage du Marshall Building, Buchanan apparaissait comme une grosse éclaboussure dans une anfractuosité bleue de l'océan. C'était encore un petit port relativement paisible, plus aussi petit toutefois qu'il l'avait été quinze ans plus tôt, quand Matt avait ouvert son cabinet. Le bourg avait beaucoup changé, depuis. Il y a quinze ans, Matt était tout frais émoulu de l'internat. Rachel marchait à quatre pattes, Celeste était encore de ce monde, et la communauté de Buchanan comptait quelque mille âmes de moins.

Le temps, cruel enfant de salaud, avait tout bouleversé. Matt avait fêté son quarantième anniversaire trois mois plus tôt, sa fille s'intéressait de près aux brochures universitaires, Celeste reposait depuis dix ans dans sa tombe du cimetière de Brookside... et un vaisseau spatial couleur de béton froid gravitait autour de la Terre depuis plus d'un an.

Matt songea, une fois de plus, qu'il détestait cette hideuse épée de Damoclès suspendue dans le ciel nocturne.

Il aimait toujours profondément cette ville. En fait, il avait dû l'aimer depuis le début, depuis le jour où il avait pour la première fois ouvert les yeux sur le monde. C'était drôle, tout de même. Certaines personnes ne se sentaient chez elles nulle part ; elles pouvaient se garer sur le parking d'un motel et se sentir autant chez elles qu'ailleurs. D'autres, comme beaucoup parmi ses amis, avaient grandi en haïssant la vie provinciale de Buchanan. Mais pour lui, Buchanan était tout simplement vital.

Il avait été un enfant unique, souvent seul, et avait appris les secrets intimes de la marina, de la rue principale et de la rivière du Petit Duncan bien avant d'avoir connu ses premiers copains à l'école primaire. Cette ville, avec ses routes grêlées de nids-de-poule, ses Douglas, ses hivers brumeux et son vieux quartier riche en vestiges de la ruée vers l'or, faisait intégralement partie de lui.

Sa femme y était enterrée. Celeste reposait dans la terre de Brookside, à un jet de pierre de l'estuaire du Petit Duncan où carillonnaient les cloches de l'église tous les dimanches midi. Ses parents y étaient également enterrés.

Il avait toujours cru que, un jour, lui aussi serait enterré ici ; il en était moins sûr aujourd'hui.

Il avait fleuri la tombe de Celeste pas plus tard que la semaine précédente et, alors qu'il franchissait les grilles du cimetière, il éprouva soudain la triste certitude que le souffle de la destinée le transporterait ailleurs, et qu'il mourrait sous d'autres cieux.

Comme Lillian Bix – comme tout le monde –, Matt était désormais sujet aux prémonitions.

Cet horrible vaisseau fantôme blafard flottait au cœur des nuits claires...

Evidemment, Lillian avait peur. Qui n'avait pas peur ?

Mais tu continues, songea Matt. Tu fais ce que tu fais, et tu continues. Il n'y avait pas d'autre choix.

Il entendit Annie prendre congé de son dernier patient et s'apprêtait à aller la trouver quand le téléphone sonna : un appel de Jim Bix qui ne contribua en rien à dissiper son malaise.

– Il faut qu'on se voie, dit-il.

La première idée de Matt fut que ce coup de fil était directement lié à la visite de Lillian.

– Il y a un problème ? demanda-t-il prudemment.

– Je ne veux pas en parler au téléphone. Tu peux passer à l'hôpital quand tu as fini ?

Ce n'était pas à propos de Lillian. Jim avait l'air trop préoccupé pour ça. Et ce n'était pas une préoccupation d'éventuel futur père. Il y avait une note sombre, trop grave, dans sa voix.

Matt jeta un coup d'œil à sa montre.

– Rachel doit être rentrée de l'école et elle avait prévu de préparer le dîner. Tu ne veux pas qu'on déjeune ensemble demain, plutôt ?

– Je préférerais ce soir.

Un temps.

– Je suis de garde, mais ça t'ennuierait si je m'arrêtais chez toi en rentrant, ce soir ?

– Tard ?

– Vers 23 heures, 23 h 30.
– C'est important ?
– Oui.

Pas « Un peu », ou « Je crois ». Un « Oui » ferme. Sans appel. Qui fit presque dresser les cheveux sur la tête de Matt.

– Bon, d'accord, répondit-il. Je t'attendrai.
– Parfait, dit Jim qui raccrocha aussitôt.

Il rattrapa Annie au moment où elle sortait.

Quand il lui parla de la soirée de vendredi, elle sourit et promit d'y venir. C'était le sourire qu'il connaissait bien. Elle le remercia, posa brièvement la main sur son bras. Il la raccompagna jusqu'au parking.

Dieu du ciel, songea Matt. Leur relation cyclothymique semblait une fois de plus prête à se réveiller de son sommeil léthargique.

Le plaisir qu'il ressentit à cette idée le surprit.

Annie l'étreignit fugacement avant de monter dans sa Honda. Ce contact eut un effet thérapeutique. Il ne faisait pas bon être seul quand le monde prenait un tour si étrange.

2

Brookside

En décembre 1843, alors que l'explorateur John Fremont dressait la carte de ce qui devait devenir l'Etat d'Oregon, il descendit des Cascades où sévissait une tempête de neige pour arriver, le même jour, aux abords d'un lac festonné d'herbe verte et grasse – passant ainsi sans transition de l'hiver à l'été. Il nomma son point de départ Winter Rim, et Summer Lake l'endroit où son équipe fit halte pour la nuit.

Un siècle et demi plus tard, la géographie de l'Etat était toujours telle qu'il l'avait définie. La vallée de la Willamette, cœur et grenier de l'Etat, courait entre les Cascades et Coast Range sur près de trois cents kilomètres au sud de Portland. A l'est des Cascades s'étendait un désert froid, brûlé. A l'ouest de Coast Range s'étirait l'Oregon côtier, quatre cents kilomètres sur quarante de pays fermier, de forêts et de petits ports de pêche isolés.

Buchanan, port situé dans une large baie, était la plus grande de ces villes côtières. Avec l'usine de papeterie Dunsmuir fondée aux environs de 1895, la ville avait atteint une population de près de quarante mille âmes à la fin du XXe siècle. Ses docks accueillaient un trafic maritime tout à fait honorable et sa flottille de pêche était la plus importante au sud d'Astoria.

Buchanan avait insensiblement franchi la frontière qui, désormais, faisait d'elle non plus un gros village mais une ville, avec les possibilités et les problèmes qui allaient de pair : emplois, anonymat, délinquance... Mais la municipalité continuait à organiser son festival de pêche tous les ans en juillet, et la station de radio locale proposait toujours les horaires des marées et les bulletins sur les migrations des saumons.

A l'instar de toutes les villes de la côte, Buchanan était régulièrement et copieusement arrosée. Chaque hiver, l'océan semblait tout entier s'évaporer dans l'atmosphère. Ce n'était pas seulement la pluie, mais un mélange complexe de brume, de crachin, de brouillard, de fumée et de nuages rampants. L'hiver était une saison morte, l'hiver engendrait la mélancolie.

Or il arrivait que même Buchanan ait droit au ciel bleu, et cet été avait été plus sec que jamais. Depuis le jour de l'Indépendance, le 4 Juillet, la ville rissolait sous une voûte limpide. Les réserves d'eau étaient au plus bas, la municipalité se tenait sur le qui-vive pour prévenir tout incendie dans les profondes forêts côtières et les criquets rebondissaient sur les pelouses roussies.

Les après-midi s'étiraient en de longues soirées estivales.

Matt Wheeler avait pensé au cimetière de Brookside, dans la journée. Comme ça, en passant. Ce soir, cependant, il s'assit devant son steak avec un problème bien plus d'actualité en tête : le troublant coup de fil de Jim Bix. Brookside était loin de ses préoccupations.

D'autres y pensaient pour lui.

Miriam Flett, notamment.

Beth Porter et Joey Commoner aussi.

DISCOURS PROMIS SUR LE VAISSEAU SPATIAL

annonçait la une du *Buchanan Observer*.

Miriam Flett étala la première page sur la table de la cuisine et l'attaqua avec le rasoir de poche qu'elle avait acheté le matin même à la papeterie Delisle dans le centre commercial de Ferry Park.

Miriam affectionnait ces petits cutters jetables, langues d'acier inoxydable qui jaillissaient d'une gangue de plastique ronde quand on pressait le bouton latéral. On les trouvait à cinquante-neuf cents pièce dans une corbeille sur le comptoir de Delisle, en diverses couleurs. Miriam en achetait un toutes les semaines. Cette semaine, elle avait choisi le bleu, une couleur rassurante.

La lame, loin d'être rassurante, elle, était acérée comme la serre d'un rapace.

Miriam attaqua donc le journal. Quatre balafres bien nettes isolèrent le DISCOURS PROMIS des autres titres, plus petits : INTOXICATION PAR LES CRUSTACÉS et L'INDUSTRIE DU BOIS EN PLEINE RÉCESSION.

Elle étudia le coin inférieur droit de l'article à la recherche d'un *suite page 6* ou quelque chose du genre – les renvois étaient toujours empoisonnants. Mais elle n'en trouva pas.

Parfait, songea-t-elle. Un bon signe.

Miriam ne comprenait pas tout à fait la nature du travail qu'elle avait entrepris, mais deux choses au moins apparaissaient clairement. Une : la nécessité de cette tâche. Et deux : le caractère essentiel du travail soigné.

Si Beth Porter et Joey Commoner étaient venus pétarader le long de l'avenue Bellfountain sur la Yamaha de Joey – ce qui ne fut pas le cas, enfin pas tout de suite – ils auraient peut-être aperçu Miriam par la fenêtre de sa petite maison, en train de taillader les journaux : silhouette compacte aux cheveux gris penchée sur une table de cuisine salement martyrisée.

A cinquante-neuf ans, Miriam n'avait jamais quitté Buchanan. Et elle avait passé près de la moitié de ce temps à la réception de l'école publique James Buchanan. L'année précédente, elle avait été rappelée à l'ordre alors qu'elle distribuait des tracts religieux aux enfants attendant d'être sermonnés par M. Clay, le directeur. Clay (que ses parents avaient eu la malencontreuse idée de prénommer Marion, et qui priait chaque jour pour que les élèves ne découvrent jamais ce qui se cachait derrière le « M » de M. Jonathan Clay) avait laissé entendre à Miriam qu'une retraite anticipée ne serait peut-être pas une si mauvaise idée. Miriam Flett ne se le fit pas dire deux fois.

A une époque, elle se serait sans doute cramponnée à son travail. Elle avait toujours eu une sainte horreur du changement. Mais elle avait idée que la Miriam qui ne supportait ni le temps ni le changement avait rendu l'âme l'année précédente, quand l'Œil de Dieu était apparu dans le ciel.

Le message de cet avènement avait été on ne pouvait plus clair.

Les lieux changent. Les gens meurent. Le monde, avec le temps, finit par devenir inhabitable.

La foi perdure.

Elle n'allait que rarement à l'église. Selon elle, les églises locales – même la Vérité baptiste, considérée comme une Eglise fondamentaliste – trahissaient la Bible. Miriam croyait en Dieu mais elle n'entretenait pas ce que les évangélistes de la télévision appelaient une « relation personnelle » avec Lui. L'idée même la terrifiait. Les églises faisaient grand cas de la rédemption et du pardon, mais Miriam avait lu trois fois la Bible de bout en bout sans y voir se profiler l'image d'un Dieu aimant. Miséricordieux, peut-être. A l'occasion. Mais elle croyait plus volontiers au Dieu effrayant d'Abraham et d'Isaac, le Dieu qui exigeait des sacrifices sanglants et se montrait impitoyable avec l'humanité quand elle Le contrariait, à la façon dont un fermier arrose son champ de pesticide pour se débarrasser d'une invasion importune de charançons.

Elle réfléchissait vaguement à tout ceci quand ses yeux tombèrent sur un article.

La Maison-Blanche a annoncé aujourd'hui que le Président s'adresserait à la nation pour éclaircir certaines rumeurs croissantes concernant un rebondissement dans les tentatives de communication avec le vaisseau spatial gravitant autour de la Terre.

Des annonces similaires ont été faites par différents hommes politiques au niveau international, dont le président Yudenich de l'ex-U.R.S.S. et M. Walker, Premier ministre britannique.

Ces annonces ont donné lieu à des accusations : on conspirerait en haut lieu pour taire les informations. Dans un discours adressé au Congrès, le leader républicain Robert Mayhew a accusé le Président d'avoir...

Miriam repoussa l'article en soupirant. Ce soir, elle ne prenait aucun plaisir aux nouvelles, et particulièrement aux nouvelles politiques. Elle reposa ses verres à double foyer sur la table et se frotta les yeux.

La table de la cuisine avait beaucoup souffert du travail de Miriam. En l'espace d'un an, les lames de rasoir, mordant un peu trop fort dans un article ou un autre, avaient fait sauter des lamelles de Formica. Elle en était venue à ressembler à un billot de boucher ; c'était regrettable. La cuisine, autrement, respirait l'ordre. Miriam avait toujours professé les mérites d'une cuisine ordonnée.

Elle reprit ses lunettes, rapprocha son album d'articles. C'était le volume en cours, le numéro dix. Les neuf précédents s'alignaient sur un vaisselier, au-dessus de la table. L'étagère supérieure était réservée aux épices et aux livres de cuisine ; celle du dessous à son travail.

C'était peu de temps après qu'elle eut quitté son emploi à l'école – peu après l'apparition de l'Œil de Dieu – que Miriam avait commencé à prendre conscience de sa solitude ; elle n'avait pas d'amis à Buchanan où elle était de plus considérée comme une excentrique, même dans le milieu paroissial. De sa famille, seul son père était resté en vie – tout juste. Il avait végété dans un hospice de Mount Bailiwick, incontinent et débile, mais Miriam, qui lui avait rendu quotidiennement visite, avait persisté à lui parler, malgré ses pupilles dilatées par une indifférence brumeuse. Elle lui avait confié ses projets.

– J'ai commencé à découper les journaux, dit-elle un jour.

Elle s'était arrêtée pour guetter attentivement une réaction, si mince soit-elle, de surprise ou de reproche. En vain. Assis dans son lit, pas rasé, il avait considéré sa fille avec le même regard inexpressif qu'il posait sur l'écran de la télévision avant son arrivée.

Enhardie, elle avait poursuivi :

– Je crois que c'est ce qu'on attend de moi. Je ne peux pas expliquer comment, mais je le sais. Je ne pense pas qu'on me l'ait dit. En attendant, je collectionne tous les articles sur l'Œil de Dieu et je les rassemble dans des albums. Quand tout ça sera fini, on pourra toujours savoir ce qui s'est passé. Je ne connais pas la fin de cette histoire, et je ne sais pas non plus si quelqu'un aura besoin de savoir ce qui s'est passé. N'empêche que c'est ce que je vais faire.

A une époque, papa aurait donné son avis. Il avait toujours beaucoup à dire sur les projets de Miriam ; des commentaires en général désobligeants. Miriam n'avait jamais été à la hauteur des espérances de son père.

Depuis son attaque, toutefois, papa n'avait plus d'espérances du tout. Miriam pouvait dire et faire ce qui lui chantait.

Elle avait décidé de démissionner quand M. Clay l'avait accusée de fanatisme. Et elle l'avait fait. Elle avait décidé de compiler ses articles. Elle l'avait fait aussi.

Elle descendit le volume un de l'étagère. Il avait un tout petit peu plus d'un an, pas plus, mais les articles avaient déjà commencé à jaunir.

Ils avaient tous été découpés dans l'*Observer*, et

provenaient généralement de l'*U.P.I. – United Press International* – ou de l'agence Reuters. Miriam en aurait eu davantage si elle avait pris un journal de Portland ou si elle était descendue acheter le *New York Times* chez Duffy. Mais il ne s'agissait pas d'en avoir *plus*. Il s'agissait d'en avoir *suffisamment*.

LA N.A.S.A. PERPLEXE DEVANT UN OVNI

Le premier, dont elle se souvenait non sans une certaine émotion. Elle tourna la page.

« L'OVNI N'EST PAS NÉCESSAIREMENT HOSTILE,
DÉCLARE LE PORTE-PAROLE DE L'O.N.U. »
« LE MONDE A PEUR »
« A JORDAN, ANGOLA, LES ÉMEUTIERS
RENVERSENT LE GOUVERNEMENT »

Miriam tourna plusieurs pages à la fois.

NEW YORK DÉCLARE LA FIN DU COUVRE-FEU ;
SELON LE MAIRE, LA PANIQUE S'APAISE

Quelle tranche d'histoire palpitante rassemblée dans ces albums ! Elle passa au volume trois. Les gros titres se faisaient déjà plus discrets, plus rares. Les coupures étaient pour la plupart des articles de fond. Diverses personnalités donnaient leur avis. Lesquels, d'après Miriam, ne valaient pas tripette. Elle les avait néanmoins pieusement collectés.

SAGAN : LA VIE DANS L'UNIVERS EST INÉVITABLE

Astrophysicien et écrivain renommé, Carl Sagan déclare que les événements des six derniers mois étaient « inéluctables, d'une manière ou d'une autre, étant donné les possibilités écrasantes en faveur d'une vie possible ailleurs que sur notre planète. Nous devrions nous réjouir de pouvoir les vivre ».

Sagan ne considère pas ce vaisseau comme une menace : « Il est vrai que rien n'a été tenté de la part de ces visiteurs pour établir un contact avec nous. Mais n'oubliez pas que tout voyage intergalactique dure fatalement un temps inimaginable. Les entités responsables doivent être en mesure d'exercer une patience infinie. Nous devrions nous efforcer de suivre leur exemple. »

Mais Miriam connaissait la chanson : une berceuse, fredonnée dans l'obscurité. A force d'éplucher l'*Observer*, elle avait fini par se lasser de Sagan et de toutes ces autres sommités pontifiantes que les médias avaient immédiatement assiégées. En définitive, ils étaient aussi ignorants que le premier venu. Et tout aussi mal informés.

C'était un Œil, Miriam n'en doutait pas une seconde. L'Œil de Dieu, bien évidemment. Et derrière l'Œil se cachait une Main : celle du Jugement.

Volume six.

Avril et mai de cette année. Un volume vraiment très épais.

DES MONOLITHES EXTRATERRESTRES
DANS LES GRANDES VILLES

Les photographies étaient éloquentes. Cette vue télescopique du vaisseau, par exemple, avec ces taches brillantes, telles des éclaboussures, qui en jaillissaient comme autant de confettis ou de flocons – quelque deux cents flocons dispersés régulièrement à travers le monde. Et puis, dans des clichés postérieurs, plus de flocons, mais des blocs d'obsidienne suspendus au-dessus des ruches les plus actives de la planète : New York, Los Angeles, Londres ; et Moscou, et Mexico, et Amsterdam ; et Johannesburg et Bagdad et Jérusalem et beaucoup d'autres encore, toutes signalées sur une carte du monde dans un journal daté du 16 avril. De gros pavés octaédriques sinistres. D'une perfection inhumaine. Ils ne volaient pas, ne tournaient pas, ne bondissaient pas, ne tressautaient pas, ne glissaient pas. Ils étaient simplement tombés du ciel comme de grosses bulles téléguidées et avaient atterri avec une délicatesse de papillon dans des espaces ouverts. Une fois posés, ils n'avaient plus bougé. Aucun visiteur n'en avait émergé. Depuis, les octaèdres se contentaient de jeter leur ombre immense autour d'eux. Ni plus ni moins.

Miriam supposa que M. Sagan continuait à conseiller la patience.

Ce n'était pas l'Œil mais ces Doigts de Dieu qui semblaient avoir affecté la population de Buchanan. Miriam savait que l'Œil, pour ces gens, commençait à faire partie des meubles. Son immobilité finissait par endormir la méfiance. Mais les Doigts, eux, étaient un message. Un message qui disait : *Oui, je suis venu avec un but. Non, je n'en ai pas fini avec vous.* Et aussi : *J'avance lentement mais inexorablement, et je vous interdis de vous rebeller contre moi.* Cette vérité gâtait la jovialité idiote de ses voisins, elle courbait le dos des fiers et corrodait la suffisance des puissants. La ville de Buchanan semblait enfin se rendre compte qu'elle vivait la fin des temps, ou quelque chose d'approchant, et que l'avenir relèverait à jamais du domaine de l'insondable.

Miriam ouvrit le volume dix à la première page blanche et, après y avoir appliqué quelques points de colle – un bâton acheté lui aussi chez Delisle –, y fixa le DISCOURS PROMIS SUR LE VAISSEAU SPATIAL.

Elle priait pour qu'il n'y ait pas d'autre article dans l'*Observer* ce soir. Elle était fatiguée. Elle avait fait ses courses pour la semaine et se sentait vidée, peut-être même un peu fiévreuse. Avec de légers vertiges. La caissière, chez Delisle, avait éternué trois fois dans son mouchoir pendant que Miriam achetait son cutter, aujourd'hui. Miriam avait payé avec un billet d'un dollar et espérait que la caissière ne lui avait pas donné la grippe en même temps que sa monnaie. Comment l'appelaient-ils, déjà ? La grippe de Taiwan ? Comme si elle avait besoin de ça... avec les temps difficiles qui l'attendaient.

Mais Miriam, femme de devoir, n'alla pas directement se coucher. Elle continua à tourner les pages de l'*Observer*, fronçant les sourcils à chaque article, derrière ses lunettes bifocales. Il n'y avait rien de plus pour elle dans la première partie du journal. Elle remarqua avec plaisir que Perdy, le grand magasin du centre commercial, avait cessé de faire paraître ses « FOLIES DE NOUVELLE LUNE », une annonce publicitaire pour soldes avec un dessin grotesque de l'Œil de Dieu rayonnant sur une machine à laver. Peut-être avait-on convaincu les publicistes de Perdy de renoncer à ce sacrilège. Peut-être encore étaient-ils tout simplement nerveux, comme tout un chacun.

Dans la deuxième partie, Miriam fut surprise par une chose à laquelle elle ne s'attendait pas :

La notice nécrologique de son père.

C'était idiot d'être surprise. Elle avait tout organisé elle-même. Papa avait été un professeur technique respecté au collège local, et Miriam avait jugé que sa mort méritait d'être signalée dans l'*Observer*.

Mais la publication imminente de l'avis de décès, comme tant d'autres détails entourant la mort de papa, avait glissé de l'esprit de Miriam telle une goutte de rosée glisse d'une feuille.

La notice lui rafraîchit la mémoire. Elle avait tout indiqué sur son agenda : un rendez-vous avec le révérend Ackroyd pour organiser les détails du service religieux. Une visite au directeur des pompes funèbres de Brookside. Les faire-part aux amis et collègues de papa, dont il ne restait plus qu'une poignée encore en vie.

Il était mort dans la nuit de lundi, pendant son sommeil. Le médecin de l'hospice avait dit que son cœur s'était tout bonnement arrêté, comme un soldat fatigué qui rend les armes. Mais, n'ayant pas assisté à sa mort, elle ne pouvait encore tout à fait se faire à l'idée de son absence.

Désormais, plus de silencieuses et douloureuses

visites à l'hospice. Fini ce sentiment affreux que, depuis l'attaque, il n'y avait plus rien dans le corps de papa ; rien qu'un appareil respiratoire.

Papa ne prononcerait plus jamais son nom, non plus. Pas la moindre chance. Plus d'odeur de savon à barbe, plus de cols de chemise empesés et immaculés.

Plus de *Essaie de faire mieux, aujourd'hui, Miriam*, alors qu'elle franchissait la porte pour se rendre à l'école, enfant puis adulte.

Après son attaque, papa n'avait plus été qu'un spectre couché dans ses draps blancs. En rendant l'âme, il avait évolué. Quand l'homme avait appelé de l'hospice de Mount Bailiwick pour lui annoncer le décès, Miriam avait été surprise par les souvenirs inattendus qui l'avaient assaillie : la maison sur l'avenue Cameron où elle avait vécu si longtemps, sa chambre, son dessus-de-lit et ses livres, le gonflement des rideaux de dentelle quand elle ouvrait les fenêtres par les chaudes nuits d'été.

Des choses auxquelles elle n'avait pas songé depuis une trentaine d'années.

En mourant, papa était retourné dans le monde de toutes ces choses perdues.

Douloureusement regretté par sa fille Miriam, disait la notice nécrologique. Une vérité incomplète. Toutes ces attentes insatisfaites qui l'avaient tenaillée, même dans la chambre de l'hospice – elles aussi étaient parties. Elle avait pleuré le soir de sa mort... mais, en son for intérieur, elle avait également éprouvé un soulagement et une jubilation enfantine, secrète.

Elle gardait ces sentiments par-devers elle.

Mais l'Œil, lui, naturellement, pouvait voir.

Elle rassembla les lambeaux du journal éviscéré pour les jeter à la poubelle, et rangea le volume dix à sa place sur l'étagère.

Elle se prépara ensuite une tasse de thé. Le soleil avait presque rejoint l'horizon. Le ciel était d'un bleu d'encre transparent, et l'Œil la surveillait déjà par la grande fenêtre.

Miriam tira les doubles rideaux.

Elle alluma la télévision et regarda les informations de 22 heures, un programme câblé de Portland. Mais les présentateurs, un homme et une femme, avaient à ses yeux l'air de deux gosses. Des gosses qui jouaient à se comporter comme des grands. Où étaient passés les adultes ? Morts, sans doute.

Elle se toucha le front du revers de la main.

J'ai vraiment de la fièvre, songea-t-elle. *Au moins un soupçon.*

Elle éteignit, vérifia que la porte d'entrée était bien fermée, et alla se coucher.

Le sommeil l'engloutit sitôt qu'elle eut tiré l'édredon sur ses épaules.

Elle ne bougea qu'une fois – après minuit, quand la moto de Joey Commoner passa à fond de train devant la maison, le rire de Beth Porter se mêlant au rugissement rageur de l'engin.

Miriam se retourna un peu nerveusement dans son lit et sombra de nouveau dans le sommeil dès que le bruit se fondit dans la nuit.

Elle rêva du cimetière de Brookside.

Au coucher du soleil, alors que Miriam Flett passait pensivement ses nombreux volumes en revue, Beth Porter, sur le parking du centre commercial de Ferry Park, se mouchait en attendant l'arrivée de Joey Commoner.

Elle s'interrogeait en fait sur la sagesse de sa présence en ce lieu. Elle avait chaud et se sentait ridicule avec son blouson de cuir. Elle aurait sans doute dû rester couchée chez elle. C'est vrai, elle était malade, après tout. Le Dr Wheeler le lui avait confirmé, non ?

Le parking était vide – vaste espace désert sous les dernières lueurs bleutées du jour.

L'air était encore chaud, mais le ciel avait cette

profondeur, cette paix annonciatrices de la brise qui, vers minuit, soufflerait de l'océan.

Beth regarda sa montre. Il était en retard, bien entendu. Joey Commoner ! songea-t-elle. Petit con ! Radine-toi.

Mais elle ne savait toujours pas quelle attitude adopter à son arrivée.

L'envoyer se faire foutre ?

Peut-être.

Et lui tenir compagnie ?

Pourquoi pas ?

A Brookside ? Dans le noir, avec une moto et cette bombe de peinture qu'elle avait achetée pour la bonne raison qu'il lui avait demandé de le faire ?

Finalement... oui, peut-être.

Dix minutes plus tard, elle reconnut le bruit de sa moto qui quittait la route.

Il traversa le parking en effectuant d'intrépides virages, penché au point qu'il paraissait érafler ses coudes sur le bitume.

Il portait un casque et un T-shirt noirs. Le T-shirt venait de chez Larry, « Cadeaux et bibelots », sur la marina. Larry avait été ce qu'on appelait à l'époque une « boutique hippie » jusqu'à ce que, quelques années plus tôt, ils retirent tout l'attirail de drogue de la vente publique. Plus de pipes à eau, plus de manuels pour faire pousser son hasch sur son balcon. Larry s'était reconverti dans les pantalons de cuir, les T-shirts aux effigies voyantes des groupes de hard rock, et quelques boucles de ceinturon en forme de feuilles de marijuana.

Le T-shirt de Joey Commoner arborait un crâne bleu fluorescent sur un lit de roses rouge sang. Beth ne se rappelait plus quel groupe l'image était censée représenter. Elle ne s'intéressait pas vraiment au hard rock. Joey non plus, d'ailleurs. Elle était prête à parier qu'il avait choisi ce T-shirt rien que pour l'image. Il adorait ce genre de provocation.

Il s'arrêta à un mètre d'elle ; son engin vrombissait et se cabrait. Le plus bizarre, aux yeux de Beth, était la combinaison du T-shirt et du casque. Un casque noir brillant muni d'une visière-miroir. Joey avait l'air d'un insecte. N'ayant aucun visage sur lequel se fixer, on n'avait d'autre choix que de regarder le T-shirt. Donc le crâne.

Enfin il ôta son casque et Beth se détendit. Elle le retrouvait. Ses longs cheveux, emprisonnés par le casque, se libérèrent sous un souffle de brise et se répandirent sur ses épaules. A dix-neuf ans, il en faisait quinze. Surtout avec des joues rondes et une acné tenace. Beth était sûre que Joey aurait tout donné pour avoir l'air dangereux. Mais la nature n'avait guère coopéré. Joey en colère n'avait pas l'air plus menaçant qu'un sale gosse boudeur.

Il resta là, à cheval sur sa moto, le soleil couchant dans le dos, attendant qu'elle dise quelque chose.

Beth sentait son cœur battre la chamade. Comme si elle avait bu trop de café. Elle se sentait étourdie. Nerveuse.

Le silence menaçait de s'éterniser. Joey prit l'initiative de le rompre :

– Tu avais l'air furieuse, au téléphone.

Beth se répéta toutes les virulentes accusations qu'elle avait ressassées depuis la seconde où elle avait quitté le cabinet du Dr Wheeler. L'éloquence la fuyait. Elle plongea dans le vif du sujet.

– Tu m'as filé la chtouille, espèce de connard !

La nouvelle le fit sourire. Incroyable...

– Sans blague ?

– Ouais, sans blague. Je suis malade à cause de toi, sans blague !

Il digéra l'information en silence, avec toujours ce petit sourire vaguement insolent.

– Tu sais, je me demande...

– Tu te demandes... ?

– Eh ben, quand j'y pense, ça fait un peu mal...

– Qu'est-ce qui fait mal ?

A ce moment, il avait l'air d'avoir douze ans, pas plus.

– Quand je pisse.

Beth leva les yeux au ciel. C'était vraiment un cas désespéré, ce type. *Ça fait mal quand je pisse.* Merde alors ! Il fallait peut-être qu'elle le plaigne, en plus ?

– Qui t'es allé baiser, Joey ?

Air offusqué :

– Personne !

– Personne ? Une chaude-pisse, ça s'attrape pas comme ça !

Il réfléchit.

– L'année dernière, dit-il. Mon cousin m'a emmené avec lui à Tacoma.

– Où ça, à Tacoma ? Dans un bordel ?

– Je suppose.

– Un bordel à Tacoma ?

– Ouais, je crois bien. Il faut vraiment qu'on en parle ?

Décidément, c'était à se taper la tête contre les murs. Elle faillit hurler, mais se contenta de rassembler ce qui lui restait de calme.

– Joey, tu as baisé une pute à Tacoma et tu m'as donné une blennorragie. Tu crois que ça me fait plaisir ?

– C'était avant que je te rencontre, dit-il.

Et d'ajouter – à contrecœur, pour autant qu'elle pût s'en rendre compte :

– Je m'excuse.

– C'est pas les excuses qui paieront les antibiotiques.

Elle détourna la tête.

– C'est humiliant.

– Je m'excuse, d'accord ? Qu'est-ce que tu veux que je dise de plus ? Je m'excuse.

Il s'avança sur le siège de sa Yamaha.

– Monte.

Non, elle voulait lui dire. Ce n'est pas aussi simple. Tu ne vas pas t'en tirer avec un malheureux *Je m'excuse.*

Mais, en fin de compte, il était bien capable de s'en tirer parfaitement avec ça.

Elle eut la sensation qu'un pavé lui tombait au creux de l'estomac.

– T'as la peinture ? demanda-t-il.

Le poids de son sac la trahissait. Elle le leva pour le lui montrer.

– Super.

Il appuya sur le démarreur jusqu'à ce que le moteur démarre et hurle. Il replaça le casque sur sa tête. Il y en avait un second fixé à la moto. Beth s'en coiffa et remonta ses cheveux dessous.

En enfourchant la moto, elle ressentit une soudaine exaltation. Oui, le plaisir mystérieux, étourdissant, de faire quelque chose qu'elle savait être mal. Commettre une grave erreur, et la commettre en toute conscience.

– Magne-toi.

La voix de Joey lui parvenait étouffée par sa visière et le vacarme du moteur.

– Il fait presque nuit.

Elle serra l'engin entre ses cuisses et enroula les bras autour de la taille de Joey.

Il sentait le cuir, la graisse, la sueur et le vent.

Beth se rappelait les bavardages animés entre lycéennes, les discussions passionnées au téléphone, et l'inévitable question : *Est-ce que tu l'aimes ?* La même question se répercutait dans sa tête à cet instant, puérile et embarrassante : *Mais est-ce que tu l'aimes, tu l'aimes, tu l'aimes ?*

Elle trouva tout d'abord que l'idée même en était ridicule, à la limite du choquant. Aimer Joey Commoner ? Non, franchement, il y avait de quoi rire. Pour Beth, Joey représentait quelque chose de totalement impossible à aimer, au même titre qu'un... qu'un serpent à sonnettes, par exemple, ou une boîte à outils, ou un bidon d'huile.

Mais la réponse était incomplète. Si la question lui

avait été réellement posée, Beth, en son âme et conscience, aurait répondu quelque chose comme : *Oui, je l'aime... mais parfois, je me demande pourquoi.*

Elle l'avait rencontré l'année précédente, alors qu'elle travaillait depuis un mois à peine au 7-Eleven, un peu plus haut sur la route. Pour Beth, la clientèle se divisait en cinq catégories de base : les mouflets, les lycéens, les familles, les motards, et les « malabars » comme elle les appelait, ces types qui conduisaient des pick-up bizarrement harnachés, arceaux de sécurité et phares éblouissants, et qui portaient des casquettes de jour comme de nuit. Joey n'entrait dans aucune de ces catégories, pas même celle des motards. Il roulait sur une petite cylindrée et ne faisait pas partie de la bande. Il arrivait toujours seul et achetait le plus souvent des glaces et des tartes congelées, en général le vendredi soir. Elle avait appris à guetter son arrivée.

Un vendredi, il eut des démêlés avec un malabar qui avait garé son char pratiquement sur la Yamaha de Joey. Il n'y avait pas eu la moindre éraflure, si ce n'est sur la dignité de Joey qui, du coup, en avait perdu tout sens de la mesure. Il avait traité le type de « trou-du-cul bigleux » et avait craché les mots si distinctement, si fielleusement, que Beth avait pu clairement les entendre depuis l'autre bout de la salle. La réponse du malabar avait été inaudible mais de toute évidence de nature à salement écorcher les oreilles délicates.

Intriguée et sidérée, elle avait regardé Joey se jeter sur le type qui devait avoir deux fois son âge et pas loin de deux fois son poids. Un suicide, songea-t-elle. Il est complètement frappé. Mais le gars était un vrai tourbillon.

Au moment où elle s'apprêtait à appeler le gérant de nuit, la bagarre était finie.

Joey, il va sans dire, avait eu le dessous.

Quand elle termina son service, à minuit, il était toujours assis sur le trottoir craquelé, juste devant. Sa lèvre supérieure fendue pissait le sang sur le bitume poussiéreux. La lueur verte et blanche du néon 7-Eleven donnait aux éclaboussures un aspect à la fois effrayant et irréel.

Elle n'aurait su dire pourquoi elle s'était arrêtée pour lui parler. Même sur le moment, elle n'avait pas trouvé l'idée géniale.

Mais, comme beaucoup de mauvaises idées, celle-ci possédait un puissant dynamisme intrinsèque. A son corps défendant, Beth sentit ses pieds s'immobiliser et sa bouche s'ouvrir.

– Pas de glaces, ce soir, mmmh ?

Il leva vers elle des yeux battus.

– T'as vu ce type ?

Elle acquiesça.

– Il était gras, dit-il avec une moue dégoûtée.

Elle apprit plus tard que Joey avait une sainte horreur des obèses.

– Ça oui, approuva-t-elle.

Elle connaissait ce type ; c'était un client régulier. Elle avait déjà remarqué la façon dont son jean bâillait au-dessus de son cul bouffi.

– Un gros dégueulasse, renchérit-elle.

Elle eut droit à un regard de gratitude méfiante.

Plus tard, Beth se rendrait compte qu'elle avait vu les deux facettes de Joey Commoner, ce soir-là. Joey, le vrai dur : celui qui avait traité cette montagne de chair de « trou-du-cul bigleux » et qui l'avait attaquée avec l'inconscience d'un ouistiti chargeant un rhinocéros. Joey n'avait été que dents, ongles et genoux pointus à tel point que Beth avait tout d'abord eu peur pour le malabar.

Et puis Joey le vulnérable, le petit garçon. Joey qui saignait sur le trottoir.

Elle avait eu envie de le materner, envie de s'offrir à lui. Des pulsions contradictoires qui lui avaient donné l'impression que le sol se mettait à tourner.

– Et si tu me ramenais chez moi ? dit-elle.

– Quoi ?

– Ramène-moi chez moi et je m'occuperai de ta

lèvre. J'ai des pansements et ce qu'il faut. Je m'appelle Beth Porter.

Il monta sur sa moto.

– Je sais. On m'a parlé de toi.

Allons bon. Toujours la même chanson. Elle pouvait dire adieu à ses espoirs de maternage et autres.

Il fit vrombir le moteur.

– Allez monte !

Elle s'exécuta sans hésiter, trop heureuse de l'aubaine. Ses cuisses pressèrent le siège de cuir.

– Joey Commoner, annonça-t-il.

– Salut, Joey.

Rugissement du moteur.

Ce soir, ils franchirent le pont qui enjambait le Petit Duncan et, après avoir quitté la route, ils traversèrent un lotissement désert pour rejoindre la rive. Beth sauta de la moto. Joey coupa le moteur et poussa la Yamaha jusqu'à la berge derrière les piles du pont.

Il régnait une atmosphère de paix. Les criquets, le long de la rive, se turent abruptement. Beth écouta le silence.

Le Petit Duncan suivait son lit de pierres jusqu'à l'océan. Au sud, par-delà les champs, par-delà l'usine hydroélectrique, les lumières des habitations semblaient lointaines, inaccessibles – derniers vestiges de civilisation. Au nord, sur l'autre rive, on n'apercevait que les mauvaises herbes et les parkings crasseux de la zone industrielle tassée en bordure de route. A l'est : le Duncan sinuant au pied du mont Buchanan. A l'ouest : le cimetière.

Joey savait ce que tout lycéen de Buchanan savait : en suivant le Petit Duncan jusqu'au-delà de ces contreforts de pierre, au-delà des marécages, on pouvait pénétrer clandestinement dans le cimetière de Brookside après la fermeture des portes.

Joey sortit la bombe de peinture rouge cerise du sac qu'il froissa en boule avant de le jeter dans l'eau ruisselante de clarté lunaire, et la coinça sous sa ceinture afin de garder les mains libres.

Beth lui emboîta le pas le long de la berge. Elle connaissait suffisamment Joey pour deviner qu'il n'était plus question de parler, pour l'instant. Plus de mots ; place à l'action.

Joey lui donnait parfois l'impression de penser uniquement avec son corps. Elle dut crapahuter pour se maintenir à son rythme alors qu'il progressait dans les buissons et les rochers jusqu'aux abords herbeux du cimetière. Il avançait avec une agilité fiévreuse. Si ses gestes étaient des idées, songeait Beth, elles seraient étranges – vives, délirantes, inattendues.

Peut-être seraient-elles des rêves. La nuit commençait à prendre un tour presque irréel, même pour Beth. Le vaisseau était accroché dans le ciel comme une grosse lune. Il paraissait légèrement jaune, ce soir, couleur pleine lune d'équinoxe. Beth, comme tout le monde, avait peur du vaisseau, mais il lui procurait aussi une étrange exaltation. Suspendu dans le ciel au-dessus d'elle, projetant sa clarté sur le gazon et les pierres tombales, il interdisait tout sentiment de confort, de sécurité. Selon Beth, les gens menaient des petites vies stupides dans des petites maisons stupides, mais cette nouvelle lune était venue leur rappeler qu'ils vivaient au bord d'un précipice. Elle redonnait une dimension vertigineuse à la vie de chaque jour. C'était pour cette raison que les gens la haïssaient.

Joey avançait plus vite qu'elle. Il progressait dans l'ombre des arbres, montant vers les trois mausolées de pierre où les plus éminentes familles de Buchanan avaient à une époque entreposé leurs morts. Trop bons pour l'inhumation, les corps avaient été enfermés dans ces boîtes de pierre. Beth trouvait ça doublement macabre. Une fois, par un doux après-midi printanier, elle avait regardé par la mince ouverture grillagée, elle avait espionné l'obscurité d'un de ces tombeaux, un édifice de la taille d'un garage érigé à la mémoire de la famille Jorgenson. L'air hivernal stagnait encore dans le mausolée glacé. Elle le sentit sur son visage, comme un souffle. Ce devait être l'hiver perpétuel, là-dedans, songea-t-elle avant d'avoir un mouvement de recul instinctif mêlé de crainte et de respect.

Un respect que ne partageait manifestement pas Joey. Il approcha la bombe de peinture rouge cerise du tombeau et commença d'appuyer sur le diffuseur.

Il travaillait vite. Beth, à l'écart, l'observait. Il couvrit un des murs du mausolée avec une collection de mots et de symboles pittoresques, à la vitesse d'une machine imprimant quelque indéchiffrable code. Les symboles n'avaient rien d'original mais Joey les faisait siens. Toutes sortes de croix : gammées, christiques, de David et ansées, et autres têtes de mort ou symboles de paix. Elle n'arrivait pas à saisir la signification que tout cela pouvait avoir pour lui. Peut-être aucune. C'était un acte de profanation pure, vide de sens. Le sifflement du spray évoquait le bruit des feuilles malmenées par le vent nocturne.

Il se tourna ensuite vers les tombes, se déplaçant si vite à flanc de coteau qu'elle avait du mal à le suivre. Il pulvérisait des X rouges sur les noms et les dates. De temps à autre, il s'arrêtait le temps de dessiner un svastika ou un point d'interrogation. A la lumière du vaisseau, la peinture rouge paraissait plus sombre, presque brune, voire noire, sur ces froides pierres blanches.

Ce devait être comme une pulsion sexuelle pour lui, songea-t-elle. Tous ces gestes frénétiques. Une éjaculation de peinture.

L'idée prêtait à rire, mais elle était pourtant plus proche de la vérité que Beth ne l'imaginait. Une fois la bombe vide, Joey la jeta vers le ciel – au vaisseau, peut-être. Elle monta très haut et retomba bruyamment parmi les tombes. Beth s'approcha de lui, et alors qu'il se retournait elle distingua son jean tendu par son érection. Elle en éprouva un frisson à la fois d'attirance et de répulsion.

Il la renversa – et elle se laissa culbuter – dans

l'herbe haute, à l'orée du bois. Il était tard, ils étaient seuls, et l'air était chargé d'électricité propre à glacer le sang. Un vent frais soufflait de l'océan, porteur d'odeurs de nuit et de sel. Elle se souleva pour l'aider quand il lui retira son slip. Sa respiration était saccadée, âpre. Son sexe était aussi dur et froid que la nuit. Elle eut mal une seconde. Pas plus...

Etait-ce ce qu'elle attendait de lui ? Etait-ce pour cette raison qu'elle avait adopté Joey Commoner à la façon dont un alcoolique adopte la bouteille ?

Non. Pas seulement. Pas seulement pour ce va-et-vient brutal, ce bref moment d'oubli et cet épilogue poisseux.

Joey était dangereux.

Elle le voulait non pas *en dépit*, mais *à cause* de ça.

C'était une pensée inconvenante et troublante, uniquement permise dans le calme neutre qui succédait à l'orgasme.

Il remonta son pantalon et s'assit près d'elle. Soudain gênée par sa propre nudité, Beth rabaissa sa jupe. Baiser dans un cimetière, songea-t-elle. Dieu du ciel.

Elle suivit le regard de Joey dans la nuit. De la colline, elle pouvait voir les lumières du centre de Buchanan et le scintillement nocturne de l'océan.

– Un jour, on fera quelque chose de grand, déclara Joey.

Il lui arrivait souvent de prononcer cette déclaration solennelle. Beth comprenait à quoi il faisait allusion. A quelque chose de vraiment dangereux. De vraiment odieux.

Il posa le bras sur ses épaules.

– Toi et moi, dit-il.

Il était comme un animal indompté, se dit-elle. Un cheval, peut-être. Un cheval sauvage dont on arrive à gagner la confiance et qui se laisse monter. Monter la nuit. Jusqu'à quelque endroit perdu. Au bord d'une falaise. Elle ferma les yeux et visualisa la scène. Se vit en train de chevaucher Joey le cheval sauvage et s'arrêter à la lisière d'une falaise crayeuse. Longue envolée jusqu'à la terre du désert. Une nuit étoilée comme ce soir. Rien que Beth et son cheval sauvage et cet abîme béant, sans fond.

Et elle l'éperonna avec ses talons.

Et il bondit.

Plus tard, ils aperçurent les phares du petit kart de golf que le gardien promenait tous les soirs dans le cimetière ; ils dévalèrent la colline à travers les tombes, traversèrent les marécages et atteignirent la ravine sombre où coulait la rivière.

Beth crut entendre les exclamations outrées du gardien qui découvrait l'acte de vandalisme, mais ce n'était probablement dû qu'à un excès de zèle de son imagination. Pourtant, l'idée l'amusa. Elle éclata de rire.

Joey fonçait dans les petites rues de Buchanan, le long des maisons où sommeillaient les gens honnêtes. Ils passèrent devant celle de Miriam Flett, qui se retourna dans son lit, brièvement réveillée par le vacarme de l'engin et le rire un peu fou de Beth Porter, et qui songea dans son sommeil que la ville, décidément, filait un très mauvais coton.

3

Machines

Jim Bix était laid, de cette même laideur qu'on avait attribuée à Lincoln : pénétrante, remarquable.

Il avait le visage long et grêlé. Ses yeux, quand ils dardaient sur vous le rayon de son exceptionnel pouvoir de concentration, ressemblaient à deux œufs pochés sertis dans des coquetiers de chair et d'os. Ses cheveux, coupés en brosse, mettaient bien ses oreilles en évidence ; des oreilles qui n'évoquaient pas seulement les anses d'une amphore – c'était la première image qui venait à l'esprit – mais plus précisément celles d'une amphore façonnée par des petites mains malhabiles dans une maternelle, ou bien ratée par un potier atteint de la maladie de Parkinson.

C'était aussi un visage aux émotions transparentes. Quand Jim Bix souriait, il vous donnait envie de sourire avec lui. Quand il riait, vous ne pouviez pas ne pas l'imiter. Cette honnêteté forcée ne jouait pas toujours en sa faveur. Les tables de poker lui étaient bien sûr interdites. Et s'il lui arrivait de mentir, personne n'était dupe. Matt avait un jour été témoin d'une de ses tentatives malheureuses : Jim s'était accusé d'avoir brisé un joli petit vase en pâte de verre afin de couvrir le responsable, le chien de la maison que Lillian ne supportait pas. Le mensonge avait été si mal ficelé et si manifestement forgé de toutes pièces que tous ceux présents avaient éclaté de rire – y compris Lillian. Jim, lui, avait piqué un fard et serré les dents.

Jim Bix, en d'autres termes, était un témoin dont

on ne pouvait mettre la bonne foi en doute. Et Matt en avait pleinement conscience tandis qu'il écoutait les confidences de son ami. De la part d'un autre, Matt n'aurait pu le croire. C'était absurde. Enorme. Mais venant de Jim...

Matt ouvrit la porte quinze minutes avant minuit, ce soir d'août, et accueillit en cet homme laid et transparent un ami fidèle qui se trouvait également être le meilleur et le plus scrupuleux des pathologistes que Matt ait jamais connus. Jim accepta le café que lui proposait Matt et s'installa pesamment sur le canapé du salon. Il faisait un mètre quatre-vingt-huit, brosse comprise, mais ce soir, aux yeux de Matt, il paraissait plus petit ; ses épaules semblaient affaissées et ses sourcils tirés vers le bas par des poids invisibles. Il prit son café sans un mot et tint la tasse au creux de ses mains.

Matt attribua cette attitude à la fatigue. Six mois plus tôt, l'hôpital général de Buchanan avait été classé centre régional de traumatologie. C'est dire si l'administration se frottait les mains ; cette nomination entraînait inévitablement un prestige accru et un financement plus fiable. Au sein du personnel, les réactions étaient mixtes. On leur permit de commander le matériel dont ils avaient besoin – respirateurs, bronchoscopes ou autres – et de créer une nouvelle unité de soins intensifs en pédiatrie. Mais ils héritèrent aussi d'un bon nombre de cas difficiles qui auraient, d'ordinaire, été transférés à Portland. Quant au service de pathologie, ce changement avait signifié une surcharge de travail sans même que fût envisagé de personnel supplémentaire. Jim travaillait tous les soirs depuis pratiquement deux mois. Bien évidemment, il était épuisé.

Rachel était allée se coucher et un certain malaise se dégageait du silence de la maison fermée sur l'obscurité de la nuit. Jim s'éclaircit la gorge.

– Comment va Lillian ? demanda Matt, sans dire qu'il l'avait vue l'après-midi même.

– Bien, répondit Jim. Un peu... distante.

Il passa une main large dans ses cheveux fauchés.

– On ne vous voit plus beaucoup, toi et Annie, dernièrement.

– On n'a pas trop le temps de chômer, nous non plus. J'espère que tu pourras venir, vendredi.

– Vendredi ?

– Vendredi soir. Une petite réunion. Je t'ai appelé pour t'en parler, cette semaine.

– Ah oui, c'est vrai. Désolé, Matt. Oui, on essaiera de venir.

– On dirait presque que tu t'es descendu une bouteille.

Pas de réaction.

– C'est si grave que ça ?

Jim hocha la tête. Oui.

– Alors tu ferais mieux de m'en parler. Et bois ton café avant qu'il ne soit complètement froid.

– Quelque chose déconne, à l'hôpital, dit Jim. Et personne ne veut m'écouter.

Tout s'était passé très vite, expliqua-t-il.

Au début de la semaine, des médecins de l'hôpital s'étaient plaints que les résultats d'analyses, en hématologie, présentaient des anomalies. Des analyses classiques : numération de globules rouges, numération de globules blancs. Des patients à la limite de l'anémie présentaient par exemple des V.G.M. excessivement bas.

On reprit un nouvel échantillon de sang, de nouvelles analyses furent ordonnées, et Jim promit de superviser personnellement les résultats.

– Tout a été fait dans les normes. Je m'en suis assuré. Mais les résultats... c'était encore pire.

– A ce point-là ?

– Je ne pouvais pas remettre ces chiffres. Qu'est-ce que j'étais censé dire ? Je suis navré, docteur, mais d'après le labo votre patient est mort. Alors que le patient en question est assis dans la salle télé en train de regarder *Les Jours de notre vie*. Et le pire, c'est qu'il ne s'agit plus de quelques cas isolés – maintenant tous les résultats sont sabotés. Hématologie, hémostase, réponse immunitaire, groupes sanguins... D'un seul coup, on ne peut plus faire la moindre analyse sans obtenir des chiffres complètement farfelus.

– C'est un problème de labo, dit Matt.

– Parce que tu peux concevoir un problème qui foutrait tous les résultats en l'air, toi ? Pas moi. Mais j'y ai réfléchi. J'ai parlé au chef de clinique, et on est tombés d'accord pour envoyer les analyses les plus urgentes à d'autres labos jusqu'à ce qu'on repère le problème. Bon, c'est ce qu'on a fait. C'était il y a deux-trois jours. On a commencé à tout passer au peigne fin, à tout envisager. Une contamination bizarre qui viendrait des conduites d'aération. Une mauvaise stérilisation. Des à-coups dans le courant. On a tout nettoyé. On a sorti un échantillon de sang du freezer pour faire des analyses de base. Et les résultats étaient à peu près raisonnables.

– Jusque-là, donc, c'est bon.

– Oui. Mais je n'étais pas entièrement convaincu. Alors on a prélevé du sang frais sur un donneur sain, et on a procédé à la numération cellulaire, à la numération hémoglobinique, à la numération de réticulocytes, à une fibrinogène plasmatique, à la numération des plaquettes, aux méthodes en un temps...

– Et tout déconnait, devina Matt.

– Non seulement ça déconnait, mais ça déconnait au point qu'on aurait aussi bien pu faire ces analyses sur un verre d'eau croupie.

Matt eut peur. Une peur hésitante, comme si une main glacée se posait sur sa nuque.

S'il existait une nouvelle pathologie, maintenant, et si elle était répandue au point de se manifester dans tous les prélèvements de sang de Jim... alors pourquoi personne d'autre ne s'en était-il aperçu ?

– Et ces analyses que vous avez envoyées ailleurs ?

– On n'a pas encore les résultats. Mais on a téléphoné aux labos privés. Ils sont désolés, mais les résultats ne semblent pas... très plausibles. Ils veulent savoir si les échantillons ont été endommagés d'une manière ou d'une autre, peut-être contaminés pendant le transport. Et pendant ce temps-là, le chef de clinique recevait un appel de l'hôpital d'Astoria. Est-ce que par hasard on aurait des problèmes de labo ? Parce que eux, oui. Et Portland aussi.

– Nom de Dieu...

– Voilà où on en était ce matin. C'est de la dinguerie, évidemment. Le standard du centre épidémiologique est en train de sauter. Cet après-midi, j'ai pris un échantillon de sang frais et je l'ai mis sous le microscope. Quelque chose a changé ? Eh bien oui. Il y a des corps étrangers, maintenant. Comme on n'en a encore jamais vu.

Matt reposa son café qui avait refroidi entre ses mains.

– Des corps étrangers ? Mais quoi ? Des virus ? Des bactéries ?

– Sur une lame, ils ressemblent à des plaquettes. Ils sont grosso modo de la même dimension.

– Et tu es sûr que ce ne sont pas des plaquettes ? Peut-être déformées d'une manière ou d'une autre ?

– Je ne suis pas bête à ce point-là. Ils ne s'agglomèrent pas. Ils se colorent différemment...

– Je ne remets pas ta compétence en cause.

– Ne te gêne surtout pas. A ta place, je n'hésiterais pas. Le plus bizarre, c'est que ces organismes n'étaient pas là la veille. Tu te rends compte ? Ils se reproduisent donc aussi vite que ça ? Ou bien est-ce qu'ils se cachaient ?

– C'est vraiment curieux, ton histoire. Si encore tu examinais du sang provenant de patients plus ou moins malades, d'accord, mais là... les patients sont en bonne santé ?

– Pour autant que je puisse en juger, ça ne rend personne particulièrement malade.
– Comment ça se fait ? Les globules blancs sont insuffisants ?
– Les globules blancs sont inexistants.
– C'est ridicule.
– Je ne te le fais pas dire ! On ne s'est pas gêné pour me le rappeler. Si tu attends que je t'explique ce qui se passe, tu perds ton temps. Je n'en sais foutrement rien.
– Mais c'est inoffensif ?
– Je ne dis pas ça. Je ne dis pas ça du tout. C'est une situation évolutive. Et ça me fout une trouille de tous les diables, si tu veux savoir. Tu sais ce que j'ai remarqué ? Je ne rencontre que des gens qui reniflent, en ce moment. Tu t'en es rendu compte aussi, je suppose, Matt ? Rien de sérieux. Mais ça frappe tout le monde. Va voir dans les pharmacies. C'est la ruée sur toutes les pastilles et remèdes contre le rhume. Mon pharmacien m'a confié qu'il était dévalisé en aspirine. Coïncidence, à ton avis ?
– Bon Dieu, dit Matt. J'ai à moitié vidé mon flacon de Dristan en un après-midi.
– Te frappe pas, acquiesça Jim. Moi aussi.
Annie avait été à demi enrhumée, aujourd'hui. Lillian aussi, d'ailleurs. Et Beth Porter.
Et Rachel. Mon Dieu, songea-t-il. Rachel.

Les deux hommes se regardèrent dans le brusque silence d'effroi partagé.
– Qu'est-ce que tu veux, Jim ? demanda Matt.
– Parler, c'est tout. Tous ceux à qui je m'adresse à l'hôpital veulent être rapidement fixés, sans détails, ou alors ils ne veulent même pas savoir. Et j'aimerais bien qu'on boive quelque chose. Et pas ce putain de café, non plus.
– Je vais chercher une bouteille.
– Merci.
Jim parut se détendre une minute.

– Tu sais pourquoi je suis venu te voir, en fait ?
– Non. Pourquoi ?
– Parce qu'il y a très peu de personnes saines, sur cette planète. Et que tu es justement l'une d'elles.
– Tu ne m'as pas attendu pour boire, on dirait.
– Je ne plaisante pas. Ça a toujours été mon opinion, à ton sujet. Matt Wheeler, un individu sain. Je ne te l'ai jamais dit, encore. Pourquoi attendre ?
Pourquoi attendre ? Une question qui en disait beaucoup plus que Jim n'en avait peut-être eu l'intention. Matt ne s'arrêta pas en s'avançant vers le bar, mais il demanda, aussi naturellement que possible :
– Tu crois qu'on est tous en train de crever ?
– C'est une éventualité, répondit Jim.

Ils discutèrent deux heures durant. La bouteille se vidait régulièrement. Toujours le même sujet. Ils n'arrivaient à aucune conclusion, et mettaient peut-être tout simplement la crédulité de l'autre à l'épreuve. Ce fut Jim, ivre d'alcool et de fatigue, qui utilisa le premier le mot « machines ».
Matt crut avoir mal compris.
– Des machines ?
– Tu as entendu parler de nanotechnologie ? Ils jouent avec les atomes, ils fabriquent des petits mécanismes, des petits leviers et un tas de choses ? On peut faire ça, maintenant.
– Et tu as des raisons de penser que c'est à ça que tu as affaire ?
– Qui sait ? Ça ne ressemble pas à une machine, mais ça ne ressemble pas à une cellule, non plus. On dirait des roulements à billes noirs et hérissés de pointes. Il n'y a pas de noyau, pas de mitochondrie, pas de structure interne visible avec le matériel de l'hôpital. Je serais curieux de savoir ce qu'un bon labo découvrirait s'il en disséquait un.
Un mince sourire se dessina sur ses lèvres.

– Des dispositifs et des leviers. Bordel ! Ou des petits ordinateurs. Comme des circuits intégrés subatomiques. Qui dirigent des algorithmes ou des nucléotides. Ou quelque chose qu'on ne peut même pas voir. Des circuits plus petits que l'orbite d'un électron. Des machines faites de neutrinos.

Il sourit encore, mais d'un sourire dénué de joie.

– C'est ce qu'on appelle des divagations éthyliques, remarqua Matt.

– Il y a deux avantages à être soûl. Tu peux dire tout ce qui te passe par la tête. Et tu peux dire l'évidence.

– C'est quoi, l'évidence ?

– Que cette saloperie d'engin dans le ciel n'est pas forcément étrangère à cette histoire.

Peut-être bien, songea Matt. Mais on incriminait le vaisseau de tant de choses, depuis la chaleur jusqu'aux érythèmes fessiers des bébés, qu'il se méfiait de ce genre de rapport hâtivement établi.

– Rien ne prouve que...

– Je sais à quoi ressemblent les maladies organiques. Là, on a affaire à quelque chose de fondamentalement différent. Ça n'est pas arrivé petit à petit, sur un mois, Matt. Mais en quelques jours. En quelques heures, presque. Les bactéries peuvent se reproduire très vite, aussi. Mais si c'étaient des bactéries, on serait déjà tous morts.

Cependant, si l'hypothèse de Jim était fondée...

– Non, dit Matt. Je ne veux pas penser à ça.

– Tu réagis comme le reste du monde.

– Non, c'est vrai. C'est beaucoup trop effrayant.

Son regard plongea au fond du verre.

– Je veux bien admettre ce que tu me dis. Mais si c'est en rapport avec le vaisseau – si ces choses sont déjà en nous –, alors la partie est perdue, non ? Quoi qu'ils cherchent, ils l'ont trouvé. On est foutus.

Un silence. Puis Jim reposa son verre sur la table basse et se redressa sur le canapé.

– Je suis navré, Matt. Je me suis comporté comme

un salaud. Je suis venu là pour déverser mes problèmes sur toi. C'est injuste.

– Je préfère avoir peur que de ne rien savoir.

Il était tard. Ils avaient franchi les limites de la conversation productive. Matt n'osait pas regarder sa montre ; il commençait tôt, demain. Peste ou pas peste.

– Il faut que je dorme un peu.

– Je vais te laisser.

– Tu peux dormir sur le canapé. Lillian t'attend ?

– Je l'ai prévenue que je risquais de passer la nuit à l'hôpital.

– Arrange-toi pour passer un peu de temps avec elle, demain.

Jim acquiesça.

Matt lui donna une couverture qu'il sortit du placard de l'entrée.

– On est dans la merde jusqu'au cou, non ?

– Ça y ressemble.

Jim s'étira sur le canapé. Il posa ses lunettes sur la table et ferma les yeux. Son visage dépourvu de grâce pâlit.

– Matt ?

– Mmmh ?

– Le sang que j'ai étudié. Tu sais, l'échantillon frais ? Celui que j'ai observé sous le microscope ?

– Eh bien ?

– C'était le mien.

Matt savoura un long moment de sommeil nébuleux, alors que les révélations de Jim flottaient encore aux confins de sa conscience, comme une menace présente mais floue. Puis il se réveilla avec une sale migraine face à une réalité affreusement angoissante.

La matinée était belle, ensoleillée. Il se força à prendre une douche et à s'habiller ; ses vêtements lui donnèrent l'impression d'être taillés dans du papier de verre. Rachel préparait le petit déjeuner dans la cuisine. Des œufs au plat. Matt regarda son assiette, mais n'y toucha pas.

– Tu es malade ? demanda sa fille.

– Non.

A moins que nous ne le soyons tous.

Elle renifla.

– Le Dr Bix dort sur le canapé.

– Il prend son service à midi, seulement. On va le laisser dormir. Il en a besoin.

Elle lui décocha un regard intrigué puis abandonna le sujet.

Rachel croyait aux vertus d'un petit déjeuner maison, et insistait pour le faire elle-même. L'habitude s'était implantée pendant la maladie de Celeste et perpétuée après sa mort. Ce rituel quotidien avait sans doute constitué, pour Rachel, un exutoire à son chagrin. A présent, il ne s'agissait plus que d'une routine. Mais elle accomplissait sa tâche solennellement, comme elle l'avait toujours fait. Plus que solennellement. Tristement.

Depuis l'année précédente, elle semblait contaminée par le virus d'une mélancolie tenace et insidieuse ; Matt le remarquait à sa façon de s'habiller, de marcher, aux disques cafardeux qu'elle écoutait sur la chaîne qu'il lui avait offerte pour Noël. Pour ses dernières années de lycée, elle avait tout juste obtenu la moyenne – ses dons pour les études s'émoussaient sous le coup d'une dépression croissante.

Il chipota sur ses œufs tandis qu'elle allait s'habiller. Il la revit alors qu'elle s'apprêtait à sortir pour retrouver des amis au centre commercial. Il eut droit à un baiser distant.

– Comme d'habitude, pour dîner, ce soir ?

– Peut-être qu'on sortira, dit-il. Au *Dos Aguilas*. Ou au *Golden Lotus*.

Elle sourit, inquiète. *Les choses sont-elles aussi graves que ça ?*

Matt essaya de sourire en retour. Sans conviction. *Oui, Rachel. Très graves.*

4

Gros titres

LA TENTATIVE DE COUP D'ÉTAT : UN FAUX BRUIT

Une déclaration nous est aujourd'hui parvenue de la Maison-Blanche et du porte-parole des chefs de l'état-major démentant la préparation d'un coup d'Etat militaire.

Des manœuvres inhabituelles de divisions aériennes et d'infanterie autour de Washington avaient éveillé les soupçons dans certains milieux. La publication dans le *Washington Post* d'un document soi-disant issu clandestinement du bureau du général Robert Osmond de l'armée de l'air avait alimenté les rumeurs en début de semaine.

A la question de savoir si le Président évoquerait les faits dans son discours de vendredi à la nation, le porte-parole de la Maison-Blanche a répondu que le sujet n'appelait pas d'autres commentaires.

VANDALISME A BROOKSIDE

La police enquête sur les actes de vandalisme perpétrés la nuit dernière au cimetière de Brookside.

Les vandales, qui se sont apparemment introduits dans le cimetière après la fermeture des portes, ont profané plusieurs tombes à l'aide d'une bombe de peinture. Croix gammées et têtes de mort figurent parmi les symboles grossiers dessinés sur les tombes.

M. William Spung, le directeur du cimetière, a déclaré à l'*Observer* que le nettoyage des tombes demandera au moins une semaine d'efforts et occasionnera des frais importants.

Le chef de la police, M. Terence McKenna, reconnaît que ce genre d'affaire est souvent difficile à résoudre. « De tels actes sont en général commis par des adolescents », a déclaré M. McKenna. La police envisage la mise au point d'un programme pour les écoles locales destiné à éveiller le sens civique chez les jeunes.

Le motif du délit reste à définir.

LA GRIPPE DE TAIWAN EN MARS

D'après le centre de contrôle de santé d'Atlanta, la nation est victime d'une épidémie de grippe.

Des cas de « grippe de Taiwan » ont été signalés dans tout le pays.

La maladie ne serait, paraît-il, pas dangereuse. « Il est conseillé de faire provision de Kleenex », a déclaré, non sans humour, un responsable du C.C.S.A.

5

Washington

Le Président avait adopté une attitude tranquille – coudes sur le bureau, mains en flèche sous le menton – pour accueillir le secrétaire de la Défense dans le bureau ovale.

– Vous avez l'air en forme, Charlie, dit-il.

– Vous aussi, monsieur, répondit Charles Atwater Boyle.

Peut-être, songea le Président, avec un soupçon de scepticisme.

En vérité, Charlie Boyle était loin d'avoir une mine resplendissante. Des taches rouges apparaissaient sur ses joues, comme s'il était légèrement fiévreux ; ce qui était vraisemblablement le cas. Et ce rendez-vous semblait le mettre dans ses petits souliers – rendez-vous auquel le Président l'avait convoqué sans explication.

Formé à bonne école – l'armée et l'industrie bancaire –, Charles Boyle était passé maître dans l'art de l'impassibilité.

Toutefois, son masque de froideur impénétrable était en lui-même un indice du conflit qui faisait rage en lui. Ses célèbres yeux bleus glacés se tournaient régulièrement vers la gauche, comme s'il consultait quelque présence invisible.

La question, songea le Président, est de savoir de qui il a peur. De moi – ou de ses douteux complices ?

– Charlie, commença le Président, je voudrais vous parler de votre coup d'Etat.

Le secrétaire de la Défense ne cilla même pas. Une attitude tout à son honneur.

– Asseyez-vous, l'invita le Président.

Charlie s'assit.

– Je ne devrais pas l'appeler *votre* coup d'Etat, n'est-ce pas ? Je sais que votre position est équivoque. Et je n'attends pas que vous admettiez votre complicité dans un complot visant à renverser le gouvernement civil. C'est le général Chafee, n'est-ce pas, qui a suggéré que vous pourriez assurer l'intérim de la présidence ? Un membre du cabinet ministériel, un civil, donc un homme de paille idéal. Vous leur confèreriez une certaine légitimité dans un pays où les mots « junte militaire » ont encore une très mauvaise presse.

Le Président posa ses mains bien à plat sur le bureau et se pencha vers Charlie. Le geste, il en avait conscience, était agressif, autoritaire.

– En toute honnêteté, Charlie, mes informateurs ignorent la façon dont vous avez répondu à l'offre ; ils savent seulement qu'elle a été faite. Et que le général Chafee souriait en vous serrant la main.

– Il va de soi, dit Charlie Boyle, que je nie tout cela.

– C'est noté. Cependant la question n'est pas là. Incidemment, votre loyauté est mise en cause, mais nous n'en tiendrons pas compte non plus.

Le secrétaire de la Défense fronça les sourcils. Il n'arrive pas à déterminer s'il a été insulté ou non, songea le Président. Et il est intrigué, aussi.

– Dans ce cas, dit sèchement Charlie, quel est l'objet de cette rencontre ?

– Il est tard, reconnut le Président. Vous souhaitez probablement aller retrouver Evelyn et les enfants. Je comprends parfaitement. Mais en ces moments de trouble, je pense qu'elle vous pardonnera quelques heures supplémentaires.

Il martela le bureau du bout de son stylo-plume tandis que Charlie se tortillait imperceptiblement sur sa chaise.

– Je vous connais depuis cinq ans et j'ai bien suivi votre carrière, poursuivit le Président. Votre nomination au cabinet ministériel est celle dont j'ai été le plus fier, Charlie, le saviez-vous ? Je ne prétends pas que vous soyez une fripouille. Seulement que votre loyauté est peut-être partagée. Suis-je loin du compte ?

– Vous me demandez une déclaration que je ne suis pas en mesure de faire. D'un point de vue officiel, je déplore vivement l'insinuation.

– Laissons tomber l'officiel. Il s'agit d'une rencontre privée.

– Suis-je censé le croire ?

– Vous êtes censé écouter.

Le Président avait délibérément laissé percer une certaine irritation dans sa voix. L'autorité était un des pivots du psychisme de Charlie Boyle : il la reconnaissait, il la respectait, il l'acquérait. *Je te connais*, songea le Président, *je connais ton enfance miséreuse, et je sais ce que l'armée a dû signifier pour l'enfant déraciné que tu as été.* Bien plus qu'une étape vers la respectabilité civile, encore qu'elle fût cela, aussi.

Le pouvoir magique des vieux totems avait la vie dure. Aux yeux de Charlie, l'homme qui exerçait les fonctions présidentielles n'était sans doute pas irremplaçable, mais les fonctions elles-mêmes, l'idée de ces fonctions, le commandement suprême, portaient encore en elles un poids symbolique très lourd. Un poids dont, sur le moment, le Président comptait bien tirer profit.

Il choisit ses mots avec soin.

– J'aimerais que vous considériez le fait que cette tentative se révélera peut-être stérile. Pire, même : condamnée d'avance. J'aimerais que vous considériez le fait que les dignitaires proposés par les chefs d'état-major ne sont pas les seules autorités influentes du pays, militaires ou civiles. Les représentants du gouvernement exercent toujours un puissant ascendant. Votre soulèvement se heurterait inévitablement à une opposition, et le sang coulerait. Cela n'en vaudrait pas la peine.

Charlie Boyle s'abîma dans un long silence pesant. Quand il en sortit enfin, ce fut pour s'exprimer avec circonspection.

– Les gens prétendent que vous êtes en contact avec le vaisseau. On dit que vous savez quelque chose que vous gardez pour vous. Et on parle aussi d'une sorte de maladie. Le centre épidémiologique ne répond plus depuis la semaine dernière. Tout le monde se tait.

– Peut-être suis-je au courant de certaines choses, en effet. Peut-être est-ce que je me prépare à communiquer certaines informations à mon heure. C'est mon privilège, non ?

– Vous n'avez même pas dit un seul putain de mot au cabinet. Même vos propres conseillers, le Conseil de sécurité nationale...

– Etant donné le climat qui règne actuellement, est-ce vraiment surprenant ?

– Les gens veulent savoir qui gouverne le pays.

– Bon Dieu, Charlie, *je* gouverne !

– Les gens n'en sont plus certains. On chuchote que vous êtes peut-être bien passé à l'ennemi.

– Les gens assoiffés de pouvoir sont prêts à dire n'importe quoi. Les campagnes politiques reposent sur des mensonges. Les coups d'Etat militaires aussi.

– Vous pourriez faire taire les rumeurs.

– Je m'adresse à la nation dans deux jours. N'est-ce pas suffisant ?

– Peut-être pas.

Charlie se tenait raide sur sa chaise, en puritain offensé. Il n'avait déjà reconnu que trop de choses malgré lui, fût-ce tacitement.

– Vous admettez que vous savez quelque chose.

– Exactement. Je sais reconnaître l'insubordination. Et je sais comment y répondre.

Charlie marqua le coup mais ne se départit pas de son regard hostile.

– Vous n'avez aucun allié, monsieur.

– Seriez-vous prêt à en mettre votre tête à couper ?

La question demeura sans réponse.

– Dites-leur que je suis au courant de ce qui se passe, reprit le Président. C'est votre rôle, Charlie. Dites au général Chafee, au général Weismann et aux autres fauteurs de désordre qu'ils sont sous étroite surveillance depuis quelque temps déjà. Dites-leur qu'ils n'obtiendront pas ce qu'ils convoitent sans verser beaucoup de sang.

Le Président fixa le secrétaire de la Défense, et le tint prisonnier de son regard.

– Vous avez fidèlement servi ce pays presque toute votre vie. Souhaitez-vous réellement le voir basculer dans la guerre civile ? Souhaitez-vous réellement être un nouveau Jefferson Davis – et finir comme lui ?

Charlie Boyle ouvrit la bouche mais la referma aussitôt.

– Dites au général Chafee...

C'était le plus difficile à dire.

– Dites-lui que je ne suis pas hostile aux négociations. Mais la violence générera la violence. Et puis... Charlie ?

– Monsieur ?

– Merci d'avoir pris le temps de m'écouter.

Le personnel des services secrets avait été doublé dans les couloirs de la Maison-Blanche. Le Président s'interrogeait sur la pertinence de cette décision. Trop de visages étrangers en circulation. Le système de protection devenait un risque en lui-même, et entretenait en outre une atmosphère de crise. Mais peut-être était-ce inévitable. Il avait bien fallu des tireurs d'élite autour du Capitole pour protéger Lincoln le jour de son investiture. Les temps étaient durs, mais ils avaient connu pire. Encore que, il était vrai, les temps n'avaient jamais été plus étranges.

La partie qu'il avait jouée avec Charlie Boyle tenait pour une grande part de l'esbroufe, et les généraux ne seraient pas dupes ; mais cela suffirait peut-être à semer le trouble dans certains milieux. Il ne cherchait même pas à déjouer l'intrigue, mais à gagner du temps. Les jours à venir allaient être d'une importance capitale. Il serait tragique que des querelles intestines de ce type fassent couler du sang inutile, parce que ces vies... eh bien, ces vies seraient définitivement perdues.

S'il le fallait, le Président était prêt à donner les ordres nécessaires et à renoncer à ses fonctions, afin de minimiser les dégâts. Mais il s'en trouverait toujours pour se battre, avec les meilleures raisons du monde. Pour trouver la mort, sans espoir de retour.

Les crises que nous affrontons sont rarement celles que nous imaginions, songea le Président.

Il ne se considérait pas comme un homme particulièrement bien équipé pour affronter celle-ci. Sa carrière avait connu une réussite exceptionnelle, certes, mais sans jamais sortir des sentiers battus. Héritier d'une famille politique de la Nouvelle-Angleterre, poussé depuis l'enfance vers le service public, il était sorti de Harvard avec un diplôme de droit en poche, des relations influentes et de l'ambition à revendre. Mais une ambition qu'il avait su mettre en réserve ; il connaissait la patience. Il avait souplement gravi les échelons du parti démocrate et su se faire plus d'amis que d'ennemis. Il avait pour la première fois postulé aux fonctions publiques dans son Etat natal, et si puissamment écrasé le républicain sortant que le parti avait sérieusement commencé d'envisager ses chances d'accéder à la présidence. Là encore, il avait pris son temps, cultivant des amitiés au sein du parti et parmi les grands pontes des milieux pétroliers, juridiques et industriels.

La présidence lui avait échappé de très peu à l'issue de sa première campagne, mais il l'avait remportée haut la main quatre ans plus tard. Les compagnies pétrolières, jusqu'alors acquises au parti républicain, avaient cette année-là retourné leur veste pour préserver leurs intérêts, et le Sud, ébranlé par l'exode industriel en direction du Mexique, était venu se réfugier sous l'aile du parti démocrate.

Les personnalités des candidats n'avaient sans doute pas non plus été étrangères aux résultats des élections. Le Président était un homme de grande taille, avec de l'entregent, de l'enthousiasme et une bonne dose d'humour. Son adversaire avait été d'une maigreur proche de la consomption, compassé et bien trop aisément désarçonné. Les débats télévisés se soldèrent par une véritable débâcle pour les républicains qui tentèrent vainement de se soustraire à la dernière des trois rencontres.

Il n'y eut aucun suspense le soir des élections, rien que le plaisir de voir les présentateurs, à la télévision, se relayer pour annoncer régulièrement l'information primordiale, à savoir que la longue lignée républicaine avait quitté la Maison-Blanche.

Puis le vaisseau était apparu et plus rien n'avait compté hormis la menace que présentait cet événement incompréhensible. Le Président avait passé pratiquement tout son temps, depuis sa nomination aux fonctions de chef d'Etat, à se débattre avec ce problème. A coups d'épée dans l'eau, bien sûr. C'était une crise qu'on ne pouvait combattre.

En revanche, on pouvait lutter contre les effets secondaires qu'elle engendrait – l'instabilité politique, l'angoisse de la nation. A cet égard, il avait le sentiment d'avoir eu une action salutaire. De toute façon, il n'avait eu d'autre choix que de prendre le taureau par les cornes.

Il était encore possible de sauver des vies ; et peut-être cette discussion avec Charlie Boyle y aurait-elle contribué. Les jours à venir seraient critiques. *Nous verrons*, songea-t-il.

Après cela...

On entrait dans un monde neuf, non ?

Il pouvait se forger une idée de l'avenir, bien que très floue. Il avait le pressentiment qu'il n'y aurait plus de place pour les rois, les conquérants, les aristocrates ; pas même pour les parlements, les congrès, les présidents...

Elizabeth lisait quand il entra dans la chambre. Elle releva des yeux fatigués vers lui.

– Comment ça s'est passé ?

Le Président commença à se dévêtir.

– Tu connais Charlie. Têtu comme une mule. Un peu borné, même. L'instinct de conservation avant tout. Mais je pense qu'il sera plus prudent, maintenant.

– Crois-tu que ce soit suffisant ?

Il haussa les épaules.

– C'est déjà bien. De là à être suffisant...

– Pauvre Charlie. Il ne comprend pas.

– Nous sommes privilégiés, lui rappela le Président. Nous avons été abordés en premier. Nous sommes parmi les rares élus.

Une étrange pensée lui traversa l'esprit.

– Les derniers aristocrates que le monde connaîtra.

– Sans doute. Mais si nous avions aussi Charlie, et le général Chafee...

– Ça viendra. Encore que je ne compterais pas trop sur Chafee. J'ai l'impression que c'est le genre de type à refuser.

– Quel dommage que tout n'aille pas plus vite.

– Chaque chose en son temps. J'espère seulement que personne ne perdra la vie. Même les généraux le regretteraient, je crois.

– Ils ne savent pas contre quoi ils se battent. La mort de la Mort.

Le Président se glissa sous les draps près de sa femme. Il avait apporté un dossier, son courrier confidentiel du matin, avec l'intention de le lire. Mais à quoi bon ? Il prit la main de sa femme et éteignit la lampe de chevet.

Il avait épousé en Elizabeth Bonner une jeune

femme mince, jolie, issue d'une famille influente de la côte Est. En trente ans, elle était devenue affreusement obèse. Des plaisanteries avaient circulé pendant la campagne électorale – des quolibets cruels, méchants. Mais Elizabeth avait placidement opposé l'indifférence à la malveillance – elle était trop fière pour s'occuper de telles vétilles.

Et le Président n'avait somme toute été que légèrement contrarié. Contrarié parce qu'il l'aimait, et non en raison de son monstrueux tour de taille. Il possédait la clé du secret : si Elizabeth avait gagné en poids, elle avait surtout gagné en sagesse. Là résidait le substrat de leur mariage, une union bien ancrée et solide.

Les draps étaient agréablement frais.

– La mort de la Mort, répéta-t-il. Quelle étrange pensée.

– Ce n'est pourtant rien d'autre, dit Elizabeth.

L'idée était réconfortante. Et vraie, naturellement. Comme toujours, on pouvait lui faire confiance pour trouver la formule appropriée.

Et la Mort en aura fini d'exercer sa tyrannie. Etait-ce la Bible ? Ou Tennyson ? Il ne se souvenait plus.

Quoi qu'il en soit, songea le Président, les temps sont venus.

6

Fièvre

Matt s'était orienté vers la médecine pour l'amour de la guérison.

Une dizaine de feuilletons télévisés et quelques films l'avaient convaincu que l'essence de la pratique médicale résidait dans l'acte de guérison. Il parvint à entretenir cette idée fragile pendant ses années d'études, mais elle ne survécut pas à l'internat au cours duquel il prit conscience que le propos d'un médecin est inextricablement lié à la mort – à son ajournement, au mieux ; à son adoucissement, souvent ; à son inéluctabilité, toujours. La mort était l'éminence grise cachée derrière le caducée.

Contrairement au mythe, les diplômes médicaux ne conféraient aucune invulnérabilité émotionnelle. Les docteurs n'étaient pas les derniers à redouter la mort – même les plus renommés. Ils la redoutaient et l'évitaient. Parfois de façon tout à fait névrotique. Pendant son internat, Matt avait travaillé avec un oncologue qui détestait ses patients. Il s'agissait par ailleurs d'un excellent médecin, irréprochablement professionnel, mais dans un bar ou une cafétéria, entre collègues, il expliquait complaisamment ce que les malades représentaient pour lui.

– Ils sont les artisans de leurs tumeurs. Ils sont fainéants, ou obèses, ou bien ils fument, ou encore ils s'imbibent d'alcool ou se bronzent au soleil sans protection. Et ensuite, ils m'amènent leur corps maltraité. « Guérissez-moi, docteur, s'il vous plaît. » Ecœurant...

– Et s'ils jouaient seulement de malchance ? avait hasardé Matt. Certains, tout du moins.

– Plus longtemps vous resterez dans mon service, docteur Wheeler, plus vite pour perdrez ce genre d'illusions.

Possible, songea Matt. Le mépris était sans doute malvenu, mais il répondait à un besoin. Il maintenait la mort à distance. Ouvrez la porte à la compassion, même un tout petit peu, et vous prenez le risque que le chagrin s'engouffre avec.

Cette attitude, toutefois, n'était pas celle que préconisait Matt, qui, après le départ de Scott, s'était résolument tourné vers la médecine familiale. Ses journées étaient jalonnées d'oreillons, de rougeoles, de points de suture et d'infections anéanties à coups d'antibiotiques. Autrement dit, il guérissait. De petits actes de bonté. Il jouait un rôle mineur dans les drames mineurs de la vie ; le rôle du gentil, et non l'ange de la mort, gardien de la porte de l'oubli.

Rarement, en tout cas.

Mais Cindy Rhee s'éteignait doucement, et il n'était pas en son pouvoir de l'en empêcher.

Il avait prévenu les Rhee qu'il passerait voir leur fille vendredi matin.

David Rhee travaillait à l'usine, au sud de la ville, où il conduisait un chariot de levage. Ses parents, des immigrants coréens, vivaient à Portland. David avait épousé une jolie fille de Buchanan, Ellen Drew qui, douze ans plus tôt, lui avait donné une fille, Cindy.

Cindy était une fillette délicate et fine, avec le teint légèrement coloré de son père et de grands yeux bruns, mystérieux. Elle souffrait d'un neuroblastome, un cancer du système nerveux.

Un matin d'automne, elle tomba en se rendant à l'école. Elle se releva, ôta les feuilles mortes de son manteau, et reprit son chemin. La semaine suivante, elle tomba de nouveau. Et la semaine d'après. Puis ce fut deux fois en une semaine. Et deux fois en un jour. Finalement, sa mère l'amena voir Matt.

Il découvrit de grosses anomalies dans ses réflexes

et un œdème papillaire prononcé. Après avoir expliqué à Mme Rhee qu'il n'était pas en mesure d'établir un diagnostic, Matt l'adressa à un neurologue de l'hôpital. Mais il redoutait le pire. Une tumeur du cerveau, bénigne et opérable, était ce que la fillette pouvait espérer de mieux. Il existait malheureusement d'autres possibilités, encore moins plaisantes.

Il l'accompagna quand elle fut admise à l'hôpital pour y subir des tests. Cindy était d'une patience infinie, presque surnaturelle, face à cette injustice révoltante. Matt en vint même à se demander d'où venaient ces gens, ces âmes belles et nobles qui enduraient les cruautés de la vie sans se plaindre et provoquaient les larmes des infirmières pourtant aguerries.

Il était auprès du couple quand le neurologue leur expliqua que leur fille souffrait d'un neuroblastome. David et Ellen Rhee écoutèrent avec une concentration extrême le spécialiste leur décrire les inconvénients et les avantages, les plus et les moins, de la chimiothérapie. David fut le premier à parler :

– Mais est-ce que ça la guérira ?

– La thérapie pourra peut-être prolonger sa vie. Il y aura peut-être une rémission de la maladie. Mais on ne peut malheureusement pas parler de guérison. Nous devrons la surveiller de très près même dans le meilleur des cas.

David Rhee hocha la tête – un geste d'acquiescement mais surtout de résignation désespérée. Sa fille ne guérirait peut-être pas. Sa fille allait peut-être mourir.

J'aurais dû être plombier, songea Matt. Electricien, comptable. N'importe quoi, mon Dieu, pour ne pas être dans cette pièce à cet instant. Il ne put se résoudre à rencontrer le regard d'Ellen quand elle sortit avec son mari. Il craignait qu'elle ne lise dans ses yeux l'expression de sa méprisable impuissance.

Cindy répondit favorablement à la chimiothérapie. Elle perdit ses cheveux mais recouvra son sens de l'équilibre ; elle quitta l'hôpital maigrichonne mais optimiste.

Elle y revint six mois plus tard. Sa tumeur, inopérable, s'était disséminée. Son élocution devenait pâteuse et son champ de vision se rétrécissait. Matt interrogea les spécialistes de l'hôpital. Ne pouvait-on vraiment envisager une opération ? Mais la malignité avait trop profondément investi le cerveau. Les radiographies étaient éloquentes, impitoyables. L'opération, si tant est que quelqu'un eût été assez fou pour la tenter, aurait privé la fillette de sa voix, de sa vue, et probablement de son âme.

Elle était à présent rentrée chez elle pour y mourir. Les Rhee l'avaient compris. D'une certaine façon, la maladie se montrait clémente. L'organisme de Cindy était encore suffisamment fonctionnel pour lui permettre de quitter l'hôpital ; avec un peu de chance, elle ne finirait pas dans quelque salle blanche aseptisée d'un de ces mouroirs occidentaux. Cindy était désormais aveugle et ne pouvait articuler que quelques mots rudimentaires, mais Ellen Rhee continuait à s'occuper d'elle avec un héroïsme inébranlable qui constituait, aux yeux de Matt, une remarquable leçon d'humilité.

Il avait promis de passer ce matin, mais n'envisageait pas cette tâche de gaieté de cœur. Il était difficile de ne pas aimer Cindy, difficile de ne pas haïr la maladie qui la torturait et l'entraînait vers la mort. Matt avait parfois recours à cet état d'esprit qu'il nommait « machine-à-soigner » et qui lui permettait de museler momentanément ses émotions. Mais cette position n'était pas aisée à observer, même au mieux de sa forme ; or, ce matin, il se sentait fiévreux et désorienté. Il avala un décongestionnant et, l'humeur sombre, se rendit chez les Rhee.

Et puis il y avait aussi ce que Jim Bix lui avait raconté. Cette histoire lui pesait comme une pierre, un fardeau trop lourd qu'il ne pouvait ni ignorer ni supporter. La sincérité de Jim n'excluait pas le fait qu'il pouvait être dans l'erreur. Ou fou. A moins que ce ne soit réellement le commencement de la fin... auquel cas, si révoltante que puisse être l'idée, peut-être le sort de Cindy Rhee était-il enviable.

Il se gara devant la modeste maison des Rhee. Ellen lui ouvrit. Elle portait une blouse jaune et les cheveux noués sur la nuque. Un vieil aspirateur trônait au centre de la moquette. Par expérience, Matt avait remarqué que, dans les foyers des mourants, le ménage était accompli religieusement, ou pas du tout. Ellen Rhee avait pris le parti du ménage frénétique. Au cours des derniers mois, il l'avait rarement vue sans sa blouse.

Mais elle souriait. Curieux, songea Matt. Et la radio allumée diffusait une musique enjouée, populaire.

– Entrez, docteur, dit-elle.

La maison n'était pas aussi sombre que d'habitude ; Ellen avait remonté les stores et ouvert les doubles rideaux. Une brise d'été matinale balayait les odeurs d'antiseptiques et laissait entrer celles, plus subtiles, des roses du jardin.

– Je suis désolée, dit-elle. La maison est plutôt en désordre. Je suis en plein ménage. J'avais plus ou moins oublié que vous deviez passer.

Elle éternua et se moucha dans un Kleenex. La grippe de Taiwan n'épargnait personne.

– Je peux revenir une autre fois, suggéra-t-il.

– Non. Restez, je vous en prie.

Elle ne s'était pas départie de son sourire.

Le terme clinique pour ce genre de comportement se nommait « refus ». Une façon de faire face à la situation. Continuer comme si de rien n'était, sourire, recevoir l'invité. Une nouvelle facette de sa lutte contre sa propre douleur. Pourtant, Matt eut la sensation qu'Ellen était différente. Comme soulagée d'un certain poids. Etait-ce possible ?

– David est là ? demanda-t-il.

– Non. Il a pris son service de bonne heure à l'usine. Voulez-vous un café ?

– Non, merci, Ellen.

Il tourna la tête vers la chambre de Cindy.
– Comment va-t-elle ?
– Mieux.
Matt ne put cacher sa surprise.
– C'est vrai ! insista Ellen. Elle se sent bien mieux. Vous pouvez le lui demander vous-même.
La plaisanterie tournait au macabre.
– Ellen...
Le sourire d'Ellen s'adoucit. Elle posa la main sur son bras.
– Allez la voir, Matt. Allez-y.

Cindy était assise dans son lit, ce qui, en soi, constituait déjà un petit miracle. Matt fut contraint de reconnaître que, à première vue, elle paraissait en effet beaucoup mieux. Elle était encore horriblement maigre – l'émaciation délicate du cancéreux en phase terminale. Mais ses yeux grands ouverts semblaient tout à fait lucides. La dernière fois qu'il était passé la voir, elle n'avait pas paru le reconnaître.
Matt posa sa sacoche sur la table de chevet et la salua. Il prenait toujours soin de lui parler, même si le neurologue lui avait assuré qu'elle ne comprenait plus. Elle pouvait peut-être trouver quelque réconfort dans le ton de sa voix.
– Je suis venu voir comment tu allais, aujourd'hui.
Cindy cligna des yeux.
– Merci, docteur Wheeler, dit-elle. Je vais bien.

– On dirait que vous avez rencontré un fantôme, dit Ellen quand il ressortit de la chambre de Cindy. Venez, asseyez-vous.
Il s'assit à la table de la cuisine et accepta le verre de citronnade que lui offrit Ellen.
– Elle se sent vraiment mieux, dit-elle. Je vous avais prévenu.
Matt s'efforça d'éclaircir ses pensées embrouillées.
– Elle m'a parlé, dit-il. Elle était lucide. Elle a

compris ce que je lui ai dit. Elle est faible et un peu fiévreuse, mais j'ai l'impression qu'elle a même repris un peu de poids.

Il releva les yeux vers Ellen.

– Rien de tout ça ne devrait être possible.

– C'est un miracle, répondit fermement Ellen. Du moins, c'est mon opinion.

Elle se mit à rire.

– C'est moi qui suis malade, maintenant ! Je suis un peu fiévreuse.

– Ellen, écoutez. Je suis heureux de ce qui arrive. Je ne pourrais pas être plus heureux. Mais je n'y comprends rien.

C'était vraiment l'incompréhension totale. Oui, bien sûr, la rémission existait. Il avait vu un jour une tumeur du poumon diminuer de façon dite « miraculeuse ». Mais le cas de Cindy était d'une tout autre nature. Le tissu cérébral avait été détruit. Même si les tumeurs avaient disparu, elle n'aurait pas dû être en mesure de parler. Cette partie du cerveau n'existait plus. Et même sans les tumeurs, elle aurait dû être dans la position d'un malade ayant subi une grave attaque. Certaines facultés pouvaient à la rigueur être recouvrées ; mais une guérison complète était hors de question. Ce dont il venait d'être témoin dans la chambre relevait de l'impossible.

Il ne dit rien de tout cela à Ellen.

– Je voudrais être sûr, Ellen, dit-il. Je veux que l'hôpital la voie.

Elle eut une expression soucieuse.

– Peut-être quand elle sera plus forte, Matt. Mais je ne sais même pas... Je ne supporte pas l'idée de lui faire subir tout cela de nouveau.

– Je ne voudrais pas que nous nous bercions de fausses illusions.

– Vous croyez qu'elle peut rechuter ?

Elle secoua la tête.

– Ce ne sera pas le cas. Je ne peux pas vous dire comment je le sais. Mais c'est un fait. La maladie est partie, docteur Wheeler.

Matt ne put se résoudre à la contrarier.

– Je souhaite que vous ayez raison. Cindy m'a dit quelque chose du même genre.

– Vraiment ?

La fillette s'était exprimée avec effort, comme si la formulation des mots exigeait encore une concentration considérable, mais de façon très claire.

– Pauvre docteur Wheeler, lui avait dit cette enfant émaciée. Vous n'aurez bientôt plus de travail.

L'incident était pour le moins étrange, mais plus étrange encore fut le fait que Matt n'y accorda pas plus d'attention que cela après avoir quitté Ellen Rhee.

Il longea la baie sur Promenade Street. Il y avait très peu de circulation. La route était plaisante, l'océan calme et bleu sous le lavis turquoise du ciel. Un midi d'août brûlant où rien ne bouge.

Il se sentait aussi bizarrement paisible que Buchanan. Il avait tout d'abord rendu la fièvre responsable de ce calme vide – le sien, celui de la ville –, mais il se prit à réfléchir.

Peut-être que Jim avait raison, finalement. Nous sommes tous infectés. Avec des machines dans le sang. Un genre de peste. La grippe de Taiwan...

Mais ces pensées, elles aussi, glissèrent sur la surface lisse de la journée.

Jill, la réceptionniste, n'était pas à son poste – elle avait appelé pour prévenir qu'elle ne se sentait pas bien – mais Annie occupait sa place à la réception et répondait aux appels, pour la plupart des annulations de rendez-vous. Elle raccrocha et brancha le répondeur afin de déjeuner tranquille. Matt remonta des sandwiches au jambon et des salades de la cafétéria du premier étage – qui manquait elle aussi de personnel. Annie mangea du bout des dents, les yeux dans le vague.

– Curieuse journée, dit-elle.

Matt lui parla de Cindy Rhee, mais son récit avait une résonance lointaine, étrangement immatérielle.

Le front d'Annie se plissa. L'effort qu'elle fournissait pour comprendre se heurtait à quelque résistance interne.

– C'est peut-être pour ça qu'ils annulent leurs rendez-vous. Ils se sentent tous... mieux.

Pauvre docteur Wheeler. Vous n'aurez bientôt plus de travail.

Matt eut une moue dubitative. Mieux... ou plus malades.

Il expliqua aussi à Annie ce que Jim Bix lui avait confié quant aux corps étrangers découverts dans les échantillons de sang. Il n'avait pas eu l'intention de lui parler de cela, du moins pas encore, par crainte de l'inquiéter inutilement. Mais elle accueillit de nouveau ses propos avec placidité.

– J'en ai entendu parler à l'hôpital. J'ai déjeuné l'autre jour avec une infirmière du labo. Elle était complètement paniquée. Et moi aussi, après. Alors j'ai appelé le chef du service hématologique de l'hôpital de Dallas où j'ai fait mon internat. Il ne voulait pas en parler, mais quand je lui ai dit ce que je savais, il m'a plus ou moins confirmé les faits.

Ainsi, chacun gardait ses informations pour soi, songea Matt. Combien de personnes encore étaient dans le secret ?

– On peut donc en conclure que ce n'est pas uniquement local.

– Ça te surprend ?

– Non.

– Le centre épidémiologique devait le savoir au moins depuis aussi longtemps que Jim Bix.

Elle but une gorgée de Pepsi.

– A priori, le secret a été respecté. Il n'y a pas eu la moindre fuite dans les journaux. Je suppose que c'est dans l'intérêt des gens. Pourquoi les inquiéter ? Une maladie sans symptômes, insaisissable, dont tout le monde est déjà atteint... Est-ce que ça vaut la peine de déclencher la panique, franchement ?

– Ils ne vont sûrement pas pouvoir garder le secret bien longtemps.

– Ce sera peut-être inutile.

Il avait la sensation de se trouver sous une cloche de tranquillité cotonneuse. Une partie de lui-même menait cette conversation tout à fait raisonnablement ; et l'autre était comme emprisonnée, silencieuse, mais effrayée par ce que venait de dire Annie. Ces réflexions, il n'avait pas encore osé se les autoriser.

La voix d'Annie devint vaguement rêveuse.

– Si cette infection a un but, comme je le suppose, nous devrions bientôt tous savoir lequel.

Matt braqua sur elle un regard inquisiteur.

– Qu'est-ce qui te fait dire qu'elle a un but ?

– Une intuition.

Elle haussa les épaules.

– Ce n'est pas ton impression ?

Une question à laquelle il n'avait pas envie de répondre.

– Annie, je peux te demander quelque chose ? Tu as dit tout à l'heure que tu avais eu peur quand ton amie t'a parlé de ça.

– Oui.

– Mais plus maintenant ?

Le pli sur le front d'Annie se creusa davantage.

– Non... plus maintenant. Je n'ai plus peur.

– Pourquoi ?

– Je ne sais pas, Matt.

Elle le regarda gravement par-dessus les reliefs de leur déjeuner.

– Franchement, je ne sais pas.

Il passa l'après-midi à mettre des paperasses à jour, ne s'interrompant que pour recevoir son unique patient de la journée : une femme d'une trentaine d'années qui venait faire vérifier sa tension artérielle. Oui, elle suivait son régime à la lettre. Oui, elle prenait bien ses remèdes.

Sa tension était tout à fait normale en dépit d'un soupçon de fièvre. Elle semblait distraite mais lui sourit en partant. Merci, docteur Wheeler.

Matt tira sa chaise devant la fenêtre et observa l'ombre grignoter peu à peu la lumière de la rue en contrebas.

On nous a administré un sédatif.

La ville vivait au ralenti. Chaque mouvement semblait isolé, comme si toute chose se mouvait indépendamment du reste. Une voiture se traînait sur le ruban de bitume noir. Un vieil homme, le col ouvert et la veste posée sur l'épaule, sortit de chez le coiffeur et s'arrêta pour passer lentement une main osseuse sur sa tête à demi rasée. Le soleil se reflétait sur les pare-brise, amollissait le goudron et provoquait une légère brume de chaleur sur la surface distante de l'océan.

Je devrais être terrifié, songea Matt. Et je ne le suis pas. Et le fait de ne pas l'être devrait en lui-même me terrifier. Et pourtant, ce n'était pas le cas.

Sédation. Quel autre nom donner à cette sérénité clinique ? On devrait hurler. On devrait s'indigner. On devrait se sentir violés. Parce qu'il s'agissait de...

De quoi ?

De la fin du monde ?

Oui, songea Matt. La fin du monde. C'était probablement ce qui se passait. Rien de moins.

A 15 heures, un employé du laboratoire privé du troisième étage vint lui apporter une enveloppe contenant des résultats d'analyses. Les analyses de sang étaient sans doute faussées, mais il avait malgré tout été possible de repérer de la gonadotrophine dans l'échantillon d'urine. Matt survola rapidement le dossier. Puis il décrocha le téléphone pour annoncer à Lillian Bix qu'elle était enceinte.

Ils fermèrent le cabinet à 16 heures.

– Je suis venue à pied, dit Annie. Tu peux me ramener chez toi ?

Matt la regarda sans comprendre.

– Tu as oublié que tu recevais, ce soir ?

Il faillit éclater de rire. L'idée était grotesque. Comment était-il censé divertir des invités ? En servant des cacahuètes salées et en jouant *Plus près de Toi, mon Dieu* sur son harmonica ?

Annie sourit.

– Ne t'en fais pas, Matt. Plusieurs personnes ont appelé pour décommander, ce matin. C'est noté sur ton agenda. Et tu en auras sans doute d'autres sur ton répondeur, chez toi. Tu peux annuler, si tu veux... Je prendrai le bus pour rentrer.

Il refusa d'un signe de tête.

– Non, Annie. Je veux que tu viennes à la maison avec moi. Mais tu risques d'être la seule invitée.

– Je sais.

– Et on n'aura rien à fêter.

– Je sais, Matt. On peut toujours prendre un verre. Et regarder les étoiles.

Elle avait raison, bien sûr. Tout le monde avait annulé – la plupart invoquant la grippe – sauf Jim et Lillian Bix, qui arrivèrent avec une bouteille de vin.

L'atmosphère n'était pas aux festivités, bien que Lillian eût annoncé sa grossesse à Jim et que Jim en eût informé Annie. Il était manifeste, à leurs expressions vaguement hébétées, que, à l'instar de Matt, ils se sentaient exclus de la réelle signification de tous ces événements étranges. « Comme un patient éthérisé sur une table » – T. S. Eliot, si Matt avait bonne mémoire. L'expression résonnait dans sa tête tandis qu'ils s'activaient tous les quatre dans la cuisine, improvisant un repas.

Rachel suivait les informations à la télévision dans la pièce voisine. Le Président, dit-elle, avait annulé son discours prévu pour le soir même. Mais autrement, tout était calme à Washington.

Plus tard, les adultes se retirèrent sur la terrasse à l'arrière de la maison. Fauteuils de jardin, longs verres à pied emplis de vin. Les premières étoiles naissaient dans le clair-obscur du crépuscule. La brise berçait les grands Douglas et Matt écoutait le doux gémissement de leurs branches dans la semi-pénombre, doux comme le froissement d'une jupe de femme.

– Mon Dieu, dit-il. C'est... si calme.

Jim avait l'air perplexe.

– Comment dit-on, dans les films ? *Trop* calme.

– Non, je suis sérieux, dit Matt. Ecoute. On distingue le bruissement des arbres.

Tous inclinèrent la tête, attentifs aux sons nocturnes.

– J'entends les grenouilles, s'étonna Annie. Depuis le fleuve, je suppose. Depuis tout en bas de la vallée, vous vous rendez compte ?

– Et ce tintement, dit Lillian. Je sais ce que c'est ! C'est le mât de l'école primaire. Je passe devant, des fois, le matin. La corde cogne contre le bois quand il y a du vent. Ça me fait toujours penser à une cloche.

Un glas lointain, indistinct. Matt l'entendit, lui aussi.

– Est-ce si bizarre ? demanda Jim.

– Vendredi soir, répondit Matt. La route longe le fleuve. Généralement, on entend les voitures. Et rien d'autre. Les gens qui vont au cinéma, les jeunes qui sortent dans les bars, les camions qui transportent le bois. C'est le genre de bruit auquel on ne fait même plus attention, mais qu'on remarque quand il est absent. Il y a toujours du bruit, même après minuit. Le sifflement d'un train. Une sirène. Ou bien...

– La télé, dit Annie. Tous les gens, normalement, ont leur télé allumée. Et un soir d'été ? Avec les fenêtres ouvertes ?

Elle frissonna, imperceptiblement. Matt le sentit quand il lui prit la main.

– Je suppose qu'il n'y a pas grand monde devant sa télé, ce soir.

Matt se retourna vers le salon. Rachel avait éteint la télévision et se tenait devant la fenêtre de sa chambre éclairée, en contre-jour, les yeux perdus sur les dernières lueurs du ciel.

– C'est donc que tout le monde est allé se coucher de bonne heure, conclut Jim. La grippe.

Lillian se sentit offensée. Elle se redressa sur son fauteuil.

– Tu n'as pas besoin de me protéger. Je sais ce qui se passe.

Matt et Jim échangèrent un regard.

– Si vous savez ce qui se passe, Lillian, dit Matt, vous en savez plus que nous.

Elle avait la voix écorchée, le regard triste.

– Tout est en train de changer. C'est ça, qui se passe. C'est pourquoi il n'y a personne d'autre que nous ici ce soir.

Seul le silence lui répondit, ce que Matt interpréta comme un acquiescement de l'univers. Puis Jim leva son verre.

– A nous, alors. Aux rares audacieux.

Lillian but pour montrer qu'elle n'était pas fâchée.

– Mais je ne devrais pas, dit-elle. Le vin me fait dormir. Oh, et puis le bébé. Ce n'est pas bon, dans mon état, non ? Mais je suppose qu'une malheureuse gorgée...

Ding, deling, répondit le lointain mât.

Matt s'arrêta pour dire bonsoir à Rachel et la trouva déjà endormie, enfouie sous sa couverture rose, la fenêtre ouverte sur le souffle frais de la nuit.

Il tira une chaise près du lit, indifférent à son craquement de protestation quand il s'y assit.

Rachel n'avait pratiquement pas touché à la décoration de sa chambre depuis la mort de sa mère. C'était encore, à beaucoup d'égards, une chambre d'enfant. Rideaux imprimés à la fenêtre et animaux en peluche sur la commode. Matt savait qu'elle avait encore tous ses vieux jouets : un coffre plein de petits livres d'images, de cuisinières et de Frigidaire miniatures, de dînettes ; une poupée Barbie et sa garde-robe complète soigneusement pliée. Elle n'ouvrait que rarement le coffre, mais Matt supposait qu'il était à ses yeux une sorte de sanctuaire – dédié à sa mère, ou tout simplement à la sécurité de l'enfance. Le royaume des choses perdues.

Il regarda sa fille, et la pensée de ce coffre à jouets fit monter en lui une tristesse soudaine, infinie.

Je te redonnerais tout si je le pouvais, Rachel. Tout ce que le monde t'a volé.

Tout ce que le monde vole.

Elle roula sur le côté et ouvrit les yeux.

– Papa ?

– Oui, Rachel ?

– Je t'ai entendu entrer.

– Je voulais juste te dire bonsoir.

– Annie reste ici ?

– Je crois.

– Tant mieux. J'aime bien quand elle est là, le matin.

Elle bâilla. Matt posa la main sur son front. Elle était légèrement fiévreuse, elle aussi.

Quelque chose parut la troubler un instant.

– Papa ? Tu crois que tout ira bien ?

Mens. Mens et fais en sorte qu'elle y croie.

– Oui, Rachel, affirma-t-il.

Rassurée, elle ferma les yeux.

– C'est bien ce que je pensais.

Il ouvrit le canapé-lit dans la chambre d'ami pour Jim et Lillian, tous deux légèrement ivres, à moins qu'ils n'aient été « éthérisés ». Pas en état, quoi qu'il en soit, de reprendre la voiture.

Je sais ce qu'ils éprouvent, songea Matt. L'impression d'être dans une prison de coton. Vaguement euphoriques mais somnolents. Pendant ses années d'études, il lui était arrivé de fumer de la marijuana avec un copain. C'était un peu la même sensation qu'il avait ressentie. Enfermé dans un brouillard protecteur et luminescent, il s'était laissé dériver sur l'ondoiement berceur de son lit.

Ce soir, Annie était déjà couchée quand il la rejoignit.

Il y avait un bon moment qu'ils n'avaient pas dormi ensemble, et il se demanda soudain pourquoi. Sa présence lui avait manqué, sa chaleur, sa personnalité.

C'était une femme petite, aux énergies de vie intimement liées à ses silences énigmatiques. Elle bascula sur le côté mais se pelotonna contre lui. Il s'enroula autour d'elle.

La première fois où il avait amené Annie à la maison, Matt avait été pétri de culpabilité. Cette maison était encore celle de Celeste et il redoutait qu'Annie n'y soit autre qu'une intruse, une insulte à sa mémoire. Et puis il craignait la réaction de Rachel. Craignait de voir s'installer une rivalité entre Annie et sa fille.

Mais Rachel avait adopté Annie d'emblée et accepté sa présence sans poser de questions.

– Parce qu'elle a fait son deuil de sa mère, suggéra plus tard Annie. Et, d'une certaine manière, elle la pleure encore, mais elle ne se le cache pas. Elle lâche prise. Elle sait que j'ai le droit d'être ici parce que Celeste ne reviendra pas.

Matt tiqua.

– Mais toi, Matt, tu ne veux pas lâcher prise. Tu es un collectionneur. Tu amasses les choses. Ton enfance. Cette ville. Ton idéalisme. Ton mariage. Tu ne supportes pas l'idée de te séparer de quoi que ce soit.

C'était à la fois vrai et exaspérant.

– J'ai renoncé, pour Celeste, dit-il. Je n'avais pas le choix.

– Ce n'est pas aussi simple. D'une certaine manière, tu ne devrais pas renoncer à elle ; elle fait partie de toi, après tout. Et puis il y a le renoncement qui s'est fait malgré toi, c'est-à-dire sa mort. Entre les deux, il y a un espace. Il n'est pas très grand, pour l'instant. Mais c'est dans cet espace que je me glisse.

Annie tout contre lui, Matt se demanda ce qui avait éveillé ce vieux souvenir.

Tu es un collectionneur. Tu ne veux pas lâcher prise.

Elle avait sans doute raison.

Il s'accrochait à Annie, maintenant. Il s'accrochait à Rachel. Il s'accrochait à Jim et à Lillian, et à son cabinet de médecine, et à la ville de Buchanan.

Tout est en train de changer, avait dit Lillian.

Lâcher prise ? C'était trop d'effort...

Un souffle d'air frais effleura la peau nue de son épaule ; Matt tira le drap et ferma les yeux sur la nuit d'été. Alors, comme Annie, comme Rachel, comme Jim et Lillian et comme tout un chacun à Buchanan et dans le reste du monde, il glissa dans le rêve...

7

Le calme

Une vague de sommeil, telle l'ombre du soleil, traversa le globe quelques heures seulement après que le monde eut franchi la frontière de la nuit.

C'était le sommeil le plus profond que la planète ait jamais connu depuis que l'espèce humaine avait émigré des confins du continent africain. Il déferla d'est en ouest sur l'Amérique du Nord depuis la pointe du Labrador, et s'empara indistinctement de tous les êtres peuplant la surface de la Terre : il s'empara des ouvriers, des insomniaques, des riches et des déshérités ; il s'empara des alcooliques et des drogués.

Il s'empara des fermiers, des pêcheurs, des détenus dans les prisons et des gardiens de ces mêmes prisons. Il s'empara des routiers saturés de méthrédine qui durent s'arrêter sur le bas-côté de routes désertées pour dormir dans leur cabine ; il s'empara des pilotes d'avion qui atterrirent avec leurs 747 sur les pistes d'aéroports assoupis sous la direction de contrôleurs du ciel qui, méthodiquement, évacuèrent le ciel avant de sombrer à leur tour.

Il y eut quelques exceptions isolées et éphémères. Les urgences médicales étaient rares, mais une dizaine d'employés assurèrent quelque temps les dernières liaisons téléphoniques (ne s'endormant que plus tard) ; des ambulances transportèrent des blessés jusqu'aux hôpitaux où une poignée d'internes, fonctionnant comme des automates sans s'interroger sur ces événements qui les inféodaient, soignèrent les blessures de ces quelques patients endormis. Lesquelles blessures, d'ailleurs, semblaient se refermer d'elles-mêmes, sans grand besoin de soins. Les pompiers demeurèrent sur le qui-vive, bien que curieusement ralentis. Ils ne s'endormirent qu'après avoir paré – de manière purement mécanique – aux risques évidents : éteindre les cigarettes, les fours et les feux de cheminée.

Les incendies qui, malgré tout, éclatèrent furent le fait du hasard, et non de la négligence. A Chicago, Aggie Langois, une mère célibataire sans revenus, fut arrachée à un rêve puissant – qui n'était pas un rêve – par les flammes qui sortaient de sa prise murale vétuste et léchaient les rideaux de la chambre. Elle prit son bébé endormi et son fils de trois ans, réveillé mais très calme, et descendit hâtivement jusque dans la rue, un étage plus bas. Là, elle eut la surprise de voir les autres locataires de l'immeuble sortir posément derrière elle. Le petit dealer de crack du troisième portait le cul-de-jatte du quatrième ; et la bête noire personnelle d'Aggie, sa voisine, une serveuse de bar qui avait la sale manie de faire la bringue à des heures indues, quand les enfants essayaient de dormir, avait apporté plusieurs couvertures ; elle en tendit trois à Aggie sans dire un mot.

Quelqu'un avait pris le temps de composer le 911. Les pompiers arrivèrent, rapidement, mais dans un silence angoissant. La brigade déroula des lances avec une aisance et une économie de mouvements remarquable. C'était comme s'ils n'étaient qu'en partie éveillés : ne fonctionnait que la fraction d'eux-mêmes nécessaire pour effectuer le travail, et l'effectuer avec efficacité. Un locataire du bâtiment voisin – qu'elle ne connaissait pas – proposa son canapé à Aggie et un petit lit pour les enfants. Elle accepta.

– C'est une nuit bizarre, dit-il, et Aggie hocha la tête en silence, trop hébétée pour parler.

En moins d'une heure, l'incendie avait été maîtrisé et les locataires de l'immeuble disséminés dans de nouveaux quartiers, le tout dans un silence étrange et digne. En sécurité, ses enfants sains et saufs près d'elle, Aggie se remit à rêver.

En dehors des échanges téléphoniques, communications locales et programmes internationaux s'appauvrirent. En quelques heures, les fréquences terrestres radiophoniques s'étaient très sensiblement réduites. La nuit fondit sur les villes occidentales de Lima, Los Angeles et Anchorage, et commença à encrer l'océan, tandis que les Israéliens voyaient leur programme par satellite C.N.N. s'interrompre brusquement en raison d'une « défection imprévue du personnel », selon le commentaire fatigué d'un présentateur d'Atlanta. Devant leur écran désormais vide et parasité, les abonnés de la chaîne câblée se tournèrent vers l'horizon, pressentant quelque chose d'anormal, de très anormal ; et c'était étrange, ce calme qu'ils ressentaient ; et puis cette somnolence qui se saisissait d'eux, doucement, tout doucement. Vraiment étrange...

Certains résistèrent plus longtemps que d'autres. Par quelque fantaisie de volonté ou de constitution, des individus purent s'affranchir de leur somnolence, ou du moins la retarder quelques instants, quelques heures.

Un représentant d'une marque de chaussures d'Abbotsford, dans le Michigan, au volant d'une Chrysler de location au nord de Denver, réfléchissait au véritable miracle dont il venait de bénéficier. Il était attendu à l'hôtel *Marriott* à Fort Collins pour participer à un congrès de marchands de chaussures, débutant par un « buffet de réception » à 7 heures, nom de Dieu, du matin. Le miracle tenait au fait qu'un désastre inexplicable lui avait épargné la contrainte des œufs brouillés et du bacon avec un bataillon de commerçants ensommeillés.

Ce miracle avait, semble-t-il, débuté peu après le coucher du soleil, quand son avion avait atterri à Stapleton. L'aéroport était presque vide bien qu'encombré d'avions immobilisés au sol. Au moins la moitié des passagers, sur son vol, étaient restés à bord, roulés en chien de fusil sur leurs sièges. En transit, supposa-t-il. Tout de même, il trouva le fait curieux. Le terminal lui-même paraissait immense, vide et étrangement silencieux. Ses bagages mirent une éternité à arriver et l'employée du comptoir Hertz était si distraite qu'il eut du mal à capter son attention suffisamment longtemps pour qu'elle rédige le contrat de location. Ensuite, sur la route, en direction du nord, il fut surpris par la fluidité de la circulation. Les voitures s'arrêtaient sur la bande d'urgence, une à une, jusqu'à ce qu'il fût le dernier à rouler. Il fredonnait machinalement en écoutant une chanson d'Eurythmics qui semblait rebondir dans sa tête comme une boule de loto dans son panier. Puis la station des vieux tubes se tut abruptement et il tenta de trouver autre chose ; seule une station de musique country répondit mais, à son tour, elle ne tarda pas à devenir muette. Pas normal, se dit-il. Pire que ça, même. La situation avait largement dépassé le stade du « pas normal », et aurait dû lui inspirer une véritable terreur.

Il s'arrêta sur la bande d'urgence, comme tout le monde, et sortit de sa voiture. Puis il grimpa sur le toit et s'y assit, balançant ses talons contre la porte passager, parce que... pourquoi pas, après tout ? Parce qu'il comprit, en un éclair fiévreux, qu'il vivait la fin du monde. Un monde qui finissait de façon inattendue, singulièrement somnolente, mais qui finissait bel et bien, et lui, il était encore vivant, jusqu'au bout, assis sur le toit de sa Chrysler couleur bouse de vache dans un costume bon marché, percevant pour la première fois le calme d'une nuit abandonnée de tous, une nuit sans bruits humains. Le balancement de ses pieds sur la voiture résonnait étrangement fort, et le vent murmurait à travers les champs de céréales, et l'odeur des engrais se mêlait à celles de son moteur brûlant et de sa propre sueur âcre, et un chien aboya quelque part, et les étoiles brillaient comme des gemmes dans le ciel... et tout cela participait du même phénomène, *le calme*, comme il le nomma, et c'était impressionnant, effrayant. Il pensa à sa femme, à son fils de sept ans. Il était certain – encore une certitude qui lui venait d'il ne savait où – qu'eux aussi étaient victimes de cette chose, quelle qu'elle fût. Ce qui lui permit plus aisément d'accepter l'inévitable. Il fut soudain pris de vertige ; il était trop seul sur cet immense plateau. Alors il descendit de son perchoir pour rentrer dans le cocon de sa voiture, où le silence hurlait plus fort encore. Là, il s'allongea sur la banquette en similicuir et obéit à un tardif et impérieux besoin de dormir.

Entre autres choses, il rêva qu'une montagne commençait à naître dans le champ non loin de sa voiture – une montagne aussi grosse que n'importe quelle montagne de la Terre, et aussi parfaitement ronde qu'une bille.

Quelque mille huit cents kilomètres plus bas, Maria Montoya, une hôtesse privée de luxe, ainsi qu'elle aimait à se définir elle-même – ou une pute, ainsi que ses clients étaient occasionnellement assez maladroits pour le lui chuchoter, ou le lui hurler sous l'empire de leurs transports passionnels –, s'efforçait d'honorer un rendez-vous avec un homme d'affaires allemand qu'elle devait retrouver dans un des hôtels touristiques sur l'avenue Juárez dans le quartier Zócalo de Mexico.

Respecter cet engagement, pure routine pour Maria, releva mystérieusement du tour de force. D'abord, impossible de trouver un taxi, ce soir-là. Une belle vacherie. Elle qui ne se déplaçait qu'en taxi. Elle avait même un arrangement avec une compagnie, *Taxi Metro* : elle laissait la carte de la compagnie sur la table de chevet du client en échange de quoi elle bénéficiait d'une réduction de dix pour cent sur ses déplacements. Mais ce soir, pas de taxis ; le standard de la compagnie ne répondait même pas. Et de toute façon, les rues étaient encombrées de véhicules garés le long des trottoirs comme des caillots de sang agglutinés dans une vieille artère. Toute la ville semblait frappée de paralysie. Pire qu'un tremblement de terre ! Bien sûr, il n'y avait eu ni tremblement de terre ni désastre d'aucune sorte, en apparence tout du moins. L'origine de cette confusion générale était de nature bien plus mystérieuse... mais Maria n'avait que faire des détails. Elle se sentait fiévreuse, hébétée, mal à l'aise. Obstinément, elle se concentrait sur son rendez-vous avec son client. Un industriel plein aux as. Un nabab du presse-purée et de la râpe à fromage. Elle essaya de téléphoner pour le prévenir de son retard ; les téléphones marchaient, a priori, mais le standard de l'hôtel ne répondait pas. En désespoir de cause, Maria quitta sa chambre en jurant et sortit dans la nuit désagréablement chaude, poisseuse et stagnante ; elle marcha un bon kilomètre jusqu'au quartier des hôtels le long de toutes ces voitures en panne. Non, même pas en panne, car les conducteurs s'étaient garés sur le côté, parfois directement sur le trottoir, laissant une voie libre au milieu de la chaussée ; ils avaient aussi pris soin d'éteindre les phares et le moteur. Les voitures n'étaient plus que de sombres cavernes et, par les vitres, ouvertes pour la plupart, Maria distinguait les silhouettes affaissées des passagers endormis. Pas morts – ce qui l'aurait perturbée –, simplement endormis. Comment le savait-elle ? Impossible à dire. Mais la certitude était là, en elle.

Sa promenade forcée fut éreintante. A plusieurs reprises, elle faillit littéralement tomber de sommeil. Elle se trompa de direction et se trouva près du *Palacio Nacional*, avec son horrible *tezontle* dominant la place paralysée et une centaine de voitures stationnées. Ses escarpins claquaient sur le trottoir et résonnaient bizarrement dans la ville assoupie.

Elle arriva à l'hôtel avec une heure de retard et un talon cassé. Sa détermination avait quelque peu fléchi pendant cette interminable marche et elle avait elle aussi envie de dormir. Mais elle prit néanmoins l'ascenseur jusqu'au quatorzième étage, remonta le couloir climatisé et parfumé aux effluves de pin jusqu'à la chambre 1413, frappa, puis, n'obtenant pas de réponse, ouvrit la porte.

Son client était dans la chambre, profondément endormi, naturellement. Un Allemand gras, en caleçon, ronflant sur le couvre-lit, la peau blanche comme un œuf et désagréablement velue. Maria fut prise d'une nausée soudaine – un risque du métier – qu'elle réprima aussitôt. De toute évidence, on n'avait pas besoin d'elle. Elle n'avait pas la moindre chance de réveiller cet homme qui avait pourtant fait un foin épouvantable pour qu'elle arrive à l'heure. Elle ferait mieux de rentrer chez elle... mais l'idée de refaire le trajet en sens inverse acheva de l'épuiser.

Consciencieuse jusqu'au bout, Maria posa une carte de *Taxi Metro* sur la table de chevet et s'allongea près de cet Allemand assoupi qu'elle ne connaissait ni d'Eve ni d'Adam, auprès duquel elle dormit fort chastement, et dont elle partagea le rêve.

Le rêve progressa vers l'ouest. Le rêve traversa les îles Aléoutiennes de l'Alaska à la Sibérie. Le rêve descendit sur les antiques cités d'Asie : Hanoi, Hong Kong, Bangkok. Tokyo sombra dans un sommeil si concentré, si généralisé, que Hiroshi Michio, le dernier agent de la circulation à fermer les yeux sur les enseignes lumineuses de Akihabara, eut la sensation que tant de sommeil, tel un brouillard, finirait par s'élever pour obscurcir les étoiles.

Le sommeil fondit avec la nuit sur les steppes de Russie, traversa l'Oural et le Caucase ; telle une armée, il avança vers l'Ouest, franchit la frontière finlandaise, investit l'Ukraine et la Roumanie, puis la Pologne, sans rencontrer d'autre opposition que celle de la fraîcheur de la nuit.

Le sommeil conquit la Chine et déferla au Tibet, au Pakistan, en Inde, de Calcutta à Hyderabad.

Le sommeil s'empara de l'Afrique en quelques heures. Il progressa en direction du golfe d'Aden vers l'arrière-pays, enleva les enfants aux gros ventres qui basculèrent docilement dans son obscurité ; il suivit l'équateur à travers les jungles et les savanes et absorba les déserts pierreux d'Egypte, de Libye, d'Algérie ; il saisit sa dernière victime dans une poissonnerie de Dakar.

Le rêve pacifia les villes d'Europe, coupant court à la bande sonore de vacarme humain qui se déroulait sans répit depuis la fondation de Rome. Le rêve réduisit Berlin et Leipzig au silence ; bâillonna Naples et Milan ; fit taire le bourdonnement persistant de Paris et d'Amsterdam ; enjamba la Manche pour, enfin, conquérir Londres où quelques personnes affolées avaient capté l'extinction systématique du monde sur les ondes courtes de leurs radios désormais murées dans le silence, mais qui finirent par s'endormir comme tout le monde, et qui rêvèrent, comme tout le monde.

Le rêve fut le même pour chacun. Un rêve complexe, mais qui, dans son essence profonde, consistait en une seule question, une question qui se posa dans six milliards de cerveaux humains et dans plus de trois mille langues.

Voulez-vous vivre ?

DEUXIÈME PARTIE

UN SUR DIX MILLE

8

Buchanan s'éveille

Simon Ackroyd, docteur en théologie et recteur de l'église épiscopale de St. James depuis sa nomination à Buchanan en 1987, sortit d'un long sommeil en songeant aux Aztèques.

A la fin du XVe siècle, l'empire aztèque avait hissé la pratique du sacrifice rituel à un degré d'efficacité tel que, en 1487, huit mille individus – des prisonniers de guerre – furent en une seule fois systématiquement tués, le cœur arraché de la poitrine avec un poignard d'obsidienne. Les victimes s'alignaient sur des kilomètres. Ils avaient été enfermés, engraissés et drogués au moyen d'une plante nommée *toloatzin* afin de pouvoir supporter ce cauchemar sans se révolter.

Les Aztèques, à l'époque où Simon se documenta sur leur civilisation à l'université, avaient pour la première fois mis ses convictions religieuses à l'épreuve. Il avait été élevé dans le giron de ce qu'il reconnaissait à présent comme un christianisme largement expurgé, un catéchisme pastel dans lequel un doux Jésus sauvait l'humanité de l'adoration d'idoles païennes tout aussi « pastellisées » – cultes rendus dans les clairières à Athéna ou son demi-frère Dionysos. Le problème du Mal, dans ce tableau bucolique, n'apparaissait qu'en filigrane et de façon totalement abstraite.

Il y avait eu l'holocauste, bien sûr, mais Simon était parvenu à le rationaliser et à le considérer comme une abominable aberration, la face horrible d'un monde dans lequel le Christ ordonnait mais ne contraignait pas.

Les Aztèques, cependant... les Aztèques s'étaient logés dans son esprit. Sujet brûlant et douloureux comme une braise.

Il ne pouvait dissiper l'horrible et tenace vision de ces enfilades de prisonniers serpentant au milieu de colonnades de pierres anguleuses jusqu'au temple de Tenochtitlán. Une vision qui suggérait des mondes entiers payant toujours le poids de leurs péchés ; des siècles d'histoire insondable, sans Sauveur, et d'une cruauté inconcevable. Il imaginait les victimes des sacrifices et songeait : c'étaient des hommes. C'étaient des êtres humains. C'était leur vie, différente, terrible, et éphémère.

Et puis, une nuit, au séminaire épiscopal, il s'était vu en rêve parler à un prêtre aztèque – un homme maigre, au teint mat, avec une coiffe de plumes, qui avait interprété son effroi comme une crainte révérentielle, donc comme un compliment auquel il s'était efforcé de répondre. Nos couteaux sont accessoires, avait-il dit. Regardez ce que votre peuple a accompli. Vos roquettes, vos bombes sophistiquées... Chacune d'entre elles est un poignard d'obsidienne pointé sur le cœur de dizaines de milliers d'hommes, de femmes et d'enfants ; chaque silo, chaque bombardier est un temple, soigné, ingénieux, résultat du travail conjugué d'une armée de techniciens, d'entrepreneurs, de politiciens, de contribuables. Votre peuple n'a rien à envier au nôtre, avait conclu le prêtre aztèque.

Et Simon s'était réveillé avec la suspicion glacée que sa propre vie, sa propre culture, tout ce qui l'entourait, tout ce qu'il affectionnait, pouvait, en essence, être aussi retors et cruel que les autels de pierre et les déités kaléidoscopiques des Aztèques.

Sa foi le soutint pendant ses années d'études, jusqu'à son diplôme de théologie, jusqu'à sa nomination à la paroisse. Simon était un chrétien réfléchi, et, dans ses bons jours, il soupçonnait ses doutes de le rendre plus fort. A d'autres occasions – quand les brouillards d'hiver enveloppaient Buchanan, ou lors de nuits sans lune, quand les pins semblaient prendre l'aspect hérissé de Tlaloc, le dieu de la Pluie aztèque, sur l'odieuse fresque du palais de Tepantitla –, il regrettait que ces mêmes doutes ne puissent être déracinés de son esprit, annihilés à la lumière d'une foi si intense qu'elle supprimerait tous les replis obscurs de sa conscience.

Et puis, cette nuit, il avait fait un rêve très différent.

Il s'éveilla avec circonspection, comme s'il explorait un monde transformé et imprévisible.

Et Simon sentit ce monde s'éveiller lui aussi autour de lui. S'éveiller d'un sommeil très grave et très particulier.

Mais le monde immédiat, son monde à lui, n'avait pas changé : même lit, même chambre, même plancher grinçant.

Le beau temps était toujours là, aussi. Simon ouvrit les doubles rideaux de sa chambre. Le presbytère était une maison de bois construite juste après la Seconde Guerre mondiale, près de l'église, dans le vieux quartier de Buchanan qui s'étageait à flanc de colline depuis la baie. Une maison modeste : son seul luxe était la vue qu'elle offrait. Le ciel matinal, lumineux, se noyait dans l'océan. Le vent léchait l'écume sur la crête des vagues.

Simon savait que c'était un monde transformé, mais pas neuf. Ou plutôt, c'était dans le paysage humain que se situait la transformation.

Ils œuvrent à l'intérieur de nous, maintenant.

Il se rasa et étudia pensivement son visage dans le miroir de la salle de bains. Il avait sous les yeux un homme émacié de quarante-cinq ans, au front dégarni et à la barbe grisonnante, très ordinaire. Mais ne sommes-nous pas tous devenus remarquables *en dedans* ? songea-t-il. Après s'être habillé, il descendit pieds nus au rez-de-chaussée. Une petite privauté qu'il s'autorisait dans la maison par belle matinée estivale. Sa bonne, Mary Park, condamnait cet écart de conduite. Elle avait pour ses pieds le regard outré qu'elle aurait réservé à quelque chose d'obscène ou de fort mauvais goût, et secouait la tête avec réprobation. Pour être franc, Simon s'autorisait une certaine admiration pour ses pieds. Des pieds on ne pouvait plus banals, dépourvus d'artifice et de beauté. En accord avec son rigorisme protestant.

Après avoir frappé, Mme Park entra alors que Simon allumait sa petite télévision dans le salon – en réalité la télévision de l'église, généralement réquisitionnée le dimanche pour les séances vidéo du catéchisme. Le presbytère recevait la chaîne câblée depuis juin dernier aux frais de Simon et dans le but avoué de satisfaire sa passion des informations. Ce matin, il regarda le journal de C.N.N. où une présentatrice passablement ahurie brossait un tableau confus de la situation générale des trente-deux dernières heures. Apparemment, l'Asie dormait encore. Simon, un instant, imagina la Terre comme un animal, un ours, peut-être, groggy au sortir de son hibernation et titubant vers la lumière.

Mme Park lui adressa un « bonjour » distrait. Elle ignora ses pieds nus et entreprit de préparer le petit déjeuner : deux œufs, du bacon et des toasts beurrés – un péché cholestérolique auquel il n'avait jamais pu renoncer. En tout cas, il avait une faim de loup, ce matin. Il avait dormi une nuit, une journée, et une autre nuit. Il songea avec quelque angoisse au matin qu'il avait manqué, au silencieux après-midi que personne n'avait vu.

Mme Park semblait suivre les informations depuis le seuil de la cuisine. Simon força le son à son intention.

« On ne peut nier l'évidence de ce sommeil forcé, disait la présentatrice. Curieusement, aucun accident n'a été signalé. Il a été suggéré en revanche que cette expérience procédait d'un contact direct, presque télépathique, avec le vaisseau. »

Etc. Simon se demanda combien de temps encore durerait ce simulacre d'objectivité. Comme s'ils n'étaient pas tous conscients de cela, grand Dieu.

Personne ne voulait mettre un nom sur ce qui les attendait. Elysée, songea-t-il. Le séjour des bienheureux. Jérusalem. *Illud Tempus.*

Sur l'ordre de Mme Park, il se replia dans la cuisine. Le petit déjeuner avait-il jamais senti aussi bon ? A moins que ce ne fût son corps qui soit déjà différent ?

Elle tournait autour de lui.

– Mon père...

– Oui, Mary ?

– Vous avez rêvé ?

– Nous avons tous rêvé, Mary.

La bonne confessa :

– Je leur ai dit... je leur ai dit oui.

– Oui, Mary. Moi aussi.

Elle fut manifestement surprise.

– Vous, mon père ? Pourtant vous êtes religieux !

– Mais je le suis toujours, Mary. Je pense toujours l'être, du moins.

– Mais alors, comment avez-vous pu leur répondre oui ? Si je peux me permettre de demander, bien sûr.

Il considéra la question. Une question très épineuse. Beaucoup de ses croyances avaient été remises en cause au cours des trente dernières heures. Certaines avaient même purement et simplement disparu. Avait-il été tenté ? Avait-il succombé à la tentation ?

Il visualisa le temple de Tenochtitlán, vit l'arc décrit par les poignards d'obsidienne.

– A cause des Aztèques, répondit-il.

– Pardon ?

– Parce qu'il n'y aura plus d'Aztèques de par le monde, répéta le recteur. Ce temps est bel et bien révolu, désormais.

La question avait été posée sur un mode démocratique et il devenait rapidement évident que les oui étaient infiniment plus nombreux que les non.

Mary Park avait répondu oui, et Ira, son mari, également. Et chacun avait su la réponse de l'autre quand, sitôt réveillés, ils avaient échangé un regard sur le traversin. Ira avait soixante ans, sept ans de plus que Mary. Il était resté tout le printemps et tout l'été cloîtré à la maison à cause de son emphysème. Faible comme un gosse, il passait des journées interminables partagées entre les jeux télévisés du matin, les films de l'après-midi, et les revues de sport auxquelles il était abonné. Ce matin, il s'assit dans le lit et inspira profondément, pour voir... Il toussa, mais pas aussi douloureusement que la veille. L'air sentait bon. Un petit air doux de matinée d'été, plus frais que l'oxygène de l'hôpital. C'était comme un souvenir longtemps enfoui qui affleurait soudain la conscience. *Voulez-vous vivre ?* Oh oui, bon sang ! Ce matin, il avait une furieuse envie de vivre. Même s'il lui fallait, au bout du compte, le payer d'une certaine *étrangeté*.

Allongé dans son lit, Ira Park envisagea brièvement la possibilité de retourner chez Harvest, la quincaillerie où il avait, vingt-cinq ans durant, travaillé derrière le comptoir. Et puis il se dit que non. Vingt-cinq ans à jouer les vendeurs, c'était largement suffisant pour une seule vie. Il pourrait trouver d'autres occasions pour les vingt-cinq ans à venir. Ou les vingt-cinq siècles.

Ira avait été remplacé au magasin par Ted Keening, dix-huit ans, que le conseiller d'orientation, au lycée (en plaisantant dans la salle des professeurs), avait défini comme « inapte aux études : trop bête pour obtenir une bourse, trop gros pour se tourner vers le sport, et trop pauvre pour s'acheter une carrière ».

Ted, un drogué de télévision, avait encore une dizaine de kilos de trop à son goût, même s'il avait déjà perdu du poids depuis ses débuts chez Harvest. Il fallait se remuer physiquement, comme remonter le matériel du sous-sol, par exemple, ou grimper sur l'échelle pour atteindre les étagères du haut. Mais Ted commençait à se rendre compte que son avenir ne s'arrêterait pas là. Plus question de mesurer des tasseaux ou de peser des boulons *ad vitam aeternam*. Il s'était réveillé ce matin en sachant qu'il n'était plus obligé de mourir et que, bientôt, personne n'aurait plus à le traiter de gros lard ou d'idiot.

Et il acceptait ce nouvel état d'esprit sans sentiment de triomphe ni de vantardise, mais simplement de... d'étonnement. C'était le terme le plus approprié. Car il ne comprenait pas tout à fait ce qui se passait. C'était bien trop énorme à comprendre. Mais il ressentait l'avenir. Son propre avenir. Et celui du monde. L'avenir devenait quelque chose d'étrange et de merveilleux. Il scintillait sur l'horizon tel un mirage, aussi insaisissable, aussi douloureusement éblouissant. Mais bien plus réel.

Il annonça à son patron qu'il ne viendrait peut-être plus travailler à Harvest. M. Webster, qui avait lui aussi répondu par l'affirmative à la question durant son long sommeil, lui assura qu'il comprenait et que, pour autant qu'il sache, il n'existerait peut-être même plus de quincaillerie dans le futur. Ce qui, somme toute, serait tout de même dommage, étant donné le temps et l'argent qu'il avait investis dans ce magasin.

– Mais qu'est-ce que ça fiche, après tout ? J'ai soixante-cinq ans. Il faudrait bien que je renonce à ce magasin, d'une manière ou d'une autre. Je préfère mettre la clé sous la porte plutôt que de me retrouver cloué entre quatre planches. Ted, je crois bien qu'on est tous dans la même galère, mais je n'ai pas la moindre idée de sa destination. C'est la chose la plus bizarre que j'aie jamais connue, et vous êtes sûrement du même avis que moi. Mais à moins que vous n'en ayez déjà terminé avec nous, ça vous ennuierait de préparer ces articles pour M. Porter ?

Billy Porter, le père de Beth, était un client relativement régulier. Il venait généralement chercher des pièces détachées au rayon automobile. On le trouvait souvent le nez sous le capot de sa vieille Subaru, une voiture qui calait aux carrefours bien qu'il fût aux petits soins pour elle ; il avait déjà remplacé le starter, les bougies et d'autres pièces sur lesquelles il avait pu mettre la main. Il lui arrivait aussi de venir acheter des cartouches pour son fusil de chasse qu'il utilisait à l'occasion, chaque fois que ses amis lui offraient de l'emmener dans les montagnes. Aujourd'hui, il avait poussé jusqu'à la caisse un caddie plein d'outils de jardin, ce qui fit vaguement sourire M. Webster. Il imaginait déjà Billy à quatre pattes au milieu de ses plates-bandes, en train de planter des tulipes, pourquoi pas ?

En définitive, ce n'était peut-être pas si risible que cela.

– Becky mettait toujours un point d'honneur à entretenir le jardin, expliqua Billy. J'ai honte de ne pas m'en occuper. Après tout, un petit effort, ce n'est pas la mer à boire.

– Vous prenez votre journée ? s'enquit M. Webster.

– Je vais ralentir un peu le rythme, en tout cas. Je ne sais pas s'ils auront encore besoin de moi longtemps, à l'usine.

Billy, lui aussi, avait dit oui.

Tous n'avaient pas accepté.

La fille de Billy, Beth, avait répondu *Non !* Elle avait compris l'offre mais l'avait rejetée. Pourquoi ? Elle ne le savait pas vraiment. Peut-être, paradoxalement, était-ce une sorte d'instinct de conservation qui l'avait poussée à se rebeller contre ce contact étranger. Non, pas moi. Vous ne me volerez pas ma mort.

Mais elle se réveilla avec la pleine conscience de ce qu'elle avait refusé, et cette pensée l'attrista quelque peu. La vraie question était : *Que va-t-il se passer, maintenant ?* Quelles menaces, quelles possibilités offrait ce qui deviendrait bientôt le nouveau monde ?

Elle se rendit à pied au centre commercial et appela Joey Commoner d'une cabine publique.

Joey refusa d'en parler, mais à travers ses réponses laconiques Beth devina que Joey, lui aussi, avait dit non.

Etonnant, non ? Qui se ressemble s'assemble, songea Beth. Les derniers vrais humains.

Les derniers Aztèques, aurait pu dire le recteur Ackroyd.

Il y en avait d'autres.

Miriam Flett, qui s'éveilla ce matin-là avec les mêmes angoisses, les mêmes vertus, mais à qui Celui dont la Main l'avait touchée pendant la nuit apparaissait désormais sous un tout autre visage.

Tom Kindle, qui vivait sur les pentes du mont Buchanan depuis cinq ans dans une masure sans électricité. Il descendait en ville pendant les week-ends d'été pour se mettre à la barre de son ferry privé et faire la navette entre Buchanan et les îles, mais passait ses hivers en solitaire. C'est ainsi qu'il concevait la vie. Hors des sentiers battus. Alors évidemment, il avait fait très mauvais accueil à la proposition des extraterrestres. Un avenir de rat, songeait-il. Pas la moindre intimité.

Un membre du conseil municipal et un employé administratif.

Un vendeur du concessionnaire Ford.

Matt Wheeler.

9

De nombreuses demeures

La première pensée de Matt, à son réveil, fut qu'il n'avait plus de fièvre. Il se sentait lucide et alerte ; rien ne subsistait de la somnolence de la veille. Mais quelque chose clochait.

Il roula sur le côté et tendit la main vers Annie, mais ne rencontra que des draps vides.

Comme tout le monde, il avait passé la nuit à rêver. Un rêve qui lui avait paru d'une réalité presque palpable. Mais Matt, déterminé à refuser cette réalité, étouffait férocement toute pensée vagabonde et dissidente. Un rêve, se convainquait-il, n'était qu'un rêve. Rien de plus.

La maison embaumait le bacon et les toasts grillés. Matt enfila un jean et un sweat-shirt, sa tenue de week-end, et se dirigea vers la cuisine. Un rayon de soleil tranchait la mosaïque du carrelage. La brise matinale entrait par la fenêtre ouverte et gonflait les rideaux.

Annie et Rachel, de concert, préparaient le petit déjeuner. Matt s'attarda un instant sur le seuil sans qu'elles le remarquent. Elles pouffaient en se racontant il ne savait quoi, penchées l'une vers l'autre, Rachel en short et vieux T-shirt kaki, Annie encore en chemise de nuit. Elles cassaient des œufs dans un saladier en plastique bleu.

Ce fut Annie qui, la première, se tourna vers lui. Son sourire ne disparut pas exactement. Mais il se teinta d'une pointe d'incertitude.

– Petit déjeuner prêt incessamment sous peu, annonça-t-elle. Pour les lève-tard. Jim et Lillian sont partis de bonne heure, à propos. Ils te remercient pour la soirée, mais n'ont pas voulu t'attendre. Il fallait qu'ils passent au supermarché pour se ravitailler.

– Comme soirée, on a vu mieux, dit Matt.

– Du vin, des amis. Qu'est-ce que tu veux de plus ?

Annie le poussa vers la table.

– Allez, Matt, assieds-toi. Si tu essaies de nous aider, tu vas être dans nos jambes.

Il la regarda évoluer dans la cuisine, les cheveux en désordre, adorable dans sa chemise de nuit. Ils n'avaient pas fait l'amour, cette nuit. A cause de la grippe de Taiwan. Mais ça faisait longtemps, bien trop longtemps. A cinq reprises, au moins, Matt avait été à deux doigts de la demander en mariage, et chaque fois il avait éludé le problème, se retranchant derrière quelque vestige de culpabilité ou simplement la peur de perturber le statu quo. J'aurais dû le lui proposer, songea-t-il. On aurait eu plus de matinées comme celles-ci, plus de nuits ensemble.

Rachel était étrangement gaie, en servant les œufs brouillés. C'était un rare plaisir, de la voir sourire. Quand elle était petite, encore bébé, ce sourire était contagieux. Celeste l'emmenait en courses et les gens, des inconnus, la complimentaient : « Il a l'air si heureux, votre bébé. » Heureux bébé, heureuse fillette. Il avait fallu la mort de Celeste pour effacer ce sourire, et Matt s'étonnait de l'intensité de sa propre réaction à présent qu'il le voyait réapparaître. Depuis quand n'avait-elle pas souri ainsi ? Pas un sourire forcé ou tiède, non. Le vrai grand sourire de Rachel.

Mais c'était une pensée à la fois triste et dangereuse que Matt s'empressa de réprimer en fixant son regard sur la surface vernie de la table.

Rachel vint le rejoindre. Pas Annie.

– Tu ne manges pas ? demanda-t-il.

– C'est déjà fait. Il faut que je m'habille. Prenez votre temps, tous les deux.

Elle quitta la pièce, mais Matt remarqua le coup

d'œil complice qu'elle échangea avec Rachel avant de franchir la porte.

Il regarda sa montre ; la date avait sauté un jour. Comment était-ce possible ? Dans son rêve, il avait eu l'impression de dormir bien trop longtemps. Mais ce n'était qu'un rêve. Concentre-toi, songea-t-il. Un instant, il eut peur que le monde ne se dissolve soudain autour de lui, que les murs de la réalité ne s'effondrent pour révéler... le néant.

– Tu veux écouter la radio ? proposa Rachel.

Sûrement pas.

– Non... je t'en prie.

Pour des raisons qu'il refusait d'admettre, il redoutait ce qu'il pourrait entendre à la radio.

Elle eut un léger mouvement de recul.

– Excuse-moi, papa.

– Ce n'est pas grave.

Elle chipota sur ses œufs. Le silence de la pièce devint soudain pesant ; Rachel ne souriait plus.

– Papa, dit-elle. Je vais bien, je t'assure.

– Mais évidemment, que tu vas bien.

– Tu t'inquiètes pour moi, je le sens, mais ça va. Franchement... Papa ?

Son regard était intense.

– Papa, tu as rêvé, cette nuit ?

Cette question... Insupportable. Il réprima une furieuse envie de fermer les yeux et de se boucher les oreilles. Il détourna la tête et répondit, la voix lourde d'une honte coupable :

– Non, ma chérie. Je n'ai pas rêvé. Pas rêvé du tout.

Il raccompagna Annie par la route de la côte.

Le calme régnait sur Buchanan, aujourd'hui. Un calme normal de samedi, et non pas celui, bizarre et angoissant, de la veille. Les gens profitaient de la fraîcheur matinale pour tondre leur pelouse, biner leur jardin ou faire leurs courses. Matt s'abandonna quelques instants au plaisir de cette paix provinciale.

Une brume bleutée s'accrochait à flanc de montagne. L'air riche d'odeurs de résine et d'asphalte chaud entrait par les vitres ouvertes. La route sinuait paresseusement devant les docks où un chalutier se reposait dans sa robe rouille ; elle traversait ensuite le quartier commercial et grimpait au-delà de la falaise, jusqu'à la cité où habitait Annie.

Il n'avait jamais compris pourquoi elle avait choisi de vivre dans ce quartier plutôt miteux de la ville, dans un vieil immeuble sans ascenseur aux murs de carton. Elle ne s'en était jamais expliquée. Il y avait beaucoup de choses, encore, qu'Annie n'avait jamais expliquées. Où disparaissait-elle tous les seconds samedis du mois, par exemple ? Ou bien pourquoi n'avait-elle jamais remplacé son mobilier, correct mais très défraîchi ?

Elle l'invita à monter, et il accepta son invitation. En dépit de cet apparent dénuement, l'appartement correspondait exactement à ce qu'on pouvait attendre d'elle : une chambre et un grand living surplombant la baie, à peine meublés, des planchers bien entretenus, la vieille chatte tigrée, Beulah, assoupie dans une flaque de soleil. Le décor était aussi parcimonieux que dans une maison japonaise ; chaque détail avait son importance.

Annie versa le café dans le filtre. Beulah avait le ventre plein ; les voisins s'étaient occupés d'elle. Les bruits de la cuisine la laissaient indifférente. La cafetière commença à gargouiller.

– Il faut qu'on parle, Matt, dit Annie.

Une proposition annonciatrice de débordements émotionnels imminents. Il se sentit pris au piège. Campé devant la fenêtre, il regarda l'océan étirer le bleu et le calme ondoyant jusqu'à l'horizon. Fallait-il vraiment qu'ils parlent ? Le silence n'était-il plus d'or ?

– Matt ? Tu as rêvé, cette nuit ?

Il l'aurait presque haïe pour cette question.

– Rachel m'a demandé la même chose.

– Ah bon ? Et que lui as-tu répondu ?

– Que non.
– Je ne pense pas qu'elle t'ait cru.
– Elle ne l'a pas dit.
– Moi, je ne te crois pas.

Il quitta à contrecœur l'océan ensoleillé pour se tourner vers elle.

– Où veux-tu en venir, Annie ?

– J'ai rêvé, dit-elle. Rachel a rêvé. Je suppose que chaque être humain sur la Terre a rêvé. Même toi.

Il avait l'envie irrépressible de fuir. Il transpirait, son corps était tendu comme celui d'un boxeur prêt à l'attaque ; malgré lui, il se formula le diagnostic évident : *Déni de la réalité. Tu nies ce que tu ne veux pas voir.*

Il s'assit à la table de pin laqué d'Annie et ferma les yeux. Beulah se frotta contre ses jambes. Il la prit sur ses genoux ; elle se mit aussitôt à ronronner.

– D'accord, dit-il, décidé. Raconte-moi ton rêve.

Mais ce n'était pas un rêve, dit Annie. C'était une *visitation*, et les agents de cette visitation avaient été les micro-organismes – ou les machines – dont Jim Bix lui avait parlé.

(– Non, Matt, ne me demande pas comment je suis au courant de ces choses. Je le sais, c'est tout. Laisse-moi finir.)

Ces microbes n'étaient ni des organismes vivants ni des robots, expliqua Annie ; ils relevaient des deux à la fois, et de bien d'autres choses encore. Ils pouvaient se reproduire et étaient même, à leur manière, doués d'intelligence. Ils avaient été semés dans l'atmosphère par milliards de milliards, disséminés jusqu'aux confins de la planète et, fin juillet, ils avaient colonisé absolument tous les organismes humains de la Terre. La semaine précédente, ils avaient commencé à se reproduire ; leur croissance et leur activité étaient responsables des résultats alarmants en hématologie.

Leur rôle consistait à être les porte-parole du vaisseau. Autrement dit, les Voyageurs.

Annie les appelait les « Voyageurs » parce que c'était ainsi qu'ils se définissaient eux-mêmes. A l'instar des microbes qu'ils créaient, ils n'étaient pas de nature organique. Mais au contraire de leurs créations, ils l'avaient été, à une époque reculée. Ils avaient été à la fois organiques, et assujettis à la planète : créatures tenant de l'éponge itinérante, agglomérées dans les cuvettes riches en méthane abandonnées par la marée, sur une lune grosse comme la Terre gravitant autour d'une étoile inconcevablement lointaine.

Leur monde était devenu invivable, pour eux. Ils l'avaient empoisonné avec leurs déchets organiques et industriels, et n'avaient évité la catastrophe qu'au prix du sacrifice de leurs propres organismes et de leur monde mécanisé. A la suite de cette crise, ils étaient devenus des Voyageurs : sans planète, sans corps.

Le vaisseau constituait désormais leur seul univers. Ils l'habitaient, bien plus nombreux que les êtres humains sur la Terre, mais seuls quelques-uns d'entre eux s'incarnaient à leur gré dans un corps physique, et uniquement dans le but de réparer et d'assurer la maintenance du vaisseau.

Il ne s'agissait, dit-elle à Matt, ni d'une ruche, ni d'un ordinateur, ni rien de ces choses qu'on peut aisément imaginer ; les Voyageurs étaient des créatures distinctes, des individus uniques, à qui leur immatérialité conférait de prodigieuses possibilités. Ils étaient capables de veilles ou de sommeils illimités ; capables de supporter les longs voyages entre les étoiles sans jamais connaître l'ennui ; capables de s'instruire sans discontinuer. Leur espérance de vie était infinie, éternelle. Ils avaient acquis une sorte d'immortalité.

Ils voyageaient, poursuivit Annie – qui, comme Matt, découvrait cette histoire au fil de son récit – depuis des temps immémoriaux, quand la Terre n'était encore qu'un tourbillon de poussière et le Soleil une jeune étoile en fusion, et n'avaient rien oublié de ce qu'ils avaient vu durant ces millénaires. Insondables puits d'une sagesse incroyablement ancienne, ils étaient arrivés au abords de la Terre à un moment particulièrement critique pour elle parce que, dit Annie, *nous sommes ce qu'ils ont été* : intelligents et assujettis à la planète que nous empoisonnons avec nos déchets.

La raison pour laquelle ils n'avaient pas communiqué avec les gouvernements ou les leaders mondiaux était évidente, ajouta-t-elle. Ils avaient des moyens de communication bien plus sophistiqués, bien plus efficaces : les microbes cybernétiques, une sorte de prolongement d'eux-mêmes, comme un bras, avec lequel ils pouvaient toucher chaque être humain individuellement. Ce contact plus intime constituait pour eux la seule communication valant la peine d'être envisagée. Les microbes, qu'on pouvait appeler des *néocytes*, se connectaient au tissu nerveux, mais sans le modifier.

Au moment de Contact, ils avaient apaisé la population affolée – en ayant recours à la sédation, c'est vrai, mais juste ce qu'il fallait pour prévenir toute panique. Ils avaient alors provoqué un genre de sommeil prolongé, profond, pendant lequel ils s'étaient exprimés.

Ils avaient parlé à six milliards d'êtres humains pendant une trentaine d'heures, communiquant au moyen d'un amalgame complexe de concepts, bien plus profond et pénétrant que ne pourrait jamais être le langage. Et ils avaient expliqué tout ceci et bien plus, bien plus encore qu'Annie ne pouvait le dire.

Mais, Matt, dit-elle, tu dois l'avoir ressenti : toutes ces possibilités... les possibilités littéralement infinies... la vie qu'ils mènent... et leur univers, le vaisseau, comme une conque, pas mort comme on pouvait l'imaginer, mais grouillant d'une multitude de vies incroyablement étranges et variées. Ils ont dû te le montrer.

Ils ont dû te l'offrir, insista Annie. Parce qu'ils me l'ont offert, à moi.

Ils ont dit que moi aussi, je pouvais vivre cela.

Voulez-vous vivre ? avaient-ils demandé. *Vivre sans mourir ? Vivre, réellement, pour l'éternité ?*

Et Annie avait dit oui.

Voulez-vous vivre, avaient-ils demandé, *même si vous changez ? Même si vous devenez, avec le temps, quelque chose qui ne sera plus tout à fait humain ?*

Là, elle avait réfléchi ; mais elle avait une fois de plus envisagé leur vie longue, complexe, passionnante. Elle avait compris que *tout* change, que la mort elle-même était une sorte de mutation, que *bien sûr* on ne pouvait vivre éternellement sans changer. Le changement était inévitable.

Et de nouveau elle avait dit oui.

Elle versa une tasse de café devant Matt. Il examina sa tasse. C'était un objet solide, agréablement réel. Un objet familier.

Beulah bâilla et sauta de ses genoux. Apparemment, elle préférait sa flaque de soleil.

Annie posa la main sur son épaule.

– Que leur as-tu répondu, Matt ?

Il se déroba à ce contact.

– Je leur ai dit non.

10

Etiquette

Le Président, de son prénom William, fit ce qu'il n'avait pas fait depuis des années : une promenade.

Il quitta la Maison-Blanche par la grande porte et traversa Pennsylvania Avenue en direction du Lafayette Square. Seul.

C'était une belle matinée de septembre. L'air était frais, mais un doux soleil d'automne caressait son visage et ses mains. Le Président s'arrêta au moment de franchir le seuil du parc. Puis, en souriant, il ôta sa veste, déboutonna son col de chemise et retira sa cravate de soie noire qu'il plia avec soin avant de la glisser dans sa poche.

Pas d'étiquette dans le nouveau monde, songea-t-il.

Il se rappela une anecdote à propos de Calvin Coolidge ; le Président avait scandalisé ses distingués convives venus prendre leur petit déjeuner à la Maison-Blanche en versant son café noyé de lait crémeux dans sa soucoupe. Protocole oblige, les convives choqués avaient fait de même et attendu, les yeux écarquillés, que le Président boive sa première gorgée. A ce moment, Coolidge avait pris la soucoupe et s'était penché pour la présenter au chat de la Maison-Blanche.

L'histoire était drôle, mais William lui trouvait aussi un côté grinçant ; elle évoquait trop l'ancienne politique de domination et de soumission. Après tout, pourquoi un président devrait-il inspirer une telle crainte ? Il n'était qu'un titre, rien d'autre. Un costume – pas particulièrement confortable, en plus.

Il avait honte de s'être laissé aller, à l'occasion, à se confondre avec son titre – à s'identifier à une sorte d'icône, plus emblème qu'homme. C'était sans doute ce qu'avaient éprouvé les empereurs romains, consacrés par les dieux ; ou leurs homologues chinois régnant sous le Mandat du Ciel. Ce sont des noms de rêve qu'on se donne, songea-t-il. D'ailleurs, sa vie elle-même lui apparaissait comme un rêve, un rêve qu'il rêvait trop profondément et depuis trop longtemps.

Un rêve dont il avait été réveillé par un rêve.

Il se sentait rajeunir sous la brise matinale. Il se souvint d'un été que sa famille avait passé dans une station balnéaire, dans le Maine. Pas les vacances près de la rivière qu'il avait évoquées dans ce lointain discours à la nation ; ce fameux mois de juillet dans un coin isolé des Adirondacks, largement embelli pour les besoins de la cause. Non, le lieu de villégiature familial des douze ans de William avait été une fabuleuse résidence érigée pendant l'âge d'or et superbement préservée des nuisances du sel et du progrès. Elle offrait les plaisirs d'un linge délicat, d'une cuisine européenne, et trois kilomètres de plage sauvage sur l'Atlantique. La mère de William avait admiré la finesse des nappes. William avait été conquis par la plage.

Il avait été autorisé à explorer seul le rivage à condition de ne pas s'approcher de l'eau qui, de toute façon, était bien trop froide et tumultueuse à son goût. Il aimait l'océan ; à distance respectueuse, certes, mais l'aimait malgré tout. Durant tout l'été, chaque matin, il avalait en hâte son petit déjeuner et s'élançait hors de l'hôtel tel un cheval fou franchissant la barrière de leur enclos. Il courait sur le sable serré et dur, courait jusqu'à ressentir une douleur au côté, jusqu'à avoir les poumons à vif. Et quand il ne pouvait plus courir, il ôtait ses chaussures et s'aventurait sur la lisière humide de la plage, là où l'eau bouillonnait entre ses orteils et où une vie étrange s'agitait dans les rochers et dans les flaques abandonnées par la marée.

Enfin il s'asseyait dans l'herbe haute et observait, parfois pendant plus d'une heure, cette ligne où l'Océan rencontre le ciel. L'Angleterre était de l'autre côté de cet océan. L'Angleterre, où les pilotes américains étaient partis se joindre à la lutte contre la Luftwaffe. Au-delà de l'Angleterre : Vichy, la France. L'Europe sous le talon nazi ; Stalingrad assiégée.

Il observait les sublimes nuages ondoyer sur l'extrême bord de l'Océan, des nuages qui auraient pu venir de cette lointaine Europe déchirée, mais qui venaient plus vraisemblablement des tropiques, de mers qui, quand il lisait leurs noms sur une carte, gardaient encore pour lui l'empreinte de Joseph Conrad et H. Rider Haggard : l'océan Indien, la mer d'Arabie, la baie du Bengale... Il rêvassait ainsi longuement, puis avalait son déjeuner : rosbif froid et Thermos de thé glacé.

J'ai été aussi vivant que cela.

Quels contes de fées que nos vies, songea William. N'était-il pas étrange que cet enfant ait eu l'ambition de diriger les Etats-Unis ? Qu'il ait poursuivi cette ambition avec acharnement au point d'en devenir dur et patricien ? Il lui semblait, avec le recul, être tombé dans une sorte de transe, encore qu'il ne pût dire précisément à quel moment. Pendant ses études de droit ? Pendant sa première campagne ? Il avait laissé sa carrière étouffer peu à peu son besoin de s'évader sur une plage d'été brûlante. Quel dommage.

Il s'assoupit sur un banc ensoleillé, près de la statue de Rochambeau... mais le contact froid d'un canon de revolver sur sa gorge le réveilla instantanément.

Le canon d'acier était pressé à quelques centimètres de son oreille gauche et glissait légèrement le long de sa veine jugulaire.

William tourna prudemment la tête et releva les yeux.

Il ne reconnut pas immédiatement le personnage qui tenait le revolver. Un homme grand, cheveux blancs en brosse. Fort, mais pas jeune – la soixantaine, estima le Président. Il portait un costume trois-pièces d'excellente facture, avec la veste ouverte. William enregistra tous ces détails en un clin d'œil.

Le visage était d'une beauté austère. Et vaguement familier.

Il fouilla dans sa mémoire.

– Ah, dit-il enfin. Colonel Tyler.

John Tyler restait pressé contre l'arme afin de la dérober au regard des rares promeneurs flânant dans le parc. Le canon effleura la clavicule de William puis se posa sur son ventre alors que Tyler s'asseyait près de lui sur le banc.

Le nom de John Tyler avait régulièrement figuré dans le *National Intelligence Daily* ou dans les rapports confidentiels du Président. Tyler avait joué un rôle secondaire dans le complot qui avait été éventé, bien sûr, par Contact. Il faisait partie de ces ex-militaires qui poursuivaient d'obscures carrières dans le lobby de la défense, ledit Triangle de Fer, et entretenait des contacts avec le Pentagone, Langley, et certaines banques. Tyler, personnage cultivé et orateur convaincant, aurait sans doute pu se prévaloir de brillantes perspectives d'avenir n'était ce léger scandale – pour comportement sexuel inconvenant, si le Président avait bonne mémoire – qui avait mis un point final à sa carrière militaire.

William détenait une autre information, sur John Tyler. Un petit renseignement lâché par un général loyaliste de l'Air Force. Les artisans du complot avaient réservé un rôle particulier au colonel Tyler : au cas où William aurait refusé de prendre docilement une retraite anticipée à la campagne, c'est à John Tyler qu'aurait échu la tâche de lui loger une balle dans la tête.

– Je vous ai observé, dit Tyler.

L'amertume perçait dans sa voix calme.

– Je vous ai regardé quitter la Maison-Blanche. C'est réellement stupéfiant de voir un président en public sans ses gardes du corps. Vous pensiez donc que tout était fini ? Que vous n'aviez plus besoin de protection ?

– *C'est* fini. Les gardes sont tous rentrés chez eux, colonel.

Il baissa les yeux sur l'arme de Tyler. Un engin hideux.

– Est-ce que cela fait partie de votre révolution ? Je croyais qu'elle aussi était finie.

– Ne vous y fiez pas. Je pourrais vous tuer dans la seconde.

– Est-ce votre intention ?

– Très probablement.

– Quel serait l'intérêt d'un tel crime, colonel ?

– L'intérêt, monsieur le Président, est qu'un président mort est préférable à un traître vivant.

– Je vois.

En fait, William comprenait plusieurs choses à travers ce court échange :

Il comprenait que le complot appartenait au passé ; que le colonel Tyler était venu en son nom, et en celui de personne d'autre.

Il comprenait que Tyler avait dit non aux Voyageurs et qu'il commençait tout juste à saisir la signification de Contact.

Et il comprenait que, sous son apparent sang-froid, le colonel oscillait entre la panique et la folie. Tyler le tuerait-il ? Peut-être. Peut-être pas. La question restait entière. Tout pouvait se jouer sur un coup de tête. Il y avait lieu d'être prudent. Le choix des mots serait déterminant.

– Vous aviez des amis, dit-il, mais ils ont changé d'avis. Ils se sont rendu compte à leur réveil que le monde n'était plus le même. Pas vous, colonel ?

– Ne comptez pas trop là-dessus.

– C'était il y a une semaine. Avez-vous attendu tout ce temps pour me voir ?

William, d'un mouvement de tête, indiqua la Maison-Blanche derrière sa barrière.

– Vous auriez pu entrer par la porte principale, colonel. Personne ne vous en aurait empêché.

– J'ai parlé avec votre ami Charlie Boyle, hier. Il m'a dit la même chose. Je ne l'ai pas cru.

Il haussa les épaules.

– Il avait peut-être raison, finalement. Si vous sortez vous promener comme ça...

Charlie Boyle n'est mon ami que depuis qu'il s'est réveillé immortel, songea William. Mais c'est vrai, Charlie n'avait pas menti. La Maison-Blanche était ouverte au public. Comme n'importe quel musée.

Tyler pinça légèrement les lèvres, discrète manifestation d'impatience. William prit une lente inspiration.

– Colonel Tyler, vous ne pouvez pas ignorer ce qui se passe. Même si vous ne voulez pas y participer. Même si vous avez répondu non. Nous n'avons pas affaire à une invasion ennemie. Aucune soucoupe volante n'a atterri. La Terre n'est pas assiégée par des forces militaires hostiles. Regardez autour de vous.

Le pli sur le front de Tyler se creusa et, l'espace d'une seconde, son doigt se crispa sur la gâchette. William sentit le canon de l'arme battre sur sa peau au rythme du cœur de Tyler.

La mort rôdait autour du banc comme une troisième présence.

Je ne devrais plus en avoir peur, songea William. Et pourtant si ; elle m'effraie toujours.

– A mon avis, dit Tyler, tout le monde a été victime d'une hallucination. Ils s'imaginent qu'on peut vivre éternellement. Qu'on peut cohabiter comme l'agneau et le lion d'un livre de psaumes baptiste. J'ai l'impression que la plupart des gens ont contracté ce virus. Mais certains d'entre nous y ont échappé. Certains d'entre nous ont guéri. Je pense être un homme sain, monsieur le Président. Et je pense que vous êtes très malade.

– Je ne suis donc pas un traître ? Mon crime serait d'être simplement tombé malade ?

– Peut-être les deux. Vous avez collaboré – pour quelque raison que ce soit. Vous n'êtes pas qualifié pour occuper plus longtemps les fonctions de Président.

– Est-ce vraiment moi qui suis malade ? C'est vous qui tenez une arme, colonel Tyler.

– Une arme entre de bonnes mains n'a jamais constitué un symptôme de maladie.

Bizarre, tout de même, cette conversation par un si beau jour. William se détourna du colonel Tyler et aperçut un garçon d'une dizaine d'années qui tentait de faire voler un cerf-volant au pied de la statue d'Andrew Jackson. La brise était capricieuse. Le cerf-volant voleta sur quelques mètres et piqua du nez. La peau brune du garçon luisait au soleil. William admira le cerf-volant. Une aile noir et jaune.

Un instant, le regard du garçon accrocha le sien. Un éclair de complicité, de compréhension. La détermination de ne pas plier devant la difficulté.

Je peux encore me sortir de ce mauvais pas, songea William.

– Colonel Tyler, supposons que j'admette ne pas être qualifié pour m'acquitter plus longtemps de mes fonctions de président des Etats-Unis.

– J'ai une arme pointée sur vous. Vous pourriez admettre n'importe quoi.

– Il n'empêche que je l'admets spontanément. Je ne suis pas qualifié. Je le dis sans arrière-pensée, et je persisterai à le dire quand vous ne me tiendrez plus en joue. Je signerai même un papier, si vous le souhaitez. Colonel, voudriez-vous m'aider à nommer un successeur ?

Pour la première fois, Tyler parut perdre pied.

– Je suis tout à fait sincère, poursuivit William. J'aimerais avoir votre avis. Qui aviez-vous en tête ? Charlie Boyle ? Mais il n'est plus qualifié non plus, n'est-ce pas ? Il est « malade ». Alors ? Le vice-président ? C'est la même chose, j'en ai bien peur. Le speaker ?

– C'est de la connerie pure et simple, déclara Tyler.

Il avait l'air soudain pitoyable et distrait.

– Colonel Tyler, je ne serais pas surpris que vous soyez le mieux placé parmi les officiers « sains » – c'est-à-dire ceux qui ne sont pas sous l'influence de ce que vous appelez une maladie. J'ignore comment opère la voie hiérarchique dans un cas comme celui-ci. C'est une situation que la Constitution n'avait pas prévue. Mais si vous souhaitez le poste...

– Vous êtes complètement cinglé ! dit Tyler.

Le revolver était moins assuré dans sa main.

– C'est une question d'électorat. Là réside la clé de voûte du problème. Colonel, savez-vous combien de personnes ont refusé la possibilité de vivre éternellement ? A peu près une sur dix mille.

– Je ne vois pas comment vous pourriez le savoir.

– Admettons que je le sache. La population terrestre est approximativement de six milliards d'âmes, ce qui implique que six cent mille individus ne sont pas, comme vous le dites, malades. C'est beaucoup. Mais tous ne sont pas américains – loin s'en faut. Colonel Tyler, vous souvenez-vous des chiffres du dernier recensement de la population américaine ? Je n'en ai qu'une très vague idée. Quelque chose de l'ordre de trois cents millions. Ce qui vous donnerait un électorat d'environ trente mille personnes. La population d'une grande ville. Une bonne taille, très maniable dans le cadre d'une démocratie, à mon avis. Dans l'idéal, vous pourriez établir un gouvernement représentatif direct... si tant est que vous souhaitiez perpétuer le système électoral.

Le regard du colonel Tyler commençait à devenir trouble.

– Je n'accepte pas. Je...

– Qu'est-ce que vous n'acceptez pas ? Mon hypothèse ? Ou la présidence ?

– Vous ne pouvez pas me donner la présidence ! Ça ne se décerne pas comme un prix d'excellence !

– Pourtant, vous étiez prêts à vous en emparer par les armes – vous et vos alliés.

– C'est différent !

– Croyez-vous ? Ce n'est pas exactement un procédé légitime.

– Je ne suis pas le Président ! C'est vous, le putain de Président !

– Vous pouvez me tuer si vous voulez, colonel Tyler.

Prenant un risque calculé, William se leva et s'exprima d'une voix impérieuse. Une fois encore, puisqu'il le fallait, il endossa le rôle de président des Etats-Unis.

– Si vous tirez une fois ou deux, je pourrai peut-être survivre. Mon organisme est, paraît-il, plus solide qu'il ne l'était. Mais si vous tirez plusieurs fois, mon corps ne pourra plus être réparé. Remarquez, il serait dommage d'encombrer le parc d'un cadavre par une si belle matinée.

Le colonel Tyler se leva à son tour, son revolver toujours appuyé sur le ventre de William.

– Si vous pouvez mourir, c'est que vous n'êtes pas immortel.

– Le corps est mortel. Pas moi. Une partie du vaisseau contient mon... je suppose qu'on peut dire mon essence, à défaut d'un autre terme. Je suis autant là-bas qu'ici. Je suis éveillé ici, colonel, et endormi là-bas... Mais si vous appuyez sur la gâchette, vous renversez l'équation.

Le vent se leva. A une dizaine de mètres de là, le cerf-volant du garçon hésitait à prendre son envol pour de bon. *Tire*, songea William. *Actionne la ficelle.*

Le cerf-volant s'envola soudain, grand oiseau jaune et noir dans le bleu du ciel.

– Marchons un peu, colonel, dit William. J'ai des crampes dans les jambes si je ne les détends pas de temps à autre.

Ils empruntèrent la Dix-Septième Rue en direction du parc Potomac, passèrent devant la galerie d'art Corcoran et les locaux de l'Organization of American States, témoignage loufoque de l'architecture locale.

Les bâtiments les plus représentatifs de la ville étaient encore ses monuments, songea William. Le mémorial Lincoln, le mémorial Jefferson. Une idée américaine d'une idée britannique d'une idée romaine de l'architecture urbaine grecque. Mais c'était dans l'agora que siégeait l'assemblée du peuple athénien. Nous aurions dû copier leurs marchés, et non leurs temples. Aménager des étals de fruits. Prendre un ou deux vendeurs de tapis à demeure. Tenir les séances du Congrès au milieu des marchands de cacahuètes sur l'avenue de la Constitution.

Il avait à une époque beaucoup aimé l'idée de la démocratie. Il l'avait aimée comme il avait aimé sa plage, dans le Maine. Et cet amour de la démocratie s'était envolé quelque part sur le long chemin menant à la Maison-Blanche. Comme sa plage.

Oh oui, le mot avait figuré dans ses discours. Mais dépourvu de tout son suc.

Il se demanda si le colonel Tyler avait jamais aimé la démocratie. Il le soupçonnait fort, en tout cas, de ne jamais avoir aimé une plage.

– Vous avez renoncé à tout ça, disait Tyler. Sans même vous battre. Sans même lever le poing, monsieur le Président. C'est un crime qui mérite bien une balle, vous ne croyez pas ?

L'arme avait regagné son étui sous la veste du colonel, mais William gardait une conscience aiguë de sa présence.

– A quoi ai-je renoncé, selon vous, colonel ?

– A l'Amérique. A la nation. A sa souveraineté.

– Il aurait fallu qu'elle m'appartienne pour que je puisse y renoncer.

– Mais vous avez collaboré.

– Seulement dans l'optique où nous aurions été

victimes d'une invasion. Bon. Admettons que, d'une certaine manière, j'aie vraiment collaboré.

Il était vrai que le rêve du Président s'était manifesté quelques nuits avant le grand sommeil. Les contacts précoces avaient été de deux ordres : les grands malades et les très puissants. Les malades, afin que leur maladie ne les emporte pas à la dernière minute. Les puissants, afin que soit évitée toute erreur fatale.

– Je me l'exprime en termes de coopération, et non de collaboration.

– Je me l'exprime en termes de trahison, décréta Tyler.

– Vraiment ? Quel choix avais-je ? Existait-il une façon de résister ? La panique aurait-elle changé quoi que ce soit ?

– On ne le saura jamais.

– Non, sans doute. Mais, colonel, le procédé a été très démocratique. Reconnaissez-le. La question – la question de vie éternelle et de tout ce qu'elle implique – a été posée à tous. Vous pensez que j'aurais dû m'exprimer au nom de l'Amérique ? Mais je ne le pouvais pas, et je n'ai pas eu à le faire. L'Amérique s'est exprimée pour elle-même. Colonel, il est évident que vous avez été en mesure de refuser l'offre. Et tout le monde avait la possibilité de faire le même choix. Dans la grande majorité des cas, ils ne l'ont pas fait.

– Absurde, dit Tyler. Vous y croyez vraiment ? Pensez-vous que des créatures qui peuvent envahir votre métabolisme et occuper votre esprit ne sont pas capables de mentir ?

– Mais l'ont-elles fait ? Vous avez été aussi « envahi » que tout un chacun, colonel. Et pourtant, nous sommes là.

Ils s'installèrent sur un banc des jardins de la Constitution ; devant eux, les pigeons furetaient dans l'herbe. William se demanda ce que tous les bouleversements de l'épistémè du genre humain leur avaient apporté. Moins de touristes, sans doute. Mais ceux qui restaient se montraient plus généreux.

Il aurait dû apporter quelque chose pour les nourrir.

– Réfléchissez un peu à ce que vous affirmez, reprit Tyler. Ils ont pris contact avec tout le monde, selon vous ? Avec tous les êtres humains vivant sur Terre ? Y compris les bébés ? Les infirmes séniles des hospices ? Les criminels ? Les faibles d'esprit ?

– On m'a laissé entendre, colonel, que les enfants disent toujours oui. Ils ne croient pas à la mort, à mon avis. Un bébé ne maîtrise peut-être pas le langage, mais la question n'a pas été tout à fait posée sous forme de langage. Les bébés et les séniles ont en commun le désir de vivre, même s'ils ne peuvent le formuler. De même que les malades mentaux. Il existe une parcelle du soi qui comprend et répond. Et même les criminels, colonel – encore qu'ils ne soient pas au bout de leur peine, même s'ils acceptent ce don, car c'est un privilège qui n'est pas tout à fait gratuit : avec lui viennent la compréhension, la lucidité, et il y a beaucoup de choses terribles qu'ils n'ont peut-être pas envie de savoir sur eux-mêmes. Certains, parmi les pires d'entre eux, auront peut-être refusé l'offre.

Le colonel s'esclaffa ; un rire sonore et déplaisant.

– Vous avez conscience de ce que vous dites ? Si je vous comprends bien, je serais le président non élu d'une nation d'assassins.

– Pas tout à fait, colonel. Il existe d'autres raisons de refuser l'immortalité. La vôtre, par exemple.

Le colonel fronça les sourcils. Le terrain devenait glissant, songea William. Il inspira longuement et persista malgré tout :

– C'est comme de se regarder dans un miroir, n'est-ce pas ? Quand les Voyageurs parlent, ils parlent à ce qu'il y a de plus profond en vous. Non pas à l'image que vous avez de vous-même. Mais au cœur. A l'âme. Au soi qui représente tout ce que vous avez fait, tout ce que vous vouliez faire et vous êtes empêché de faire. Le vrai soi n'est pas toujours quelque chose de plaisant à voir, n'est-ce pas, colonel ? Le mien n'avait certes rien de flatteur.

Pour toute réponse, le colonel Tyler exhala un soupir défait.

Un soupir qui déplut aux pigeons ; ils s'envolèrent en nuage pour se poser de nouveau à quelques mètres de là, près de l'étang dont la surface fripée par la brise reflétait le ciel limpide.

Depuis une semaine, la circulation à l'intérieur de la Beltway demeurait fluide. Le Washington officiel avait commencé à fermer boutique, d'un accord tacite qui se passait de commentaires. Capitol Hill n'était plus qu'une ville fantôme. Pas plus tard que la veille, William était entré dans la rotonde où il avait écouté l'écho de ses pas se réverbérer dans le dôme qui coiffait le monument. Mais on remarquait encore des touristes, si tant est qu'on pût encore nommer ainsi ces gens qui venaient voir une dernière fois l'appareil ministériel d'une nation.

Certains longeaient calmement la grande allée du parc. William ne se sentait pas déplacé, parmi eux, mais ils semblaient en revanche mettre le colonel Tyler mal à l'aise.

– Je voudrais vous poser une question, dit Tyler.

– Prenez garde. Je suis un politique, colonel. Nous sommes réputés pour éluder les plus difficiles.

– Vous ne prenez pas les choses assez au sérieux, monsieur le Président.

Presque distraitement, Tyler effleura la crosse de son arme. Son regard demeurait vague. Et William songea que la folie du colonel n'était peut-être pas récente ; peut-être s'agissait-il d'une vieille folie que Contact avait simplement réveillée et libérée. La moindre provocation pouvait avoir des conséquences imprévisibles.

– Je suis désolé, je ne voulais pas être insolent. Continuez, je vous prie.

– Que se passe-t-il ensuite ? D'après votre scénario, s'entend.

William médita sa réponse quelques secondes.

– Colonel, ne connaissez-vous personne d'autre à qui poser cette question ? Une femme, une amie ? Un parent ? Je n'ai aucun titre officiel pour répondre ; les informations du premier venu valent les miennes.

– Je ne suis pas marié, répondit Tyler. Et je n'ai plus de famille.

Encore une pièce à ajouter à l'énigme Tyler : une solitude ancienne et cruelle. Tyler était un solitaire qui avait dû prendre Contact pour une exclusion définitive du genre humain.

Pensée terrible et glaçante.

– Sérieusement, colonel, c'est une question très difficile. Inutile de préciser que tout est déjà en train de changer. Des besoins neufs se créent, d'anciens disparaissent – et nous en sommes encore au stade où nous devons accepter ce bouleversement. Je crois que... avec le temps, ces corps de chair encombrants n'auront plus lieu d'être. Mais ce n'est pas pour tout de suite.

C'était une réponse honnête.

Tyler fixa sur lui un regard terrible où la peur se teintait d'indignation, de mépris.

– Et après ?

– Je l'ignore. Il faudra prendre une décision – une décision collective. Mais quelque chose me dit que notre planète martyrisée a besoin d'un renouveau. Et je pense que, très bientôt, elle y aura droit.

Ils avaient fermé une boucle et se retrouvaient à présent devant les grilles de la Maison-Blanche. Midi approchait ; la journée devenait chaude.

En dépit de la menace qui planait, William était las de ce duel verbal avec Tyler. Il éprouvait l'impatience d'un gamin trop longtemps enfermé.

– Eh bien, colonel ?

Il regarda Tyler dans les yeux.

– Avez-vous décidé de me tuer ?

– Je le ferais si je pensais que ça puisse être utile. Si j'étais convaincu que cette exécution permette de reconquérir un pouce de ce pays, Dieu m'est témoin que je vous tuerais sans la moindre hésitation.

Tyler porta la main à son cou et se massa distraitement la nuque.

– Mais vous n'êtes pas franchement dangereux. Pour un collabo, vous seriez même plutôt pitoyable.

William réprima un soupir de soulagement. Immortel, peut-être. Mais il n'en avait pas terminé avec cette incarnation.

En outre, comment aurait-il expliqué sa mort à Elizabeth ? Elle l'aurait accusé de maladresse – à raison, peut-être bien.

– Vous pensez que ce conflit est terminé, dit Tyler. Je ne suis pas d'accord. Certains d'entre nous sont encore prêts à se battre pour notre pays.

Pourquoi se battre ? songea William. Le pays est à vous ! Prenez-le, colonel Tyler !

Il garda cependant ces pensées par-devers lui.

– J'espère seulement, conclut Tyler en se détournant, que tous les autres châtrés sont aussi dociles que vous.

William regarda le colonel s'éloigner.

Tyler se tenait au bord d'un horrible précipice, songea-t-il. Seul dans la vie, solitaire dans sa lutte, il portait en outre un effroyable fardeau de vieux péchés. Le monde dans lequel il vivait s'égarait au-delà des limites de sa compréhension.

Et tout cela n'avait rien eu d'inéluctable. Peut-être était-ce le plus désolant.

Vous auriez pu dire oui, colonel. Et vous le savez très bien, que vous l'admettiez ou non.

William rangea ce triste épisode dans sa mémoire, tout comme il avait rangé sa cravate dans sa poche.

Il entendrait peut-être encore parler du colonel Tyler, mais ce souci appartenait à demain.

Aujourd'hui, il faisait beau et frais. Il avait encore

un quart d'heure à perdre avant le déjeuner. Et personne ne l'avait tué.

Il observa la pelouse de la Maison-Blanche. Théâtre d'innombrables quêtes d'œufs de Pâques, de photographies diplomatiques, de remises de récompenses. L'avait-il jamais bien regardée ? Les jardiniers accomplissaient un excellent travail. La rosée matinale miroitait encore sur l'herbe verdoyante.

Il se demanda ce qu'il éprouverait s'il délaçait ses chaussures, retirait ses chaussettes et marchait pieds nus sur cette mer verte et douce.

Le temps, se dit-il, était venu de le découvrir.

11

Kindle

Pour Tom Kindle, le sens du rêve coulait de source : il ne s'agissait ni plus ni moins que d'une invitation à s'immerger dans une immortalité confortable et collective. Malgré l'aversion que lui inspirait cette idée, Kindle n'avait aucun mal à deviner la fascination qu'elle pourrait exercer sur ses semblables.

En conséquence de quoi, depuis cette nuit particulière, il y avait de cela maintenant deux semaines et quelque, Kindle n'avait pas mis les pieds en ville. Il ne savait trop à quoi ressemblerait Buchanan quand il y retournerait. Et n'était pas certain de vouloir le savoir.

Il avait souhaité repousser aussi longtemps que possible tout déplacement en ville, mais il lui fallut bon gré mal gré renoncer à cet espoir quand, sur le versant ouest du mont Buchanan, il glissa sur un sentier boueux et atterrit sans douceur quelque six mètres plus bas avec une jambe fracturée.

Sans doute n'aurait-il jamais dû se trouver sur ce chemin. Rien ne l'avait poussé à s'y rendre. Il avait encore de quoi tenir un siège prolongé et de la lecture pour plusieurs mois. Pour l'instant, il lisait laborieusement *Histoire du déclin et de la chute de l'Empire romain*, de Gibbons. L'ouvrage ne le distrayait guère plus que la vaisselle de la veille, mais il appartenait à sa collection de classiques de la littérature occidentale, et Kindle tenait à en avoir pour son argent.

Ce n'était pas non plus la claustrophobie qui l'avait incité à quitter sa cabane. Celle-ci était suffisamment spacieuse. Il avait acheté ce lopin de terre, à quelques kilomètres de Buchanan par la vieille route des bûcherons, en 1990. Il avait construit la baraque – un kit – avec l'aide de trois amis, dont un, entrepreneur en travaux publics, avait fourni des outils de qualité. Depuis, chaque penny qui ne passait pas dans l'entretien de son bateau ou dans l'approvisionnement servait à améliorer son habitat.

Il payait l'eau de la ville dans la mesure où la municipalité l'avait fait installer jusque là-haut lors du boom immobilier des années 80. L'électricité, en revanche, provenait du groupe électrogène remisé sous l'appentis. Les hivers étaient parfois durs, la neige épaisse, mais la cabane était bien isolée et équipée d'un poêle à bois.

Trop petite pour avoir droit au nom de « maison », cette cabane offrait néanmoins tout le confort dont Kindle pouvait rêver, et en aucun cas il n'avait eu besoin de s'aérer. Cette promenade sur ces sentiers isolés n'avait été rien d'autre qu'un coup de tête. Un coup de tête idiot, de toute évidence. La sécheresse avait brusquement cessé la semaine précédente ; il avait plu des hallebardes trois jours d'affilée et les chemins, on s'en doute, étaient boueux. Ils étaient aussi, par endroits, très raides.

Et Kindle, bien qu'il répugnât à l'admettre, n'était plus de la prime jeunesse. A ceux qui lui demandaient son âge, il répondait « la cinquantaine ». En fait, il n'y accordait qu'une importance mineure et avait horreur de faire le calcul. Quand on vit seul et qu'on travaille seul, pourquoi devrait-on se tracasser avec les anniversaires ?

N'empêche qu'il venait d'avoir cinquante-trois ans en janvier et n'était plus aussi souple qu'il l'avait été. Aussi, quand il glissa dans le trou profond et boueux creusé par un pin déraciné, il n'eut ni l'agilité ni la présence d'esprit nécessaires pour se rattraper à une racine ou un jeune arbre ; sa botte dérapa et le monde bascula soudain à la verticale.

Il perdit conscience quand l'os se brisa.

Il reprit lentement connaissance. Sans qu'il sût pourquoi, il s'interdit de bouger. Instinct de conservation ? Peut-être bien. Il se contenta de remuer les yeux et s'aperçut ainsi que le ciel était encombré de conifères trempés. Apparemment, quelque chose clochait. Clochait même terriblement.

Il se sentit comme saisi de vertige et n'éprouva aucune honte à parler seul – il n'en avait d'ailleurs jamais éprouvé.

– Tu es tombé.

L'évidence même.

– Tu as glissé du sentier, connard.

Tournant la tête, il repéra la trajectoire de la dégringolade grâce aux jeunes pins brisés et à la terre labourée. Une bonne chute. Pour atterrir là, dans une sorte de ravine à flanc de colline, le cul dans l'eau froide d'un ruisseau et les jambes pliées au pied d'un vieux sapin moussu.

Son regard tomba sur quelque chose qui ne lui dit rien qui vaille : l'angle très bizarre que son genou gauche avait formé en pivotant.

– Oh, merde ! s'exclama-t-il.

Devant sa jambe cassée, sa réaction fut double : la peur et la colère.

Il éructa quelques jurons éloquents d'une voix forte ; quand il eut fini, la forêt se mura dans le silence – peut-être rougissait-elle. Et puis, que ça lui plaise ou non, il lui fallut affronter la question primordiale : « Tom Kindle, as-tu condamné ta petite personne imbécile à crever comme un chien dans la gadoue ? »

Peut-être bien que oui. La cabane était à cinq cents mètres plus bas, soit pas loin de deux kilomètres par le sentier. Et même à supposer qu'il arrive à retourner chez lui... il n'avait pas le téléphone. Il ne pourrait trouver de l'aide qu'à Buchanan, ou, dans le meilleur des cas, auprès de son plus proche voisin – soit près de six kilomètres en descendant par un chemin de terre et de gravier.

Et rien ne garantissait qu'il puisse se traîner jusqu'au premier arbre sans tourner de l'œil de nouveau.

A titre d'expérience, il tenta de bouger et faillit bien s'évanouir, en effet. La douleur qui se manifestait au moindre mouvement était une sensation totalement nouvelle, un tisonnier brûlant planté dans sa jambe et qui remontait jusqu'au creux de ses reins. Il poussa un cri qui fit fuir les oiseaux à l'entour. S'il se tenait immobile, la douleur s'apaisait mais sans toutefois disparaître ; elle se concentrait entre la hanche et le genou gauches. Du genou au pied, la jambe donnait l'impression d'être engourdie.

Il lui fallait une attelle. S'il ne fixait pas sa jambe, il était tout simplement cloué sur place.

Levant la tête, il inspecta la blessure. A priori, il n'y avait pas de sang, pas de fracture ouverte. Au moins une bonne nouvelle. Kindle avait une fois travaillé sur un chantier forestier en Colombie britannique, et il avait vu un homme souffrir le martyre avec une fracture ouverte où l'on pouvait voir le fémur sortir de la cuisse comme un morceau de craie sanglant de quinze centimètres.

La mauvaise nouvelle, en revanche, c'était que la fracture risquait de se compliquer d'un problème de genou. S'il se rappelait correctement ses leçons de premiers secours, on ne doit jamais tenter de réaligner une fracture articulaire. On l'immobilise et on la « confie aux médecins ».

Regardant autour de lui, il repéra le bâton de noyer qu'il emportait toujours dans ses promenades. Sacré vieux bâton. Une présence, un ami. Assez robuste pour servir d'attelle à une mauvaise fracture. Il ferait l'affaire. Mais il était à un bon mètre de sa main tendue.

Il se traîna jusque-là en hurlant.

Il brailla sans discontinuer pendant qu'il liait sa jambe, une tâche qu'il accomplit par vagues. Des vagues de douleur, et quand elles atteignaient leur force maximum – quand il sentait sa conscience glisser de nouveau –, il s'allongeait, sans bouger, haletant et sonné, jusqu'à ce que sa vision s'éclaircisse ; alors il recommençait à façonner son attelle.

Au bout du compte, après ce qui lui parut une éternité, sa jambe se retrouva ficelée sur le bâton de noyer grâce à sa chemise qu'il avait découpée en lanières. Un travail qu'il admira comme une œuvre d'artiste.

Et s'il bougeait ?

L'attelle maintenait la jambe plus ou moins immobile et minimisait la douleur. Kindle rampa sur une courte distance, le long du ruisseau. Ce n'était qu'un filet sur quelques centimètres de profondeur, mais très froid. Pas désagréable, par un bel après-midi comme celui-ci... Mais l'après-midi était déjà bien avancé, et, parfois, les nuits de fin d'été devenaient très fraîches quand le ciel était aussi clair et haut qu'aujourd'hui. Et à ce moment-là, il aurait froid. Avec ses vêtements mouillés, en plus...

– Hypothermie, dit-il à voix haute.

Sans parler du choc. Peut-être était-il déjà en état de choc, d'ailleurs. Il transpirait et tremblait tout à la fois.

Il rampa donc péniblement le long du ruisseau qui, quelques mètres plus bas, croisait un sentier. Il pourrait alors être au sec. Mais pas avant. Jamais il ne pourrait traîner sa jambe douloureuse et impotente dans la végétation de cette forêt touffue.

Alors qu'il progressait laborieusement, il lui vint à l'esprit que s'il avait accepté l'offre des extraterrestres, il ne se serait peut-être pas retrouvé dans cette situation. Il serait immortel. Il y aurait une « place pour lui au paradis », ainsi que le disait sa mère. Sa mère avait été très pieuse. Baptiste du Dakota. Sa philosophie, très simple, avait des relents de masochisme. « Le chemin du Seigneur est pavé de taloches », proclamait-elle avec conviction en tendant religieusement la joue. Le père de Kindle était mort d'une crise cardiaque en conduisant un chasse-neige pour la municipalité ; deux ans plus tard, sa mère se remariait avec un poseur de moquette qui se soûlait tous les samedis soir. Il s'appelait Oscar. Par le plus froid samedi soir d'un rigoureux hiver dakotien, Oscar – que l'anecdote avait propulsé au rang des célébrités locales – avait été vu en train d'uriner depuis la fenêtre du second étage tout en beuglant la chanson de Hank Williams *J'entendais ce lointain sifflement*. Jusque-là, Kindle n'y voyait rien à redire, mais il se trouve qu'Oscar avait malheureusement le vin méchant et qu'il usa et abusa à plus d'une reprise de ses poings sur sa femme. Ce n'est pas grave, disait-elle, le mariage est toujours une route cahoteuse et difficile et, de toute façon, il existait une place pour elle là-haut.

Kindle, alors âgé de quinze ans, supporta six mois de ce régime avant de décider que s'il y avait une place pour lui, ce n'était sûrement pas dans cette ville pourrie. Il se rendit à New York dans un car Greyhound, tricha sur son âge et fit son apprentissage dans la marine marchande. Cinq ans plus tard, il revint au bercail. Oscar, sans travail, affalé sur les marches de l'arsenal, imbibé de tokay, ne valait même pas qu'on s'esquinte les poings sur lui, fût-ce pour la froide satisfaction de la vengeance. Sa mère était partie depuis longtemps sans laisser d'adresse. Une excellente initiative de sa part.

Kindle, désormais seul, pressentait qu'aucune place ne l'attendait dans l'éden chimérique de sa mère ; une suspicion que les trente-trois années à venir contribueraient à fortifier. Il ne croyait pas au paradis, et l'avait refusé quand on le lui avait offert. A présent, toutefois, il se demandait s'il n'avait pas péché par précipitation.

Une place pour lui, où que ce soit, serait peut-être préférable à cette forêt humide que le crépuscule n'allait pas tarder à envahir.

Le ciel avait viré au bleu profond, lumineux. Et le soleil ? Il avait déjà basculé de l'autre côté ? Oui, mais tout juste. Les vieux sapins étaient lourds d'ombre.

Il était sur le sentier, maintenant, avançant à une allure de limace sur la terre visqueuse, maculé de boue.

Sa gorge était à vif à force de hurler, encore qu'il n'eût aucun souvenir de l'avoir fait. Il ne criait plus, maintenant. Il gémissait, plutôt. Comme s'il fredonnait un air presque mélodieux qui n'était pas sans lui rappeler la chanson des singes volants dans *Le Magicien d'Oz*.

Cette pensée le ragaillardit. Il releva les yeux vers les étoiles – parce qu'il y en avait, à présent – et se demanda s'il pourrait chanter une vraie chanson. Il avait beau avoir un mal de chien, il n'avait pas pour autant perdu son sens de l'humour. La situation était franchement désopilante. Et chanter parachèverait l'effet comique.

Le problème, c'est que son répertoire n'avait jamais été très étendu. Hormis l'aria éthylique d'Oscar... Il avait bien appris *Jésus m'aime* au catéchisme baptiste, mais il faudrait le payer cher pour psalmodier une chanson de calotin. Autrement, il connaissait *Les Rues de Laredo*, mais seulement un couplet. Ça suffirait peut-être.

– Alors que je me promenais dans les rues de Laredo...

En fait, il n'aurait jamais dû aller se promener.

– Alors que je me promenais dans Laredo, un jour...

Il ne faisait plus jour, mais nuit.

– J'ai rencontré un jeune cow-boy tout de blanc vêtu...

La direction que prenait la chanson, soudain, lui parut douteuse.

– Tout de blanc vêtu et froid comme le marbre.

Non. Décidément, mauvais choix.

Il continua à la chanter malgré tout, et son sentiment d'euphorie l'abandonna, et le cafard fondit sur lui qui n'était même pas capable de choisir une chanson pour se donner du cœur au ventre.

Le vaisseau se levait à l'ouest quand il arriva en vue de sa cabane.

Comme une sorte de lune, il projetait une légère clarté. Une chance. Mais ce halo blafard revêtait pour Kindle un aspect effrayant.

Il ne pouvait pas dire qu'il haïssait le vaisseau. Pour quelle raison l'aurait-il dû ? Mais il s'en était toujours défié. Comme tout le monde, en fait. Cependant, Kindle se jugeait plus lucide que ses concitoyens. La plupart des gens voyaient en ce vaisseau spatial un instrument de fin du monde, ou du moins de guerre interplanétaire. Pas Kindle. Par expérience, il savait que la tournure des événements correspondait rarement à ce qu'on attendait. Quoi que ce vaisseau nous réserve, s'était-il dit, ça ne serait certainement pas le scénario-catastrophe que tout le monde redoutait. Ce serait quelque chose qui ne serait sûrement pas mieux, mais en tout cas différent, nouveau, inattendu.

Or, les événements ne lui avaient-ils pas donné raison ? Personne n'avait imaginé cette visitation nocturne, cette promesse de vie éternelle susurrée dans le creux de l'oreille.

Kindle n'aurait certes jamais deviné que des machines microscopiques incrustées dans son tissu nerveux lui proposeraient d'abandonner son corps et certaines habitudes mentales pour dépasser son ego étriqué et devenir une sorte de super-Kindle qui serait à la fois Kindle et bien plus que Kindle.

Il avait répondu sans hésiter. Non, mon Dieu non. Il s'était cramponné à son corps vieillissant et son ego intempérant toutes ces années et n'avait aucune intention d'y renoncer. L'idée de mêler son âme à celles des autres lui donnait des boutons. Il était seul par choix et par nature, et souhaitait le rester.

Mais il voulait vivre, aussi. Ce n'était pas par amour de la mort qu'il avait refusé la proposition. Il souhaitait vivre. Désespérément, furieusement. VIVRE. Mais à ses propres conditions.

Et c'était bien cet instinct de conservation acharné qui l'avait conduit jusque-là, devant la portière de son vieux pick-up Ford de treize ans, et qui lui donnait encore la force de chanter *Les Rues de Laredo* d'une voix faible et rauque tout en se demandant comment bon Dieu il allait supporter l'étape suivante.

On entre généralement debout dans un véhicule.

Même un unijambiste peut se tenir debout, songea Kindle.

A moins que la douleur ne l'en empêche.

A moins que le fait de s'accrocher à la poignée d'un vieux pick-up pour se lever ne provoque un frottement des os déchiquetés et ne le contraigne à interrompre sa chanson pour hurler.

A moins qu'il ne perde conscience.

Mais Kindle resta conscient même quand le paysage pirouetta dangereusement autour de l'axe de sa colonne vertébrale.

Sa jambe impotente, liée et tordue au genou comme la patte d'une mouche morte, cogna mollement contre la portière de la camionnette.

– La clé ! hurla Kindle.

Il portait toujours ses clés sur lui. S'arc-boutant sur son coude droit, il fouilla sa poche de sa main libre. Sans doute était-il stupide de fermer son pick-up alors qu'il vivait si loin de toute civilisation. Qui serait assez bête pour venir jusqu'ici voler cette épave ? Mais c'était une habitude à lui de fermer tout ce qui lui appartenait : sa camionnette, son bateau, sa cabane.

Il trouva la clé et parvint miraculeusement à la glisser dans la serrure sans bouger le reste du corps.

Alors il prit une longue inspiration, s'écarta de la portière et l'entrouvrit.

Bon travail.

Mais sa jambe était ficelée au bâton, auquel il n'osait pas toucher. Alors comment était-il censé s'installer au volant ?

Et puis même une fois au volant, comment comptait-il procéder ?

Il retira la clé de la serrure et la tint serrée au creux de sa paume.

– Tom, dit-il d'une voix voilée, on arrive à la partie ardue. Jusque-là, c'était du billard. Maintenant, on attaque le plus dur.

Il serait encore plus facile de se coucher et de dormir. De conduire le lendemain matin.

Ou de mourir avant l'aube.

Des deux, la seconde proposition était la plus séduisante. Mourir serait bien plus facile que tout. Peut-être qu'il pourrait même se traîner jusqu'à la cabane pour y mourir sur le canapé, ce qui conférerait au moins une certaine dignité à l'événement. Au bout d'un temps, les gens finiraient par le trouver. On découvrirait peut-être son empreinte de rampant menant de la montagne à sa cabane. Nom de Dieu ! diraient-ils. Regardez ce que ce type a accompli. Cet homme dont la dépouille mortelle repose sur le canapé était réellement admirable !

Qu'est-ce qu'il sentait, sous ses doigts ? Le velours de son canapé ? Non. De la moleskine. Il était affalé de tout son long sur la banquette de son vieux pick-up.

Ces absences étaient réellement troublantes ; il avait en outre l'impression d'entendre l'écho de ses propres cris rebondir sur le versant de la colline quand il en émergeait.

Il se redressa, le dos contre la portière et les deux jambes allongées sur le siège. Il pouvait voir par-dessus le tableau de bord, d'accord. Mais quant à mettre les pieds sur les pédales, c'était une autre paire de manches.

En tout cas, il était à l'abri du vent. Ce qui n'était pas une mince victoire.

Il chercha autour de lui le moyen de manœuvrer les pédales.

Maigres ressources. A portée de main, il avait un gobelet vide, une raclette à neige et un exemplaire de *Armes et munitions*. Il n'irait pas loin, avec tout ça.

Ah, il y avait encore autre chose. Le bâton qu'il avait utilisé en guise d'attelle.

La jambe avait énormément enflé. De l'aine au genou, elle ressemblait à un gros saucisson. Les bouts de tissu avec lesquels il avait ficelé l'attelle s'enfonçaient profondément dans la chair ; les nœuds étaient tendus au maximum.

Ne m'oblige pas à faire ça, songea Kindle. Non, c'est trop. Je ne peux pas, c'est au-dessus de mes forces.

Mais déjà ses traîtres mains descendaient en tâtonnant sur la chair fiévreuse...

Quand il reprit conscience, il trouva le bâton dans sa main tremblante.

Il faisait encore nuit, bien que le vaisseau fût redescendu sur l'horizon. L'aube n'était peut-être pas loin. Kindle ne pouvait pas le savoir ; il ne portait pas de montre. Le ciel semblait piqueté d'étoiles du matin.

Il tremblait comme un chien malade. Et ces tremblements ne lui facilitaient pas la tâche. Il avait du mal à maintenir le bout large du bâton sur les pédales. Et ce serait encore plus difficile quand il roulerait.

Il inséra la clé de contact, appuya deux fois sur l'accélérateur et tourna la clé.

Le moteur toussa mais ne démarra pas.

Normal. Kindle était habitué aux hoquets capricieux de sa vieille guimbarde. Elle allait s'emballer puis caler. Ou presque ; elle regimberait, cracherait, et s'étoufferait un temps avant de trouver son souffle régulier.

– Allez, espèce de tas de ferraille, murmura Kindle. Montre-moi de quoi t'es capable, vieille feignante.

Le moteur démarra enfin et bondit ; toute la carcasse du pick-up fut secouée de soubresauts. Kindle hurla. Sa jambe cassée était coincée contre le siège, mais plus rien ne la maintenait et ne l'empêchait d'être horriblement ballottée.

Kindle essaya de chanter *Les Rues de Laredo* tandis qu'il passait la vitesse, appuyait sur l'accélérateur – avec pour conséquence un affreux entrechat de la camionnette –, et quittait le chemin de terre pour rejoindre la route.

Il alluma les phares. Les ombres des pins tassés sur les bas-côtés s'entremêlaient pour tisser de lugubres guipures.

Il était assis de travers et un peu bas. Peu habitué à tenir le volant de la main gauche, il avait le réflexe lent ; il parvint malgré tout à maintenir la Ford au milieu de ces colonnes fantomatiques. Dieu garde l'imprudent qui viendrait en sens inverse. Mais qui serait assez fou pour cela, à cette heure ?

De là jusqu'aux abords de Buchanan, la route descendait presque régulièrement, et Kindle n'eut pratiquement pas besoin d'actionner l'accélérateur. Une chance ; il avait déjà assez de mal à freiner pour empêcher le pick-up de prendre de la vitesse. Il lui vint à l'esprit qu'il risquait d'avoir un sérieux problème s'il s'évanouissait de nouveau. Mieux valait attendre l'hôpital pour roupiller. Il passa devant deux autres cabanes – les tanières d'autres loups solitaires – mais ne s'arrêta pas. Il n'était pas sûr de trouver quelqu'un. Et la perspective de devoir redémarrer le pick-up n'avait rien de réjouissant. Autant rouler aussi loin que possible vers Buchanan, ou du moins jusqu'aux premières rues éclairées.

C'est alors que l'effroi s'abattit soudain sur lui,

inattendu. Il avait oublié que Buchanan ne serait peut-être pas le Buchanan qu'il connaissait.

La semaine dernière, les monstres avaient envahi la ville.

Ces bizarres éponges ambulantes qui avaient contaminé le sang de tout le monde.

Etait-ce vraiment ce qui était arrivé ou bien nageait-il en plein délire traumatique ? Non, il était pratiquement certain de ne rien inventer.

Mais tout de même... des monstres ?

Et si c'était vrai...

Les images surgirent sans qu'il les y ait conviées : des monstres sortant tout droit de bandes dessinées, des créatures pleines de tentacules rampant hors de leur soucoupe volante ; ou bien des eunuques aux yeux de zombies, esclaves des maîtres du monde et affamés de chair humaine. Ils avaient une place prête pour lui sur leur barbecue collectif.

Kindle secoua la tête, incapable de choisir entre le rire ou l'épouvante. Après tout, il aurait peut-être tout intérêt à s'arrêter là, et à mourir dans la pénombre de cette montagne.

Il appuya en fait sérieusement sur la pédale de frein parce que le Ford s'était peu à peu emballé sans qu'il le remarque.

Non, se dit-il fermement. Mort interdite. Va chercher de l'aide. Tu suis ton plan jusqu'au bout.

Et jette-toi dans la gueule des monstres s'il le faut.

Le pick-up continua sa course brinquebalante.

Il arrivait tout juste en lisière de la ville, venait in extremis de franchir le panneau indicateur de celle-ci quand la douleur et la fatigue atteignirent leur apogée ; le pick-up buta contre un talus et s'immobilisa, les phares pointés vers Orion.

L'impact projeta Kindle contre le volant ; le klaxon couina. Il se laissa ensuite retomber contre le siège, à moitié dans les pommes. Le moteur continuait de tourner.

Le coup de klaxon et le moteur asthmatique réveillèrent un enquêteur d'assurances de trente ans qui, bien qu'immortel depuis peu, prenait encore plaisir à profiter d'une bonne nuit de sommeil. Il se mit à la fenêtre de son pavillon et considéra avec un étonnement ensommeillé le Ford à moitié vertical, le nez planté dans un talus sur le parking désert. Il composa alors le 911 avant de prendre une couverture et de se précipiter sur le lieu de l'accident où il se rendit très vite compte qu'il ne pouvait rien faire pour aider le blessé – un pauvre mortel mal en point qui hurla et roula des yeux effrayés quand il apparut dans son champ de vision.

Les monstres, songea Kindle – une pensée trouble, quand il arrivait encore à penser.

Les monstres le lorgnaient d'un œil mauvais.

Il brailla de plus belle. Jusqu'à l'extinction de voix.

Après un laps de temps ténébreux, il promena son regard sur les murs blancs d'un couloir d'hôpital et comprit, en un éclair de lucidité, qu'il était allongé sur un chariot et pris en charge par des infirmiers affairés autour de lui.

Kindle avisa un visage austère à proximité. Se redressant avec ce qui lui restait de force, il agrippa l'homme par le col de sa blouse.

– Allez me chercher un docteur humain, dit-il.

– Détendez-vous, répondit l'entité. Je suis humain.

– Vous savez très bien ce que je veux dire, espèce d'extraterrestre de mes deux ! Allez me chercher un docteur *humain*, sale monstre !

Kindle retomba sur le chariot, haletant.

L'homme se détourna.

– Si on peut mettre le patient sous sédatif... il est en pleine hystérie. Et que quelqu'un prévienne Matt Wheeler.

Rassuré, Kindle s'autorisa enfin à sombrer dans un sommeil qui durerait quarante-huit heures non-stop.

Vertiges et brouillard.

Kindle s'éveilla une fois de plus.

Dans un lit. Sa jambe était bandée et en extension. Il avait mal, mais la douleur était supportable. On avait dû le mettre sous calmant ; pour un temps au moins, il ne dérouillerait pas trop.

Il avait même l'impression de flotter sur un coussin d'air, par moments. C'était à se demander s'ils n'avaient pas mis de l'opium, dans ce goutte-à-goutte.

L'essentiel restait tout de même qu'il était arrivé jusqu'à l'hôpital. Il avait toutes les raisons de pavoiser. Sa mémoire était un peu embrumée, mais il se rappelait que le voyage avait été long et plutôt atroce.

Un homme en blouse blanche s'avançait vers lui. Kindle observa le processus d'approche avec un intérêt nébuleux.

– Vous devez être le docteur, parvint-il à articuler.

– Exactement, monsieur Kindle.

– J'ai demandé un docteur humain.

– Vous en avez un devant vous. Je m'appelle Matt Wheeler.

Matthew Wheeler était un homme d'aspect ordinaire avec un visage abattu. Il est trop jeune pour avoir toutes ces rides, songea distraitement Kindle.

– Vous êtes humain, docteur Wheeler ?

– Au même titre que vous, monsieur Kindle.

– Vous n'êtes pas l'un d'eux ?

– Non. Mais ils peuvent vous soigner aussi bien que moi. Vous n'avez aucune inquiétude à avoir.

– Possible, dit Kindle. La ville a beaucoup changé ? Je suis resté dans les collines depuis...

Comment appelait-on l'opération, déjà ? Ah oui : Contact.

– Pas beaucoup.

Le Dr Wheeler ne semblait pas à l'aise.

– Pas encore, ajouta-t-il.

– Comment va ma jambe ?

– Elle devrait guérir relativement bien. Je peux vous demander comment c'est arrivé ?

– Je revenais chez moi, après une balade. J'ai glissé dans cette putain de bouillasse.

– Et comment êtes-vous descendu en ville ?

– Je me suis traîné jusqu'à mon pick-up.

Son esprit devenait un peu moins brumeux.

– Et je me suis mis au volant, conclut-il en haussant les épaules.

– C'est remarquable. Ça relève de l'exploit.

Kindle était assez éveillé pour saisir le compliment.

– Je suppose que j'ai la peau dure, non ?

– Je le suppose aussi. Vous étiez plutôt mal en point quand l'ambulance vous a amené, d'après ce qu'on m'a rapporté. Votre jambe guérira, monsieur Kindle, mais vous allez rester parmi nous quelque temps.

Le médecin nota quelque chose sur son clipboard.

– Je comprends votre attitude envers les... êtres humains. Mais je ne peux pas rester vingt-quatre heures sur vingt-quatre auprès de vous. Vous devrez donc coopérer avec le personnel de l'hôpital. Pouvez-vous me rendre ce service ?

– Mais vous passerez me voir, tout de même ?

– Je passerai, je vous en fais le serment.

Kindle promit de se montrer raisonnable.

– Je vous laisse dormir ; vous en avez encore besoin.

Le médecin s'apprêta à quitter la chambre.

Kindle ferma les yeux mais les rouvrit aussitôt.

– Docteur Wheeler ?

– Oui, monsieur Kindle ?

– Combien sommes-nous, ici ? Je veux dire... il y en a d'autres à part nous, en ville, n'est-ce pas ?

Le médecin parut encore plus las.

– Quelques-uns. Je voudrais que nous nous rencontrions tous d'ici à une quinzaine de jours. Un genre de réunion locale. Peut-être pourrez-vous y assister.

Si vous restez allongé et que vous permettez à cette fracture de se réduire.

Kindle acquiesça, mais vaguement ; il avait déjà oublié sa question et glissait sans retenue dans le sommeil.

12

Brookside (II)

Pour le service funèbre, Miriam sortit ce qu'elle nommait toujours sa tenue d'église – bien qu'elle n'eût pas mis les pieds depuis des années dans la maison de Dieu. Robe noire, chapeau, gants blancs et chaussures à semelles orthopédiques au cuir comme neuf.

Elle ajusta une dernière fois le chapeau sur sa tête devant le miroir de l'entrée, puis sortit dans cette matinée d'été brumeuse.

Plus de deux semaines s'étaient écoulées depuis la nuit où elle avait été touchée par la Chose.

Plus question d'Œil de Dieu – quelle erreur elle avait commise ! C'était encore, du moins le supposait-elle, l'instrument de Dieu, mais au même titre qu'une nuée de sauterelles ou une épidémie de choléra. Un messager extraterrestre, insinuant, fallacieux et tout à fait impie dans sa proposition d'absolution inconditionnelle. Miriam était pratiquement certaine de pouvoir reconnaître Dieu sans trop de difficulté le jour où elle L'aurait en face d'elle : Dieu était justice et portait une épée. La Chose, au contraire, avait usé de la voix profonde et intime d'un amant pour s'exprimer. Elle offrait trop et ne haïssait pas assez.

Mais le monde, depuis son avènement, avait changé. En l'espace de deux semaines, Miriam avait pu se rendre compte des transformations à l'œil nu.

Les informations, par exemple. Elles ne valaient même plus le papier sur lequel elles étaient imprimées. En quelques jours, le *Buchanan Observer* avait rétréci comme une peau de chagrin ; il ne restait plus que quelques pages – pour la plupart des rubriques de cuisine ou de jardinage. Les événements exceptionnels n'avaient bénéficié que de titres mineurs, comme le cessez-le-feu tacite mais universellement respecté dans tous les pays en guerre. Présidents et grands de ce monde n'avaient même pas daigné se prononcer publiquement. Miriam était écœurée. Selon elle, ils feraient mieux d'annoncer franchement la couleur : ON NE NOUS DIT PLUS RIEN. ET TOUT LE MONDE S'EN FICHE.

Au moins le service funèbre avait-il été maintenu. Le corps de son père avait été mis en terre la veille de Contact, mais la cérémonie avait été repoussée afin de permettre à l'oncle de Miriam, un homme qu'elle n'avait jamais rencontré, d'arriver de Norvège pour y assister. Naturellement, le vol avait été annulé – on avait vaguement signalé, dans les journaux, que les avions civils avaient été réquisitionnés pour assurer les secours dans les zones africaines sinistrées. La cérémonie se déroulerait donc cet après-midi avec ou sans l'oncle Edward.

Du moins l'espérait-elle. Pouvait-on avoir une quelconque certitude, en ces temps troubles ?

Le père Ackroyd avait accepté de se charger du service religieux ; pourtant, lui aussi avait avoué être l'un d'*eux*. Le prêtre était victime de la transformation qui avait fondu sur le reste du monde, et Miriam n'était pas certaine qu'elle pourrait être en communion d'idées avec lui. Et réciproquement. Il n'était pas garanti non plus qu'elle sortirait indemne de l'étrange évolution du monde.

Elle ne se considérait pas comme une épiscopale, mais son père s'était défini ainsi, bien qu'il n'eût que rarement assisté aux services religieux. Elle le soupçonnait d'avoir choisi les épiscopaux parce qu'ils appartenaient au gratin de la ville, après les catholiques, qui n'étaient, selon papa, qu'une bande de fanatiques à mettre dans le même panier que les chiites ou les communistes.

L'église épiscopale, accroupie comme un gros bouledogue de pierre sur ses quatre mille mètres carrés de pelouse, surplombait une imbrication de toits disparates descendant en pente douce jusqu'à l'océan. Miriam se gara et gravit les marches de la paroisse. Le père Ackroyd lui avait demandé de l'y rejoindre afin qu'ils se rendent ensemble au cimetière de Brookside.

Le prêtre l'attendait dans son bureau ; une expression soucieuse assombrissait son visage banal.

– Asseyez-vous, Miriam, dit-il.

Elle l'écouta expliquer les détails du service religieux, alors qu'ils avaient tout arrangé ensemble auparavant. La croyait-il sénile ? A moins que son ministère ne lui ait donné un regard pessimiste sur le monde. Peut-être n'avait-il affaire qu'à des idiots.

La cérémonie, simple et brève, aurait lieu à l'extérieur, près de la tombe. Miriam la souhaitait surtout brève. Elle avait une sainte horreur de toutes ces fadaises marmonnées à propos du défunt et n'aurait jamais consenti à cette cérémonie n'était l'insistance de l'oncle Edward, ce sale lâcheur.

– Je connaissais mal votre père, disait le prêtre, mais certains de mes paroissiens m'ont rapporté que c'était un brave homme. Il n'est jamais aisé de perdre un proche. Je comprends que vous viviez des temps difficiles, Miriam – pour cette raison entre autres. Et je tiens à vous assurer que je suis à l'écoute si vous éprouvez le besoin de parler.

Miriam trouva la proposition à la fois risible et incongrue. Sa réponse fut spontanée :

– Tout ce que j'aimerais savoir, c'est... comment pouvez-vous continuer comme si de rien n'était ?

– Pardon ?

– Après ce qui est arrivé cette nuit-là. Vous savez très bien ce que je veux dire.

Il eut un mouvement de recul.

– C’est ma tâche. Elle n’a pas changé.

– Vous avez été contacté par la Chose.

Les yeux du prêtre s’arrondirent.

– Vous parlez de Contact ?

– Personne n’appelle plus rien par son vrai nom. Aucune importance. Je suis chrétienne, mon père. Quand la Chose m’a contactée, j’ai su qu’en tant que chrétienne je n’étais pas concernée, et j’ai donné une réponse chrétienne. Qu’est-ce que l’immortalité si elle ne se situe pas dans le royaume de Dieu ? Mais vous... Vous avez signé le pacte, n’est-ce pas ? Et pourtant, vous êtes toujours à cette place. Prêt à lire les Evangiles sur le corps défunt de mon père. Comment pouvez-vous avoir bonne conscience ?

Le père Ackroyd parut décontenancé. Il mûrit longuement sa réponse.

– Miriam, dit-il enfin, vous avez peut-être raison.

Il s’interrompit comme pour rassembler ses pensées.

– Je ne suis pas certain de savoir ce qu’est un chrétien. J’y ai beaucoup réfléchi depuis Contact. Plus je cherche la chrétienté, Miriam, et plus elle se délite sous mes yeux. Est-ce Martin Luther ou Johann Eck ? Est-ce Augustin ou Jean Chrysostome ? Est-ce Constantin ? Est-ce Matthieu, Marc ou Luc, et ont-ils vraiment écrit ces Evangiles auxquels on a donné leur nom ? Ou bien la chrétienté a-t-elle été enterrée avec l’apocryphe de Nag Hammadi ?

Ce fut au tour de Miriam d’être déroutée.

– Je ne sais tout simplement pas, avoua l’homme de Dieu. Je crois même ne l’avoir jamais su. Je pense qu’il existe dans le vaisseau quelque chose de presque aussi riche et étrange que toutes nos religions terrestres réunies. Presque. Quand j’ai parlé aux Voyageurs, je leur ai posé quelques-unes de ces questions. Je crois comprendre en partie de quoi relève leur spiritualité... et je pense qu’elle n’est pas forcément incompatible avec la nôtre. Ils ne prétendent pas avoir la clé de tous les mystères. En vérité, ils avouent leur ignorance avec une grande humilité. Ils pensent que la conscience pourrait être d'une certaine manière liée à l'ordre caché de l'univers, et pourrait même perdurer après la mort absolue. Je ne sais trop s'il faut appeler cela religion ou cosmologie. Mais ils reconnaissent que le fonctionnement des étoiles et du temps ne serait pas étranger à une certaine subtilité de l'esprit.

« Ils ne m'ont pas demandé de renoncer à ma chrétienté, Miriam. C'est seulement que je me dois d'être plus honnête quant aux choses que je connais et celles que j'ignore. La divinité du Christ, la nature intrinsèque de Dieu... peut-être n'en ai-je jamais été totalement convaincu. Je souhaitais peut-être simplement le croire.

« Alors vous avez raison, Miriam. Je ne pense pas avoir plus longtemps droit au titre de chrétien. Mais je peux encore assurer la cérémonie religieuse. Je peux vous aider à faire vos adieux à votre père, je peux étudier le mystère de la mort, et je peux l'honorer, avec peut-être plus de sincérité que jamais. Je serai heureux de célébrer cet office pour vous. Mais si vous jugez que je ne suis vraiment pas qualifié pour le faire, je m'en abstiendrai. Peut-être pourrons-nous trouver quelqu'un d'autre, même dans cette ville.

Miriam, sidérée, fixa le prêtre un moment avant de secouer la tête.

– Non, c'est... c'est très bien. Faites-le.

– Merci, Miriam.

– Ce n'est pas une question de confiance. Peu importe celui qui prononce les mots. S'il y a un paradis, il est au-delà de vos sermons, et s'il y a un enfer, ce ne sont pas vos prières qui nous en garderont.

Elle baissa les yeux sur sa montre.

– L'heure passe... On devrait y aller.

La voiture franchit les grilles du cimetière de Brookside et grimpa la route qui serpentait jusqu'aux tombes. Miriam avait souhaité que la cérémoine ait lieu dehors. Elle détestait les chapelles qui empestaient la lavande pourrissante, comme celle des petits sachets qu'on oublie entre deux paires de draps.

La brume s'attardait encore dans la vallée et sur la rivière, mais le soleil avait déjà brûlé le ciel. Le mont Buchanan se profilait derrière le cimetière comme les épaules d'un colosse de granit vert. Etagées à flanc de coteau, les tombes descendaient jusqu'à l'entrée principale qui rejoignait la route.

De là-haut, Miriam eut tout le loisir de voir la foule envahir peu à peu le cimetière.

Elle avait averti les quelques amis de papa encore en vie, pour la plupart des retraités du collège technique et des membres du club de bridge dont il avait apprécié la compagnie avant son attaque. Aussi elle s'étonna de la moyenne d'âge relativement basse de l'assistance – trop d'étrangers, trop de visages qu'elle ne reconnaissait pas – et de son importance.

Les voitures encombraient le parking de la chapelle au pied de la colline, et d'autres avaient commencé à se garer le long de la route, jusqu'au carrefour et au-delà.

Troublée et vaguement effrayée, Miriam se tourna vers le père Ackroyd.

– Papa ne connaissait pas tous ces gens.

– La cérémonie a été annoncée dans l'*Observer*.

Ça, elle le savait ; elle avait même découpé l'annonce.

– Mais que font-ils ici ? Pourquoi ?

– C'est une occasion solennelle, Miriam. Votre père est le dernier homme à Buchanan à être mort avant Contact. Comprenez-vous la signification de ceci ? Il a été le dernier à mourir involontairement dans cette ville.

Ce raisonnement, sans qu'elle pût s'en expliquer la raison, éveilla l'hostilité de Miriam.

– Je ne veux pas d'étrangers ici.

– Je suis navré que vous le preniez ainsi. Mais ce n'est pas une plaisanterie. Ces gens sont sincères. Leurs sentiments ne sont pas surfaits.

– *Comment pouvez-vous en être aussi sûr ?*

– Je le sais, dit simplement le prêtre.

Miriam fronça les sourcils mais acquiesça en silence. Les événements de la matinée commençaient à lui engourdir l'esprit. Le père Ackroyd lut un passage des Evangiles et Miriam écouta d'une oreille distraite, incapable de raccorder cette cérémonie à son père ; il devenait intangible, souvenir évanescent d'un temps plus heureux. *Je suis ici pour le pleurer*, se rappela-t-elle sévèrement. Et les autres ?

La colline était noire de monde. Tous silencieux et attentifs, même ceux trop éloignés pour entendre le père Ackroyd.

La moitié de Buchanan devait être là, songea Miriam.

Peut-être eux aussi étaient-ils là pour pleurer, après tout.

Mais pas son père, non. Quelque chose qu'ils avaient perdu ou abandonné. Quelque chose qu'ils ne pouvaient plus recouvrer.

Une façon de vivre.

La ville, le pays – la planète...

13

Serveurs

Quand Lillian refusa de le voir pour subir un examen médical – en dépit de ses encouragements, de son insistance et, finalement, de sa colère mal contenue – Matt décida de prendre le taureau par les cornes. Le mysticisme extraterrestre, d'accord ; mais ce n'était pas une raison pour mettre en péril sa santé et celle de l'enfant à venir.

Il arrangea un déjeuner avec Jim pour tenter d'attaquer le problème par un autre flanc.

Quelques semaines plus tôt, il aurait sans doute eu du mal à se libérer pour déjeuner. Maintenant, il avait du temps libre à revendre. Il n'avait plus que de rares consultations à son cabinet et passait le plus clair de ses journées à l'hôpital à remplacer les internes absents ; journées dont la majeure partie était consacrée à Tom Kindle tandis qu'il s'efforçait de le convaincre d'accepter ses soins. Il n'avait pas reçu de nouveaux patients, et pas plus qu'une poignée d'habitués, depuis ce que tout le monde commençait à nommer « Contact ».

Il n'avait pas non plus beaucoup vu Jim Bix. Jim, comme Lillian, comme Annie Gates, comme tant d'autres, avait accepté la promesse d'immortalité, cette fameuse nuit d'août.

Matt n'avait pas encore conçu de stratégie pour parler à ces gens-là.

Jim avait été son ami le plus intime. Contact avait fait de lui un étranger.

Ils se retrouvèrent à la cafétéria du personnel, une pièce en sous-sol de la taille d'un terrain de foot et ce jour-là pratiquement déserte. Les ventilateurs bourdonnaient comme des moines tibétains et brassaient un air parfumé au chou.

Jim, assis à une table en coin, déjeunait d'une salade et d'un riz pilaf. Matt tira une chaise et dévisagea son ami. Il n'avait pas changé d'un poil ; toujours aussi laid.

La conversation, cependant, eut du mal à démarrer et se traîna comme une vieille guimbarde un jour de grand froid.

– Tu n'as pas l'air de dormir beaucoup, remarqua Jim.

Doux euphémisme. Il ne dormait pas du tout. Trop de sujets de réflexion. Trop de questions auxquelles il ne voulait pas réfléchir. Ses journées étaient soit mornes, soit franchement bousculées, ses nuits souvent aussi blanches que ce satané vaisseau. Mais il ne tenait pas à l'avouer.

– Je ne suis pas là pour me plaindre. En fait, je voulais te parler de Lillian. Elle ne veut pas venir pour les examens de contrôle, et je me demandais si tu étais au courant. Non que j'envisage des complications, mais je ne pense pas que ce soit raisonnable.

Jim écouta avec attention. Puis il passa sa serviette en papier sur ses lèvres et haussa les épaules.

– Si elle juge inutile de venir te voir et qu'il n'y a pas de problème particulier, autant ne pas insister.

– Il n'y a pas de problème pour l'instant. Mais elle est enceinte, et à quarante ans, ce n'est pas toujours un parcours sans faute. Tu le sais très bien, Jim. Si elle veut changer de médecin, pour quelque raison que ce soit, parfait. On l'adressera à un spécialiste. Mais il faut qu'elle voie quelqu'un.

– Tu crois ?

– Enfin quoi, Jim !

Son exclamation se répercuta sur les murs verdâtres de la salle vide.

– J'essaie seulement de te dire, Matt, qu'elle peut plus facilement savoir où elle en est physiquement qu'avant. Ça peut paraître bizarre, mais c'est un fait. Elle sait des choses auxquelles tu ne t'attendrais pas de sa part.

– Excuse-moi, mais je reste sceptique.

– A ta place, je le serais sûrement aussi. Je ne sais pas comment je pourrais te convaincre. J'ignore si ça signifie quelque chose pour toi, mais *moi* je suis convaincu.

– Convaincu de quoi ? Que Lillian n'a pas besoin d'être suivie par un médecin ?

– Qu'elle sait parfaitement si elle en a besoin ou non. Si elle devait voir quelqu'un, Matt, je suis certain qu'elle s'adresserait à toi.

Il replia sa serviette.

– Tu nous manques, tu sais. Pourquoi tu ne passerais pas à la maison, un de ces jours ? Tu pourrais lui parler toi-même. Ça lui ferait plaisir.

– Est-ce qu'elle peut se faire une échographie ? Est-ce qu'elle peut diagnostiquer une grossesse extra-utérine ?

– Je crois que oui.

Matt leva les yeux au ciel.

– Bordel, c'est pas vrai !

– Matt, calme-toi. Je peux t'expliquer... si tu ne prends pas le mors aux dents.

Matt hésita. Il serait peut-être préférable de quitter la table. Mais Jim était son ami. Ou du moins l'avait été. Au nom de cette vieille amitié, il s'obligea à faire preuve de patience pour écouter ses explications.

– J'ai l'impression qu'il y a un siècle qu'on a discuté de ça. Ce soir-là, chez toi. Tu te souviens ? Juste avant Contact. On a fini une bouteille de scotch.

– Tu parlais de machines dans le sang.

– Des néocytes.

– C'est comme ça que tu les appelles ?

– C'est leur nom.

Matt n'insista pas.

– Eh bien ces néocytes sont toujours là. Pas chez toi. Tu les as renvoyés. Tu as retrouvé ton sang d'origine – et je suppose que tu le sais...

Vrai. Les Voyageurs, comme les appelait Annie, avaient prévenu Matt qu'ils quitteraient son corps, et il l'avait cru, sans jamais se poser de questions. Sans jamais avoir besoin de preuves tangibles.

– Mais ces néocytes sont toujours présents chez les autres, poursuivit Jim, et ils travaillent. Rien qui ne paraisse encore. Mais prends Lillian, par exemple. Si elle faisait une grossesse extra-utérine, ou une prééclampsie, ou quoi que ce soit du genre, les néocytes s'en occuperaient. Ou bien ils l'avertiraient de sorte qu'elle pourrait prendre ses dispositions. Je ne suis pas en train de dire que Lillian ne devrait pas être suivie. En fait, elle *est* suivie. Bien mieux que toi ou moi pourrions le faire, et vingt-quatre heures sur vingt-quatre.

– Et toi, tu...

Matt ne put cacher sa révulsion.

– ... tu trouves ça bien ?

– C'est un processus complètement inoffensif, Matt. Il n'y a pas de quoi s'affoler.

– Je ne comprends pas... Vraiment, je ne comprends pas. Et le fœtus ? C'est de ton gosse, qu'il s'agit. Ils travaillent dessus, aussi ? Cet enfant est bourré de... de néocytes ?

– Oui, tout à fait.

Matt se leva trop précipitamment. La table tangua et un verre vide éclata sur le sol.

Jim se baissa pour ramasser les morceaux. Il posa deux tessons tranchants comme des rasoirs sur le bord de la table.

– Désolé, dit-il. Je ne voulais pas t'alarmer.

– Tu saignes.

Il s'était coupé la main. Matt regarda le sang suinter de la blessure. Un sang épais, sirupeux et brunâtre comme de la mélasse.

Plus tard, cet après-midi-là, il passa voir Tom Kindle.

Le cauchemar des infirmières. Une vraie plaie. Mais qui, encore heureux, prenait son mal en patience et non sans une certaine dose d'humour. Kindle, qui vivait seul sur les pentes du mont Buchanan depuis plusieurs années, semblait s'adapter relativement bien à sa nouvelle situation – son invalidité, Contact... Sa misanthropie, somme toute, lui avait été un atout précieux ; jouer les outsiders, pour lui, ne datait pas de la veille.

Kindle regardait la télé quand Matt entra dans la chambre. Dès qu'il s'aperçut de sa présence, il coupa le son sur sa manette de contrôle.

– Ils ont apporté la télé et un magnéto ce matin. Je les ai prévenus que je ne voulais pas payer et ils m'ont dit que c'était pas utile. Personne d'autre n'en veut. Ça fait des années que j'ai pas regardé la télé.

Il secoua la tête.

– Et maintenant que j'en ai l'occasion, y a rien à voir. Rien que les infos.

– La dernière fois que je l'ai allumée, dit Matt, il n'y avait même pas d'informations. En tout cas, pas celles auxquelles j'étais habitué. Tous les militaires sont rentrés chez eux et personne n'a braqué l'épicerie du quartier.

– Je crois que c'est ça, les nouvelles, en fait.

– On dirait bien que le monde est plus pacifique.

– Mon cul, oui. Y a que le cimetière qu'est pacifique.

Kindle reporta son attention sur l'écran.

– Vous avez vu ça ?

Matt suivit son regard. Sur l'écran apparaissait l'octaèdre de Central Park. Le logo de C.N.N. était visible dans le coin gauche inférieur de l'image.

– Oui, ils l'ont déjà montré.

Il se souvenait de l'apparition de ces octaèdres, au printemps précédent. Toutes ces formes sombres et menaçantes descendues du ciel. Il revoyait Rachel passer et repasser l'enregistrement vidéo, jusqu'à l'obsession. Une vague d'angoisse s'était abattue sur le monde avec ces monolithes qui, pour autant qu'il sache, n'avaient eu d'autre fonction que d'orner les parcs ou, au pire, de faire diversion. La vraie guerre avait été invisible à l'œil nu. Pourquoi envahir la Terre quand on peut envahir les voies sanguines ? Une simple question d'échelle.

– Moi aussi j'ai vu ces putains de trucs au moins une dizaine de fois, répondit Kindle. C'est pas ça qu'est intéressant. Tenez, regardez !

De mauvaise grâce, Matt reporta de nouveau son attention sur la télévision.

C'était aussi une retransmission, mais récente.

Kindle avoua l'avoir regardée toute la journée, inlassablement.

Matt, interdit, regarda sans comprendre l'octaèdre – cette énorme forme noire et lisse, aussi haute qu'une tour de dix étages – qui, on ne sait comment, se déployait.

Il était difficile de saisir l'action, même au ralenti. Matt songea à une fleur printanière déroulant ses pétales. C'était ce genre de mouvement, mais multidimensionnel et effroyablement rapide.

Un processus qui n'avait rien d'humain et qui lui évoquait la brusque fermeture d'un piège, un tir de canon, l'attaque d'un crotale – des actions expéditives et mortelles.

Il fixait l'écran, yeux écarquillés, bouche bée.

Kindle s'esclaffa.

– Etonnant, non ?

Non. Effrayant. Matt en avait la nausée.

L'octaèdre ouvert vomit une multitude de petits engins. Grâce à un zoom de la caméra, Matt put se rendre compte que tous ces engins étaient construits sur le même modèle : une soucoupe bulbeuse montée sur un cône tronqué. Peut-être de la taille d'une personne, encore qu'il fût difficile d'en juger. Il n'arrivait pas à voir si ces engins touchaient le sol ou lévitaient juste au-dessus.

– Il y en a des milliers, dit Kindle. Plus, même.

Les engins commencèrent à se déplacer, rayonnant à partir de leur base vers les arbres et le long des pistes cyclables comme une foule hideuse, une armée odieuse de touristes en vadrouille.

Comme des fourmis se déversant soudain hors de leur fourmilière en péril, songea Matt.

– Il y en a un pour toutes les villes, tous les patelins de l'Amérique du Nord, dit Kindle.

– Comment savez-vous ça ?

– Le type des infos l'a annoncé. Par contre, ne me demandez pas comment il le sait, lui.

– Et qu'est-ce qu'ils font ?

Kindle haussa les épaules.

– Ce sont des « Serveurs », d'après la télé.

– Des Serveurs ?

– C'est le nom que le journaliste leur a donné. Me regardez pas comme ça, j'y suis pour rien. C'est pas moi qui fais les infos.

Matt se tourna de nouveau vers l'écran. Un Serveur apparut en gros plan. C'était un objet noir mat, sans rien de particulier et qui semblait aussi serviable qu'une massue, une torpille ou une emboutisseuse.

– Asseyez-vous, Matthew, dit gentiment Kindle. Vous n'avez pas l'air dans votre assiette.

Plus tard, une fois remis du choc, Matt répéta à Kindle ce que Jim Bix lui avait expliqué quant aux « néocytes » et aux possibilités de transformations physiques du corps.

Kindle resta un instant songeur.

– Matthew, dit-il enfin, avez-vous jamais entendu parler des « nourrices à bois » ?

Matt répondit que non – était-ce quelque chose qu'on trouvait dans les crèches ?

– Non, rien à voir. Dans les années 80, j'ai travaillé un temps au Canada, sur un chantier forestier près de Vancouver. On trouve des forêts incroyables, là-bas. Elles n'ont pas connu d'incendie depuis des lustres, et certains cèdres ont plus de huit cents ans. C'est des arbres étonnants. Et comme il pleut sans arrêt la moitié de l'année, on trouve aussi ce qu'ils appellent des forêts humides, comme des forêts tropicales. De la végétation très dense, luxuriante.

« Dans ce genre d'endroit, tout finit par pourrir. Et chaque fois qu'un de ces énormes sapins, cèdres ou séquoias, tombe, ce n'est pas seulement un arbre mort. C'est de la nourriture. Il devient ce qu'on appelle une nourrice à bois, parce que, entre autres, il nourrit de nouveaux arbres qui poussent. Quand il pourrit, ce tronc peut contenir plus d'organismes qu'il y a de gens sur la surface de la Terre. Il est tellement plein de vie qu'il chauffe – ça va jusqu'à cinq ou six degrés de plus que l'air ambiant.

– C'est très intéressant, dit Matt, mais...

– J'ai presque fini. Bon sang, ce que les docteurs peuvent être impatients ! Je veux seulement dire que je me demande si la Terre n'est pas devenue une nourrice à bois. On n'arrête pas de parler de la pollution, du réchauffement de l'atmosphère, etc. Les gens s'interrogent de plus en plus : est-ce qu'on est en train de tuer la Terre ? Moi j'ai une théorie, et c'est qu'on l'a déjà tuée. Elle est morte. Comme une nourrice à bois. Et tous ces organismes se jettent sur la pourriture. Peut-être bien que l'humanité constitue déjà le premier stade du pourrissement, comme des champignons qui rongent l'écorce. Ensuite, c'est les insectes qui arrivent pour manger le bois en putréfaction, et les oiseaux mangent les insectes...

– C'est dégoûtant, dit Matt.

– Un peu, oui. C'est pourtant comme ça que fonctionne la nature. Pourquoi est-ce que ça devrait être différent quand on parle de la planète ? Ces engins de l'espace, le vaisseau, les octaèdres, les Serveurs...

Kindle, une fois de plus, haussa les épaules.

– Ils ont flairé la pourriture, c'est tout.

Les hypothèses de Kindle n'étaient pas particulièrement euphorisantes, et Matt quitta la chambre en proie à une déprime sourde. Il était près de 18 heures, et il avait gâché un après-midi à regarder des horreurs à la télévision avec Kindle. Il était temps de rentrer.

De dîner avec Rachel. Une nouvelle soirée pesante en perspective.

Il en était venu à redouter ces fins de journée.

Et ce soir, en plus, la théorie de Kindle, son analogie avec la forêt humide, l'obsédait. Et si la Terre était vraiment une nourrice à bois ? Et si ce vieil ours atrabilaire avait raison ?

Mais il pensa à Jim Bix, à son sourire figé, à son sang couleur de vieille huile de moteur.

Et une pensée plus horrible encore lui traversa l'esprit : et si Jim était lui-même une nourrice à bois ?

Un organisme tout neuf poussait dans la coque vide de son corps.

Peut-être Lillian était-elle une nourrice à bois.

Peut-être l'étaient-ils tous.

14

Le casse

Habituée à voir le vaisseau spatial suspendu dans le ciel clair, Beth Porter n'y pensait que rarement. C'était un sujet de débats à la télé, au même titre que la guerre ou l'économie. Rien de plus. Or il n'y avait jamais eu de conflit à Buchanan, et l'économie se résumait à la mise à pied, ou non, des employés de l'usine. Le vaisseau, somme toute, ne représentait guère plus qu'un point lumineux dans le ciel, pas plus menaçant qu'un réverbère.

Du moins le pensait-elle jusqu'alors.

Mais aujourd'hui, force lui était de reconnaître que le monde changeait. Il commençait même à devenir passablement angoissant.

Elle passa la soirée de vendredi chez Joey Commoner. C'est là qu'ils décidèrent de faire leur casse.

Joey habitait chez son père, lequel, divorcé, travaillait à mi-temps dans les travaux publics. Il était parti en juillet passer deux ou trois mois à Seattle, sur un chantier ; il vivait avec sa petite amie, une linotypiste d'origine canadienne qui avait été secrétaire dans une entreprise de cartonnage à Buchanan. Joey avait donc la maison pour lui tout seul pendant l'été.

La fête du Travail, le premier lundi de septembre, était passée, et Joey ne savait toujours pas quand son vieux comptait revenir. Le père avait téléphoné trois fois depuis Contact, mais Joey se fermait comme une huître dès que Beth lui demandait ce qu'il avait dit. De toute évidence, Joey, lui non plus, n'était pas rassuré du tout par les événements survenus depuis ce fiévreux vendredi soir.

Alors ils étaient assis là, au sous-sol, dans l'appartement privé de Joey, une chambre avec une salle de bains particulière et même une kitchenette. Et ils regardaient un film vidéo en fumant un joint.

Joey était un drogué prudent. Il se méfiait de la dope et se bornait à une soirée par semaine de fumette effrénée, généralement le vendredi. C'est pourquoi on le voyait toujours le vendredi soir au 7-Eleven où il achetait des tartes surgelées et des glaces. Car Joey Commoner avait trois vices : la marijuana, les tartes aux cerises et la glace à la vanille. Une fois qu'il la connut bien, il invita Beth à se joindre au rituel. Ce qu'elle fit dès qu'elle fut de service de jour.

Elle-même se défiait de la drogue. Contrairement à la réputation calomnieuse qui l'avait cramponnée pendant ses années de lycée, elle n'était pas chaude pour enfreindre la loi... en tout cas, pas à cette époque.

Toutefois, elle ne fut pas longue à découvrir que cette débauche de tartes et de joints du vendredi soir n'était pas le travers le plus inquiétant de Joey. D'une certaine manière, cette innocente manie avait même ses bons côtés. Joey Commoner complètement shooté était accessible, voire un peu plus humain. Il se tapait les cuisses en hurlant de rire devant les pitreries de Mel Brooks ou un vieux Laurel et Hardy, puis ils bâfraient la tarte aux cerises et la glace jusqu'à en avoir les lèvres rouge pompier, et, tôt ou tard, ils faisaient l'amour. Parce que, shooté, Joey lui faisait l'amour. Les autres fois, il se contentait de la baiser.

Aussi Beth en vint-elle rapidement à guetter ces vendredis avec impatience. Elle aurait apprécié celui-ci comme les autres, n'était ce qu'elle vit ce soir-là à la télévision.

Une fois le film vidéo terminé, Joey rembobina la bande ; au moment où il appuyait sur la touche *rewind*, les informations occupèrent l'écran. Un octaèdre s'ouvrait, quelque part en Europe.

Beth reposa sa part de tarte aux cerises, et Joey sa glace à moitié fondue ; tous deux fixèrent l'écran, ahuris, la mâchoire pendante.

– Bon Dieu de merde... murmura Joey, avec un mélange de stupeur et de profond malaise.

Beth, complètement *stoned*, fut surtout impressionnée par un gros plan fixe de ce que le présentateur appelait un Serveur. Elle se rappela ses cours de biologie en dernière année de lycée, quand elle collait son œil sur le microscope pour étudier, sur de la moisissure de mie de pain, des petits bâtonnets noirs en forme d'épingles nommés « sporangiophores » – un mot qui lui avait échappé le jour de l'examen mais qui lui revenait à présent avec l'étrange lucidité propre à ce genre de trip. C'est à ça que ressemblaient ces Serveurs. Une foule de sporangiophores se déversant sur le paysage. Très bientôt dans *votre* ville, si elle avait bien compris le commentaire.

Cette fois, ils charriaient. Joey éteignit la télé et lui tourna le dos.

Joey avait fait sienne la philosophie de l'autruche. Il s'intéressait par exemple à l'électronique ; il construisait même des chaînes hi-fi, des radios et d'autres choses encore, ce qui, au début, avait fasciné Beth. Parce que, comme tout le monde, elle avait un moment soupçonné Joey d'avoir un cerveau à peine plus grand qu'un dé à coudre. Il décryptait en fait les circuits imprimés mieux qu'il ne lisait l'anglais. On trouvait toujours des fils et des pièces détachées traînant dans un coin et, souvent, il flottait une odeur de soudure dans la pièce. Jusque-là, rien à redire. Mais Beth s'était rendu compte que l'électronique n'était pas seulement pour Joey une expression de sa créativité ; c'était un mur, un fossé, une forteresse. Il s'en servait pour repousser tout ce qui l'effrayait. Même Beth.

A présent, angoissé par ce qu'il venait de voir aux informations, il commençait à ne plus tenir en place. Comme s'il attendait que Beth décampe pour se jeter sur ses diodes et ses transistors. Merde, pas ce soir, se dit-elle. Elle n'avait pas envie de se retrouver seule.

C'est alors que l'idée du casse germa dans son esprit.

Pour elle, il s'agissait de forcer son attention, rien de plus. Au début, l'attention de Joey, elle s'en moquait comme de l'an 40. Mais plus maintenant. Elle en avait soudain désespérément besoin. Non qu'elle eût des rivales ; Joey ne s'était jamais vraiment intéressé aux femmes, à l'exception peut-être de la prostituée de Tacoma. C'est contre la forêt épaisse qui envahissait la tête de Joey qu'elle se battait. Là où il aimait à se perdre. Là où elle ne pouvait le rejoindre.

Mais l'acte de vandalisme dans le cimetière, le mois dernier, avait eu l'air de lui fouetter le sang. Alors pourquoi ne pas remettre ça ? Quelque chose d'analogue, mais en plus audacieux encore. Pourquoi pas un casse ?

Elle posa la question. Joey demeura songeur.

– Où ? s'enquit-il.

– Chez les Newcomb, improvisa-t-elle. Tu connais ? C'est la maison sur View Ridge avec deux statues de faux marbre sur la pelouse. Bob Newcomb était le patron de mon père, à l'usine. Il est en vacances depuis le 1er août. Quelque part au Mexique. Mon père prétend que tous ceux qui vont au Mexique en août sont des cons.

– Les grandes vacances, dit Joey.

– Si ça se trouve, ils ne reviendront même jamais.

A cause de Contact. Mais elle le garda pour elle.

– Deux statues et un jardin avec un cadran solaire ? dit-il.

– Ouais, c'est bien ça.

– Elle est moche à faire pleurer, cette baraque, Beth.

– Il y a peut-être quelque chose d'intéressant à l'intérieur.

Il haussa les épaules.

– Qu'est-ce qu'on cherche ?

– J'en sais rien, moi !

– On pourra rien revendre. Tu sais comment on revend des trucs volés ?

Elle n'en avait pas la moindre idée.

– On pourrait juste tout foutre en l'air. Ou piquer ce qui nous fait envie. La chaîne, par exemple.

– Ou des appareils photo, dit Joey que l'idée commençait à exciter. Ou même une caméra vidéo ou un truc dans le genre. Sauf que s'ils sont en vacances, ils les ont sûrement emportés.

Soudain, il était accroché. Allumé comme une ampoule.

Il y avait en Joey une violence congénitale qui ne demandait qu'à jaillir, et Beth avait ouvert le robinet. Etrange talent que celui de pousser Joey Commoner au crime. Un talent dont elle ne tirait qu'une gloire incertaine.

La dope, la délinquance...

Dangereux, Beth.

Souhaitait-elle vraiment faire ce casse ? Peut-être cette idée n'avait-elle de sens qu'au regard d'une logique embrumée de marijuana. Une de ces idées en rond de fumée, sans début, sans fin. Ou bien une impulsion aussi bête qu'éphémère.

De toute façon, il était trop tard pour faire machine arrière. Joey enfilait déjà son blouson de cuir.

Il roula vers le nord, le long de la côte mouillée d'une petite pluie fine.

La nuit avait fraîchi. La moto franchissait des chapelets de nappes de brouillard ; Beth avait baissé sa visière. Le crachin bleuissait tout. La lumière des réverbères s'estompait sous cet écran opaque qui gommait la ligne blanche.

La route était déserte. Depuis Contact, les gens ne sortaient pratiquement plus. Ils restaient chez eux, surtout les jours de mauvais temps.

Les organismes qui habitaient leur esprit les rendaient prudents. Plutôt même doux et humbles, de l'avis de Beth. Trop dociles.

Joey n'avait rien de doux, lui. Le rugissement de sa moto, tel un présage d'apocalypse, perturbait le silence de ces collines détrempées. Il roulait comme un fou, défiant toute prudence.

Elle resserra les bras sur sa taille et coinça la selle entre ses cuisses. Visages mouillés, cheveux mouillés, blousons mouillés et glissants sous la pluie.

Il grimpa jusqu'en haut de View Ridge et coupa le moteur.

Beth, toujours shootée, s'absorba soudain dans la contemplation du panorama : les nuages agglutinés au-dessus de l'océan brumeux au pied de la colline, à l'ouest. Le tout baigné dans les ombres grises ou bleu nuit, trouées par le pâle halo des lampadaires grésillants. La brise soulevait un papier épinglé sur le poteau téléphonique, une photocopie mouillée annonçant la réunion des humains « normaux » à l'hôpital, le mercredi soir suivant ; réunion présidée par le Dr Matthew Wheeler. Beth l'avait déjà noté sur son agenda. Elle avait plus ou moins l'intention d'y assister, avec Joey, pourquoi pas, pour voir combien ils étaient, à eux tous. Et qui.

Mais c'était un plan diurne pour le monde diurne.

Joey poussa sa moto sur le trottoir luisant de pluie, sans bruit, sans dire un mot. Beth se sentait tour à tour trop voyante ou totalement fondue dans le brouillard, paranoïaque ou excitée comme une puce. Apparemment, personne ne les surveillait. Seules quelques fenêtres éclairaient les façades de ces grandes maisons. Mais on n'avait plus affaire à des maisons normales, désormais, ou au moins à des foyers normaux. Les gens qui y habitaient n'étaient pas normaux. Peut-être, songea Beth, qu'ils peuvent nous voir avec une sorte de troisième œil. Peut-être qu'ils n'ont même pas besoin de regarder.

Joey poussa la Yamaha jusqu'à l'entrée de la maison et la gara dans l'ombre, derrière le garage. Une lumière brûlait chez les Newcomb, aussi, le genre de lumière que les gens laissent allumée quand ils sont absents, et censée effrayer les cambrioleurs – censés, eux, tomber bêtement dans le panneau. Beth suivit Joey dans le jardin. Rien que des ombres et de l'herbe mouillée, ici. Des odeurs de pelouse, de terreau, de pluie.

La paranoïa de Beth montait en flèche. Le problème, quand on est shooté, c'est qu'on a parfois des moments d'intense lucidité, comme une fenêtre qui s'ouvre. Beth abhorrait et redoutait ces excès de clairvoyance. Ce qu'elle découvrait était rarement de nature plaisante.

Ce soir, elle se vit seule. Elle se sentit seule sur cette pelouse noire et seule sur la planète, plus seule qu'elle ne l'avait jamais été.

La solitude, elle connaissait. Elle connaissait depuis son quatorzième anniversaire, quand sa mère l'avait envoyée dans une clinique de Portland pour désamorcer une bombe à retardement déposée dans ses ovaires par Martin Blair, son petit copain du moment, quinze ans, absous par le statut social de sa famille, citadelle de l'immobilier régional, *Blair Realty Blairs*, Martin qui avait pavoisé auprès de ses copains : il avait mis une fille enceinte... Seule sur la table pour l'intervention, et seule quand elle était revenue à l'école, la plus jeune traînée de Buchanan – merci, Martin. Seule à sa table, dans la cafétéria. Seule mais cible des regards, des rires étouffés dans les couloirs, des propositions malhabiles des ados acnéiques poussés par leurs pulsions testiculaires. Seule et en proie à une honte si intense qu'après un temps elle avait perdu l'habitude de rougir.

Mais la solitude d'alors n'était pas la même que celle d'aujourd'hui.

Toutes ces maisons, songeait-elle... Elles n'abritaient pas de familles, pas d'individus ; elles abritaient quelque chose d'autre, quelque chose qui n'avait plus d'humain que l'apparence.

Joey brisa la vitre de la porte de derrière et passa la main pour atteindre le verrou. Beth rentra la tête dans les épaules ; le bruit lui fit l'effet d'un coup de cymbales retentissant.

Brusquement, ce casse ne l'amusait plus. Plus du tout.

Peut-être qu'elle avait envie d'une vie normale, de choses normales, après tout... elle ne s'était jamais autorisée à l'imaginer. Ne serait-ce que l'imaginer. Mais ce serait de toute façon préférable à cambrioler une maison vide par une nuit pluvieuse. Préférable à rouler à moto avec Joey Commoner sur une route sombre. Préférable à l'avenir effroyable qu'elle pouvait envisager à présent que ces monstres avaient envahi le monde.

Il traînait des odeurs de bombe désodorisante et de vieille cuisine. Beth se sentit rejetée, criminelle.

Joey, lui, semblait au contraire complètement émoustillé par la situation. Ses yeux brillaient ; il se déplaçait à petits pas souples. C'était la chambre du rez-de-chaussée que les Newcomb avaient laissée allumée ; la lumière projetait des ombres allongées dans le couloir. Joey s'y dirigea en premier ; il ouvrit les tiroirs de la commode et renversa leur contenu par terre, ramassant au passage une poignée de billets de vingt dollars, sans doute l'argent de poche de Mme Newcomb, et un porte-clés Volvo. Beth était muette, paralysée par sa présence coupable dans une chambre qui n'était pas la sienne. Ses yeux enregistraient des détails qu'elle essayait aussitôt d'oublier : le dessin japonais du dessus-de-lit, frêles oiseaux en traits de plume ; les brûlures de cigarettes sur la commode de chêne. Enfin, pire que tout, les chemises de nuit de Mme Newcomb et les caleçons de son mari entassés par terre et baignant dans le parfum capiteux que Joey venait de déverser sur eux. C'est en cela que consistait le vrai crime, songea Beth : voir.

– C'est trop con, dit-elle. Ça ne me plaît pas.

– C'est toi qui as eu l'idée.

– Je sais, mais...

Peine perdue. De toute façon, il n'écoutait pas. Il était déjà parti, dissous dans la lumière diffuse du couloir, et Beth fut contrainte de courir derrière lui pour ne pas se retrouver seule, avec sa conscience pour unique compagnie.

Le pire était encore à venir.

Elle perdit toute notion de temps tandis que Joey fourrageait dans la maison. Il naviguait avec aisance dans l'obscurité, comme guidé par un instinct purement animal. Il prenait possession de la maison plus qu'il ne la cambriolait, songea Beth. Il la violait. Partout il laissait son empreinte : tables renversées, portes ouvertes, placards éventrés. Elle le suivait, hébétée, incapable de réagir, priant pour qu'il en finisse, pour qu'ils s'en aillent enfin.

Dans le placard d'un couloir, Joey décrocha le gros lot, une caméra – depuis quand s'intéressait-il à la vidéo ? – pas plus grande qu'une boîte à savon. Assez petite pour être glissée dans son blouson. *Prends-la*, songea-t-elle. *Et puis tirons-nous d'ici !*

Elle se détourna. Et vit la lueur rouge projeter l'ombre des larmes de pluie contre le mur... une lueur clignotante. Lugubre et menaçante.

La terreur la paralysa avant même qu'elle n'ait pu mettre un nom dessus. Elle tira Joey par le bras, si brutalement qu'il trébucha.

– Joey ! La police... une voiture de police...

La prenant par le poignet, il l'écarta de la fenêtre. Tout allait trop vite, maintenant. Plus le temps de réfléchir. Elle suivit Joey qui l'entraîna vers la porte de derrière, dans le jardin trempé. Il longea le mur jusqu'au coin du garage. Elle gardait une main accrochée à son blouson.

On va être arrêtés, songea-t-elle. Jugés. Envoyés en prison.

Ou bien...

Ou bien quelque chose de pire.

Quelque chose de nouveau.

Par pitié, que ce soit la prison, se dit-elle. Pas un sévice inhumain, comme des petites bêtes dans le cerveau, une sorte de châtiment extraterrestre.

Elle se sentait sur le point de fondre en larmes. Mais Joey la tira brusquement par la main. Plus le temps de pleurer non plus.

Il enfourcha sa moto et démarra tandis que Beth sautait derrière lui.

De là, dissimulée dans l'ombre du garage, Beth put clairement voir la voiture. Une voiture noir et blanc de la police de Buchanan. Garée au coin de la rue, elle ne bloquait pas l'accès de la maison. Il n'y avait aucun bruit. Rien que ce gyrophare clignotant qui éclairait la rue par intermittence. Lumière rouge sous les gouttières dégoulinantes, lumière rouge grimpant le long des troncs et disparaissant dans le feuillage. Personne n'était sorti pour assister au spectacle – pas de voisins sur le pas de leur porte ou à leur fenêtre. Peut-être savent-ils déjà ce qui se passe, songea Beth. Peut-être n'ont-ils pas besoin de regarder pour être au courant.

La Yamaha vrombit ; Beth se cramponna désespérément à Joey et à la selle tandis qu'ils fonçaient dans l'allée. Beth pouvait maintenant voir l'homme assis dans la voiture, du moins l'ombre de son visage alors qu'il se tournait pour les suivre des yeux. La voiture était silencieuse, moteur coupé. Beth s'attendit à entendre hurler la sirène, rugir le moteur, crisser les pneus ; s'attendit à ce qu'ils soient pris en chasse, une poursuite dangereuse dans ces rues raides et glissantes.

Mais la voiture resta sur place, silencieuse. Joey déboucha sur la rue, prêt à se pencher pour amorcer le virage ; mais il s'arrêta net, un pied sur le macadam, le moteur au ralenti. *Mais qu'est-ce qu'il fout ? Vas-y !*

Alors elle saisit l'échange entre Joey et le flic.

Devant l'expression austère mais placide du flic derrière sa vitre, Beth comprit qu'il ne se passerait rien de plus que ça. Pas de poursuite, pas de procès, pas de prison.

Rien que ce regard ténébreux... cette *observation.*

On vous connaît. On sait ce que vous étiez en train de faire.

Beth en fut glacée jusqu'aux os.

Arrêtez-nous ! Elle darda son regard sur le flic, le suppliant de l'entendre. *Sortez vos flingues ! Menacez-nous !*

Mais, hormis le ralenti de la Yamaha, le silence demeura total.

Puis Joey mit les gaz et la moto s'enfonça dans la nuit, par les rues mouillées de la colline.

Crime et châtiment dans le nouveau monde.

15

Réunion

Matt trouva Tom Kindle qui l'attendait patiemment dans la salle de conférences déserte de l'hôpital. Il s'était installé près de la fenêtre, maigre et résigné dans son fauteuil roulant.

– Vous êtes en avance, dit-il.

– Vous aussi, répondit Matt.

– L'infirmière m'a poussé jusqu'ici avant de finir son service. Il n'y a presque plus de personnel, dans cet hôpital. Vous avez remarqué, Matthew ? Une vraie ville fantôme à cette heure-ci. Ça fait froid dans le dos. On se demande ce qu'ils font de leur temps, tous ces gens. Ils doivent regarder des rediffusions de *Dallas* en s'empiffrant de pop-corn, j'imagine.

Matt n'était pas d'humeur à plaisanter. Il sortit un bloc de son attaché-case et le posa sur la table, ouvert à la page où étaient énumérés tous les scénarios-catastrophe (une liste non exhaustive, peu s'en fallait) qu'il avait imaginés depuis un mois. Il regarda la pendule murale : 19 h 30. La réunion était prévue pour 20 heures.

Kindle suivit son regard.

– Il est presque l'heure... en supposant que quelqu'un vienne.

– Il y a nous, c'est déjà ça.

– Mmmh... Vous savez, j'ai demandé à l'infirmière, miss Jefferson, combien de gens... enfin, combien avaient pris la même décision qu'elle. Elle m'a répondu : « Presque tout le monde. » Alors, j'ai dit :

« Dans ce cas, disons plutôt : qui a répondu autrement ? » Et elle a dit : « A peu près un sur dix mille. »

– Ah oui ? Et comment miss Jefferson pourrait-elle le savoir ?

– Oh, bon sang, Matthew, vous savez comme moi qu'ils sont mieux renseignés les uns que les autres ! A mon avis, ils sont tous branchés sur la même banque de données. Ou c'est leur sixième sens qui s'est développé, je ne sais pas ; je ne suis qu'un humain, moi. Hier soir, j'ai posé la même question au gars qui lavait le couloir. Combien de personnes ont refusé cette merveilleuse proposition de vie éternelle ? Il s'est appuyé sur son balai et m'a dit : « Oh, à peu près un sur dix mille. »

– Tom, l'homme de service affecté à votre étage s'appelle Eddy Lovejoy. Il est muet et pratiquement sourd.

– Tiens ?... Eh bien il ne l'est plus.

Ils échangèrent un long regard.

– Matthew, vous attendez quoi de cette réunion, au juste ? demanda Kindle. Un sur dix mille... On devrait se retrouver à cinq si toutes les personnes concernées se présentent. Peut-être six ou sept si l'annonce a atteint Coos Bay ou Pistol River. Une malheureuse poignée, autrement dit. Alors, c'est quoi, le but ?

– Le but, répondit Matt, c'est de sauver Buchanan.

Kindle se tortilla en grimaçant sur son fauteuil.

– Le monde a été piraté, Matthew. Ce putain de monde tout entier. Vous vous proposez de faire comment pour sauver ce bled paumé ?

– Je ne sais pas encore, dit Matt. Mais je suis déterminé à le faire.

L'estimation de Kindle avait été pessimiste, mais malgré tout proche de la réalité. A 20 h 15, huit personnes étaient arrivées. Six de Buchanan, deux de fermes environnantes.

Un sur dix mille ? Etait-ce vraiment possible ?

En attendant, si l'estimation était correcte, ce résultat couronnait les efforts de Matt : annonces dans l'*Observer*, envois de circulaires, et même court message sur la station de radio locale, une initiative qui ne s'était pas réalisée sans un certain malaise dans la mesure où personne n'avait de terme courtois à proposer pour différencier les humains de l'audience des récents immortels.

– Enfin, docteur Wheeler, nous sommes *tous* humains, avait insisté le directeur de la station.

Après tout, pourquoi pas ? En attendant, personne ne se risquait à évoquer Contact aux informations locales ; le phénomène était encore trop nouveau, trop lourd d'implications – à moins qu'ils ne le considèrent d'une manière globale. Sixième sens, comme l'avait dit Kindle. Perception extra-sensorielle.

Le journaliste de la station opta pour de laborieuses circonlocutions. « Les personnes demeurées sceptiques devant l'expérience que tant de nous ont partagée le dernier vendredi du mois d'août sont conviées à une réunion qui se tiendra dans la salle 106 de l'hôpital régional de Buchanan, le 28 septembre à 20 heures. Pour tout renseignement, prenez contact avec le Dr Matthew Wheeler. » Suivaient les numéros de téléphone de son bureau et de son domicile, auxquels succédèrent dix secondes de silence et un bulletin météorologique.

Matt se félicitait de cette annonce, mais l'expérience semblait augurer d'innombrables négociations et malentendus – exactement ce qu'il espérait anticiper et même prévenir.

Pour le bien de Buchanan.

Pour son bien à lui, sans doute, et celui de Tom Kindle. Pour le bien de ces huit âmes vaguement méfiantes attendant qu'il prenne la parole.

Il s'éclaircit la voix et se présenta. Il ne se sentait pas du tout dans son élément, perché sur son estrade. Sa vie avait été jalonnée de réunions – combien de remises de diplômes, de briefings du conseil d'administration, de réunions du personnel ? Beaucoup trop. Il n'avait jamais pu s'y faire. Pour lui, elles n'étaient que l'occasion de boire du café et de fuir l'angoisse du vrai travail. Pourtant, il était là, sur son podium. Il avait même apporté la grosse machine à café de la cafétéria, dont Tom Kindle était en train de se servir. Kindle qui lui jeta un coup d'œil vaguement amusé – *A toi de jouer, don Quichotte.*

Il commença par les remercier tous d'être venus.

– Nous sommes ici pour parler de l'avenir, dit-il. Je pense que nous avons certains intérêts communs et que nous serons amenés à affronter les mêmes problèmes. Peut-être qu'en nous serrant les coudes dès maintenant il nous sera plus facile d'envisager des solutions. Mais étant donné notre nombre restreint, je pense qu'il serait approprié que nous nous présentions. Commençons par le premier rang, si vous le voulez bien.

Matt nota chaque nom sur son bloc au fil des présentations.

Miriam Flett. Premier rang à gauche. Pas loin de la soixantaine. Pas d'infirmité, mais maigre comme un clou. Elle portait une épingle de cravate argentée en forme de croix et annonça son nom sur un ton belliqueux. Elle se rassit immédiatement, lèvres pincées, et croisa les bras sur sa poitrine.

Bob Ganish. A deux chaises de Miriam. Vendeur chez le concessionnaire Ford. Un homme rondouillard, la cinquantaine, en tenue de golf.

– Je suis d'accord avec vous pour reconnaître que nous nous trouvons devant une foule de problèmes, docteur Wheeler. Comment y remédier, c'est une autre paire de manches, mais il est tout de même agréable de savoir qu'on n'est pas seul à s'en soucier.

Ganish se rassit.

Beth Porter et Joey Commoner.

Inutile de relever ces noms. Beth avait fait un effort vestimentaire, ce soir – une chemise aux manches longues dissimulait son tatouage. Mais Joey, que Matt suivait aussi médicalement depuis plus de quinze ans et qui avalait ses antibiotiques du jour où Beth l'avait traîné de force à son cabinet, Joey était assis sur sa chaise, l'air maussade, les bras croisés sur son T-shirt noir.

Ensuite, à droite de Beth :

Chuck Makepeace, un membre du conseil municipal. Ce qui pourrait toujours être utile, songea Matt. Trente-cinq ans, costume trois-pièces, front dégarni, petites lunettes cerclées d'argent.

– Si nous renouvelons cette expérience, docteur Wheeler, nous devrions élire un président et établir un règlement... mais je vais peut-être trop vite en besogne.

– Excellente suggestion, monsieur Makepeace, répondit Matt. Mais apprenons déjà à nous connaître.

Tim Belanger. L'âge de Joey, à peu de chose près. Blond, poupin et très désireux de coopérer.

– Je travaille à la mairie, moi aussi. Je suis archiviste. Ou du moins je l'étais. Depuis la fameuse nuit, plus personne ne vient travailler.

Abigail Cushman, qui était venue de Surrey Heights où son mari et elle avaient une ferme.

– J'ai mis une heure avec le vieux camion. Avant, Buddy ne voulait pas que je le prenne, mais aujourd'hui il m'a donné les clés sans broncher. Passez-moi l'expression, mais il se fout royalement de ce que je fais, maintenant.

Elle portait un pull sur une robe bon marché et des verres épais aux montures masculines scotchées sur le côté. Elle devait avoir quelque chose comme la cinquantaine, selon Matt.

– Buddy s'occupe des gosses. Nos petits-enfants. Notre fille et son mari sont morts l'année dernière, alors on a pris les deux garçons. Ils sont à la maison. Ils n'ont pas voulu venir. Je suis la seule qui... enfin, ils ne sont pas...

Les mots la fuyaient. Elle s'arrêta et regarda autour d'elle comme si elle avait brusquement oublié le motif de sa présence en ce lieu. Bob Ganish toussota derrière sa main.

– Enfin bref, conclut-elle, appelez-moi Abby.

Abby s'assit.

Paul Jacopetti. Grand, des épaules de déménageur, bronzé, soixante-cinq ans, directeur à la retraite d'une compagnie d'outillage à Corvallis, propriétaire d'une ferme restaurée non loin de Lake Roads.

– Je reste sceptique sur l'utilité de notre présence ici, dit-il. On peut discuter autant qu'on veut, mais j'ai l'impression que les dés sont jetés depuis déjà un bout de temps.

Tom Kindle, après s'être présenté depuis son fauteuil roulant, se tourna vers l'estrade.

– M. Jacopetti n'a pas tort, Matthew. C'est bien gentil, cette réunion, mais c'est quoi, votre but ? Thérapie ou stratégie ?

– Stratégie, répondit Matt. Encore qu'une petite thérapie serait sans doute la bienvenue.

Il remarqua quelques sourires nerveux dans l'assistance.

– Le problème majeur qui nous attend, dit-il en tournant une page de son bloc, sera de maintenir une économie nationale dans la mesure où les gens semblent de moins en moins enclins à travailler. Jusqu'à présent, a priori, tout va bien. Les magasins d'alimentation sont ouverts, les camions assurent les approvisionnements, l'eau courante continue de couler au robinet et l'électricité fonctionne. Parfait. Mais vous avez tous remarqué les changements. M. Belanger nous a signalé que le personnel de la mairie ne venait plus au bureau. Je suppose que personne ne se préoccupe de savoir si les impôts sont bien payés.

De nouveau, quelques sourires. Très peu. Certains, comme Mme Cushman, n'avaient de toute évidence pas poussé la réflexion aussi loin.

– Mais il est certains services dont on ne peut se passer, et si ces gens cessent de travailler, nous pourrions nous retrouver à court terme dans une très fâcheuse situation. L'hôpital, par exemple. Je reconnais qu'on n'a pas beaucoup fait appel à nous dernièrement, mais il n'empêche que je ne peux assurer seul un service d'urgence vingt-quatre heures sur vingt-quatre. Je ne suis pas le seul médecin disponible, mais nous sommes chaque jour moins nombreux. L'Administration m'assure que l'hôpital ne fermera pas complètement... du moins pas encore. C'est ce « pas encore » qui m'inquiète. Je l'entends trop souvent. Les gens se montrent évasifs quant à l'avenir ; peut-être l'avez-vous remarqué, vous aussi. J'ai l'impression qu'ils ne savent pas plus que nous ce qui va se passer. Mais ils semblent attendre quelque chose. Comme un changement radical. Un bouleversement.

– Il n'y a pas besoin d'être extralucide pour s'en rendre compte, intervint Jacopetti. Il y a le feu dans la baraque, si vous voulez mon avis.

– Pas forcément, répondit Abby Cushman. Ça pourrait être le feu, mais ça pourrait être aussi une inondation ou un tremblement de terre. On ne connaît pas la nature du problème... n'est-ce pas ce que vous vouliez dire, docteur Wheeler ?

– Exactement. Le mieux que nous puissions faire est d'envisager certains plans d'action. Il va sans dire que nous souhaiterons maintenir autant que faire se peut une certaine qualité de vie à Buchanan, et je pense que nous devrons nous préparer à une éventuelle cessation d'activité de la compagnie de téléphone ou à une interruption de l'approvisionnement alimentaire, entre autres.

Makepeace, le conseiller municipal, parut sceptique.

– Et en quoi cela relève-t-il de notre responsabilité ? Ça n'a pas de sens. Si les... les « autres » ne peuvent assurer les services de base, n'en souffriront-ils pas avec nous ?

Tom Kindle leva la main.

– Faites appel à votre imagination, monsieur... Makepeace, c'est ça ? Ce n'est pas comme si ces gens s'étaient tous brusquement convertis à une nouvelle religion – encore que c'est peut-être le cas aussi. Ils sont physiquement différents. Ils ont des trucs qui vivent en eux. Allez comprendre ce que ça veut dire. D'ici à l'été prochain, ils seront peut-être tous transformés en pierre, ou bien ils se nourriront d'air et de soleil, ou ils émigreront au Canada, qui sait ?

– Et puis n'oublions pas ces choses, dit Miriam Flett.

Sa voix, songea Matt, était aussi grinçante qu'une fausse note de violon, et forçait la même attention.

– Oui, ces choses qu'on a vues à la télévision. Les Serveurs, comme ils disent, même s'ils ressemblent à des robots morts, pour moi... L'un d'eux va sans doute venir à Buchanan.

– Mon Dieu, ne m'en parlez pas, dit Abby Cushman. J'en ai la chair de poule rien que d'y penser. J'ai eu un coup de fil de mon cousin, à New York. Il en a vu un sur la I-90, qui se dirigeait vers Utica à environ soixante à l'heure. Il glissait à trente centimètres au-dessus de la route, on aurait dit un as de pique de deux mètres cinquante, d'après lui, et les voitures s'écartaient comme la mer Rouge autour de lui.

– Tom a raison, dit Matt, s'efforçant de remettre la conversation sur ses rails. Tout peut arriver, et je crois indispensable que nous établissions une sorte de plan d'urgence. Voici les domaines qui me préoccupent en priorité.

La salle était équipée d'un tableau vert. Matt y inscrivit quatre catégories :

Alimentation
Soins médicaux
Eaux & services publics
Communications

Tout le monde fixa un bon moment le tableau. Abby Cushman fut la première à rompre le silence :

– Vierge Marie, docteur Wheeler, nous devrions nous occuper de tout ça ?

Jacopetti eut un rire méprisant.

– C'est grotesque. Nous sommes dix, dans cette pièce, Wheeler. Dont deux, je dirai, de plus de soixante ans. Et trois adolescents – ou tout juste sortis de l'adolescence. Aucun d'entre nous ne semble très qualifié, encore que nous ayons un médecin parmi nous. Si toutes ces choses inscrites sur le tableau flanchent, autant jeter l'éponge. On ne pourrait pas aller en camion se ravitailler à Portland – à supposer qu'il y ait de quoi manger là-bas, ce qui serait peu probable –, ni faire fonctionner l'électricité ou pomper l'eau du réservoir.

Kindle parut stimulé par la discussion.

– Notre nombre pourrait jouer en notre faveur, pourtant. Dix personnes ne peuvent pas faire marcher une ville, bien sûr, mais elles peuvent plus facilement survivre – s'il s'agit d'une question de survie. S'il n'y a plus d'électricité, on peut mettre des générateurs en route, du moins tant qu'on a de l'essence, ce qui devrait nous mener assez loin si on a accès à toutes les stations d'essence entre ici et Portland. La même chose pour l'eau. On n'a pas besoin de tous les robinets de la ville. Un ou deux suffisent...

– Vous ne serez peut-être même plus dix, dit Bob Ganish. J'ai de la famille à Seattle. Je suppose qu'ils doivent être... différents, aussi. Mais je vais peut-être quand même aller les voir. Dans le genre de situation d'urgence que vous évoquez, pourquoi rester là ?

– Mais pourquoi partir ?

Un pli sévère barrait le front de Tim Belanger, le conseiller municipal.

– La situation serait la même n'importe où, j'imagine.

– On peut le supposer, répondit Matt. Mais il y a autre chose. Nous sommes peut-être les seuls êtres humains à Buchanan, mais il ne faut pas oublier tout le Nord-Ouest. Si nous sommes bien en place, nous pourrions accueillir des réfugiés de Portland, d'Astoria, ou même de plus loin. Une petite ville est plus facile à faire tourner. Buchanan pourrait devenir une sorte de refuge.

– On n'a pas de chambres pour eux, objecta Jacopetti.

– Pas si la population d'origine est toujours là. Mais elle peut très bien être partie. C'est une éventualité, en tout cas.

– Et les communications ? dit Kindle. Si on transforme Buchanan en camp de réfugiés, il faut que les gens soient au courant.

– Sans téléphone, sans courrier, sans journaux... dit Makepeace, c'est difficile à imaginer. Il y a bien la station de radio, mais je ne pense pas qu'on puisse la faire fonctionner nous-mêmes.

– Les radioamateurs ! s'exclama Kindle. Tous les radioamateurs qui ne sont pas vendus à l'ennemi doivent se frotter les mains. Ils adorent ce genre de situation merdique. Seulement, là, ils n'ont personne pour échanger.

– On devrait s'intéresser à cette possibilité sans perdre de temps, approuva Matt. Y aurait-il un radioamateur parmi nous ?

Pas de réponse.

– O.K. Je sais que nous n'avons pas encore élu de président, mais quelqu'un verrait-il une objection à ce que Tom Kindle s'occupe de notre service radio ?

Personne ne pipa.

– Tom, vous devriez être sur pied d'ici à la fin du mois. Il serait bien que vous vous informiez du prix d'une bonne radio. Il y a un magasin d'électronique sur la marina, si j'ai bonne mémoire. En attendant, je peux vous trouver des livres sur ce sujet.

– D'accord... mais je n'ai pas de permis, Matt.

– Parce que vous pensez que les autorités compétentes s'intéressent encore à ça ?

Le visage de Kindle se fendit d'un sourire.

– Y a des chances que non.

Miriam Flett leva la main.

– Docteur Wheeler... devrons-nous payer, en plus, pour cette histoire de radio ?

– Nous devrions envisager de constituer un fonds. Mais je suis prêt à prendre les frais de la radio à mon compte dans un premier temps.

Makepeace et Ganish offrirent tous deux de participer. Matt promit de leur faire signe au moment venu ; rien ne serait entrepris financièrement avant la semaine suivante.

– Il y a une cinquième catégorie, dit Jacopetti. Vous en avez oublié une dans votre liste.

Matt jeta un œil sur le tableau.

– Laquelle, monsieur Jacopetti ?

– Notre défense.

La température de la salle parut tomber de plusieurs degrés. Joey Commoner eut un rire bref et moqueur.

– Nous comprenons, monsieur Jacopetti, dit Kindle, mais comme vous l'avez vous-même fait remarquer, nous sommes légèrement en sous-nombre. Si c'est un Fort Alamo que vous envisagez, je ne vois même pas l'intérêt de cette réunion.

Jacopetti croisa les mains sur son ventre.

– Tout à fait d'accord. A mon avis, c'est ce qui nous pend au nez. Nous n'avons pas de place dans leur monde. Dès qu'ils en auront assez, ils se débarrasseront de nous.

– Pas mes enfants, se révolta faiblement Abby Cushman. Ils ne me feraient pas ça... pas mes petits-enfants.

Jacopetti la considéra sans le moindre émoi.

– A votre place, je ne m'y fierais pas. Il faut qu'on se prépare – n'est-ce pas pour cette raison que nous sommes réunis, docteur Wheeler ?

– Je ne crois pas que le danger soit aussi évident que vous le dites, monsieur Jacopetti. Personne ne nous a encore menacés.

– *Et personne ne le fera.*

Une nouvelle voix. Les têtes se tournèrent vers la porte. Une fragile présence sur le seuil. Celle de Cindy Rhee.

Malgré lui, Matt pensa que la fillette aurait dû « normalement » être morte, à ce jour.

Il eut l'image fugace d'Ellen Rhee essuyant un filet de bave sur le menton de sa fille dont le regard flottait, imprécis, vitreux.

C'était avant l'intervention des néocytes et de leur cure miracle. A présent, Cindy Rhee marchait – d'une démarche un peu rigide, il est vrai – et parlait, bien que ses paroles eussent une résonance curieusement solennelle et apprêtée.

– C'est l'une d'entre eux, déclara Miriam Flett. Elle n'a rien à faire ici.

La fillette se tourna vers Miriam avant que Matt ait pu concocter une réponse.

– Je m'en irai si vous le souhaitez, miss Flett. Je suis venue parler au nom des nôtres.

Elle porta son attention sur Matt.

– Docteur Wheeler, ce que vous faites ici est sans doute sensé. Mais M. Jacopetti a tort. Nous ne sommes pas une menace, pour vous.

– Cindy, répondit Matt, t'exprimes-tu au nom de tous ? De tous les Contactés ?

Elle ne bougeait pas, frêle silhouette sur le seuil.

– Oui.

– Comment est-ce possible ?

Elle haussa les épaules pour toute réponse.

– Cindy, si tu sais ce qui va se passer – le mois prochain, l'année prochaine – j'aimerais que tu nous en fasses part.

– Je ne peux pas. Aucune décision n'a encore été prise, docteur Wheeler.

Paul Jacopetti avait viré au rouge brique ; Matt diagnostiqua machinalement une poussée d'hypertension.

– Qui est cette gamine ? Et comment se fait-il qu'elle connaisse mon nom ? Qu'est-ce que tu fais là, à écouter aux portes ? demanda-t-il directement à Cindy.

– C'est une de mes patientes, intervint Matt. Elle...

– Ils savent tout, le coupa Miriam. Vous n'avez pas encore compris ? Personne n'a de secret pour eux.

Jacopetti se leva.

– J'exige qu'elle soit renvoyée d'ici. C'est une espionne, ça va de soi.

– Je m'en vais, dit Cindy.

– Non, dit Matt. Attends.

N'ayant pas de marteau pour clore la séance, il referma son bloc.

– J'étais sur le point de proposer une pause-café. Cindy, s'il te plaît, reste jusqu'à ce que nous reprenions nos débats. D'ici à vingt minutes.

Il fit asseoir Cindy sur une des chaises de la salle et en tira une pour lui, face à elle. Il voulait profiter de cette occasion pour examiner la fillette, encore qu'il n'aurait su dire ce qui le poussait à le faire – la compassion, la curiosité, la peur... Sortant un stylo-lampe de sa poche, il l'alluma devant les yeux de Cindy.

Les autres s'étaient regroupés autour de la machine à café et discutaient à voix basse en leur jetant d'occasionnels coups d'œil. Matt espéra ne pas avoir perdu sa crédibilité à leurs yeux en s'entretenant avec Cindy.

Tom Kindle, pensif, était resté dans son fauteuil, à l'écart.

Si les pupilles de Cindy semblaient avoir encore un peu de mal à se rétracter normalement, ses yeux suivaient en revanche sans difficulté les mouvements du stylo que Matt déplaçait vers la gauche, vers la droite, en haut, en bas.

Il posa un doigt sur son front ; la peau était fraîche.

– Je vous remercie de votre attention, docteur Wheeler. Je vais bien.

– J'en suis heureux, Cindy. Ça me fait plaisir de te voir marcher.

– Mais vous trouvez cela bizarre.

– Je m'en réjouis. Mais oui, c'est vrai, je trouve ça un peu bizarre.

C'était peu dire. Matt se demandait à quel genre de miracle il avait affaire. Qu'y avait-il dans la boîte crânienne de Cindy, à présent ? Un tissu cérébral normal, régénéré ? Ou bien autre chose ? Quelque chose alimenté par un sang épais et sombre comme de la mélasse ?

Elle parut saisir cette pensée.

– Ils ont travaillé sur moi avant Contact, docteur Wheeler, parce que j'étais très malade. Alors j'ai un peu d'avance sur la plupart des gens.

– Est-ce pour cette raison que tu es venue ici ?

– En partie. Et en partie parce que même M. Jacopetti ne peut pas être trop effrayé par une petite fille de douze ans.

Elle réprima un sourire. Un vrai sourire. Matt se souvenait l'avoir vue sourire ainsi l'année précédente, avant que le neuroblastome n'ait effacé toute gaieté de son visage.

– Nous ne présentons aucun danger pour vous. Il est important de comprendre ça. Vous avez raison, pour l'avenir ; ce sera peut-être difficile. Mais le danger ne viendra pas de nous.

Elle était encore horriblement maigre.

– Tu veux nous aider, dit Matt. Je te suis reconnaissant. Mais il serait préférable que tu ne restes pas.

– Je sais. Merci pour l'examen.

Elle se leva mais, sur le point de partir, son visage devint soucieux. Elle tira sur la manche de Matt.

– Docteur Wheeler ?

– Oui ?

– Pour votre fille...

Il se figea.

– Rachel ? Eh bien ?

– Vous devriez lui parler. Vous n'avez pas vraiment parlé ensemble depuis Contact. Vous lui manquez.

– Comment sais-tu ça ?

C'était devenu LA question. Celle à laquelle on n'obtenait jamais de réponse. Cindy se contenta de hausser les épaules.

– Parlez avec Rachel, docteur Wheeler.

A la suite de cette interruption, la réunion se traîna quelque peu. Chuck Makepeace suggéra que le groupe devrait acheter des ouvrages traitant d'organisation et de stratégie, et élire un président dès leur prochaine rencontre. Matt approuva. Tim Belanger se proposa pour prendre des notes et faire office de secrétaire. Abby Cushman déclara qu'il leur faudrait un nom.

– On ne peut pas former un comité sans le nommer.

Quelqu'un avait-il une idée ? Quant à elle, elle proposait le « comité des derniers vrais êtres humains ».

– Trop provocant, objecta Makepeace. Ce n'est pas notre propos.

Jacopetti leva la main.

– Comité des causes perdues.

Matt, de son côté, suggéra qu'on pourrait provisoirement lui donner le nom de « comité d'urgence ». Tout le monde acquiesça ; Abby paraissait cependant déçue.

Il était 22 heures passées et tous avaient hâte de partir. Matt leur demanda encore d'inscrire leur nom, adresse et numéro de téléphone sur un papier, qu'il photocopierait le lendemain et distribuerait à chacun avec la date de la prochaine réunion. La séance fut levée. Beth et Joey Commoner furent les premiers dehors. Miriam Flett la dernière. Matt, par la fenêtre, regarda les voitures quitter le parking.

Tom Kindle roula son fauteuil jusqu'à la porte.

– Vous pourriez me pousser jusqu'à l'ascenseur ? Quelle saleté, ce fauteuil...

– Vous n'en aurez bientôt plus besoin.

Matt le poussa dans le couloir obscur. Le vert pâle des murs était censé avoir un effet apaisant, mais à la lueur des quelques néons du plafond, le couloir devenait franchement sinistre. Kindle ne serait pas seul dans ce bâtiment ténébreux – une maigre fraction du personnel s'acquittait encore de la surveillance de nuit – mais, sur un autre plan, il serait très isolé. Matt le plaignait sincèrement.

– Alors, dit Kindle, vous allez suivre le conseil de la petite ?

– Vous avez entendu ?

– Vaguement. C'est pas mes oignons, c'est sûr. Je ne savais même pas que vous aviez une fille.

– J'avais une fille, oui.

Matt pressa le bouton de l'ascenseur et s'efforça de réprimer l'amertume de sa voix.

– Je ne suis pas certain d'en avoir encore une.

16

La bataille de l'U.S. 95

John Tyler s'interrogeait : les armées étaient rentrées chez elles, les usines avaient fermé leurs portes et toutes les séances du Congrès avaient été définitivement levées. Et lui, dans tout cela ? Où se situait-il ?

Sur la touche. Abandonné. Mais pas exclu pour autant.

Tyler vivait dans une maison géorgienne d'un étage à Arlington, en Virginie. Il avait équipé la chambre d'ami d'un étonnant arsenal d'appareils de remise en forme où, après sa stérile discussion avec le Président, il consacra de longues heures à travailler sa musculature.

Tyler n'était qu'à un mois de son cinquante-deuxième anniversaire, et, bien que dans une condition physique tout à fait honorable, il voulait plus. Il voulait être en forme pour combattre. A son âge, le défi était de taille. Mais pas insurmontable. Le prix à payer, toutefois, était lourd. La douleur. D'abord la douleur physique, évidente, due aux efforts qu'il fournissait ; celle qu'il poussait jusqu'à la limite du supportable. Et puis la douleur sournoise qui s'insinuait pendant la nuit – les tendons enflammés, le dos meurtri, les courbatures humiliantes qui l'envoyaient à la pharmacie en quête de Tylenol ou autre analgésique qui lui permettrait de dormir, qui lui permettrait de soulager son ventre paresseux.

Mais vint un jour où il put enfin se regarder dans la glace en pied de la chambre sans rougir. Torse ferme, ventre plat sous la ceinture du caleçon, jambes robustes. Brosse grise et courte sur la tête, duvet gris sur le torse et les membres. Tyler eut le sentiment d'avoir accompli quelque chose de bien, de très bien. Un reflet de lui-même dont il pouvait s'enorgueillir. Les apparences avaient toujours tenu une place de choix dans la vie de Tyler.

Mais plus important que tout, il se sentait prêt pour reprendre le service.

Un service bien particulier...

Au matin du second lundi d'octobre, il sortit sa vieille veste militaire de la naphtaline, lui trouva fort belle allure avec une chemise blanche immaculée et un pantalon noir, et sauta dans sa voiture en direction de la base militaire navale de Quantico.

La Virginie se prélassait sous le soleil caressant d'un automne suave. Ciel bleu et embrasement des forêts. Tyler avait la route pratiquement pour lui seul ; presque plus personne ne circulait, maintenant.

Il avait beaucoup réfléchi à la crise qu'affrontait le pays, et une fois de plus la bande magnétique de son raisonnement se déroula dans son esprit. Le problème, se répéta-t-il, résidait dans la dissolution des armées. Car comment pouvait-on combattre l'ennemi sans armée ?

La guérilla constituait la réponse logique et évidente face à une force d'occupation de puissance supérieure. Il n'en fallait pas moins une infanterie, une milice, un support politique. « Le révolutionnaire évolue parmi le peuple comme le poisson dans la mer. » Mao Tsé-toung. Mais le « peuple » avait été docilement inféodé. Le poisson avait le ventre en l'air. Tyler avait vu des reportages sur les armées d'Afrique, d'Amérique centrale, d'Asie, d'Europe et même sur les armées israéliennes et américaines, armées de fortune ou d'élite... toutes, sans exception, rendaient les armes, abandonnaient tanks, tranchées et uniformes comme les accessoires d'une panoplie d'enfant désormais trop grand pour jouer. Une vague de démobilisation qui s'était répandue de l'Ethiopie au Liban, du Turkestan à l'Amérique latine.

Mais cette défaite, dans l'esprit de Tyler, pouvait jouer en sa faveur. Les armes qui rouillaient dans un champ ne pourraient se retourner contre des insurgés. Il pouvait évoluer au sein de cette population pacifique, non comme un poisson dans la mer, mais plutôt comme, disons, un requin parmi le fretin.

Mais pas seul.

Un sur dix mille, lui avait dit le Président.

Tyler n'avait aucun moyen de vérifier cette statistique. En attendant, elle n'était guère encourageante. Cependant, l'armée, avant Contact, avait été un des premiers employeurs du pays, et même si la situation était aussi désespérée qu'il y paraissait, Tyler ne devrait pas avoir trop de mal à mettre la main sur un ou deux hommes sûrs.

Peut-être avait-il attendu trop longtemps. Peut-être le plan qu'il avait mis au point ne fonctionnerait pas... mais qu'avait-il à perdre ?

Quantico le déçut.

Le mois précédent, cette base militaire était encore une véritable ruche. Les informations locales avaient montré l'incessant relais d'avions Hercule sur la piste dans le cadre de l'opération de ravitaillement des pays victimes de la famine.

Le relais aérien désormais terminé, l'énorme base de Quantico apparaissait totalement déserte. Il roula parmi les bâtiments de brique rouge et les terrains de manœuvre envahis d'herbe trop haute en klaxonnant jusqu'à ce que ses tympans à vif protestent.

Il revint à l'entrée principale, s'arrêta et ouvrit le coffre. Le soleil lui réchauffait le cou et étincelait sur l'énorme statue du porte-drapeau. Du coffre, il déroula dix mètres de nylon orange et indéchirable sur lesquels il avait inscrit, laborieusement, à la peinture acrylique résistant à l'eau :

Tout membre des forces armées encore en service est prié de se mettre dès que possible en rapport avec le colonel John Tyler (202) 212-5555 ou d'écrire au 731 Portage Street, Arlington. Dieu bénisse les Etats-Unis d'Amérique

Il accrocha aux poteaux les cordes de nylon qu'il avait cousues dans le tissu de façon que la bannière fût tendue en travers de la route.

L'étendard pendait un peu dans l'air immobile, mais le message était néanmoins tout à fait lisible.

Pendant une bonne dizaine de jours, Tyler fabriqua d'autres bannières similaires à celle-ci et les exposa dans diverses bases militaires de moindre importance de Baltimore à Richmond. Tous les soirs, il vérifiait son répondeur téléphonique. Jusque-là : R.A.S.

Au cours de ses voyages, Tyler fut à même de juger de l'évolution du nouveau monde. En surface, peu de changements. La circulation était sensiblement plus fluide, surtout d'un Etat à l'autre. Tyler remarqua que les gens se déplaçaient plus volontiers à pied, et que beaucoup avaient déserté leur lieu de travail. De nombreux petits commerces (coiffeurs, librairies...) étaient fermés ou à l'abandon. Les magasins d'alimentation, en revanche, fonctionnaient toujours, avec personnel et clients, mais pour combien de temps encore ? Impossible à dire. D'ailleurs, on pouvait aussi se demander comment plusieurs centaines de milliers de militaires et de fonctionnaires survivaient sans chèque de paie.

Cette idée le tarabustait au point qu'il eut envie de tenter une expérience. Il se rendit dans un supermarché des environs d'Arlington, suffisamment loin de son quartier, et remplit un caddie de conserves et d'eau minérale. Arrivé à la caisse, il se campa devant l'employée.

– Je n'ai plus d'argent. Je travaillais pour le ministère de l'Urbanisme.

Il s'attendait à ce qu'elle appelle le responsable de la sécurité. Au lieu de cela, la caissière – une petite rousse du nom de Sally, comme l'indiquait son badge – sourit et lui fit signe de passer.

Alors pourquoi s'en trouvait-il encore pour payer ? Tyler s'attarda devant la sortie du magasin et observa les caisses quelques instants. D'après ce qu'il put voir, la proportion était de cinquante-cinquante. Une moitié réglait ses achats, l'autre non. Ceux qui payaient semblaient le faire par pure habitude. Tyler supposa que payer en contrepartie d'un achat était un réflexe profondément ancré dans la psyché américaine – et difficile à déraciner. L'usage se pérennisait, quoi qu'il arrive. Malgré tout, le système monétaire du pays paraissait à deux doigts de basculer dans le chaos.

Du parfait communisme, songea-t-il. Tel qu'appliqué par de parfaits robots.

Tyler entendit une voix en lui : *Tu es entouré de monstres.*

La voix de Sissy. Un vieux, un triste fantôme. Tyler redressa les épaules et l'ignora. Depuis sa plus tendre enfance, Sissy lui répétait qu'il vivait entouré de monstres.

Au fil des ans, il n'avait plus gardé de Sissy que l'image qui lui apparaissait dans ses rêves : une femme d'une cinquantaine d'années au visage de bohémienne rouge et brillant, emmaillotée dans une jupe de nylon et un pull feutré boutonné sur une poitrine généreuse, en train de pousser une voiture d'enfant pleine de vieux journaux sur un trottoir.

Une clocharde, comme on dirait maintenant.

Sa mère.

Son père avait été représentant dans une compagnie qui vendait des verres fantaisie en plastique sur lesquels certaines sociétés faisaient inscrire leur raison sociale en lettres dorées. Celui dans lequel Tyler but jusqu'à l'âge de sept ans portait le nom de FLETCHER, TAXIDERMISTE, 33 CINQIÈME RUE, CINCINNATI. Quand Tyler apprit à lire – ce qu'il fit par lui-même dès l'âge de quatre ans – il découvrit que le mot CINQUIÈME avait été mal orthographié. Ce qui, sans qu'il puisse réellement s'en expliquer le pourquoi, le fit éclater en sanglots. Son père était alors parti depuis belle lurette.

Sa mère (qui insista pour qu'il l'appelle Sissy) vivait dans un immeuble lépreux de deux étages, dans une rue en pente située au cœur d'un quartier en pleine décrépitude et en passe de devenir une zone. L'immeuble lui appartenait. Une tante de Pittsburgh lui avait légué de l'argent ; à l'époque, Sissy était encore jeune, sans enfants et, peut-être, songeait Tyler, consciente de sa folie sous-jacente. Elle avait immédiatement acheté l'immeuble et constitué, avec l'argent restant, un fonds géré par fidéicommis qui lui assurait une petite pension mensuelle.

Le père de Tyler avait traversé l'existence de Sissy sans avoir pu mettre la main sur cet argent. Sissy, d'une nature prudente, avait gardé les cordons de sa bourse bien serrés alors même que le monde autour d'elle s'enfonçait lentement dans le brouillard de son insanité croissante.

Tyler n'aurait su déterminer à quelle époque il avait compris la dégénérescence mentale de Sissy. Sans doute d'autres enfants s'étaient-ils gentiment chargés de lui ouvrir les yeux. *Hé, Tyler, elle trouve ses fringues dans les poubelles, ta mère ? Tyler, ta maison pue la merde !*

Il apprit très vite que la meilleure réponse était un *Va te faire foutre* ferme et sans équivoque. Ce qui lui valut d'être rossé plus souvent qu'à son tour. Au bout du compte, outre de bonnes volées et des poings écorchés, il y gagna aussi la paix. Et une amère philosophie de la vie : les autres sont source de peur ou de haine. Il n'existe pas d'autre choix. Le reste n'est qu'un piège... une tentation aboutissant irrémédiablement à la désillusion.

Sissy relevait des deux catégories : il la haïssait tout autant qu'il la redoutait. Mais elle était aussi l'exception à la règle. Bien que folle, elle restait malgré tout sa mère. Elle le nourrissait, sporadiquement ; elle l'habillait, excentriquement. Elle était censée s'occuper de lui, et savait le blesser par son indifférence.

Il pouvait supporter l'indifférence des autres. De tous les autres. Mais pas celle de Sissy.

C'est pourquoi, quand il était arrivé à l'école pour la première fois – avec cinq jours de retard et en compagnie d'un fonctionnaire chargé de faire respecter la scolarisation –, il avait fondu en larmes quand ses camarades s'étaient moqués de son pantalon déchiré, de sa chemise pleine de taches.

Pourquoi, Sissy ?

N'avait-elle même pas conscience de cela ?

De toute évidence, non. Sissy s'était retirée dans un monde où la raison et les usages avaient fait place à de terrifiants éclairs d'invisible lumière, et de redoutables révélations trop intimes pour être partagées. Sissy, Tyler l'avait compris plus tard, était schizophrène. Elle avait défendu sa maison en y entassant ce qu'elle dégotait dans les poubelles, et Tyler trouvait miraculeux qu'elle ait même pensé à lui mettre quelque chose sur le dos.

Sissy était morte depuis longtemps. Mais elle rendait de fréquentes visites à son fils et n'avait pas sa langue dans sa poche pour lui faire entendre ses opinions.

Le téléphone sonna alors qu'il regardait la télévision.

Tyler avait installé une antenne parabolique sur le toit et un décodeur illégal dans son salon avec lequel il pouvait décrypter n'importe quoi, y compris les émissions militaires – désormais inexistantes.

En fait, depuis la mi-octobre, la télévision ne fonctionnait plus que deux heures par jour en moyenne – pour diffuser des reportages sur le désarmement mondial et l'interminable déploiement des octaèdres.

C'était ce second sujet qui intéressait Tyler. Ce matin – encore une belle journée d'automne qui s'annonçait, la brise caressait les rideaux de la fenêtre ouverte –, son Coca de régime à la main, il suivait les images d'un Serveur isolé glissant sur une route déserte près d'Atlanta.

Ce spectacle le fascinait. Une menace informe, d'un noir mat, de plus de deux mètres de haut. Un « Serveur » ! Et puis quoi, encore ? Pour servir qui ? Tous les gogos qui étaient tombés dans le panneau de leurs promesses fallacieuses ?

Ces choses bizarres sortaient en flot régulier des octaèdres de New York et de Los Angeles, formant un réseau dans toute l'Amérique – dans le monde – dans un but encore mystérieux. Ils pouvaient les appeler Serveurs si ça leur chantait, songea Tyler, mais lui, il savait reconnaître une armée d'occupation quand il en voyait une.

Que faudrait-il pour venir à bout d'une de ces espèces de cuirassé ?

Alors voyons... se dit-il.

C'est à cet instant que, comme en réponse à sa question, la sonnerie du téléphone retentit.

Il bondit de son fauteuil, le sang battant à ses tempes. Bordel ! Depuis quand n'avait-il pas entendu ce son ?

Il avait été sur le point d'abandonner tout espoir.

Il éteignit la télé et décrocha.

– Allô !

Sûrement un faux numéro. Un Contacté avait dû composer un 5 au lieu d'un 6. Encore que... Etaient-ils toujours à la merci de ce genre d'erreur humaine ?

– Colonel Tyler ? demanda une voix masculine.

– Lui-même.

– J'ai vu votre annonce, mon colonel. A Quantico.

Un temps.

– Une des ficelles s'était défaite mais je l'ai raccrochée.

– Je vous en remercie. Vous êtes de la marine ?

Il en était. Depuis peu. Vingt et un ans, spécialisé dans les armes.

– Mon nom est A. W. Murdoch.

– Que veut dire le A ?

– Alphonse, navré de le dire.

– Navré de l'entendre. Je ne vous demanderai pas la signification du W. Dois-je comprendre que vous avez refusé l'invitation à la vie éternelle ?

– Oui, mon colonel.

– Eh bien, nous devrions nous rencontrer.

– Absolument. Euh, colonel Tyler... Si j'ai bien compris, vous proposez de faire un peu de résistance ? Ne le prenez pas mal, mais je ne cherche pas la compagnie pour le seul plaisir de faire la causette. J'ai cru comprendre, d'après votre banderole, que l'envie vous démangeait de botter quelques fesses ennemies ?

Jeune mais déjà rebelle, songea Tyler. Parfait. Ils étaient faits pour s'entendre.

– Cette déduction me paraît assez proche de la vérité. Quand puis-je vous voir ?

– Tout de suite si vous regardez par la fenêtre, mon colonel.

Tyler s'approcha de la baie vitrée de l'étage et put apercevoir...

... garé dans l'avenue Arlington ensoleillée et bordée de catalpas...

... un Hummer M998, brun camouflage, véhicule d'une tonne soixante-quinze qui avait remplacé la Jeep des jeunes années de Tyler, un engin robuste à usages multiples...

... dont le toit était surmonté d'un lance-missiles M-109 TOW, le fin du fin des dispositifs antichars, d'une forme évoquant vaguement le pistolet laser des vieux films de science-fiction...

... et au volant duquel se trouvait un grand blond dégingandé en uniforme, dont la coupe de cheveux avait depuis quelque temps déjà cessé d'être réglementaire, et qui tenait à la main un téléphone portatif.

Sûrement un petit trou-du-cul prétentieux, mais un trou-du-cul avec les bras chargés de cadeaux.

Murdoch salua, les yeux plissés par le soleil.

– Je crois que nous avons beaucoup de choses à nous dire, déclara Tyler.

– Je monte tout de suite, mon colonel.

– Non. Je descends tout de suite.

Tyler avait appris à établir un certain ton dans les conversations, une certaine hiérarchie. Dans le cadre du système militaire, les règles de conduite étaient implicites. Dans le civil, le problème se posait de manière plus subtile ; il était donc essentiel de mettre son interlocuteur au pas, et de le faire d'entrée de jeu. Son incapacité de maîtriser la discussion avec le Président l'avait horriblement frustré, et le frustrait encore chaque fois qu'il l'évoquait. Il s'était retrouvé en porte à faux, inférieur. Ce petit numéro d'intimidation à la Maison-Blanche avait été ridicule. Jamais il n'aurait dû s'écouter.

Là, les circonstances jouaient en sa faveur.

A. W. Murdoch avait le grade de sergent. John Tyler était un officier à la retraite, donc un civil, et seule la courtoisie lui conférait encore le titre d'officier supérieur. Mais leur relation avait débuté d'un bon pied ; Murdoch lui donnait du « mon colonel » et, à partir de là, Tyler pouvait prendre la direction des opérations.

Assis à l'avant du Hummer, ils se livrèrent à quelques commentaires sur l'invasion en préambule à une discussion plus sérieuse.

Murdoch, originaire de San Diego, avait compté parmi ces jeunes paumés que la Californie si souvent engendrait, jusqu'à ce que ses errances le conduisissent à l'armée où il découvrit enfin un but à sa vie. Ce but était la maintenance des armes et l'instruction des recrues appelées à s'en servir, et constituait, semble-t-il, l'unique préoccupation du jeune sergent. Quand Contact transforma Quantico en base fantôme, Murdoch sombra dans le désespoir. Il ne cessait d'y revenir, tous les deux ou trois jours, comme un oiseau revient obstinément au nid saccagé.

Et puis il avait un jour vu la bannière de Tyler et avait de nouveau osé espérer en l'avenir.

Tyler, en réponse à ces confidences, retraça pour lui les récents événements de sa vie. Il lui était difficile de définir les fonctions qu'il avait exercées dans le civil, en raison des nombreux domaines concernés – le Congrès, l'armement, la finance. Sa tâche avait été de connaître les gens, en gardant ses distances ; de dire des choses, en restant évasif. En fait, cette vie-là s'enfonçait déjà dans une sorte de passé diffus, brumeux. Les intrigues, les conspirations complexes qui l'avaient à une époque tenu en haleine lui semblaient aujourd'hui aussi vaines que les parades amoureuses d'une espèce en voie de disparition.

Il ne traduisit pas aussi clairement ses sentiments à Murdoch. Il évoqua cependant le coup d'Etat que Contact avait fait avorter. Murdoch était fasciné ; il avait été conscient de l'état d'alerte qui couvait ce soir-là, en août, des mouvements clandestins des troupes.

– C'était exaltant, dit-il. On se serait cru en pleine guerre de Sécession. Prêts à tirer sur le fort Sumter. Je n'ai jamais eu une grande sympathie pour cette vieille taupe verbeuse de la Maison-Blanche.

Enhardi par cet aveu, le colonel lui fit part de son dernier entretien avec le Président – une version tout de même quelque peu édulcorée.

Murdoch l'écoutait, médusé.

– Vous le menaciez vraiment d'un revolver ?

– Oui.

– Vous auriez pu le tuer.

Tyler confirma de la tête.

– Pourquoi ne l'avez-vous pas fait ?

– Ça n'aurait servi à rien. Et je ne voyais pas l'utilité d'attirer l'attention. De toute façon, il était... trop malléable. Trop complaisant. Vous comprenez, Murdoch ?

– Tout à fait. Quand je vois les gens... des gens que je connaissais, même. Ils sont devenus si gentils. *Trop* gentils. Il y a quelque chose d'angoissant, dans leur attitude, mais on ne peut tout de même pas les haïr pour ça. Et encore moins les tuer. Ce serait comme de descendre un lapin shooté.

Tyler acquiesça.

Murdoch sortit deux boîtes de bière d'une glacière à l'arrière du véhicule. Il en offrit une à Tyler, qui l'ouvrit et écouta le bref sifflement du gaz emprisonné.

– Non, dit Murdoch, ce ne sont pas eux, les ennemis. Ces choses sur la route, par contre...

– Les Serveurs, dit Tyler.

– Exact. Eh bien, pour moi, l'ennemi à abattre, ce serait plutôt eux.

– Je suis de votre avis.

– Vous avez réfléchi à ce qu'on peut faire, pour remédier à ça ?

– C'est évident, dit Tyler. Mais pourquoi ne me donneriez-vous pas votre point de vue, d'abord ?

– Eh bien, voyez-vous... il y a tout ce matériel, cette technologie, à portée de main. Il n'y a qu'à se baisser pour se servir. Mais dans la majorité des cas, on ne peut rien faire seul – ni même à deux. Ce serait peut-être drôle de faire du rase-mottes au-dessus des arbres avec un A-10, par exemple, mais merde, je ne sais pas piloter. Et vous, mon colonel ?

– J'ai cent heures de vol sur un Piper Cub.

– Vous ne pourriez même pas décoller avec un A-10. Il faut donc qu'on se tourne vers des armes de terrain. Pas un char, ni un Howitzer autopropulsé : trop lourds. C'est vrai, après tout, on ne sait pas bien contre quoi on doit se battre. Alors, il nous faut quelque chose de maniable. Un Dragon, un AT-4. Et ça, on peut en avoir autant qu'on en veut. Le monde entier est devenu une armurerie, O.K. ? Avec opération portes ouvertes. Mais pour une première rencontre, mes deux mots clés sont puissance et mobilité. Tire et tire-toi.

– Le Hummer, résuma Tyler.

– Exact. Le Hummer, et plus spécifiquement ce TOW sur le toit. D'après moi, si on voit un Serveur sur la route, on peut le pulvériser et disparaître avant que la cavalerie arrive.

Tyler buvait sa bière à petites gorgées, affectant une profonde réflexion.

– Monsieur Murdoch, dit-il, nous ignorons le système défensif de ces... choses.

– A mon avis, la meilleure façon de le savoir est d'attaquer.

– Ce peut être dangereux.

Murdoch entendit comme un amusement dans la voix de Tyler, une sorte d'espièglerie mal réprimée. Il sourit.

– En effet, mon colonel. Mais c'est une si belle journée pour attaquer, vous ne croyez pas ?

– Pas d'emballement. Vous devez d'abord m'apprendre le maniement du TOW.

Tyler leva les yeux vers le ciel cyanosé.

– C'est aussi une belle journée pour faire quelques cartons sur un champ de tir.

Le visage de Murdoch s'allongea.

– J'avais espéré faire fonctionner le TOW moi-même au moment venu.

– Le grade a ses privilèges, monsieur Murdoch. J'imagine que nous aurons tous deux l'occasion de le faire.

– Bien, mon colonel.

La première semaine d'entraînement sur le champ de tir de Quantico leur permit de se connaître mieux. Murdoch enseigna à Tyler la manipulation du TOW et de quelques lance-fusées de moindre importance. Il se développa même entre eux une certaine amitié, l'étrangeté de la situation battant en brèche la rigidité de la hiérarchie. Il arrivait à Tyler de se confier, comme on le fait avec un ami. Mais il était des secrets qu'il ne pourrait jamais partager, qu'il n'avait jamais partagés avec quiconque. Comme l'histoire de sa folie, par exemple.

Folie. Un mot trop fort, mais Tyler savait qu'il ne s'agissait pas seulement d'une question de dépression, ou d'apitoiement sur soi-même ; mais d'une présence plus sombre et bien plus intense qui, de temps à autre, semblait s'emparer de lui.

Depuis la mort de Sissy.

Les souvenirs revenaient la nuit.

Faits clés durant sa douzième année : il avait obtenu des résultats tout à fait honorables à l'école et bien au-dessus de la moyenne lors d'un test d'intelligence fait sous l'autorité du conseil des professeurs, et s'était évanoui deux fois, la première en cours de gymnastique, la seconde en salle de classe. L'infirmière de l'établissement lui demanda de quoi, en général, se composaient ses repas, et la réponse de Tyler fut on ne pouvait plus dépouillée : « Des corn flakes. » Il aimait l'image du tigre sur la boîte. Et c'était lui qui, en général, s'occupait des courses... Il n'achetait jamais de légumes frais pour la bonne raison qu'il ignorait la marche à suivre ; on les mettait dans des sacs en plastique, on les pesait... Beaucoup trop compliqué. Et puis il craignait de dépasser les trois ou quatre dollars que Sissy lui donnait.

Quant aux légumes en conserve, il avait essayé, une fois. Des petits pois ; ils étaient tout pâles et flétris, rien à voir avec l'image de l'étiquette. Sissy avait trouvé qu'ils avaient un goût de mort-aux-rats. Il avait déjà vu un rat mourir ? Sissy, elle, en avait vu. Et elle lui décrivit l'agonie. Gros ventre et yeux exorbités. « Tu veux donc me faire crever pareil ? »

Tyler jugea plus simple de s'en tenir aux corn flakes.

L'infirmière et son professeur se concertèrent, ce qui aboutit à la visite chez eux d'une assistante sociale. A la suite de laquelle, non sans un grave traumatisme, Tyler fut confié à une famille d'adoption et Sissy placée d'office dans un bâtiment blanc à la périphérie de la ville, où elle mourut dix mois plus tard des suites d'un « accident survenu pendant son bain ». Tyler avait vu les gardiens du bâtiment : des hommes au torse large, au front bas. Stupides et mauvais. Sissy leur crachait dessus. Aussi Tyler ne fut-il pas convaincu par le terme « accident ». En attendant, Sissy était morte. Cela, il ne pouvait le nier.

Il ne sut jamais ce qu'il était advenu de l'immeuble de Sissy ni de son argent. Il ne voulait plus rien avoir à faire avec tout cela. La mort de Sissy l'avait soulagé ; la vie sans elle était bien plus belle.

Pourtant, quand il surprit les mêmes mots dans la bouche d'une assistante sociale – « Il sera bien plus heureux sans elle, ce petit » –, il se jeta sur elle pour tenter de lui planter sa pointe Bic dans la gorge.

Le coup ne fit qu'une simple estafilade sur la joue de la femme, mais il espéra secrètement que l'encre avait pénétré sous la peau pour y faire une sorte de tatouage, un rappel indélébile qu'il ne lui appartenait pas de conjecturer à sa place.

Cette agression lui valut d'être étiqueté « dangereux », retiré de sa famille d'adoption et placé dans une pension sinistre (sans doute pas si différente du bâtiment blanc dans lequel Sissy était morte en crachant sur ses geôliers) où Tyler était malmené, agressé, humilié, parfois brutalisé ; au mieux, on l'ignorait. Il fut tiré de ces oubliettes quand une enquête légale sur la famille permit de découvrir un parent de Sissy disposé à prendre légalement le garçon en charge.

Tyler ne rencontra jamais ce parent qui préféra garder de prudentes distances ; d'après ce qu'il put apprendre, il s'agissait d'un avocat à la retraite qui paya pour lui les frais d'une institution militaire jouissant d'une bonne réputation. Le garçon était intelligent, tout le monde s'accordait à le dire. Parfois fantasque. Souvent triste. Toujours solitaire. Mais d'un esprit particulièrement vif.

Il s'engagea dans l'armée avec de bonnes perspectives d'avenir, gagna ses galons de lieutenant et obtint une licence aux frais du gouvernement ; une brillante carrière d'officier s'ouvrait à lui.

Quelques taches ternirent cependant ses états de service. Pendant ses classes dans l'infanterie, il avait été à deux doigts de tuer un homme, un souvenir qui le perturbait encore. Il avait cédé à l'impulsion ; il n'y avait pas d'autre terme pour décrire ce geste inconsidéré. Il démontait tranquillement une arme quand, soudain, il s'était jeté sur un homme pour l'étrangler. Une grande perche du nom de Delgado, qui se trouvait être plus ou moins un ami à lui. Mais ces détails n'avaient aucune importance. Ce qui comptait, c'était ce désir violent et soudain de *faire mal*, de graver son nom dans la vie d'autrui aussi douloureusement que les autres avaient gravé leurs noms dans la sienne. De plus, il en eut une érection.

Trois hommes l'avaient arraché à Delgado qui suffoquait déjà. La victime n'en avait heureusement gardé aucune séquelle, et, au vu des excellents états de service de Tyler, le fait avait été classé comme simple lubie. Une phrase qui deviendrait un véritable leitmotiv : *Au vu des excellents états de service de ce militaire*... introduisait toute une série de griefs. Pas d'insubordination ; cela, jamais. Ebriété, bagarres, négligence vestimentaire, excès de vitesse dans les rues de Saigon... Mais seulement par intermittence, lors des passages sombres de sa vie, quand il entendait trop souvent la voix de Sissy dans sa tête – c'est-à-dire seulement pendant ses accès de démence.

Ces fausses notes avaient freiné son accession aux grades supérieurs. Tyler s'était rendu compte que, à partir d'un certain rang, vie privée et carrière deviennent indissociables. On commençait à vous voir aux réceptions de l'ambassade – dans un rôle de figuration, pour faire danser les épouses des ambassadeurs et les filles des diplomates ; vous fréquentiez des gens qui projetaient sur vous l'image d'un petit frère en uniforme ou d'un valeureux centurion américain avec une jolie petite femme et peut-être un gamin de trois ans criblé de taches de son quelque part dans une résidence militaire. Ces mêmes personnes ne voulaient pas vous voir frayer avec des prostituées asiatiques, à moins d'être très discret, et voyaient d'un très mauvais œil vos escapades dans les quartiers où racolaient les jeunes garçons du pays.

Il avait la passion de la jeunesse, d'une certaine beauté androgyne ; elle lui inspirait un désir violent qu'il ne pouvait s'expliquer. Il allait voir les jeunes Asiatiques, garçons et filles, se persuadant qu'il s'agissait là d'un simple caprice à satisfaire, et les quittait plein de haine pour leur grâce, leur impudeur, leurs yeux de biche, leur consentement docile.

Il apprit la discrétion. Elle lui fut une alliée fidèle pendant plusieurs années, jusqu'à son affectation en Allemagne de l'Ouest, dernière étape de sa carrière militaire. Il avait découvert un bordel à Stuttgart, dans un joli petit bâtiment près d'un joli petit bar à bière dans un quartier peu fréquenté par les Américains. Il avait choisi une immigrée turque qui affirmait n'avoir que treize ans et qui, apparemment, ne trichait même pas. Et il était dans la chambre avec elle, la fille nue, en train de supplier *bitte, bitte*, la bouche pleine de son pénis dur, tandis qu'il maintenait le canon de son revolver sur sa tempe en caressant la gâchette, doucement, sans aucune intention de tirer – quand la maquerelle avait déboulé dans la pièce en gueulant comme un putois.

A priori, il entrait dans ses habitudes de surveiller ses employées par des trous pratiqués dans les cloisons de carton ; elle avait vu Tyler mettre son arme sur la tempe de la petite – ce n'était pourtant rien de plus qu'un jeu ; était-ce si difficile à comprendre ? – et l'avait cru sur le point de commettre un meurtre.

L'arrivée inopinée de la maquerelle avait surpris Tyler qui, du coup, avait réellement appuyé sur la gâchette ; la petite avait reçu la balle dans son bras maigre. C'était une faute, à rajouter sur un parcours déjà loin d'en être dépourvu.

L'ambulance arriva, la police aussi. Il fut arrêté et interrogé par un homme au visage rougeaud qui le sermonna : « On est pas au Far West, ici ! On vient pas chez nous pour baiser et jouer avec son pétard ! »

Il ne fut jamais condamné. Mais on le garda trois jours sous les verrous et l'incident fut rapporté à ses supérieurs. Il y eut enquête et un vent de scandale se leva sur la base militaire. Les gens commencèrent à le regarder d'un autre œil. C'était ça, le plus dur. Les gens *savaient*. Ils avaient désormais pour lui le regard que d'autres avaient eu pour Sissy.

Il démissionna de l'armée. Il avait par chance suffisamment d'amis pour adoucir la transition à la vie civile, mais l'épreuve n'en fut pas moins raide. L'incident de Stuttgart semblait lui coller aux semelles, comme un chien perdu et puant.

Ça s'effacera, disait Sissy. *La mémoire s'efface. Tout le monde oublie tout. C'est la règle.*

Mais les nuits étaient longues. Certaines même trop longues, et ces nuits-là, il prenait sa deuxième voiture, une berline couleur de l'ombre dans laquelle elle se fondait, et empruntait des rues obscures où tapinaient des filles, généralement des Noires ou des Sud-Américaines ; il montait dans leur chambre d'hôtel bon marché qui empestait l'insecticide et la sueur, et où, quelquefois, même après Stuttgart, il réitérait le petit jeu du revolver avec elles.

Ensuite, une fois rentré chez lui, juste avant l'aube, seul, il s'amusait avec son arme ; il la prenait, la reposait, la pointait sur sa tempe, éprouvait la sensation familière de l'acier froid sur sa peau, respirait l'odeur rassurante de la graisse. Sissy arrivait toujours à le dissuader d'appuyer sur la gâchette. La Sissy qui vivait dans sa tête. Triste fantôme. *Reste en vie et sois comme moi.*

Avec le temps, sa vie diurne devint insupportable. Il était digne de confiance, il était discret – il connaissait la discrétion sur le bout des ongles – et intelligent. Il évoluait parmi les militaires, les fournisseurs du ministère de la Défense et dans les milieux sénatoriaux avec une aisance croissante. Sa tâche consistait à dire ouvertement ce que ses employeurs ne pouvaient qu'insinuer, et à insinuer ce que ses employeurs niaient publiquement.

Et sa folie montait et refluait telle une marée capricieuse, complètement imprévisible, totalement irrésistible. Et les années s'écoulaient.

Sa rencontre avec A. W. Murdoch et son entraînement intensif sur le champ de tir avaient tenu la folie à distance respectueuse. Mais elle reviendrait, c'était évident. Elle revenait toujours.

Quand il sut manier le TOW, il se rendit avec Murdoch sur un tronçon vide de la route U.S. 95 et se gara sur une aire de repos à l'ombre d'un bouquet d'érables.

La veille, Murdoch avait sillonné cette autoroute à péage dans une voiture de sport – réquisitionnée pour les besoins de la cause – afin de prendre des notes sur la position des Serveurs. Lesquels se déversaient sur la 95 depuis désormais plusieurs semaines, voyageant toujours à la vitesse de soixante kilomètres-heure et respectant des intervalles réguliers. Certains bifurquaient vers l'ouest, sur la 70, ou s'installaient dans des villes le long de la route, telles Columbia ou Wheaton ; la plupart continuaient vers le sud. L'un d'eux s'était installé sur la pelouse de la Maison-Blanche.

Tyler n'en avait quant à lui encore jamais vu de ses propres yeux. Seulement à la télévision. Ils étaient encore pires « en vrai », avait expliqué Murdoch.

– Ils ne sont pas seulement noirs : ils ne brillent pas du tout au soleil. Ils sont plus noirs que leurs propres ombres. Et quand ils circulent, mon colonel, ils ne vibrent pas, ils ne rebondissent pas. Ils glissent. Vous avez déjà joué à des jeux électroniques, mon colonel ? Vous avez vu comment les choses se déplacent sur un écran vidéo ? Eh bien, ces choses-là bougent de la même manière.

Essayer d'en arrêter un dans sa course, avoua Murdoch, l'exaltait, d'accord, mais... pour tout dire, ça l'effrayait un peu aussi.

– Vous êtes prêt à tenter l'expérience tout de même ?

– Et comment ! Je suis impatient de passer à l'action, mon colonel.

Alors ils étaient donc là, stationnés sur ce bout de route, en lisière d'un champ à vaches où passaient quelques Holstein, à moins que ce ne fussent des Guernesey, Tyler n'avait jamais su les distinguer. En tout cas, c'étaient des vaches laitières. Les criquets chantaient dans l'herbe haute et de légers stratus marbraient l'horizon. Il ne faisait pas chaud ; encore un jour, et octobre cédait le pas à novembre.

– D'une minute à l'autre, maintenant, mon colonel, déclara Murdoch, l'œil rivé sur sa montre.

Tyler concentra son attention sur la route, sur le point où, à quelque deux mille mètres de là, elle formait une sorte de crête que le Serveur franchirait bientôt. A portée de tir. Pour l'instant, cependant, rien ne bougeait. Il n'y avait même pas de circulation. Les routes étaient rarement empruntées, dorénavant.

Murdoch ouvrit brusquement un Coca. La mini-détonation fit sursauter Tyler.

– Pour l'amour du ciel...

– Désolé, mon colonel.

Tyler avait la bouche sèche. Il convoitait avidement le Coca bien frais que Murdoch venait de sortir de la glacière. Mais il devait se tenir prêt à actionner le TOW. Sans doute Murdoch se vengeait-il ainsi de ne pas tirer le premier sur le Serveur. Tant pis, songea Tyler. La boisson fraîche attendra.

– Mon colonel, je crois que vous avez une cible.

Tyler se leva sur la plate-forme de tir et arma l'engin.

Le TOW sortait des usines Hughes, une compagnie avec laquelle Tyler avait plus ou moins travaillé. C'était une arme téléguidée, d'une conception affreusement complexe, mais très fiable. Il était conçu pour défoncer les lourdes carapaces blindées et rendre inutilisables les chars les plus sophistiqués, autrement dit en faire de la bouillie.

Le Serveur apparut dans le viseur du TOW.

Noir linceul, il ressemblait à une boule surmontée d'un cône – les extraterrestres semblaient affectionner ce genre de formes euclidiennes – et voyageait le long de la voie lente à une vitesse largement inférieure à la limite autorisée. L'image tremblait légèrement sous l'effet de la chaleur montant de l'asphalte.

Les vaches levèrent la tête, comme alertées par cette présence.

Tyler se sentit soudain nerveux, catapulté dans un vrai combat. Mais pas question de laisser l'anxiété entraver son action. Il garda le Serveur dans sa ligne de mire jusqu'à ce qu'il ait franchi la crête. Il voulait être sûr de son coup.

– Mon colonel, remarqua nerveusement Murdoch, nous sommes un peu exposés, ici.

– Ce n'est pas le moment de flancher, monsieur Murdoch.

Un long silence, puis :

– Mon colonel ?

Tyler appuya sur la détente.

Le TOW effectua une série de tâches complexes en un clin d'œil. Le doigt de Tyler sur le bouton actionna le moteur qui propulsa le missile hors de sa gangue. Le projectile déploya ses quatre ailes et partit dans un bruit assourdissant à une vitesse de neuf cents pieds-seconde.

Les yeux de Tyler ne quittaient pas le Serveur.

Le missile traînait derrière lui deux filins fixés au lanceur. Tyler, à l'aide du viseur et d'une manette, dirigeait le projectile. Un constant sujet d'étonnement pour lui ; il avait l'impression d'être en plein jeu vidéo. Il guida le missile sur une trajectoire qui lui parut aussi longue qu'un jour sans pain. Le centre de la mire restait braqué sur le Serveur.

Le projectile approcha de sa cible à plus de trois cents kilomètres-heure.

La première ogive explosa à trente centimètres de la cible ; la seconde, la principale, une fraction de seconde plus tard.

Une sacrée explosion, songea Tyler, les oreilles bourdonnantes.

– Bordel de merde ! hurla Murdoch, triomphant.

Les vaches et les criquets s'étaient tus.

Tyler, une fois, avait vu *La Guerre des mondes*, un film très librement adapté à partir d'un roman de H. G. Wells.

Les Martiens atterrissaient en Californie et construisaient de monstrueuses machines à tuer.

Face à elles, les armes conventionnelles demeuraient inopérantes. En désespoir de cause, l'Air Force lâcha une bombe nucléaire.

Explosion. Champignon. Les observateurs, anxieux, attendaient que le brouillard atomique se dissipe. Le brasier s'apaise ; les nuages de fumée, de poussière, s'estompent...

La machine des Martiens est toujours là.

Tyler, pressé contre la masse chaude du lanceur, fixait intensément l'endroit, sur la route, où avait explosé le missile.

La fumée tourbillonna et s'évapora sous le souffle de la brise...

La route était totalement vide.

Murdoch ne put s'empêcher de se rendre sur le lieu de l'explosion, bien que, d'instinct, Tyler souhaitât disparaître aussi vite que possible.

Il ne restait plus rien du Serveur. Rien qu'une

poussière fine, noire de suie, en arc de cercle sur la route.

– Beau coup, dit Murdoch.

– Merci.

– Je suppose que vous avez raison, mon colonel. On devrait mettre les bouts très vite.

– Mettons-les sans tarder, répondit Tyler.

C'était un modeste début. Mais c'était aussi, dans l'esprit de Tyler, la première victoire humaine venant après une longue humiliation. Il ferma les yeux alors que Murdoch conduisait le Hummer à un train d'enfer dans l'air frais d'octobre. Ils avaient eu un bel automne, songea Murdoch. Un très bel automne.

Au bout d'un temps, les criquets se remirent à chanter.

17

Les deux aigles

L'automne fit irruption le 3 octobre sur la côte de l'Oregon. Le ciel s'assombrit, l'humidité tomba en crachins et bruines, le crépuscule commença à grisailler le paysage tôt dans l'après-midi.

Matt craignait de ne plus revoir le soleil avant le mois d'avril. Il fut heureux de s'être trompé. Cinq jours avant la fête d'Halloween, les nuages s'écartèrent. Une dernière bouffée d'air chaud, en provenance d'Hawaii, vint stagner au-dessus de Buchanan. La rosée sécha sur les aiguilles des pins et l'herbe hésita à pousser de nouveau.

Au petit déjeuner, Matt se rappela le conseil de Cindy Rhee.

Parlez à votre fille.

La petite avait raison, bien sûr.

Il avait à peine parlé à Rachel, depuis Contact. Il avait été occupé – les visites à l'hôpital, le service des urgences, le comité...

Mais même lorsqu'il était avec elle durant ces interminables soirées en tête à tête, quand le soleil déclinait et que le vaisseau jetait sa lumière blafarde, ou que la pluie chuchotait sur le toit... même là, il ne pouvait se résoudre à franchir ce mur de silence.

Ces non-dit qui le minaient restaient coincés dans sa gorge.

Il avait trop conscience des changements qui s'opéraient en elle ; des néocytes, comme on les appelait, à l'œuvre dans son cerveau.

Qui la transformaient. Qui l'emportaient loin de lui.

En parler était ouvrir la porte à la douleur, et il ne le souhaitait pas. La douleur, il ne l'avait déjà que trop côtoyée dans sa vie. Il n'en voulait plus.

Mais peut-être le moment était-il venu.

Il la trouva assise à la table de la cuisine devant un bol de céréales ; pas coiffée, en chemise de nuit. Elle lisait un livre emprunté à la bibliothèque qu'elle maintenait debout contre la boîte de corn flakes : *L'Idiot*, de Dostoïevski ; Matt eut l'impression qu'elle tournait les pages un peu rapidement. Mais mieux valait ne pas trop s'interroger sur ce détail. Elle releva vers lui des yeux à la fois pleins d'espoir et méfiants.

Devant le comptoir, Matt commença à se préparer un café. Ses mains tremblaient imperceptiblement.

– Tu es occupée, aujourd'hui, Rachel ?

– Non.

– Ça te dirait d'aller te promener ? Je pensais qu'on pourrait monter au parc de la Vieille Carrière. C'est peut-être bien le dernier beau jour de l'année.

– Il y a longtemps qu'on n'y est pas allés, dit-elle.

– Ça te tente ?

Elle acquiesça de la tête.

Rachel comprenait que son père souhaitait parler, jeter quelque lumière sur les récents bouleversements. Et elle savait les difficultés que cela représentait pour lui.

Elle voulait l'aider, mais comment ?

Tandis que la voiture gravissait le mont Buchanan vers le parc, Rachel regardait, tapie dans la baie, la ville que la pluie avait rendue chatoyante comme un cristal. La cheminée de l'usine Dunsmuir ne fumait plus. Il y avait plus de deux semaines qu'elle était éteinte.

La voiture emprunta une petite route latérale juste près du château d'eau, et Rachel comprit subitement où ce détour les conduisait.

– La vieille maison !

Elle sourit, heureuse, tout à coup.

Ils l'avaient toujours appelée « la vieille maison ». C'était là que son père avait grandi. Avant, quand sa mère était encore là, ils y venaient de temps à autre. Deux ou trois fois l'an, quand Matt était d'humeur nostalgique. Ils passaient devant la vieille maison, et il leur racontait la ville, « sa » ville – Buchanan telle qu'elle avait été de nombreuses années auparavant. Et Rachel l'imaginait enfant, aussi bizarre que ça puisse être : son père, gosse de dix ans en jean et T-shirt sale, coupant à travers bois pour se rendre à l'école, ou, par de belles journées comme aujourd'hui, emportant ses sandwiches au beurre de cacahuète sur les falaises.

Il avait grandi dans la Floral Avenue, une appellation un peu pompeuse pour le cul-de-sac où s'entassaient une dizaine de pavillons des années 50, le dos tourné à la baie. Rachel reconnut immédiatement la vieille maison, bien que rien ne la distinguât des autres. Toit de tuiles et revêtement mural en crépi brun. Le numéro 7 était inscrit en chiffres dorés sur la boîte aux lettres. Son père ne connaissait pas les nouveaux locataires. Des étrangers. Il avait lui-même quitté la maison depuis plus de vingt ans.

Il n'y avait aucune autre voiture dans l'impasse. Matt s'arrêta, laissa tourner le moteur au ralenti.

– Mon grand-père est mort ici, dit-il.

Il regardait la maison, pas sa fille.

– J'avais dix ans. Il a vécu avec nous les trois dernières semaines de sa vie. Il est mort d'un cancer des os juste avant Noël. Mais il aimait parler, et il est resté lucide jusqu'à son dernier jour. Je lui tenais compagnie dans la chambre pour qu'il ait quelqu'un à qui parler. Il était né en 1899, un an avant le XXe siècle, tu te rends compte ? Il avait vingt ans au moment des mouvements ouvriers de 1919. C'était un sujet qui lui tenait à cœur. Seattle était la capitale du nord-ouest des IWW, les Ouvriers du monde, mais il y avait beaucoup de remous à Buchanan, aussi. A l'époque, Buchanan vivait surtout de l'industrie du bois. Quelques bars, un hôtel, la mairie, le port, des bûcherons qui venaient le week-end boire et se défouler... Les Wobblies s'étaient organisés à l'usine Dunsmuir. En 1919, ils ont lancé un ordre de grève générale à Seattle. Buchanan, par sympathie, a suivi. Et, comme à Seattle, la grève a été brisée à coups de matraque par la police. Ton arrière-grand-père – Willy, du côté Hurst de la famille – travaillait à Dunsmuir. Il a participé à la manifestation. Ils étaient deux cents à défiler dans Buchanan avec des bannières rouges. A l'époque, le maire était un certain Bill Gunderson, à la solde de la famille Dunsmuir ; il a fait appel à l'armée et les soldats ont chargé la manifestation avec des baïonnettes. Trois personnes ont trouvé la mort avant que le combat soit même terminé. Ils sont tous rentrés en sang chez eux. D'après Willy, le drapeau était le véritable enjeu de la bataille. Tout le monde hurlait : « Protégez le drapeau ! » Deux gars ont été blessés en voulant le défendre, l'un d'eux a perdu la vue ; le drapeau est tombé, mais Willy et un autre gars l'ont ramassé et emporté sur la colline, derrière la mairie, où ils l'ont planté dans le jardin municipal. Il y est resté dix minutes avant que les troupes viennent le piétiner.

Il se tourna pour regarder Rachel.

– C'était sa victoire. Ce drapeau sanglant. Dix minutes. Et il voulait me le raconter avant de mourir. Il voulait que je sache qu'il n'était pas seulement un vieux bonhomme cloué au lit par la maladie. Il était Willy Hurst, et il avait sauvé le drapeau en l'arrachant aux mains des soldats.

– Tu ne m'avais jamais raconté tout ça, dit Rachel.

– C'est la première fois que j'ai vraiment compris que cette ville avait une histoire... comme les gens.

Une ville est quelque chose qui vit, Rachel. Elle a une mémoire.

– Oui.

– Je ne peux pas la quitter. Pas sans avoir essayé de la sauver.

Rachel acquiesça tristement.

– Je sais.

– C'est comme ça que je vis les choses.

Il enclencha la vitesse et s'éloigna de la vieille maison pour reprendre la route en direction du parc de la Vieille Carrière. Le soleil matinal chauffait à travers les vitres.

– Maintenant, à ton tour, dit-il. Je veux savoir ce qui se passe pour toi.

Le parc de la Vieille Carrière était une crête boisée courant du flanc nord du mont Buchanan à l'océan, à un kilomètre de la carrière de pierre abandonnée qui lui avait donné son nom. Des sentiers de randonnée serpentaient entre les grands sapins ; le centre du parc avait été aménagé dans les années 70. Il y avait un kiosque à musique, un terrain de base-ball, un bac à sable. Pendant sa petite enfance, Rachel était régulièrement venue y jouer tous les étés.

Une fois, il y avait très longtemps, elle s'était blessée au front en tombant sur le bord du tourniquet. Matt avait nettoyé la plaie, avait mis un pansement. Elle se rappelait ses mains, de grandes mains chaudes. Des mains de médecin. Elle se rappelait leurs gestes assurés.

Ces souvenirs remontaient à sa mémoire, dernièrement. Normal. Cela faisait partie du changement.

Il marchait à côté d'elle tandis qu'ils traversaient l'aire de pique-nique ombragée, et son profil soucieux se superposait à l'image qu'elle gardait de lui. Il semblait avoir vieilli de plusieurs années en quelques semaines.

Ils s'assirent à une table qui leur permettait de voir le miroitement de l'océan à travers les arbres. Le soleil était très haut. Un couple de geais se chamaillait au-dessus d'eux.

Je veux savoir ce qui se passe pour toi. En fille obéissante, Rachel comptait fournir une réponse à son père. Mais ce n'était pas si simple.

Il y avait tant à dire.

– Papa, tu as ressenti ce qu'était Contact. Tu dois t'en souvenir, même si tu as refusé l'offre. Cette impression de portes qui s'ouvrent... cette promesse de lumière, d'espace... Ce sentiment d'être quelque chose qui ne se contente pas de vivre et de mourir mais qui perdure, qui change tout le temps, qui ne s'arrête pas.

– Je m'en souviens, oui, dit-il sobrement.

Il avait le visage figé, dénué d'expression, pâle sous le soleil.

– Ça ne t'a pas fait peur ?

– Pas quand j'ai compris ce que ça signifiait. Au début, j'ai eu du mal à accepter d'être aussi... transparente. Ils te parlent, mais de l'intérieur de toi. A ton âme, je suppose. Et ton âme leur répond. C'est effrayant, tu sais. Tu ne peux pas avoir de secrets, tu ne peux rien garder pour toi. Mais finalement tu comprends que tu ne passes pas devant un tribunal, que ce n'est pas saint Pierre à la porte du paradis. Ils ne t'offrent même pas le pardon, ce n'est pas leur problème – leur problème, c'est la conscience. Et alors tu commences à te rendre compte de leur grandeur. Ils sont grands grâce à la sagesse qu'ils ont acquise au cours des siècles. Tu sais, c'est un peu comme un superbe coquillage qui devient plus complexe et plus coloré si tu le regardes assez longtemps, chaque cavité renfermant d'autres cavités, avec l'écho des vagues qui chante dans l'albâtre...

Les yeux fermés, elle glissait dans l'extase, exaltée par ce souvenir puissant. Toutefois, elle s'aperçut à temps qu'elle risquait d'effrayer son père.

Elle se tourna vers lui, remarqua ses lèvres pincées.

– Je n'ai pas pu dire non, conclut-elle maladroitement.

– Malgré toutes les choses auxquelles tu dois renoncer ?

– Quelles choses ?

– La vie. Une vie normale. Une famille. La vie qu'ont menée les êtres humains depuis qu'ils sont descendus de leurs arbres.

– Mais je n'ai pas renoncé à tout ça. La vie continue comme avant. Les gens n'ont pas changé, papa. Chacun est unique et on a toujours des choses à partager avec les autres. Les gens continuent à se faire des amis, à tomber amoureux. Peut-être qu'on ne se marie plus à l'église, mais nous ne sommes certainement pas devenus des monstres incapables d'amour.

– J'ai du mal à le croire.

– Je ne sais pas comment te convaincre, dit-elle.

– Ce qui me gêne, c'est ce mécanisme qui modifie ton cerveau. Qui le transforme physiquement. Rachel, c'est là que se trouve l'amour. La loyauté, la confiance... même la façon dont on perçoit la vérité. J'essaie de me dire que tout ça relève d'un acte volontaire de ta part, qu'on n'est pas en train de te jeter de la poudre aux yeux... mais j'ai vu des chirurgiens provoquer un état de béatitude rien qu'avec une électrode dans le cortex cérébral.

– Ai-je changé, papa ?

– Oui. Tu ne t'exprimes plus de la même manière. Tu ne t'en rends pas compte ?

– Si, je sais. Mais *moi*. Tout ce qui constitue Rachel. Est-ce que ça, c'est différent ?

Il garda le silence un long instant. Finalement il détourna le regard ; la douleur dans ses yeux était presque insoutenable.

– Je ne sais pas, Rachel. Honnêtement, je ne sais pas.

Elle se sentit au bord des larmes. Elle ne demandait pas à être comprise. Elle voulait simplement qu'il l'étreigne. Qu'il la prenne dans ses bras et lui murmure que tout allait bien, qu'il l'aimait toujours.

La voix tremblante, indignée, elle ne put que protester :

– Je ne suis *pas* différente.

Pas en elle. Pas dans l'essence même de son être.

Le jour des quatre ans de Rachel, Matt l'avait surprise en train d'écrire sur le mur du salon avec les crayons offerts pour son anniversaire – de superbes gribouillis artistiques vert pomme et orange. Le mur avait été repeint deux semaines plus tôt et, aux yeux de Rachel, il devait avoir ressemblé à une grande feuille de papier blanc n'attendant que ses savantes arabesques.

Matt avait dû régler la facture des travaux la même semaine où l'assurance de la voiture venait à échéance. La famille Wheeler tirait le diable par la queue. Les repas de Celeste étaient à base de pâtes et de pommes de terre ; pas de viande pendant un temps. Le tricycle de Rachel, qu'elle n'avait même pas daigné regarder depuis le matin, avait épuisé les dernières réserves de leur carte Visa.

Le gribouillage, en conséquence, l'avait passablement fait sortir de ses gonds.

Il lui avait arraché le crayon de la main et l'avait écartée du mur.

– Méchante, Rachel ! avait-il dit. Mal ! Mal !

Elle s'était assise par terre, son petit visage tourmenté.

La colère de Matt avait presque instantanément fait place au remords. Rachel, à travers ses larmes, balbutiait :

– Rachel... pas méchante !

Il trouva la remarque tout à fait pertinente. Et eut envie de se tirer une balle dans la tête.

Il souleva sa fille dans ses bras.

– Tu as raison, Rachel. Tu n'es pas méchante. Mais il ne fallait pas écrire sur le mur. Même les gens bien font des erreurs, quelquefois, tu sais. C'est ce que je voulais dire. Ce n'est pas bien d'écrire sur le mur. Mais ce n'est pas pour ça que tu es méchante, c'est vrai.

C'est la façon dont elle avait exprimé son désaccord dans le parc de la Vieille Carrière qui convainquit Matt : il avait toujours une fille – du moins pour le temps présent.

Je ne suis PAS différente.

Il sentit ses yeux s'emplir de larmes.

– Ah, Rachel, soupira-t-il. Je ne sais plus très bien où j'en suis, dans cette histoire...

Elle contourna la table. Matt se leva et se cogna le genou sur le bord du plateau de pin brut. Les gestes étaient empruntés, mais l'étreinte dura longtemps. Très longtemps.

Un peu plus tard, elle s'assit sur une balançoire et lui demanda de la pousser. Comme au bon vieux temps, songea Matt. Peut-être avait-elle besoin d'avoir dix ans de nouveau. L'espace de quelques minutes. Peut-être qu'il en avait besoin, lui aussi.

Il la poussa, et elle riait, et le ciel était bleu.

Ils se promenèrent ensuite dans le bois, mais le sentier était encore un peu boueux après la pluie.

– On aurait dû se préparer des sandwiches, dit-elle quand ils émergèrent au soleil.

– J'ai une meilleure idée. On va déjeuner au *Dos Aguilas*.

– C'est vrai ?

– Je t'invite. Si c'est ouvert...

– Je crois que ça l'est, dit-elle.

Il se demanda comment elle pouvait le savoir.

Le *Dos Aguilas* était un restaurant mexicain, sur le port. Matt se souvenait que Celeste l'avait classé dans la catégorie « nappes blanches » contrairement aux restaurants du centre commercial – Formica et skaï. Il y avait même un vrai cuisinier, une denrée de plus en plus rare, dans cette société de consommation forcenée.

Le restaurant avait ouvert ses portes en 1963. Arturo, le propriétaire, l'avait hérité de son père. Il était toujours ouvert. Vide, mais ouvert.

Arturo les accueillit avec affabilité, mais Matt comprit au regard qu'il échangea avec Rachel que tous deux étaient de la même famille ; Matt faisait désormais figure d'outsider.

Il choisit une table près de la fenêtre d'où ils pourraient voir les vagues laper la jetée.

– Ça veut dire *Deux Aigles*, dit Matt.

Rachel ouvrit son menu.

– Quoi ?

– *Dos Aguilas*. Ça veut dire *Deux Aigles*. La légende veut qu'un couple d'aigles ait installé son nid ici. Des fois, on peut les voir tourner au-dessus des bateaux et plonger pour prendre des poissons.

– Oh ? C'est vrai ?

Elle tourna les yeux vers l'océan.

– Tu les as déjà vus ?

– Non. Et je ne connais personne qui les ait vus non plus. L'histoire a plus d'un siècle, tu sais. Mais les gens continuent à guetter.

Rachel inclina la tête en souriant à cette idée.

Arturo vint prendre leur commande et repartit vers la cuisine, traversant un décor touffu de sombreros, de ceinturons, de poteries et de parchemins colorés.

– Tu savais que le restaurant serait ouvert, dit Matt.

Elle acquiesça.

– Tu sais des choses. Pas seulement toi ; les autres aussi.

Il lui parla du chiffre que Tom Kindle lui avait rapporté : un sur dix mille.

– Rachel, comment pourrait-on décemment le savoir ?

Elle parut réfléchir.

– C'est à peu de chose près le bon chiffre.

– D'accord. Mais comment le sais-tu ?
– Oh, je... je me mets sur la bonne fréquence.
– Pardon ?
– C'est comme ça que je me l'exprime.
Un temps.
– Papa, tu veux que je te raconte tout en détail ?
– Oui.
– C'est bizarre, je te préviens.
– Qu'est-ce qui ne l'est pas, depuis quelque temps, Rachel ?
Il lut la résignation dans son regard. *D'accord... puisque tu insistes.*
– Tu as entendu parler des néocytes, commença-t-elle. Un de leurs rôles est de servir de connecteurs. C'est comme s'ils créaient des lignes invisibles entre les gens, et aussi entre les gens et le vaisseau.
– Une sorte de télépathie ?
– Un peu, oui. Mais c'est insuffisant, comme comparaison. Ce sont des ondes de *connaissance*, qu'ils créent. Les Voyageurs sont d'avis qu'il ne devrait pas exister de barrières pour accéder à la connaissance. La vie de chacun reste privée, s'il souhaite qu'elle le soit, mais la connaissance, elle, doit être universellement partagée.
– Quel genre de connaissance ?
– Tout ce que tu peux imaginer.
– Donne-moi un exemple.
– Eh bien... supposons que je veuille me rendre à Chicago. Avant, j'aurais dû prendre une carte pour étudier la route. Maintenant, je peux tout simplement m'en souvenir.
– Rachel, tu n'y es jamais allée.
– Ce n'est pas dans ma mémoire que je puise, mais dans celle de quelqu'un d'autre. De tous ceux qui ont étudié cette carte routière. Ce n'est pas *ma* connaissance, mais je peux y avoir accès si j'en ai besoin.
– Et ce n'est rien de plus ? Un souvenir ?
– C'est beaucoup plus que ça, mais c'est l'impression que ça donne. Je suppose qu'on serait plus proche de la vérité en évoquant une banque de données

ou un système électronique. N'empêche qu'on a la sensation de se souvenir. Il faut tout de même fournir un effort mental, réfléchir à fond. Te mettre sur la fréquence. Et puis ça vient, tu... tu te rappelles, tout simplement.

– Et s'il s'agit de quelque chose de compliqué ? La théorie des quanta, par exemple ? Ou la neurochirurgie ?

Elle fronça les sourcils, et Matt se demanda si elle était en train de se mettre sur la fréquence, là, alors même qu'ils discutaient.

– C'est possible, dit-elle. Mais il faut que ce soit fait de façon méthodique. Dans le monde des Voyageurs, la connaissance est universellement disponible, mais elle respecte une certaine hiérarchie. Tu dois procéder par paliers. A quoi te servirait-il de savoir par exemple que tu peux déduire la probabilité classique à partir du carré du module de l'amplitude complexe des quanta si tu ne sais pas ce qu'est un module ou une amplitude en termes de physique ? La connaissance est accessible, mais si tu veux la comprendre, il faut tout de même que tu l'ingurgites petit peu par petit peu. Comme cette salade. Merci, Arturo.

– Qu'avez-vous choisi, comme boisson ?

– Un Coca, dit-elle.

– Et monsieur ?

– Donnez-moi... je ne sais pas. Un grand verre d'eau.

Il avait la bouche terriblement sèche.

– Je ne voulais pas te faire peur, dit-elle.

– Non, mais... je ne m'y attendais pas, c'est tout.

– Je me surprends moi-même, quelquefois.

Le repas se déroula dans un silence pesant. Matt remarqua que Rachel jetait de fréquents coups d'œil vers l'océan. Elle guettait les aigles, sans doute ; ça devenait vite une obsession.

– Tu as encore l'air triste, dit-elle quand Arturo apporta le café de Matt.

– Vraiment ?

– Tu as été heureux un moment parce qu'on a parlé. Mais seulement un moment. A cause de ce qui se passe.

– Parce qu'on t'enlève à moi, Rachel. Tu as raison, j'ai été très heureux que nous parlions. Mais qu'est-ce que ça change, au fond ? Tu t'en vas quelque part où je ne peux pas te suivre.

– N'est-ce pas ce qui serait arrivé, de toute façon ? Je serais allée à l'université, ou bien...

– On peut difficilement comparer. Je sais bien que tu ne serais pas éternellement restée adolescente. Tu aurais fait tes études, tu te serais peut-être mariée, tu aurais embrassé une carrière. Bien sûr. Mais bon Dieu, ça n'a rien à voir. A l'université, j'aurais pu t'appeler tous les week-ends, venir te voir. Mais l'année prochaine... peux-tu me garantir qu'on parlera encore le même langage ?

Elle détourna le regard.

– Alors qu'est-ce qu'il nous reste ? demanda-t-il. Quelques mois ?

Les yeux toujours sur le port, elle considéra la question avant d'y répondre :

– Peut-être quelques mois. Peut-être moins.

– Alors, c'est bien ça, tu t'en vas ?

– Oui.

– Avec tous les autres ?

– Oui.

– Où ? Quand ?

– Ce n'est pas... pas très clair, encore.

Rageusement, il jeta sa serviette sur la table.

– Papa, dit-elle, c'est à double tranchant, tu sais. Toi aussi, tu as fait un choix. J'ai des raisons de t'en vouloir, au même titre que toi.

– Ah oui ?

– Oui. Parce que tu vas mourir. Et pas moi. Et que ce n'était pas inéluctable.

Ils rentrèrent par la route de la côte.

– Tu connais mon intention de sauver cette ville, dit-il à sa fille.

– C'est ce que tu m'as dit, oui.

– Tu ne penses pas que ce soit possible ?

– Je... je ne suis pas sûre.

– Rachel, écoute-moi. Si tu sais quoi que ce soit de ce qui doit arriver à cette ville, à la planète... je te demande instamment de me le dire. Parce qu'on ne peut rien prévoir contre quelque chose qu'on ne peut même pas imaginer.

Elle demeura un long moment silencieuse au fond de son siège.

– Les choses continueront comme maintenant, dit-elle enfin. Du moins pour un temps. Peut-être jusqu'à l'hiver. Après... les gens commenceront à disparaître.

– A disparaître ?

– A abandonner leur corps physique. Oh, je sais que ça doit te sembler épouvantable... Mais ça ne l'est pas. Je t'assure que ça ne l'est pas.

– Si tu le dis, Rachel... Et qu'est-ce qui arrivera à ces gens ?

– Dans un premier temps, ils iront dans le vaisseau.

– Pourquoi « dans un premier temps » ? Ils n'y resteront pas ?

– Nous aurons un endroit à nous avant longtemps.

– Qu'est-ce que tu racontes ? Un vaisseau pour humains ?

– En quelque sorte.

– Mais... dans quel but ? Pour quitter la Terre ?

– Peut-être. Papa, ces décisions n'ont pas encore été arrêtées. Mais la Terre fait l'objet de sérieuses études. On l'a vraiment martyrisée. Les Voyageurs ont déjà commencé à la nettoyer. A refermer certaines blessures que nous lui avons infligées. Ils purifient l'air de son excès de gaz carbonique...

– Parce qu'ils peuvent faire une chose pareille ?

– Oui.
– Admettons.
Il soupira.
– Donc les gens disparaissent. Donc Buchanan est vide.
– Nous ne disparaîtrons pas tous. Du moins pas tous en même temps... Comment appelle-t-on un jour comme aujourd'hui ? L'été indien ? Le dernier beau jour de l'année. La dernière occasion d'aller se baigner, peut-être, ou de se promener. Eh bien, je crois que les quatre ou cinq mois à venir seront comme un été indien pour beaucoup d'entre nous. Notre dernière chance de porter un corps humain et de profiter de la Terre.
– Une dernière chance avant l'hiver.
– Une dernière chance avant quelque chose de mieux. Mais même si tu quittais une vieille cabane pour un palais des Mille et Une Nuits, tu aurais tout de même envie de jeter un dernier coup d'œil sur ta cabane avant d'en fermer définitivement la porte.
Son regard était devenu vague, sa voix toute faible.
– C'est le berceau du genre humain. Et il n'est pas toujours facile de quitter le berceau.
Etrange, songea Matt, comme un jour si ensoleillé pouvait être aussi froid.

Le soir, après le dîner, elle se pelotonna confortablement dans un fauteuil, Dostoïevski sur ses genoux.
– Comment se fait-il que tu aies besoin de lire ça ? demanda-t-il. Tu ne peux pas t'en souvenir, tout simplement ?
– Je ne suis pas encore assez douée.
– Alors la bibliothèque est toujours ouverte ?
– Oui.
– Mais le temps viendra où elle fermera ses portes.
– Oui.
Elle releva les yeux vers lui. Il enfilait sa veste ; la soirée devenait fraîche.

– Tu sors ?
– Juste faire un tour.
– Tu veux que je vienne ?
– Merci, Rachel, mais non. Pas cette fois.

Il se gara sur le parking, non loin du ferry qui, l'été, emmenait les touristes jusqu'à l'île des Crabes, une tache de verdure, comme une émeraude sertie dans l'écrin bleu de la baie. Face à l'ouest, il pouvait admirer le ciel encore incendié, bien que la nuit commençât à tomber doucement.

Il venait souvent ici, après la mort de Celeste. Quand on a besoin de s'isoler et qu'on vit avec sa fille, il faut bien se ménager des lieux de retraite. Quoi de mieux qu'un parking pour trouver la paix dans le cocon de sa voiture ? Les gens supposent que vous attendez quelqu'un. Ils ne vous prêtent pas attention. On peut être seul avec sa peine... on peut même pleurer. Si on le fait discrètement, si on ne s'abandonne pas aux sanglots convulsifs qui attirent la compassion des badauds.

Ce n'était pas la même chose, aujourd'hui. Mais il avait besoin de solitude.

C'était l'heure où la lumière des réverbères frémit et où le paysage, les objets, perdent tout relief. L'heure des idées noires.

Qu'essayait-il de sauver, au juste ?

Que voulait-il à tout prix défendre, retenir, dans ce nouveau monde qu'ils façonnaient ? La guerre était finie. La maladie, apparemment, appartenait à un temps révolu. La famine aussi. Le mensonge n'avait plus de raison d'être.

Mais il n'avait jamais aimé la guerre, la maladie, la famine, la tromperie.

Alors quoi ?

Qu'avait-il aimé d'un amour si fort qu'il en avait refusé la vie éternelle ?

Quelque chose d'évanescent.

Quelque chose de fragile.

Une famille. L'enfance de Rachel. Celeste.

La possibilité d'un avenir humain.

Illusion, que tout cela. Il songea à la bannière de Willy, un vieux chiffon investi de gloire par le fanatisme d'un homme. Et aux aigles du *Dos Aguilas*, un merveilleux mensonge.

Le ciel au-dessus de la baie était vide.

Mais les aigles volent, songea-t-il. Ils volent quand on croit en eux.

Willy volait, lui aussi, pendant ces dix minutes de liberté sur la colline.

Je sauverai cette ville, se dit Matt.

Et si je ne peux pas sauver la ville... si ce n'est pas possible, alors... alors, devant Dieu, je jure d'essayer d'en sauver au moins quelque chose.

Ou quelqu'un.

18

Annie et Bobby

Le samedi où Matt emmena sa fille dans le parc de la Vieille Carrière, Annie Gates prenait la route de la côte en direction du sud. Elle roula durant presque une heure.

Ce trajet, elle le faisait depuis près de dix ans, maintenant. Un week-end sur deux ; parfois le samedi, parfois le dimanche.

Elle n'en avait jamais parlé, même à Matt.

Elle rendait visite à Bobby.

Bobby vivait dans une chambre de l'aile ouest d'un long bâtiment situé au beau milieu d'une pinède au bord de l'océan. La fenêtre donnait sur une large pelouse et sur une partie du parking où se gara Annie. Bien entendu, Bobby ne regardait que rarement par la fenêtre. Mais peut-être y avait-il du nouveau. Peut-être que Bobby commençait à apprécier la vue. Elle l'espérait.

Une plaque à l'entrée du bâtiment annonçait :

CENTRE DE SOINS WELLBORNE
Soigner est notre devoir

Un devoir très coûteux. Avec ce qu'elle payait mensuellement à Wellborne depuis que Bobby y était installé, Annie aurait aisément pu s'offrir un appartement luxueux sur Park Avenue. Pour elle, la période de vaches maigres durait du premier de l'an à la Saint-Sylvestre. Ce n'était pas par coquetterie qu'elle suivait un régime salade et thon, mais par nécessité. Le plus difficile avait été de supprimer les livres de son budget ; elle n'en achetait plus qu'un de temps à autre.

Mais elle ne se plaignait pas, puisque ainsi Bobby bénéficiait des meilleurs soins.

Elle passa devant la réception – il y avait toujours autant d'employés, les effets de Contact se manifestant plus lentement chez les patients de Wellborne – et remonta le couloir vers la chambre de Bobby, numéro 14.

Elle avait remarqué une amélioration, lors de sa dernière visite. D'habitude, Bobby se recroquevillait en position fœtale quand il la voyait entrer. Or, la dernière fois, il s'était redressé et l'avait observée avec une gravité intimidante. Une expression qu'Annie n'avait su interpréter. Et ce n'était certes pas Bobby qui pouvait le lui expliquer. Jamais il ne lui parlait. Il parlait parfois aux infirmières – des mots très simples pour exprimer ses besoins, ses désirs. Mais jamais à Annie.

Aujourd'hui... elle avait bon espoir.

Elle croisa les doigts et récita une courte prière muette avant d'ouvrir la porte.

– Annie ! s'exclama-t-il.

Elle crut que ses jambes allaient fléchir sous son poids. Depuis combien de temps n'avait-elle entendu cette voix ?

Vingt-cinq ans. Elle se souvenait distinctement, trop distinctement, des derniers mots qu'il lui avait dits.

Annie, arrête.

Il avait eu neuf ans, alors. Elle, dix.

Annie, avait-il crié, *fais pas ça, arrête !*

Il avait bonne mine, aujourd'hui, dans son jean propre et son T-shirt blanc qui proclamait « I LOVE WELLBORNE ». A la place du *love* était dessiné un cœur. Bien sûr, il était encore bien trop maigre. Depuis deux ans, Bobby avait du mal à se nourrir. Juste avant Contact, il plafonnait à cinquante kilos. Le médecin avait émis la possibilité de le mettre sous intraveineuse.

A présent, il avait recouvré son appétit, et bien que ses côtes fussent encore visibles sous le T-shirt, Annie put se rendre compte qu'il avait repris du poids.

Son sourire, qui étirait son visage terriblement émacié, était celui d'un mort-vivant. Mais c'était un sourire, un miracle en soi. Ses yeux brillaient dans le fond de leurs orbites creuses.

– Bonjour, Bobby.

Les mots avaient difficilement franchi la boule coincée dans sa gorge.

Il sauta de son lit où, assis en tailleur, il regardait un match de base-ball à la télévision.

– Ils ont dit que je pouvais sortir, aujourd'hui. Tu veux venir faire un tour avec moi, Annie ?

– Bien sûr, Bobby.

Il paraissait atrocement fragile alors qu'il descendait maladroitement les marches vers la pelouse, mais Annie ne doutait pas qu'il fût bon pour lui de prendre l'air. La compétence du personnel médical de Wellborne n'avait jamais été sujette à caution. Et puis, évidemment, depuis Contact, Bobby était immortel. Comme tout le monde. Mais elle avait encore du mal à s'en convaincre.

A trente-quatre ans, il marchait comme un vieillard et parlait comme un gosse. Un gosse de neuf ans, l'âge qu'il avait au moment de l'accident.

Annie traversa avec lui la pelouse ensoleillée.

Elle osa enfin une question :

– Tu te plais ici, Bobby ?

– C'est pas mal, répondit-il. On mange plutôt bien.

– Tu veux y rester ?

Il haussa les épaules. Elle reconnut le geste, particulier chez lui. Un geste qui disait : « Je sais pas. J'ai pas envie d'en parler. »

– Il fait beau, remarqua-t-elle.

C'était désespérant. Discuter du temps après vingt-cinq années de mutisme...

Bobby sourit.

– Qu'est-ce que tu fais de tes journées ? demanda-t-elle encore.

– Je regarde la télé. Je me souviens.

– Tu te souviens ? De quoi ?

– De plein de choses, depuis qu'ils sont venus.

Il se toucha la tête, du côté un peu déformé, et regarda vers le ciel : les Voyageurs.

– Annie... tu sais ce que je me rappelle ?

Elle serra les dents à l'idée de ce que cela pouvait être.

– Je me rappelle quand on jouait à chat...

Il lui toucha l'épaule et partit en courant gauchement.

Elle fit mine de le courser, heureuse de se souvenir, elle aussi. Durant tout l'été, ce dernier été, ils avaient joué à chat presque tous les soirs. Leur père était le médecin généraliste de Bruce, une petite ville canadienne perdue dans les champs de céréales. De toutes les pelouses de Bruce, celle des Gates était la plus grande, la plus verte.

Ils avaient un parcours bien défini : le long de la haie de troènes, autour du saule pleureur, surtout ne pas franchir le bord du trottoir – sinon c'était un gage –, et devant la niche du chien. Annie, d'un an plus âgée, aurait pu attraper Bobby comme elle le voulait. Mais elle aimait entendre son rire quand il évitait de justesse sa main tendue. Certains soirs, elle le touchait une fois, deux fois, le faisait courir un peu et, au bout du compte, le laissait gagner. D'autres fois, elle lui abandonnait la victoire dès le départ.

Et maintenant... elle avait du mal à croire qu'il puisse courir de nouveau. Le soleil inondait la grande pelouse d'une lumière éblouissante ; l'air était frais et pur. Il courait par petits bonds maladroits ;

son jean menaçait de glisser de ses hanches osseuses. Il aurait été si facile de l'attraper.

Mais elle simulait une course effrénée. Bobby se retournait en riant à gorge déployée et Annie écoutait ce son lui réchauffer le cœur.

Quelquefois, bien sûr, il l'agaçait.

Le plus difficile, avec Contact, avait été d'affronter ce souvenir ; mais elle n'avait pas eu le choix. Bien sûr, elle avait accepté l'offre de vie éternelle, toutefois une partie d'elle-même, celle qui protégeait jalousement ce souvenir, avait crié : *Annie ne mérite pas de vivre.*

Elle avait dix ans, alors. Seulement dix ans. Une enfant. Impulsive, comme tous les enfants, sans doute.

Elle jouait avec son frère sur le toit de la maison ; c'était une des plus chaudes journées de la saison.

Monter sur le toit n'avait rien de bien sorcier. Il suffisait d'apporter l'échelle des vieux lits gigognes remisés au sous-sol, de sortir sur l'étroit balcon de la chambre d'Annie et d'escalader la pente raide des bardeaux. On pouvait alors s'allonger au faîte du toit et voir très loin, bien au-delà du château d'eau, de la route, au-delà des greniers à grains et de l'étendue dorée des champs de blé sur l'horizon.

Bobby avait peur du toit. Il fallait toujours qu'Annie l'aide à monter, l'aide à descendre. Parfois, cependant, elle tirait un plaisir coupable de cette peur. Bobby, plus jeune qu'elle, faisait souvent l'objet d'attentions dont elle était sevrée. C'était le bébé de la famille. Annie était toujours de corvée de vaisselle. Pas Bobby.

Ce jour-là... Ça oui, il faisait chaud. Les vêtements collaient au corps moite. Bobby n'arrêtait pas de se plaindre. Alors elle était montée toute seule sur le toit, espérant qu'il ne la suivrait pas.

Evidemment, il l'avait suivie tout de même.

Il s'était hissé sur l'avant-toit et avait rampé sur

les bardeaux derrière elle, accroché au pied de sa sœur en attendant de pouvoir s'allonger en toute sécurité. Ne bouge pas, empoté, et tu ne glisseras pas. Mais ce n'est pas ce qu'Annie avait dit.

Si tu as peur, tu vas transpirer et tes mains seront toutes mouillées.

Bobby avait froncé les sourcils.

Et si tes mains sont mouillées... tu pourrais glisser.

Terrorisé, il avait regardé, par-delà Annie, la cime des cèdres déformée par l'air brûlant. *Annie, dis pas ça...*

On est très très haut, tu sais, Bobby.

Saisi de panique, il lui agrippa le pied à deux mains.

Hé, lâche-moi, c'est pas de jeu !

Mais il s'y accrocha plus fort. Elle était en short, pieds nus. Avec la chaleur, les doigts de Bobby étaient collants comme de la poix. Elle ne supportait pas.

Bobby ! Lâche-moi !

Elle secoua la jambe pour se dégager.

Annie, cria-t-il, *arrête !*

La peur commençait maintenant à la gagner, elle aussi. Son regard quitta le bleu profond du ciel, descendit sur les fermes, les silos, les maisons, les rues, et s'arrêta sur la gouttière et l'allée pavée, juste en dessous. Sa mère venait de sortir la poubelle qui semblait trembloter sous la chaleur.

Elle imagina Bobby en train de tomber ; elle le vit qui l'entraînait dans sa chute.

Elle donna un coup de pied, plus fort.

Il lâcha une main, s'agrippa aux bardeaux.

Un nouveau coup de pied.

Annie, fais pas ça, arrête !

Sa voix était alors étrangement, effroyablement calme.

Annie donna une dernière secousse pour se libérer, et sentit la main de Bobby lâcher sa cheville. Quand elle se tourna de nouveau vers lui, elle n'eut que le temps de le voir qui disparaissait par-dessus le bord du toit, une expression d'étonnement, d'incompréhension, inscrite sur son visage figé.

Elle dégringola l'échelle en toute hâte et se pencha sur la rambarde du balcon. Bobby gisait au milieu de l'allée, près de la poubelle. Elle le regarda longtemps, l'esprit comme engourdi, incapable d'interpréter ce qu'elle voyait. La tête de son frère, ouverte, baignait dans une mare de sang sur les pavés. Enorme éclaboussure garance sur la grisaille de l'allée.

Quand Bobby quitta l'hôpital, il portait de nouveau des couches. Leur mère devait le changer tout le temps.

Une fois, elle avait agité une couche souillée sous le nez d'Annie.

– C'est ta faute, avait-elle dit.

La tête de Bobby était curieusement plate sur un côté et il ne parlait plus, mais chaque fois qu'il voyait Annie, il se recroquevillait sur lui-même et fermait les yeux.

Leur mère était morte deux ans plus tard.

Annie avait espéré regagner l'affection de son père en obtenant un diplôme de médecine ; mais lui aussi était mort avant qu'elle ait terminé ses études.

Elle persista malgré tout jusqu'à son diplôme. Bobby était soigné dans un établissement spécialisé, intégralement payé par l'argent de l'héritage. Mais cet argent ne durerait pas éternellement, et elle aurait besoin d'un bon revenu, un revenu de médecin, pour assumer les soins de Bobby.

Son internat fut particulièrement pénible. La seule vue d'une blessure à la tête lui donnait des vertiges.

Quand elle accepta de s'associer avec Matt Wheeler, il lui parla de sa femme Celeste et de la façon dont il l'avait perdue. Annie, jamais, ne parla de Bobby. C'était son secret. Un secret qui les éloignait, mais Annie était convaincue que leur relation était exactement telle qu'elle devait être : plus forte que l'amitié, plus légère que l'amour. Matt se sentait coupable d'aimer quelqu'un après Celeste. Et Annie... Annie, elle, se sentait indigne d'être aimée.

Les Voyageurs avaient réveillé ces souvenirs, mais ils avaient offert une contrepartie : l'objectivité, fraîche et purifiante comme l'eau d'un torrent. La possibilité de se pardonner à soi-même.

Et près d'un quart de siècle plus tard, Annie pardonna enfin à Annie.

Mais ce n'était pas seulement son propre pardon qu'elle espérait de toute son âme.

Bobby se fatigua vite et ils s'assirent à l'ombre, sous l'arbre de la cour intérieure. Annie alla chercher deux jus d'orange à la cafétéria du personnel. Ils étaient frais, presque glacés.

– On va partir en voyage, dit Bobby.

– Avec les autres patients de Wellborne ? C'est bien. Où allez-vous ? A la plage ?

– Non, je veux dire... On va tous faire un voyage.

– Oh... Tu parles de ce voyage-là... Oui, c'est vrai.

– Tu es excitée, Annie ?

– Ce n'est pas encore pour tout de suite, Bobby. Dans quelques mois, peut-être.

– Il faut qu'ils construisent le vaisseau, d'abord.

– Oui.

Il secoua la tête.

– Il faut que je grandisse vite.

– Il n'y a pas urgence.

– J'ai tout de même un gros retard à rattraper.

Elle ne put trouver sa voix pour répondre.

– Je reprends des forces, tu sais, dit-il. Tiens, regarde ce que je peux faire.

Une rambarde de bois courait tout autour de la cour. Avant qu'elle ait pu l'en empêcher, Bobby s'était hissé dessus. Il s'accrocha un instant à l'étroite poutre, puis se releva en hésitant, tel un funambule cherchant son équilibre.

Ses hanches maigres saillaient sous son jean trop large. Ses bras tendus semblaient aussi fragiles que des brindilles.

Une saute de vent suffirait à le faire tomber. Annie céda à la panique.

– Bobby, arrête !

– Non, Annie, regarde !

Il mit prudemment un pied devant l'autre. Deux pas. Fier de son équilibre. Fier de sa force nouvelle.

– Bobby, tu vas te faire mal !

– Mais non, je...

Mais elle s'était déjà levée et, sans réfléchir, elle courait vers lui. Elle l'attrapa par la taille et l'attira contre elle. Il était plus léger encore qu'elle ne l'aurait cru. Aussi léger qu'un gamin de neuf ans.

– Annie ! Annie, il n'y a pas de quoi avoir peur !

Il la prit dans ses bras et pressa sa tête déformée contre la joue de sa sœur.

– Je sais pourquoi tu pleures, murmura-t-il.

Elle eut l'impression que son cœur cessait de battre.

– Mais c'était il y a si longtemps, ajouta-t-il. On était des gosses. Ça n'a plus d'importance.

Et Annie pleura dans les bras de son frère, et les larmes coulèrent, irrépressibles, intarissables, se déversant d'un puits de douleur avide de lumière.

TROISIÈME PARTIE

ÉTÉ INDIEN

19

Appel à tous

Tom Kindle décida de rester à Buchanan jusqu'à la fin des championnats de base-ball. Après... l'horizon avait ma foi quelque chose d'ensorcelant, par ces pluvieuses journées automnales.

Matt Wheeler, manifestement, n'approuvait pas cette idée.

Ensemble, ils remontèrent les couloirs déserts de l'hôpital régional. Certains des néons s'étaient définitivement éteints ; d'autres vacillaient comme des bougies sous la brise. Kindle trouvait le bâtiment affreusement sinistre. Il n'y avait guère plus que Matt qui y venait encore.

– Je préférerais que vous restiez, dit Matt.

Kindle ne répondit pas. Il se concentrait sur le plaisir de marcher de nouveau. Crénom d'une pipe, c'était bon d'être sorti de ce foutu fauteuil ! Et de pouvoir poser un pied devant l'autre. Même si ça faisait un mal de chien.

Lundi il était allé jusqu'aux abords de la maternité ; aujourd'hui, il avait dépassé ce service et poussé jusqu'aux couloirs de la radiologie.

A un moment, il trébucha. Matt lui prit le bras.

– Ne forcez pas, Tom.

– Si je force pas, j'en ai encore pour des lustres.

– C'était une sale fracture. A votre âge, on ne guérit pas aussi vite.

– Merci bien, docteur.

– Vous voulez que je vous mente ?

– Une fois en passant, ça pourrait mettre du baume au cœur.

Ils marchèrent quelques instants en silence, puis Matt se tourna vers lui.

– Vous envisagez sérieusement de quitter Buchanan ?

– Oui.

Kindle serra les dents et ferma les yeux.

– O.K. Maintenant, on peut faire demi-tour.

Tout doucement, ils revinrent sur leurs pas dans les couloirs imprégnés de vieilles odeurs d'éther et d'antiseptique. Kindle portait son jean et une chemise de coton. Matt avait enfilé sa blouse sur une tenue similaire. On n'est pas si différents, songea Kindle. Il saisit leur reflet dans une vitre dégoulinante de pluie. Médecin, patient, ça ne voulait plus rien dire. Ils étaient simplement deux types avec le même genre de problèmes. Et qui auraient bien besoin d'un bon coup de rasoir.

– Vous savez déjà où vous irez ? demanda Matt.

– L'Amérique est un grand pays. J'ai encore beaucoup à voir.

En fait, il pensait plutôt au Wind River Range, les Tetons, cette région-là. Il n'était pas retourné dans le Wyoming depuis au moins vingt-cinq ans.

– Et le comité ?

– Sauver Buchanan n'a jamais été mon objectif. Je n'étais pratiquement jamais ici, avant Contact, vous savez. Le comité se passera très bien de moi.

– Vous avez promis de vous occuper de la radio.

– Oui, bon... je m'occuperai de la radio. Je ne suis pas encore parti.

– On a prévu une réunion à la fin de la semaine.

– O.K. J'y serai.

– Je veux vous parler avant votre départ, dit Matt. Je pourrai peut-être vous faire changer d'avis.

Kindle acquiesça de mauvaise grâce. Bon sang, il était libre. Il partirait quand ça lui chanterait. Ou bien il resterait ; mais de son propre chef.

C'est comme ça qu'il avait toujours mené sa barque. Pourquoi est-ce qu'il faudrait que ça change, maintenant ?

Matt le quitta. Seul dans sa chambre, Kindle alluma la télé ; mais l'écran était gris, parasité. Outre les deux heures d'informations par jour, on pouvait à présent suivre les matches de base-ball de la saison. Encore fallait-il pour ça allumer sa télé au bon moment.

La réunion du 1er novembre fut brève et maussade. Cinq personnes y assistèrent en dehors de Kindle et de Matt. Parmi eux, Joey Commoner et Beth Porter. Abby Cushman, la fermière, était absente. Ce n'était malheureusement pas le cas de Paul Jacopetti ; ce chef d'entreprise à la retraite, pessimiste et acariâtre, proféra une fois de plus ses remarques désobligeantes et alla même jusqu'à prédire que le Serveur arrivé récemment à Buchanan les assassinerait tous pendant leur sommeil. Avec des gaz toxiques, peut-être bien. Matt, sur le moment, manquait de punch pour réfuter ces prophéties imbéciles et paranoïaques, et Kindle, écœuré, jugea que la bêtise de Jacopetti ne valait même pas la salive qu'il userait pour lui répondre.

Ils procédèrent ensuite à leur première élection. Matt se porta candidat pour la présidence. Son seul adversaire fut, il fallait s'y attendre, Paul Jacopetti, selon lequel Matt ne devait pas se présenter seul...

– ... même si, évidemment, toutes ces formalités ne servent strictement à rien.

Chacun leva la main et Matt remporta la victoire par six voix contre une.

– Fallait s'en douter, commenta Jacopetti.

Kindle promit d'aller dès le lendemain au magasin

Causgrove Electronics pour voir s'il pouvait se procurer le matériel de radioamateur.

– Les trois quarts de ces magasins sont fermés, lui rappela Matt. Appelez d'abord. Ou téléphonez au propriétaire pour lui demander de vous ouvrir.

– Je peux aussi forcer la serrure.

Matt lui décocha un regard réprobateur.

– Je ne pense pas qu'il soit nécessaire d'en arriver là.

Il suivit cependant les conseils de Matt. Il téléphona au magasin : pas de réponse. Il appela alors trois Causgrove sur le bottin jusqu'à ce qu'il tombe sur le propriétaire.

– En effet, monsieur Kindle, l'entrée du magasin est fermée. Je l'ai moi-même verrouillée. La force de l'habitude, je suppose. Mais vous pouvez par contre y accéder par l'arrière. C'est ouvert.

– Vous voulez me retrouver sur place ?

– Vous retrouver ? Pour quelle raison ?

– Eh bien, pour que je vous fasse un chèque. A moins que vous ne préfériez du liquide.

– Je vous en prie, ne vous inquiétez pas de cela. Allez-y et prenez ce dont vous avez besoin.

– Pardon ?

– Le magasin était bien approvisionné, la dernière fois où j'y suis allé. Si vous ne trouvez pas ce que vous voulez dans le magasin lui-même, allez voir dans la réserve. Et prenez ce qui vous est nécessaire.

– Excusez-moi. Vous... vous avez dit « prenez » ?

– Oui, monsieur.

– Alors je me sers ?

– Tout à fait.

– Comme ça ?

– Oui. Je suis heureux de savoir que ces articles serviront à quelqu'un. J'étais désolé à l'idée qu'ils finiraient tous par rouiller. Faites-moi plaisir, et prenez tout ce que vous souhaitez. Et c'est très gentil à vous d'avoir appelé, monsieur Kindle.

La communication fut interrompue ; Causgrove avait raccroché. Kindle fixa le téléphone un moment sans réagir.

Kindle ne retrouva pas son pick-up. Sans doute l'avait-on traîné jusqu'à un garage ou tout bonnement mis à la casse. Mais Matt avait laissé une petite voiture japonaise à son intention sur le parking. Il eut du mal à se tasser dedans ; il s'emberlificota avec ses longues jambes comme un adepte débutant du hatha yoga. Pire que s'il devait entrer dans une boîte aux lettres. Ses genoux cognèrent le volant jusqu'à ce qu'il découvre le moyen de reculer le siège. Tout était digital. Le tableau de bord ressemblait à celui d'un avion à réaction.

Mais de quoi se plaignait-il, finalement ? C'était une voiture, non ? Au moins il pouvait se déplacer. Plus tard, quand sa jambe le ferait moins souffrir, il pourrait envisager d'en acheter une. Les prix avaient peut-être baissé, depuis Contact. Qui sait si elles n'étaient pas gratuites, elles aussi ? Il s'imagina au volant d'un de ces bolides qu'il avait souvent repérés sur la route. Il pourrait frimer. L'idée le fit sourire.

Ce matin, un mardi, les routes étaient vides et mouillées. Il bruinait ; le pare-brise s'embua jusqu'à ce qu'il repère le chauffage.

A mesure qu'il s'éloignait de l'hôpital, Kindle fut frappé par l'immobilité de la ville. Comme si un voile de calme immuable l'enveloppait. Il croisa huit voitures en tout et pour tout ; leurs feux arrière traçaient des sillons rouges sur l'asphalte humide à chaque coup de frein. Pas de piétons. La plupart des boutiques plongées dans l'obscurité.

Une vraie ville fantôme, songea Kindle, et pourtant personne n'était parti. Alors, où étaient-ils, que faisaient-ils, tous ces gens ?

Il se gara en stationnement interdit. Hors-la-loi, anarchistes du monde, unissez-vous... Il sortit péniblement de sa boîte à sardines, pestant quand son genou heurta le levier de vitesses.

Causgrove avait raison : la porte d'entrée du magasin était fermée, mais celle donnant sur la ruelle, à l'arrière, s'ouvrit sans difficulté.

Sitôt qu'il eut appuyé sur l'interrupteur, Kindle se rendit compte qu'il ne serait pas aisé de trouver ce qu'il cherchait. Les étagères étaient surchargées de boîtes noires avec, pour toute indication, des numéros de série longs comme le bras. Dedans, des appareils et pièces de toutes sortes, de toutes marques.

– J'aurais dû me renseigner, dit-il à voix haute.

– Il suffit de savoir ce que vous cherchez.

Surpris par cette voix, il se tourna d'un geste instinctif, pivotant sur son pied gauche. Une douleur aiguë le cloua sur place.

– Bordel ! jura-t-il en s'appuyant contre un comptoir. Mais qui est là, nom de Dieu ?

C'était Joey Commoner.

Joey émergea de derrière le comptoir sombre. Il avait tout de la petite frappe, songea Kindle, sauf le côté dangereux. Le genre de gosse de banlieue qui se donne des allures de dealer mais qui ne peut pas avaler la fumée de sa cigarette sans tousser. Les mains dans les poches de son blouson de cuir, il considérait Kindle avec une expression qui se voulait mystérieuse.

– Je savais que vous viendriez, dit-il.

– Tu m'attendais ?

– C'est ce que vous avez dit à la réunion, hier...

– Eh bien ?

– Je me suis douté que vous seriez paumé, pour choisir.

Kindle releva les yeux sur les étagères. Le gosse avait vu juste.

– Alors t'es venu m'aider ou tu veux seulement te foutre de ma poire ?

– Vous avez besoin d'un émetteur-récepteur, répondit Joey.

– Montre-m'en un.

Joey s'écarta du comptoir et s'approcha d'une rangée d'étagères. Toujours plus de grosses boîtes noires. Des micros étaient accrochés sur certaines d'entre elles.

– Vous voulez mettre combien ? demanda Joey.

– Tu vois quelqu'un derrière la caisse ?

– Alors on le pique ?

– Pas tout à fait. J'ai appelé le propriétaire. Il m'a gentiment convié à prendre ce qui me ferait plaisir.

– A l'œil ?

– Pas besoin de liquide, ni de carte de crédit.

– Merde alors... C'est dément. Je savais bien que ces gens n'étaient pas humains.

Il reporta son attention sur la marchandise.

– Donc, on va prendre ce qu'il y a de mieux, non ?

Il posa un énorme appareil sur le comptoir. Un nom japonais y figurait, à côté d'une rangée de touches, de boutons et de graffitis techniques.

– C'est un émetteur-récepteur de trois cents watts. Il y en a de plus puissants, mais je pense pas que ça nous servirait.

– Tu t'y connais en radio ? demanda Kindle. Et pourquoi tu n'as rien dit à la réunion ? Ça m'aurait évité de m'emmerder.

– Je sais pas grand-chose. Je connais surtout la théorie. Je sais comment les radios marchent, mais j'ai jamais eu de licence ou de truc comme ça.

– T'es quand même plus fort que moi. Bon, qu'est-ce qu'on prend d'autre ?

– Peut-être le manuel ARRL...

– Lequel ?

– Celui qu'est sur l'étagère, là. Qu'est aussi épais qu'un bottin.

Kindle grimaça. La douleur commençait à devenir vraiment intolérable.

– Tu sais quoi ? Je vais porter le manuel et je te laisse prendre l'appareil.

– C'est un émetteur-récepteur.
– Oui, bon, si tu veux. Alors prends ce foutu émetteur-récepteur, tu veux ?
Joey sourit.
– Vous auriez dû apporter votre fauteuil roulant.
– C'est ça, fous-toi de moi, petit con.

Joey porta le tout dans le coffre de la voiture.
– Merci de ton aide, dit Kindle.
– Il vous faudra d'autres choses, encore.
– Tu crois ?
– Faites marcher vos méninges. Vous voulez installer une station. Pour ça, il faut plus qu'une boîte. Il faut aussi...
– ... une antenne.
C'était évident. Il se sentit vaguement stupide.
– Et merde... Tu t'y connais, toi, en antennes ?
– Ça devrait pas être trop dur à voir ce qu'il faut.
– Ils en ont aussi, ici ?
– Oui, mais pour ça il faudrait qu'on revienne avec un camion ou je sais pas... Avec un engin de trois cents watts, c'est pas un petit modèle, qu'il nous faut. Et il faut de l'espace, pour l'installer.
– Et si tu t'en occupais pendant que je rentre chez moi ?
Joey eut un mouvement de recul.
– Je me suis pas porté volontaire pour ça.
– Non, mais... c'est pas ce que je voulais dire...
– Merde, quoi ! Si c'est pour faire votre boulot, allez vous faire foutre !
– Non, tu ne...
– Je voulais juste donner un coup de main.
– Eh bien donne-le !
Kindle referma le coffre.
– On va pas rester là à dégouliner sous cette chienlit de pluie. On reviendra avec un camion. Mais demain, ou après, d'accord ? J'ai mal à ma jambe.
Joey haussa les sourcils.
– Vous l'avez cassée ?

– Ouais.
– Comment ?
– Je suis tombé de la montagne.
– Sans blague ? Vous avez l'air trop vieux pour faire de l'escalade.
Kindle, en soupirant, sortit un bloc de sa poche.
– Ecris-moi ton numéro. Je t'appellerai, pour l'antenne.
– Je vous ai prévenu : je fais pas le boulot à votre place.
– Je te demande pas de bosser, bon Dieu ! T'auras juste à me montrer ce qu'il faut prendre.
– J'aime bien l'électronique, c'est tout, dit-il.
Il inscrivit tout de même son numéro.

On pouvait suivre un match de base-ball à la télévision, ce soir-là. Il y avait eu une longue période d'interruption après Contact, puis la saison avait repris là où elle en était restée. Les championnats se poursuivraient jusqu'en hiver, mais dans les stades couverts.

Kindle regardait régulièrement tous les matches. Le reste, depuis Contact, était digne d'un festival de l'étrange. Voire d'horreur. Même les événements tels que les vols de secours à destination du tiers monde. L'intention était louable, naturellement, mais il y avait quelque chose d'angoissant dans la manière rigoureuse dont s'étaient déroulées les opérations. Ces avions militaires en formation triangulaire vous faisaient froid dans le dos, même s'ils ne transportaient que des céréales.

A présent, ces vols semblaient avoir cessé. A priori, on pouvait en conclure que les populations déshéritées du monde avaient trouvé une nouvelle façon de s'en sortir... à moins qu'elles n'aient « décorporé » pour de bon, comme on disait dans sa jeunesse. Nourrir les pauvres avait été un acte généreux ; un pont menant à ce millénium mystérieux, dont personne jamais ne parlait mais que Kindle sentait maintenant fondre sur lui à la vitesse d'une locomotive emballée.

Mais les matches se poursuivaient. Le basket n'avait pas repris, la saison du football était terminée, mais le sort du base-ball avait été décidé dans quelque colloque télépathique. Les championnats seraient joués, contre vents et marées.

Peut-être était-ce le rugby en France, et le hockey en Russie, ou bien les échecs, enfin ce qu'ils jouaient là-bas, toujours est-il que le sport continuait à tenir une place de choix dans la société. D'après Matt, les matches juniors se disputaient toujours à Buchanan ; certains gosses s'étaient même remis au football sur le terrain du lycée. Les gens devenaient peut-être des êtres bizarroïdes, mais ils aimaient encore courir et shooter dans un ballon.

Il ne s'était pas intéressé au base-ball depuis les championnats de 1978 ; après ça, il n'avait plus eu de télé. S'il avait bonne mémoire, les Yankees avaient battu les Dodgers, cette année-là. Les choses avaient changé, depuis. Il ne connaissait plus aucun nom. Mais il avait suivi le début de la saison sur son Sony, à l'hôpital, et il était déterminé à en voir la fin.

Ce soir, l'équipe de Detroit venait jouer à New York. Detroit, à son avis, avait de bonnes chances, pour le championnat. Il imaginait bien un match final Detroit/Chicago, et était prêt à parier pour Detroit.

Les Tigers rencontreraient les Cubs, et Kindle bouclerait ses valises pour prendre la route.

Il passa cette nuit-là encore à l'hôpital, mais son rétablissement ne justifiait pas qu'il y prolongeât son séjour. L'endroit manquait un peu de charme, c'est le moins que l'on puisse dire. D'un autre côté, il serait stupide de retourner vivre dans sa cabane. Il pouvait maintenant profiter de la solitude sans pour autant jouer les anachorètes dans la montagne.

Au matin, il téléphona dans une agence immobilière. Comme il s'y attendait, personne ne répondit. Il connaissait quelqu'un qui y travaillait, ou du moins qui y avait travaillé, un gars nommé Ira qui, de temps à autre, lui louait son bateau pour une partie de pêche. Kindle l'appela à son domicile et reconnut dans la voix d'Ira le même détachement, le même flottement qu'il avait déjà remarqué chez les Contactés. Après s'être présenté, Kindle alla droit au but :

– Une question, Ira. Etant donné que vous êtes dans le business, pouvez-vous me dire si les maisons sont gratuites ?

– Que voulez-vous dire ? Vous voulez en acheter une ?

– Non. J'en veux une, c'est tout. Hier, je voulais un poste de radio et je n'ai eu que la peine de me servir. Est-ce que je peux avoir une maison de la même manière ?

Il y eut un court silence à l'autre bout du fil.

– Eh bien...

Nouveau temps de réflexion.

– Je connais des maisons qui ne sont plus habitées. Si vous y emménagez, je serais surpris que quelqu'un vienne s'en plaindre.

– Vous vous foutez de moi !

– Je vous demande pardon ?

– Enfin, bon sang, ne me dites pas que vous êtes sérieux ! Je peux m'installer dans n'importe quelle baraque ?

– Du moment qu'elle est vide, je ne vois pas ce qui vous en empêcherait.

Kindle se rappela les conseils de Joey à propos de l'antenne.

– J'en veux une sur une colline. Sans rien autour. Beau panorama.

– Vue sur l'océan ?

– Aucune importance.

– Je peux vous donner quelques adresses.

Kindle sortit son stylo.

Il passa la journée à visiter les maisons. En fin d'après-midi, il avait fait son choix. Un pavillon de trois pièces, charpente de bois, dans le quartier plutôt chic de Delmar, qui surplombait Buchanan et l'extrémité nord de la baie. La maison était vide. Pas de locataires. Pas de meubles.

Il emménagea avec son seul bien – l'émetteur-récepteur, toujours emballé –, et le posa par terre, au beau milieu du salon.

Il régnait une odeur de neuf. Sans doute avait-on nettoyé la moquette avant que la maison soit mise sur le marché. Il y avait des chances aussi pour que les peintures aient été refaites.

Jamais il n'avait vécu dans ce genre d'endroit, sans en éprouver d'ailleurs la moindre frustration. Au contraire. Mais un mois ou deux de ce régime devraient être supportables. Encore que, pour l'instant, il n'avait d'autre choix que de s'asseoir par terre.

Les portes du grand magasin, dans le centre commercial, étaient ouvertes mais il n'y avait bien sûr personne devant les caisses ni dans les rayons. Selon toute évidence, il pouvait se meubler à bon compte. Et choisir librement, sans regarder à la dépense. Il avait toujours couvé des yeux les canapés en cuir, par exemple. Il en essaya un sur place, dans le rayon totalement désert. Le divan l'accueillit avec un soupir moelleux. Somptueux mais vraisemblablement trop poisseux par temps chaud.

De toute façon, c'était bien gentil, mais comment pourrait-il transporter le moindre meuble sans risquer de se refaire éclater le fémur ? Déçu, il se dirigea vers le mobilier de jardin. Deux chaises pliantes et une chaise longue légères comme l'air. Exactement ce qu'il lui fallait. Il les coinça sous ses bras et les transporta jusqu'à la voiture.

Il retourna dans le magasin, et en ressortit cette fois avec un jean, une brassée de T-shirts et des sous-vêtements.

La journée avait été longue ; il commençait à fatiguer, mais il s'arrêta néanmoins au supermarché où il prit des conserves, des tranches de jambon sous cellophane et du pain de mie. La maison était équipée d'un réfrigérateur et d'une cuisinière. Tiens, à propos, il n'avait pas pensé à vérifier l'électricité. Quoi qu'il en soit, il pourrait toujours appeler la compagnie et... Ah. Encore fallait-il pour ça que la ligne de téléphone soit branchée. Et qu'il y ait bien un téléphone... Bon. Procédons par ordre. Retour au centre pour y prendre un appareil à touches.

Il arriva entre chien et loup à son nouveau domicile.

Aussitôt, il put se rendre compte que l'électricité n'était pas coupée. Le Frigidaire bourdonnait vigoureusement. Il alluma la cuisine et commença à y entreposer ses provisions.

Curieux. L'intérieur du Frigidaire était à peine froid. Intrigué, il vérifia le congélateur. Pas de glace. Pas même un semblant de givre. Avait-il affaire à un de ces modèles autodégivrants ? Il avait entendu parler de ce genre d'article.

En attendant, le frigo ronronnait plus fort qu'une chatte en chaleur. Pourquoi ne l'avait-il pas remarqué tout à l'heure ?

Peut-être parce qu'il ne marchait pas.

Peut-être que, cet après-midi, il n'y avait pas encore d'électricité.

Il brancha son téléphone neuf et appela Ira.

– Ira ? J'ai trouvé une maison.

– Je sais, répondit gaiement Ira. A Delmar. C'est drôle, j'étais l'agent affecté à cette propriété. Très belle vue. J'espère sincèrement que vous vous y plairez.

– Excusez-moi, Ira, mais comment savez-vous que j'ai choisi celle-là ?

Un petit silence au bout du fil.

– Les voisins vous ont vu y apporter quelques affaires. Nous avons supposé que vous aviez décidé d'y emménager.

– Parce que vous avez parlé aux voisins ?

– Oui, enfin... en quelque sorte.

Encore une histoire de téléphone vaudou, songea Kindle.

– Dites-moi... ces voisins... ils ont prévenu la compagnie d'électricité ?

– C'est-à-dire. Tom... tout le monde communique plus ou moins avec tout le monde.

– Et ça ne vous fout pas plus ou moins la trouille ?

– Non. Mais je suis navré si nous vous avons effrayé.

– Surtout que ça ne vous empêche pas de dormir.

Il raccrocha en hâte.

Puis déplia une chaise et s'assit.

Il avait oublié de prendre un poste de télé. Il y avait un match, ce soir ? Impossible de se le rappeler.

Dans la cuisine, sous la lumière vive, il déballa la radio. Plutôt disgracieux, comme appareil. Le manuel, quant à lui, était traduit dans un anglais très approximatif : « Ne permettez pas le contact avec l'humidité ou le très mouillé. » De quoi méditer un moment...

Sûrement Joey Commoner saurait-il décrypter ce charabia.

Novembre fut pluvieux ; Kindle repoussa à plus tard l'installation de l'antenne. Sa jambe commençait à le faire moins souffrir. Petit à petit, il emmagasina des provisions, craignant que les soupçons de Matt ne fussent en fin de compte fondés. Les rayons de l'alimentation maigrissaient à vue d'œil. Et si on n'était pas en peine pour trouver du cirage ou des boulons, certains articles disparaissaient à la vitesse de l'éclair. A son tour, il entreprit de stocker. Il avait par moments l'impression d'être un collectionneur de pièces rares : le dernier paquet de pop-corn. Les dernières tranches de saumon.

Il rapporta quelques affaires de sa cabane. Surtout des outils et des livres. *Le Déclin de l'Empire romain*, resté là où il l'avait laissé en août, devant la fenêtre ouverte, était un peu humide mais encore lisible. Un peu de soleil italien ne ferait peut-être pas de mal, pour sécher toute cette pluie glacée de novembre. Et ensuite, il passerait à *Madame Bovary*.

Les Tigers se qualifièrent pour les championnats à la fin du mois.

Il appela Joey quand le ciel s'éclaircit.

– J'attendais votre coup de fil, se plaignit Joey. Je suis allé chercher des pièces chez Radio Shaks pour monter l'antenne. J'en ai trouvé une chez Causgrove. Mais vous étiez pas à l'hôpital.

Kindle lui donna sa nouvelle adresse.

– Tu peux transporter le tout ?

– J'ai pris une camionnette sur le parking de Ford.

Faudra que j'aille me servir aussi, un de ces quatre, songea Kindle.

– Si je comprends bien, ça va pas être un boulot de tout repos.

– N'y comptez pas, dit Joey.

– Apporte des bières.

– Elles refroidissent déjà dans le frigo depuis quinze jours.

Kindle avait monté des antennes de télévision dans les années 60, et il avait acquis suffisamment d'expérience pour tempérer l'impatience de Joey. Il utilisa une perceuse et une mèche à béton pour planter l'antenne dans l'allée qui divisait la pelouse, devant la maison. Il l'arrima au départ puis au fur et à mesure de son élévation afin de prémunir Joey d'une mauvaise chute. Matt Wheeler ne verrait sans doute pas d'un bon œil d'être appelé pour une nouvelle jambe cassée. Et encore moins pour un de ses « un sur dix mille » – même s'il s'agissait de Joey Commoner.

Au crépuscule, ils avaient fixé le pylône et stabilisé l'antenne. Joey s'était chargé de tout le travail d'équilibriste – par égard pour la jambe de Kindle, ce serait gentil, ou à cause de son âge, là ce serait franchement vexant. Kindle fut assez prudent pour ne pas le lui demander.

Joey s'écarta pour juger de l'effet.

– Ça devrait nous permettre de nous régler sur une des fréquences de la bande des vingt mètres, ce doit être la plus utilisée en ce moment. Encore qu'on ne sait jamais...

– C'est sûrement pas à moi qu'il faut poser la question.

Joey avait retiré son T-shirt pendant la phase finale de l'opération. Alors qu'ils entraient tous les deux dans la maison, Kindle lut le tatouage sur son biceps droit. En lettres bleues bien calligraphiées. MINABLE, pouvait-on lire.

– Tu y crois ? demanda Kindle.

Joey haussa les épaules et, après s'être rhabillé, commença sans perdre une minute à tripoter l'émetteur-récepteur. Kindle ouvrit une bière, guettant une réponse qui ne venait pas. L'idée lui traversa l'esprit de commander une bonne pizza ; sauf que plus personne ne livrait, désormais. Il se demanda qui, à Buchanan, avait mangé la dernière pizza livrée à domicile.

Il insista :

– C'est bizarre, tout de même, d'écrire ce genre de chose sur soi.

La tête de Joey apparut derrière le poste.

– Ça vous défrise ?

– Ne deviens pas agressif...

Kindle reporta son attention sur le dîner.

– Je pourrais peut-être faire cuire des hamburgers...

– Faites cuire ce que vous voulez. Et merde !

Le tournevis venait de déraper dans sa paume. Il ajouta quelques jurons bien sentis pour marquer le coup.

– C'est pas « minable » qu'il fallait écrire, dit Kindle. C'est « petit con maladroit et irascible ».

– Faites pas chier.

– Je croyais que ça te plaisait, l'électronique.

Joey se releva. Qu'est-ce qu'il avait sur son T-shirt ? Un crâne ? Un crâne et des roses ?

– C'est trop long.

– Hein ?

– « Petit con maladroit et irascible. » Ça m'aurait fait trop mal, pour l'écrire.

– Le petit con a de l'humour, dit Kindle.

Il fit cuire les hamburgers comme il les aimait, avec une couche impressionnante de chili. Joey rajouta une bonne rasade de ketchup et attaqua.

– Quand est-ce qu'on branche ? demanda Kindle.

– Après bouffer, je suppose.

– Y aura peut-être rien à entendre.

Joey, une fois de plus, haussa les épaules. Un geste qu'il maîtrisait à la perfection. Il avait dû suivre des cours pour ça.

– Combien, sur ces « un sur dix mille », sont équipés d'une radio ou auront eu la jugeote d'en monter une ? J'ai lu des statistiques dans un livre de bibliothèque. Peut-être qu'un sur six cents adultes américains a une licence de radioamateur. Alors après Contact, qu'est-ce que ça donne, à ton avis ? Cinquante personnes dans tous les Etats-Unis ?

– Qu'est-ce que j'en sais, moi ?

– Rien, pas plus que moi. Mais ça ne peut pas aller bien loin. Et combien, parmi cette poignée, seront à l'écoute au bon moment ?

– Le soir, y en a plus. La réception est censée être meilleure.

– Admettons. N'empêche que certains seront sûrement hors de portée, ou mal placés pour nous recevoir, ou je sais pas quoi encore. Et les autres auront peut-être abandonné après avoir essayé sans succès. Si ça se trouve, on aura personne. Pas un chat.

– Possible, dit Joey.

– Et alors ? T'en as rien à foutre, toi ?

Joey parut réfléchir à la question.

– Je vais déjà faire marcher l'émetteur, dit-il enfin. Ça vous fera pas de mal de parler à quelqu'un.

– Mais en ce qui te concerne, c'est pas ça qui sauvera le monde, hein ?

– Parce que c'est ça que vous espérez ?

– Non. Mais c'est peut-être bien ce que Matt Wheeler, lui, espère.

– C'est idiot, dit Joey.

– Tu crois ?

– Ils sont tous partis, déjà. Ils sont encore là, d'accord, mais ils sont quand même partis. Et y en a qui sont restés en rade. C'est comme ça, on y peut rien.

– On peut s'entraider.

– Si on était moins cons, on serait allés au paradis, comme tous les autres. Si on est encore là, c'est bien significatif. Tous les gens importants sont partis, et on est restés sur place parce que... pour tout dire... on est...

– On est quoi ?

Joey sourit.

– Minables.

Joey brancha la radio, mais la bande des vingt mètres resta muette. Kindle en eut la chair de poule. Tous ces parasites... on ignorait d'où ils venaient. Radiations interstellaires, crachotements cosmiques, pluie sur un toit ? Aussi insaisissables qu'un rêve. C'était comme écouter le sommeil mouvementé du monde.

Parce que Buchanan n'était pas la seule ville à avoir été contaminée par cet étrange virus. La planète entière était malade. Et s'il le savait, s'il le savait même depuis des mois, en fait, il ne l'avait encore jamais ressenti – avec son ventre, dans sa chair. Mais il le ressentit là, à cet instant, en écoutant le chuintement de la radio, pareil à celui des vagues s'échouant sur une plage déserte.

C'était le silence de Detroit et de Chicago, le

silence de Washington, le silence de Ceylan et de Bagdad, le silence de Pékin et de Londres.

On a dû être l'espèce la plus bavarde qui soit depuis des millénaires, songea Kindle, et ce soir, la Terre était aussi silencieuse qu'une église vide.

Il crut entendre des voix mêlées aux parasites, mais quand Joey se tourna, il ne distingua plus rien.

– Essaie de lancer un appel, suggéra Kindle.

Joey prit le micro et s'éclaircit la voix.

– Appel à tous. Appel à tous, dit-il avant de couvrir le micro de sa main. Je me sens con.

– C'est ce qui arrive à tout le monde la première fois. Continue.

– Appelle bande vingt mètres. Ici...

De nouveau, il couvrit le micro.

– On n'a pas de numéro d'appel.

– Donne ton nom, ça suffira. Dis qu'on est en Oregon.

– Ici Joseph Commoner à Buchanan, Oregon. Appelle bande vingt mètres.

Joseph ?

– Si quelqu'un m'entend, qu'il réponde. Appel à tous.

Au bout de deux heures de cet exercice, Kindle annonça à Joey qu'il allait se coucher.

– Quand t'en auras marre, tu pourras prendre la chaise longue, si tu veux.

Non que Joey montrât quelque disposition à dormir. Il poursuivit ses appels, une lueur obsessionnelle dans les yeux.

Kindle se brossa les dents et s'allongea sur le matelas qu'il était allé chercher au centre commercial. La voix sourde de Joey dans l'autre pièce le berça un temps.

Il songea à l'antenne, aux messages que Joey lançait sur les ondes dans la nuit noire. *Loup y es-tu ? Où es-tu ?*

Cette idée lui donnait le frisson.

Kindle se leva à l'aube. Joey, dans le salon, recroquevillé en chien de fusil sur la chaise longue, dormit jusqu'à midi. Une fois debout, il rejoignit Kindle dans la cuisine, l'air suffisant.

– Alors, qu'est-ce que ça a donné, cette nuit ?

– Oh, j'ai discuté avec deux types.

Du coin de l'œil, il guetta la réaction de Kindle. Il ne fut pas déçu, le vieux sursauta.

– C'est vrai ? Qui ?

– Un type, un radioamateur, à Toronto. C'est bien au Canada, hein ?

– A moins que ça ait changé depuis la dernière fois où j'ai regardé une carte... Qu'est-ce qui se passe, à Toronto ?

– Apparemment, la situation est pratiquement la même qu'ici. On doit se rappeler ce soir. Vous pourrez lui demander vous-même. Et un autre type de Géorgie.

– Du Sud, alors ?

– Oui, enfin, il voyage pas mal, dit Joey. C'est un colonel. Il s'appelle Tyler.

Quelques nuits plus tard, Kindle suivit le match final des championnats sur sa télé couleurs.

Les Tigers contre les Cubs, exactement comme il l'avait prédit. Le match fut retransmis sans commentaires. Sinistre. Le silence n'était rompu que par le bruit de la balle rebondissant sur la batte et le murmure d'un public réduit.

Detroit remporta la victoire par 2 à 1 au onzième inning.

Le score final resta inscrit quelques secondes sur l'écran qui redevint gris, grêlé de parasites.

Le programme télévisé était terminé pour ce soir.

Pour ce soir et pour l'éternité.

Il téléphona à Matt Wheeler et lui annonça son intention de rester jusqu'à Noël.

20

Noël

Matt Wheeler ne voyait plus sa fille que de loin en loin. Elle s'absentait toujours plus à mesure que l'hiver s'installait. Et ne l'informait que rarement de ses allées et venues ou de l'endroit où elle passait la nuit. Matt le lui demandait tout aussi rarement.

Il leur arrivait toutefois de parler. Rachel faisait des efforts, il le reconnaissait, mais l'un et l'autre restaient impuissants devant le mur invisible qui s'élevait chaque jour un peu plus entre eux.

– Papa, lui dit-elle un jour, il faut que tu parles au Serveur.

Matt resta interloqué. Quoi ? Parler à ce... cette statue ?

Le Serveur s'était posté au beau milieu de la place de la mairie depuis des semaines, telle une sinistre sculpture abstraite. Et, a priori, il n'avait pas l'air plus bavard qu'un bloc de marbre.

– Si tu lui parles, dit Rachel, il te répondra.

– C'est un peu difficile à croire, non ?

– Il faut que tu lui parles, insista-t-elle. Il pourra te fournir des informations qui ne sont pas de mon ressort, et il sera toujours là quand je serai partie. C'est à ça qu'il sert.

La pluie faisait désormais partie du décor. Le jour où il ferma l'hôpital, le 2 décembre, Matt fixa une affichette sur l'entrée des urgences où son nom et son numéro de téléphone figuraient en lettres rouges sous une enveloppe de plastique. On pourrait ainsi le joindre chez lui ou dans sa voiture, dans la mesure où le service téléphonique continuerait à fonctionner. Il avait envisagé la possibilité d'organiser un service médical mobile dans une ambulance mais apparemment rien ne pressait. Le matériel hospitalier était intact et à sa disposition si le besoin s'en faisait sentir. Mais qui sait si, d'ici à quelque temps, la ville n'aurait pas épuisé ses réserves de médicaments, de seringues stériles, voire de médecins.

Songeant à ce que Rachel lui avait dit, il s'arrêta en chemin sur la place de la mairie.

Le centre du vaste rond-point avait été aménagé en jardin public, avec une superbe pelouse, une fontaine et une plaque commémorant la fondation de la ville. La bataille de Willy s'était en grande partie déroulée à cet endroit.

Le Serveur était installé là. Il avait flotté jusqu'à la ville en empruntant la route de la côte, tourné sur l'avenue Marine, glissé silencieusement devant l'immeuble Marshall où se trouvait le cabinet de Matt pour, enfin, se poser sur la pelouse de la place et ne plus en bouger.

Matt descendit de voiture et s'avança jusqu'à lui. La pluie glacée le fit frissonner.

Il s'arrêta non loin du Serveur, à une distance malgré tout prudente. Sa taille l'intimidait ; il faisait bien deux mètres vingt de haut. Et sa surface mate, aussi, sur laquelle, curieusement, la pluie ne semblait pas avoir de prise.

Ils l'appelaient Serveur. Un nom grotesque mais sans doute approprié. Un nom qui suggérait une générosité retorse, totalitaire – le geste dénué de sens d'un pouvoir dénué d'humour.

Lui parler ?

Impossible.

Il s'attarda un instant encore dans le square, écoutant la pluie tomber sur le sol détrempé, les yeux perdus sur les nuages escamotant le sommet du mont Buchanan. Puis il rebroussa chemin vers sa voiture.

Il va y avoir des temps difficiles. Rachel lança cet avertissement quelques jours plus tard.

– Les Voyageurs s'occupent de la planète, dit-elle.

Et Matt sentit la peur sourdre du tréfonds de son être. Ce n'était pas tant ce qu'elle avait dit – encore qu'en soi l'information ne prédisposât guère à la tranquillité d'esprit – que la façon dont elle s'était exprimée : sans préambule, et d'un ton qui, à lui seul, semblait annonciateur de catastrophes.

Ils étaient assis dans le salon, face à la fenêtre donnant sur une lointaine crête hérissée de Douglas drapés dans leur sombre fourrure d'hiver. C'était un de ces petits matins de décembre tristes et pluvieux.

Matt s'éclaircit la gorge et demanda à Rachel de lui fournir quelques précisions.

– Ils vont la réparer, dit-elle. La restaurer. Inverser la vapeur, si tu veux. Depuis le siècle dernier, nous avons mis en mouvement des forces que nous ne pouvions plus contrôler. Le réchauffement global de l'atmosphère, par exemple. Eh bien, les Voyageurs aspirent une partie du gaz carbonique de notre atmosphère et s'efforcent de le dissoudre dans l'océan.

Elle se tourna pour le regarder.

– C'était bien pire qu'on ne l'imaginait. Si les Voyageurs n'étaient pas venus... les temps auraient été vraiment très durs, pour nous, d'ici à un siècle, peut-être moins.

– Ils s'intéressent au sort de la Terre ?

– Ils s'y intéressent parce que nous nous y intéressons.

– Même si vous la quittez ?

– C'est là que nous sommes nés, dit-elle. C'est notre planète. Et elle ne sera pas entièrement vide.

– Restaurer l'équilibre, réfléchit-il à haute voix. Ce n'est pas si mal que ça.

– Non. Mais à court terme... Papa, je ne peux pas t'expliquer tout ce qu'ils font, mais à court terme, il faut peut-être s'attendre à un temps plutôt chaotique. Des tempêtes. De violentes tornades.

Il hocha la tête, reconnaissant qu'elle lui concède cette miette d'information désastreuse.

– Quand ?

– Je ne sais pas... peut-être assez vite. Fin de l'hiver, début du printemps.

– Il y aura des avertissements ?

– Bien sûr. C'est pour cette raison que les Serveurs sont là... enfin, une des raisons.

Son regard exprimait une tristesse désespérée.

– Papa, il faut absolument que tu parles au Serveur.

Il avait été décidé, à la réunion de novembre du comité, que les « derniers vrais êtres humains » passeraient le réveillon de Noël ensemble au nouveau domicile de Tom Kindle. Tout le monde était le bienvenu, même les Contactés, et en particulier la famille. Matt proposa à Rachel de l'accompagner, mais elle refusa.

Il se rendit à la réception sous une pluie battante qui semblait se déverser de l'enfer et emprunta des rues que le froid avait craquelées et défoncées. Si ça se trouve, il serait le seul assez fou pour avoir bravé la tempête. Mais d'autres voitures étaient garées devant la maison. Kindle lui ouvrit la porte, lui prit son manteau et l'informa que, en fait, les dix membres du comité étaient venus, mais seuls.

– Rien que nous, les êtres humains. C'est sûrement pas plus mal. Allez, venez, Matthew. Tout le monde est arrivé de bonne heure, sans doute à cause du temps. Abby est ici depuis midi pour installer ces conneries de fanfreluches, en plus du petit sapin en plastique dans le coin. Il a fallu que je mette des guirlandes dessus.

– Ce doit être joli comme tout.

– J'ai l'impression qu'elle a dévalisé le rayon entier du magasin, oui. Mais j'ai rien pu faire pour l'arrêter.

Matt se souvint de l'habit de fête que portait traditionnellement Buchanan à Noël – les clochettes d'argent suspendues en travers des rues, les rameaux de pin sur les réverbères...

– Le punch est par là, annonça Kindle, mais ne vous défoncez pas dessus. Il y a une dinde dans le four et on attend des appels radio de l'Est. Ce serait tout de même moche qu'on passe pour une bande de pochards.

Le dîner se déroula dans une excellente ambiance. Même Paul Jacopetti, pour l'occasion, avait mis de l'eau dans son vin. Matt était assis entre Chuck Makepeace, qui lança l'idée d'une visite de fin d'année aux compagnies d'eau et d'électricité, et Abby Cushman qui passait son temps à la cuisine entre deux plats.

Matt remarqua la façon dont elle papillonnait autour de Tom Kindle ; elle le servait généreusement et quémandait sans cesse son avis sur la sauce, les légumes, le pudding.

– C'est vraiment très bon, Abby, disait Kindle. Il y a longtemps que je ne me suis pas autant régalé.

Elle avait un mari et deux petits-fils, songea Matt, mais elle les avait perdus, comme lui avait perdu Rachel. Quoi d'étonnant, en conséquence, à ce qu'elle ait adopté le comité, et Tom Kindle en particulier ?

Il eut une pensée brève et sobre pour Annie Gates. Il ne lui avait pas parlé depuis des mois. Il s'était refusé à prononcer les mots évidents : *Au revoir, bonne chance, je t'ai aimée à ma façon, mais tu n'es plus humaine*. Le silence était bien préférable à toutes ces paroles désormais dénuées de sens.

Abby recruta Paul Jacopetti, Bob Ganish et une Beth Porter réticente pour la vaisselle. Tous les autres se retirèrent au salon. Joey Commoner s'installa devant la radio et parcourut les ondes en quête d'éventuelles présences, en attendant le rendez-vous prévu pour 20 heures, heure locale.

Kindle prit Matt à part.

– Cette Abby... c'est un véritable pot de colle. Elle est passée trois fois cette semaine. Pour bavarder, rien de plus. Et elle apporte à manger. Matthew, elle fait elle-même ses gâteaux, vous vous rendez compte !

– Elle a vraiment l'air très gentille.

– Mais oui, elle est gentille. C'est bien le problème. Elle parle de sa famille – qu'elle ne voit plus. C'est dur, pour elle, bien sûr, et elle a besoin de se raccrocher à quelqu'un. Mais je ne suis qu'un homme, moi. Il y a des lustres que je n'ai pas eu de femme autour de moi, à part quelques samedis soir en ville, et même ça, évidemment, c'est fini depuis Contact. Alors je me dis... bon, d'accord, Abby est adorable, mais... je ne peux pas lui faire ça. Ce ne serait pas juste.

– Pourquoi pas ?

– Parce que je vais partir. Le seul avantage de vieillir, c'est qu'on apprend à se connaître. J'ai déjà été marié, une fois – une petite Indienne du Canada. Notre idylle a duré six mois. On peut dire que j'ai battu mon record d'endurance. Elle est retournée dans sa réserve, et moi j'ai vite retraversé la frontière. Je ne partirai sans doute pas ce mois-ci ; je serai peut-être encore là un mois ou deux, mais de toute façon je partirai. Et Abby n'a vraiment pas besoin qu'on l'abandonne une fois de plus.

– Vous devriez lui dire franchement.

– Merci du conseil. Ce serait peut-être aussi simple et moins cruel de l'assommer d'un coup de gourdin.

– Eh bien, ne partez pas. C'est une autre solution.

– Mmmh.

– En plus, vous êtes utile, ici.

– C'est ça. Aussi utile qu'une béquille en caoutchouc. A propos, je boite toujours. C'est normal ?

– Vous boiterez encore quelque temps. Mais ne sous-estimez pas votre contribution, Tom. Le comité n'existerait pas, sans vous. Et la radio a énormément remonté le moral de tout le monde.

– C'est surtout le travail de Joey.

– Oui, eh bien justement. Joey est en train de devenir humain. Vous le traitez avec un certain respect, et c'est nouveau, pour lui.

– Vous avez vu son tatouage ?

Matt acquiesça.

– « Minable », dit Kindle. Vous pensez qu'il y croit vraiment ?

Matt avait déjà réfléchi à cette question. Il ne connaissait pas particulièrement bien Joey Commoner qui devait avoir dix-huit ans quand il s'était fait graver ce mot à l'encre sous sa peau. Mais c'est exactement ce à quoi on pouvait s'attendre de la part d'un gosse révolté de cet âge.

– Il peut très bien le croire, oui...

Kindle secoua la tête.

– Merde, il manquait plus que ça. Je n'ai pas demandé à avoir une femme, moi... et encore moins un gosse, bordel !

A 20 heures, comme prévu, Joey établit le contact avec la communauté des « survivants » de Toronto. Avec le temps pourri, la liaison était très faible. Les voix, par-delà la distance, leur parvenaient par bribes lointaines, fantomatiques. Mais l'échange avait réchauffé les cœurs. Tout le monde se regroupa autour du micro pour entonner *Adeste Fidelis* – ils avaient répété avant – et les Canadiens, à leur tour, chantèrent *Mon beau sapin*. Il neigeait, là-bas, annonça le radioamateur. Il y avait cinquante centimètres de poudreuse dans les rues et les chasse-neige, cette année, ne fonctionnaient pas. Les « survivants » fêtaient la fin de l'année dans un hôtel du centre.

– On a toutes les chambres et une salle de restaurant luxueuse à notre disposition. On ne pourrait pas être plus vernis.

Le chœur des Canadiens était plus imposant que celui de Buchanan : il y avait bien quatre-vingts personnes, presque autant que dans la communauté de

Boston que Joey avait également réussi à joindre quelques jours plus tôt. Ce qui, selon Matt, permettait de penser qu'il existait bien d'autres groupes de ce genre, mais qu'ils n'avaient pas tous pensé à la radio pour communiquer.

Toronto lança un « Joyeux Noël » et termina l'émission. Joey tenta d'appeler Boston et un autre contact à Duluth, mais le temps n'était guère coopératif.

– On peut peut-être essayer de les joindre au téléphone, suggéra Kindle. Le type de Boston m'a donné son numéro.

Mais les appels longue distance n'étaient plus très fiables, dernièrement. Et de toute façon, un appel téléphonique ne présentait pas le même intérêt qu'une communication radio. Ils pourraient toujours attendre le lendemain pour se transmettre les vœux de Noël.

– Le téléphone ne passera pas l'hiver, prédit Jacopetti, oiseau de mauvais augure. Les fils cassent un peu partout avec le froid. Et je doute que quiconque les répare.

Joey continuait ses recherches. Kindle expliqua que Joey avait, à deux reprises, réussi à établir de brefs contacts avec d'autres continents – la première fois avec Costa Rica, et la seconde, mémorable, par une nuit exceptionnellement claire, avec une voix qui s'exprimait en russe, selon Joey, mais qui pouvait tout aussi bien être polonaise ou ukrainienne. La communication s'était interrompue avant qu'il ne puisse répondre.

Beth Porter avait eu une idée qui surprit agréablement Matt ; elle avait apporté un magnétoscope et deux films trouvés au magasin de location vidéo sur Ocean Avenue : *White Christmas* et *It's a Wonderful Life*.

– Je regardais ces films au moins une fois par an, avant. Alors j'ai pensé que... que ce serait sympa.

Joey consentit à quitter sa radio le temps de brancher le magnéto. Kindle rajouta de la glace dans le punch et Miriam Flett, encore une surprise, proposa de faire du pop-corn.

Quelque part entre Bing Crosby et Jim Stewart, Matt sentit son optimisme refleurir : *Mon Dieu, nous ne sommes que dix. Mais ça peut marcher. Rien n'est encore perdu. Buchanan restera peut-être une ville.*

Peu après minuit, la pluie se transforma en neige fondue et les routes commencèrent à givrer. Le générique de fin de *It's a Wonderful Life* défila sur l'écran et, dans le silence qui suivit, sans que rien le laissât prévoir, Paul Jacopetti fondit en larmes – des sanglots qui secouèrent convulsivement son corps massif. Beth retira le film du magnétoscope.

– Oh flûte, je suis désolée... A priori, ce n'était pas le bon choix.

– C'était très bien, dit Matt. Tu n'as pas à t'excuser.

La soirée touchait à sa fin. Kindle offrit le canapé-lit à celui ou celle qui voudrait passer la nuit. Tim Belanger, qui s'était contenté de boire du Pepsi, proposa de raccompagner ceux qui avaient choisi de faire honneur au punch. Il partit avec Bob Ganish et Paul Jacopetti, toujours éploré.

Joey s'ingéniait encore à chercher des correspondants. Beth, à plusieurs reprises, avait tenté de l'arracher à sa radio. Elle était fatiguée, et les rues devenaient plus dangereuses à mesure que la nuit s'avançait.

– Une minute, quoi ! dit Joey qui tournait le bouton avec une intensité que Matt trouvait presque maladive.

Kindle proposa à Beth une des chambres vides, si toutefois elle ne voyait pas d'inconvénient à dormir à même le sol. Mais elle secoua la tête, boudeuse.

– Je veux rentrer chez moi.

– Je peux te déposer, si tu veux, dit Matt. Si Joey est d'accord.

Joey, le dos tourné, haussa les épaules. Une voix se fit entendre sur les ondes parasitées : *... t'entends, Joseph... transmission faible.*

– C'est ce colonel Tyler, dit Kindle. Ma parole, ce type ne dort jamais.

– Tyler... répéta Matt. C'est le gars dans le Sud ?

– Il se déplace pas mal. C'est un loup solitaire.

Kindle raccompagna Matt à la porte et attendit d'être assez loin des oreilles de Joey pour murmurer :

– Vous devriez lui parler, un jour où la communication est moins faible. Joey a l'impression d'avoir ferré un gros poisson.

– Et ce n'est pas votre avis ?

– Eh bien... il est encore trop tôt pour faire les difficiles sur les amis qu'on rencontre, non ? Mais ce Tyler a des idées à revendre. Il dit qu'on devrait former un comité de défense ou quelque chose du genre. Il dit aussi qu'il y aurait eu du grabuge sur la route et que pas mal de gens bizarres ont refusé Contact. Il parle tout le temps d'un gros projet en cours dans le Colorado dont il aurait entendu parler... Matt, il affirme que les extraterrestres seraient en train de construire un autre vaisseau, là-bas. Vous croyez que c'est possible ?

– Pourquoi pas ? Depuis le mois d'août, je suis prêt à croire n'importe quoi. Vous pensez qu'il divague ?

– Oh non, ce n'est pas le problème, répondit Kindle en se frottant le menton. Je veux bien le croire ; c'est seulement que... disons qu'il ne m'inspire pas trop confiance.

– Il n'est pas en mesure de nous faire de mal.

– Pas pour l'instant, en tout cas.

Beth s'installa sur le siège passager et, sur la recommandation de Matt, boucla sa ceinture. Une fine couche de glace recouvrait la route et il ne faudrait pas grand-chose pour déraper dans une ornière.

Quand il mit son clignotant pour tourner sur Marina, en direction de chez Beth, elle posa la main sur son bras.

– Non, tout droit... Je n'habite plus là.

Il traversa le carrefour et se tourna vers elle, intrigué.

– Tu as quitté ta famille ?

– Ça n'a jamais vraiment été une famille, docteur Wheeler. C'était surtout mon père, et il a... vous voyez ce que je veux dire... changé.

– Je suppose que tu as du mal à lui parler.

– C'était déjà difficile avant. Mais maintenant, c'est *lui* qui veut parler, et d'une certaine manière, c'est pire. J'ai cru comprendre que, si on veut vivre éternellement, on doit reconnaître qu'on a été une vraie merde dans sa vie de pauvre mortel. Mon père a l'impression qu'il m'a mené la vie trop dure, et il en est tout malheureux. Il veut se faire pardonner ou en tout cas faire en sorte que ce soit mieux.

– Et ce n'est pas ce que tu veux ?

Elle secoua farouchement la tête.

– Je ne suis pas prête pour ça. Sûrement pas. J'ai vraiment du mal à rester avec lui, depuis qu'il a changé. Même physiquement, il n'est plus le même. C'était pas un petit gabarit, vous vous souvenez ? Eh bien maintenant il est presque maigre. Il flotte dans ses habits. On dirait qu'il est...

Elle chercha le mot.

– ... vide.

Avec l'ongle de son index, elle traça un ovale sur sa vitre embuée. Elle y ajouta deux yeux, des cils, une bouche boudeuse. Un autoportrait, songea Matt.

– Je me suis installée au *Crown Motel*. Celui près des quais, après le ferry.

Matt tourna à droite au carrefour suivant, en direction d'un mur épais de brouillard et de pluie.

– Tu aurais pu trouver mieux qu'un motel. Regarde Tom Kindle...

– La chambre est assez grande pour moi. Et il y a une kitchenette ; je peux cuisiner. Je me débrouille.

La pluie virait à la neige fondue, de nouveau. Matt ralentit devant un panneau indiquant CROWN MOTEL ; la voiture dérapa sur une plaque de givre. Il s'aperçut alors qu'ils n'avaient pas rencontré d'autre voiture sur leur chemin. Pas une seule depuis qu'ils étaient partis de chez Tom Kindle.

La chambre de Beth était éclairée. Pour trouver la porte, la nuit, expliqua-t-elle.

– C'est un peu désert, sur ce grand parking.

Elle inclina la tête vers lui.

– Vous voulez voir mon chez-moi ?

– Il vaut mieux pas que je ne m'attarde pas ; l'état des routes ne va pas s'améliorer.

– Raccompagnez-moi au moins jusqu'à l'entrée.

Il accepta... encore qu'il ne semblât pas très raisonnable de quitter l'abri de la voiture.

Beth s'était installée dans une chambre du rez-de-chaussée. Au numéro 112. La porte n'était même pas fermée à clé.

– Jetez simplement un coup d'œil, dit-elle. Et dites-moi que c'est agréble. Mon Dieu, ce serait bien que quelqu'un me dise une chose comme ça.

Matt entra dans la pièce. Il y faisait chaud ; le radiateur marchait à fond. Elle avait décoré cette suite ordinaire de reproductions de tableaux bon marché – des aquarelles, des pastels de chats, de paysages. Un quilt, manifestement fait main, un peu grossier, recouvrait le lit. Elle suivit son regard.

– C'est la seule chose que j'aie emportée de la maison. Je dors avec depuis que je suis toute petite. C'est ma grand-mère qui l'a fait.

Elle s'assit sur le lit et passa doucement la main sur le quilt.

– Faut-il toujours que je vous appelle docteur Wheeler ? Tout le monde, ce soir, vous appelait Matt.

– Tu le peux aussi, bien sûr.

– Matt... Vous pouvez passer la nuit ici, si vous voulez.

Bien qu'il se soit plus ou moins attendu à cette

proposition, il en fut malgré tout surpris, et même choqué.

– A cause de la pluie, ajouta-t-elle. Il fait un temps à ne pas mettre un chien dehors.

Elle commença à déboutonner son chemisier.

– Je ne vois pratiquement plus Joey. Il passe son temps à jouer avec cette saloperie de radio chez Kindle. En soi, ce n'est pas très grave... Je veux dire, j'ai pas touché le gros lot, avec Joey. Mais c'est le seul qui m'ait jamais dit que... enfin, qui me disait que j'étais jolie.

Elle s'interrompit une seconde pour jauger sa réaction.

– Personne d'autre ne me l'a jamais dit.

Son chemisier glissa sur ses épaules. Elle avait une peau parfaite, toute lisse, toute rose, des seins petits, à peine plus gros que ceux d'une enfant. Quelques taches de rousseur descendaient jusqu'à la naissance de sa poitrine. Pourquoi ne pouvait-il rien dire ? Il avait l'impression d'avoir la bouche scellée. Il était muet.

MINABLE, proclamaient les petites lettres bleues sur son épaule.

– J'ai vingt ans, dit-elle. Je suppose que vous m'avez vue nue depuis mes dix ans. Mais vous ne m'avez jamais dit si vous me trouviez jolie. J'imagine que les docteurs ne font jamais de compliments de ce genre. Matt... Matthew... vous me trouvez jolie ?

– Beth, je ne peux pas rester ici.

Elle fit glisser la fermeture de son jean et le retira, puis se réinstalla sur le lit. Elle croisa ensuite les mains sur son ventre, dans un geste étrangement prude.

– Je ne sais pas pourquoi je joue cette connerie de numéro.

Son regard était implorant.

– C'est dur d'être toujours toute seule. La ville est vide. Ce n'est pas exactement que les gens ne sortent plus de chez eux, mais... je crois vraiment qu'ils sont absents. Et je ne comprends pas ce qu'il leur est arrivé. Et je suis allongée, là, et je pense à tout ça et ça me fait peur. Ça me rend triste et ça me fait peur. Et je ne voudrais pas être seule. Vous ne pouvez vraiment pas rester ?

– Je suis désolé.

– C'est aussi simple que ça ?

– Ce n'est pas simple.

Pas simple du tout. Elle avait vingt ans de moins que lui... mais il n'était pas vieux, et Beth n'était plus une enfant, et sa nudité ne le laissait pas indifférent, peu s'en fallait. Il n'avait partagé son lit avec personne depuis cette fameuse nuit d'août, avec Annie. Et Beth avait raison, à propos de la ville : elle était vide, c'est vrai, et il y avait de quoi avoir peur. La chaleur d'un autre être humain aurait un effet magique par une froide nuit d'hiver.

Mais elle était vulnérable, et beaucoup trop en demande. Accepter son invitation pourrait avoir des conséquences imprévisibles.

Elle eut un petit sourire embarrassé.

– Vous dites la vérité ?

Elle le regarda avec insistance, remarquant peut-être le renflement éloquent de son jean.

– Je suppose que vous dites la vérité, oui. Vous avez envie de rester mais vous pensez que ça peut être... dangereux ? C'est ça ?

Il approuva de la tête.

– C'est vrai, dit-elle. Je suis très dangereuse.

Elle s'étira sur le lit en un geste langoureux, sensuel.

– J'ai peut-être un peu trop bu...

– Je crois que tu n'es pas la seule.

– Ou peut-être que je ne suis qu'une petite traînée qui aime bien montrer son cul – comme me le disait mon père.

Les routes étaient glacées ; la pluie était glacée. C'était une nuit de glace et de ténèbres.

Une maison noire et vide l'attendait. Rachel n'était pas là.

Il espéra qu'elle dormait dans un endroit bien chaud, en cette nuit de réveillon.

Mais le réveillon était passé, songea-t-il. On était le 25 décembre depuis minuit. Noël.

A midi, la pellicule de glace qui recouvrait les rues avait presque entièrement fondu.

Matt se rendit sur la place de la mairie et se posta une fois de plus devant le Serveur.

Il portait son manteau et l'écharpe que Celeste lui avait tricotée, à une époque qui semblait désormais enfouie dans un repli de la préhistoire. L'herbe gelée, blanche de givre, craquait sous ses pieds.

Il s'approcha tout près de l'imposante statue noire. Il aurait pu la toucher. S'il en croyait Rachel, le colosse pouvait parler. Mais où était sa bouche, dans ce cas ? Pouvait-il le voir, au moins ? Avait-il seulement des yeux ? Savait-il qu'il était là, devant lui ?

Sans doute.

Il commença par l'injurier. Par le traiter de tous les noms : d'intrus, de monstre, de putasserie de monument de pierre sans cœur dédié à toute la cruauté gratuite dont la Terre avait été témoin.

Il dut se faire violence pour ne pas le frapper, parce qu'il ressentait son invulnérabilité, parce qu'il devinait l'inanité d'un tel geste. A quoi bon se meurtrir les poings contre cette surface rigide ?

Il l'insulta jusqu'à ce qu'il ne reste plus en lui qu'une haine muette.

Le silence qui suivit était presque choquant.

Il attendit de retrouver sa voix qu'il avait écorchée, cassée.

– Dis-moi, murmura-t-il. Dis-moi ce que tu sais. Dis-moi ce que nous devons faire pour survivre.

Il recula d'un pas, surpris malgré lui, quand le Serveur ouvrit les yeux, ou ce qui semblait être des yeux – deux marques noires plus brillantes sur la tête, curieusement mobiles, comme deux taches d'huile.

Et il parla. Une voix sonore, profonde, d'une résonance artificielle et terrifiante.

– Vous n'êtes plus en sécurité ici, dit-il.

21

La peau

Au début, John Tyler prit plaisir à parcourir les routes de Virginie, de Caroline du Nord, du Kentucky, du Tennessee.

Les villes étaient toutes bâties sur le même modèle. L'église, l'école, le centre commercial, et l'inévitable Serveur niché au centre du bourg comme un ver dans une pomme.

Personnellement, il en détruisit plusieurs, et son ami A. W. Murdoch en pulvérisa quelques-uns, lui aussi. Bien qu'il y répugnât, Tyler se devait de reconnaître que Murdoch était plus habile que lui aux commandes du TOW. A chacun ses qualités, se disait-il. Murdoch, lui, était un virtuose de la gâchette.

Au début, ils prirent des précautions infinies. Tyler jugeant le M998 trop voyant, ils le cachèrent avec le Hummer et son TOW à l'arrière d'un camion dix-huit roues A & P au volant duquel ils sillonnaient les routes.

Murdoch ne fut pas long à persuader Tyler que ce stratagème avait peu de chances de duper qui que ce fût. Le vaisseau était vraisemblablement aussi efficace pour surveiller le territoire que le premier satellite militaire venu, et les Contactés représentaient une source intarissable d'informations.

– Mon colonel, dit-il, voyez les choses en face. S'ils voulaient nous avoir, ils le pourraient sans problème. Leur pacifisme est notre principal atout.

Tyler se rendit aux raisons du sergent. Au bout

d'une semaine, ils abandonnèrent le camion et se déplacèrent simplement dans le Hummer en empruntant les grandes routes ou des routes secondaires généralement désertes, plus ou moins en direction du sud. Personne n'avait mis Tyler au courant, pour le temps, mais il avait déjà remarqué une certaine virulence de la pluie et du vent. Il espérait trouver des conditions atmosphériques plus clémentes en descendant vers les pays du soleil.

Cette perspective, en plus de son amitié avec Murdoch, permettait de tenir le désespoir en échec. Du moins pour le moment.

Tyler eut pour la première fois la sensation que les choses avaient vraiment changé dans une petite ville de Géorgie nommée Loftus.

Ils avaient traversé des dizaines de villes du même type. Et toutes semblaient plus vides à mesure que les jours s'écoulaient. On ne voyait pratiquement jamais personne dans les rues. Les habitants étaient ailleurs ou bien claquemurés chez eux. La nuit, seules quelques lumières empêchaient l'obscurité d'engloutir totalement l'agglomération. C'était troublant. Pour ne pas dire terrifiant. Si on se laissait aller à réfléchir, cette désertion massive avait même carrément de quoi faire dresser les cheveux sur la tête. Mais, d'un autre côté, les déplacements en étaient grandement facilités. Ils passaient les nuits dans des motels abandonnés. Le jour, ils roulaient sans jamais être inquiétés.

Ils arrivèrent à Loftus à midi. Les maisons, l'hôtel-restaurant de trois étages et le coiffeur avec sa publicité défraîchie pour une vieille marque de crème à raser n'avaient probablement pas changé d'un iota depuis la guerre de Corée. Naturellement, il y avait un Serveur. Il était juché sur un terre-plein au milieu de la rue principale. Murdoch tira avec le TOW et Tyler observa le feu d'artifice qui commençait à faire partie de leur train-train. Une explosion qui soufflait toutes les vitres alentour et recouvrait la chaussée de bris de verre et de poudre noire.

Murdoch traversa Loftus dans un silence maussade.

Maussade, il l'était depuis leur départ de Washington, à vrai dire. Pour des raisons qu'il avait tenu à garder pour lui.

Tyler remarqua qu'il leur faudrait trouver une nouvelle base militaire avant longtemps. Les munitions qu'ils avaient emportées avec eux de Virginie arrivaient à épuisement.

– Parce que vous croyez que ça sert à quelque chose ? répondit Murdoch avec humeur. On pisse dans un violon, si vous voulez mon avis.

Tyler le considéra d'un œil sévère. A force de manœuvrer le Hummer, Murdoch portait un uniforme déchiré et taché d'huile. Un vrai chiffon. Il avait chipé une veste dans le surplus de l'armée d'un centre commercial. Ses cheveux étaient longs et emmêlés.

– On ne viendra jamais à bout de tous ces putains de Serveurs, ajouta-t-il, et je n'ai pas du tout l'impression qu'on nuise à qui que ce soit, colonel. Et c'est peut-être pas plus mal comme ça.

– Je ne comprends pas, dit Tyler.

– Ah bon ? Cherchez bien... Après Contact, je me suis dit que tout le monde avait été transformé en zombies ; c'était comme dans un film d'horreur. Vous savez : *L'Invasion des morts-vivants*... et j'avais juste envie de secouer les puces à tous ces cadavres ambulants. Histoire de leur montrer que la race humaine n'était pas aussi facile à écrabouiller qu'une punaise. Vous comprenez ?

– Certainement.

– Mais ce n'est pas ça du tout. Merde, j'ai compris depuis le départ que ce n'était pas ça.

Murdoch garda une main sur le volant et, de l'autre, déboucha la Thermos de café.

– Je ne voulais pas l'admettre...

Il avala une longue lampée.

– ... mais, en fin de compte, ces zombies ne sont peut-être pas si à plaindre que ça. La vie éternelle. Merde... On fait pire, comme destin, non ?

– Mon Dieu, Murdoch... Après tout ce que nous avons accompli, vous n'allez pas me dire que vous croyez à une chose pareille ?

– Pourquoi pas ? Tout à fait entre nous, mon colonel, cette nuit-là, il n'y a pas un petit morceau de vous qui avait envie d'accepter ? Même si vous avez dit non, une partie de vous-même se disait que, bon Dieu, c'était trop con de vivre et de mourir sans jamais comprendre le but de tout ça... Je me trompe ?

– Votre hypothèse ne tient pas debout.

– Ah non ?

Sans prévenir, il écrasa la pédale de frein et s'arrêta à cheval sur la ligne blanche de la route de campagne.

– Sans déconner, maintenant...

Tyler soutint son regard brûlant.

– Que croyez-vous qu'on trouverait si on faisait demi-tour pour retourner dans ce bled pourri ?

– Une preuve de notre capacité à battre notre ennemi en brèche. Vous dormiez, quand vous avez tiré, Murdoch ?

– Donc on a descendu un de leurs soldats de plomb. Désolé, colonel, mais il y a franchement pas de quoi pavoiser. Ils ne seront pas longs à le remplacer, croyez-moi. Ils peuvent sûrement en envoyer un autre d'ici à deux jours. Ou même dans quelques heures. Ils sont très forts. Plus j'y pense, et moins j'ai la foi dans ce qu'on fait. Si on s'en est toujours tirés sans problèmes, c'est qu'ils s'en foutent comme de leur première soucoupe. On est comme des puces sur le dos d'un éléphant. On peut les piquer tout ce qu'on veut, ils ne prennent même pas la peine de se gratter.

Il fit faire un brusque demi-tour au Hummer.

– Vous avez vraiment l'intention de retourner là-bas ? demanda Tyler.

– On a besoin de munitions. On aurait dû s'arrêter avant de tirer. Et je suis vraiment curieux de voir combien de temps il leur faut pour réparer les dégâts qu'on a faits.

Il gratifia Tyler d'un long regard.

– Si vous n'y voyez pas d'inconvénient, mon colonel.

Tyler y voyait beaucoup d'inconvénients, mais il les garda prudemment pour lui. Il n'était pas recommandé de s'attarder sur le lieu du crime, mais il serait peut-être plus dangereux encore de contrecarrer Murdoch. Etant donné son humeur belliqueuse, mieux valait jouer la carte de la prudence.

Sur la suggestion de Tyler, ils cachèrent le Hummer dans le garage d'une station-service. Murdoch souhaitant passer la nuit sur place, ils s'installèrent dans l'hôtel, vide, dont les fenêtres donnaient sur les débris éparpillés du Serveur. L'orage noircissait le ciel et les couloirs de l'hôtel vibraient au son du lointain tonnerre.

Murdoch partit chercher de quoi faire un repas à peu près décent et Tyler resta dans sa chambre à ruminer le problème du jeune sergent.

Sans doute aurait-il dû le prévoir. Murdoch avait été technicien dans sa vie « d'avant », et donc plus loyal envers les armes qu'il ne l'avait été envers les entités abstraites qu'il servait : le pays, l'armée, la Défense nationale. Des valeurs auxquelles il devenait de plus en plus difficile de se raccrocher. Et dernièrement, Murdoch avait sombré dans une sorte de pessimisme renfrogné.

Fallait-il s'en étonner ? Il n'y avait plus de lois à respecter. Plus de modèle auquel se conformer. Plus rien n'appartenait à personne. Le laxisme régnait en maître.

C'était une pensée glaçante. Tyler avait passé sa vie à jouer les funambules sur le fil qui séparait la santé mentale de la démence, et à apprendre ce que Sissy, dans les limbes de sa folie, avait oublié : *l'importance des apparences*.

Les sains d'esprit évoluaient dans un monde de *commedia dell'arte.* Il était de bon ton de se farder, d'entrer dans la peau de son personnage de bal masqué. Etre incapable de tenir son rôle, se présenter sans costume, sans fard, revenait à être mis séance tenante au ban de la société. Et à être classé parmi les fous.

Mais maintenant... c'était comme si la pesanteur n'agissait plus, comme si toute chose solide s'était détachée de la Terre. Dans un monde vide, qui jugeait ? Où se situait la frontière entre le bien et le mal ? Comment distinguait-on la nuit du jour ?

Nous sommes nus, sur cette planète, songea le colonel. Plus de costume. Plus de fard. Dieu nous vienne en aide.

Il somnola quelque temps, allongé sur le couvre-lit, et se réveilla avec une violente migraine.

Murdoch revint, un sac plein de conserves et de bouteilles d'eau minérale dans les bras. Il posa le tout sur la table et prit une serviette dans la salle de bains pour s'éponger. Il dégoulinait de la tête aux pieds. Le ciel noir s'était déchiré.

– C'est drôle, dit-il, dans les autres villes qu'on a traversées, on rencontrait toujours au moins une ou deux personnes. Ici, on jurerait que c'est une ville fantôme. Pas un chat dans les rues. Un moment, j'ai cru entendre de la musique. Mais je n'ai pas pu découvrir d'où elle venait. Avec la pluie...

Il s'essuya vigoureusement les cheveux. La fenêtre, ouverte à l'espagnolette, laissait entrer un filet d'air froid et humide.

Du coin de l'œil, il regarda Tyler.

– A propos, colonel, vous avez vu le Serveur ?

Tyler se redressa.

– Le Serveur ? Eh bien ?

– Eh bien il fait quelque chose de bizarre.

– Nous l'avons pulvérisé. Que pourrait-il bien être en train de faire ?

– Mon colonel, le Serveur que nous avons détruit est plus ou moins en train de se reconstituer.

A. W. Murdoch précéda Tyler jusqu'à la réception où le colonel, posté rigidement devant la vitre éclatée, observa sur la route les restes du Serveur... La suie noire commençait à refluer, comme balayée par un imperceptible souffle, vers l'endroit où s'était tenu le Serveur et y formait déjà un petit tas informe et détrempé.

Murdoch n'avait pas été surpris de voir le Serveur se recomposer. La technologie des Voyageurs semblait utiliser des éléments subordonnés mais indépendants – les octaèdres, éléments du vaisseau ; les Serveurs, qui dérivaient des octaèdres... et toute cette poussière qui n'était autre que les constituants du Serveur, mobiles et suffisamment intelligents pour se restructurer dans leur agencement d'origine.

Et ces microbes qui avaient infecté tout le monde. Il y avait gros à parier qu'eux aussi étaient des machines, microscopiques mais douées d'intelligence. Il devait exister une faille, dans leur invincibilité – un niveau de désagrégation où le Serveur, par exemple, ne pourrait se reconstituer – mais ce n'était certainement pas avec un malheureux missile qu'ils pourraient l'atteindre.

Un coup d'épée dans l'eau, songea Tyler. On aurait dû se douter.

Mais Tyler ne s'était douté de rien, et Tyler était tout bonnement horrifié. Il restait là, immobile, se contentant de secouer la tête. Murdoch s'approcha prudemment de lui.

– Colonel ?

– Est-ce dangereux ? demanda Tyler. Sommes-nous en danger ? Peut-être devrions-nous partir d'ici.

– Je ne pense pas que ce soit utile. Nous ne l'avons probablement pas endommagé. Je doute même que nous l'ayons contrarié. Si ces choses étaient rancunières, il y a longtemps qu'on serait morts.

Il se sentit vaguement coupable de sa brusquerie et tenta aussitôt de compenser.

– Nous devrions remonter, mon colonel. La pluie se rabat par ici ; vous allez être mouillé. On va se préparer quelque chose de chaud. Et j'ai trouvé des bières, au supermarché.

Quand Tyler avait pris la décision de partir sur les routes, ils avaient emporté une plaque chauffante, des casseroles, une poêle et des couverts en plastique. A l'étage, Murdoch brancha la plaque et commença à faire cuire les œufs. Une odeur de beurre chaud se répandit bientôt dans la pièce.

Tyler ouvrit une bière et se planta devant la fenêtre. Son comportement était réellement singulier, par instants, songea Murdoch.

Depuis plusieurs semaines déjà, il s'était rendu compte que le moteur du colonel Tyler ne tournait pas toujours rond. Il devait y avoir un vice de fabrication quelque part. Et alors ? Il n'était pas le seul dans ce cas. Peut-être tous les sains d'esprit avaient-ils accepté la proposition de vie éternelle. Il fallait sans doute être complètement frappé pour parcourir le continent en tirant sur ces statues.

Il en était venu à comprendre que Tyler vivait dans un monde d'ordres qu'on donne, de lois auxquelles on obéit, de limites qu'on respecte – un monde aussi fragile que l'œuf qui s'étalait dans la poêle, et aussi impossible à reconstituer. Alors, bien sûr, l'adaptation était difficile.

– De sa vie, mon père ne m'a donné qu'un seul conseil, dit Murdoch. Et c'était de jouer avec les cartes qu'on m'a distribuées. Je crois qu'il avait pris ça d'une chanson. *Oh dear Abby*... Mais il avait raison, non ? Colonel, on a un jeu dégueulasse en main. Mais on n'est pas encore morts.

Tyler s'écarta de la fenêtre.

– Vous ne m'avez jamais parlé de votre père, monsieur Murdoch.

– Il n'y a pas grand-chose à en dire.

– Que faisait-il ?

– Il cultivait de la marijuana dans le comté de Mendocino.

– Oh ! C'est vrai ?
– Rigoureusement authentique.
– C'était un dealer ?
– Disons plutôt un bootlegger. C'est plus dans l'esprit.

Tyler demeura pensif quelques secondes.

– Il a dû vous haïr quand vous vous êtes engagé dans l'armée.

– Il n'a pas exactement sauté de joie. Mais il m'a dit que c'était ma vie, et que je me devais de commettre mes propres erreurs. Quand je suis monté dans le car, à Ukiah, il m'a dit : « Au moins, arrange-toi pour ne tuer personne ! »

Et j'ai suivi son conseil, songea Murdoch, à moins qu'on ne prenne les Serveurs en compte.

Tyler secoua la tête.

– On a souvent des surprises, avec les familles.

– Vous ne parlez pas beaucoup de la vôtre, non plus.

– Non, répondit laconiquement Tyler.

Murdoch n'insista pas.

Il servit les œufs, mais Tyler repoussa son assiette.

– Mon colonel, demanda Murdoch, vous ne vous sentez pas bien ?

Le colonel, assis sur sa chaise devant la fenêtre, redressa soudain les épaules, droit comme un i, le menton rentré dans le cou, comme aiguillonné par la question.

– Bien sûr que si.

Ils mangèrent en silence au son du chuchotement lancinant de la pluie sur les vitres.

Murdoch proposa au colonel de rester à Loftus jusqu'à ce que la pluie cesse, et Tyler le surprit en acceptant. Curieux... Le colonel était devenu à la fois très malheureux et très conciliant, depuis quelque temps.

Secrètement, Murdoch souhaitait vivement s'attarder dans cette petite ville où il espérait trouver des réponses à certaines questions qu'avait soulevées pour lui leur périple-jeu de massacre dans le Sud.

Par exemple, qu'était-il arrivé aux habitants de ces villages ? Où allaient-ils ? Ils n'étaient pas sur les routes, ça, il en avait la certitude ; elles étaient désertes. Mais les villes l'étaient également, et de plus en plus.

Tyler ne supportait pas ces questions et refusait de les discuter, mais Murdoch était quant à lui rongé de curiosité.

Au matin, il abandonna le colonel à sa mélancolie et sortit déambuler dans les rues.

Il ne pleuvait plus, mais le ciel était encore noir et tumultueux. Pendant la nuit, le Serveur avait refaçonné une forme approximative de lui-même. Les grains microscopiques de poussière noire grouillaient en surface, lui donnant l'apparence d'un gros animal dévoré par des insectes. Murdoch n'avait jamais rien vu de tel, mais il commençait à s'habituer au surnaturel. Il observa la scène un instant, puis haussa les épaules et s'éloigna de la rue jonchée de bris de verre.

La veille, pendant qu'il écumait les maigres rayons d'alimentation du supermarché, à cent mètres de là, il avait entendu de la musique. Elle lui était parvenue faiblement, à cause de la pluie, au point qu'il se demandait s'il ne l'avait pas imaginée ; pourtant non. C'était bien de la musique. Pas de doute.

Aujourd'hui, il s'immobilisa et écouta.

L'aboiement d'un chien, quelque part au loin. Le bruit du vent s'engouffrant dans les ruelles. Le crissement des graviers sous ses pieds.

Pas de musique.

Effrayant.

Il quitta la rue principale. Aujourd'hui, il était décidé à trouver quelqu'un – être humain ou Contacté, peu importe. Il souhaitait simplement voir un visage nouveau, poser certaines questions. La rue dans laquelle il s'engagea s'appelait rue des Ormes. Toutes ces petites villes avaient une rue des Ormes. Ou des

Chênes. Voire des Pêches ou des Magnolias en descendant plus vers la Géorgie. Il décida de frapper à la première porte de la première maison.

La première maison de la rue des Ormes se trouvait être un petit pavillon avec un minuscule jardin. Il y avait un perron en bois et, sur la rambarde, cinq pots de fleurs mortes. Murdoch gravit les marches grinçantes où traînait un camion rouge de gosse. Il appuya sur la sonnette et entendit la sonnerie électrique retentir à l'intérieur.

Rien. Pas un bruit. Pas un mouvement.

Il frappa directement à la porte. Le bruit parut intensifier le silence.

– Hé ! appela-t-il. Il y a quelqu'un ?

Murdoch eut soudain conscience de l'étrangeté de la scène. De quoi avait-il l'air ? L'uniforme défraîchi, déchiré, les cheveux longs, pas rasé... Bon sang, il devait ressembler à un épouvantail. Et si quelqu'un ouvrait pour de bon ? Un seul regard sur lui et on lui claquerait la porte au nez.

Mais personne ne répondit.

Il tourna la poignée. La porte était fermée à clé.

Un regard à droite dans la rue, puis à gauche. Jamais encore il n'était entré par effraction quelque part. Oui, eh bien merde, se dit-il. Là, j'entre tout de même. Et les fantômes n'ont qu'à bien se tenir.

Il pressa son épaule contre la porte et poussa de toutes ses forces. C'était une vieille porte, au chambranle à demi rongé par les termites. Le verrou sortit du bois avec un craquement sec. Murdoch se retrouva dans une pièce obscure.

Qui avait vécu ici ? Une famille avec des enfants, à en juger par le jouet sur le perron. La pièce qu'il découvrait à présent que ses yeux s'habituaient à la semi-pénombre était poussiéreuse mais relativement ordonnée. Un canapé rouge brique était adossé au mur ; au-dessus, le soleil se couchait sur l'océan délavé d'une aquarelle. Il y avait une télévision, une chaîne stéréo, un aquarium vide ; sur la moquette, des jouets d'enfants éparpillés.

Il y avait aussi, par terre...

Murdoch regarda la chose un long moment avant de l'identifier : une peau d'être humain.

Après avoir vomi tripes et boyaux par-dessus la rambarde du perron, Murdoch ramassa une longue branche de saule que le vent avait fait tomber sur la pelouse du voisin. La sensation du bois dans sa main avait quelque chose de rassurant. Il n'avait pas pris d'arme sur lui. Mais sur qui aurait-il tiré, de toute façon ?

Dans la rue mouillée, rien ne bougeait.

La branche bien assurée dans sa main, il se força à remonter les trois marches du perron, à franchir la porte et à replonger dans la terrifiante obscurité.

La peau gisait à ses pieds. Toujours à la même place.

C'était une peau. Pas d'erreur possible. Fragile, vide, presque transparente. Mais humaine. Indiscutablement humaine. Elle avait une forme difficile à définir, comme repliée sur elle-même, en accordéon. Mais un bras se détachait du reste, fin papyrus blanc, avec une main tel un gant vide et cinq doigts pâles, délicats.

Murdoch songea à la peau d'une araignée qu'il avait un jour trouvée dans un placard – si délicate qu'un souffle aurait suffi à la balayer.

Il approcha le bout de son bâton jusqu'à ce qu'il touche presque la peau, mais le retira, la révulsion l'emportant sur la curiosité.

Enjambant l'horrible chose, il s'avança plus profondément dans la maison. Laquelle se composait de quelques pièces seulement : le salon, la cuisine, deux chambres, une salle de bains. Murdoch les visita les unes après les autres, allumant les lumières là où le jour n'entrait pas.

Il trouva deux autres peaux : une dans la cuisine – plus petite, ce qui la rendait encore plus abominable –, une autre dans la chambre d'enfant.

En sortant de la chambre, il fut pris de vertige et se rendit compte seulement qu'il s'était empêché de respirer, comme si quelque chose, dans cette maison, pouvait le contaminer... pouvait lui pomper sa substance, le vider aussi méticuleusement que ces gens dont il ne restait plus que l'hideuse dépouille.

Il se précipita vers la porte, mais s'arrêta net.

Il se retourna. Les doigts crispés sur le bâton, il s'approcha de nouveau de la plus proche des peaux.

Le désir de la toucher était aussi impérieux que celui de s'enfuir à toutes jambes. Son attitude était presque puérile, songea-t-il. Il se comportait comme un gosse devant la mue d'un serpent. Il tremblait d'effroi devant... mais ne pouvait s'empêcher de s'interroger. Se déchirerait-elle ? Se replierait-elle ? Aurait-elle la consistance du cuir, du parchemin, ou de la cellophane ?

La pointe du bâton toucha la peau.

Il perçut un bruit infime quand il la retourna... un murmure de matière membraneuse, un chuchotement de feuilles d'automne, le souffle de la page d'un vieux grimoire que l'on tourne doucement.

Murdoch éprouva de nouveau une forte nausée. Il se tourna pour aller une fois de plus vomir sur le perron.

C'est alors qu'il vit la fille.

– Vous n'avez pas bonne mine, dit-elle.

Murdoch eut le sentiment que son cœur allait exploser. Il releva la tête de la rambarde, saisi d'une terreur paralysante.

Mais ce n'était qu'une adolescente qui, depuis le trottoir, le considérait d'un air soucieux.

Une fille du coin, d'après son accent. Elle portait un blouson trop grand pour elle sur un T-shirt jaune, un jean serré et des espadrilles. Murdoch lui donna environ dix-huit ans, mais elle pouvait en avoir plus. Ou peut-être moins. La tête inclinée, elle l'observait avec indulgence.

– Vous avez trouvé les peaux dans la maison, hein ? C'est la première fois que vous en voyez ?

Elle n'était pas laide, avec ses longs cheveux raides. Elle avait un visage ovale et des yeux intelligents.

Murdoch s'efforça de reprendre une attitude masculine.

– Oui, la toute première, dit-il. Bon Dieu... vous en avez déjà vu, vous ?

– Oui.

– Il y a de quoi faire des cauchemars pour la vie.

Elle haussa les épaules.

La nausée s'était dissipée. Murdoch se redressa et décrispa ses doigts de la rambarde.

– Vous... vous vivez ici ?

– Non, pas dans cette maison. C'étaient les Bogen qui habitaient là.

Elle montra une maison, à vingt mètres de là.

– Moi, j'habitais là. Mais j'ai déménagé. Devinez où j'habite, maintenant...

Il eut envie de la rappeler à l'ordre ; il y avait trois personnes mortes dans cette maison ; trois personnes dont il ne restait plus qu'une enveloppe vide. Le moment était mal choisi pour jouer aux devinettes.

Mais c'était un visage nouveau, exactement ce qu'il avait souhaité, et il ne tenait pas à la rabrouer.

– Aucune idée, répondit-il.

– Au Roxy, dit-elle.

Le Roxy ? Un cinéma ?

– J'ai transformé le bureau du directeur en appartement privé. Et j'ai appris toute seule à faire marcher le projecteur.

– Et vous passiez un film, hier soir ? demanda-t-il. Pendant qu'il pleuvait ?

Le visage de la fille s'illumina.

– Comment vous le savez ?

– J'ai entendu la musique.

– Je passais *Quarante-Deuxième Rue*. Au moment de Contact, il y avait un festival de vieux films. C'est les seuls films que j'aie pu trouver. *Quarante-Deu-*

xième Rue, Les Chercheurs d'or de 1934 et *Le Faucon maltais*. Je ne les regarde pas trop. Ce n'est pas facile à faire marcher, toute seule. Et puis, si on les regarde trop souvent, ça devient lassant, non ? Mais quand il fait froid, comme hier...

– Je comprends, dit Murdoch.

– Cette nuit, je chantais la chanson de *Quarante-Deuxième Rue* dans mon sommeil.

– Je vois. Comment vous vous appelez ?

– Soo, dit-elle. Avec deux « o ». Et ce n'est pas un diminutif. Soo Constantine.

– Moi, c'est A. W. Murdoch.

– C'est quoi, votre prénom complet ?

– Abel, mentit-il.

– Mmmh... je préfère A. W.

– Moi aussi. Dites, Soo... y a-t-il d'autres de ces... de...

– Des peaux ?

– Oui. Il y en a d'autres, en ville ?

– Pratiquement dans toutes les maisons. Mais j'espère que vous n'avez pas l'intention de les visiter toutes.

– Non, je voulais juste... J'ai vraiment été pris par surprise. Et tout le monde, en ville, est dans cet état ?

– Presque, oui. Sauf moi.

– Mais qu'est-ce qu'il leur est arrivé ? Vous le savez ?

– Ils sont partis, A. W., répondit-elle. Ils sont partis ailleurs, mais pas leurs peaux. Ils ont consumé leurs corps jusqu'au bout, et ils ont laissé leurs peaux.

– Une radio, déclara le colonel Tyler. Ce serait peut-être une bonne idée d'en avoir une.

Murdoch, qui cuisinait le dîner sur la plaque chauffante, s'interrogea sur les conséquences éventuelles d'une telle acquisition.

– Une radio, mon colonel ?

– Pour prendre contact avec d'autres personnes. D'autres êtres humains.

Tyler était assis sur la chaise qu'il occupait déjà quand Murdoch était sorti. Il ne s'était pas rasé, ce qui, de sa part, constituait un sérieux manquement à la règle. Murdoch avait défini Tyler comme le genre d'homme à se raser pendant un bombardement atomique et à stocker des caisses d'after-shave dans les abris.

– Je pense que nous avons besoin de ce contact. Pas vous, monsieur Murdoch ?

– Combien de bières avez-vous bues, mon colonel ?

Tyler regarda la canette qu'il tenait à la main et la posa sur la table.

– Que voulez-vous insinuer ?

– Rien.

– Je ne suis pas ivre.

– Non, mon colonel.

– Peut-être devriez-vous boire quelque chose vous-même.

– Plus tard, mon colonel, merci.

Murdoch servit deux portions égales de corned-beef. Tyler aimait le corned-beef, mais Murdoch avait chaque fois l'impression de manger dans la gamelle du chien.

– Sale temps, mon colonel.

La pluie était de retour et faisait rage contre les vitres ; de temps à autre, un éclair illuminait fugacement la rue sombre, suivi d'un roulement de tonnerre sourd.

Tyler prit son assiette et la tint sur ses genoux.

– Nous ne sommes rien sans un semblant de communauté, monsieur Murdoch.

– Non, mon colonel.

– Une communauté circonscrit le comportement au même titre qu'une frontière circonscrit une nation.

– Mmmh mmh.

Pâtée de chien ou pas, Murdoch avait faim, ce soir. Il s'assit face au colonel et regarda par la fenêtre. Il faisait nuit, maintenant. La nuit tombait de bonne heure, depuis quelque temps.

Tyler fronçait les sourcils.

– Des peaux, vous avez dit...

– Oui, mon colonel.

Murdoch avait parlé de ses macabres découvertes au colonel, sans toutefois mentionner Soo Constantine. Il ne pouvait s'expliquer cette réticence mais, instinctivement, il savait que c'était préférable ainsi. Soo était le fruit de ses investigations. Elle lui appartenait.

– Rien que leurs... leurs...

– Leurs peaux, oui, mon colonel.

– Affreux.

Murdoch, la bouche pleine, acquiesça de la tête.

– Et qu'est-il arrivé à leurs corps, à votre avis, monsieur Murdoch ?

– Je crois que...

Il tenait l'explication de Soo. Mieux valait se montrer prudent.

– Il est possible qu'ils se soient simplement... volatilisés. Qu'ils aient disparu *de l'intérieur*. N'avez-vous pas ressenti ça, avec Contact, mon colonel ? Qu'il était possible d'abandonner votre corps ?

– Je n'ai jamais pensé... pas comme un lézard abandonne sa peau, non. Je n'aurais certainement jamais imaginé quelque chose d'aussi répugnant.

Le colonel avala sans grand enthousiasme une bouchée de son corned-beef.

– Et le Serveur ?

– Il est pratiquement comme neuf.

– Je préférerais ne pas m'attarder dans cette ville, monsieur Murdoch.

– Le temps, mon colonel...

– Vous n'avez jamais eu peur de la pluie avant d'arriver à Loftus.

– C'est une pluie froide, drue. Certaines de ces routes de montagne pourraient être inondées.

– Ce n'est pas cela qui nous arrêtera.

– Non, mon colonel. Mais je préférerais malgré tout attendre la fin de la tempête.

Tyler le regarda d'un œil torve.

– Quelque chose vous retient dans cette ville ?

– Sûrement pas, mon colonel.

Murdoch commençait à transpirer.

– La communauté, insista Tyler. Une présence humaine.

– Mon colonel ?

Ce connard avait-il des dons de voyance, maintenant ?

– Nous avons besoin d'une radio pour reformer une communauté, monsieur Murdoch. Peut-être serions-nous plus efficaces si nous étions en nombre. Soyons honnêtes : la discipline entre nous n'est plus qu'un mot vide de sens. Nous gardons le langage, mais par pure habitude. Vous ne me respectez pas en tant qu'officier supérieur.

Murdoch fut pris au dépourvu.

– Ce n'est pas ce que...

– Vous n'y êtes pour rien. Sur la route, nous ne sommes que deux hommes, tout simplement. Toutes les structures se sont effondrées. J'aurais dû le comprendre quand j'ai parlé au Président. Il se promenait dans le parc Lafayette, monsieur Murdoch, le col de sa chemise ouvert. Le monde est la proie de l'anarchie. Et l'anarchie, par définition, n'a pas de structure. Croyez-vous que nous ayons perdu totalement nos structures, monsieur Murdoch ? Est-ce si grave que cela ?

– Je... je l'ignore.

– Si nous étions plus nombreux...

– Oui, mon colonel.

– C'est comme si nous avions abandonné notre peau, nous aussi. La peau des convenances. La peau de la bonne conduite. Soudain, nous sommes à nu ; nos nerfs sont à vif. A la plus petite provocation, en fait, on pourrait dire ou faire n'importe quoi.

– Oui, mon colonel.

Murdoch prit conscience à cet instant que son amitié avec le colonel Tyler se dépouillait, elle aussi ; que le vernis d'amabilité s'était dissous là, dans cette pièce, révélant une peur nauséeuse et réciproque.

Après dîner, il quitta le colonel et s'empressa de sortir dans la ville sombre. Il devait retrouver Soo et il était déjà tard.

Il n'eut aucun mal à trouver le Roxy. C'était un de ces cinémas miteux de province dont l'auvent dégouttait de pluie sur le trottoir. Murdoch passa en trombe devant le guichet vide et entra dans le hall que Soo avait éclairé.

Elle l'attendait sur le seuil de l'auditorium, toujours dans son T-shirt jaune, une main sur la hanche. Un seul regard sur elle et Murdoch se sentit brusquement faiblir.

Il y avait un sacré bout de temps qu'il n'avait pas été en compagnie féminine. Il en avait les genoux qui flageolaient ; pire qu'un adolescent à son premier rendez-vous. Soo n'était que courbes et sourires et il avait envie de la soulever dans ses bras, de la sentir contre lui. Soo... quel nom curieux. Il se le répéta. Deux fois. Trois fois. Seigneur, pria-t-il, ayez pitié d'un pauvre soldat.

– Tu t'es rasé, remarqua-t-elle.

Il hocha la tête, pivoine.

– Il n'y a plus de pop-corn dans l'appareil, mais j'ai des Cocas dans une glacière. Le film est prêt à partir. C'est *Quarante-Deuxième Rue*. On peut le regarder depuis la salle de projection. Allez, viens, A. W. !

Incapable de proférer le moindre son, il la suivit à l'étage.

Entre deux bobines, elle parlait d'elle-même tandis que Murdoch écoutait, fasciné, en proie à une poussée de fièvre hormonale.

– Je ne suis pas née ici. Je suis née à soixante kilomètres d'ici. A Tucum Wash, exactement. On ne peut pas vraiment dire que ce soit une ville ; à part la station-service et la poste... Il fallait faire cinquante kilomètres tous les jours pour aller à l'école. Je détestais ce patelin. Je suppose que ce n'est pas original. Tout le monde doit détester sa ville natale – surtout si on vient d'un petit bled paumé comme Tucum Wash. Aussi, quand j'ai fini le lycée, je suis venue ici pour chercher du boulot. A Loftus, absolument, et c'est pas la peine de sourire. Des lumières, la grande ville, quoi... J'imagine que tu as roulé ta bosse un peu partout. Mais je t'assure, A. W., que je n'ai jamais cherché à aller ailleurs qu'à Loftus. On n'est pas si mal, ici. Je travaillais au supermarché, à la caisse, et deux soirs par semaine au Royaume du sandwich, dans le centre commercial. Je me débrouillais pas mal, tu sais. Je me nourrissais de plateaux-repas et je m'amusais bien. J'avais un petit copain. Il s'appelait Dean Earl. Il est parti, évidemment... Pas besoin de faire cette tête, je t'assure. Dean ne comptait pas tellement, pour moi. Sauf que tous les vendredis soir ou bien le samedi, il venait au Roxy. J'adore le cinéma. Je ne regarde jamais les films en vidéo. C'est comme de regarder un timbre-poste. Et puis tu n'as pas l'odeur. Tu vois ce que je veux dire ? Est-ce que tu as jamais senti un cinéma, vraiment ? Les gens pensent que c'est le pop-corn, mais ils se trompent. En été, il y a l'air conditionné qui te tombe sur le dos ; ça sent le skaï froid et la sueur ; les gens arrivent en transpirant, leur veste sur l'épaule, ils s'essuient la figure avec des mouchoirs, et ils attendent que l'air glacé leur rafraîchisse le dos. Et quand tout le monde est bien frais, les lumières s'éteignent et le film commence. Evidemment, je ne peux pas recréer tout ça. Mais quand les gens ont commencé à partir, tu sais, à partir pour de bon, je n'ai pas pu m'empêcher de penser au Roxy et au plaisir que j'aurais d'y venir toute seule. Et c'est ce que j'ai fait. Tu penses peut-être que je suis dingue. Mais on est drôlement bien ici, crois-moi. C'est pas la même chose, mais ça me rappelle le bon temps. C'est vrai, finalement, je suis peut-être dingue. A. W., laisse-moi mettre le projecteur en route ! Tu as les mains toutes froides. Tu es encore trempé comme une soupe. Tu as pris la pluie, non ? Tu grelottes. Tu veux sécher tes habits ? Tu sais, j'avais prévu que tu serais mouillé. Je suis allée chercher des affaires au supermarché après qu'on s'est rencontrés, ce matin. Ça devrait être ta taille, à peu près. Je me suis dit : Je parie qu'A. W. va braver la pluie. Il a une tête à ça. Retire ta chemise. Pas la mienne, la tienne ! Bon, O.K. La mienne aussi, si tu veux...

Plus tard, Murdoch se sentit obligé de parler de lui, à son tour.

Ils partageaient un matelas sur le sol de ce qui avait été le bureau du directeur du cinéma Roxy. Elle était nue dans la lumière morose, assise en tailleur dans un nid de couvertures moelleuses. Murdoch la contemplait avec émerveillement. Cinq minutes plus tôt, ils avaient été unis par une passion si intense que Murdoch avait eu l'impression qu'ils fusionnaient, qu'ils se fondaient l'un en l'autre. L'osmose. A présent, elle s'était écartée de lui, un peu distante. Elle souriait, toutefois, esquissée en contre-jour par la lueur diffuse tombant d'un Vélux sale rincé par la pluie. Il était minuit passé à la montre de Murdoch.

Il éprouva le besoin de se justifier.

Il lui parla de sa vie à Ukiah, de son départ de la maison, de son engagement, de son attirance pour la mécanique. Il lui expliqua comment il avait appris le fonctionnement des petites armes, leur entretien, leurs faiblesses et leurs atouts. Une arme était un mécanisme complexe sur lequel un simple geste – la pression d'une gâchette, par exemple – entraînait des conséquences d'une gravité extrême : l'expulsion d'une balle, la mort d'un homme, la victoire ou la défaite d'une bataille. Mais seulement si tout était harmonieux ; seulement si l'arme était correctement entretenue, bien sèche ici, bien huilée là. Les armes captivaient son imagination. Dans un monde où

Murdoch avait souvent tendance à se perdre, elles étaient une carte sur laquelle il savait se repérer.

Soo écoutait attentivement ; quand elle commença à montrer des signes de lassitude, il s'empressa de changer de sujet.

– Et puis il y a eu Contact, et j'ai rencontré le colonel Tyler, et on s'est mis en route pour notre jeu de massacre.

– Un jeu de massacre ?

– Tu as vu le Serveur, ce qui lui est arrivé ?

– Ça, je m'en suis rendu compte. L'explosion a soufflé la vitrine du libraire et la pluie a complètement trempé le rayon des journaux. Ça vous arrive souvent, ce genre de plaisanterie ?

Il ne savait trop s'il devait s'en vanter ou s'en confesser.

– C'est déjà arrivé une vingtaine de fois, dans vingt villes différentes, depuis le mois d'octobre.

– Ce n'est pas dangereux ?

– Les Serveurs ne se sont jamais rebellés.

Ils n'en ont pas besoin, ajouta-t-il par-devers lui.

– Je veux dire, dangereux pour les gens. Les civils.

– On n'a tué personne, jusqu'à maintenant.

Elle mordilla pensivement l'ongle de son pouce.

– Je ne voudrais pas te faire de peine, A. W., mais je n'ai pas l'impression que ça serve à grand-chose. D'abord parce que le Serveur s'est remis d'aplomb tout seul.

– On vient seulement de se rendre compte qu'ils pouvaient le faire. Mais est-ce que c'est vraiment intelligent, c'est ça, ta vraie question, non ? Pour être franc, Soo, je n'en sais rien. Le colonel Tyler, lui, pense que oui.

Il portait encore le goût de sa peau, de sa bouche, sur ses lèvres. On a la même odeur, tous les deux, songea-t-il.

– Et vous comptez continuer ?

– Les tirs aux missiles ?

Il haussa les épaules.

– Peut-être pas moi. Le colonel... je ne peux pas répondre pour lui. Quelquefois, je me dis...

– Quoi ?

– Que ce n'est peut-être pas l'homme le plus équilibré qui soit.

– Tu n'avais pas particulièrement l'air équilibré non plus, toi, ce matin.

Elle le défiait d'un sourire espiègle.

Murdoch secoua la tête à l'évocation de cet épisode peu glorieux.

– Il y avait de quoi déjanter... Bon Dieu, des peaux...

– Oh, allez... c'est pas si terrible que ça.

Il lui jeta un regard oblique.

– Tu as dit que ces gens sont... se sont évaporés, comme ça ?

– Plus ou moins. Tu sais, A. W., c'est quelque chose qu'ils avaient décidé de faire. De cette manière. Peut-être qu'il y a plus de gens qui ont choisi de rester plus longtemps dans leur peau, dans les autres villes. Ici, c'est peut-être idiot, mais il n'y a vraiment pas grand-chose à faire. Tu te souviens de Contact ? Les Voyageurs ont dit que, avec le temps, les gens n'auraient peut-être plus envie d'avoir un corps de chair. Eh bien, voilà. Il ne faut pas chercher plus loin. Mme Corvallis, celle qui tenait le salon de coiffure et qui m'avait loué une chambre... je l'ai vue partir. On s'entendait bien. On discutait souvent, toutes les deux. Vers la fin, elle était... je ne sais pas comment dire... elle était très pâle. On voyait à l'œil nu qu'elle s'en allait. Elle me faisait penser à de la porcelaine de Chine. Diaphane, tu sais. Presque brillante, et aussi légère qu'un sac de plumes. Les Voyageurs l'ont maintenue entière jusqu'au bout. Tu as entendu parler des néocytes, A. W. ?

Il acquiesça. Un médecin de Quantico avait prononcé le mot en sa présence, peu après Contact.

– Eh bien, ce sont les néocytes qui la soutenaient. Jusqu'à ce qu'elle passe complètement de l'autre côté. Et puis, un matin, j'ai frappé chez elle et comme personne ne répondait, je suis entrée. Et j'ai trouvé sa peau, toute vide. Mais il n'y avait rien de dramatique. C'était son choix. Et elle en était contente.

Murdoch, cependant, ne put réprimer un frisson de dégoût.

– C'était son choix... répéta-t-il. Tu le crois sincèrement ?

– Je ne le crois pas – je le sais.

– Affreux, soupira-t-il.

– Quel est l'autre choix, A. W. ? Quand tu meurs, tu abandonnes ta peau, aussi... et bien plus que ça. On t'enterre et tu pourris, mangé par les vers. Là, au moins, c'était bien plus propre. Et ce n'était pas la mort.

Elle souriait, mais plus gentiment, presque absente.

– Comment tu as vécu Contact, toi ?

– Comme tout le monde.

Il avait murmuré... à peine audible, parce qu'un soupçon épouvantable l'avait effleuré et s'était un instant attardé avant qu'il ne puisse le dissiper.

– Non, insista-t-elle. Parle-moi de toi. Je voudrais vraiment savoir.

– Les Voyageurs sont venus par une belle nuit d'août et ont fait une proposition. Que veux-tu que je te dise de plus ?

– Tu as refusé ?

– Ça me semble évident.

– Pour une raison précise ?

– Je crois que... non, c'est idiot.

Soo riva son regard au sien.

– Dis-moi, A. W.

– Quand on a quitté Los Angeles pour le comté de Mendocino, je suivais souvent mon père dans les bois. Les grandes forêts en bordure du Pacifique. J'avais neuf ou dix ans et une trouille abominable. Tu as déjà vu une forêt de séquoias ? Tu te sens minuscule, écrasé... Je me suis perdu, un jour. Peut-être pendant une demi-heure, pas plus. Je me suis assis sous un arbre jusqu'à ce que mon père me retrouve. Mais je ne pouvais pas m'empêcher de penser à ces forêts qui s'étalaient sur des kilomètres, jusqu'à l'océan, un océan assez grand pour engloutir tous les endroits où j'avais vécu et que j'avais connus et tous les gens que je connaissais, et un ciel assez immense pour noyer l'océan... merde. Tu comprends ce que je veux dire ?

Elle hocha gravement la tête.

Ces confidences embarrassaient Murdoch, mais il poursuivit malgré tout, presque en dépit de lui-même :

– Après ça, je n'ai plus jamais fait confiance à rien, sauf à ce que je pouvais tenir entre mes mains ou démonter. En un sens, j'ai été très tenté par Contact, tu sais. Je n'ai pas honte de l'admettre. Mais j'ai eu l'impression de me retrouver dans cette forêt, d'un seul coup. Tout était si...

Il chercha le mot pour exprimer son sentiment. Aucun n'était assez fort.

– ... grand, se contenta-t-il de dire.

– Alors tu as dit non.

Murdoch confirma d'un hochement de tête.

– A. W.... t'arrive-t-il de le regretter ?

– Tu veux dire, est-ce que je répondrais la même chose si j'avais une nouvelle chance ? Je ne sais pas.

Il songea aux peaux.

– Ça me fait encore une peur bleue, c'est sûr...

– Et s'il y avait quelqu'un avec toi ?

Il la considéra un long moment, immobile dans cette lumière pâle.

– Mais ce n'est pas possible.

– Je crois que si.

– Ils disent... enfin, les Voyageurs disent... Soo, les néocytes ne sont plus en moi.

– A. W., si tu veux une seconde chance, je pense que ça pourrait s'arranger.

Instinctivement, il se recula dans le fouillis des draps.

– Comment pourrais-tu savoir ça, hein ? Comment ?

Elle prit un air chagrin.
– Est-il possible de tomber amoureuse en moins de vingt-quatre heures ? Apparemment oui, puisque c'est ce qui m'arrive. Quelle imbécile je fais.
Elle soupira.
– Oui, c'est vrai, les néocytes ne sont plus en toi. Mais ils peuvent revenir si tu le souhaites. Ce serait aussi facile qu'une caresse, A. W. Qu'un baiser. Si tu le veux. Il n'est pas trop tard.
L'esprit de Murdoch s'embrouillait. Il attrapa son pantalon et l'enfila en toute hâte avant de s'adosser contre le mur et de la dévisager. Il chercha ses mots qui se déversèrent soudain comme un trop-plein.
– Je croyais que tu étais humaine !
– Ô mon Dieu, mais je le suis, A. W. ! Je voulais juste rester un peu plus longtemps comme ça. Il se trouve que j'aime ma peau. Il y a une peau dans la nouvelle vie, aussi, tu sais. Ce ne sont pas seulement des anges qui flottent au paradis, mais... je voulais garder ma peau humaine et rester à Loftus encore un peu.
Elle baissa la tête, curieusement honteuse, comme une petite fille surprise en train d'utiliser les fards de sa mère.
– J'aurais dû te le dire !
Il songea à ce qu'il avait vu le matin même, ces enveloppes de parchemin desséché en forme de bras, de main, de doigts. Il regarda Soo. La peau qu'il venait de toucher, de caresser. Il l'imagina vide et pendante comme une vieille défroque, peut-être balayée dans la rue par des bourrasques.
Bordel, songea-t-il. Et dire que je l'ai tenue dans mes bras... Alors que depuis le début...
... depuis le début, elle était l'une d'entre eux...
... l'une d'entre eux, sous sa peau...
– A. W., dit-elle, s'il te plaît, ne pars pas. Je t'en prie ! Laisse-moi expliquer.
Le monstre voulait s'expliquer.
Il secoua la tête, incapable d'émettre le moindre son, et se rua vers la porte, abandonnant la moitié de

son uniforme. Il n'en voulait plus, de cet uniforme. Finis les costumes d'opérette. Et il voulait que la pluie froide le lave. Le nettoie de toute cette souillure.

John Tyler posa son revolver sur la table, à portée de main. Voir son arme, cet objet solide et réel, le rassurait. C'était comme un investissement, se disait-il, quelque chose qu'on garde en attendant qu'il prenne de la valeur.

La loyauté. Il méditait sur la loyauté.

Une valeur fondamentale, selon lui. La loyauté constituait l'élément moteur de la normalité. La loyauté ne laissait pas de place à l'intrigue. La loyauté était précise.

Il commençait à mettre en doute la loyauté de Murdoch.

Tyler était assis devant la fenêtre battue par la pluie, la fenêtre qui donnait sur la rue principale de Loftus, quand Murdoch était rentré à l'hôtel.

Une vision pitoyable, grotesque. Torse nu, évitant en sautillant les morceaux de verre qui jonchaient le bitume pour ne pas blesser ses pieds nus.

Pour un peu, il en aurait ri, n'étaient les implications de ce que Murdoch lui avait confié, sans compter ce qu'il ne disait pas... Les découvertes qu'il avait faites dans cette ville. Et sa loyauté douteuse envers lui, Tyler.

Il écouta les bruits en provenance de la chambre voisine. Encore qu'il n'y avait pas grand-chose à écouter. La douche avait coulé longuement avant que la pièce ne retombe dans le silence.

Tyler s'étira le dos sur sa chaise.

Il n'avait pas dormi depuis deux jours, et n'avait pas quitté cette chambre depuis que Murdoch l'avait emmené voir le Serveur se reconstituer. Il était de nouveau visité par sa folie, il en avait conscience, mais avait oublié qu'elle était aussi synonyme de lucidité. Aux prises avec sa folie, il avait la capacité de voir les choses telles qu'elles étaient réellement, de prendre des décisions qui nécessitaient un état de clairvoyance particulier.

Il était même prêt à admettre que cette folie pouvait ressembler à celle de Sissy, le seul héritage qu'elle lui aurait légué. Sissy entendait des voix ; or, ce soir, il avait lui-même perçu une confusion de voix à la limite de l'intelligibilité ; s'il écoutait attentivement, des mots pourraient peut-être jaillir de ce brouhaha indistinct. Les mêmes mots, sait-on jamais, que ceux qui avaient à la fois effrayé et exalté sa mère. Mais Tyler ne s'intéressait pas aux voix. Elles constituaient ce que les médecins nommaient un « épiphénomène », c'est-à-dire des symptômes secondaires, telle l'étrange stérilité de la lumière jaune rayonnant des ampoules électriques de la chambre, ou l'odeur âcre du tabac froid qui imprégnait le mobilier. Sissy avait pu être abusée par de telles vétilles. Mais pas lui.

Il s'intéressait en revanche à la lucidité, à la vitesse de ses pensées. Il avait la capacité de voir la toile complexe des fils qui liaient les événements entre eux.

C'était à la fois hideux et très beau.

Le colonel Tyler l'examinait, la tournait, la retournait dans son esprit, cette toile scintillante. Et le jour, en tapinois, s'apprêtait à poindre.

La pluie tombait maintenant depuis quarante-huit heures.

Murdoch frappa à sa porte tôt le lendemain matin.

Tyler se leva et ouvrit au moment où Murdoch s'apprêtait à frapper une seconde fois.

– Mon colonel, dit Murdoch, j'ai réfléchi, et je crois que vous avez raison. Nous devrions quitter cette ville au plus vite.

Tyler prit le temps d'observer le sergent des pieds à la tête.

– Vous avez une mine épouvantable, monsieur

Murdoch. On dirait que vous n'avez pas fermé l'œil de la nuit.

Murdoch haussa les épaules.

– Excusez-moi, mon colonel, mais vous n'avez pas particulièrement l'air frais, non plus.

– Il pleut encore, dit Tyler, savourant la situation.

– Oui, mon colonel, mais...

– Vous m'avez convaincu, vous savez : on ne devrait pas naviguer dans ces montagnes par un temps pareil.

– Mais vous l'avez dit vous-même, mon colonel : on ne va pas se laisser intimider par une malheureuse averse. Je pense que...

– Non, non. Vous avez été très persuasif. Nous devons nous montrer prudents. Si on s'embourbe dans un fossé, aucun garagiste ne viendra nous dépanner. Nous vivons dans un nouveau monde, monsieur Murdoch.

– D'accord, mon colonel, insista pitoyablement Murdoch. Mais...

– Nous pouvons très bien rester un jour de plus.

Murdoch parut capituler. Il baissa la tête.

– Bien, mon colonel.

– Ou plus longtemps.

– Plus longtemps, mon colonel ?

– Tout dépendra du temps.

Cette menue victoire remonta le moral de Tyler. Dans l'après-midi, il se sentit suffisamment en forme pour braver la pluie. Il traversa la rue et s'engouffra dans un magasin de sport où il trouva un ciré jaune. Il l'enfila aussitôt pour aller en reconnaissance dans le voisinage de l'hôtel.

La ville n'était pas grande ; il risquait de ne pas tomber sur ce qu'il cherchait. Mais sait-on jamais ?

Il déambula dans les rues, le regard rivé sur les toits, en quête d'une antenne.

Certaines maisons étaient équipées d'antiques antennes de télévision. Ailleurs, des antennes paraboliques trônaient au centre des pelouses comme d'énormes champignons. La plupart, sans doute, captaient les chaînes câblées. Mais Tyler s'en moquait. Ce n'était pas une antenne de télévision qu'il cherchait. Il poursuivit ses recherches, étrange silhouette solitaire dans son ciré jaune, seule tache de couleur mouvante dans ces rues grises et vides.

A 17 heures, la nuit commençait déjà à tomber. Tyler s'apprêtait à rebrousser chemin quand il regarda sur sa gauche dans une des étroites rues d'un quartier plus résidentiel : une tour se profilait en flèche dans le ciel noir d'encre. Une tour de radio avec une antenne.

Un sourire éclaira le visage mouillé du colonel. Il se dirigea rapidement vers la maison concernée dont il ouvrit la porte d'un coup de pied. La lumière jaillit quand il appuya sur l'interrupteur. Etonnant, songea-t-il, que l'électricité fonctionne toujours. Etrange, même... Dans toutes ces petites villes perdues qu'ils avaient traversées, les prises continuaient à offrir du cent dix ou deux cent vingt volts aussi consciencieusement qu'auparavant. Si ce n'était pas plus... Il y avait un mystère là-dessous, mais Tyler le relégua dans un coin de son esprit. Il serait temps d'y réfléchir plus tard.

Dans la maison, il trouva deux des peaux dont Murdoch lui avait parlé. Il observa ces mues humaines avec un léger dégoût, les touchant du bout du pied. La révulsion de Murdoch était compréhensible ; les peaux sèches et reptiliennes étaient peu ragoûtantes.

Mais ce n'étaient que des choses mortes, inoffensives, et Tyler parvint aisément à les ignorer.

Au sous-sol, il découvrit enfin ce qu'il cherchait : une petite pièce décorée de cartes marines et d'antiques objets de navigation en cuivre avec une vieille table au bois patiné sur laquelle était installée une radio Kenwood d'un modèle tout récent.

Tyler alluma la radio pour s'assurer qu'elle fonctionnait. Le tuner s'éclaira ; les haut-parleurs bourdonnèrent imperceptiblement.

Qui pourrait-il capter ? Y aurait-il des voix, derrière ce murmure, ce souffle ?

Peut-être personne. Ou peut-être le peuple des survivants. Un Américain sur dix mille. Un chiffre qui représentait encore une population conséquente. Et une population qui ne saurait rien de lui. Personne ne serait au courant de l'incident de Stuttgart ou des frasques de ses longues nuits. Personne ne connaîtrait sa piteuse manœuvre d'intimidation contre le Président. Parmi ces gens, il n'aurait en somme aucun passé. Il serait comme neuf. Il pourrait passer pour l'image que lui renvoyait le miroir.

Avec un soin scrupuleux, il bougea le bouton de la radio. Tout d'abord déçu par son mutisme, il persista pendant quatre heures jusqu'à ce que, bien après que la nuit eut enveloppé la ville, il capte faiblement la voix de Joseph Commoner appelant Boston, dans le Massachusetts.

Quand Tyler analysera plus tard les événements qui suivirent, son verdict sera : *Je n'aurais pas dû jouer avec ce revolver.* C'est à cause du revolver que les choses avaient tourné au vinaigre.

De retour à l'hôtel, il trouva Murdoch en train de préparer des hamburgers sur la plaque. Tyler n'avait pas faim ; son mal de tête avait empiré. Après le dîner, Murdoch apporta une caisse de bières dans la chambre. Tyler s'appliqua à l'imiter, bouteille après bouteille. Une erreur tactique, étant donné les circonstances. L'alcool inhibait son jugement.

Il parla longuement et volubilement, peut-être avec un soupçon d'incohérence, des grandes valeurs qui le transportaient : la loyauté et la santé mentale.

– Au bout du compte, conclut-il, tout se résume à une chose : l'obéissance. Santé mentale et obéissance ne sont qu'une seule et même vertu. Vous n'êtes pas d'accord, monsieur Murdoch ?

Murdoch – dont les nombreuses bières n'avaient certes pas contribué à adoucir l'humeur déjà passablement nerveuse – considéra Tyler d'un œil las.

– Pour être franc, mon colonel, je n'ai strictement rien pigé à votre discours.

– Eh bien, vous n'y allez pas par quatre chemins !

Le ton de reproche de Tyler acheva de faire monter la moutarde au nez de Murdoch.

– Et pourquoi faudrait-il que je prenne des gants ? J'entrave que dalle à vos élucubrations verbeuses. Et je ne vous comprends pas non plus, vous. La moitié du temps, vous avez l'air d'un brave officier à la retraite, et l'autre moitié, j'ai l'impression d'avoir affaire à un vieux prof pédé. Je sais même pas pourquoi on continue cette mascarade. Mon colonel par-ci, mon colonel par-là... Tout ça parce que vous vous pavanez comme si vous aviez un manche à balai dans le cul. Saluez-moi, je suis fantastique. Eh ben merde. C'est pas seulement con, John, c'est malsain.

Tyler fut piqué au vif par la violence de l'algarade.

– Epictète, dit-il.

– Quoi ? fit Murdoch, exaspéré.

– *Les Entretiens*. « Pourquoi, dans ce cas, marchez-vous comme si vous aviez avalé une baguette en bois ? » Epictète. C'était un stoïcien, un esclave romain affranchi et éduqué. Vous ne devriez pas m'insulter, monsieur Murdoch.

– Je voulais seulement dire...

Mais l'attention de Tyler avait dérivé sur le revolver. Spontanément, dans un geste qui semblait n'appartenir qu'à ses mains, il saisit l'arme.

Les yeux de Murdoch s'écarquillèrent.

C'était un revolver de facture ancienne. Tyler l'ouvrit pour en montrer la chambre à Murdoch.

– Vide, dit-il.

Il prit alors une des balles posées à côté de l'arme et la roula une seconde entre le pouce et l'index avant de la placer dans le barillet.

Du moins fit-il semblant. En fait, il garda la balle

au creux de sa paume... mais Murdoch ne s'en aperçut pas.

– Vous connaissez le jeu de la roulette russe ? demanda-t-il.

Il fit tourner le barillet sans le regarder.

Puis leva l'arme contre sa tempe. Il était coutumier du geste, mais jamais encore il ne l'avait accompli en présence d'un témoin. Il en éprouva une sensation étrange, étourdissante, et se sentait curieusement détaché de Murdoch, du monde extérieur en général.

Son regard emprisonna celui de Murdoch alors qu'il appuyait sur la gâchette. *Clic.*

Il fit de nouveau tourner le barillet.

– C'est l'avantage que j'ai sur vous, espèce de petit crétin dégénéré. Moi, je suis capable de jouer à ça.

Murdoch, spécialiste des armes, visualisait peut-être le mécanisme interne du revolver, la balle qui se place devant le percuteur. Ou peut-être pas.

Clic.

– Je peux le faire sans tressaillir, vous voyez. Maintenant, voyons si vous en êtes capable.

Murdoch se tassa davantage, comme maintenu sur son fauteuil par une main invisible. Sa pomme d'Adam montait et descendait le long de sa gorge sous l'œil fasciné de Tyler. C'était comme si quelque chose, en Murdoch, cherchait à se libérer, quelque chose de plus substantiel qu'un simple mot.

– Mon Dieu, murmura Murdoch d'une voix étranglée, pour l'amour du ciel, n'appuyez pas !

– Voilà pourquoi vous m'appelez « mon colonel ». Vous comprenez ?

– Oui ! Oui, mon colonel !

– Je n'en suis pas si sûr.

Clic.

– Jésus Marie Joseph, rangez ce revolver ! Par pitié, ne me faites pas ça !

Murdoch était vert de peur, paralysé sur son fauteuil aux accoudoirs duquel il s'agrippait désespérément. A la lumière crue de la chambre, sa montre digitale apparaissait clairement. Tyler suivit la progression des chiffres ; il compta trente secondes puis baissa le canon de l'arme.

Il releva les yeux vers Murdoch et sourit.

– Nous partirons demain matin, dit-il.

Murdoch ouvrit la bouche mais aucun son n'en sortit.

Tyler reposa le revolver sur la table.

– Peut-être devriez-vous aller préparer vos affaires, monsieur Murdoch.

Murdoch cligna des yeux, hébété, puis comprit enfin que Tyler venait de lui donner l'autorisation de se retirer. L'épreuve était terminée. Il quitta son fauteuil et s'avança vers la porte sur ses jambes flageolantes, se retourna, jeta un dernier regard ahuri à Tyler avant de sortir en tirant la porte derrière lui.

La migraine de Tyler devenait insupportable.

Plus tard, il lui vint à l'esprit de chercher la balle qu'il avait cachée dans sa paume. Or elle ne se trouvait ni sur le fauteuil, ni dans sa poche, ni sur la table. Finalement, il ouvrit le revolver et trouva la balle dans le barillet – exactement là où il avait cru faire semblant de la mettre. Ce qui le perturba un peu, tout de même. C'était une erreur bien étrange à commettre.

Murdoch, allongé sur son lit dans sa chambre fermée à double tour, passa le reste de la nuit les yeux grands ouverts. Parce que quand il les fermait, il voyait le canon du revolver de Tyler pointé sur lui.

Ou Soo Constantine, pâle et nue dans la pièce sombre.

Ou une peau humaine traînant comme un papier gras sur le perron d'une maison abandonnée.

Dieu du ciel, songea-t-il, et si Tyler l'avait tué ? Il ne serait pas une peau, lui. Il serait un cadavre. Quelque chose de bien plus dégoûtant qu'une peau, ainsi que Soo le lui avait fait remarquer.

Elle parlait des disparus comme s'ils étaient réellement partis ailleurs. Et si c'était vrai ? Après tout, les Voyageurs l'avaient promis, non ? Contact n'était plus qu'un vague souvenir dans l'esprit de Murdoch, un rêve qui pâlissait à la lumière du jour. Mais il se souvenait de la promesse d'une vie nouvelle, à la fois physique et sans forme... un concept qui, dans l'intensité du moment, avait eu un sens.

Il n'est pas trop tard, lui avait dit Soo.

Pourquoi ces mots résonnaient-ils en lui ?

Cette offre le tentait-elle réellement ? Etait-ce possible ?

Mais c'est horrible, songea-t-il. Je ne veux pas devenir une peau vide dans une rue déserte, comme un sac de plastique qu'on jette dans le caniveau.

C'est un choix qu'ils ont fait.

Non. C'est des conneries, tout ça.

Pourtant, elle n'avait pas eu l'air de mentir.

Il essaya de s'imaginer de nouveau sur les routes avec Tyler, à observer le vieux en train de sombrer dans sa dinguerie, de tirer sur tout ce qui bouge, de tenter de comprendre le monde en le démantelant.

Bordel, songea Murdoch, malheureux comme une pierre, et je ne sais même pas où je suis ! Impossible de trouver cette foutue ville sur une carte. Loftus ? Dans quel pays est-ce ?

Je suis perdu.

La pluie tambourinait sur la vitre.

Il finit par s'assoupir une heure avant l'aube.

Tyler se réveilla en regrettant l'incident de la veille et prit le parti de faire comme s'il ne s'était jamais produit. Il frappa à la porte de Murdoch et lui demanda de l'aider à charger le Hummer. Murdoch acquiesça en silence – un peu penaud, lui aussi, à la lumière sobre de cette nouvelle journée ; il commença à rassembler le matériel culinaire.

Ils transportèrent leurs affaires personnelles jusqu'au garage où le Hummer avait été dissimulé. Tyler les rangea à l'arrière du véhicule et s'assura de bien les sangler. Murdoch, l'air sombre et désorienté, l'observait à quelques pas de là.

Puis Tyler s'installa sur le siège passager et attendit que Murdoch prenne place au volant. C'était un geste de réconciliation ; une main tendue. Il confiait en quelque sorte les rênes à Murdoch en guise d'excuse pour son attitude de la veille.

Mais Murdoch resta sur place.

– Mon colonel, dit-il, je crois que j'ai oublié quelque chose à l'hôtel.

Tyler sortit une paire de lunettes de soleil de sa poche et entreprit de la nettoyer.

– Quel genre de chose, sergent ?

– Le compas, marmonna Murdoch.

– Le compas ? Je crois l'avoir vu dans le sac.

– Je ne pense pas, mon colonel, objecta Murdoch sans toutefois faire le moindre geste pour vérifier.

L'air stagnant du garage empestait l'essence et l'huile rance. Tyler commença à s'y sentir mal à l'aise, oppressé.

– C'était un compas sans grande valeur, dit-il. Nous en trouverons un de meilleure qualité n'importe où.

– Il serait plus simple que je retourne le chercher, mon colonel.

– Dans la chambre d'hôtel ?

– Oui, mon colonel.

Tyler perçait aisément le mensonge à jour, ainsi que l'implication du mensonge. Et cette trahison minable le plongea dans une infinie tristesse.

– Eh bien, dans ce cas, dit-il, vous feriez mieux de vous dépêcher, sergent.

Murdoch ne put cacher son soulagement.

– Oui, mon colonel.

– Je vous attends.

– Oui, mon colonel.

Le colonel observa son jeune ami quitter le garage. Murdoch fut l'espace d'un instant auréolé de lueur matinale – la pluie avait enfin cessé – avant d'être englouti par l'ombre d'un immeuble...

Il retrouva Soo, à peine éveillée, dans le bureau du directeur du Roxy ; son sweat-shirt gris tombait presque jusqu'à ses genoux. Elle releva les yeux quand Murdoch franchit la porte.

A la lumière du jour, Murdoch découvrit une pièce différente. Le soleil entrait par le petit Vélux. Le lit, posé à même les vieilles lattes lustrées du parquet, semblait ébouriffé, comme si elle non plus n'avait pas réussi à trouver le sommeil.

– Soo... commença-t-il.

– Tu n'as rien à expliquer, A. W. Je comprends.

Elle se leva.

– Je sais pourquoi tu es ici. Ne crains rien.

Jamais il n'avait éprouvé une telle peur. Pire encore que lorsque Tyler avait pointé le revolver sur lui. La raison qui l'avait impulsivement poussé à revenir ici lui parut soudain folle, vaine.

Elle s'avança vers lui.

– Tu sais, dit-il, je ne suis toujours pas certain de...

– Ça ne fait pas mal, A. W.

C'est toujours ce que sa mère lui disait quand elle l'emmenait chez le médecin pour une piqûre.

– C'est la vie, rien de plus.

Doucement, elle posa les mains sur ses épaules et inclina la tête.

– Une autre vie.

Murdoch ferma les yeux et l'embrassa.

Sans doute est-ce à cet instant que les néocytes entrèrent dans son corps. Il n'eut aucune sensation, rien de plus menaçant que ce doux baiser. Il fut rassuré de retrouver l'odeur de Soo, le goût de Soo. La peur commença à se dissiper.

S'écartant d'un pas, elle lui sourit.

– A présent nous pourrons rester ensemble, A. W. Aussi longtemps que nous le souhaiterons.

Il s'apprêtait à répondre quand trois choses se produisirent, de façon pratiquement simultanée.

La porte s'ouvrit à toute volée, heurtant Murdoch dans le dos et le projetant sur le côté...

John Tyler surgit dans la pièce, revolver au poing...

Un bruit retentit, tel le craquement d'une énorme branche ; Tyler venait de tirer et la tête de Soo Constantine éclata dans une explosion de chair et de sang.

Tyler logea trois balles de plus dans le corps inerte de la fille. Bang. Bang. Bang. Il sentit le choc du recul dans son bras et son épaule. Une sensation agréable.

Il avait sans mal tiré les conclusions qui s'imposaient des silences et des escapades nocturnes de Murdoch, de ses colères et de ses décisions impulsives de partir ou de rester. Pourtant, avait-il envie de lui dire, regardez les choses en face : elle peut mourir, après tout. Elle peut être aussi morte que n'importe quel humain.

Son sang était sombre, visqueux et bizarre, et Tyler demeura un instant fasciné par le cadavre.

Puis il se tourna, surpris de ne pas trouver Murdoch. Lequel avait fui par la porte restée ouverte.

Pas question qu'il s'échappe.

Tyler se précipita dans le hall du cinéma et sortit dans la rue.

Murdoch n'était qu'à une cinquantaine de mètres de là, s'acharnant sur les portières fermées des voitures garées le long du trottoir. Il l'avait quitté pour une fille. Qui sait si elle ne l'avait pas déjà contaminé ? Tyler avait surpris quelques mots, avant d'ouvrir la porte. *A présent nous pourrons rester ensemble.*

Tyler ajusta son tir. Il dut se déplacer pour éviter d'être ébloui ; le soleil se réverbérait sur les parechocs et les vitres des voitures.

Murdoch l'aperçut et plongea derrière une voiture. Tyler appuya sur la gâchette ; la balle ricocha sur le mur d'un magasin de chaussures. Murdoch, accroupi, courut jusqu'à la voiture suivante, une vieille Ford. Tyler, d'un pas vif mais calme, remonta la rue et adopta de nouveau une position de tir.

Il commençait à presser la gâchette quand il vit la porte de la Ford s'ouvrir et Murdoch s'engouffrer dans le véhicule.

En jurant, Tyler visa de nouveau. Le revolver recula une fois de plus dans sa main.

Il vit Murdoch tressauter ; il l'avait touché – du sang jaillit de sa jambe ou de sa cuisse gauche. Puis la portière se referma ; le moteur toussa deux fois et finit par démarrer. Murdoch enclencha la vitesse et fila à tombeau ouvert sous le regard impuissant de Tyler. La Ford vira dangereusement sur l'aile dans le virage. Son pare-chocs arrière accrocha une borne d'incendie sur la gauche ; enfin rétablie, la voiture fonça vers l'ouest.

Tyler remonta la rue en courant pour récupérer le Hummer... mais le garage était au moins à deux cents mètres de là. Il perdait un temps précieux.

Il roula pendant une heure sur la route qu'avait empruntée la Ford sans la rattraper. Sans même l'apercevoir. Murdoch avait très bien pu s'engager sur une des petites routes de campagne, presque des chemins, ou s'être caché dans une grange, derrière un panneau publicitaire. Ou tout bêtement dans une des ruelles de Loftus.

Mais je l'ai blessé, songeait Tyler, content de lui. Dans un monde sans docteurs, sans soins médicaux, c'était peut-être suffisant.

C'était une question de principe, se dit-il encore. Murdoch avait renoncé à son humanité. Et Tyler, tout compte fait, avait tout à gagner de sa désertion. Murdoch n'avait déjà découvert que trop de défauts dans la fragile cuirasse de sa santé mentale. Il l'avait vu tuer la fille. C'était précisément ce genre de bagage encombrant dont Tyler préférait se délester en chemin.

Il s'arrêta sur le bas-côté de la route, bien au-delà des limites de Loftus, dans une flaque de soleil frais de novembre, et écouta le silence. Le nouveau silence de sa solitude dans ce monde toujours plus vide. L'autre voix, l'autre présence, n'était plus. Il n'y avait plus que lui, désormais, Tyler. Tyler qui parlerait à Tyler. Ou bien ces autres voix, encore ; les voix de Sissy, qui lui murmureraient leurs propos insensés par l'entremise des arbres, de la terre, du vent...

Murdoch était plus gravement blessé que le colonel ne l'avait imaginé.

La balle avait pénétré dans sa hanche, pulvérisé une partie de l'os, et laissé une vilaine plaie là où elle était ressortie. Le siège avait été immédiatement trempé de sang. Aveuglé par la douleur, Murdoch ne tenait que par le souvenir de la mort de Soo Constantine sous les balles de Tyler.

Il roula quelques centaines de mètres en écrasant l'accélérateur sous son pied, bifurqua brusquement à droite et s'enfila dans le premier garage vide qui se présenta.

La voiture n'était pas totalement dissimulée mais au moins elle n'attirerait pas l'attention, dans l'ombre. De toute façon, il n'avait pas le choix. C'était ou s'arrêter, ou perdre connaissance au volant. La voiture s'engagea trop rapidement dans l'allée ; le pied gauche de Murdoch dérapa entre les pédales d'embrayage et de frein. La Ford entra en trombe dans le garage et fonça dans l'étagère murale du fond. Murdoch s'écroula sur le volant alors qu'une paire de cisailles perforait le capot et qu'un bidon d'huile se renversait sur le pare-brise.

Il eut le réflexe de couper le moteur avant de sombrer dans l'inconscience, enivré par l'odeur chaude et salée de son propre sang.

Le Serveur répondit immédiatement à la détresse de cette âme en transit.

La mutation avait à peine débuté, mais les néocytes dans le corps de Murdoch diffusèrent la terrible nouvelle de la mort imminente de l'organisme.

Tyler venait tout juste de disparaître vers l'ouest au volant du M998 quand le Serveur reconstitué quitta sa place au centre de Loftus pour glisser vers le garage où Murdoch agonisait.

Il se posa en douceur près de la portière conducteur et n'en bougea plus. Le silence n'était troublé que par l'eau s'écoulant goutte à goutte du radiateur crevé de la Ford.

Le Serveur était une entité composée de nombreuses consciences, dont certaines humaines. L'une d'elles n'était autre que Soo Constantine, tout récemment abattue par le colonel John Tyler. Et la détresse du Serveur était la détresse de Soo.

Le Serveur contempla le corps ensanglanté de Murdoch avec douleur et compassion.

S'il mourait, et il oscillait au seuil de la mort, Murdoch perdrait la vie à jamais. Il n'avait pas eu le temps de préparer la transition, de créer un second Murdoch pour recevoir le Murdoch-essence. Seul existait ce fragile Murdoch avec ces rares néocytes éparpillés dans son organisme. Les néocytes ne s'étaient reproduits que quelques centaines de fois. Ils ne s'étaient pas encore emparés de Murdoch de manière à pouvoir exercer une action.

Mais Murdoch avait choisi. Et sa mort involontaire révoltait les Voyageurs.

Le Serveur se fabriqua un bras et le tendit vers la vitre. Le verre, pulvérisé, se dispersa en fine poussière grise. Le bras entra ensuite dans la voiture et toucha le corps meurtri de Murdoch.

Une masse noire, tel un essaim d'insectes, quitta le corps du Serveur. Des milliards de ses particules se mirent aussitôt à la tâche pour réparer les vaisseaux éclatés afin que soit de nouveau véhiculée la vie dans l'organisme.

Bientôt, Murdoch fut enveloppé dans ce qui apparaissait comme un cocon noir informe.

Le cocon ne bougeait pas ; Murdoch ne bougeait pas. Une activité fiévreuse, cependant, se déroulait à l'intérieur du corps et au-delà de toute perception humaine. En apparence, rien ne changeait.

Les jours succédèrent aux nuits, les nuits aux jours. Les nuages, au-dessus de Loftus, enténébraient le ciel.

Périodiquement, en ce mois de décembre, des orages éclatèrent. Violents et subits.

Murdoch se réveilla en janvier.

Le Serveur s'était retiré ; il était seul dans la voiture. Il ouvrit la portière et tituba légèrement dans la faible lumière du jour.

Le ciel était gris ; l'orage menaçait. Tout l'hiver, la Terre subirait d'épouvantables et dangereuses intempéries. On l'avait averti de prendre garde aux tempêtes.

Les néocytes travaillaient toujours en lui. Murdoch aurait pu choisir de partir dès maintenant pour l'autre vie, sa vie virtuelle. Mais il n'en avait pas terminé avec sa vie de chair que la balle de Tyler avait brisée net.

Il avait certaines choses à voir.

Quelles choses ? Impossible à préciser. Il avait bien failli mourir des suites de sa blessure, et l'irrigation sanguine du cerveau avait été trop longtemps interrompue. Les néocytes régénéraient les tissus, mais leur travail, qui progressait lentement, pâtissait de circonstances peu favorables. Il n'était pas aisé de reconstituer toutes les facultés mentales à partir d'éléments fragmentés. Dans l'immédiat, Murdoch n'avait pas encore recouvré l'usage de la parole et n'avait pas suffisamment confiance en la coordination de ses mouvements pour conduire ; trop de mémoires neuromusculaires attendaient d'être reconstituées.

Muet, il se mit à marcher en direction du soleil couchant.

Il marcha pendant des semaines.

Ses jambes étaient d'une force presque surnaturelle et son énergie semblait inépuisable. Le mauvais temps ne présentait qu'un obstacle mineur, et son contact constant et silencieux avec le vaisseau l'aidait à prévoir et donc à éviter les vents trop forts et les orages. Il s'abritait dans des bâtiments abandonnés, des granges, des ravines.

Il lui arriva, certaines nuits, de dormir sous la pluie. Son corps avait été transformé de l'intérieur ; la chaleur ou le froid extrêmes ne le gênaient plus. Il mangeait à peine. Il n'en avait plus besoin ; il buvait en revanche abondamment quand il trouvait un point d'eau.

Il franchit le Mississippi à Cairo et traversa de vastes plaines où les tempêtes sévissaient souvent avec violence. Une nuit, réfugié dans une conduite d'eau abandonnée en pleins travaux, il observa une tempête de neige se former à l'horizon. Le vacarme du vent était assourdissant. Tard dans la nuit, alors que la neige avait presque bloqué la conduite à chaque extrémité, un renard, trempé et pitoyable, vint s'abriter près de lui. L'animal avait presque aussi peur de Murdoch que de la tempête. Murdoch raffermit la texture de sa peau et laissa le renard lui mordiller le doigt jusqu'à ce que l'animal s'arrête de lui-même, épuisé et rassuré. Alors Murdoch le prit contre lui et le réchauffa à la chaleur de son corps. Bientôt, tous deux dormaient paisiblement.

Au matin, son compagnon était parti, mais Murdoch eut le plaisir et la surprise de constater que le nom de l'animal lui était revenu à la mémoire pendant la nuit. *Renard*. L'animal était un *renard*. Il prononça le mot à haute voix.

– Renard !

Le son lui blessa la gorge. Mais il s'en moqua. Le plaisir d'entendre sa voix le gonflait d'une joie irrépressible.

– Renard !

Il prit la direction du nord-ouest sur une route couverte d'une épaisse couche de neige blanc bleuté.

– Renard ! lançait-il de temps à autre, et le mot résonnait à travers les champs déserts, au-delà des fermes abandonnées. Renard, renard, renard !...

Au plus profond de l'hiver, il traversa le Kansas et passa la frontière du Colorado, où il comprit enfin le but de son voyage et la raison pour laquelle il avait parcouru une telle distance. Le Vaisseau-Home dont les Voyageurs lui avaient parlé.

C'était cela, l'origine de son extraordinaire énergie, de sa volonté de garder son corps de chair. Une parcelle de A. W. Murdoch avait obstinément voulu voir ce miracle de ses propres yeux.

De très loin, on aurait dit une montagne, une ample arabesque bleu et blanc presque dissoute dans la brume de l'horizon.

Murdoch pouvait se réjouir : le ciel s'était éclairci à l'est des Rocheuses. Avec un peu de chance, le temps se maintiendrait jusqu'à ce qu'il se soit rapproché. Mais les distances n'étaient pas faciles à évaluer. Combien de kilomètres devrait-il encore parcourir ? Lui faudrait-il longtemps pour parvenir à l'horizon ? Et au-delà ?

Il marcha un jour et une nuit, et un autre jour plus une autre nuit.

Son vocabulaire se reconstituait peu à peu au fil des jours. Avec des résultats parfois comiques... Murdoch s'arrêtait brusquement sur le bord d'une route déserte, pointait son index vers le ciel et annonçait d'une voix forte aux esprits qui voulaient bien l'entendre : *Fenêtre !* ou bien *Barrière !*

Les noms propres demeuraient plus insaisissables.

Il pouvait tout juste prononcer le sien. « Murdoch », disait-il, mais le son lui paraissait bizarre et grotesque. Il ne pouvait pas non plus se rappeler le nom de la fille qu'il avait rencontrée à Loftus, bien que son souvenir fût resté très vivant dans sa mémoire et qu'il ressentît souvent sa présence silencieuse auprès de lui. Un vague son lui venait parfois sur le bout de la langue, un *ssss* qui essayait sans succès de franchir ses lèvres. C'était exaspérant. Pourtant il s'y efforçait, jour après jour.

Le Vaisseau-Home trônait sur l'horizon, plus proche, désormais. Le regard était irrésistiblement capté par cette perle bleue coiffée de blanc – la neige. Telle une montagne, il s'élevait sur plus de quinze mille mètres dans l'air raréfié, au royaume des neiges éternelles.

Les Voyageurs lui avaient expliqué, sans mots mais de manière très vivante, comment était né le Vaisseau-Home. Bien des mois plus tôt, la veille de Contact, un unique néocyte microscopique – telle une petite graine – était venu se poser sur cette plaine de terre sèche, vallonnée, où le Colorado fusionnait avec le Wyoming. Immédiatement, cette parcelle des Voyageurs avait commencé à se reproduire. Le néocyte en avait donné deux, les deux en avaient produit quatre, les quatre huit... en moins d'une heure, un million de néocytes en généraient deux, et les deux quatre. Les organismes se nourrissaient et croissaient grâce aux éléments contenus dans la terre, le sable, l'eau, l'air et la lumière. Quand ils furent suffisamment nombreux – inconcevablement nombreux –, ils s'organisèrent en machines, en mécanismes gigantesques.

Le Vaisseau-Home requérait d'énormes tonnages de matières premières. Les machines commencèrent par creuser le sol en forme de cratère après avoir déplacé les troupeaux d'antilopes. Mais ceci n'était qu'un modeste premier pas. A mesure qu'il approchait, Murdoch ressentait les secousses rythmiques. Sous l'impondérable substance du Vaisseau-Home, un conduit avait été ouvert jusqu'au magma terrestre lui-même.

Le temps clair persistait, mais un vent froid soufflait désormais en provenance de l'ouest. Plus Murdoch avançait, plus il faiblissait.

Il comprit qu'il ne pourrait pas s'approcher du Vaisseau-Home aussi près qu'il l'aurait souhaité. L'endroit n'était pas sans risque. Le vent, enroulé autour d'une sphère de plus de cinquante kilomètres de circonférence, créait des turbulences capables de l'emporter aussi aisément qu'une plume. De plus, des gaz mortels s'échappaient du magma, et la chaleur à la base du cratère allait bien au-delà de la tolérance humaine.

Mais il pouvait malgré tout s'en approcher encore.

– Sssoo, prononçait-il. Ssss... oo...

Ce n'était pas encore tout à fait ça.

La neige se remit à tomber cette nuit-là.

Une neige dure, granuleuse, qui entravait sa progression. Murdoch dormit dans le couloir d'un motel, loin des fenêtres brisées par les tempêtes, et reprit sa marche au matin. Son compas, qu'il avait gardé dans sa poche depuis Loftus, et sa carte l'aidaient à maintenir un cap régulier.

Mais les intempéries dissimulaient le Vaisseau-Home à ses yeux.

Le mauvais temps s'installa sans qu'il fût permis d'espérer la moindre amélioration. Trois jours durant, il marcha à l'aveuglette. Marcha jusqu'à ce qu'il fût contraint de s'arrêter en raison de violentes secousses et d'un vent si brûlant et sulfureux qu'il faisait fondre la neige tassée sur le sol.

Murdoch se sentait devenir plus léger. Quand il en aurait fini ici, plus rien ne le retiendrait dans son corps de chair, il en avait conscience. Mais il redoutait que le processus ne se déroule trop rapidement, redoutait d'être parti avant que le temps ne se soit de nouveau éclairci.

Il se réfugia sous une bâche dans l'atelier de réparations d'un garage et glissa dans un sommeil entrecoupé de moments de veille où il écoutait les flocons de neige, durs comme des grêlons, marteler le toit du bâtiment, les pompes à essence, la route vide.

Le temps passa. Il n'aurait su dire s'il avait dormi un jour, ou un mois ; il savait seulement qu'il faisait nuit quand la neige cessa.

Il s'éveilla dans le silence cotonneux, se releva, un peu raide, et s'empressa de sortir.

Les nuages s'étaient dissipés. On apercevait les étoiles, des étoiles très vives, derrière les filaments évanescents des cirrus.

Et le Vaisseau-Home.

C'était comme un disque prodigieux qui masquait le ciel. Qui le dominait. En raison de la perspective, il lui apparaissait tronqué, tel un dôme prêt à se renverser et à l'écraser. Un croissant de neige sur son sommet reflétait la clarté lunaire. La partie inférieure de la sphère n'était pas solide ; elle consistait en un réseau, un entrelacs d'étais et de mâts aussi légers, lui semblait-il, que des fils de la vierge ; mais chacun devait être immense – des colonnes aussi larges que des villes, aussi longues que des fleuves.

Il était illuminé de l'intérieur par l'incandescence du magma et la luminescence étrangement nacrée des gaz toxiques.

Périodiquement, des boules de feu bleutées semblaient rouler et rebondir sur les innombrables traverses de sa structure. Et puis, il y avait le son. Un lointain et incessant grondement de tonnerre que la neige avait jusque-là amorti, mais qui ronflait maintenant dans la nuit froide et roulait sur la plaine.

Un vent plus fort se leva, et Murdoch s'agrippa à une des pompes à essence.

C'était la chose la plus étrange et la plus belle qu'il ait jamais vue. Une reconnaissance infinie lui gonfla le cœur ; on l'avait remis sur pied et exposé aux éléments pour lui offrir cette vision. Son uniforme n'était plus qu'une loque. Il sentait sa vie terrestre, telle une mince flamme, vaciller en lui. C'était pour cet instant qu'il avait voulu vivre encore.

Il ouvrit la bouche dans l'intention d'exprimer son émerveillement, mais un son inattendu en sortit.

– Soo !

Il ressentait sa présence.

Si fort qu'il se tourna vers la gauche, vers la droite. Il était seul, bien sûr. Elle était auprès de lui, mais pas ici. Dans l'autre vie.

Il s'élevait, maintenant. Plus léger que l'air.

Murdoch regarda le Vaisseau-Home surgir de la terre, regarda cette boule incommensurable et flamboyante projeter son reflet sur les plaines enneigées.

– Soo, murmura-t-il faiblement.

Et elle l'accueillit.

Le vent souleva ce qui restait de Murdoch, balaya ses haillons, sa peau, et les emporta loin, très loin, au-delà des plaines glacées du Colorado, plus haut que les plus hautes des montagnes...

22

La chair

Par un après-midi brumeux de fin janvier, Tom Kindle trouva une peau humaine accrochée à une azalée dénudée, juste devant sa porte.

Cadeau du vent qui soufflait par rafales ce jour-là.

Elle était déchirée et incomplète, décolorée par les intempéries. Un instant, Kindle eut l'impression qu'un vieux spectre s'était endormi là, à deux pas de sa porte.

Il étudia la dépouille un moment, puis rentra chez lui pour téléphoner à Matt Wheeler.

Matt arriva chez Kindle quelque temps plus tard, armé de sa sacoche de cuir noir. Encore que, s'il avait bien compris, l'examen n'était plus vraiment de son ressort, mais plutôt de celui d'un médecin légiste.

Il examina la peau là où elle était toujours suspendue, sur l'azalée, avec une attention soutenue mais sans émotion apparente. Il se retourna ensuite vers Kindle.

– Vous auriez une pince ?

– Une pince ?

– Oui, je ne sais pas, des pincettes... quelque chose pour saisir.

– Oh... je crois qu'Abby a apporté ce qu'il faut.

Il disparut dans la maison et revint avec une paire de pinces à spaghettis. Matt s'en servit pour décrocher la peau qu'il transporta dans le garage, à l'abri du vent.

Il l'étala sur le sol de ciment taché de graisse et la déplia méticuleusement jusqu'à ce qu'elle ressemble à une sorte de combinaison en loques. Une jambe s'arrêtait au genou. Il manquait un bras. Quant à la tête... on n'en distinguait plus grand-chose.

Kindle se tenait à l'écart.

– Je me demande qui ça peut bien être ? Parce que c'est... c'est bien quelqu'un, non ? Du moins ça l'était.

Matt restait accroupi devant la peau. Elle ne l'effrayait ni ne le dégoûtait – il avait vu pire pendant son internat. Mais il prenait soin néanmoins de ne pas y toucher de ses mains nues.

– C'est la première que je vois.

– Comment ça, la première ? Parce qu'il y en a d'autres ?

– Vous auriez dû venir à la réunion, samedi. Bob Ganish en a trouvé deux chez son voisin. Et Paul Jacopetti disait que les fermes autour de chez lui sont toutes vides – à part ces... ces dépouilles.

– Nom de Dieu, Matthew ! Des peaux vides ?

Matt confirma de la tête.

– Et que sont devenus les gens qui étaient dedans ?

– Partis.

– Partis où ?

Matt haussa les épaules.

– Et tout le monde finit comme ça ?

– J'en ai l'impression. Sauf nous, bien sûr. Abby s'inquiète pour son mari et ses petits-enfants. D'après elle, ils deviennent... plus pâles. Plus minces.

– Nom de Dieu de nom de Dieu, soupira Kindle. Et ce sera la même chose pour...

Il n'alla pas au bout de sa question, mais Matt n'eut aucun mal à la terminer pour lui. *Rachel*. Il ne put toutefois se résoudre à y répondre. Pas même pour lui.

Kindle baissa les yeux sur la fragile enveloppe étalée sur le sol poussiéreux du garage.

– Matthew, est-ce que je dois... enfin, qu'est-ce que j'en fais ?

– Mettez-la dehors. Laissez le vent l'emporter. Elle ne durera pas longtemps. Quelques jours au soleil et elle se transformera en poussière.

Il rentra retrouver Rachel.

Elle était passée le matin et avait insinué que sa visite, ce soir, pourrait bien être la dernière. Matt avait fait le rapport, évident, entre cet adieu et la découverte des peaux dans Buchanan. Mais il refusait cette idée, il s'interdisait d'y penser. L'image de l'enveloppe vide de Rachel, sa fille, abandonnée au vent, sous la pluie – non, mon Dieu, non, ce n'était pas supportable.

Il lui expliqua ce qui avait motivé le coup de téléphone de Tom Kindle. Il décrivit la peau, d'une manière clinique, en faisant appel à l'insensibilité du « docteur machine », parce que c'était sa dernière carte, la seule qui lui restait. Et quand il eut fini, il secoua la tête, atterré par son propre récit.

– Ce n'est pas humain, Rachel. Je sais, tu m'avais prévenu. Mais ce n'est pas... des êtres humains ne feraient pas une horreur pareille.

Il s'attendait à ce qu'elle proteste. Mais elle abonda curieusement dans son sens.

– Tu as peut-être raison.

Elle était pâle, presque diaphane. Ses gestes étaient empreints d'une étrange légèreté. Tout son être devenait éthéré, aérien. Mais Matt, là encore, préférait ignorer ces détails.

– Peut-être que trop de choses ont changé, que le mot « humain » ne nous convient plus.

Elle s'exprimait d'une voix solennelle.

– Je ne me sens pas différente. Fondamentalement, je veux dire. En essence, je suis toujours Rachel Wheeler. Mais je ne suis pas que cela. Il y a d'autres plans. D'autres façons d'envisager les choses. Si j'abandonne ça...

Elle écarta les mains, baissa les yeux sur son corps.

– Suis-je Rachel ? Suis-je humaine ? Je ne sais pas.

Elle aurait tout aussi bien pu confesser une maladie, une terrible maladie dégénérative.

Rachel parut capter sa pensée. Elle semblait depuis quelque temps interpréter le moindre changement d'expression, la plus petite nuance dans son regard. Et pourtant, Dieu sait qu'il ne ménageait pas ses efforts pour cacher sa peine.

– Papa, je ne regrette rien de ce qui s'est passé. Tu es médecin, tu es au courant de toutes ces vies qui ont été sauvées. Rien qu'à l'hôpital régional, combien de cancers terminaux ont été guéris ? Combien de maladies cardiaques ? Et dans le monde, toutes les famines, la malnutrition, les handicapés...

Mais Matt ne parvenait pas à dissiper l'image de cette peau venue s'échouer sur l'azalée dénudée du jardin de Kindle.

– Rachel... tu trouves que c'est mieux ?

– Oui.

Un *oui* ferme. Catégorique.

– On ne pouvait pas continuer comme ça, tu sais. La planète n'aurait pas pu nous nourrir plus longtemps. On la défigurait complètement, au point qu'elle ne pouvait plus se régénérer. Il fallait que quelque chose change. Quelque chose d'humain. Tu sais qui a dit oui à Contact ? Qui a accepté l'offre de vie éternelle ? Presque tout le monde. Y compris les dictateurs, les voleurs, les meurtriers... ceux qui tuaient pour une montre ou des cartes de crédit. Ceux qui torturaient les enfants devant leurs parents. Mais l'immortalité n'était pas gratuite. Il fallait qu'ils comprennent ce que signifiait la souffrance qu'ils infligeaient aux autres. Et s'ils ne le comprenaient pas, s'ils pouvaient voir quelqu'un souffrir et ressentir dans leur chair ce qu'il vivait sans pour autant en être horrifiés, voire y prendre plaisir, alors c'était le signe qu'ils étaient défectueux, détraqués, incomplets. Donc il fallait les réparer.

– Ils ne peuvent pas choisir librement de commettre des actes de violence ?

– N'importe qui peut choisir n'importe quoi. La seule condition est d'agir en toute conscience.

– Rachel... qu'est-ce que c'est que cette pression qu'on exerce sur les gens ?

– Papa, tu me répètes depuis que je suis toute petite que rien ne peut excuser les guerres, les brutalités, les souffrances du monde.

– Rien ne peut excuser la cruauté gratuite, c'est vrai, acquiesça-t-il. Mais les criminels ne semblent pas le savoir.

– Eh bien maintenant, ils le savent.

– Tu ne peux pas transformer l'humanité, Rachel. Pas à moins de modifier ou de supprimer l'essence même de la nature humaine.

– Dans ce cas nous ne sommes pas humains. D'une certaine manière, c'est le problème auquel nous nous sommes toujours heurtés. L'humanité atteignait le point de non-retour et se retrouvait face à des difficultés que nous étions incapables de surmonter avec nos moyens humains limités – des problèmes à l'échelle mondiale, planétaire. Et nous étions les premières victimes de notre inefficacité ! Nous et nos enfants ! Ils étaient déjà en train de mourir par millions en Afrique, et nous étions trop humains pour être capables d'y remédier !

Matt baissa la tête. Elle avait raison, bien sûr. L'action des Contactés avait été plus efficace. Du moins à court terme.

– Mais dans quel but ont-ils été sauvés, si leur humanité n'a pas été préservée ?

– Ils ne l'ont pas perdue, non plus. Elle a simplement grandi. Tu sais ce qu'on construit ? Quelqu'un t'en a parlé ? Un vaisseau. Un vaisseau pour nous. Humain. Papa, tu sais ce qu'il contient ? La Terre. Pas concrètement, bien entendu. Mais une reconstitution. Une reconstitution intégrale. Tout y est, toutes les feuilles de tous les arbres, toutes les montagnes...

Matt sentit son propre souvenir, désormais très flou, de Contact lui revenir par bribes.

– Tu veux parler d'une simulation, je suppose. Comme un programme d'ordinateur.

Ou un presse-papiers. La Terre, dans une boule de verre pleine d'eau qu'on retourne pour agiter les flocons de neige.

– Non, c'est bien plus qu'une simulation. C'est un endroit aussi réel que celui-ci, sauf qu'il n'occupe aucun espace physique. Il est animé d'une vraie vie. Avec des vents. Avec des saisons. Nous sommes encore assez humains pour avoir besoin de tout ça – l'immortalité ne nous suffit pas ; il nous faut un endroit pour vivre.

– Même si c'est une illusion ?

– Est-ce que ça l'est vraiment ? Le nombre pi est-il une illusion sous prétexte que tu ne peux pas le toucher ?

– Rachel... ce n'est pas vraiment la Terre.

– Personne ne prétend le contraire. Nous en serons parfaitement conscients. Parce qu'il y aura toujours une porte. Pas une porte physique, mais une direction, si tu veux, et en franchissant cette porte, on a accès au monde plus vaste, toute notre connaissance et celle que nous avons héritée des Voyageurs – l'*épistémè*, comme on l'appelle.

– On aurait pu le faire nous-mêmes, répondit Matt. Avec le temps. Si on avait pu survivre un ou deux siècles sans nous étouffer sous la pollution, sans empoisonner la planète, on aurait pu se déplacer dans l'espace. Ça paraît peut-être ridicule, maintenant, mais on a tout de même marché sur la Lune sans l'aide de personne. Avec le temps, on aurait peut-être pu rencontrer les Voyageurs sur un pied d'égalité.

Les yeux de Rachel s'arrondirent.

– Quelle horrible pensée !

– Pourquoi ?

Elle fronça les sourcils.

– Papa... J'en connais plus sur notre passé qu'avant. C'est une vraie galerie des horreurs. Infan ticides, guerres, sacrifices humains... Le pire, c'est que ce ne sont pas des exceptions. Et l'histoire moderne n'est pas la plus belle. A l'école, on nous apprenait la civilisation romaine et on trouvait ça affreux. Les Romains abandonnaient les enfants non désirés sur le bord des routes, tu le savais, ça ? C'est abominable. Mais notre siècle n'a rien à leur envier. On a eu Auschwitz, Hiroshima et les Khmers rouges. Aller dans l'espace ne nous aurait pas rendus plus civilisés. Nos robots ne se seraient pas gênés pour étriper les musulmans et les communistes qu'ils auraient rencontrés sur Mars. Ne dis pas le contraire.

– C'est comme ça que les Voyageurs nous voyaient ?

– Oui. Et ça les terrifiait. Il n'existe pas de monopole sur le pouvoir ou la connaissance. Avec le temps, à supposer qu'on ait survécu à notre pollution, on aurait pu s'opposer à eux... et les détruire avant qu'ils ne soient en place pour Contact.

– En fait, leur action sur nous n'était pas gratuite. Il s'agissait purement d'un réflexe d'autodéfense.

– En partie. Mais ils auraient pu s'épargner toute cette peine, aussi. Ils avaient les moyens de nous exterminer. Et le résultat aurait été le même, s'il s'était agi uniquement d'une question de sécurité.

La froideur de la remarque l'effraya tout autant qu'elle lui fit honte.

Il regarda longuement Rachel : cette jeune femme qui avait été sa fille, qui avait été un être humain.

– Il n'y avait pas que la violence, Rachel. Les gens vivaient leur vie – des petites vies, mais souvent utiles. Ils s'entraidaient. Ils s'aimaient. Il n'y avait pas que la laideur, sur Terre. Il y avait aussi la beauté. Et même la bonté.

Le visage de Rachel s'adoucit.

– Je sais, papa. Et eux aussi, ils savent. Les Voyageurs connaissent tout de nous.

Un faible sourire.

– C'est pour cette raison qu'ils ne pouvaient pas nous exterminer.

– Mais seulement nous transformer.
– Oui. Seulement nous transformer.
Le silence s'empara de la pièce.

Rachel quitta la maison vers minuit, après que son père se fut endormi sur le canapé.

Elle aurait souhaité d'autres adieux, mais n'avait pas trouvé les mots pour exprimer ce qu'elle ressentait – sa douleur, sa peur.

Peur de laisser ce père qu'elle aimait sur une planète vide... de l'abandonner à la mort.

La pluie froide s'était remise à tomber et le vent qui s'engouffrait dans la rue lui cinglait le visage. Rachel s'ajusta à la température jusqu'à ce qu'elle cesse de lui être désagréable, puis elle s'arrêta, seule parmi les maisons désertées, pour écouter le langage sibyllin des arbres. Une bourrasque souleva sa chevelure et l'agita derrière elle comme une triste banderole. Au-dessus d'elle, de lourds nuages noirs se télescopaient et plongeaient sur l'horizon.

C'était un gros orage, mais le pire restait à venir. Bien que ce fût l'hiver dans l'hémisphère boréal, les températures des océans tropicaux s'étaient élevées de façon vertigineuse ; les vents avaient tourné. Au nord et à l'est d'Hawaii, une zone de basse pression, puissant et colossal moteur météorologique, avait commencé à bouillonner au-dessus de l'océan. Un cyclone, exceptionnel, impensable à cette époque de l'année. Mais la réalité ordinaire n'avait plus cours.

Son père apprendrait bientôt, pour le cyclone, puisqu'il avait commencé à parler au Serveur.

Pourtant, songeait-elle, il était si fragile...

Pourquoi avait-il refusé l'offre d'immortalité ? Pourquoi s'en était-il trouvé, ne serait-ce qu'un seul, pour refuser ? Elle aurait pu poser la question au Monde supérieur ; elle aurait obtenu une réponse. Elle ne le fit pas. Ce soir, elle n'avait pas envie de réfléchir.

Son temps sur Terre était désormais compté, et elle

ne tenait pas à gâcher les précieuses heures qu'il lui restait.

Personne ne souhaitait garder son corps de chair. Beaucoup l'avaient déjà abandonné – des villes entières, parfois, aussi grandes que Buchanan. Buchanan, dans une large proportion, avait déjà été déserté, et se vidait un peu plus chaque jour. Mais certains choisissaient de s'attarder encore. Comme ce groupe d'une quarantaine de personnes, par exemple, qui, curieusement, avaient décidé de partager tous leurs souvenirs, jusqu'au moindre détail, avant de quitter la Terre. Réunis dans le sous-sol du lycée, ils étaient assis en tailleur, immobiles, soudés par le bout des doigts, comme en transe, et s'apprêtaient, en un acte de communion suprême, à abandonner de concert leurs corps de chair unis par une chaîne invisible.

D'autres – surtout les jeunes, mais pas seulement eux – avaient envie de jouer encore un peu sur la planète... s'empiffrer de sucreries, se coucher tard et, d'une manière générale, faire tout ce qui leur avait toujours été formellement interdit.

Rachel ferma la porte au chagrin et concentra son attention sur cette nuit de janvier – la morsure de la pluie glacée sur ses mains, sur son visage, le hurlement du vent, le craquement des branches, le martèlement des gouttes sur les toits.

Elle traversa le labyrinthe des lotissements qui avaient envahi les collines avoisinant le mont Buchanan ; l'eau giclait des gouttières le long des maisons silencieuses que seules habitaient les enveloppes humaines destinées à se dissoudre en poussière. A chaque trouée lui offrant une vue de la ville en contrebas, elle s'arrêtait. Le rideau de pluie obscurcissait le paysage sombre, mais quelques lumières dans Buchanan parvenaient encore à percer l'opacité du brouillard. Et elle pouvait sentir l'océan, distinguer son immensité malmenée par les transformations climatiques.

Elle était trempée jusqu'aux os, les vêtements lourds et dégoulinants. Mais peu lui importait. Bien que glacé, le déluge lui semblait aussi caressant que la petite pluie fraîche d'été qui chasse l'insupportable chaleur de la journée.

Ses pas la menaient vers le parc de la Vieille Carrière, où d'autres, d'un accord tacite, s'étaient retrouvés pour partager le plaisir de cette nuit d'orage.

Le chemin était long, près de deux heures de marche depuis la maison, mais Rachel le parcourut sans la moindre fatigue. Elle se sentait plus légère et plus forte qu'elle ne l'avait jamais été. Un an plus tôt, une telle promenade l'aurait épuisée. Sans parler de la pluie et du vent. Ce soir, cependant, elle n'éprouvait pas la plus petite lassitude. Rien qu'une exaltation croissante, une joie encore diffuse qui montait en elle au fil de sa progression.

Un sentier traversait le sous-bois obscur en direction de la clairière.

Pourtant, il ne faisait pas tout à fait noir. Malgré le ciel bas, malgré l'heure avancée de cette nuit de janvier. Une faible lueur filtrait de l'épaisse couche tumultueuse des nuages. Les Douglas se balançaient en rythme, lentement, comme les mâts d'antiques voiliers. Et la pluie, présence argentée sur les lèvres et la peau, s'infiltrait partout.

Des silhouettes se déplaçaient dans la pénombre.

Ce n'est pas humain, avait dit son père, et cette réunion nocturne, sans doute unique dans les annales de Buchanan, semblait lui donner raison. Avant Contact, personne n'était venu jusqu'ici respirer l'odeur de la terre froide et mouillée, ni marcher parmi les arbres moussus et dépouillés par l'hiver. Personne n'était venu éprouver la griserie des peaux qui se touchent – du moins pas par une nuit glacée, librement, ouvertement. Non, ce n'était pas humain.

Et cependant ça l'était aux yeux de Rachel qui, récemment, avait étudié l'origine des Voyageurs. Ceux-ci, dans leur forme organique, lui semblaient relever de la plus incompréhensible étrangeté. Elle les avait perçus dans des « souvenirs » empruntés à la sagesse universelle : créatures poreuses pourvues d'antennes, sortes d'éponges mobiles, se déplaçant avec lenteur dans l'atmosphère épaisse de leur lune gelée. De même que les humains, leurs corps avaient eu une structure cellulaire, mais là s'arrêtait la ressemblance. Les Voyageurs avaient été uninucléés et génétiquement haploïdes, plus algues qu'animaux. Un Voyageur adulte se composait d'une multitude de systèmes secondaires – un peu comme si les êtres humains résultaient d'un assemblage de foies, de cœurs, de poumons et de cerveaux. Chaque partie se reproduisait indépendamment du tout. Pour les Voyageurs, la reproduction se résumait à une série d'actes accomplis en continu, sur une longue période.

A l'inverse, la sexualité humaine avait plongé les Voyageurs dans un abîme de perplexité. Cet accouplement tumultueux, accompli en moins de temps qu'il n'en fallait pour le dire, culminant avec une sorte de transe religieuse, les laissait littéralement pantois.

La sensualité, cependant, ne leur était pas inconnue. Rachel avait puisé dans leur mémoire le souvenir de plaisirs lents et prolongés. Elle se rappelait une clairière d'éventails cristallins réchauffés par un soleil pâle et enrichis par les émanations de gaz volcaniques où un Voyageur était venu se prélasser puis s'installer. Elle se souvenait des agréables sensations procurées par le déploiement des hyphes, plénitude solitaire et érotique. Le plaisir des stérigmates éparpillés au vent en nuages scintillants.

Rachel laissa ses vêtements trempés à l'entrée du parc. Les corps se déplaçaient sur l'épais tapis d'herbe, ou bien, plus timidement, parmi les arbres. A la faveur de la faible luminosité, les silhouettes apparaissaient dorées et diffuses.

Rachel s'ouvrit au Monde supérieur et les vit, pas seulement comme des formes, mais comme des vies ;

des vies complexes, colorées. Elle était impatiente de fusionner avec elles.

Elle rencontra un homme dont la forme plaisante, simple, l'attira. Il s'appelait Simon Ackroyd, et avait été, à une époque, le recteur de l'église épiscopale. Mais plus maintenant. A cet instant, il était un être, une créature nouvelle, prête à éclore, comme elle.

Infiniment légère, fragilement soudée à sa propre peau, Rachel s'unit au corps luisant de pluie de Simon à l'ombre des grands arbres, dans l'air froid de cette nuit d'hiver, sur le sol moussu du berceau terrestre.

La pluie cessa peu après la naissance du jour. Matt, allongé sur le canapé, sortit d'un sommeil agité. Il remarqua l'absence de sa fille et le silence. La pluie s'était tue.

A midi, Tom Kindle et Chuck Makepeace arrivèrent dans la Nissan de Chuck. Tous trois, au nom du comité, se rendirent au château d'eau municipal à la sortie nord-est de la ville.

Près du haut réservoir, le bassin d'épuration, vieille bâtisse blanche implantée sur une pelouse verte, évoqua à Matt le temple de quelque religion perdue.

Les trois hommes, assis dans la voiture, observaient le bâtiment. Kindle buvait de longues gorgées de Coca. A eux trois ils représentaient le sous-comité des services publics, et leur tâche consistait à faire un rapport sur la condition de l'eau et des ressources énergétiques du comté. En commençant par le château d'eau. Mais sur le moment, personne ne semblait désireux de quitter l'habitacle confortable et sécurisant de la voiture.

Chacun d'eux avait récemment été échaudé. Kindle, pas plus tard que la veille, avait trouvé une peau humaine sur l'azalée de son jardin. Makepeace avait fait une découverte similaire sur le perron de son voisin. Et Matt, encore tourmenté par la visite de

Rachel, la veille, craignait de ne plus jamais la revoir. Ou, pire, de la revoir sous une apparence défiant toute identification.

Mais aucun ne souhaitait s'exprimer sur ces angoisses communes.

La pluie de la nuit avait levé une brume blanchâtre. Le bassin d'épuration attendait patiemment dans son écrin de verdure.

– Vous avez vu *La Machine à remonter le temps* ? demanda Kindle.

– Non, répondit Makepeace.

– Dans le film, la machine est transportée dans un vieux bâtiment où les Voyageurs du Temps ne peuvent pas la trouver. Les Morlocks la gardent. Des êtres affreux et méchants. Ils se sont enfermés dans le bâtiment.

– Où voulez-vous en venir ? s'enquit Makepeace, mal à l'aise.

Makepeace, ex-membre du conseil municipal et ex-clerc du cabinet de notaire le plus prestigieux de Buchanan, persistait à porter cravate et costume trois-pièces. Matt voyait dans cette attitude le signe d'une névrose profondément ancrée, mais, dans la mesure où personne ne lui demandait son opinion, il la gardait bien évidemment pour lui.

– Un bâtiment comme celui-ci, poursuivit Kindle en soulevant sa boîte de Coca en direction du bassin. C'est drôle, tout de même, ce qui passait dans la tête des architectes, il y a cinquante ans. On a l'impression qu'il faudrait porter une toge, pour entrer là-dedans.

– J'y suis allé, une fois, dit Matt. Avec l'école. Il y a bien vingt-cinq ans de ça.

– Ah oui ? dit Kindle. Et à quoi ça ressemble, à l'intérieur ?

– Si ma mémoire est bonne, il y a deux réservoirs d'épuration avec une allée au milieu. Je me souviens des énormes tuyaux et des valves.

– Vous avez une idée de leur fonctionnement ?

– Aucune.

Makepeace éclata d'un rire nerveux.

– Ça signe bien le ridicule de notre expédition. On ne sait même pas ce qu'on cherche et même si on le trouve, on ne saura pas quoi en faire.

– Pas nécessairement, rétorqua Kindle. Si tout a l'air de marcher normalement, on pourra annoncer aux autres qu'ils peuvent continuer à se servir de leurs robinets. Par contre, si tout est inondé et que les conduits sont foutus, on n'aura plus qu'à mettre des gamelles sur nos toits et à prier pour faire venir la pluie.

– Alors allons-y... si vous avez fini votre Coca.

Kindle avala la dernière gorgée et jeta la boîte vide sur le siège arrière.

– Hé ! protesta Makepeace. Ma voiture n'est pas une poubelle. Ça tache, le Coca !

Kindle haussa les épaules.

– Vous aurez qu'à prendre une nouvelle voiture.

Kindle avait apporté une barre de fer. Il y avait de fortes chances pour que le bassin d'épuration soit fermé et personne ne savait où étaient passées les personnes chargées de l'entretien – et encore moins les clés. Toutefois, le problème ne se posa pas ; ils trouvèrent les portes du bâtiment entrouvertes.

A l'intérieur, le noir. Comme si la nuit s'était tout entière réfugiée là.

Personne ne se porta volontaire pour ouvrir la porte toute grande. Matt n'en avait aucune envie. Le bourdonnement sourd de la machinerie lui évoquait les battements de cœur de quelque monstre vicieusement tapi dans l'ombre.

– Ça faisait déjà le même bruit ? demanda Kindle.

– Peut-être, dit Matt. Mais j'avais dix ans quand je suis venu ici. Ça a pu changer, depuis.

En son for intérieur, toutefois, sa réponse était autre. Il n'y avait pas eu de bruit ; il s'en souvenait distinctement parce qu'il avait été frappé par le silence qui régnait dans le bassin, justement.

– Je serais pas étonné de trouver des Morlocks là-dedans, remarqua Kindle.

– Oh bon sang ! s'exclama Makepeace, conjurant sa propre peur. Ouvrez cette porte, enfin !

Matt la tira vers lui. Un air humide assaillit leurs narines.

Aucune lumière ne filtrait dans la grande salle dépourvue de fenêtres. Matt se souvenait des rampes électriques au plafond. Aucune ne fonctionnait.

– J'ai une lampe-torche dans la voiture, dit Makepeace.

– Eh bien, allez la chercher, répondit Kindle.

Makepeace courut jusqu'à la Nissan tandis que Matt et Kindle effectuaient quelques pas prudents à l'intérieur. Pas un mot ne fut prononcé avant le retour de Makepeace et de sa lampe.

Le rayon lumineux sonda l'obscurité.

Matt ne reconnut pas l'endroit qu'il avait visité avec sa classe. Ce qui, à l'époque, avait été une vaste tuyauterie de cuivre se présentait désormais comme un fouillis de conduits fibreux, de canalisations aussi épaisses et emmêlées que des racines de mangrove poussant à la faveur de la chaleur et l'humidité de serre ambiante. Au sol, un dôme noir, telle une énorme pieuvre, pulsait sourdement, raccordé par un réseau d'artères métalliques aux réservoirs de filtrage.

C'était de ce dôme que provenait le battement rythmique, cardiaque, du bâtiment.

Et l'odeur qui régnait dans la salle... C'était peut-être le pire, songeait Matt. Non qu'elle eût été désagréable. Mais sa nature totalement inconnue faisait dresser les cheveux sur la tête. Aussi pénétrante que la muscade et aussi riche que l'humus d'un sous-bois humide.

Les trois hommes reprirent en silence le chemin de Buchanan.

Chuck Makepeace garda les mains crispées sur le volant, sans desserrer les dents, jusqu'au centre de Buchanan. La petite Nissan rebondissait sur les routes défoncées par les rigueurs de l'hiver.

– Je voudrais quand même bien savoir ce que ça fait là-dedans, dit finalement Kindle.

– A mon avis, répondit Matt, c'est pour filtrer et pomper l'eau. Rien de plus. Il n'y a plus assez de personnes pour s'occuper des services vitaux, et les Voyageurs ont produit cette machine pour s'en charger. Si on va voir la compagnie d'électricité, je suis prêt à parier qu'on trouvera quelque chose de similaire pour faire fonctionner le réseau local en connexion avec la centrale.

– Mais pourquoi est-ce qu'ils s'inquiètent tant de Buchanan ?

– Je ne pense pas que nous soyons les seuls concernés. S'ils s'occupent des services publics de Buchanan, ils doivent faire la même chose pour toutes les autres villes.

Le barrage de Hoover, celui de Grand Coulee, toutes les usines nucléaires, tous les petits miracles technologiques de la civilisation. Matt imaginait les machines noires tentaculaires contrôlant les énormes turbines. Personne n'était venu installer ces engins ; ils avaient tout simplement poussé, comme des champignons.

– Matthew, vous croyez que toute notre eau passe à travers cet engin ?

– Ça en a tout l'air.

– Crénom ! Et moi qui en ai bu pas plus tard que ce matin !

– Je suis pratiquement sûr qu'ils ne cherchent pas à nous empoisonner. Ils auraient pu nous tuer depuis longtemps s'ils l'avaient voulu.

Nous exterminer, même, comme l'avait dit Rachel.

– N'empêche qu'ils nous contrôlent, persista Kindle. C'est l'évidence même. S'ils peuvent nous couper l'électricité et l'eau, ils peuvent faire ce qu'ils veulent de nous... On est à leur merci.

– Vous croyez ? Vous avez toujours la possibilité de creuser un puits. Personne ne vous retient.

– D'accord, on peut toujours creuser des puits et ressortir les vieilles lampes à pétrole, mais on ne le fera pas parce que les robinets continuent à marcher et les lumières aussi. Alors à quoi attribuez-vous leur générosité, hein ? A leur haut sens civique ?

– Pourquoi pas ? dit Matt. Ils peuvent le faire, donc ils le font. Vous vous rappelez Contact ? Je n'ai jamais vu d'un bon œil la présence des Voyageurs, et encore moins l'influence qu'ils ont eue sur la Terre, mais, honnêtement, je ne pense pas que ce soit la haine qui les ait motivés.

– Vous y croyez réellement ?

Matt haussa les épaules.

– C'est ce que je ressens.

Kindle eut une moue sceptique.

– Il n'y a que les mauvais mensonges qui ne convainquent personne. Les bons menteurs, eux, vous font avaler n'importe quelle couleuvre. Et de toute façon...

Matt releva les yeux vers Kindle.

– De toute façon quoi ?

– Même si on a affaire à Jésus et Bouddha en personne, pourquoi est-ce que je devrais accepter leur aide ? Enfin quoi, Matthew... C'est aussi simple que ça ? Nos robinets marchent parce que les Voyageurs nous ont fait la grâce d'une affreuse pompe noire ? Et si on avait droit à une sécheresse, il suffirait de prier pour qu'il pleuve ?

Il secoua la tête.

– Je n'ai jamais cru en Dieu, Matthew, mais si c'était le cas, je préférerais encore celui qui fait ses miracles sans qu'on s'y attende, et quand ça lui chante. Autrement dit, on peut toujours prier pour la pluie, mais en continuant à se tartiner de crème solaire. C'est plus humain.

– Si c'est de la pluie que vous voulez, vous n'allez

pas tarder à être servi, dit Makepeace en brûlant un feu rouge. J'ai entendu dire qu'un cyclone est en train de nous foncer dessus.

Kindle lui décocha un regard incrédule.

– Comment vous savez ça, vous ?

Il se trouve que Chuck Makepeace avait appris la nouvelle de la même manière que Matt : par l'entremise du Serveur.

Deux fois depuis Noël, Matt était allé rendre visite au géant d'obsidienne et l'avait interrogé sur les Voyageurs, la transformation de Rachel et l'avenir de Buchanan.

Le Serveur lui avait fourni des réponses concises de sa voix de ténor désincarné. Il s'exprimait dans un anglais correct, sans accent particulier, mais Matt ne doutait pas qu'il eût pu tout aussi bien lui répondre en portugais, en télugu ou en tyrolien.

Rachel avait été la première à évoquer les tempêtes, mais le Serveur réitéra l'avertissement en décrivant les violents cyclones qui prenaient naissance dans les mers tropicales. Matt avait gardé l'information pour lui lors de la dernière réunion du comité – ils avaient eu d'autres chats à fouetter et la menace ne paraissait pas imminente – mais il envisageait de la divulguer ce soir.

Or, Chuck Makepeace était lui aussi averti des dangers qui planaient sur Buchanan... A l'instar de Matt, il avait parlé au Serveur.

Matt, pas rasé et le ventre vide, arriva dans la salle de conférences de l'hôpital avec cinq minutes de retard. Il avait sauté le dîner. Peut-être bien aussi le déjeuner. Impossible de se souvenir. Il lui arrivait souvent de manquer des repas, dernièrement. Le temps passait sans qu'il s'en aperçoive.

Il avait espéré présider à une réunion relativement calme et annoncer en douceur le cyclone à venir. La meilleure stratégie, pour l'instant, était encore de prévoir un abri – pourquoi pas le sous-sol de l'hôpital ? – avec un stock d'eau, de provisions et de lampes-torches. C'était une opération de première importance mais qui, somme toute, ne présentait aucune difficulté.

La nouvelle, cependant, l'avait précédé. Chuck Makepeace était au courant, de même que Bob Ganish et Abby Cushman. Tous trois avaient été poussés par leurs proches à s'entretenir avec le Serveur. Et tous trois avaient reçu de lui le même avertissement : un puissant cyclone se déplaçait d'ouest en est depuis les régions reculées du Pacifique.

La nouvelle avait circulé au téléphone la veille de la réunion ; les derniers à l'ignorer avaient été mis au courant autour de la machine à café avant l'arrivée de Matt. Lequel franchit la porte de la salle au moment où Tom Kindle se demandait à voix haute s'il était le dernier humain à Buchanan à ne pas tailler des bavettes avec ce foutu robot qui prenait racine sur la place de la Mairie.

– Certainement pas, répondit Paul Jacopetti. Moi non plus, je ne lui ai pas parlé. Et il faudrait me payer très cher pour ça. Je suis cent pour cent avec vous, monsieur Kindle.

– Ça me rassure.

Matt rétablit le calme dans la salle et la séance put débuter. Les neuf participants s'assirent et braquèrent leurs yeux sur lui. Inutile de tourner autour du pot. L'ordre du jour s'imposait ; il demanda à chacun de s'exprimer sur le problème des intempéries.

Abby Cushman ne cacha pas son étonnement :

– Les Voyageurs ne ménagent pas leur peine pour nous venir en aide. D'après M. Makepeace, c'est grâce à eux si on a encore de l'eau et de l'électricité... alors pourquoi est-ce qu'ils ont provoqué un cyclone qui va peut-être nous tuer ? Je ne comprends vraiment pas.

– Je ne pense pas qu'il nous sera fatal, dit Kindle. Pas si nous nous organisons bien. Quant à la logique de l'histoire... Abby, il faut voir les choses en face : les Voyageurs sont une espèce supérieure. Ils ont bien plus de pouvoirs que nous. J'ai connu un homme en Floride, à une époque ; il avait ouvert un hôpital pour les oiseaux blessés. On lui a amené un jour un héron avec le bec cassé, et il s'est vraiment donné du mal pour le soigner. Il l'a nourri lui-même jusqu'à ce que l'oiseau soit assez fort pour reprendre sa liberté. Finalement, il l'a relâché avec une bague sur la patte. Trois mois plus tard, il a reçu la bague avec une note explicative : apparemment, le héron avait été aspiré dans le réacteur d'un 747 d'Alitalia.

Abby le regardait avec des yeux ronds.

– Je ne comprends toujours pas.

– Eh bien... le héron avait été choyé, à l'hôpital. Mais il aurait dû se méfier et savoir qu'il n'était pas toujours sans danger de fréquenter une autre espèce. En d'autres termes, le fait qu'on ait droit à l'eau et à l'électricité gratuites ne doit pas endormir notre méfiance vis-à-vis de nos « bienfaiteurs ».

– Elle est horrible et macabre, votre histoire, déclara Miriam Flett.

Kindle se tourna vers elle.

– Vous n'êtes pas d'accord ?

Elle considéra la question.

– Si, dit-elle enfin.

Matt proposa de préparer le siège dans la cafétéria, au sous-sol de l'hôpital, demanda des volontaires pour le nouveau sous-comité organisé au pied levé pour les mesures d'urgence, et suggéra de reporter le sujet en attendant plus ample information.

– Nous avons d'autres problèmes à traiter, ne l'oublions pas.

La suggestion fut acceptée, bon gré mal gré. Matt consulta son agenda.

– Bien... y a-t-il du nouveau du côté de la radio ?

Joey Commoner se leva.

– Rapport radio, annonça-t-il.

Il s'éclaircit la gorge. C'était la première fois qu'il prenait la parole au comité. D'ailleurs, il s'était mis sur son trente et un pour l'occasion : son T-shirt noir portait sobrement le logo d'une marque de sport. Rien de plus.

– Cette semaine, nous avons établi treize communications. La plupart provenaient de M. Avery Price, du groupe de Boston, et de M. Gardner Deutsch de Toronto. Plus quelques autres du colonel John Tyler. Les derniers concernaient une femme en Ohio et quelqu'un au Costa Rica que je n'ai pas réussi à comprendre.

« M. Price dit que Boston quitte la ville, et que Toronto se met aussi en route demain matin. Les deux groupes ont prévu de se retrouver en Pennsylvanie pour voyager ensemble. Il dit aussi que...

Matt l'interrompit avec le maillet de bois qu'il avait apporté pour parfaire son rôle de président.

– Joey, qu'est-ce que c'est que cette histoire ? Boston quitte Boston ?

Joey le gratifia d'un regard mauvais.

– Tout est écrit sur le papier. Si je peux aller jusqu'au bout...

– Excuse-moi. Vas-y. Les questions attendront que tu aies terminé.

Joey se racla une nouvelle fois la gorge.

– Les gens de Boston et de Toronto se dirigent vers un endroit le long du quarantième parallèle, sans doute en Ohio, que les Serveurs leur ont indiqué et qui, selon eux, devrait être à l'abri des cyclones. Là, ils pourront fonder une ville et un radiophare pour rallier les autres personnes. Ils disent que ça attirera les survivants de tout le continent, et ils aimeraient qu'on les rejoigne aussi vite qu'on le peut parce qu'il y a encore assez de monde en Amérique du Nord pour créer une ville de bonne taille. Ils transporteront un matériel de radio mobile et ils veulent qu'on les avertisse dès que possible du moment où on compte les rejoindre.

« D'autre part, le colonel Tyler fait route vers le nord-ouest à la recherche de survivants, et il passera par Buchanan d'ici à deux mois, à moins qu'on ne décide de rejoindre le convoi Boston-Toronto, auquel cas on pourra lui donner rendez-vous sur la route.

« Fin du rapport.

Tohu-bohu dans la salle.

Ils furent plusieurs à vouloir boucler leur valise séance tenante. Bob Ganish, l'ex-vendeur de voitures, se fit le porte-parole du groupe.

– On peut battre le cyclone de vitesse et franchir les montagnes avant qu'il nous rattrape. Et puis, ne le prenez pas mal, mais j'aime assez l'idée de voir des nouvelles têtes.

Abby leva la main.

– Nous avons tous des choses qui nous attachent encore ici, mais peut-être qu'il vaut mieux partir. Et si on mettait la décision aux voix ?

Matt était d'avis de rester encore un peu à Buchanan. D'attendre que le groupe de Boston ait au moins un plan plus élaboré, que quelqu'un d'autre que Joey ait discuté avec ce M. Price, ou M. Deutsch. Il serait toujours temps de partir *après* le cyclone. Ce n'était pas le genre de décision qu'on prenait à la légère.

Secrètement, l'idée de quitter Buchanan le terrifiait. Il était bien trop tôt. Rien ne pressait. Tout était encore en état de marche, fonctionnel, à part quelques dégradations, par-ci par-là.

Il y a de l'espoir, avait-il envie de proclamer. *On peut encore sauver la ville. Il ne faut pas rendre les armes.*

Kindle se manifesta pour demander l'ajournement du débat ; il fallait attendre d'autres précisions, dit-il.

– Je n'avais encore jamais entendu parler de ça, et je représente la moitié du comité radio, déclara-t-il avec un long regard appuyé en direction de Joey.

La proposition de renvoi fut acceptée par cinq voix contre deux.

Matt écouta sans enthousiasme les rapports de trois autres sous-comités et put enfin lever la séance à minuit.

Il avait envie de se coucher, de dormir, d'ajourner pour quelques heures ses débats personnels.

Mais Annie Gates était là qui l'attendait quand il gara sa voiture devant la maison.

Elle avait dû venir à pied. Il n'y avait aucune autre voiture dans la rue. D'ailleurs, ces gens semblaient tous avoir renoncé à conduire. Il les voyait parfois déambuler d'une démarche curieusement aérienne et pas tout à fait humaine.

Cette visite d'Annie lui glaça le sang.

Il l'avait évitée depuis des mois, car elle représentait une autre inconnue dans une équation qu'il ne pouvait résoudre... et parce qu'il l'avait aimée humaine, qu'il l'avait tenue humaine dans ses bras. Et maintenant...

Maintenant elle lui faisait peur, parce qu'elle l'attendait sur le perron, frêle silhouette éclairée par la veilleuse, vêtue bien trop légèrement pour cette nuit d'hiver, et qu'elle le regardait avec une sorte de compassion insupportable.

Insupportable car réelle, authentique.

– Rachel a rejoint le Vaisseau-Home, dit-elle. Elle n'est plus ici, Matt. Elle voulait que je vienne t'en avertir.

Annie s'exprimait d'une voix grave et horriblement triste.

– Tu lui manques énormément. Elle t'aimait, et elle regrette beaucoup de n'avoir pas pu te dire adieu.

Annie n'était plus humaine, mais Matt, néanmoins, posa la tête sur son épaule et pleura. De longs sanglots irrépressibles et depuis trop longtemps contenus.

23

Vu de haut

Cet hiver-là, les océans furent le berceau d'une vie étrange.

Les Voyageurs, percevant le déséquilibre de la planète et le désir humain d'y remédier, ensemencèrent d'organismes l'hydrosphère tumultueuse de la Terre.

Les organismes se multiplièrent dans les eaux peu profondes. De même que le phytoplancton auquel ils s'apparentaient, ils se nourrissaient de soleil, des éléments minéraux contenus dans les courants océaniques, mais aussi de l'eau elle-même, dans la mesure où ils étaient constitués d'atomes d'hydrogène et d'oxygène. L'océan était pour eux source de nourriture, et les organismes des Voyageurs se décuplaient, se propageaient à une vitesse vertigineuse.

Alors qu'ils se multipliaient, ils commencèrent à éviter les eaux côtières riches en diatomées. Leur rôle, au sein de l'écologie océanique, n'était que temporaire et il devait toujours rester suffisamment de phytoplancton pour nourrir la faune marine. Aussi les organismes se cantonnèrent-ils dans les eaux éloignées des terres et moins riches en éléments nutritifs.

Ils devinrent si nombreux cet automne-là que, par endroits, ils couvraient la surface de l'eau en nappes cristallines étendues sur des centaines de kilomètres, leurs robes opalines créant d'iridescentes arabesques d'arcs-en-ciel.

Alors ils entreprirent la mission qui leur avait été confiée : ils se mirent à absorber le carbone contenu dans l'atmosphère, comme le fait le phytoplancton, mais plus efficacement encore – avec voracité.

Les océans nettoyaient l'air de son gaz carbonique.

La population terrestre s'allégeait de jour en jour.

Dans le Monde supérieur, si la notion du mal existait encore, plus rien n'était interdit. Les inhibitions acquises au cours de milliers de générations avaient été balayées par Contact. Les derniers adorateurs de la chair célébraient leur corps alors même que celui-ci devenait pâle et aérien.

Ils dansaient au son d'une musique silencieuse dans des mosquées abandonnées, faisaient l'amour sur d'infinies variations à l'ombre des cathédrales, riaient, s'étreignaient et quittaient leurs corps à la lueur des couchers de soleil arabes, des zéniths orientaux et des aurores africaines.

Chaque jour, ils se fondaient par milliers dans le Monde supérieur. Et leurs peaux abandonnées, telles des armées fantômes, hantaient les rues de Djakarta, de Pékin, de Reykjavik et de Buenos Aires, jusqu'à ce qu'elles se délitent en une fine poussière que le vent charriait et emportait sous d'autres cieux.

Matt Wheeler prit un cahier d'écolier à la papeterie Delisle – là où Miriam Flett s'approvisionnait en colle et en cutters avant que l'*Observer* ne cesse ses publications – et commença la rédaction d'un journal.

D'après Rachel, tout le monde a vécu une seconde naissance au moment de Contact. Ils sont en quelque sorte entrés dans un nouvel état d'être. Ce n'est pas le Jugement dernier – aucun péché n'est puni. Ce n'est pas non plus le paradis judéo-chrétien. Ça ressemblerait davantage à l'âge d'or des anciens Grecs, quand les hommes étaient à ce point religieux qu'ils fraternisaient avec les dieux.

« Tout est pardonné, disait Rachel. Rien n'est oublié. »

J'essaie de m'en convaincre. L'idée est noble. Mais que signifie-t-elle réellement ? J'ai du mal à imaginer des types avec cravates Saint-Laurent et montres Cartier en train de communier spirituellement avec des paysans du tiers monde. Ou, pire, des assassins qui battaient leurs enfants à mort jouissant maintenant de la vie éternelle. Le nirvâna pour les meurtriers. Les bourreaux survivant à leurs victimes – pour l'éternité.

A moins qu'ils n'aient changé, ce n'est pas juste. Et s'ils ont changé de façon aussi radicale, ce n'est pas humain.

Rachel l'avait reconnu. Le bagage humain est trop infâme pour qu'on l'emporte dans une nouvelle vie.

D'après ce qu'elle disait, la vraie punition pour ces gens est de comprendre ce qu'ils ont été – de le comprendre vraiment, de tout leur être.

Je suppose que c'est possible, même s'il est difficile de le concevoir. Pour elle, bien sûr, je m'efforce de m'en convaincre.

Il mordilla pensivement le bout de son stylo. Il était sans doute temps de poser les vraies questions. L'heure n'était plus à la fuite.

Et ceux qui ont décidé de rester sur Terre ? Pour quelle raison a-t-il été nécessaire ou possible pour nous de refuser l'immortalité ? Pourquoi sommes-nous ici ?

Aucun d'entre nous ne semble sortir de l'ordinaire, de quelque manière que ce soit. Ce serait plutôt le contraire, en fait.

Qu'avons-nous de plus que les autres ?

Qu'avons-nous de moins ?

Le lendemain matin, Beth Porter appela pour lui faire part de son intention d'être infirmière. Accepterait-il de l'aider ?

Il lui fit répéter sa question. Il n'avait pas beaucoup fermé l'œil de la nuit... Les nuits perturbées et les repas espacés ne favorisaient guère la lucidité d'esprit. Il avait perdu sept kilos depuis le mois de novembre. Le reflet qu'il surprenait parfois quand il passait devant un miroir le choquait. Cet homme aux yeux creux, amaigri, c'était bien lui ?

– Je pense que vous devriez m'apprendre à donner des soins, dit Beth. J'y ai beaucoup réfléchi. Vous êtes le seul docteur en ville, non ? Alors vous aurez peut-être besoin d'une assistante, un jour. Ne serait-ce que pour le cyclone qui s'annonce. Imaginons qu'il y ait beaucoup de blessés. Je pourrais au moins me rendre utile en appliquant des compresses ou en mettant des bandages.

Il ferma les yeux.

– Beth... ce souci d'autrui t'honore, mais...

– Ce n'est pas un moyen détourné pour vous draguer, Matt. J'espère que vous ne pensez pas ça de moi.

Un temps.

– Je suis sérieuse. Je me sens complètement inutile, dans ma chambre d'hôtel, à ne rien faire.

Matt se frotta la tempe et soupira.

– Tu connais la réanimation cardio-respiratoire ?

– Je l'ai déjà vu faire à la télé. Mais je ne serais pas capable de la pratiquer moi-même, non.

– Ce serait peut-être une bonne entrée en matière pour des cours pratiques.

Joey Commoner utilisa la mini-caméra vidéo qu'il avait volée chez les Newcomb pour filmer Buchanan.

Comme tout le monde, il était au courant de l'arrivée imminente du cyclone. S'il était aussi violent qu'on le prétendait, il risquait de ne plus rester grand-chose de Buchanan après son passage. Il n'avait jamais aimé ce patelin moche et triste, mais l'idée de l'immortaliser sur vidéo le séduisait. Joey Commoner, le dernier historien de la ville.

Il conduisait sa moto d'une main, et de l'autre filmait les rues de Buchanan, lentement afin d'enregistrer tous les détails.

Les images qu'il passa ensuite sur sa télévision le mirent mal à l'aise : des rues vides qui tressautaient chaque fois qu'il roulait dans une ornière, des vitrines vides, des trottoirs vides, des bâtiments vides aux façades battues par la pluie froide d'hiver. Tout était vide.

Du coup, il se sentit bizarrement seul. Le genre de sentiment qu'on peut avoir quand on passe une nuit enfermé dans un musée de cire avec les mannequins pour seule compagnie.

Il eut envie d'aller prendre son poste devant la radio chez Tom Kindle. Mais depuis que les grandes villes avaient commencé leurs migrations, il avait été évincé de la radio par Kindle, Ganish et ce connard de Chuck Makepeace. Donne-moi le micro, ce n'est plus un jeu, maintenant... Alors, merde. De toute façon, il en avait sa claque, de la radio. Il avait mieux à faire que de décrypter le charabia de gens même pas capables de causer correctement l'anglais.

Il filma quelques endroits importants : son appartement ; sa rue ; celle où Beth avait vécu ; le motel où elle s'était installée.

Dissimulé derrière un panneau publicitaire, il la filma qui montait dans une Volkswagen blanche et partait en direction du centre.

Beth n'avait pas de permis. Elle n'avait commencé à tenir un volant que depuis Contact, et sa façon spasmodique de conduire, sauts de puce et coups de frein, prêtait à rire.

Où allait-elle, à propos ?

Il regarda pensivement sa voiture disparaître au coin de la rue.

Elle allait peut-être faire des courses. Intrigué, Joey attendit quelques instants avant de la suivre sur sa Yamaha. Il jeta un coup d'œil sur le parking du centre commercial. Pas de Volkswagen en vue.

Alors ? Elle allait voir quelqu'un ?

Qui ?

Les soupçons germèrent dans l'esprit de Joey.

Non qu'il s'intéressât à ce qu'elle faisait. Il ne l'avait pas beaucoup vue, dernièrement. Il aurait même eu du mal à déterminer si elle comptait, ou si elle avait un jour compté pour lui. A part quelques bons vendredis soir...

Mais il se rappelait les lents strip-teases qu'elle lui réservait, cocktails explosifs d'audace et de timidité. Il la revoyait en train d'ôter un vieux T-shirt dans la chambre sombre et de déboutonner son jean sans le quitter des yeux. Son ventre se contracta à ce souvenir. Pas de désir, non. De peur, plutôt.

Il passa devant chez Kindle, puis devant l'affreux petit pavillon de Bob Ganish.

Pas de Volkswagen.

Il monta ensuite vers la colline où habitait Matt Wheeler.

La voiture blanche était garée devant.

Joey rangea sa moto dans un garage à cinquante mètres de là et s'approcha de la maison en longeant la haie de thuyas du voisin. Le zoom de la caméra braqué sur la maison, il chercha à espionner, mais tous les stores avaient été baissés.

Il attendit près de deux heures que Beth sorte enfin. Ses joues étaient suspicieusement roses.

Il la filma qui remontait dans sa voiture et reprenait la route en cahotant.

Salope.

Une des dernières choses que Tom Kindle descendît de sa cabane fut son fusil Remington, un modèle vieillot mais solide comme un chêne.

Il ne l'avait pas beaucoup utilisé, ces dernières années. Chasser dans les forêts avait perdu de son charme ; trop de chasseurs du dimanche envahissaient ce qui avait été à une époque un territoire relativement protégé. Tous les automnes, les bois se peuplaient d'une armée de comptables et de cadres supérieurs, veste de treillis neuve et amidonnée sur le dos, en mal d'aventure et de sensations fortes. Dangereux. Bien trop dangereux pour Kindle qui n'avait aucune envie de servir de gibier à des zigotos qui portaient leurs munitions dans un petit sac Cardin.

Mais cette histoire de cyclone et d'exode le rendait nerveux. Il était donc allé chercher son Remington et des balles pour faire quelques cartons sur le tronc mort d'un vieil orme à l'arrière de son nouveau domicile.

Les détonations claquèrent, dérangeant l'air immobile. L'écorce sèche sauta. Kindle fut plutôt satisfait de sa précision, même après toutes ces années sans entraînement. Mais le recul du fusil était plus dur qu'il ne s'en souvenait. Evidemment, ce n'était pas le fusil qui était en cause. Inutile de se cacher la tête dans le sable ; il se faisait vieux, voilà tout. Il devenait plus douillet, se couchait de bonne heure et pissait de plus en plus souvent. En un mot : vieux.

Pour tirer, il portait les lunettes qu'il avait achetées deux ans plus tôt. Mais sa légère myopie ne semblait pas s'être aggravée. Tant mieux, parce que où irait-il trouver un opticien, maintenant ? Dans leur paradis ?

Il visa un endroit du tronc dénudé, pressa sur la gâchette et manqua sa cible d'une bonne dizaine de centimètres.

– Merde de merde, grommela-t-il en massant son épaule endolorie.

Il aurait pu retourner dans la maison où Chuck Makepeace discutait sur les ondes avec Avery Price, le gars de Boston. Mais Kindle voyait d'un mauvais œil ce voyage en Ohio. Tout le monde voulait y aller, d'un seul coup. C'était la Terre promise. Pire, c'était l'endroit où les Serveurs les expédiaient. Boston et Toronto emmenaient un Serveur pour les guider, imités sans doute par une pléthore de petites villes comme Buchanan.

Pour les guider – ou pour les conduire comme un troupeau de moutons, plutôt. Les derniers survivants humains allaient être parqués au même endroit, en tout cas pour l'Amérique du Nord. Kindle supposait qu'il existait des lieux de rassemblement similaires sur les autres continents. Des réserves. Des camps.

Non, l'idée ne lui disait vraiment rien qui vaille.

Oh, il ne doutait pas un instant que les Serveurs tiendraient leurs promesses. Tout le monde serait à l'abri de la tempête ; la terre serait fertile et le ciel toujours bleu. On s'occuperait bien d'eux.

Comme on le fait du bétail.

Un bon fermier s'occupe toujours bien de ses vaches et de ses moutons.

Jusqu'au jour où il les emmène à l'abattoir.

Il logea trois autres balles dans le tronc à moitié pourri, mais dut s'arrêter. Son épaule semblait sur le point de se déboîter.

Le ciel était clair, d'un bleu lumineux zébré de quelques nuages filandreux. L'air était chargé de senteurs salées. Des brumes s'élevaient sur l'océan tous les matins depuis une semaine. Le soleil se couchait dans des camaïeux explosifs de rouges et d'ors.

Si ses vieux os avaient le pouvoir de prédire le temps, songea Kindle, alors il se préparait un sacré grain. Il y avait déjà plusieurs nuits qu'il dormait mal. Ce matin, il s'était même réveillé baigné d'une sueur froide. Son corps était tendu, comme arc-bouté contre quelque danger latent.

Plissant les yeux, il se tourna vers la baie. L'eau était un peu houleuse ; de petits nuages floconnaient au-dessus des vagues, charriés par une brise fraîche.

L'océan, songea-t-il.

Crénom de Dieu. Quelle connerie avait-on faite, là-bas ?

Les tempêtes déferlaient déjà sur la côte Est quand le président des Etats-Unis décida de quitter la Maison-Blanche.

Il était le seul occupant de la vaste demeure. La première dame d'Amérique avait abandonné son corps depuis déjà plusieurs semaines. Elizabeth avait dès le départ été fascinée par le Monde supérieur et avide de l'explorer ; une impatience que William comprenait parfaitement. De plus, elle n'avait jamais aimé le mauvais temps. Les éclairs l'effrayaient.

William, en revanche, avait toujours adoré les tempêtes et admiré les orages.

Il était conscient, pourtant, qu'ils seraient nombreux, parmi les derniers mortels, à trouver la mort dans ces cyclones qui avaient déjà provoqué tant de dégâts. Et ce malgré les efforts louables des Serveurs. Mais les sens demeuraient imperméables à de telles considérations. William, c'était plus fort que lui, sentait son pouls s'accélérer et l'excitation monter en lui au moindre nimbus venant occulter le soleil.

En l'occurrence, cependant, ce n'était pas pour le gros temps que William s'était attardé sur Terre, mais pour le pays – cette nation qu'il avait à une époque gouvernée.

C'était cette raison qui l'avait poussé à s'accrocher quelque temps encore à son corps de chair, même après qu'Elizabeth fut partie dans le Vaisseau-Home. Quoi qu'il en soit, elle n'était pas réellement absente ; un peu moins accessible, sans plus.

Seule une petite minorité de Contactés avaient gardé leur corps et beaucoup, comme William, l'avaient transformé d'une manière ou d'une autre.

Après tout, il serait stupide de courir la campagne dans l'enveloppe fripée et décatie d'un vieillard.

En conséquence, William dormit une semaine d'affilée ; pendant son sommeil, les néocytes modifièrent certains programmes génétiques et accélérèrent la multiplication de ses cellules. Il se réveilla beaucoup plus léger qu'il ne l'avait été. Et beaucoup plus jeune.

Dans le miroir, il rencontra le visage d'un garçon qu'il n'avait pas vu depuis l'année où les Alliés étaient entrés à Berlin.

Quel âge pouvait-il avoir ? Douze ans ? Treize ?

En prévision de cette métamorphose, William

s'était procuré des vêtements à sa taille avant de s'endormir. Il enfila le jean, le T-shirt et des baskets neuves – dans lesquelles il flottait un peu. Il avait surestimé la taille de ses pieds.

Mais quelle sensation fabuleuse. Il se sentait remis à neuf. Une nouvelle naissance.

Il avait envie de courir ; il avait une faim de loup. La Maison-Blanche lui apparaissait soudain plus grande et plus ridicule que jamais, et il n'eut de cesse qu'il n'ait tourné le dos à tout ce mobilier guindé et ces témoignages d'un temps révolu. Il songea aux kilomètres de routes, de champs, de forêts qui l'attendaient ; à ce continent long comme une plage déserte.

Il éclata d'un rire d'enfant et descendit en courant les marches du grand escalier.

Le ciel, ce jour-là, était lourd de nuages cendrés.

Au mois de janvier, l'albédo de la planète s'était considérablement accru.

Les organismes créés par les Voyageurs recouvraient désormais les mers tropicales. Les rayons du soleil venaient rebondir sur cette dentelle de cristal au-dessus de laquelle des coupoles d'air lourd d'humidité perçaient la troposphère. Des nuages générés par les convections, en forme de poings, s'élevaient pour s'épanouir en corolles de cirro-stratus.

De l'espace, les tropiques ressemblaient à une image fractale, un tourbillon de volutes sortant d'innombrables et invisibles lampes d'Aladin.

Des *individual pressure cells* se détachèrent et, emportés par les vents dominants, se rétractèrent brusquement en pénétrant les latitudes plus froides.

Certains empruntèrent les vents de mousson d'Inde et d'Asie.

Certains empruntèrent les courants équatoriaux d'Australie et d'Afrique.

Certains suivirent le Gulf Stream et longèrent les côtes baignées par l'Atlantique.

Certains empruntèrent le courant Kurioshio en direction du Japon, puis virèrent vers l'est, reprirent de la vitesse au-dessus du Pacifique Nord réchauffé par le phytoplancton et, tels des géants lourds et paresseux, se tournèrent enfin vers la côte Ouest de l'Amérique du Nord.

24

Déluge

Le cyclone cessa progressivement d'être une menace distante pour devenir une lourde épée de Damoclès suspendue dans le ciel nuageux de Buchanan.

Matt requit l'aide des hommes pour clouer des planches sur toutes les fenêtres du rez-de-chaussée de l'hôpital et protéger les vitres au moyen de larges bandes de Scotch. Solidement campé au milieu d'un bouquet d'épicéas, le bâtiment présentait l'avantage d'être relativement neuf et équipé, au sous-sol, d'un groupe électrogène, d'une bibliothèque, d'une blanchisserie, d'une cuisine et d'une cafétéria.

Matt décida d'installer tout le monde dans la cafétéria. Un choix purement fonctionnel. La salle carrée, peinte en saumon, manquait de la plus élémentaire gaieté. Mais elle était spacieuse et éloignée des murs extérieurs. Les tables furent rassemblées dans le fond afin d'installer les matelas. D'après le Serveur, en ce premier jeudi de mars, le cyclone serait là d'ici à un jour ou deux. Matt se considérait comme prêt. L'abri était aussi sûr que possible et bien approvisionné. Chacun avait déjà commencé à apporter ses affaires, ainsi que les choses auxquelles il tenait particulièrement : photographies, souvenirs, objets précieux...

Abby Cushman servait de coordinatrice. Elle restait en étroite liaison avec les neuf membres du comité qu'elle tenait au courant des dernières informations fournies par le Serveur. D'un commun accord avec Matt, il fut décidé que tout le monde devrait être définitivement claquemuré dans la cafétéria le vendredi à 18 heures précises.

– A propos, j'ai appris, pour Rachel, Matt, dit-elle. Je suis sincèrement désolée.

Matt accepta sa sympathie. Abby avait récemment perdu son mari et ses deux petits-fils, partis vers ce que Rachel nommait le Monde supérieur. Quelque chose de doux, de réconfortant passa entre eux l'espace d'un instant, puis Matt fut sans ménagements rappelé à l'ordre par Bob Ganish qui venait de finir son rouleau de Scotch.

– Demain, à 18 heures, dit Abby. Et qu'il n'en manque pas un à l'appel !

Le cyclone fut précédé d'étranges bourrasques d'air chaud, de brusques averses et de nuages noirs filant à grande vitesse dans le ciel bas.

Matt s'était attendu à quelque chose de soudain, bref et violent comme un orage de printemps. Kindle, qui apportait les conserves de la cuisine, le détrompa : il était loin du compte. Un cyclone – qui sait si ce ne serait pas quelque chose de plus violent encore – était à l'orage de printemps ce que la bombe atomique était à l'obus de 14. Il s'agissait d'un tourbillon de plusieurs kilomètres de large, plus intense à mesure qu'on se rapprochait du centre : l'œil. Il ne leur tomberait pas dessus d'un seul coup. Mais il se manifesterait rapidement tout de même. Insidieusement.

Vendredi après-midi, Matt rassembla quelques affaires chez lui – l'album familial que Rachel avait tant chéri, les lettres de Celeste, des vêtements de rechange. Ce n'était pas grand-chose, mais ce choix se révéla plus difficile et douloureux qu'il ne l'avait imaginé. Sa montre marquait 16 h 45 quand il referma le coffre plein de la voiture pour prendre la route.

Les rafales de vent l'obligeaient à se cramponner fermement au volant. Les nuages affluaient de l'océan, et les vagues étaient couvertes d'une écume aussi épaisse qu'une couche de crème chantilly. Les branches d'arbres jonchaient déjà les routes.

Il se gara devant l'arrivée des urgences mais fut malgré tout trempé avant d'avoir pu mettre ses deux cartons d'affaires personnelles à l'abri. La pluie était glacée et le vent si fort qu'il dut s'appuyer de tout son poids pour refermer la porte.

La cafétéria, au contraire, était agréablement chaude et animée. Il se sentit curieusement réconforté par la présence des autres et le brouhaha de leurs voix. Encore une heure et quart et le couvre-feu décrété par Abby entrerait en vigueur. Une fois que tout le monde serait là, songea Matt, ils pourraient consolider la porte en y clouant au besoin quelques planches. Il chercha Abby des yeux. Elle était au téléphone. Rencontrant son regard, elle lui fit signe d'approcher.

– C'est Miriam Flett, dit-elle. Elle ne veut pas sortir de chez elle, elle a peur de conduire par ce temps. Elle affirme qu'elle sera en sécurité, dans sa maison.

Matt regarda rapidement sa montre.

– Et si on envoie quelqu'un la prendre ? Elle acceptera de venir jusqu'ici ?

– Matt, vous croyez qu'on a le temps ? Le cyclone se rapproche à toute vitesse.

– Demandez-lui si elle est d'accord.

Abby reprit l'appareil.

– Miriam ? Et si quelqu'un venait vous chercher ? Il n'est pas certain du tout que votre maison soit assez solide. Non, non, ce n'est pas seulement le vent, Miriam. On a affaire à un cyclone, c'est-à-dire que ce sera d'une violence inouïe, avec en plus des risques d'inondation. Vous n'êtes peut-être pas assez loin du fleuve. Oui, je sais, mais... bien sûr, mais... si quelqu'un vient vous prendre ?

17 h 50.

Abby couvrit le téléphone.

– Elle est d'accord, mais elle veut savoir qui viendrait.

– Dites-lui que je serai là dans dix minutes.

– Matt ? Vous êtes sûr ?

Il haussa les épaules.

– Je suis déjà trempé...

– Soyez prudent, en tout cas. On n'a pas les moyens de perdre notre seul médecin.

– Prévenez Miriam qu'elle soit fin prête.

– D'accord. On attendra votre retour pour se barricader.

– O.K. Mais si vous devez le faire avant, allez-y.

En temps normal, cinq minutes auraient suffi pour se rendre de l'hôpital à Bellfountain Avenue. Matt avait estimé qu'il lui en faudrait le double en raison du vent. Une fois dehors, il douta de son estimation. C'était peut-être bien vingt minutes qu'il mettrait pour arriver chez Miriam.

Aux alentours de Commercial Avenue, il dut s'arrêter. Un énorme Douglas, tombé en travers de la route, étalait sa robe vert sombre sur le parking désert du centre commercial. Matt n'avait pas le choix : le détour s'imposait. Court, heureusement. Il fit marche arrière, en sueur malgré le froid.

L'arbre déraciné avait rendu le danger imminent bien réel. Matt avait toujours adoré les orages. Particulièrement ceux qui éclataient en pleine nuit audessus du mont Buchanan, qui illuminaient ses flancs et découpaient les cimes des arbres sur un ciel tourmenté. Aussi inconscient et puéril que cela puisse paraître, il avait peut-être éprouvé le même genre d'excitation à la perspective du cyclone.

Mais cet arbre avait refroidi net son enthousiasme. Il n'était pas question d'un orage, cette fois, mais d'un vortex gros comme une montagne, avec le pouvoir d'arracher, de souffler, de renverser, de détruire. Il pourrait soulever sa voiture et la cracher dans les airs aussi aisément qu'un noyau de cerise. Il avait déjà abattu cet arbre, et la vraie tempête n'avait même pas encore débuté. Pour l'instant, ils n'avaient eu droit qu'aux hors-d'œuvre, à un aimable prélude.

Il roulait en pleins phares ; les dernières lueurs du jour avaient été englouties dans le ciel d'encre. Les réverbères essayaient vaillamment de combattre une obscurité plus épaisse à chaque minute. Toutes les maisons tournaient vers lui leurs fenêtres aveugles. Les Contactés avaient soigneusement éteint les lumières avant de partir, un souci aussi curieux que la façon dont ils s'étaient envolés.

Alors qu'il remontait la rue familière d'un quartier résidentiel, il fut surpris de voir une maison complètement éclairée, grosse tache jaune lumineuse dans la confusion ténébreuse de cette nuit prématurée. Il le fut plus encore en reconnaissant le pavillon où Jim et Lillian Bix avaient vécu depuis plus de dix ans.

Il regarda nerveusement sa montre, hésita un instant, puis s'arrêta le long du trottoir.

La maison n'était même pas protégée contre le cyclone. Aucune fenêtre n'avait été barricadée ; les volets n'étaient même pas fermés. Matt espéra que ces lumières relevaient uniquement d'un oubli. L'exception qui confirmerait la règle. Mais il saisit une ombre passant devant le rideau, un mouvement furtif qui le convainquit de quitter l'abri de sa voiture.

En soupirant, il ouvrit la portière. En deux secondes, il fut trempé jusqu'aux os ; la pluie drue transperçait son manteau, s'infiltrait dans ses bottes. Il gravit en deux bonds les quelques marches du perron et sonna. Attendit, et sonna encore.

Jim Bix ouvrit la porte.

Matt ne l'avait pas revu depuis leur discussion un peu vive à propos de la grossesse de Lillian. Jim avait expliqué que Lillian n'avait pas besoin de suivi médical, les Voyageurs s'occupaient d'elle. Et il s'était ensuite coupé la main, et Matt avait vu, horrifié, couler son sang épais et brunâtre.

A présent, il se retrouvait nez à nez avec lui. Plus grand et laid que jamais, et inhumainement pâle. Sa peau était une fine membrane transparente tendue sur des os aussi délicats que de la nacre. Ses yeux, sertis dans leurs godets de porcelaine, ressemblaient à des billes de verre poussiéreuses, comme si le bleu des iris avait déteint sur le blanc. Les pupilles restaient fixes ; deux puits sombres sans fond.

Matt songea à la peau vide qu'il avait étudiée chez Tom Kindle. Apparemment, Jim n'était pas loin de finir dans le même état.

– Merci de t'être arrêté, dit Jim.

Sa voix évoquait le bruissement du parchemin. Un murmure rauque.

– Mais ce n'était pas la peine, Matt. Tu devrais aller te mettre à l'abri.

– Toi aussi.

– Nous n'avons besoin de rien, je t'assure.

– Lillian est là ?

Jim hésita. Sa frêle silhouette empêchait Matt d'entrer.

– Lillian ? appela Matt. Vous allez bien ?

Pas de réponse. S'il y en avait eu une, les mugissements du vent l'avaient étouffée.

Lillian était normalement à trois mois du terme de sa grossesse.

– L'enfant, dit Matt. C'est pour ça que vous êtes encore ici alors que tous les autres sont partis ? Jim, pour l'amour du ciel, c'est à cause du bébé ?

L'être diaphane le fixait de ses yeux insondables sans répondre. Angoissé, Matt le bouscula pour entrer. Au passage, il ressentit son affreuse fragilité. Impression de corps creux derrière les côtes.

– Lillian ?

– Matt, dit Jim, il serait préférable que tu t'en ailles. Tu veux bien ?

– Je veux voir Lillian.

– Elle n'a pas besoin de soins médicaux.

– C'est toi qui le dis. Je ne l'ai pas examinée depuis Contact.

– Matt... tu as raison. C'est le bébé qui nous a retenus. Lillian voulait aller au bout de sa grossesse. Mais avec le cyclone, on peut difficilement s'attarder plus longtemps. Tu tombes très mal ; on a besoin d'intimité, tu comprends ? Je t'en prie, va-t'en.

– Qu'est-ce que tu veux dire ? Elle est en train d'accoucher ?

– Pas exactement. Nous...

– *Où est-elle ?*

– Matt, n'insiste pas ; tu le regretterais.

La porte d'entrée était toujours ouverte. Au loin, quelque part dans la rue, une vitre éclata sous la pression du vent.

Matt éprouva le besoin impérieux de voir Lillian, de lui parler. Ou du moins de savoir ce qu'il était advenu d'elle, de découvrir par lui-même les transformations monstrueuses qu'elle avait dû subir. Peut-être n'était-ce pas raisonnable, en effet. Tant pis. Elle était sa patiente, après tout.

– Lillian ?

Il passa la tête dans la cuisine. Personne.

– Lillian ! cria-t-il en bas de l'escalier.

Jim, trop faible pour s'opposer à Matt, le regarda avec une infinie tristesse dans ses yeux caves.

– Matt, par pitié, arrête. Elle est dans la chambre au bout du couloir.

Matt s'y précipita et ouvrit la porte à toute volée.

Lillian était sur le lit, nue.

Ses côtes saillaient de sa peau délicate, et ses yeux avaient la fixité étrange de ceux de son mari.

Ses jambes étaient écartées, en position de parturiente. Il n'y avait pas de sang, mais Matt, horrifié, s'aperçut qu'elle avait mis *quelque chose* au monde.

Son dégoût fut promptement balayé par une immense compassion. Lillian avait tant souhaité cet enfant. Il releva les yeux vers elle dont le visage diaphane n'exprimait rien. Pas le moindre sentiment.

– Lillian, murmura-t-il. Mon Dieu...

– Matt, répondit-elle calmement. Vous ne comprenez pas. Ce n'est pas le bébé. Ce n'est qu'une enveloppe vide. L'enfant est avec nous. Il l'est déjà depuis quelques mois. C'est un garçon. Il est vivant, Matt. *Vous comprenez ?*

Elle se frappa la tête du bout des doigts.

– Il vit ici.

Elle ouvrit les bras.

– Et là.

Le Monde supérieur.

Ses lèvres esquissèrent un mince sourire.

– Nous l'avons appelé Matthew.

Miriam le guettait par la fenêtre. Petite silhouette voûtée, elle lui ouvrit sitôt qu'il arriva devant sa porte. Matt, déformation professionnelle, diagnostiqua une légère ostéoporose.

– Vous êtes en retard, dit-elle sévèrement.

– J'ai eu des problèmes pour venir jusqu'ici.

– Vous êtes blanc comme un linge, docteur Wheeler. Vous êtes malade ?

– Miriam, il est possible que je le sois, mais le moment est mal choisi pour en discuter. Il faut qu'on regagne l'hôpital au plus vite.

– J'ai dit à Abby au téléphone que je ne craignais rien, ici.

Matt ne voulut rien entendre. Pas le temps de bavarder.

– Ce sont vos bagages ?

Deux valises en similicuir gris.

– Oui.

Il les souleva.

– Bon, d'accord, soupira-t-elle. Mais elles sont lourdes. Faites attention.

Il les transporta jusqu'au coffre et revint pour l'aider à enfiler un ciré jaune vif. Il lui prenait le bras pour l'entraîner dehors quand elle s'immobilisa.

– Mes albums !

– Miriam, nous n'avons plus le temps !

– On aurait eu le temps si vous n'étiez pas arrivé en retard !

Elle tapa du pied.

– Je ne partirai pas d'ici sans mes albums.

Matt leva les yeux au ciel. Combien leur faudrait-il

de temps pour rejoindre l'hôpital ? Et si les routes étaient bloquées ?

– Nom de Dieu, Miriam, si on ne se...

– Ce n'est pas une raison pour blasphémer ! hurla-t-elle pour couvrir le hurlement du vent.

Il ferma les yeux, s'armant de patience.

– Où sont-ils ?

– Quoi ?

– Vos albums ! Où sont-ils ?

Elle le conduisit à la cuisine, où régnait un calme tout relatif, et montra l'étagère de classeurs bourrés de coupures de journaux, au point que leur lanière, telle une ceinture sur un ventre replet, paraissait à deux doigts de craquer.

Matt les prit tous à la fois dans les bras. Un exploit.

– Non ! s'écria Miriam. Ils vont être mouillés !

– Je peux difficilement faire cesser la pluie.

– Ne soyez pas insolent. Tenez...

Elle retira son ciré et en enveloppa les albums.

– Miriam... vous allez être trempée.

– Je sécherai.

Ils coururent jusqu'à la voiture où Matt déposa les albums aux pieds de Miriam. Elle referma aussitôt la portière pour protéger ses précieux classeurs, si vite qu'elle manqua de peu de sectionner les doigts de Matt.

Une fois derrière le volant, il lui recommanda de boucler sa ceinture.

– Vous avez appelé Abby ? demanda-t-il en démarrant. Elle doit s'inquiéter.

Les essuie-glaces s'agitaient inutilement pour combattre le déluge.

– J'ai essayé, mais le téléphone a été coupé il y a une vingtaine de minutes. Docteur Wheeler, je peux vous demander pourquoi vous êtes arrivé si en retard ?

– Croyez-moi, Miriam, il vaut bien mieux que vous restiez dans l'ignorance.

Elle l'examina un instant par-dessus le bord de ses

lunettes, puis se tourna, rigide, vers la route ténébreuse.

– Vous avez peut-être raison.

Il prit une route différente pour le retour. Plus longue, mais qui évitait le port probablement inondé. La route grimpait le long du mont Buchanan et la voiture la gravit péniblement, malmenée par les rafales qui soufflaient sur le flanc de la colline avec une force démoniaque. La plupart des maisons n'avaient plus de vitres et le bitume était par endroits couvert de verre brisé. Le vent charriait une foule d'objets disparates : poubelles, cartons, branches, pots de fleurs...

Au moment où, arrivée au sommet du mont, la voiture amorçait sa descente vers le quartier de l'hôpital, la pluie s'apaisa brusquement. Matt jeta un coup d'œil vers l'ouest. Les nuages, qui filaient au-dessus d'eux à une allure étourdissante, s'étaient brièvement écartés. Il put apercevoir la marina recouverte par une onde furieuse et les coques des voiliers retournés qui se balançaient au niveau des toits. La baie ressemblait à un immense chaudron ; au loin, des vagues hautes comme des arbres s'acharnaient sur la pointe sud de l'île aux Crabes. La dernière lueur du jour semblait venir de l'ouest – peut-être du cyclone lui-même. Une luminosité pâle. Etrange.

Il reporta son attention sur la route et fit une brusque embardée pour éviter le tronc d'un jeune pin qui roulait vers lui.

– Mon Dieu ! s'exclama soudain Miriam. Regardez ça !

A contrecœur, il se tourna de nouveau vers l'ouest.

Au large, le ciel noir commençait à plonger.

D'énormes nuages d'ébène amorçaient une lente spirale vers l'océan ; derrière eux, des écharpes de fumée attendaient d'être aspirées à leur tour.

Des trombes, songea Matt. Il en dénombra cinq. La façon dont elles se mouvaient était fascinante, hypnotique. Il y avait quelque chose d'effrayant dans le mouvement rythmé de ces écharpes effilochées ; elles cinglaient le ciel comme la queue d'un chat contrarié, soulevant des masses d'eau qui retombaient en pluie diffuse. Et ces tourbillons se dirigeaient vers la source lumineuse. Vers la côte.

Un violent rideau de pluie occulta le spectacle.

– Vous feriez peut-être mieux d'accélérer un peu, suggéra Miriam.

Tout aurait été supportable, de l'avis d'Abby Cushman, n'étaient les conduits de ventilation.

Le cyclone était bien trop violent, il arrivait encore plus vite que prévu. Et Matt Wheeler qui se trouvait toujours dans la nature ; il n'était même pas arrivé chez Miriam quand la ligne de téléphone avait été coupée. Et puis les lumières avaient commencé à flancher ; Tom Kindle s'était hâté d'aller mettre le groupe électrogène en route, abandonnant Abby dans l'obscurité avec six personnes plus ou moins terrifiées. Jusque-là, elle en avait pris son parti ; mais il avait fallu que le bruit s'en mêle.

Elle n'avait bien sûr aucune idée de la façon dont fonctionnait le système d'aération de l'hôpital, si ce n'est que plusieurs conduits couraient au plafond, au-dessus des néons, conduits dans lequel le vent s'engouffrait maintenant pour jouer un air de cornemuse. Une énorme cornemuse pour géants mélomanes, produisant des sons trop fondamentaux pour l'oreille humaine et uniquement perceptibles, à l'instar de la peur, au creux de l'estomac.

Cet horrible concert avait débuté peu après 18 heures. D'abord tout doucement, presque un murmure. A mesure que le vent gagnait en vitesse et en force, une note aiguë se détacha par intermittence. Grinçante, mais encore tolérable.

Et puis le bruit s'amplifia ; ils eurent un moment l'impression d'être enfermés dans une cabine de douche, les robinets ouverts à fond. Ce furent ensuite d'autres sons, d'autres cris qui s'étiraient le long des tuyaux, particulièrement ce lugubre gémissement qui mettait Abby au supplice ; il évoquait les pleurs d'un enfant. Sans parler des crissements et grincements de toutes sortes, comme des feuilles de métal qu'on déchire, qu'on scie. Un martyre pour les tympans.

Elle supporta le tout stoïquement, et persista, quitte à se sentir un peu stupide, à servir des cafés tièdes aux six personnes recroquevillées au bout de leurs matelas, la tête rentrée dans les épaules.

Et puis Bob Ganish n'avait rien trouvé de mieux que de faire une crise de claustrophobie. La pièce était bien trop étroite, se plaignit-il d'une voix geignarde, surtout sans électricité ; avec pour seul éclairage la lueur blafarde de ces loupiotes de secours. En plus, on ne respirait plus.

Abby lui offrit de partager ses gâteaux secs avec lui et de changer de sujet. Il devait bien avoir quelques anecdotes cocasses à raconter sur sa carrière de vendeur chez Ford, non ? Et Bob de sourire nerveusement avant de se lancer dans l'histoire embrouillée d'une erreur de livraison à laquelle Abby ne comprit goutte, si ce n'est que Bob s'en sortait couvert de lauriers. Le monologue dura vingt minutes, montre en main. Avec toujours, en fond sonore, la symphonie en ut pour conduits et tuyaux, et la sensation croissante pour Abby que l'hystérie de Ganish, par un phénomène d'osmose, commençait à la gagner.

Et le Dr Wheeler qui ne revenait pas...

Après, il y eut l'affreux hurlement ; le cri qu'aurait pu pousser un brontosaure en se coinçant la queue – son petit-fils Alan avait été un passionné de l'ère préhistorique.

... et pour couronner le tout, ce fut le moment que choisit Paul Jacopetti pour faire son infarctus. C'était le bouquet !

Abby sursauta devant la soudaine agitation derrière elle. Elle se tourna brusquement, renversant son café sur le pantalon de Bob Ganish.

Jacopetti était allongé sur son matelas, les mains crispées sur son torse, le teint blafard. Il respirait rapidement, happant l'air.

Abby se précipita à son chevet.

– Paul ? Que se passe-t-il ?

– Une saloperie d'infarctus ! articula-t-il avec difficulté. Que croyez-vous que ce soit d'autre ?

Elle eut envie de le gifler. De le secouer. *Pas maintenant ! Ce n'est ni le moment ni l'endroit, espèce d'idiot. Vous ferez votre infarctus un autre jour.*

Elle refoula son agressivité et se contenta de demander, sur un ton qu'elle espérait amène :

– Vous avez une douleur dans la poitrine ?

– Oui. Ça fait un mal de chien.

Il ferma les yeux, le visage grimaçant.

Abby releva la tête. Tous faisaient cercle autour du matelas, leur attention fixée sur Jacopetti ou, pire, sur elle. Les tuyaux hurlaient. Abby entendit le bruit d'une vitre qui éclatait, peut-être au premier étage. Elle serra les dents ; son système nerveux était mis à rude épreuve.

– Je ne sais pas quoi faire, admit-elle à mi-voix, comme pour elle-même.

Puis, les nerfs à fleur de peau, elle répéta, plus fort :

– Je ne sais pas quoi faire ! Arrêtez de me regarder comme ça !

Une main se posa doucement sur son épaule et l'écarta du matelas. Celle de Beth Porter.

Abby, docilement, lui céda la place. Hébétée, elle regarda Beth qui s'agenouillait près de Jacopetti.

– Monsieur Jacopetti ? dit Beth. Vous m'entendez ?

Il ouvrit les yeux.

– Vous ?... Qu'est-ce que vous voulez ?

– Monsieur Jacopetti, il faut me dire ce qui ne va pas.

La douleur s'aggravait peut-être ; le ton de Jacopetti devint moins belliqueux.

– C'est ma poitrine... j'ai mal.

– Montrez-moi où.

Il leva la main et esquissa un cercle sur sa chemise, au-dessus du sternum.

– Là ? Au centre ?

Hochement de tête.

– Et votre bras ? Vous fait-il souffrir, aussi ?

– Non.

– Vous respirez bien ?

– Non. Je manque d'air.

Avec douceur, Beth repoussa la tête du malade en arrière afin de dégager le cou.

– Monsieur Jacopetti, excusez cette question personnelle, mais portez-vous un dentier ?

– Oui, répondit-il. Pourquoi ?

– Pourriez-vous le retirer ? C'est pour le cas où vous perdriez connaissance. Simple précaution.

Jacopetti ôta son dentier. Abby avait toujours plus ou moins craint cet homme – avec sa carrure de vieil athlète, sa voix de stentor, son détestable cynisme. Mais Jacopetti sans ses dents paraissait aussi inoffensif qu'un agneau. Ses joues se creusèrent soudain, son menton remonta ; il devenait un petit vieux cacochyme et pitoyable.

Jacopetti dut lire dans les pensées des témoins.

– *F*ous me faites *f*ier, fulmina-t-il. Tou*f* autant que *f*ous êtes.

– Un peu d'air et de lumière ne nous ferait pas de mal, s'empressa de dire Beth. Si tout le monde pouvait s'asseoir...

Tout le monde s'assit. Abby resta malgré tout près de Beth, contrariée de ne pas s'être montrée à la hauteur. Mais avec ce bruit qui lui vrillait les tempes...

– Monsieur Jacopetti, reprit Beth, avez-vous des nausées ?

Oui de la tête.

– Croyez-vous que vous pourriez vomir ?

– Peut-être.

– Quelqu'un pourrait-il apporter une serviette, en prévision ?

Chuck Makepeace se rua vers les toilettes.

– Ecoutez-moi bien, monsieur Jacopetti... Avez-vous déjà ressenti cette douleur auparavant ?

– Pas au*ff*i fort.

– Mais vous avez déjà eu une attaque de ce type ?

Un battement de paupières. Oui.

– Vous avez vu un docteur ?

– Non.

– Jusqu'à présent, la douleur est partie toute seule ?

– Oui.

– Très bien. C'est bon signe. Je ne pense pas qu'il s'agisse d'un infarctus. Je crois plutôt que nous avons affaire à une angine de poitrine. Votre douleur passera toute seule, là aussi, si vous restez tranquille.

Joey Commoner, adossé contre le mur, la considérait avec un étonnement hostile.

– Qu'est-ce que tu en sais ?

– Chhht, fit Abby, qui eut droit à un regard teigneux.

Bob Ganish, à la faveur des événements, en avait oublié sa claustrophobie. Et son bon sens.

– Il serait plus à sa place dans un hôpital, déclara-t-il sans réfléchir.

– *V*e *f*uis dans un hôpital, imbé*f*ile ! rétorqua Jacopetti.

Ganish piqua un fard.

– Je voulais dire que... qu'il a besoin de soins appropriés.

Abby prit l'ex-vendeur à part.

– Vous avez raison, Bob, mais notre responsable des soins appropriés est pour l'instant perdu quelque part dans la tourmente. On va l'attendre sans s'énerver, d'accord ?

Elle regarda sa montre. 19 h 45. Jusqu'où irait le cyclone ? Jusqu'à la destruction de la ville ? L'œil du typhon, lui avait dit le Serveur, passerait sans doute directement sur Buchanan, et ce aux environs de minuit.

– Si seulement quelqu'un pouvait arrêter cet épouvantable vacarme, murmura-t-elle.

Matt avait la sensation d'être victime d'une étrange distorsion du temps. Plus la distance entre lui et sa destination se réduisait, plus il était contraint de ralentir.

La difficulté ne venait pas uniquement du vent, ou des réflexions acerbes de Miriam Flett, mais de la visibilité. Ou, pour être plus précis, de l'absence de visibilité.

Il faisait désormais nuit noire. La pluie tombait sans relâche, serrée et dense comme un épais brouillard. Elle transportait des particules microscopiques de sel et autre chose aussi, une sorte de poussière cristalline – quelque organisme marin, supposa Matt – qui obscurcissaient si complètement sa vision qu'il prit la rue Campbell, celle qui menait directement à l'hôpital, sans la moindre certitude d'avoir bifurqué au bon moment. Les phares, qui n'éclairaient guère plus qu'à un mètre cinquante, ne lui permettaient pas de se raccrocher au plus petit repère. Il roulait en longeant le côté droit de la route, cherchant à apercevoir le panneau qui signalait l'entrée de l'hôpital, et redoutant de l'avoir déjà passé.

Une rafale particulièrement puissante souleva la voiture qui se balança dangereusement. Miriam poussa une exclamation apeurée.

– J'aurais dû rester chez moi !

– Vous seriez probablement en train de barboter, à l'heure qu'il est. Essayez de ne pas paniquer, Miriam. Nous sommes presque arrivés, et nous serons en toute sécurité, à l'hôpital.

– Vous pouvez me le garantir ?

– Sur ma vie, Miriam.

– Très drôle, docteur Wheeler.

– Ça n'était pas destiné à l'être.

En désespoir de cause, il tourna sur le premier parking qui se présenta. Il ressemblait à celui de l'hôpital, avec ses arbustes de chaque côté de l'entrée.

Mais ce n'était pas l'hôpital. Il se rendit compte que l'allée tournait vers la gauche, et non l'inverse, et reconnut finalement la vitrine brisée de la pizzeria locale.

Miriam tenait ses mains bien serrées sur ses genoux ; ses doigts arthritiques semblaient noués les uns aux autres.

– Vous avez réservé une table ? demanda-t-elle avec un humour singulièrement dénué de gaieté.

Ce n'était pas l'hôpital, mais au moins Matt pouvait désormais se repérer. Il s'ingénia à se rappeler la situation de la pizzeria par rapport à l'hôpital. Il avait effectué ce trajet au moins deux fois par semaine depuis des années, mais à présent qu'il tentait de le reconstituer dans sa tête... Voyons : la pizzeria était-elle avant ou après l'hôpital ? Avant. Oui. Tout près ? Probablement. Mais à quelle distance, exactement ? Y avait-il un autre magasin sur le chemin ? Peut-être la boutique vidéo. Il s'arrêtait si rarement dans ces magasins qu'ils demeuraient très flous dans son esprit.

Il fit demi-tour, reprit la rue Campbell.

Miriam poussa un nouveau cri étouffé quand une grosse branche surgit de la nuit pour venir heurter la vitre arrière. Le verre s'étoila mais ne se brisa pas. Miriam marmonna quelques propos inintelligibles. Matt serra les dents et se cramponna de plus belle à son volant.

Il ralentit – pour autant qu'il le pût à une aussi faible allure – devant une nouvelle entrée de parking. Il échangea un bref coup d'œil avec Miriam, puis s'engagea sur le parking. L'accès semblait interminable. Matt songea un instant qu'il avait franchi un seuil du temps et qu'il s'enfonçait toujours plus avant dans un espace de pluie, de vent, de ténèbres, sans espoir de retour. Un trou noir. Il devait se faire violence pour ne pas regarder sa montre toutes les trente secondes afin d'évaluer sa progression. Soudain, il devint conscient de l'odeur âcre qui régnait dans la voiture – de sa propre sueur mêlée à l'odeur aigre de Miriam et du tissu mouillé.

Il fut soulagé quand un mur se dressa soudain devant eux, et plus encore quand il reconnut l'hôpital.

Il s'arrêta devant l'entrée des urgences.

– Merci, mon Dieu, soupira Miriam.

Matt coupa le moteur mais laissa les phares.

– Je vais venir vous ouvrir la portière. Attendez-moi.

Il redoutait de voir Miriam emportée par le vent.

Sa propre portière lui fut arrachée des mains sitôt qu'il l'ouvrit. Le vent rendait le moindre geste périlleux. Il la referma avant de contourner la voiture, s'accrochant au rétroviseur, aux poignées, au pare-chocs, à tout ce qui pouvait lui permettre de ne pas être lui-même soulevé par les rafales. Le cocktail vent-pluie l'aveuglait. Les yeux pratiquement fermés, dégoulinants, il avait l'impression que le monde n'était plus réduit qu'à quelques éléments : le vent, la voiture, le bitume mouillé sous ses pieds.

Il parvint enfin à la portière de Miriam qu'il dut maintenir de tout son poids afin qu'elle ne claque pas dans le sens inverse.

Arc-bouté contre la portière, il tendit la main à Miriam. Mais elle se recula. Matt se pencha dans l'étroit habitacle de la voiture où il put voir son visage à la faible lueur de la veilleuse.

– Qu'est-ce qui ne va pas ?

– Mes albums ! dit-elle.

Matt la regarda, incrédule.

– Docteur Wheeler ! Vous pouvez laisser ce qui est dans le coffre, je m'en moque. Mais je veux mes albums !

Lesquels albums étaient entassés à ses pieds, toujours emballés dans leur ciré jaune. Matt se pencha par-dessus Miriam, respira l'odeur de sa jupe de laine humide – elle empestait le chien mouillé. Il noua les manches du ciré ensemble afin d'en faire une sorte de sac autour des albums. Une tâche assommante, surtout dans la position peu pratique où il se trouvait – le cul au vent, au beau milieu du plus puissant cyclone que l'Oregon ait connu depuis l'ère glaciaire –, et qui lui donna tout le loisir de méditer sur l'absurdité de la situation.

La pluie entrait dans la voiture et cinglait Miriam, mais Matt s'en souciait maintenant comme d'une guigne. Elle pouvait bien être trempée comme une soupe. Après tout, elle l'avait cherché, non ? Il ne pouvait s'empêcher de penser à ces trombes aperçues sur l'océan, s'imaginait aspiré telle une feuille morte dans un de ces entonnoirs mortels vers le ciel noir comme l'enfer.

Une fois qu'il eut fini de ficeler les albums, il se releva et, de nouveau, offrit sa main libre à Miriam. Cette fois, elle tendit la sienne pour descendre de voiture. Dès qu'elle fut sortie, il la prit par la taille et l'entraîna, la portant presque, jusqu'à l'entrée des urgences. Plus que quelques pas, se disait-il pour s'encourager. Plus que deux. Un.

La porte résista quand il tenta de l'ouvrir. Le vent ? Non. Pas seulement.

Il tambourina contre le verre. Une vitre épaisse armée d'un treillis métallique. A l'intérieur, il perçut une faible lumière. Peut-être des mouvements... Mais il ne pouvait en être certain, avec la pluie.

La panique fondit en lui, décuplant ses forces. Il tira sur la poignée une troisième fois... la porte s'ouvrit enfin.

En hâte, il poussa Miriam à l'intérieur. Elle chancela sur quelques pas, puis, après avoir repris son équilibre, elle s'empressa de décharger Matt de son paquet.

– Merci, dit-elle sans le regarder, occupée à repousser l'eau du ciré. Je ne suis pas fâchée que ça se termine.

Tom Kindle referma la porte derrière eux. Il tenait

un marteau à la main ; deux planches de contre-plaqué étaient posées contre le mur.

Matt s'assit à même le carrelage pour reprendre son souffle. Des petites rigoles se formèrent autour de lui. Il releva les yeux vers Kindle.

– Vous étiez sur le point de barricader cette porte, non ?

– On ne peut rien vous cacher.

– Vous ne pouviez pas attendre ?

– Franchement, ça n'aurait pas été très prudent.

– La confiance règne.

Kindle sourit.

– Content de vous revoir, en tout cas.

Abby Cushman le retrouva en bas de l'escalier et le mit aussitôt au courant du problème de Paul Jacopetti.

– Il est plus calme, maintenant, ajouta-t-elle, mais la douleur n'a pas complètement disparu.

– Je vais le voir. Mais avant, il faut que je me change. Soyez gentille, Abby, occupez-vous de Miriam. Voyez si vous pouvez lui trouver des vêtements secs.

– Entendu.

Abby hésita avant de s'éloigner.

– Matt... il faut que je vous avoue que... j'ai bel et bien failli craquer quand Paul a eu sa crise. J'ai honte. J'aurais dû être à la hauteur de la situation et...

– Abby, vous n'avez strictement rien à vous reprocher. Sans vous, nous ne serions pas tous ici. Vous ne pouviez pas vous charger de tout. Ni vous ni personne.

– Mais j'aurais pu faire mieux, tout de même. Matt, je ne connais rien à rien aux premiers secours. A part appliquer du mercurochrome sur un genou écorché... Peut-être qu'un jour vous nous donnerez des cours ?

– Pourquoi pas ? J'aurais dû le faire depuis des mois, déjà.

– Nous étions tous trop préoccupés pour ça. D'ailleurs, à ce propos, Beth a été merveilleuse. Elle n'a rien fait de particulier – à part convaincre M. Jacopetti de retirer son dentier. Mais elle a réussi à le calmer, presque immédiatement, et on aurait pu jurer qu'elle connaissait son affaire. Ce doit être une de vos disciples !

– Je lui ai appris les rudiments de la réanimation. Et je lui ai donné un manuel à lire.

– Eh bien, vous pouvez vous vanter d'avoir une élève douée. C'est une jeune femme très intelligente.

– Quand elle le veut bien, oui.

Changé de pied en cap, et en dépit des hurlements des conduits dont l'avait averti Abby, Matt se sentait cent fois mieux que quelques instants auparavant.

Par expérience, il savait que le mauvais temps avait tendance à rétrécir une pièce. La cafétéria, pourtant spacieuse, semblait réduite à quelques îlots de lumière terne sous les lampes de secours.

Il se rendit aussitôt au chevet de Paul Jacopetti et lui prit sa tension : légèrement trop forte, mais sans excès.

– Docteur ?

Matt ôta le sphygmomanomètre du bras de Jacopetti.

– Oui, monsieur Jacopetti ?

– Est-*f*e que *v*e peux remettre ma *f*aloperie de dentier ?

– Certainement. Beth craignait que vous ne perdiez connaissance. Mais il n'y a plus de danger, maintenant.

Matt regarda poliment ailleurs quand Jacopetti remit ses fausses dents en place.

– Tout le monde dit que ce n'est pas un infarctus, mais une angine de poitrine, déclara Jacopetti. Moi, je veux bien, mais en quoi ça m'arrange ? Sur le moment, ça me fait aussi mal qu'une crise cardiaque.

– Ce n'est pas nécessairement différent. L'angine de poitrine est une douleur que vous ressentez quand votre cœur n'est pas suffisamment irrigué par les artères coronaires. Le cœur est alors obligé de mettre les bouchées doubles pour compenser, et il se fatigue, tout simplement – de même que n'importe quel muscle quand vous lui faites subir un effort prolongé. C'est aussi un symptôme de maladie coronaire, mais, dans votre cas, le cœur lui-même semble solide. Nous pouvons traiter l'angine avec des médicaments appelés inhibiteurs ß-adrénergiques qui aident le muscle à se détendre.

Jacopetti fronçait les sourcils, s'efforçant d'assimiler l'information.

– Et combien de temps je devrais prendre ces remèdes ?

Probablement jusqu'à votre dernier jour, songea Matt. Dans la mesure, bien sûr, où il sera possible de renouveler l'ordonnance. C'était un fait auquel il n'avait pu encore s'habituer. Plus de nouveaux remèdes. Finis les stylos publicitaires et les agendas gratuits des compagnies pharmaceutiques. Plus d'insuline, de pénicilline ou de vaccins anti-grippe... à moins de réquisitionner toutes les boîtes et flacons disponibles dans toutes les pharmacies et de les réfrigérer.

Il aurait dû le conseiller aux gens de Boston et de Toronto, songea-t-il. Et commencer par le faire lui-même à Buchanan.

Dans quel monde avait-il passé tous ces mois ? Il n'avait été préoccupé que de Rachel, de sa lente évolution. Mais Rachel était partie. Il était grand temps de rassembler les morceaux épars de sa vie et de reprendre les rênes.

– Sans doute quelque temps, répondit-il. Mais nous en saurons davantage après un examen clinique plus poussé. Et pour ça, évidemment, il faudra attendre que le cyclone soit passé.

– Si ça se finit un jour. En attendant... la douleur est toujours là.

– Je vais monter au laboratoire, voir si je peux trouver quelque chose pour vous soulager. Restez allongé, d'accord ? Ne faites aucun effort.

– Si vous croyez que j'ai envie de me mettre à danser la gigue... bougonna Jacopetti.

Matt alla trouver Abby avant de s'aventurer au rez-de-chaussée.

Elle avait peut-être manqué de sang-froid pour l'infarctus de Jacopetti, mais elle se débrouillait à merveille dans le rôle de mère poule. Elle avait trouvé des vêtements secs pour Miriam Flett qu'elle avait installée sur un matelas avec un café. À présent, elle envisageait de préparer un repas.

– On va attendre un peu ; si Tom arrive à faire fonctionner son groupe électrogène, on pourra peut-être se servir du four à micro-ondes. Ça réconforterait tout le monde, vous ne croyez pas ? Ah, et puis, il y en a qui voudraient s'installer dans le couloir. C'est moins bruyant et plus près des toilettes. Vous pensez que c'est possible ?

– Je n'y vois pas d'inconvénient, a priori du moins.

– Tout le monde s'est plus ou moins volatilisé. Je ne sais pas où est passée Beth. Ni Joey. Y a-t-il un danger à circuler dans le sous-sol ?

– Je ne pense pas. Mais, par sécurité, il vaudrait tout de même mieux convaincre les gens de rester ensemble. Et il est hors de question de monter à l'étage.

– C'est dangereux ?

– Ça pourrait le devenir. Assez vite.

– Mais vous, vous y allez.

– Rien qu'un instant, Abby.

– Matt, vous avez l'air horriblement fatigué. Vous devriez vous allonger quelques minutes.

– Bientôt. Il faut d'abord que j'aille chercher des médicaments pour Jacopetti.

– Pauvre homme. Tomber malade un soir comme celui-ci. Matt, vous savez, j'ai pensé des choses terribles, sur lui.

Elle baissa la voix.

– J'ai imaginé un moment qu'il faisait une crise cardiaque rien que pour m'embêter. Pendant quelques secondes, j'y ai vraiment cru, je vous assure ! C'est épouvantable, non ?

– Abby, si j'avais été sur place, j'aurais peut-être bien eu la même suspicion.

Elle parut à la fois soulagée et heureuse.

– C'est vrai ?

– On ne peut plus vrai.

– Vous repasserez me voir en redescendant de là-haut ?

– Promis.

A cet instant, le premier claquement de tonnerre retentit au-dessus d'eux.

L'escalier se trouvait à l'extrémité de l'aile sud. L'issue de secours du rez-de-chaussée avait été bouchée, mais le temps avait manqué pour barricader les fenêtres du premier et du second étage. L'une d'elles était brisée ; un petit filet d'eau coulait le long des marches entre les pieds de Matt.

Le tonnerre, nouveau venu, retentissait maintenant en continu. Avec le tonnerre, les éclairs. Ils illuminaient la cage d'escalier d'une lueur violacée diffuse qui vacillait sans jamais tout à fait s'éteindre.

Abby avait raison. Il était fatigué. Epuisé. Au point qu'il ne se formalisait même pas de cette nouvelle évolution de la tempête. Ce n'était même plus un cyclone, mais quelque chose de beaucoup plus puissant encore. Quelque chose de jamais vu de mémoire d'homme. La vitesse du vent, lors d'un cyclone, culminait à combien ? Trois cent cinquante kilomètres-heure ? Au maximum. Et en ce moment ? A quelle vitesse démoniaque soufflait le vent qui s'acharnait contre les flancs du mont Buchanan ?

Quatre cents ? Cinq cents kilomètres-heure ? Plus ? Une force capable sans doute de soulever la ville tout entière. Et de noyer le reste sous les vagues gigantesques qui déferlaient sur la côte.

L'hôpital retentissait de portes qui claquaient, de chariots qui roulaient dans les couloirs, de vitres qui éclataient par endroits. Matt écouta aussi le son du vent lui-même. Un roulement de tambour sourd, un gémissement vivant, pénétrant. Angoissant.

Il dévorait sa ville. Il la déracinait et la dévorait.

Matt songea à Jim et à Lillian Bix, complètement transformés, êtres d'un autre monde, occupant leurs corps diaphanes assez longtemps pour accomplir quelque processus qu'il ne comprenait ni ne souhaitait comprendre – la mutation du bébé de Lillian et la mise bas, dérisoire, d'une épluchure résiduelle. Jim et Lillian avaient vraisemblablement abandonné leurs peaux, désormais. Des peaux qui, comme toutes les autres, devaient être emportées par le vent, peut-être dans les hautes strates de l'atmosphère, vers une oasis de paix au-dessus de la tempête.

Matt repoussa ces pensées troublantes et se concentra sur sa tâche.

Chaque étage bénéficiait d'une réserve disponible de médicaments. Réserves naturellement fermées à clé, mais Matt en portait une en permanence sur lui depuis le mois de septembre. Il remonta le couloir du rez-de-chaussée, pestant contre son manque de présence d'esprit : il n'avait pas pris de lampe-torche. Kindle avait mis le groupe électrogène en route au sous-sol, mais il n'alimentait que les lumières de secours, une ampoule tous les dix mètres.

La réserve pharmaceutique, une pièce guère plus large qu'un placard, était plus noire qu'une nuit sans lune. Une fois ses yeux habitués à l'obscurité, Matt scruta les étagères dans l'espoir de reconnaître les boîtes et de lire les étiquettes à la très faible lueur du couloir. Peine perdue.

Il sortit de la pièce exiguë et considéra le problème. Il y avait la solution de retourner au sous-sol chercher une lampe, mais le temps ne jouait certes pas en sa faveur. Le tonnerre enflait à chaque minute, le cyclone gagnait en force.

La salle des infirmières était au bout du couloir. Matt s'y dirigea d'un pas rapide. Pendant des années, Hazel Kirkwood avait occupé les fonctions d'infirmière en chef à l'étage. Personne n'ignorait son vice : toutes les heures, qu'il pleuve ou qu'il vente, Hazel sortait de l'hôpital pour aller fumer une cigarette en douce.

Matt fouilla dans les tiroirs de son bureau. Il trouva une abondance de stylos et de trombones ; une gomme, une agrafeuse, une calculatrice de poche, et une boîte de tampons. Enfin, tout au fond du dernier tiroir, bien cachés, un paquet de Kent filtres avec une petite boîte d'allumettes glissée sous la cellophane.

Armé de son butin, il retourna jusqu'à la réserve. Une allumette pour trouver le propanolol pour Paul Jacopetti. Une autre pour vider un carton d'abaisse-langue ; une troisième pour remplir le carton vide de tout ce qui pourrait s'avérer utile en cas de pépin : antibiotiques, analgésiques, coton... Le tout en se reprochant de ne pas avoir pensé plus tôt à prendre ces précautions élémentaires.

Une dernière allumette pour vérifier qu'il avait bien tout le nécessaire... avant de se tourner et de se trouver nez à nez avec Joey Commoner qui lui bloquait le passage.

La présence de Joey le surprit. Surtout quand il vit le couteau.

Pas un grand couteau, non, mais la lame reflétait la faible lueur des veilleuses en tremblant dans la main de Joey.

– Je veux que vous lui foutiez la paix, dit-il.

Sa voix curieusement aiguë témoignait de son manque de sang-froid, et Matt comprit que, quelles que soient ses raisons pour l'agresser, Joey avait également une peur bleue de la tempête.

– Tu ne devrais pas être ici, dit Matt. C'est dangereux.

– Je veux pas que vous lui tourniez autour, insista Joey, têtu.

– Tu ne crois pas que le moment est mal choisi pour discuter de ça ?

Le tonnerre gronda au-dessus d'eux.

– Si on s'attarde, on risque d'avoir de gros ennuis.

– D'accord. Alors dites-moi seulement que vous ne vous occuperez plus d'elle et on pourra redescendre.

Matt en eut soudain sa claque. Le cyclone, Miriam, Jacopetti, et maintenant Joey... C'était trop. Il laissa tomber le carton de remèdes et s'avança pour sortir de la réserve.

Joey, d'un geste désordonné, frappa. La lame entama l'avant-bras de Matt, déchirant sa chemise pour se planter dans la peau. Une douleur vive et immédiate.

Surpris, Matt recula contre les étagères. Les murs, trop rapprochés, l'empêchaient de bouger, et Joey, bien campé sur ses pieds, prêt à l'attaque, lui interdisait de passer.

Matt vit soudain rouge. Galvanisé par la colère, il s'avança de nouveau. Cette situation était grotesque, puérile, inopportune. L'œil rivé sur le couteau, il effectua un deuxième pas. L'essentiel était de sortir dans le couloir, où il aurait la place de bouger, d'envisager une manœuvre.

Devant sa détermination, Joey hurla :

– Ne m'obligez pas à ça, Wheeler !

La lame trancha l'air, manquant Matt d'un cheveu.

– Foutez-lui la paix, c'est tout ce que je vous demande ! C'est...

Il ne termina pas sa phrase. Une troisième présence venait de surgir derrière lui. Tom Kindle.

Avant qu'il n'ait eu le temps de se retourner, Kindle lui avait saisi le bras qu'il maintint plié derrière son dos. Joey poussa un cri et lâcha le couteau.

Matt sortit de son placard et s'écarta des deux hommes. Kindle relâcha Joey qu'il poussa contre le mur. Joey, mauvais, pivota vers Kindle qui ramassait l'arme.

– Un couteau suisse, dit-il. Génial, Joey. Après l'avoir tué, tu aurais pu lui curer les ongles.

– Faites pas chier, rétorqua Joey en se frottant le bras. Je suis pas venu ici pour tuer.

Matt pressa son bras pour arrêter l'hémorragie. La blessure était superficielle mais vilaine. Des taches de sang souillaient le lino du couloir.

Kindle secoua la tête.

– Il s'en est fallu de peu, tout de même. Avoue que c'est con, Joey. On n'est plus que dix, dans cette ville. C'est encore trop pour toi ?

Pas de réponse.

– On peut savoir tes motivations ?

– Il a baisé Beth, dit Joey.

Kindle haussa les sourcils. Puis il empocha le couteau.

– Matt ? L'accusation est-elle fondée ?

– Je lui ai donné un cours de réanimation, dit Matt. Elle voulait apprendre le B.A.-BA des premiers secours.

– C'est pas ce qu'on m'a dit, objecta Joey.

– Et qu'est-ce qu'on t'a dit ? demanda Kindle.

– Que le toubib la baisait.

– Qui t'a dit ça ?

– Beth...

Il y eut un moment de silence... si l'on peut employer ce terme, songea Matt. Avec le vent qui mugissait dans le couloir comme une vache en chaleur...

– Joey, dit finalement Kindle, une femme peut très bien dire des choses qu'elle ne pense pas. Surtout si elle considère qu'on ne s'occupe pas assez d'elle. Elle peut parfaitement s'être demandé : Qu'est-ce qui rendrait Joey vert de jalousie ? Qu'est-ce que je pourrais dire qui chatouillerait un peu l'amour-propre de ce petit connard qui ne m'a même pas fait l'aumône d'un regard depuis Noël ?

Joey parut soupeser l'idée. Peut-être même, songea Matt, que, d'une certaine manière, il tirait une certaine satisfaction de cette hypothèse.

– Je voulais juste le prévenir que...

– Le prévenir de quoi ? Que tu le descendrais s'il tournait autour de ton ex-petite copine ?

– Je t'emmerde, dit Joey.

– Tu m'emmerdes parce que je ne veux pas que le seul docteur de la ville finisse avec un couteau dans le ventre à cause d'un petit trou-du-cul jaloux ? Bon Dieu, Joey, en quoi est-ce que ça te regarde, d'abord, que Beth aille coucher avec un autre ? C'est pas ta femme, et même si elle l'était, l'adultère n'est pas un crime. T'étais furieux, et t'avais envie de remuer ton couteau sous le nez de Wheeler pour te défouler. Mais c'est complètement con ! Dans la situation où on se trouve c'est complètement débile et suicidaire ! Et ça me surprend, franchement, parce que t'es loin d'être aussi bête que les gens le pensent.

Joey releva la tête, ne sachant trop s'il devait se sentir insulté ou non.

– Je sais ce que les gens disent, poursuivit Kindle. Du moins ce qu'ils disaient. Personne ne tenait Joey Commoner en grande estime. Mais ça a changé, comme tu l'as peut-être remarqué. T'as monté la radio...

– Cet enfoiré de Makepeace m'a piqué ma place. Je peux même plus m'en occuper.

– N'empêche que, sans toi, on n'aurait rien du tout. Qui a trouvé Boston sur la fréquence vingt mètres ? Qui a trouvé Toronto ? Enfin merde, Joey, tu es le seul individu en ville capable de décrypter un circuit imprimé. Tu le sais bien, non ? Alors pourquoi faire quelque chose d'aussi con ? Venir menacer le toubib avec un canif suisse parce qu'une fille t'a agacé les roubignoles.

– Vous comprenez pas, dit Joey.

Mais une note de regret perçait dans sa voix.

– Peut-être, dit Kindle, si le toubib est d'accord – et c'est lui l'offensé, il a une entaille dans le bras – peut-être qu'on peut passer cette bêtise sous silence en redescendant. Pour pas gâcher ta réputation de type intelligent.

Joey se tint coi. Il attendait, les yeux fixés sur le bout de ses santiags.

– Je pense que c'est possible, répondit Matt.

Joey le regarda, le visage dénué d'expression.

– Vas-y, redescends, dit Kindle. Et estime-toi heureux de t'en sortir à si bon compte.

Matt suivit Joey des yeux tandis qu'il se dirigeait vers l'escalier.

Kindle se tourna vers lui.

– Je peux me permettre un conseil, docteur ? Vous devriez bander cette blessure.

Matt fixa rapidement une bande sur son bras et rabaissa la manche de sa chemise pour la dissimuler.

– Puisque vous êtes là, vous allez pouvoir m'aider à emporter quelques remèdes.

– Sûr... J'ai apporté une lampe, à propos. Abby m'a dit que vous étiez monté sans.

– Merci. Et merci aussi pour ce que vous avez dit à Joey.

– Je n'ai rien fait de plus que le remettre sur les rails. Je me doutais qu'il ferait une connerie de ce genre. Quand il se met en pétard... y a rien qui peut l'arrêter.

– D'après lui, il n'avait pas l'intention de me tuer. Mais dans le feu de l'action, il n'y avait rien d'impossible.

– C'est pas seulement une histoire de tempérament. C'est comme une vieille blessure qui se serait jamais refermée. Il y a un bouton, chez lui, qu'il faut jamais pousser.

– Vous avez su trouver les mots exacts pour le retourner.

– Pour l'instant, oui, mais à longue échéance...

Kindle eut une moue désabusée.

– Les gens sont vraiment de la merde, Matthew.

– Quand ils le veulent, sans doute.

– Joey peut être le pire de tous, quand il s'y met. Vous tremblez encore.

– La journée a été longue. Et on n'est pas au bout de nos peines.

– Saloperie de bruit, dit Kindle.

Ils devaient presque crier pour s'entendre. Sa gorge était à vif.

– Matthew... un autre conseil d'ami : faites attention à vous.

– Nous devons tous être prudents.

– Bien sûr.

Kindle, l'air soudain vaguement embarrassé, attrapa un carton de médicaments sur une étagère.

– Qu'en pensez-vous, Matthew ? On sera encore vivants, demain matin ?

Le rugissement du cyclone avait monté d'une octave. Il évoquait des catastrophes plus tangibles que le vent : des télescopages de camions, des déraillements de trains...

– Probablement, dit Matt. Mais on devrait redescendre à la cafétéria et ne plus en bouger.

– Demain matin, remarqua Kindle, il ne restera plus grand-chose de cette ville.

Matt donna un peu de coton à Abby pour se boucher les oreilles.

– C'est moins dur pour les tympans, remarqua-t-elle. Evidemment, ça ne facilite pas les conversations. Mais personne n'a trop envie de discuter, en ce moment. Matt ? Vous êtes blessé ?

Le bandage dépassait un peu de la chemise.

– Je me suis coupé avec du verre. Rien de grave.

– Essayez de vous reposer. Si vous le pouvez !

Il promit de suivre le conseil. Après avoir donné ses médicaments à Paul Jacopetti, il se trouva un matelas et s'y allongea. Tout le monde s'était retiré dans le couloir où le bruit était déjà plus supportable. Beth et Joey, à trois matelas d'écart, se regardaient en chiens de faïence. Tom Kindle coinçait des serviettes sous la porte donnant sur l'escalier ; l'eau commençait à s'infiltrer. Tous les autres attendaient. Simplement.

Ils attendaient que le cyclone passe, songeait Matt, ou que le ciel leur tombe sur la tête. Et parce qu'on ne voyait rien de la tempête, il ne restait d'autre choix que d'écouter... d'essayer d'interpréter chaque grondement, chaque sifflement ou hurlement qui pénétrait le sous-sol.

Au bout d'un temps, Abby alla trouver Tom Kindle ; quelques minutes plus tard, grâce à l'intervention de Kindle sur le groupe électrogène, Abby distribuait des plateaux-repas réchauffés au four à micro-ondes. Elle ne s'était pas trompée sur le pouvoir réconfortant d'un plat chaud. C'était un acte de défi ; ils relevaient la tête face au cyclone, même s'ils étaient obligés de se terrer comme des rats.

Le dîner se termina par un épouvantable fracas qui parut secouer les fondations du bâtiment.

– Dieu du ciel, dit Chuck Makepeace. L'hôpital a dû s'écrouler au-dessus de nous.

Kindle, qui ramassait les plateaux vides, s'immobilisa pour regarder pensivement le plafond.

– Possible. Mais je pense plutôt que quelque chose nous a heurtés. Un de ces gros arbres du parking, par exemple.

Cette idée impressionna manifestement Jacopetti, qui ne souffrait plus mais dont le teint était encore singulièrement crayeux.

– Quelle force faut-il pour déraciner ces arbres et les soulever ? Qu'est-ce que ça peut peser, un arbre comme ça ? Quatre cents, cinq cents kilos ?

– Je n'en ai jamais pesé un, admit Kindle.

– Emporté comme une brindille, murmura Jacopetti pour lui-même.

Matt regarda sa montre. 22 h 45.

23 h 15. Beth Porter annonça qu'elle sentait une odeur de brûlé. Est-ce que ça pourrait venir du système d'aération ? Peu probable, selon Kindle, mais, par mesure de sécurité, il préféra aller éteindre le groupe électrogène.

– Gardez les torches à portée de main. L'œil du cyclone devrait bientôt être sur nous.

Le couloir paraissait plus froid, dans l'obscurité. Déjà qu'il ne faisait pas très chaud. Matt aida Abby à distribuer des couvertures.

Un nouveau fracas ébranla le couloir, immédiatement suivi d'un autre, plus puissant encore. Matt frémit. Des forces apocalyptiques se déchaînaient sur la ville. Il essaya d'imaginer ce qui se passait à l'extérieur ; un paysage où les Douglas flottaient dans le vent comme des fétus de paille.

23 h 30. Nouveau bruit assourdissant qui fit une fois de plus trembler les fondations – la vibration semblait venir du sol et remonter à travers le béton.

– On a perdu une partie de la bâtisse, c'est sûr, dit Jacopetti. Peut-être un étage entier.

– Vous avez peut-être bien raison, approuva Kindle.

Il ajouta dans l'oreille de Matt, dans la mesure où le vacarme permettait les messes basses :

– J'espère que vous n'avez pas pris trop de peine à guérir cet oiseau de malheur.

– J'ai l'impression que je vais hurler, déclara Abby.

Elle s'assit, très pâle à la lueur d'une lampe-torche fixée au mur.

– Je vous aurai prévenus...

On ne doit pas être loin de l'œil, songea Matt. Un œil aussi noir que l'enfer. Aussi mortel.

Il songea au vent s'acharnant sur les ruines de l'hôpital et s'efforçant de déloger les vies humaines qui s'y abritaient, tel un terrier creusant dans un nid de souris.

Les fondations tremblèrent encore. Matt, pour la centième fois, regarda l'heure. Comme par hasard, il avait fallu que la pile de sa montre s'arrête à cet instant. L'écran restait gris. Quand il le tapota du bout de l'ongle, un chiffre s'inscrivit : 35:92.

– Abby, vous avez l'heure ?

Il était minuit vingt-cinq quand le vent cessa brusquement.

Le rugissement se tut.

Une petite brise parut se lever dans la cafétéria. La poussière dansa dans la faible lueur des lampes.

– L'œil du cyclone, dit Kindle. Le bâtiment expire.

– Mes oreilles se sont débouchées.

– Moi, c'est pire, renchérit Bob Ganish, j'ai le nez qui saigne.

Cette accalmie subite, irréelle, semblait relever d'un rêve. Matt avait entendu dire que, dans l'œil d'un cyclone, on pouvait voir les étoiles. Une fois encore, il fit appel à son imagination pour visualiser Buchanan, ou du moins ce qu'il en restait, enfermé au cœur d'une colonne de nuages tourbillonnants... la lumière blafarde de la lune tombant sur un paysage de désolation.

Le peu de chaleur qui restait parut être aspiré hors des murs. Matt resserra sa couverture sur lui et vit les autres en faire autant.

Abby semblait hypnotisée par ce calme anormal.

– Ça va revenir, non ? Aussi fort que tout à l'heure. Peut-être même plus. Et d'un seul coup. C'est ça, hein ?

Kindle vint s'asseoir près d'elle et posa le bras sur ses épaules.

– Oui, mais on aura franchi le plus dur. Après, il n'y aura plus qu'à attendre.

– Si quelqu'un peut me passer un bout de coton, dit Ganish. Je me suis fichu du sang partout, avec mon nez.

Matt s'en occupa. Dans la faible luminosité, le sang souillait la chemise de Ganish de taches sombres comme de la rouille. Il avait des gestes mécaniques, l'esprit toujours fixé sur le clair de lune.

– Ça y est ! s'écria soudain Abby. Je l'entends... il revient.

Matt retint son souffle pour écouter. Elle avait raison. L'effroyable grondement était de retour. Il courait sur l'océan, sur la côte, se dirigeant droit sur Buchanan. Droit sur l'hôpital. Impossible de ne pas le considérer comme une entité vivante. Enorme, puissant, stupide et méchant. Le Léviathan.

– Il vaut mieux vous asseoir, Matthew, dit Kindle.

Le Serveur – ancré sur la place de ce qui avait été la mairie – fut le seul témoin de la destruction de la ville.

De sa vision puissante, sensible à toutes les ondes électromagnétiques, il scrutait les profondeurs insondables de la tempête. Il vit ce qu'aucun humain mortel n'aurait pu voir.

Il vit la progression du cyclone. Il vit l'océan recouvrir la ville basse ; il vit des tornades se détacher de la marée noire des nuages.

Il vécut le calme, au centre de l'œil, vit ce que Matt n'avait pu qu'imaginer : le clair de lune se reflétant sur des troncs brisés luisant de pluie, sur des carcasses de camions, sur les piliers rompus des ponts, sur les maisons éventrées, sur les torrents déferlant dans les rues. Sur la brume argentée du phytoplancton des Voyageurs.

Et puis le cyclone s'abattit de nouveau sur la ville. Corne noire de vent occultant la lune.

Le Serveur vit l'hôpital général de Buchanan dévoré par le cyclone.

Celui-ci avait déjà arraché le toit du bâtiment et une bonne partie du second étage. Ce nouvel impact fut plus que n'en put supporter la structure affaiblie de l'hôpital.

Des blocs de béton furent projetés dans les airs,

traînant derrière eux des barres de métal rouillé, comme de sanglantes artères sauvagement arrachées.

Des êtres humains se battaient pour survivre sous les décombres. Mais même le regard puissant du Serveur ne pouvait voir ce qui se passait sous la terre.

Le bâtiment s'écroula dans un fracas effrayant, si intense que Matt ne put l'assimiler à un bruit. Il ne put que subir, totalement impuissant, ce choc qui l'anéantit momentanément.

Il vit Abby hurler mais ne put l'entendre.

Les autres se tassèrent sur leur matelas, se faisant aussi petits que possible.

Le plafond de la cafétéria s'effondra. Les ruines du mur de l'aile ouest se déversèrent dans la salle. Depuis le couloir, Matt put clairement assister à ce spectacle effarant grâce aux portes de la cafétéria ouvertes par le vent.

S'ils étaient restés là-bas, songea-t-il. S'ils s'étaient réfugiés dans la cafétéria...

Un trou s'ouvrit sous le ciel torturé. Le vent s'engouffra dans le couloir avec une violence inouïe. Tim Belanger en fut la première victime. Il avait installé son matelas près de l'entrée de la cafétéria. Grave erreur. Le vent, humide et lourd d'une épaisse poussière, l'envoya contre le mur où il se cogna la tête.

Les lampes furent arrachées de leur support, projetées au sol, brisées contre les murs. Tom Kindle parvint à en sauver une, mais le reste alla s'écraser contre la porte de l'escalier. Kindle agita sa lampe, cria quelque chose d'inaudible.

Matt lutta contre le vent pour rejoindre Tim Belanger. Il gisait la face contre le mur, inconscient. Matt inspira une bouffée de poussière de ciment et entreprit de le traîner loin de la cafétéria, vers la faible lueur de la lampe qu'agitait toujours Kindle.

Le plus dur était de respirer. Matt étouffait ; s'il pouvait seulement aspirer un peu d'oxygène dans la boue humide qui avait remplacé l'air ambiant. Chaque inspiration remplissait sa bouche de ciment et plantait une épée dans ses poumons. Il toussait, crachait, suffoquait. Le poids mort de Tim Belanger devint un fardeau insupportable, et Matt eut à plus d'une reprise envie de l'abandonner. Peut-être serait-ce plus sage. Sauver sa peau. Si ça se trouve, Belanger était déjà mort. Mais ses mains refusaient de lâcher le bras du blessé. Traîtres mains.

Il bouscula Abby, qui lui fit signe d'aller sur la gauche : une porte. Matt tira Belanger et franchit le seuil avec lui. Kindle, plaqué contre le mur, tenait sa torche dirigée vers le couloir.

– On est au complet, dit-il en avisant Belanger. Matthew, aidez-moi à fermer cette porte.

A eux deux, ils parvinrent à la repousser. Kindle toussa et cracha un jet de salive noirâtre sur le sol.

– Attrapez ce bout de planche, là ; on va la clouer. Après on verra où en sont les autres.

Kindle saisit le marteau enfilé sous sa ceinture, sortit des clous de sa poche et commença à fixer le morceau de contre-plaqué que Matt maintenait de tout son poids.

A priori, ils se trouvaient dans une sorte de salle de chauffage – sol de ciment, tuyauterie, énorme chaudière. L'air était chargé de particules en suspension, mais relativement calme. Au bout d'un temps, ces scories finiraient par se déposer. Mais en attendant...

– Ceux qui ont des difficultés à respirer, essayez de vous couvrir le nez avec une serviette, ou quelque chose.

– On n'est pas dans la lingerie, objecta faiblement Jacopetti.

– Prenez un mouchoir, ou votre chemise, si vous avez la sensation d'étouffer.

Une fois la porte barricadée, Matt s'occupa des blessés. Armé de la lampe de Kindle, il appela Beth et s'approcha de Belanger. L'ex-employé de mairie commençait à reprendre conscience. Ses cheveux étaient poisseux de sang, mais la blessure ne semblait pas trop grave. Pour autant du moins que Matt pût s'en rendre compte avec les moyens précaires à sa disposition.

Miriam Flett avait du mal à recouvrer son souffle, mais ni plus ni moins que les autres. Matt l'encouragea à cracher si elle en éprouvait le besoin.

– On oubliera la bienséance, pour ce soir, Miriam.

– Je m'en suis rendu compte, articula-t-elle péniblement.

Elle tenait sous son bras un sac de plastique déchiré – les albums.

Jacopetti souffrait d'une récidive de son angine de poitrine, mais sans gravité.

– C'est normal, toubib, non ? Quand un bâtiment vous tombe sur la gueule...

– Je trouve qu'on s'en sort tous plutôt bien.

– On n'a pas de couvertures, remarqua Abby, désolée.

Elle toussa, s'étouffa, toussa encore.

– On n'a rien du tout.

– Il y a de l'eau dans le chauffe-eau, dit Kindle. J'avais déjà visité cet endroit avant le cyclone. Les gars chargés de l'entretien y venaient pendant leur pause pour fumer et jouer aux cartes. On a encore la table et une machine pleine de Crunch et de Mars.

– Vous avez de la monnaie pour vous servir ? demanda Abby.

– Non, mais j'ai un marteau.

Le vent continuait à hurler. Mais Matt avait la sensation que le cyclone perdait de sa vigueur. Ils avaient franchi le plus dur, et l'ouragan poursuivait désormais son chemin destructeur vers l'intérieur des terres. L'aube serait là d'ici à quelques heures.

Au-dessus d'eux, le vent harcelait toujours les ruines du bâtiment, mais lui aussi se fatiguait.

Tom Kindle rejoignit Matt et s'assit près de lui, les bras enroulés autour des genoux. Son visage, couvert d'un masque pâteux, trahissait la fatigue qu'il avait obstinément ignorée jusqu'alors. Ses cheveux, emmêlés, étaient gris et collés par la poussière.

– Si l'hôpital est démoli, dit-il, il ne doit plus rester grand-chose de Buchanan.

– Sans doute, acquiesça Matt.

– Connaissant l'opinion des autres, on fera sûrement route vers l'est, une fois que le temps sera redevenu normal.

– Probablement.

– Dommage, tout de même, que cette ville soit rayée de la carte.

Rayée de la carte ? Matt ne voulait pas y penser. Mais ce devait pourtant être le cas. Quelle bâtisse aurait été assez forte pour résister à cet hurricane démoniaque ? La rue commerçante ? Pas de danger. La mairie ? Aucune chance. La marina ? Engloutie sous les eaux.

Le *Dos Aguilas* ? Anéanti. Le parc de la Vieille Carrière ? Un terrain vague boueux et jonché d'arbres déracinés.

Et sa maison ? La maison où il avait élevé sa fille, où Celeste était morte ? Pulvérisée.

Mais...

– Ce n'est pas la ville, dit-il.

L'idée était née brusquement dans son esprit, jaillie de son épuisement et de sa tristesse.

– Les gens qui sont ici, ce sont eux, la ville. Nous sommes la ville.

– Alors peut-être que la ville a survécu, en fin de compte, dit Kindle.

Peut-être, se dit Matt. Peut-être que la ville survivrait à cette nuit d'enfer pour voir le jour se lever.

QUATRIÈME PARTIE

LA MOISSON

25

Voyageur

Le garçon venait de loin.

Il avait le corps d'un gamin de douze ans, fluet mais aguerri toutefois par son long séjour sur la route, des yeux bleus, des cheveux bruns. Il portait un jean, un T-shirt blanc, tout simple et très large, et une paire de baskets neuves.

Il aimait ces baskets. Bien lacées, elles lui maintenaient fermement les chevilles.

Il roulait sur un superbe V.T.T. Nakamura trouvé dans une vitrine de magasin de sport à Wichita. Le vélo était devenu tout poussiéreux sur la route 15 qui traversait la frontière entre l'Utah et l'Idaho. La nuit précédente, dans une station Exxon, le garçon l'avait nettoyé avec un chiffon humide. Il avait huilé le dérailleur et le câble des freins, resserré la chaîne et réajusté la selle. Ce matin, le petit Nak roulait comme un charme.

L'air était frais ; le ciel d'un bleu dur, cristallin. De la couleur des billes de verre qu'il avait à une époque collectionnées.

Il traversa des plaines d'armoise qui longeaient des rivières sinueuses, et il pédalait en fredonnant, aussi insouciant qu'un oiseau. Il aimait la façon dont le vent malmenait ses cheveux et gonflait son T-shirt.

En quatre-vingts jours, il avait vu une bonne partie du pays. Il avait franchi le Mississippi à Cairo, traversé l'Arkansas jusqu'au Texas, et s'était abrité trois semaines dans la ville déserte de Dallas en attendant que les tempêtes s'apaisent. Il était passé au large de la frontière mexicaine pour remonter vers le nord le long du Rio Grande, puis de nouveau vers l'ouest, au-delà de la grande ligne de partage continentale.

Il avait pédalé dans les immenses déserts du Sud-Ouest, dans des paysages incroyablement vastes et fabuleusement lunaires. Il avait essuyé un orage en Arizona ; un orage qui avait gonflé les arroyos, transpercé les collines arides de sa foudre et qui l'avait trempé, lui, avant qu'il n'ait eu le temps de se trouver un abri. Mais il n'était jamais malade, jamais fatigué.

A présent, il attendait avec impatience d'atteindre les Salmon River, une des montagnes les plus infranchissables des Etats-Unis, un espace hérissé de mélèzes et de sapins, de cèdres et d'épicéas.

A midi, il s'arrêta dans un village pour déjeuner. Il brisa la vitre d'un distributeur de boissons dans une station-service et sortit deux bouteilles de jus de raisin. Il en but une sur-le-champ et garda l'autre pour plus tard. Les villes étaient toujours alimentées en électricité. Jus de fruits et sodas étaient frais, voire glacés. Dans le supermarché voisin, il trouva des plateaux-repas bien préservés dans un congélateur. Curieux. Les congélateurs, en général, ne fonctionnaient pas tout seuls. Il leur fallait un minimum d'entretien. La date de consommation des plateaux-repas était dépassée, mais pas depuis longtemps. Le garçon en ouvrit un et le glissa dans le four à micro-ondes du magasin. Il but son second jus de raisin ; ses lèvres en devinrent toutes violacées.

Il transportait quelques affaires avec lui sur le porte-bagages du vélo. Après le déjeuner, il ouvrit le sac et en sortit un couvre-chef – une casquette kaki trouvée dans une boutique de pêche. Elle était un peu grande, mais présentait au moins l'avantage de le protéger du soleil.

Enfourchant son V.T.T., il pédala sur la ligne blanche, méridien de la route déserte. Il passa devant des fermes perdues au milieu de plantations de pommes de terre à l'abandon, devant d'autres prairies d'armoise.

Aux abords du crépuscule, alors qu'il songeait à s'arrêter pour la nuit, le garçon aperçut, au détour d'un virage, plusieurs camping-cars et caravanes garés en file indienne. Autour, il distingua des mouvements. Des gens.

Le garçon se rendit compte qu'il savait qui étaient ces gens et connaissait leur destination.

Leur présence le troubla. Elle exigeait qu'il prît une décision.

Les chemins bifurquaient à cet endroit. D'un côté, les Salmon River, un dernier plaisir avant de rejoindre le Vaisseau-Home. De l'autre, un avenir plus incertain.

La présence de ces gens sur sa route n'était sûrement pas le seul fait du hasard.

Immobile, bien campé sur ses jambes, le garçon réfléchissait.

Enfin il soupira et poussa son vélo jusqu'à la première caravane.

C'était une Travelaire poussiéreuse. Une vieille femme était assise sur les marches, un livre sur les genoux. Elle portait une robe de cotonnade défraîchie et une veste matelassée. Ses cheveux étaient gris, rares. Elle lisait à la lumière du soleil couchant, les yeux plissés sur les pages fines d'une bible.

Elle releva la tête ; les roues du V.T.T. crissaient sur le gravier. Le garçon s'arrêta à un mètre.

Ils se regardèrent longuement.

– Bonjour, dit-elle enfin.

Prudemment, il répondit.

– Bonjour.

Elle posa sa bible à côté d'elle.
– Je ne t'ai encore jamais vu.
– Je viens de par là. De l'est.
– Tu voyages seul ?
Il acquiesça.
– Tu n'as pas tes parents ?
– Ils sont morts.
– Oh. C'est triste.
– C'était il y a longtemps.
– Et tu as une direction précise ?
– Non.
– Tu as faim ?
Il y avait des heures qu'il n'avait rien mangé. Il hocha la tête. Oui.
– Si tu veux, tu peux partager mon repas, dit-elle. Des œufs frais et du steak haché. J'ai une petite cuisinière pour cuire le tout. Ça te tente ?
– Je veux bien, dit le garçon.
Il la suivit à l'intérieur de la Travelaire. Elle posa une poêle sur un des feux de la cuisinière à gaz. La caravane se réchauffa sensiblement. La journée avait été ensoleillée, mais le froid régnait encore sur les nuits. Le garçon rêvait de passer une nuit au chaud.
Tandis qu'elle cuisinait, il étudia le décor. Un aménagement très sobre. Quelques livres, dont la bible aux pages cornées. Quelques vêtements. Une pile d'albums apparemment pleins de coupures de journaux, qui avaient dû, un jour, prendre la pluie. Les couvertures étaient bombées, les pages gondolées. Il s'assit à une petite table pliante.
Les œufs grésillaient dans l'huile. La femme fredonnait une mélodie que le garçon reconnut. Une vieille chanson. *Unforgettable*. Un grand succès de Nat King Cole.
Il y avait longtemps.
Il attendit qu'elle ait fini son bénédicité, puis se servit une portion d'œufs brouillés.
– Tiens, si tu veux du sel, dit la femme en le lui tendant. Et le poivre... Je fais chauffer de l'eau pour le café. Tu en bois ?

Il acquiesça, la bouche pleine.

– Il va falloir te présenter, dit-elle en saisissant sa fourchette. Nous voyageons à plusieurs. On se dirige vers l'est. Il y a d'autres personnes, là-bas. Nous, on vient de l'Oregon. De la côte. Il y a eu un cyclone épouvantable, et puis... Oui, enfin, c'est une longue histoire. Tu auras l'occasion de l'entendre, si tu restes avec nous. Dis-moi, tu dois être fatigué ?

– Un peu, oui.

– Tu dois venir de loin, sur cette bicyclette ?

Le garçon, encore une fois, confirma de la tête.

– Oui, reprit-elle. Je te présenterai ce soir. Il y a une réunion. Un genre de conseil municipal. Si on peut se considérer comme une ville. Je pense que les gens seront contents de te rencontrer... Mais où ai-je la tête, au fait ? Je ne t'ai même pas demandé ton nom ! Excuse mon incorrection. Je suis Miriam. Miriam Flett. Et toi ?

– William, dit-il.

– William... ?

– William. C'est tout.

– Tu as perdu ton nom de famille en route ?

Il haussa les épaules.

– Eh bien, ravi de te connaître tout de même, William.

Elle porta une petite bouchée d'œufs à ses lèvres et mangea lentement, à la manière des vieilles personnes.

– Il n'y a rien de formel, dans notre réunion, tu sais, ajouta-t-elle. Nous ne sommes que dix. Enfin, onze, avec ce colonel Tyler.

26

Election

Beth Porter serra la main du garçon et resta un instant accrochée à son regard bleu.

Etranges yeux que les siens, pour un garçon de cet âge, songea-t-elle. Trop sereins. Sereins et sagaces.

Il avait pourtant l'air d'un brave gosse. Et les gens semblaient heureux de voir un nouveau visage. Tout le monde lui serra la main et l'accueillit avec chaleur. Même le colonel Tyler vint lui ébouriffer les cheveux. Encore que le sourire de William à cet instant parut devenir curieusement forcé. Etrange, tout de même.

Et puis Matt Wheeler annonça le début de la réunion.

Ils s'étaient rassemblés dans le salon d'une petite maison en bordure de route. Une couche de poussière grise recouvrait les meubles et la maison sentait plutôt le renfermé, mais elle était malgré tout assez confortable pour une fraîche nuit de printemps. Matt avait apporté les dix chaises pliantes qu'il transportait dans son camping-car et Tom Kindle avait branché un radiateur électrique, ce qui dégelait un peu la pièce. Parce qu'ils avaient enfin franchi les Cascades pour aboutir dans le pays des « Impérissables Prises murales ». Selon Beth, ces Serveurs vaudou n'étaient sûrement pas étrangers au fait que toutes les petites villes perdues qu'ils traversaient continuaient à être alimentées en électricité. Comme Buchanan avant le passage dévastateur du cyclone. En attendant, que demander de mieux ? Ils avaient des lampes qui fonctionnaient sans piles : le paradis. Et de l'eau chaude : le nirvâna.

Cet après-midi, ils avaient forcé la porte d'une maison et, chacun à leur tour, pris une douche chaude. Beth garderait longtemps gravée dans sa mémoire la sensation de l'eau bouillonnante sur son dos. La caresse d'un ange. Elle avait eu du mal à sortir de la cabine.

Elle s'assit sur une des chaises pliantes près d'Abby Cushman, un rang derrière Joey. En face d'elle, Matt Wheeler paraissait pâle et maigre à la lueur des lampes d'opaline. Il expédia quelques sujets à l'ordre du jour, entre autres l'acquisition d'une radio portable à Twin Falls, et proposa de continuer vers l'est le lendemain, ce qui fut accepté à l'unanimité.

Vint ensuite le vote sérieux de la soirée. Celui que Beth redoutait.

Matt accusa encore plus la fatigue en l'annonçant.

– La semaine dernière, nous avons décidé de soumettre de nouveau la position de président au vote. Nous pouvons d'ores et déjà proposer les candidatures. Quelqu'un a-t-il un nom à suggérer ?

Joey sauta sur ses pieds, renversant presque sa chaise sur Beth.

– Le colonel Tyler ! déclara-t-il avec force.

– Approuvé, renchérit Jacopetti.

Eh bien... ça ne traîne pas, songea Beth.

Abby Cushman, l'air vaguement surprise, leva la main.

– Je trouve que vous assumez parfaitement vos fonctions, Matt. Je propose que vous continuiez.

Cette fois, ce fut Miriam qui l'appuya. Nouvelle surprise.

– Deux candidats, déclara Matt. Quelqu'un d'autre ?

– Ce n'est pas assez ? demanda Jacopetti. Vous voulez qu'on se présente tous ?

– Très bien, dit Matt. Je pense que nous n'avons

pas besoin de faire campagne. Vous connaissez tous les positions du colonel Tyler et de moi-même ?

Acquiescement unanime.

– Nous allons donc procéder à main levée. Le colonel Tyler et moi nous abstiendrons. Peut-être notre nouveau compagnon également, du moins jusqu'à ce qu'il soit au fait des événements.

Miriam sourit.

– Je suis sûr que William ne s'en formalisera pas.

– Parfait. Donc qui vote pour le colonel Tyler ?

Beth regarda nerveusement autour d'elle. Joey leva aussitôt la main bien haut, naturellement. Jacopetti l'imita, mais d'un geste déjà plus arrogant.

Deux, songea Beth.

Deux sur neuf.

Bob Ganish leva une main aux doigts boudinés.

Trois.

Il y eut un long moment de silence tendu.

Rien.

– Second vote. Moi-même. Qui ? demanda Matt.

Abby, sans hésiter. Ainsi que Tom Kindle et Miriam.

Trois contre trois.

– Que fait-on en cas d'égalité ? s'enquit Abby.

– Notre cas est un peu particulier. Je suggère qu'on reprocède au vote. Nous avons eu plusieurs abstentions. Peut-être ces électeurs pourront-ils se manifester au deuxième tour.

Beth se sentit devenir pivoine. Elle faisait partie des électeurs muets, de même que Chuck Makepeace et Tim Belanger.

Elle ne pouvait se prononcer pour Makepeace. Trop imprévisible. Quant à Belanger... Matt lui avait sauvé la vie pendant le cyclone. Mais il avait été notoirement proche de Tyler depuis l'arrivée de celui-ci dans leur groupe.

– Qui vote pour le colonel Tyler ? répéta Matt.

Les trois mêmes : Joey, Jacopetti, Bob Ganish... et maintenant, tiens tiens... Makepeace avait à son tour rejoint le clan du colonel.

– On va peut-être bien avoir de nouveau deux ex æquo, commenta Abby.

– Qui veut réélire le président actuel ?

Miriam, Abby, Tom Kindle.

Beth gardait les yeux obstinément baissés sur ses doigts croisés.

Quand elle les releva, la main de Belanger s'était ajoutée aux autres.

Quatre contre quatre.

Jacopetti se tourna vers elle.

– C'est le moment ou jamais de prendre parti, ma petite, décréta-t-il.

Elle songea à Matt ; fatigué et cafardeux.

Elle songea au colonel Tyler. A la façon dont il lui avait pris la main, une fois. A son sourire.

Elle ne pouvait se résoudre à regarder l'un ou l'autre candidat. Pas plus que Joey. Ou Jacopetti, cette ordure édentée.

– Tyler, murmura-t-elle.

Jacopetti se pencha vers elle.

– Pardon ?

Il eut droit à un regard noir.

– Le colonel Tyler !

La pièce fut de nouveau la proie d'un silence lourd.

Joey se tourna vers elle avec un sourire sardonique.

Matt s'éclaircit la voix.

– Colonel ?

Tyler se leva, fringant dans son uniforme immaculé.

– Oui, docteur Wheeler ?

– Je crois que ce marteau est à vous, désormais.

Beth gardait un souvenir précis de l'arrivée du colonel Tyler en ville.

C'était en ces temps troubles, après le passage du cyclone, quand ils étaient sortis des décombres de l'hôpital pour déboucher sur un monde dépourvu de repères, un monde démantelé, disloqué, où plus rien ne tenait debout, où l'on pouvait trouver un montant de lit métallique enroulé comme un trombone autour d'un capot de voiture, ou un voilier naviguant sur une marée d'arbres déracinés.

Au bout de quelques jours, Beth s'était vu confier la tâche de l'approvisionnement. Accompagnée d'Abby Cushman et de Bob Ganish, elle s'était rendue, à pied naturellement, à l'endroit où, quelques jours plus tôt, se dressait encore le grand supermarché A & P, à la périphérie de la ville. La route qu'ils empruntèrent était totalement défoncée, encombrée de blocs de béton, de gravats et de carcasses en tout genre. Trouver le magasin releva d'un véritable travail de fouilles archéologiques. Beth s'était toujours dirigée grâce aux jalons placés à cette intention par la main de l'homme – poteaux indicateurs, carrefours et signalisation urbaine. A présent, ne restaient plus comme points de repère que l'anse de la baie et l'immuable mont Buchanan surplombant une plaine de désolation.

Le cataclysme avait laissé derrière lui un ciel uniformément bleu et un vent froid. Beth grelottait dans son pull déchiré, bientôt très sale à force de patauger dans la boue et le plâtras à la recherche de boîtes de conserve qu'ils chargeaient dans de grands sacs-poubelle pour les rapporter en ville. Beth avait la sensation de sortir tout droit d'un tableau médiéval. Une paysanne en haillons, cherchant sa pitance en temps de famine.

Au beau milieu de l'après-midi, essuyant de sa manche son nez qui coulait à cause du froid, elle se redressa pour soulager son dos endolori. C'est alors qu'elle le vit.

Le colonel John Tyler.

Elle sut sans l'ombre d'un doute identifier cette silhouette inconnue. Joey lui avait déjà parlé sur les ondes. Plus récemment, Chuck Makepeace avait annoncé que le colonel était en route pour Buchanan. C'était avant le cyclone. Beth pensait que la catastrophe avait tout changé. Que tous les plans avaient été chamboulés.

Mais le colonel Tyler était venu, comme promis.

A pied. Un peu poussiéreux, d'accord, mais la tête haute, le visage fraîchement rasé, l'uniforme élimé mais propre, et Beth éprouva une bouffée de plaisir inattendu devant cette vision – fantôme d'un monde qui avait paru englouti sous les décombres.

Elle profita seule de cet instant béni, sans avertir les autres qui continuaient à fouiller les gravats, et observa la progression de l'homme vers eux. Vers elle. Et dire qu'elle n'avait même pas le temps de se refaire une beauté. Elle devait avoir l'air d'une véritable souillon, avec ses vêtements loqueteux, ses peintures de guerre sur le visage et ses cheveux emmêlés.

Et puis Abby s'était elle aussi redressée. Et elle l'avait vu.

– Mince alors... dit-elle.

Bob Ganish releva la tête, son sac-poubelle à la main, la mâchoire pendante et le ventre qui passait par-dessus la ceinture. Charmant comité d'accueil, songea Beth.

Tyler souriait. Elle se rendit compte très vite qu'il n'était plus jeune. En revanche, il semblait en excellente forme. Les cheveux gris mais bien coupés, presque ras. Et pas la moindre trace de fatigue sur le visage. Elle l'aurait juré capable de marcher ainsi sans jamais s'arrêter.

Beth, soudain gênée, tira sur son pull dépenaillé.

Ganish s'avança pour se présenter. Le colonel Tyler lui serra solennellement la main.

– Nous avons déjà communiqué une fois grâce à la radio, dit-il.

Une voix sonore, grave. Assurée.

– Heureux de vous rencontrer en personne.

Ce fut ensuite Abby.

– J'ai beaucoup entendu parler de vous, madame Cushman.

Sourires et salamalecs. Enfin ils présentèrent Beth.

Elle glissa sa main froide, gercée et écorchée, dans

celle du colonel. Le contact la fit fondre. C'était la main la plus intéressante qu'elle ait jamais tenue – une grosse main d'homme ferme et forte, mais douce.

– Le plus joli minois qu'il m'ait été donné de voir depuis longtemps, dit Tyler. Si vous me permettez ce compliment, mademoiselle Porter.

– Beth, parvint-elle à articuler.

– Beth.

Elle aima instantanément la façon dont il prononçait son nom.

Et puis ils reprirent tous quatre le chemin de la ville. Tyler se chargea d'un des sacs-poubelle, et évoqua la mauvaise condition des routes qu'il avait empruntées...

– ... mais par-delà les montagnes, c'est une autre histoire.

... et le voyage qu'ils devraient prévoir vers l'est, etc. Beth ne parlait ni n'écoutait vraiment, distraite. Et puis tous les autres avaient à leur tour rencontré Tyler ; ils lui avaient montré le refuge qu'ils s'étaient aménagé dans le coin intact de l'hôpital, au sous-sol. Et Joey ne tenait plus en place, pourri de fierté chaque fois que Tyler lui adressait la parole, ce qui arrivait souvent – ils avaient fini par devenir copains, tous les deux, à force de communiquer sur les ondes. Ensuite, il avait fallu passer aux choses sérieuses. Prévoir les déplacements, envisager les moyens de transport. Pour cela, le colonel s'entretenait essentiellement avec Matt et Kindle. Depuis, elle n'avait pas vu passer les jours.

Mais elle se rappelait la douceur de sa main.

Le plus joli minois...

Beth était entrée dans sa vingt-deuxième année sur la route. Elle n'en avait parlé à personne. Et aucun n'était au courant. Mais cet anniversaire lui avait donné à réfléchir. Peut-être avait-elle depuis longtemps passé l'âge de se comporter en adolescente. Comme de rouler sur la moto de Joey et de commettre des actes de vandalisme miteux, par exemple. Elle avait vingt et un ans, maintenant. Une femme. Sans doute pas la plus belle du monde, d'accord, mais la seule à ne pas avoir franchi la fatidique frontière des quarante ans. Un fait qui rendait Joey complètement parano (bien qu'il n'eût aucun droit de l'être) et les autres vaguement nerveux. Chuck Makepeace lui avait déjà fait des propositions. Tim Belanger aussi, mais plus timidement.

Beth n'était pas tentée. Ils n'étaient pas son genre.

Et les autres ?

Joey ne l'excitait plus. Il appartenait pour elle à une époque révolue qu'elle préférait même oublier.

Elle avait par contre un faible pour Matt Wheeler.

Et pour le colonel Tyler.

Rien de surprenant à cela. Elle s'étonnait, en revanche, de pouvoir piquer leur intérêt. Et peut-être (et là résidait la vraie nouveauté), peut-être pas pour la seule raison qu'elle n'avait aucune concurrente à des kilomètres à la ronde.

Depuis Matt, depuis son expérience avec Jacopetti dans la cafétéria de l'hôpital, Beth avait beaucoup réfléchi à une idée toute neuve – l'idée qu'elle avait peut-être une tâche à accomplir dans ce nouveau monde.

Une tâche plus utile, plus noble que celle de vendre des tartes surgelées dans un 7-Eleven.

Nouveau monde, nouveau travail. Nouvelle Beth Porter renaissant des décombres comme le Phénix de ses cendres.

MINABLE, avait-elle fait tatouer sur son épaule.

A l'époque, elle jugeait le mot approprié.

Peut-être l'avait-elle été.

Peut-être ne valait-elle pas mieux, alors.

Peut-être n'était-ce plus d'actualité.

Il faudrait qu'elle s'explique avec Matt, à propos du vote.

Pour l'instant, elle regardait le colonel Tyler endosser officiellement son rôle de président. Il sourit, remercia Matt pour tout ce qu'il avait fait, remercia tous les membres du comité de la confiance qu'ils avaient placée en lui. Il promit de s'acquitter de ses nouvelles fonctions avec tout le sérieux nécessaire afin de se montrer à la hauteur de la situation.

Il jeta ensuite un coup d'œil à sa montre.

– Il est tard et je suppose que nous souhaitons tous aller dormir avant de nous remettre en route demain matin. Nous n'allons donc pas prolonger inutilement cette séance. Juste un détail ou deux... J'ai cru comprendre que certains d'entre vous trouvaient ces réunions hebdomadaires fastidieuses. Dans la mesure où nous nous voyons tous les jours, il n'est peut-être pas indispensable de nous réunir aussi souvent quand aucune raison précise ne nous y oblige. Je pense que nous pourrons adopter le rythme d'une réunion par mois, sauf affaire pressante. Y a-t-il des objections ?

Personne ne pipa, bien que Matt parût fortement contrarié.

– Très bien, dit Tyler. Autre chose... Ce soir, une sentinelle assurera notre sécurité, et je suis d'avis de faire en sorte que cette surveillance devienne régulière. Joseph et Tim se sont portés volontaires pour assurer ce rôle en alternance. En ce qui me concerne, ils peuvent être nos sentinelles attitrées, du moins jusqu'à ce qu'ils choisissent d'eux-mêmes de se faire remplacer. À moins aussi que quelqu'un n'y voie une objection.

– Quand vous parlez de sentinelles, elles sont armées ? demanda Kindle.

– De revolvers, oui, confirma Tyler.

– Est-ce vraiment nécessaire, colonel ? s'enquit Abby.

Tyler eut un sourire très doux.

– J'espère que cela s'avérera superflu, madame Cushman. Mais il serait stupide de prendre des risques inutiles. On peut toujours envisager l'agression d'un animal sauvage, sinon d'autre chose. Et il n'est pas question de laisser un homme passer la nuit dehors sans moyens de défense.

– Ben voyons, dit Kindle entre ses dents.

D'autres propositions du même cru suivirent ; aucune ne fut soumise au vote. Le colonel se contentait de s'arrêter pour laisser librement s'exprimer les objections – qui ne venaient jamais. Très efficace, songea Beth.

On évoqua la radio : Makepeace et Joey auraient désormais le monopole des communications. Quant aux contacts avec les Serveurs – il y en avait dans chacun de ces petits hameaux perdus dans les campagnes –, ils s'effectueraient strictement par l'entremise d'un représentant du comité : Tim Belanger.

– Les rapports avec ces Serveurs devraient être à mon avis réduits au minimum. C'est aux Voyageurs, ne l'oublions pas, que nous devons notre situation actuelle, et je me demande dans quelle mesure il est intelligent de placer notre confiance dans leurs émissaires, encore que je suis le premier à reconnaître qu'ils nous ont été utiles de temps à autre.

Cette motion-là, au contraire des autres, fut soumise au vote. Les mains se levèrent sans hésiter.

Kindle, au dernier rang, émit un sifflement admiratif.

– Beau travail, colonel. Vous ne perdez pas de temps.

Tyler eut du mal à cacher son agacement.

– Vous pouvez formuler votre réprobation à tout propos et à tout moment, monsieur Kindle. C'est à cela que servent ces réunions. Pour ce soir, cependant, la séance est close.

Matt était allé chercher quelques livres à l'intention de Beth dans une bibliothèque – un manuel de premiers soins de la Croix-Rouge avec un chapitre réservé aux blessures dont il avait rectifié dans la marge les explications obsolètes. Il souhaitait que, en l'espace de deux semaines, elle soit capable de manier une seringue et d'administrer quelques antibiotiques majeurs. Hormis les troubles cardiaques de Jacopetti et les douleurs rhumatismales de Miriam, blessures et dérangements alimentaires constitueraient les problèmes auxquels ils risquaient de se heurter le plus souvent. Il avait prévu un cours pour elle, ce soir.

Mais la réunion s'était terminée tard... Il n'était pas certain qu'elle vienne.

Ou qu'elle ait même envie de venir. Il faisait froid, dans son camping-car. Beaucoup dormaient dans les maisons, cette nuit. Kindle avait averti tout le monde des dangers inhérents à l'emploi abusif des vieux chauffages à gaz. D'ailleurs, depuis qu'ils avaient traversé Twin Falls, ils ne fonctionnaient plus. Sans raison apparente. Les Voyageurs, en revanche, continuaient scrupuleusement à maintenir l'électricité en état de marche. Kindle, au cours du voyage, avait récupéré des radiateurs électriques sophistiqués qu'il branchait dans une pièce, le soir, afin que les gens puissent dormir au chaud. Ainsi, pas de danger, et les vieux os arthritiques de Miriam ne souffraient pas du froid.

Mais Matt préférait son camping-car. Mi-salon personnel, mi-cabinet de consultation, il lui permettait de se raccrocher à certaines habitudes dans un monde qui avait totalement bouleversé sa routine quotidienne.

Il prit un autre livre de bibliothèque, un roman policier de Chandler dont la trame, située dans un environnement urbain, semblait si loin de la réalité présente qu'elle aurait aussi bien pu appartenir à une série de science-fiction. Il alluma une petite lampe à pétrole et s'installa sur son canapé deux places.

Le vent balançait souplement le véhicule sur ses amortisseurs. Matt avait du mal à se concentrer. Ses pensées revenaient sans cesse à Tyler, à l'élection, au garçon qui avait rejoint leur groupe dans l'après-midi...

Il bâillait quand Beth frappa à sa porte.

Elle entra sans attendre d'y être invitée. Matt regarda sa montre.

– Beth, il est tard...

– Je sais. Tout le monde dort.

Elle hésita.
– Je suis venue m'expliquer.
A propos de l'élection, c'était évident. Elle venait *s'expliquer*, remarqua Matt. Et non pas *s'excuser*.
– Ce n'est pas grave, dit-il.
– Si. Ça l'est. Je ne veux pas qu'il y ait le moindre malentendu entre nous. Matt, ce n'est pas du tout que je n'aie pas confiance en vous ou que vous ayez fait du mauvais boulot. Tout le monde est d'accord : vous vous en êtes toujours très bien sorti. Mais à vous voir là, tout à l'heure, j'ai eu l'impression que... vous aviez l'air tellement épuisé...
Epuisé ? L'était-il vraiment ?
Sans doute plus qu'il ne lui plaisait de l'admettre.
– Ça n'aurait peut-être pas été un service à vous rendre.
– Tu as fait ce que tu as cru bon, sur le moment, Beth. C'est ce qu'on te demandait, à toi comme aux autres.
– Et puis j'avais comme l'impression que vous n'aviez plus envie de continuer.
– Tu as vu juste.
– Mais vous ne vouliez pas que ce soit le colonel Tyler qui vous remplace.
– Pour être honnête... non.
– Il n'a pourtant pas l'air d'un si mauvais homme.
– Beth, son arrivée à la présidence du comité ressemble à un coup d'Etat en règle. Dix minutes de Tyler au pouvoir, et qu'est-ce qu'on a ? Une sentinelle armée. Accès à la radio restreint. Rapports avec les Serveurs limités.
Beth se tortilla sur sa chaise, mal à l'aise.
– A vous entendre, la situation est plutôt sinistre.
– Elle l'est.
– Il est seulement habitué à faire les choses militairement.
Le colonel Tyler avait lui-même confié qu'il avait quitté l'armée depuis pratiquement quinze ans. On ne pouvait donc pas attribuer son succès de ce soir au prestige que lui eût conféré le grade élevé d'un mili-

taire en exercice. Non, son élection relevait d'un plan soigneusement orchestré, appuyé par deux partisans mécontents : Paul Jacopetti et Joey Commoner.

Et autre chose, aussi. Matt ressentait chez le colonel une certaine cruauté, une impatience toujours prête à exploser en violence. A plusieurs reprises, Matt l'avait surpris, seul, le pied battant la mesure de quelque musique intérieure, les yeux fixes, absents, et les poings serrés.

Mais il ne pouvait confier ces observations à Beth sans passer pour un mauvais perdant ou un paranoïaque. De toute façon, le vote de Beth n'avait pas plus compté que celui de Chuck Makepeace ou celui de Bob Ganish. C'est seulement son indécision qui l'avait placée dans la situation délicate de faire pencher le fléau de la balance.

Elle avait fait pour le mieux. En son âme et conscience.

– Je suppose que je devrais vous laisser, dit-elle.

– Seulement si tu le souhaites.

– Vous ne m'en voulez pas ? demanda-t-elle.

– Non.

C'est vrai. Il ne lui gardait aucune rancune.

Elle s'assit près de lui. Soulagée, fatiguée, elle posa la tête sur son épaule.

Il caressa ses longs cheveux ; le vent sifflait en s'engouffrant sous le camping-car. Jamais il ne pourrait s'habituer à ces plaines dénudées. L'océan lui manquait cruellement.

Il songea à Beth. A toutes les facettes de Beth Porter. L'adolescente boudeuse, insatisfaite ; celle qui avait tatoué MINABLE sur son épaule ; qui avait attisé la jalousie de Joey.

Et l'autre Beth. La jeune femme qui avait apaisé l'angoisse de Jacopetti par ses paroles assurées, réconfortantes ; qui étudiait les manuels médicaux avec un sérieux exemplaire.

Quelque chose de propre, de fort, naissait de sa vie oisive et gâchée. La rose sur le fumier.

– Joey est de surveillance, dit-elle. Il a fait un feu de camp sur la route.

– Il t'a vue venir ?

– Non. Et puis de toute façon, je m'en fous. J'en ai marre de m'occuper de lui. C'est un sale petit con.

– Qui pourrait peut-être devenir dangereux.

– Avec son canif ? Ça m'étonnerait.

– Après ce que tu lui as dit l'autre soir...

– Oui, c'était pas très malin de ma part. Mais je ne lui appartiens pas.

– Nous sommes une toute petite communauté, Beth. Je ne voudrais vraiment pas être source de problèmes. On en a assez comme ça.

– Alors, il faut que je m'en aille ?

Elle le défiait.

– Tu sais bien que rien ne t'y oblige.

– Je voudrais rester un peu plus longtemps.

– Alors reste.

Une nuit froide. Un peu de chaleur.

27

Destinations

Le cortège de caravanes et de motor-homes poussiéreux, mené par le colonel Tyler dans un 4 x 4 Ford, prit la route 84 en direction du sud, vers l'Utah.

Tyler roulait vitres ouvertes, laissant entrer un vent si froid qu'il gerçait ses lèvres. Il roulait à une allure prudente, régulière. Parfois, il se sentait entravé par le convoi derrière lui. Mais quel privilège d'être en tête. D'avoir une vue dégagée.

La route vide n'en paraissait que plus large. De temps à autre, ils passaient devant une voiture ou un camion abandonnés, et il était rassurant de savoir que, en cas de besoin, il serait possible de pomper de l'essence dans les réservoirs de ces véhicules. Mais la nécessité ne s'était jamais présentée. La plupart des stations-service étaient alimentées ; quant à Joey et à Bob Ganish, ils s'étaient jusque-là chargés de maintenir les moteurs en bon état de marche.

Tyler leur fit franchir la frontière de l'Utah, rejoignit ce qui avait quelques mois plus tôt été une portion d'autoroute toujours engorgée et, à Brigham City, reprit la I-80 vers l'est, vers des contrées où les villes devenaient plus rares.

Il lisait les cartes avec un soin méticuleux, redoutant d'avoir à traverser les Rocheuses. La I-80 contournait une bonne partie des montagnes en suivant l'autoroute du Pacifique le long du désert Rouge du Wyoming, mais les orages tardifs d'hiver ou ceux, précoces, de printemps étaient réputés pour immobiliser les voyageurs imprudents.

Ils firent halte à Emory et repartirent de bonne heure le lendemain matin. Le ciel, quand le colonel tourna sa clé de contact, était d'un bleu lumineux.

La route grimpait, redescendait sur quelques kilomètres, montait de nouveau.

Il se sentait mieux dès que la route le conduisait loin de la civilisation. Ces villes et ces villages vides l'oppressaient. Les montagnes et déserts étaient simplement éternels. Immuables. Granit, armoise, herbes folles étaient demeurés indifférents au grand bouleversement qui avait transformé le paysage terrestre.

Seul dans son Ford, le colonel Tyler ne l'était pourtant jamais tout à fait. Il avait Sissy pour lui tenir compagnie.

Sissy lui rendait de fréquentes et régulières visites depuis son séjour dans cette ville – Loftus.

Elle lui parlait, une voix portée par le vent, mais il ne l'avait pas encore vue, de ses yeux vue, jusqu'à cet après-midi-là, en plein Texas. Il roulait encore dans le Hummer, à ce moment.

En un sens, il n'était pas surpris qu'elle ait choisi le désert pour se montrer. Le désert était le royaume des mirages, des fantômes, des lacs bleu cobalt scintillant au bout de la route, là où elle basculait de l'autre côté de l'horizon. Sissy, assise à côté de lui, à la place qu'avait occupée Murdoch, avait la même fragilité, la même irréalité. Une Sissy translucide, sèche comme le désert, accoutrée comme toujours de ses nippes de quatre sous, nylon et polyester bariolés ; de vieilles frusques si sales qu'elles dégageaient une odeur rance vaguement écœurante. Le remugle d'un cadavre desséché au soleil.

La radio était une bonne chose, lui disait-elle. Il pouvait continuer à communiquer avec tous ces gens, mais sois prudent, ajoutait-elle. Ne t'approche pas de ces foules, de tous ces survivants de la côte Est, trop dangereux pour toi. Dangereux à quel égard ? Jamais elle ne s'en expliquait. Parle avec Joseph, insistait-elle. Il t'admire.

Sissy était une illusion. Il en avait pleinement conscience. Heureusement. Il n'était tout de même pas assez fou pour la croire réellement assise auprès de lui.

Elle n'était, ainsi que le définiraient sans nul doute les psychologues, qu'un fantôme personnel, un fragment de lui-même. En quelque sorte, il ne s'agissait ni plus ni moins que de Tyler donnant des conseils avisés à Tyler.

Cependant, d'une certaine manière, il ne pouvait nier que l'image assise près de lui était bien celle de Sissy. Elle avait un jour glissé de sa mémoire à la manière d'un ballon dont la ficelle glisse de la main d'un enfant. Et, comme un ballon, elle s'était élevée dans le ciel, avait flotté hors de son esprit pour venir finalement se poser, sans bruit, sur le siège du passager.

Sissy lui conseilla d'aller en Oregon, de marcher jusqu'à Buchanan après avoir abandonné le Hummer dans les montagnes environnantes, et de prendre le commandement de ce groupe de réfugiés loqueteux.

Mène-les vers l'est, dit-elle.

Vers cette Terre promise, ce nouvel éden des survivants dans la vallée de l'Ohio – du moins était-ce ce que Tyler annonçait ouvertement. Pour un temps, il y avait même cru.

Mais Sissy n'avait rien perdu de sa duplicité. Elle avait menti sur leur vraie destination.

Tyler menait le convoi sur une route encastrée entre des murs de granit, slalomant entre les rochers éboulés. Chaque fois qu'il tournait la tête sur sa droite, il rencontrait le regard de Sissy. Elle était aujourd'hui aussi lumineuse que le soleil, ses joues rondes de paysanne d'une blancheur étincelante qui obligeait Tyler à plisser les yeux pour la regarder.

Ces gens, dans l'Est, dit-elle. *Ils sont entourés de Serveurs. Ils leur parlent tout le temps*.

– C'est vrai, acquiesça Tyler.

Les Serveurs sont les porte-parole de cette chose dans le ciel...

– Je sais, répondit-il, las de ces affirmations ambiguës.

Les yeux de Sissy, implacables, exigeaient des réponses qu'il était incapable de fournir.

... et des morts.

– Des morts ?

Ceux qui vivent sans leur corps.

Les Contactés. Les Contactés qui avaient le pouvoir de s'exprimer par l'intermédiaire des Serveurs.

– Le danger... commença Tyler.

Sissy fut plus rapide que lui.

Ils parleront de toi, John. Cette fille que tu as tuée à Loftus. Ou bien Murdoch. Qui sait s'il n'est pas passé de l'autre côté, lui aussi ? Qui d'autre encore pourrait parler ? Des témoins qui t'ont connu à Stuttgart. A eux tous, ils pourraient se rappeler tous les péchés que tu as commis.

L'idée fit grimacer Tyler.

Les gens sauront qui tu es.

– Je ne suis pas pire qu'un autre, se défendit-il, agressif.

Ils apprendront, pour Loftus. Ils te traiteront d'assassin.

Peut-être, mais il bénéficierait de circonstances atténuantes car exceptionnelles. La fille n'avait pas été humaine.

Et puis, se dit-il, je ne suis tout de même pas un assassin ordinaire. J'ai servi loyalement mon pays ; je me suis fait un nom dans le monde des affaires. J'avais mes entrées au Capitole, je déjeunais en tête à tête avec les fonctionnaires du ministère de la Défense ou les représentants de la sécurité. Bref, un homme au-dessus de tout soupçon – et des insinuations pernicieuses.

Tu rêves, dit Sissy. *Pour eux, tu ne seras qu'un de ces escrocs mondains, rien de plus.*

Tyler, sourcils froncés, se replongea dans cette période de sa vie : structurée, protocolaire, complexe.

En ce temps-là, il savait tenir Sissy à distance. Compartiment A : l'honorable colonel Tyler. Compartiment B : les fantômes ; les pulsions.

Mais avec Contact, la frontière était devenue de plus en plus ténue. L'ennemi s'infiltrait subrepticement, se fondait, se confondait. On ne savait plus qui était qui.

Et Tyler discutait maintenant avec son spectre. Désolant. Mais quel autre choix avait-il ?

Fais attention, lui dit-elle sévèrement.

A quoi ?

Au danger ! Tu ne peux pas te permettre d'être découvert.

Pourtant, même le colonel Tyler avait fantasmé sur cette vallée verte en Ohio. Une autre vie. Un renouveau social. La sécurité.

Un piège, rétorqua Sissy.

– Mais si on ne va pas là-bas, objecta-t-il à haute voix, alors...

Au moment où il s'apprêtait à formuler la question, Sissy s'évapora.

Tyler dut à un moment ordonner une halte imprévue. Un poteau télégraphique leur barrait le chemin. Le colonel enrôla Joey Commoner et Chuck Makepeace pour fixer une chaîne autour du poteau et l'accrocher ensuite à l'arrière du 4 x 4.

Tyler fit rugir le puissant moteur du Ford. Le bois gémit, craqua et, peu à peu, le poteau commença de glisser.

Tout en manœuvrant, Tyler observait ceux qui, depuis le seuil de leur caravane ou de leur motorhome, observaient passivement le spectacle.

Kindle et Wheeler, côte à côte, regardaient en silence, maussades. Wheeler, en particulier, semblait avoir du mal à masquer ses émotions. Sa rancœur, sans doute ; il avait sûrement mal digéré d'avoir été évincé de sa position de chef.

Chez les autres, Tyler reconnut une vague curiosité – Jacopetti, Ganish –, une certaine méfiance – Abby Cushman et Miriam Flett –, ou une franche vénération – Joey Commoner.

Il se tourna pour estimer sa progression, et quand son regard se porta de nouveau sur le groupe, il fut surpris d'y découvrir une présence plus éthérée – Sissy.

Un vent froid s'engouffrait dans le passage encaissé, mais les longs cheveux sales de Sissy pendaient tristement sur ses épaules, indifférents.

Elle tendit la main et la posa sur la tête du nouveau venu, le jeune garçon, William.

Celui-ci, dit-elle. Aucun son ne sortait de ses lèvres, mais Tyler entendait distinctement les mots. *Méfie-toi de celui-ci.*

Il roula jusqu'au coucher du soleil.

– Beaucoup de colons sont venus par cette route, dit Kindle. Des mormons, surtout, mais aussi ceux qui se dirigeaient vers l'Oregon ou la Californie. On peut encore trouver les chemins qu'ont tracés leurs chariots dans certaines prairies, à environ une soixantaine de kilomètres plus au nord.

Matt marchait au côté de son ami, le long de la route ; ils s'éloignaient du campement.

Ils s'étaient arrêtés pour la nuit le long du désert rocailleux du Wyoming qui, aux yeux de Matt, apparaissait infiniment sec, silencieux et immense. Le dîner était terminé et les feux de camp rougeoyaient dans la nuit tombante.

– Vous venez, Matthew ? avait proposé Kindle. On va marcher un peu. J'ai des fourmis dans les jambes.

Et Matt avait intuitivement compris que le vieux solitaire avait quelque chose de difficile à lui confier.

Ni la lune ni le vaisseau n'éclairaient encore le ciel que seules les étoiles piquetaient de paillettes lumineuses.

– On l'appelait la piste du Sud, poursuivit Kindle

qui se lança dans une description de tous les petits ruisseaux et passages à gué de la région.

– Vous avez l'air de connaître le coin comme votre poche, remarqua Matt.

– Je suis resté deux ans dans le Wind River Range. Je me promenais souvent dans les montagnes. Les Whiskey Mountains. Très belle contrée.

– Elle vous manque ?

Ils approchaient du petit feu de camp, là où Joey Commoner avait pris son tour de garde. Joey se leva aussitôt au son de leurs pas et se tourna vers eux, la main prête à saisir la crosse du revolver dont le colonel Tyler l'avait armé.

– Halte ! lança-t-il d'une voix rauque.

Kindle bâilla avec un air de profond ennui.

– Joey, si jamais tu pointes ton flingue sur moi, je te le fais bouffer. Ne viens pas dire que je ne t'aurai pas prévenu.

– Le colonel n'aime pas qu'on sorte du périmètre du campement la nuit.

– Le contraire m'aurait étonné. Je suppose qu'il n'aime pas non plus ma tenue débraillée, mais il faudra pourtant qu'il s'y fasse, non ?

– Je serai obligé de lui signaler que vous êtes sortis des limites autorisées.

– Très bien, dit Kindle. J'aurai peut-être droit à un coup de règle sur les doigts, si ça peut lui faire plaisir.

– Vous êtes un vrai connard, dit Joey.

Kindle le considéra quelques instants – avec tristesse, songea Matt. Puis ils reprirent leur chemin, au-delà du feu, au-delà de Joey.

Matt essaya de s'imaginer dans un chariot, traversant cette immensité de pierre et de roc. Pas de routes, pas de stations-service, pas de motels. Pas de Serveurs. Les étoiles acérées comme des aiguilles.

– Matthew... où en est-on arrivé ? Il faut qu'on passe un poste de contrôle, maintenant, pour aller se promener ?

Matt haussa les épaules.

– Joey fait seulement...
– Joey suit des ordres et se délecte à jouer au petit soldat. On ne vit plus dans une ville, mais dans une caserne. C'est pour ça que...
Kindle hésita.
– Que quoi ? demanda Matt.
– Que je m'en vais.
Non.
– Vous ne pouvez pas faire ça.
A la pâle lueur des étoiles, Kindle n'était plus qu'une massive silhouette sombre.
– Matthew...
– Pour l'amour du ciel, Tom, je sais aussi bien que vous ce qui se passe. Tyler a réussi son petit putsch, et maintenant il faut qu'on subisse sa loi. C'est dur, mais on se rapproche tous les jours de cet endroit, en Ohio, où Tyler ne sera plus qu'une petite grenouille insignifiante dans une grande mare. Une grenouille qui éclatera si elle veut se faire plus grosse qu'un bœuf. Là-bas, il y aura sûrement de vraies élections. D'après la radio...
– Depuis quand n'avez-vous pas entendu la radio, Matthew ? Le colonel en a interdit l'accès.
– Aucune importance. En Ohio, le colonel n'aura plus voix au chapitre.
– Ne le sous-estimez pas.
– En attendant, on a beaucoup plus de chances d'arriver à destination si vous êtes avec nous.
– Peut-être, mais ce n'est pas mon boulot.
Kindle se baissa, ramassa une pierre et la lança dans l'obscurité.
– De toute façon, je n'ai jamais eu envie de vivre en Ohio. Je vais vous raconter une histoire, Matthew. Il était une fois un gars qui se promenait le long de la vallée Titcom, dans la région de Wind River Range. J'avais trente-trois ans, à l'époque, et je me trouvais déjà trop vieux. L'est de la vallée est flanqué du mont Peak. Au nord, c'est le mont Sacajawea. Et en face, c'est le Gannett Peak, la plus haute montagne du Wyoming, qui dépasse largement

les forêts. On aperçoit les glaciers ; ils ressemblent à des rivières bleues. C'est si beau, Matthew, que c'en est presque douloureux. J'ai campé là, une nuit. Quand je suis parti, je me suis juré de revenir, d'une façon ou d'une autre, avant de crever. De revoir toute cette beauté. Et jusqu'à présent, je n'en ai pas encore eu l'occasion.

– Tom...

– Je sais que vous ne comprenez pas, Matthew. Vous êtes heureux, avec des gens autour de vous. Vous l'êtes encore plus quand vous pouvez les aider. Je vous admire, pour ça. Mais moi, je ne peux pas. C'est dans cette vallée, tout seul, que je serai heureux. Ou dans les Tetons, ou dans les Beartooths.

– Et si vous vous cassez une jambe, qui viendra vous aider ?

– Je ne suis pas très chaud à l'idée de mourir seul, vous savez. Je suis comme tout le monde. Mais est-ce qu'on ne meurt pas tous tout seul, en définitive ?

Il haussa les épaules.

– Avant, il y avait des Shoshone et des Arapahoe, dans le coin. Qui sait ? Je serai peut-être moins seul qu'on ne le pense.

– En Ohio...

– En Ohio, il n'y a *que* des gens. Et des Serveurs... De deux choses l'une, Matthew : soit les Voyageurs se retirent et nous laissent nous débrouiller seuls, comme des grands – plus de Serveurs, plus d'électricité à moins qu'on ne s'en charge nous-mêmes ; et bientôt, on se retrouvera dans le même schéma. Soit ils nous construisent un paradis privé, ce qui ressemblerait davantage à ce qu'ils nous ont promis. Un endroit sûr, protégé, avec la nourriture en abondance et un genre de contrôle des naissances. Pas question de repeupler la planète pour tout redéglinguer. Et peut-être que c'est une solution qui se défend, finalement. Mais réfléchissez bien, Matthew. Ces miracles que les Voyageurs nous servent sur des plateaux depuis le départ, ça les hisse au rang des dieux, non ?

A mon avis, en tout cas, oui. C'est sur ce genre de critères que se base l'humanité depuis des millénaires pour reconnaître un dieu. Mais ça vous dirait, vous, de vivre avec un dieu ? Un vrai, qui apparaît tous les soirs dans le ciel ? Un dieu qui fait tomber la pluie, qui fait pousser le maïs et qui guérit les enfants malades ? Qu'est-ce qu'on deviendrait après dix ans de ce régime – ou mille ans ? On serait peut-être pas plus humains que ces gens qui ont abandonné leurs peaux. Peut-être même moins.

– Ça ne se passera pas forcément de cette manière.

– Possible. Mais ça peut.

Matt ressentit tout le poids de la fatigue peser soudain sur ses épaules. Depuis le départ de Rachel, sa peine s'était comme engourdie, mais il s'alourdissait chaque jour un peu plus d'une lassitude pénible.

Kindle avait-il raison ? L'humanité, du moins ce qu'il en restait, se dirigeait-elle vers une sorte de domestication ? A son tour il se demanda quel serait le visage de la Terre d'ici à un siècle, mille ans. Y aurait-il deux espèces humaines ? Une indomptée et une apprivoisée ?

– Vous avez parlé à Abby de votre départ ? s'enquit-il.

– Si je lui ai annoncé ? Non. Je pensais la mettre au courant le plus tard possible. Lui dire que je m'en vais, et partir. Elle n'aura pas le temps de se faire des reproches.

– Elle ne s'en privera pas, pourtant.

– Peut-être.

– Ce sera un choc, pour elle.

– Elle en a surmonté de plus durs. Oh, bon sang, je ne compte pas à ce point pour Abby. C'est les circonstances qui ont fait que... Si elle avait quinze ans de moins, je suis sûr que vous seriez faits pour vous entendre, tous les deux. Vous avez besoin de secourir les autres. Vous êtes des âmes de bonté. Elle sera généreuse en Ohio, j'en suis certain.

– C'est aussi simple que ça ?

– Ce n'est pas simple du tout, Matthew. Abby a été généreuse, pour moi. Vous avez été généreux.

– Je crois que vous n'avez rien à nous envier sur ce plan.

Kindle leva le nez vers les étoiles et se gratta la nuque.

– On devrait rentrer avant que Joey n'appelle la cavalerie en renfort.

Ils commencèrent à rebrousser chemin.

– Je vous accompagnerai jusqu'à Laramie. Après, je ferai demi-tour.

– Sans vous, ce sera dur, dit Matt. Une voix de moins contre le colonel.

– Je vous ai prévenu, Matthew. Ce n'est pas mon boulot.

Mais, dans le bref coup d'œil de Kindle à Matt, loin de la lueur orange du feu de camp, les mots silencieux : *A vous de jouer, maintenant, Matthew.*

L'aube se leva sur un ciel clair, un vent frais. Les moteurs troublèrent le calme du désert ; le convoi s'ébranla, jetant des ombres effilées sur les plaines de rocaille.

Le colonel Tyler, en tête du cortège qui traversait des kilomètres de prairies, fut le premier à voir le nouveau miracle.

Un dôme bleu sur l'horizon, d'une forme trop parfaite pour être un produit de la nature. Coiffé de blanc, comme une montagne.

Quelque chose d'artificiel. Quelque chose d'insaisissable, au-delà de la compréhension. Un travail qui défiait les pouvoirs humains.

Calme et beau dans le lointain.

C'est un vaisseau, lui dit Sissy. *Pour emmener les morts.*

Il en avait vaguement entendu parler, en effet. Des rumeurs, sur les ondes. Et puis Contact l'avait évoqué : un espace phénoménal qui abritait les âmes émigrantes, avec une Terre en réduction à l'intérieur.

Les Champs-Elysées, un monde que le Mal n'avait pas pénétré.

Il faut qu'on le voie de plus près. On va s'attarder un peu ici.

Même Sissy était excitée.

28

Clouée au sol

Rosa Perry Connor avait toujours rêvé de voler.

Elle avait grandi enchaînée dans les limites tristement terrestres d'une résidence de banlieue californienne. Curieuse de nature, Rosa avait passé son enfance à explorer les égouts, les maisons en construction et les granges des voisins. Passionnée de lecture, elle avait dévoré la collection de petits livres d'or et les aventures de Tom Sawyer avant de passer aux albums *Les Pourquoi et Comment des merveilles du monde* de son frère aîné, où elle découvrit un chapitre entièrement consacré à l'aviation. Ce fut le coup de foudre.

L'atmosphère du comté d'Orange était encombrée d'une foule de choses, notamment de produits pétrochimiques, mais aussi d'avions militaires, d'hélicoptères et de long-courriers. Chaque fois qu'un de ces appareils passait dans le ciel, Rosa s'immobilisait. Elle levait la tête, le cou tendu, la main en visière, tel un soldat devant son supérieur. « F-104 », annonçait-elle, ou bien : « On dirait un DC-8. » Elle apprit à les reconnaître à leurs silhouettes et aux longues queues blanches qu'ils traînaient derrière eux dans le bleu du firmament.

D'un caractère entier qui jamais ne se contentait de demi-mesures, Rosa étudia l'histoire intégrale de la conquête du ciel, depuis les premiers balbutiements des frères Montgolfier jusqu'à la technologie de pointe de l'aérospatiale.

Son obsession déconcertait ses amis. Ses parents,

eux, ne s'en rendirent jamais compte. Comme tout ce qui la concernait, d'ailleurs. Son père était programmeur dans une compagnie d'électronique. Sa mère jouait au bridge avec des femmes dont la peau hâlée avait acquis la texture du vieux cuir et dont le visage, tendu comme une peau de tambour par les liftings à répétition, évoquait les masques perpétuellement figés des mannequins de vitrines. Rosa s'imaginait aux commandes d'un Fokker en train de mitrailler les barbecues et garden-parties de ses parents. Exterminées, les grosses huiles faraudes aux haleines empestant le Davidoff et le Johnny Walker ; anéanties, les nymphettes sur le retour, aux cuisses plissées sous leurs shorts pastel. Elle s'élèverait au-dessus de tout cela.

Ses parents détestaient l'avion.

Ils avaient de la famille sur la côte Est – mamy Perry dans le Wisconsin, mémé Hagstrom en Floride. Parfois, ils allaient leur rendre visite. En voiture. Ils traversaient le désert. Les mornes paysages de champs, de prairies. Rampants cloués au sol. Forcés de subir les publicités agressives des motels et des *McDonald's*. Au lieu de survoler toutes ces horreurs !

Rosa, pendant dix ans – de sept à dix-sept ans –, supplia ses parents de voler, au moins une fois, un été. De laisser la voiture au garage ; il faisait si chaud, dans la voiture ; le voyage était interminable. L'avion éviterait des journées de fatigue et d'ennui. L'avion transformerait la torture en extase.

– Mais en voiture, objectait sa mère avec une patience exaspérante, on peut profiter du paysage.

Rosa avait envie de hurler. Ils le connaissaient par cœur, ce paysage ! Ils auraient pu décrire chaque tronc de chaque arbre le long de chaque route. Quelles surprises pourrait-il encore leur réserver ? Un nouveau tipi de béton ? Un nouveau cactus dans le désert ?

Pour se consoler, elle planifiait son avenir. D'abord, l'université. Elle étudierait... eh bien, tout ce qu'il faut étudier pour devenir pilote. Les maths, l'aérodynamique... Elle avait une bonne vue. Elle trouverait un job dans l'aéronautique civile. Et de là, elle arriverait bien à se hisser dans un cockpit.

Et puis, tout arrive, dix jours avant son dix-huitième anniversaire ses parents lui annoncèrent une nouvelle visite en Floride.

– Cette fois, on y va en avion.

Rosa était excitée comme une puce. Tout juste si elle put fermer l'œil jusqu'à la date prévue. Enfin, le grand jour arriva. Le voyage jusqu'à l'aéroport de Los Angeles fut en lui-même une nouveauté. Ensuite, place à l'aventure...

De la salle d'attente à la porte d'embarquement, elle put étudier en détail les robes argentées des Vanguard, des Convair, des 707. Au sol, ils semblaient massifs, pesants, hors de leur élément, comme des baleines échouées. Par la magie de la vitesse et de l'altitude, ils devenaient d'élégantes comètes traînant derrière elles leur chevelure lactée. Rosa tremblait d'excitation en les voyant prendre leur envol sur les pistes.

L'annonce de l'embarquement la fit sursauter. Après avoir attendu une éternité, le moment fatidique paraissait arriver presque trop tôt.

Leur avion était un Douglas DC-8 Super 61, une version améliorée du DC-8 classique. Rosa avait choisi une place près d'un hublot et elle eut tout le loisir d'observer avec une attention aiguisée les bagages qu'on déchargeait d'un chariot pour les empiler quelque part sous les sièges des passagers. Aucun bruit ne lui échappa : la fermeture finale des portes, le ronronnement des réacteurs, le grondement des roues quand l'appareil commença à se diriger vers la piste.

Elle put voir l'asphalte de la piste quand l'avion se mit en place pour le décollage. Un long ruban vide, étrange route pour cet engin puissant. Les hôtesses expliquèrent l'utilisation des masques à oxygène et avertirent les passagers que les coussins de leurs sièges pourraient, le cas échéant, servir de flotteurs.

L'attention de Rosa dériva un instant. Des flotteurs ? Pour quoi faire ? Elle était venue pour voler, pas pour barboter.

Enfin les réacteurs se mirent à hurler. Les vibrations envahirent les moindres recoins de la carlingue : la cloison, le hublot, son siège, elle-même. L'engin amorça sa course.

Rosa n'était pas prête pour cette brutale accélération. Vu de l'extérieur, les décollages semblaient aisés, élégants. De l'intérieur, tout devenait souffrance, effort, pression. Les ailes, qui avaient l'air si solides, se balançaient et tremblaient sous la poussée de l'air. Le fuselage cliquetait comme si chaque boulon était sur le point de se dévisser.

Ce fut à ce moment que Rosa commença à se poser des questions.

Ces tonnes de ferraille pouvaient-elles vraiment être plus légères que l'air ? Cet engin fragile serait-il capable de voler à deux mille mètres au-dessus de la Terre ?

Elle avait foi en l'aviation. Elle n'était pas sûre, en revanche, d'avoir foi en l'invulnérabilité des pièces du moteur fabriquées par des hommes transpirant dans leurs bleus crasseux sur leur chaîne de montage.

Mais quand les roues quittèrent la piste...

... elle volait.

Le DC-8 s'éleva avec la rapidité d'un ascenseur. Le sol parut s'enfoncer à une vitesse ahurissante sous les yeux écarquillés de Rosa.

Ses paumes devinrent moites. Elle les essuya nerveusement sur sa jupe.

Une boule s'était formée au creux de son estomac. *Je vole*, se dit-elle. *Je vole pour de bon. Je suis dans les airs, comme un oiseau.* Los Angeles s'étalait au-dessous d'elle, son quadrillage régulier s'effaçant peu à peu sous la brume jaunâtre de la pollution. L'avion vira sur l'aile au-dessus du Pacifique. Les parents de Rosa feuilletaient des magazines. Incroyable, songea Rosa. Ils n'étaient pas plus émus que s'ils attendaient leur tour dans la salle d'attente d'un dentiste ! Ils ne se rendaient même pas compte qu'ils étaient dans un cylindre de métal, en train de survoler l'océan !

L'avion continua à s'élever en décrivant une boucle avant de mettre le cap sur l'est.

Une hôtesse vint leur proposer des boissons non alcoolisées.

– Non, merci, dit Rosa.

Elle se sentait curieusement patraque, tout à coup. Chaude, étourdie. Son regard glissa vers le hublot puis revint sur ses genoux. Si elle ne regardait pas par la vitre rayée, elle ne verrait pas le sol. Elle serait moins consciente de la distance qui la séparait de la Terre. De la chute vertigineuse que l'avion accomplirait – s'il tombait.

Pourtant *JE VOLE !*

Non. Elle ne volait pas. Elle était simplement assise là, attachée sur son siège. Impuissante dans un cigare métallique suspendu au-dessus des montagnes de San Gabriel, grâce à la rotation poussive de quelques turboréacteurs graisseux.

Elle volait peut-être... mais au risque d'y perdre la vie.

L'avion tomba dans un trou d'air, et Rosa, le souffle coupé, s'agrippa à ses accoudoirs.

Sa mère se tourna vers elle.

– Tu es toute pâle, ma chérie. Ça ne va pas ?

– Si si...

Elle avala sa salive avec moult difficultés. Elle ne savait pas ce qui était pire : la peur, l'humiliation ou la déception. Un goût amer montait du fond de sa gorge.

– Le voyage dure combien de temps ?

– Cinq heures. Enfin, plus ou moins.

Cinq heures ? Ces moteurs tiendraient-ils le coup jusqu'au bout ? Avec l'effort qu'ils devaient fournir en permanence ? La pression qu'ils exerçaient sur le fuselage ?

Malgré elle, ses yeux se baissèrent vers les montagnes. Les nuages. Et ce vide incommensurable.

– Rosa ?

Sa mère, toujours.

– Qu'y a-t-il ? Ça ne va pas mieux ?

– Oh, bon sang, intervint son père avec le tact qui le caractérisait. Donne-lui donc le foutu sac en papier. Il est fait pour ça !

Elle échangea son billet de retour pour un voyage en car.

Un voyage interminable, déplaisant, déprimant. Chaque mètre de bitume avalé par les roues du véhicule signait l'aveu de son échec. Elle ne parla à personne, garda les yeux rivés sur l'horizon, le point de jonction entre la terre et le ciel.

Une fois rentrée, elle s'inscrivit à l'U.C.L.A. En plein premier trimestre, elle rencontra Vincent Connor, un étudiant des Beaux-Arts qui lui fit tourner la tête – et la page sur le chapitre de l'aviation.

Vince avait grandi dans une ferme. Blond, beau, bien bâti, pataud et mal dégrossi, il venait du Wyoming où son père élevait des moutons ; mais aux yeux émerveillés de Rosa, il sortait tout droit de la comédie musicale *Oklahoma*. A tout moment, elle s'attendait à le voir pousser la chansonnette.

Elle devint Mme Rosa Perry Connor au printemps de l'année suivante. Cinq des cousins et cousines de Vince prirent courageusement l'avion du Wyoming pour venir, avec son père veuf, assister à la cérémonie. L'église était pleine. Les nièces de Rosa, ravissantes jumelles de quatre ans, les filles de son frère, tenaient la traîne.

Après la réception, Vince emmena Rosa passer leur nuit de noces à San Francisco, dans un motel en bordure de route ; le brouillard né de l'océan s'accrochait aux pins entourant le parking. La bénédiction nuptiale redonna une nouvelle vigueur à l'acte d'amour. Elle l'appelait Cow-Boy, et ça l'excitait.

Après ça...

Elle ne vit pas le temps passer. Après avoir abandonné les Beaux-Arts, Vincent connut les désagréments des petites annonces et des agences d'emploi jusqu'à ce que son beau-père s'en mêle et le fasse engager dans sa compagnie électronique. Avant d'avoir su ce qui lui arrivait, Rosa fut catapultée dans les clubs de bridge et garden-parties qu'elle avait tant détestés plus jeune. Elle s'y sentait aussi à l'aise qu'une religieuse dans un camp de nudistes, mais Vince était encore pire qu'elle. Ses inévitables chemises à carreaux étaient devenues la risée de ces réunions. Il ne prononçait généralement pas un mot ; s'il ouvrait la bouche, c'était pour raconter quelque grivoiserie balourde dont il avait le secret. Un vrai cow-boy. Indécrottable.

Vince rêvait depuis longtemps d'ouvrir sa propre compagnie – de quoi ? elle ne l'avait jamais su – mais n'avait jamais pu économiser suffisamment d'argent. Il commença à boire. Rosa aussi. Leurs garden-parties devinrent de moins en moins protocolaires et Rosa, assise sur les marches du perron, s'abandonnait de plus en plus à son vieux fantasme du Fokker. Attention, mesdames et messieurs, voici la Baronne rouge. Des sacs en papier ont été prévus pour votre confort dans la poche du siège.

A la mort de son père, Vincent la ramena avec lui dans son Wyoming natal. Rosa eut l'impression d'avoir été transférée à son insu sur une planète lointaine et hostile. Pour son malheur, Vincent avait décidé de reprendre le ranch familial.

– Tu t'y habitueras, lui dit-il, sans prêter grande attention à ses objections. Ce n'est pas aussi terrible que tu l'imagines.

C'était pire. Le ranch trônait au centre d'une immense terre peuplée d'hommes vindicatifs et de femmes soumises. Rosa n'avait d'autre choix que de préparer les repas, d'entretenir la maison et de regarder la télé. Vince n'était pas très chaud pour fonder une famille ; elle non plus. Il lui arrivait de s'imaginer enceinte, histoire de rompre la routine, mais ces velléités de maternité n'allaient pas jusqu'à la convaincre d'oublier sa pilule quotidienne.

Pourtant, malgré cette vie assommante, mon Dieu que les années passaient vite. Des hivers sibériens, des printemps boueux, des étés si secs que ses petits parterres fleuris se rabougrissaient immanquablement avant l'automne. Saison après saison, les programmes défilaient à la télévision. Parfois, Vince l'emmenait jusqu'à Cheyenne. La belle affaire... Cheyenne, le dernier bastion du rodéo.

Son existence devint plate, aussi plate que l'horizon. Sans qu'elle s'en aperçût, la vie filait. Elle vieillissait. Elle fêta bientôt ses quarante ans. Comment était-ce arrivé ? Puis ce fut quarante-cinq. Et cinquante. Mon Dieu. Cinquante ans et toujours coincée dans un ranch à moutons au fin fond du Wyoming !

Elle avait cinquante et un ans quand le vaisseau apparut dans le ciel telle une lune d'ivoire.

Rosa n'en fut pas effrayée, pas même au début. D'après Vincent, il présageait la fin du monde. Pourquoi pas ? En attendant, Rosa aimait le voir glisser, sans effort, sur la toile sombre de la nuit. Il volait, comme elle avait un jour rêvé de voler.

Cette présence agitait de vieux souvenirs.

Elle était plus que jamais clouée au sol, enchaînée à ces immenses hectares de prairies. Enchaînée à Vince. Pour couronner le tout, elle avait pris du poids au fil des ans ; sa démarche s'était considérablement alourdie, empâtée. La vengeance de la gravité...

Et puis, l'été précédent, comme tout le monde, elle s'était alitée avec la grippe de Taiwan... et s'était réveillée avec la conscience que sa vie n'avait été qu'un prologue.

Vince accepta lui aussi la proposition de Contact sans la moindre hésitation, ce qui la surprit. Il avait paru satisfait de sa vie. Le ranch, sous sa supervision, prospérait ; il avait l'air content de son sort. Il n'avait jamais eu de rêves de vol, lui.

Cependant, il était impatient de voir venir cet âge

d'or, impatient de quitter son costume de cow-boy Marlboro et de plonger dans les profondeurs fluides du Monde supérieur.

Après Contact, Rosa se sentit curieusement plus proche de Vince, mais en même temps plus distante. Elle pouvait clairement apprécier le paysage accidenté de sa vie, distinguer les sommets de la fierté et les canyons de l'ambition qui l'avaient conduit en Californie puis ramené au Wyoming. Il y avait même la butte pastel de ses sentiments et de son affection pour elle, Rosa. Agréable découverte.

Mais elle pouvait se rendre compte, aussi, que leur union était le fait de l'arbitraire, du hasard. Leur amour avait culminé dans un motel à San Francisco. Qu'en restait-il ? De la tendresse, au mieux. De l'ennui, au pire.

Elle ne s'étonna pas de voir Vince quitter très vite son corps de chair. L'hiver s'installait déjà, et Vince n'avait jamais aimé les rudes tempêtes et le vent glacé qui arrivaient du nord chaque année.

Rosa, cependant, avait conçu d'autres projets pour elle-même.

Elle avait en tête une certaine transformation, un adieu spectaculaire à la planète qui l'avait vue naître.

Il lui faudrait du temps ; elle devrait sans doute prolonger son séjour sur Terre plus longtemps que les autres. En conséquence, elle débuta sans attendre sitôt que Vince eut abandonné sa peau, frêle enveloppe que le vent d'hiver s'empressa de balayer.

Elle monta dans la chambre, s'assit un instant sur le grand lit qu'elle avait partagé des années avec Vince, puis se déshabilla pour se regarder une dernière fois dans le miroir en pied. Le reflet était celui d'une femme obèse, aux cheveux grisonnants, dont le visage flasque avait depuis peu perdu son éternelle expression morose.

Elle s'allongea sur le lit.

Les néocytes de son corps s'activèrent pour embrumer sa conscience et permettre au temps de passer plus vite. Rosa eut soudain l'impression de flotter dans l'espace.

Sa balance, le matin même, accusait cent treize kilos. Les néocytes avaient du pain sur la planche. Le tissu adipeux commença de changer. Les pores de Rosa exsudèrent une substance grise, fibreuse. En quelques jours, son corps en fut recouvert. Ses fonctions physiques ralentirent de plus en plus. Au bout d'une semaine, Rosa cessa de respirer ; son cœur s'arrêta de battre.

A l'intérieur de sa chrysalide, la métamorphose débuta.

Le pâle cocon reposa, immobile, tout l'hiver sur le lit.

Autour de lui, le monde subissait le grand bouleversement. Les tempêtes hivernales, cette année-là, furent particulièrement violentes. Pas autant que les cyclones qui ravagèrent les côtes, mais les tourmentes de neige gelèrent les canalisations et bloquèrent les routes sur lesquelles, d'ailleurs, plus personne ne circulait. En janvier, le vent fut si puissant qu'il brisa une fenêtre au rez-de-chaussée. La chambre de Rosa devint glacée et une légère couche de givre se forma sur le miroir. Mais Rosa était protégée du froid et du vent.

Vince, avant de partir, avait ouvert les barrières afin que les moutons soient libres d'aller brouter où bon leur semblait. Mais beaucoup, loin de leur abri, périrent cet hiver.

Pas très loin du ranch, de l'autre côté de la frontière du Colorado, les organismes des Voyageurs avaient entrepris la construction du nouveau vaisseau. Si Rosa s'était levée pour regarder par la fenêtre de sa chambre, elle aurait pu le voir grandir, sentir les trépidations du sol alors qu'ils puisaient au magma de la Terre, distinguer sa luminosité spectrale dans la nuit polaire.

Au printemps, tandis que le sol s'amollissait sous

la neige fondante, elle aurait pu voir le Vaisseau-Home dominer l'horizon austral – une nouvelle montagne. Le voir comme A. W. Murdoch l'avait vu, le jour où il avait quitté sa peau.

Mais Rosa Perry Connor dormait toujours.

La température se réchauffait quand Rosa commença enfin à bouger dans son cocon. Les nuits étaient encore froides, mais la neige avait déserté le paysage.

Chaque jour, elle reprenait vie dans sa chrysalide.

La conscience revenait. Elle sentit le terme du processus approcher. Sentit son nouveau corps se rebeller contre son emprisonnement.

Quelques jours encore, et elle se libérerait.

Rosa ressentit le Monde supérieur, aussi, dans toute sa complexité – tant d'âmes le peuplaient déjà.

Mais elle n'était pas la seule à s'attarder sur Terre. D'autres transformations avaient eu lieu.

Beaucoup, en fait, et sur tous les continents. De nouvelles créatures mi-humaines, ex-humaines ou post-humaines.

Comme cet homme, songeait-elle à mesure que sa conscience s'élargissait... le garçon... le vieil homme qui était redevenu enfant...

... et qui la percevait, lui aussi...

... qui, d'ailleurs, était très proche.

Il réclamait son attention par l'intermédiaire du Monde supérieur.

Rosa, disait-il tandis qu'elle se débattait pour sortir des limbes de son hibernation...

Rosa, nous sommes très près de toi...

Je t'entends, garçon, songea-t-elle. Mais j'ai encore besoin de dormir. Que veux-tu ?

Rosa, dit-il. *Nous sommes tout près. Dépêche-toi, Rosa. Termine ce que tu as à terminer, hâte-toi, car nous sommes très près, et tu risques d'être en danger.*

29

Je sais qui tu es

Le convoi fit halte sur une aire de repos, le long de la I-80.

Le Vaisseau-Home vira au bleu profond sitôt le soleil disparu à l'horizon. Les dernières lueurs s'accrochèrent à sa cime et empourprèrent un instant la neige qui l'encapuchonnait.

On ne devrait pas rester ici, songea William. Le Vaisseau-Home était presque fini et bientôt – d'ici à quelques jours – il s'éloignerait de la Terre. Le spectacle serait sans nul doute grandiose, mais également dangereux pour tout humain séjournant dans la région. La création du vaisseau avait ouvert une plaie profonde dans la croûte terrestre. Quand il s'élèverait, le magma suinterait de la blessure. Le soubassement tremblerait ; la Terre s'ouvrirait.

William savait tout cela par l'entremise du Monde supérieur, mais n'en parlait pas.

Il n'arrivait pas à se décider. Le devait-il ou non ?

Il s'écarta de la caravane de Miriam ; la chaleur du bitume traversait ses semelles. Assis sur le capot d'une Honda abandonnée, il ferma les yeux et laissa le vent rafraîchir sa peau juvénile.

Dans le Monde supérieur, la controverse faisait rage. Alors que le nouveau vaisseau s'apprêtait à quitter la Terre, ses habitants commençaient d'assumer certaines tâches jusqu'alors accomplies par les Voyageurs – principalement l'entretien de la planète. Ce n'était pas une mince affaire.

Les Voyageurs avaient entrepris ce travail un peu

comme l'aurait fait un géant de bonne volonté mais lourdaud. En dépit de leur grande sagesse, ils n'avaient pas prévu un taux de résistance de un pour dix mille. Ils avaient ignoré les infinis visages de la psychologie humaine ; une erreur bien compréhensible. Leur propre transition d'une espèce biologique et planétaire à une épistémè interstellaire avait été autogénérée et pratiquement unanime.

Mais la question demeurait : quels rapports la collectivité humaine du Monde supérieur devait-elle entretenir avec cette minorité têtue ?

Laissons-les, disait une fraction. *Ils ont choisi leur indépendance et nous nous devons de la respecter. Laissons-les accomplir leur destin.* La destinée du vaisseau appartenait aux étoiles. La Terre n'avait qu'à se débrouiller seule.

Ce n'est pas humain de les abandonner, protestaient d'autres voix. *Ils sont libres de choisir pour eux-mêmes, mais qu'en sera-t-il de leurs enfants ? Nous n'avons pas le droit de condamner une autre génération à la mort.*

Les discussions n'avaient pas encore abouti.

Le problème de William reflétait à une échelle réduite celui du vaisseau. Il savait qui était le colonel Tyler ; il était conscient de la menace qu'il représentait pour les autres. Mais devait-il intervenir ?

Il avait pris la décision, pour ses derniers jours sur Terre, de redevenir enfant. Il avait relégué de nombreux souvenirs dans les profondeurs de sa mémoire parce qu'il avait choisi de vivre à fond cette expérience. Aussi ses fonctions à la présidence s'étaient-elles enfouies quelque part dans un passé brumeux, et il ne percevait plus que vaguement la présence du Monde supérieur lui-même.

Maintenant, cette situation de crise le forçait à interrompre son expérience pour prendre position. Mais laquelle ?

Il ne croyait pas que ses retrouvailles avec le colonel Tyler puissent être le fruit du hasard. Un lien, comme un fil invisible, s'était tissé entre eux ce jour-là, dans le parc de Washington, quand le colonel l'avait menacé de son revolver. Le garçon avait pédalé sans but à travers l'Amérique, manœuvré à son insu par l'homme en lui qui l'avait conduit à ce triste convoi. Il ignorait ce que leur réservait l'avenir, mais comprenait qu'il avait un rôle à jouer dans le dénouement de l'histoire.

Et à moins d'un kilomètre de là se dressait le ranch des Connor. Un autre problème. *Rosa*, répéta-t-il silencieusement, *Rosa, dépêche-toi !*

Miriam arrivait derrière lui. Il reconnut son pas traînant sur les graviers du parking. *Elle est fatiguée*, songea-t-il. Miriam avait fait preuve d'une force exceptionnelle pour son âge ; elle insistait pour conduire elle-même la voiture qui traînait sa caravane. William admirait sa résistance et son courage. Il restait que Miriam n'était plus jeune et qu'elle s'essoufflait facilement.

Elle se tenait derrière lui, regardant le vaisseau qui dominait l'horizon.

– D'une certaine manière, dit-elle, c'est plutôt beau.

Ça l'était. Le vaisseau reflétait un fabuleux camaïeu de bleus, depuis le plus tendre des pastels, à son sommet, jusqu'aux ombres indigo à sa base, en passant par une infinie variété de lavande, de turquoise et d'outremer. Quelques nuages s'accrochaient à son flanc droit.

– Tu as l'air triste, remarqua-t-elle.

– Je réfléchissais, dit-il.

– A quoi ?

Il haussa les épaules ; un geste typique pour un garçon de son âge.

– Des choses.

Un bruit de verre brisé. Ils tournèrent la tête. Le colonel Tyler venait de forcer la porte vitrée du snack-bar.

– William, dit Miriam d'une voix grave. J'ai hésité longtemps avant de le dire, mais... je crois que le moment s'y prête. William, ce n'est plus la peine de me mentir. Je sais qui tu es, tu vois.

Elle releva une mèche de ses cheveux gris balayés par le vent, sans le quitter des yeux.

– Tu es l'un d'eux.

Elle avait eu des doutes dès le début.

Rien d'étonnant à cela. Depuis des mois, le doute était un compagnon fidèle. Contact avait anéanti toutes ses certitudes.

Le *non !* véhément qu'elle avait opposé à l'offre d'éternité ne l'avait pas empêchée de voir certaines choses, cette nuit-là – certaines infinitudes qui l'avaient ébranlée jusqu'au tréfonds de son être.

Elle avait repris la bible offerte par son père et l'avait relue, de la Genèse 1-1 jusqu'à l'Apocalypse 22-21. La Bible avait toujours tenu une place essentielle dans la vie de Miriam. Non pas parce qu'elle était censée tout expliquer, comme le prétendaient les évangélistes à la télévision. Au contraire. Elle croyait à la Bible pour les mystères qu'elle recelait. De même que la vie, elle était obscure, contradictoire, et résistait aux interprétations. Et encore heureux. Quel prix pourrait-on accorder à un livre de sagesse qui se laisserait comprendre au premier coup d'œil ? La sagesse, c'était une montagne. Il fallait l'escalader, hors d'haleine, étourdi, le pas mal assuré alors même qu'on approche du sommet.

Mais après Contact...

Après Contact, Dieu lui pardonne ce blasphème, mais la Sainte Bible n'avait plus été à ses yeux qu'une petite épopée provinciale.

Toutes ces préoccupations terrestres, ces histoires de rois, d'esclaves, de bergers et de patriarches...

L'espace d'un instant inoubliable, en août, Miriam avait vu l'univers lui-même – un univers dont l'origine remontait à la nuit des temps, immense au-delà de toute compréhension, et composé d'autant de mondes que l'océan de gouttes d'eau.

Et Dieu ? Où se situait-il, dans cette immensité ?

Peut-être partout, songeait-elle. Peut-être nulle part. C'était une question à laquelle les Voyageurs n'avaient pas apporté de réponse. Et de plus en plus, Miriam doutait de pouvoir jamais en apporter une par elle-même.

Non, avait-elle dit. *Je ne veux pas de votre immortalité.* Elle serait immortelle sous le seul regard de Dieu. Elle n'en demandait pas plus.

Mais le monde, depuis, n'avait plus jamais été le même.

Lorsque William était arrivé sur sa bicyclette, avec ses grands yeux et son prénom pour seul patronyme, Miriam avait depuis longtemps fait du doute son compagnon de chaque instant. Elle sut immédiatement que le garçon n'appartenait pas à l'espèce humaine. La vraie.

D'abord, elle l'aimait bien. Au cours des années qu'elle avait passées en qualité de secrétaire à l'école communale, des enfants, elle en avait côtoyé. Bien assez pour les prendre en grippe. Ils étaient sales, insolents, grossiers. *Les enfants de ce monde sont, dans leur génération, plus sages que les enfants de lumière*. Luc 12-19. Mais Miriam était prête à parier qu'il n'entrait pas dans les habitudes des enfants de Galilée de traiter leurs aînés de « grands cons ».

Il en allait de même pour William. Il était différent, et Miriam le suspectait d'avoir, à une époque, été bien plus vieux que ses douze ans. Elle s'ouvrit à lui de ses soupçons.

William balançait pensivement ses pieds contre le pare-chocs de la voiture.

– Je ne vous ai pas menti, dit-il.

– Mais tu n'es pas ce que tu parais.

– Si. Je suis bien un garçon de douze ans. Mais je suis autre chose, aussi.

– De plus vieux.

– Entre autres.

– Tu n'es pas humain.

Il haussa les épaules.

– Tu ne veux pas que les autres le sachent ?

Nouveau geste désabusé.

Miriam s'appuya contre la portière. Cette station debout prolongée lui provoquait des douleurs dans les jambes.

– Je ne leur dirai pas. Je ne pense pas que tu présentes un danger pour nous.

Un semblant de sourire apparut sur les lèvres de William.

– Je peux te demander quelque chose ? dit-elle.

– Quoi ?

– Parle-moi. Raconte-moi...

Elle ne trouvait pas les mots adéquats. Il les lui fournit.

– Le Monde supérieur ?

– Oui.

Elle ajouta, presque honteuse de cet aveu :

– Je suis curieuse...

– D'accord, acquiesça-t-il.

– Mais d'abord, on va aller dîner.

Elle croisa les bras sur sa poitrine en frissonnant.

– Les nuits sont froides, en ce moment. Je suis transie jusqu'aux os.

Le colonel avait organisé le repas dans la salle du snack-bar. Abby Cushman avait découvert une réserve de haricots rouges en boîtes. Une grande casserole chauffait sur la cuisinière du restaurant.

William leur trouva un goût de vinaigre et de fer-blanc. Mais toute assiette chaude était la bienvenue, en ces temps de froidure.

La communauté s'était scindée en plusieurs petits groupes. William observa Matt Wheeler et Tom Kindle, étrangement silencieux, partageant quelque malaise secret.

Il regarda John Tyler conférer avec son état-major : Joey Commoner, Paul Jacopetti, Bob Ganish. Messes basses et agitation. On mijotait quelque chose.

Beth Porter, debout, son bol de haricots dans les mains, jetait des coups d'œil nerveux à l'un et l'autre groupe.

Il régnait une sorte d'aigreur profondément déplaisante dans la pièce. William avait hâte de sortir de là. Il songea à Miriam ; assise à une table, seule, elle remuait distraitement sa cuillère dans son bol de potage (elle ne digérait pas les haricots). Miriam, qui avait deviné son secret.

Il songea à Rosa Perry Connor, tout près de là, se débattant pour sortir de son cocon d'hibernation.

Il songea au Monde supérieur.

De retour dans la caravane, il fit de son mieux pour répondre aux questions de la vieille dame.

Elle voulait plus qu'il ne pouvait donner. Elle voulait connaître l'architecture de l'univers. Il se sentait entravé par les mots ; mais il s'évertua à traduire en langage simple sa propre appréhension, toute récente, du temps et de l'espace.

Nous vivons dans un puits du temps, expliqua William. Faites appel à votre souvenir le plus enfoui, Miriam, le plus ancien, qui remonterait à votre plus petite enfance. A présent, songez à toutes les heures qui se sont écoulées depuis, toutes les secondes égrenées à toutes les pendules de toutes ces années. Un *océan* de temps. Doublez ce temps, dit-il, et doublez-le encore, et multipliez-le par cent, par mille ; malgré cela, Miriam, vous n'aurez même pas égratigné la couche superficielle du passé. Multipliez-le par un nombre si grand que la page de votre cahier ne serait pas assez large pour le contenir, et peut-être que vous pourrez atteindre le jurassique ou le paléolithique, quand la planète n'était peuplée que de monstres préhistoriques, mais cette période ne représente qu'une brève seconde dans son histoire. Multipliez-le encore et encore et, finalement, vous arriverez à l'aube des temps, puis à la naissance de la Terre, planète en fusion, puis à la formation du Soleil. Et multipliez-le encore : les éléments qui créeront le Soleil et tout le système solaire sont forgés dans l'incommensurable fonderie d'une supernova. Et malgré cela, il ne s'est pas écoulé plus d'un grain de sable dans le grand sablier du Temps lui-même.

– C'est vertigineux, murmura Miriam.

Et l'espace, poursuivit William, était un mystère ; le mystère de l'infini. La Galaxie n'était qu'un atome parmi les milliards de galaxies ; le Soleil, une étoile parmi des milliards d'étoiles...

– C'est trop, William ! Comment pouvez-vous supporter tout ça ?

La voix de Miriam était faible et triste.

– On se sent si seul.

Mais de cet amalgame de particules et de forces était née la vie. Un miracle qui impressionnait même les Voyageurs. La conscience se déployant d'un cocon d'astres et de temps. Des perles de conscience se développant dans l'obscurité du néant.

– Miriam, comment pouvez-vous parler de solitude ? demanda-t-il, sincèrement étonné. Nous étions virtuellement contenus dans l'univers dès ses prémices. Nous sommes les produits de sa loi naturelle. Comme toutes les créatures dans les profondeurs du ciel. Nous sommes l'univers qui se regarde lui-même. C'est cela, le mystère ; c'est cela, la consolation. Chacun d'entre nous est un œil de Dieu.

Elle se réveilla en pleine nuit, à 3 heures ; William, dans son sac de couchage, les bras croisés derrière la tête, veillait, les yeux grands ouverts.

Tous deux ne pouvaient trouver le sommeil. La femme âgée et le garçon sans âge.

– William, murmura-t-elle.

Il ne répondit pas mais elle le savait attentif.

– Il y a quelque chose qui me turlupine. Je pense souvent à nous, ceux du groupe. Et à ceux, en Ohio, et dans d'autres pays du monde. Qui ont tous dit non.

Qui n'ont pas voulu de l'immortalité. De ce... Monde supérieur. Ça t'arrive d'y penser, toi ?

La voix presque fluette de William dans l'obscurité :

– Oui.

– Et tu te demandes pourquoi ?

– Quelquefois.

– Pourquoi certains ont préféré rester dans leur corps de mortels ?

Elle distingua vaguement son hochement de tête.

– William, y a-t-il une réponse à cette question ?

– Beaucoup de réponses.

Il marqua un temps, comme si, là aussi, il choisissait ses mots avec soin.

– Autant de réponses qu'il y a de gens. Parfois, c'est la foi religieuse. Mais moins souvent qu'on n'aurait pu le penser. Les gens prétendaient croire en tel ou tel Dieu, sans doute avec sincérité ; mais à un niveau vraiment très profond, celui sur lequel s'expriment les Voyageurs, les mots perdent leur valeur. Qu'ils aient été chrétiens, musulmans ou bouddhistes, très peu se sont en fin de compte fiés à leurs croyances au point de refuser l'immortalité.

– Et je suis au nombre de ceux-là ?

– Oui.

Du moins, se dit-elle, je l'étais.

– Et les autres ?

– Certains tiennent tellement à leur indépendance qu'ils sont prêts à mourir pour elle.

Tom Kindle, songea-t-elle.

– Et certains *veulent* mourir. Ils ne voudraient peut-être pas l'admettre, ils en ont même probablement peur, mais au plus profond d'eux-mêmes, c'est leur souhait le plus cher.

Qui pouvait correspondre à cette catégorie ? Le gros Bob Ganish, l'ex-vendeur de voitures ? Peut-être. Paul Jacopetti ? Vert de peur devant la mort mais l'appelant en secret ? Pourquoi pas ?

– Certains sont tellement écrasés par le poids de

leur culpabilité qu'ils sont convaincus de ne pas mériter l'immortalité.

Joey Commoner.

– Ça peut aussi être une combinaison de plusieurs de ces causes.

Beth Porter.

– Peut-être, suggéra-t-elle en songeant au colonel Tyler qui ne lui inspirait que méfiance depuis le jour où elle avait posé les yeux sur lui, peut-être que certains sont simplement mauvais.

– Possible, acquiesça William. Mais la plupart de ces gens « mauvais » se sont empressés de renoncer à cet aspect d'eux-mêmes. D'autres non. D'autres... Miriam, c'est difficile à accepter, mais certaines personnes sont nées si vides qu'elles n'ont rien à défendre ou à abandonner. Elles s'inventent une personnalité à partir de n'importe quoi, tout ce qui leur tombe sous la main. Mais au centre de leur être, c'est le néant.

– Le colonel Tyler, dit-elle tout haut.

William ne répondit pas.

Mais elle avait sans hésitation reconnu la description. John Tyler, aussi creux qu'une coquille d'œuf. Aussi vide. Elle pouvait pratiquement entendre le vent siffler dans ses os.

– Mais il y a des gens comme le Dr Wheeler... ou Abby Cushman. Ils n'ont rien d'exceptionnel ?

Le vent secoua la caravane. William hésita un long moment.

– Miriam, dit-il enfin, avez-vous jamais lu Yeats ?

– Non. Qui est-ce ?

– Un poète.

Elle n'avait jamais lu un seul vers de sa vie et le lui avoua en toute simplicité.

– Yeats a écrit un vers qui est resté gravé dans ma mémoire. *L'homme est amoureux, et il aime l'éphémère*. Je ne pense pas que ce soit vrai, du moins pas comme l'insinue ce poète. Pas pour la plupart des gens. Mais Yeats a pu faire partie de cette catégorie. Et je pense que c'est vrai pour d'autres, aussi. Certains sont amoureux de ce qui meurt, Miriam, et ils aiment d'un amour si fort qu'ils ne supportent pas d'y renoncer.

Par quelque intervention miracle des Voyageurs, les chasses d'eau fonctionnaient toujours dans les toilettes du restaurant. Un plaisir. Miriam détestait les toilettes chimiques.

A l'aube, le nouveau vaisseau formait un pâle croissant nacré sur l'horizon quand elle quitta sa caravane pour se rendre dans les toilettes du snack, sa bible à la main.

Elle ouvrit le livre saint au hasard et commença à lire.

Et voici que je suis avec vous pour toujours jusqu'à la fin du monde. Matthieu 28-20.

Ce matin encore, il y avait du sang dans la cuvette.

Je suis en train de mourir, songea Miriam.

30

Feux d'artifice

Matt fut réveillé par un coup à la porte de son camping-car : Tom Kindle, en vieux jean, chemise de laine, chaussures de marche et casquette de base-ball. Son fusil à la main.

– Vous êtes prêt à aller chasser l'ours ? demanda Matt.

– Je vous offre le fusil. En souvenir.

– Vous n'en aurez pas besoin ?

– Je pourrai en trouver un à Laramie, avec des munitions. Matthew, même si ça ne vous plaît pas, vous n'êtes pas en sécurité, en ce moment. Autant que vous ayez de quoi vous défendre.

Matt prit le fusil. Il n'avait jamais chassé, jamais fait son service militaire. Pour tout dire, c'était la première fois qu'il tenait une arme entre les mains. Le fusil était plus lourd qu'il n'y paraissait. Les pièces métalliques avaient été récemment huilées.

Il n'aimait pas la sensation de cette arme, non plus qu'il n'aimait voir Kindle partir.

Il lui rendit le fusil.

– Non. Ce n'est pas mon genre de jouet.

– Matthew...

– Je suis sérieux, Tom.

– Ne soyez pas stupide.

– Ne soyez pas têtu.

– Crénom de tête de mule ! dit Kindle en reprenant le fusil.

– Vous avez parlé à Abby ?

– Pas encore. J'allais le faire. Ce ne sera pas de gaieté de cœur.

– Vous avez encore le temps de changer d'avis.

Kindle haussa les épaules.

– N'y comptez pas trop.

Il tendit la main. Matt la prit dans la sienne.

– Soyez prudent, Tom.

– Faites attention à vous, Matthew. Je me demande si vous ne serez pas plus en danger que moi, avec ce dictateur de mes fesses.

– On s'est dit que vous devriez être mis au courant, annonça la voix à la radio. Tous nos Serveurs sont frappés de mutisme.

A cette heure de la matinée, ce n'était pas un appel de routine, et Tyler écouta avec un intérêt croissant.

Joey et lui avaient installé l'appareil dans l'arrière-salle du snack-bar. Tyler en avait fait son quartier général ; il était seul au moment de l'appel.

Le micro dans la main, il appuya sur la touche d'émission.

– Pouvez-vous répéter, Ohio ?

La radio était alimentée par le courant, toujours en activité, où qu'ils se trouvent. Joey avait proposé de brancher un appareil sur la batterie d'un des véhicules ; rien de plus facile, arguait-il. Et fonctionnel. Mais Tyler l'en avait dissuadé. Il commençait d'envisager la radio comme un handicap.

– Les Serveurs ne parlent plus.

Ohio se relayait pour assurer un service radio vingt-quatre heures sur vingt-quatre. Tyler reconnut le léger accent hispanique de Carlos, qui assurait le service du matin.

– Je me demandais si vous aviez remarqué la même chose, de votre côté.

– Nous ne sommes pas près d'un Serveur, pour l'instant.

– A ce qu'il nous semble, les Voyageurs envisageraient de repartir. Peut-être que les Contactés prendront la relève, peut-être pas. Il est bien possible qu'on voie le vaisseau se remettre sur orbite très bientôt. Ce serait la fin d'une ère, si c'est le cas, non ?

Carlos avait manifestement envie de bavarder.

Sissy apparut dans un coin de la pièce, faiblement lumineuse et impatiente de s'exprimer.

– Donc, tous les Serveurs sont muets ? insista Tyler.

– Comme des carpes, confirma Carlos. Ils ne parlent plus, ne bougent plus. Rien.

Tyler absorba l'information et la retourna dans son esprit, cherchant à en saisir toutes les implications.

Dehors, par la vitre sale, il aperçut l'immense courbe du nouveau vaisseau encore arrimé au sol. Le vaisseau humain, de la taille d'une montagne.

– Ohio, dit-il, je vous reçois de plus en plus mal...

– Désolé, colonel... Vous avez des problèmes de temps, chez vous ?

Le ciel était d'un bleu uniforme. Encore sombre à cette heure matinale. Pas un souffle de vent.

– Je crois qu'un orage s'annonce.

– Grave ?

– Non, je ne pense pas. Mais nous risquons de ne pas pouvoir vous joindre avant quelque temps.

– Navré de l'apprendre. Recontactez-nous dès que possible.

– Comptez sur nous. Merci, Ohio.

Sissy, radieuse, approuvait en silence.

A présent, il s'agissait d'examiner l'information. D'en examiner toutes les conséquences possibles.

Si les Voyageurs s'en vont... Si les Serveurs se taisent...

Alors nous n'avons plus rien à craindre. Nos secrets resteront entre nous.

La voix de Sissy était faible mais stridente.

Ce n'est peut-être pas aussi simple, songea Tyler. On ne sait pas quelle tournure vont prendre les événements.

Alors attendons. On verra bien.

Attendre où ? Ici ?

Oui.

Jusqu'à quand ?

Jusqu'à la fin. Jusqu'à ce que les Voyageurs soient partis, que les morts soient partis, que le ciel soit vide.

Les gens ne voudront pas rester ici, rétorqua Tyler. Ils veulent aller en Ohio.

Invente quelque chose. Dis-leur que l'Ohio vous a conseillé d'attendre. A cause du mauvais temps, comme tu leur as dit. Un barrage a craqué, par exemple.

Sissy n'avait jamais été en mal d'imagination.

Ça pourrait marcher, songea le colonel. Mais pas s'ils peuvent communiquer avec l'Ohio, ou l'inverse. La radio...

Tu n'es pas aussi bête, dit Sissy. *Tu peux bricoler la radio, non ?*

Tyler tira le store poussiéreux et coinça une chaise sous la poignée de la porte.

Le jour se levait à peine et le campement était encore silencieux. La troupe des Irréductibles, ainsi que Tyler, satisfait de son propre sens de l'humour, les avait baptisés, ne risquait pas de le déranger. Joey continuait à monter la garde – une tâche idiote qui lui allait comme un gant –, et Jacopetti dormait jusqu'à midi si personne ne le réveillait. En dehors de ces deux-là, personne ne devrait venir l'importuner avant quelque temps.

Il posa la boîte à outils de Joey sur la table, débrancha la radio et retira les petites vis qui maintenaient le boîtier en place.

A l'aide d'une pince crocodile et d'un gros fil électrique, il fabriqua une sorte de câble de démarrage dont il fixa une partie sur l'enroulement primaire cent vingt volts du transformateur, et l'autre sur le pôle positif du courant. Histoire de ne rien laisser au hasard, il tendit un fil nu sur le fusible interne.

Remets le boîtier avant de brancher, lui rappela Sissy.

Tyler suivit le conseil. Pour terminer, il appuya sur le bouton *on*.

Après s'être accroupi dans un coin, il brancha l'installation sur la prise murale.

Il y eut une demi-seconde de silence. Puis un son, sec comme une détonation, claqua ; le gros appareil fit un bond sur la table, cracha une étincelle aussi vive qu'un flash et grésilla sous l'effet de la surtension.

L'ampoule du plafond vacilla et s'éteignit. Court-circuit général.

Maintenant, plus de temps à perdre. Tyler débrancha et entrouvrit le store, juste ce qu'il fallait pour avoir un peu de lumière. Une fumée âcre s'échappa de l'appareil quand il en souleva le boîtier. Ignorant l'odeur qui lui piquait la gorge, Tyler se hâta d'effacer toute trace de ses préparatifs. Il retira ce qu'il restait des câbles, la pince crocodile, le fil et le fusible. Puis il reposa le boîtier et commença à remettre les vis, une à une.

La voix de Tim Belanger lui parvint de l'autre côté de la fenêtre. Tim se plaignait ; il n'y avait plus de courant. Quelqu'un savait où on changeait les plombs, ici ?

Huit vis. Quatre de chaque côté. Tyler vissa la cinquième, la sixième. La septième. Il transpirait.

Des bruits de pas dans le couloir.

Les mains tremblantes, il poussa la dernière vis dans son trou. Le tournevis refusa de trouver la fente. Quand il y parvint, la vis s'enfonça de travers.

– Merde, pesta Tyler entre ses dents.

Ne jure pas, le gronda Sissy.

On frappa à la porte.

– Colonel ?

La voix de Joey.

– Vous êtes toujours là ?

Trois tours de poignet pour fixer la dernière vis. Deux secondes pour remettre la boîte à outils sous la table. Deux de plus pour retirer la chaise de sous la poignée de la porte.

– Il fait sombre comme l'enfer, ici, dit-il. Désolé.
Il s'écarta pour laisser entrer Joey.
Joey fronça le nez, flaira.
– Qu'est-ce qui chlingue comme ça ?
– J'ai eu des petits ennuis avec la radio, dit Tyler.

– Elle est complètement foutue, déclara Joey après avoir examiné les entrailles fondues de l'appareil. Le transfo a dû provoquer un court-circuit. Encore que je me demande comment.
Il proposa de rouler jusqu'à Cheyenne et de trouver une autre radio.
– Très bien, acquiesça Tyler. Mais pas tout de suite.
Joey ne comprenait pas. Pourquoi attendre ?
– Ce soir, réunion. C'est important, et j'ai besoin de vous. Pour les votes et comme huissier appariteur.
Joey se rengorgea devant cette promotion inattendue.
– Je pourrais être rentré à temps.
– Je ne veux pas prendre de risques. N'insistez pas, monsieur Commoner. Faites-moi confiance.
Joey se plia aux volontés de l'autorité suprême.
Bon soldat, songea Tyler.

Matt, qui ignorait encore que la radio avait rendu l'âme, était en train de rédiger une liste de médicaments à transmettre en Ohio quand il entendit les cris angoissés d'Abby.
Il sortit en hâte de son camping-car. L'origine de ces protestations, il la connaissait déjà. Il les avait même guettées avec une certaine anxiété.
Tom Kindle était monté dans la cabine de son camion aménagé et faisait tousser le moteur. Abby, quant à elle, était descendue de sa caravane. En jupe de jean, chemisier blanc, une brosse à cheveux dans la main. Pieds nus et yeux rouges ; elle avait pleuré.

Elle traversa le parking en courant vers le camion de Kindle.

– Vous ne pouvez pas faire ça !

Elle s'arrêta, consciente non seulement qu'il le pouvait mais qu'il le ferait.

– Ooooh non !

Rageusement, elle jeta la brosse sur le camion. Le manche de plastique cogna contre la portière.

Kindle se pencha par la vitre et lui adressa un geste désolé de la main.

– ESPÈCE DE LÂCHEUR ! VIEUX DÉGONFLÉ ! SALE ÉGOÏSTE !

Le camion s'engagea sur la route et prit rapidement de la vitesse.

Matt posa son bras sur les épaules d'Abby. Elle le repoussa et, les mains sur les hanches, le regarda avec rancœur.

– Pourquoi l'avoir laissé faire, Matt ? On a besoin de lui !

– Abby, calmez-vous... Oui, je sais. Mais je n'ai pas pu l'arrêter. Il y a longtemps qu'il était décidé. Et à mon avis, personne n'a jamais pu empêcher Tom Kindle de faire ce qui lui plaît. Vous le connaissez aussi bien que moi.

Elle s'affaissa soudain contre lui.

– Je sais, mais... Oh, flûte, Matt ! Pourquoi maintenant ?

A court de mots pour la consoler, il se contenta de la serrer dans ses bras tandis qu'elle sanglotait.

Joey Commoner arriva en courant du snack, Tyler et Jacopetti sur ses talons.

Une main en visière, il regarda s'éloigner le camion de Kindle. Puis il se tourna vers Abby. Il ne fut pas long à faire le rapport.

– Le salaud ! déclara-t-il. Il déserte !

Abby releva la tête et observa Joey comme s'il débarquait de la planète Mars.

– Du calme, voyons, lança Tyler à la cantonade.

– Mon colonel, dit Joey, *il n'a demandé à personne la permission de partir !*

– Taisez-vous, monsieur Commoner.

En plein soleil, avec ses cheveux argentés, le colonel en imposait. Sa haute stature lui donnait une allure presque impériale. Son regard s'attarda un instant sur Matt.

– Nous en discuterons ce soir, à la réunion.

Matt s'éclaircit la gorge.

– Je croyais que vous étiez contre les réunions.

– L'occasion est spéciale, rétorqua Tyler.

Tyler proposa sa motion avant même que tout le monde soit assis.

La séance se tenait dans la salle de restaurant sous la lumière blafarde des néons tachés de chiures de mouches. Tyler, debout devant une fenêtre, cogna son index replié contre la vitre pour réclamer l'attention.

– Un message nous est parvenu par radio, déclara-t-il. De gros orages sont annoncés à la frontière, le long du Platte. Ohio nous suggère de rester ici quelques jours, et je suis d'accord. Mais je tiens à un vote afin que ceci soit officiel.

Il s'arrêta pour attendre les réactions. Tout le monde était encore sous le choc du départ de Kindle ; la nouvelle tombait mal.

– Je croyais que la radio ne marchait plus, remarqua Matt Wheeler.

– Le message est arrivé de très bonne heure ce matin, docteur Wheeler.

– Vraiment ? Et qui l'a pris ?

– Moi-même.

– Quelqu'un d'autre était avec vous au moment de la réception ?

– Je suis navré, docteur Wheeler, mais je n'ai pas cru nécessaire d'avoir un témoin.

Jacopetti s'esclaffa, sans grande raison.

– J'aimerais avoir confirmation de ce message, colonel Tyler, insista Wheeler.

– M. Commoner a déjà proposé d'aller chercher une autre radio. Je suis certain que nous pourrons très vite nous remettre en route. En attendant, efforçons-nous de ne pas céder à la panique, voulez-vous ?

Abby leva la main.

– On ne va tout de même pas s'installer sur ce parking au beau milieu de nulle part ?

– Accordé. Dès demain matin, nous irons en reconnaissance jusqu'au ranch, à quelques kilomètres d'ici. Je suis certain que nous y serons plus à l'aise.

Tyler remarqua, sans la comprendre, la brusque inquiétude du garçon, William.

– Nous devrions peut-être continuer à avancer, persista Wheeler. Nous pourrons toujours trouver un abri si le temps nous y oblige.

Cet emmerdeur refusait de lâcher prise.

– Après ce qui s'est passé à Buchanan, répliqua Tyler, je ne pense pas qu'il soit sage de prendre des risques. Et puis, n'oublions pas qu'un des nôtres a choisi de nous quitter, aujourd'hui. Un ami à vous, docteur Wheeler. Tout bien considéré, peut-être devrions-nous rester dans la région assez longtemps pour permettre à M. Kindle de nous rejoindre, s'il lui prenait l'envie de changer d'avis. S'il décide de revenir, au moins il saura où nous trouver.

Cet argument rallia Abby Cushman à sa cause. Elle croisa les bras, convaincue.

– Que ceux qui sont d'accord pour rester lèvent la main, dit Tyler.

Accepté à la majorité. Comme une lettre à la poste.

31

Lueurs nocturnes

Ils sortirent du restaurant en silence, plongés dans leurs pensées, jusqu'à ce que Tim Belanger pointe son doigt vers le ciel.

– Hé ! Vous ne remarquez rien ?

Tyler releva la tête.

– Le vaisseau, dit-il calmement en vérifiant sa montre. Il devrait être là, à cette heure.

Mon Dieu, songea Matt. Pour une fois, ce salaud a raison. L'affreuse lune extraterrestre était absente à l'appel.

– Doux Jésus, murmura Abby. Qu'est-ce qui va nous tomber dessus, maintenant ?

Le ciel était vide. Piqueté d'étoiles, mais vide. Plus de vaisseau, à part celui encore arrimé sur l'horizon.

La Terre était de nouveau seule. Matt avait attendu cet instant depuis si longtemps, avec un désir si intense, qu'il avait fini par ne plus y croire.

Pourtant le ciel nu du Wyoming ne laissait aucune place au doute.

Trop tard, songea-t-il avec amertume. S'ils étaient partis, c'est parce que leur tâche sur Terre était achevée.

La luminosité du second vaisseau, ledit « vaisseau humain », apparaissait froide, implacable. Sa conception, sa taille, n'appartenaient pas à la nature humaine, en dépit de ceux qui le peuplaient.

– Les Voyageurs sont partis ? demanda Abby.

– Pourquoi pas ? répondit Matt, à peine audible. Nous avons nos propres extraterrestres, maintenant.

C'était un augure qu'ils ne pouvaient interpréter, un présage trop sibyllin pour eux qui allèrent se coucher sans un mot, las des phénomènes.

Tout le monde, bientôt, dormait au plus profond de cette nuit froide de printemps.

Sauf une vieille femme et un garçon sans âge.

– William ?

Il avait les yeux grands ouverts, brillants.

– Oui ?

– Tu ne dors donc jamais ?

Il sourit.

– Quelquefois.

La pendulette digitale égrenait ses chiffres verts dans l'obscurité. 3:43. 3:44. Miriam grimaça. Une douleur nouvelle se manifestait dans son ventre.

– Les Voyageurs sont partis, n'est-ce pas ?

– Oui.

– Mais tu es toujours là.

– *Nous* sommes toujours là.

L'humanité. Le monde contenu dans cet immense soleil sur l'horizon : le Vaisseau-Home.

– William ?

– Oui.

– Je ne t'ai jamais montré mes albums, je crois ?

– Non.

– Ça te ferait plaisir de les voir ?

Le sourire du garçon était indéchiffrable.

– Oui, Miriam. Très plaisir.

Elle descendit de son lit et tira de leur étagère les épais albums de coupures de l'*Observer*. Ils avaient pris la pluie pendant le cyclone et les couvertures gondolaient pitoyablement. Mais les articles, pour la plupart, étaient encore tout à fait lisibles.

William s'assit sur son matelas et feuilleta les albums, un par un.

Quelle étrange histoire ils racontaient, songea Miriam. Elle se rappelait l'angoisse qu'avait provoquée la première apparition du vaisseau dans le ciel. Mystérieux, terrifiant. L'émissaire d'un autre monde.

D'un univers bien plus étrange en réalité qu'il ne l'avait été dans les imaginations les plus débridées.

– Vous avez pris beaucoup de peine, pour ce travail, remarqua William.

– Oui. Sur le moment, ça me semblait important.

– Et plus maintenant ?

Elle s'était battue pour protéger ces albums. Mais qu'étaient-ils, en fin de compte ? Ce soir, elle ne voyait en eux que de l'encre et du papier.

– Non. Plus maintenant.

Quand il eut terminé, William les reposa à côté de lui, avec soin.

Miriam s'arma de courage pour poser LA question. Celle qu'elle ajournait depuis si longtemps. Celle qu'elle n'osait pas formuler.

Donne-moi le courage, songea-t-elle, le cœur battant. *Donne-moi la force.*

– William... est-il trop tard pour moi ?

Elle tremblait d'entendre sa réponse. Elle ferma les yeux. Fort.

– Non, Miriam, dit-il doucement. Il n'est pas trop tard. Pas encore.

Un chaste baiser sur les lèvres.

Les néocytes, se dit-il, se mettraient rapidement au travail en elle.

Avant que l'aube n'éclose, quand Miriam fut finalement endormie, le garçon sortit sans bruit de la caravane.

La lune, à son dernier quartier, affleurait l'horizon. Chaque souffle formait un petit nuage blanc sitôt évaporé dans la fraîcheur de la nuit ; du givre scintillait légèrement sur la surface dure du parking.

Le vaisseau avait repris sa course depuis des heures, repris sa longue errance dans les espaces inexplorés de la Galaxie. Sa présence n'était plus nécessaire. La connaissance universelle des Voyageurs avait été stockée dans le vaisseau humain qui, bientôt, commencerait son propre voyage – une fois dissipées certaines controverses.

Le V.T.T. de William était accroché à l'arrière de la caravane de Miriam. En silence, il le détacha et l'examina.

La chaîne semblait légèrement grippée par la couche de boue qui s'était déposée au cours de son voyage. Mais il n'avait pas loin à aller.

Il enfourcha le vélo et emprunta la I-80, pédalant avec toute l'énergie de son corps juvénile.

Après avoir bifurqué sur une petite route privée, il franchit une barrière ouverte et remonta vers le ranch des Connor.

Rosa, dépêche-toi. Ils seront là tout à l'heure, dès que le jour sera levé. Ne perds plus de temps, maintenant.

32

Libération

William était avec elle aux premiers rougeoiements du soleil.

Rosa était toujours allongée sur le lit. Sous l'action conjuguée du vent et du froid, la commode avait perdu son vernis, le miroir s'était terni. La grande fenêtre donnait plein sud, là où le vaisseau occupait une portion du ciel. L'aube teintait ses flancs d'une lueur vermillon.

Une déchirure fendait le cocon gris sur toute sa longueur et les deux parties de cette gousse commençaient à s'écarter l'une de l'autre. William, sans émotion apparente, regarda la forme qui palpitait à l'intérieur.

Rosa – ils vont arriver.

Alors aide-moi, dit-elle.

William s'approcha du lit et considéra le problème. Puis il empoigna les deux bords de la cosse dense et poreuse qu'il ouvrit d'un geste ferme.

Ça fait mal.

William formula quelques mots d'excuse muets.

Il n'y a plus le choix, maintenant, Rosa.

Il agrippa de nouveau le cocon et en écarta les bords jusqu'à ce qu'il se fende de l'autre côté – un petit son sec, fibreux, comme celui d'une noix que l'on brise.

Il sentit le soulagement de Rosa.

Lentement, il s'écarta afin de la laisser naître.

Le soleil était déjà haut sur l'horizon quand elle se dressa enfin sur le lit, ses grandes ailes translucides tremblant sous le courant d'air froid.

Rosa Perry Connor, dans son incarnation présente, pesait moins de sept kilos. Son corps n'était plus que la coque vide de ce qui, à une époque, avait été un organisme humain. Un organisme métamorphosé par les néocytes en quelque chose de beaucoup plus fragile et bien moins dense. Sa silhouette, rétrécie, était encore reconnaissable. Elle avait un beau visage, songea William. De grands yeux brillants.

Elle lui adressa un clin d'œil. Ses cordes vocales n'étaient plus qu'un souvenir. Ses pupilles, sous l'effet brutal de la lumière, étaient noires : de minuscules perles d'onyx. Ses ailes, moirées bleu et mauve, s'enroulaient en ellipses autour de son corps.

William ressentait son exaltation, son impatience. Etrange, se dit-il, le destin que chacun se réservait. Ces dernières brèves incarnations sur Terre. Ces rêves auxquels une volonté puissante avait donné une substance.

Les membranes des ailes devaient sécher avant que Rosa ne puisse les utiliser. William ne la pressa pas ; il n'y avait rien à faire qui pût accélérer le processus.

Il ouvrit les doubles rideaux, dégageant la fenêtre – la seule sortie praticable. C'était une vieille fenêtre, coulissante, avec un panneau fixe. Rosa était désormais toute menue, avec des ailes flexibles, mais elle aurait néanmoins besoin de plus d'espace pour s'envoler.

William brisa les deux vitres et, soigneusement, méticuleusement, ôta les morceaux de verre pour les jeter sur l'herbe sèche, en dessous. Puis, avec une force surprenante pour un garçon de sa taille, il arracha le châssis de bois qui partageait la fenêtre en deux.

Malgré ces précautions, quelques échardes de verre se plantèrent dans la paume de sa main. Rien de grave. De simples égratignures dont il coula un sang épais et visqueux, presque noir.

Tyler s'immobilisa alors qu'il traversait le parking, Joey Commoner sur ses talons.

– Joseph ? Vous avez entendu ?

– Mon colonel ? Entendu ?... Non, je ne crois pas.

– Comme un bruit de verre.

– Non, mon colonel.

Tyler tendit l'oreille. Les bruits portaient loin, avec cette nature paisible. Il inspira, retint son souffle. Mais ne perçut que le silence qui régnait sur les immenses prairies.

– Faites activer tout le monde, ordonna-t-il. On ne traîne plus, maintenant. Les choses sérieuses nous attendent.

– Bien, mon colonel.

William entendit les moteurs revenir à la vie, un à un, sans les voir.

Je sais, dit Rosa. *Je n'en ai plus que pour quelques instants.*

William s'écarta de la fenêtre. Bientôt, le grand saut dans l'espace...

Le convoi s'engagea sur la route privée, franchit la barrière de la propriété Connor et se gara en demilune devant le ranch.

Abby Cushman fut d'emblée séduite par cette maison de deux étages, agréable contraste avec la platitude du paysage. Elle trônait au milieu des champs et des enclos à moutons avec une dignité toute coloniale.

La porte d'entrée était ouverte. Abby pénétra dans la maison à la suite du colonel Tyler et de son étatmajor. L'intérieur lui plut aussi, même si une vitre brisée au rez-de-chaussée avait permis au vent de folâtrer dans la pièce.

Le grand salon avait été décoré dans un style hopi

très en vogue quelques années plus tôt et qui semblait curieusement déplacé dans cette prairie du nord. Tapis indiens, murs beiges, long canapé sable et poupées kachina sur une étagère. Elle se demanda qui avait vécu là. Un exilé. Un nostalgique.

Le colonel Tyler était parti en reconnaissance dans la cuisine et la cave en quête de provisions.

– Je vais voir à l'étage, annonça-t-elle à Matt qui aidait Miriam, essoufflée, à s'installer dans un fauteuil.

Curieux. William n'était pas avec elle. La vieille dame et le garçon étaient devenus pratiquement inséparables. A bien y réfléchir, d'ailleurs, Miriam avait un comportement un peu bizarre, depuis quelque temps.

Elle faillit lui en demander la raison, mais jugea plus sage de s'abstenir. *Mêlez-vous de ce qui vous regarde, Abby.* Il régnait une insatisfaction notoire au sein du groupe. Mieux valait marcher sur des œufs. Ce voyage avait, s'il en était besoin, ouvert les yeux de chacun sur le dépeuplement du monde et la versatilité de la psyché humaine. L'Amérique est aussi vide qu'une vieille timbale, songea Abby, et les survivants aussi imprévisibles que ce vieux lâcheur de Tom Kindle.

Douloureuse réflexion.

Elle gravit les marches jusqu'à l'étage. Le couloir moquetté était frais et sombre. Elle avisa trois portes fermées. Les chambres, sans doute.

William entendit derrière lui le bruit de la poignée qu'on tourne.

Rosa...

Je sais, répondit-elle.

Elle avança d'un pas délicat vers la fenêtre. Il ressentait son équilibre encore fragile.

Merci, dit-elle. *Quoi qu'il arrive...*

Abby, habituée à trouver des campagnes vides, des villes vides, des maisons vides, eut de bonnes raisons de sursauter en découvrant la chambre occupée.

– William ! dit-elle.

Et puis son regard se porta vers la fenêtre... vers la chose qui se tenait devant la fenêtre.

C'était une silhouette fragile se découpant dans la faible luminosité de l'aurore. Abby imagina tout d'abord qu'il pouvait s'agir d'un élément de décoration – une sorte d'assemblage insolite de panneaux de cellophane destinés à accrocher la lumière en reflets irisés mauve et bleuté. Mais la chose bougea. Elle était vivante... et Abby découvrit un visage, des yeux.

William porta un doigt à ses lèvres. *Chhht !* Et Abby réprima le hurlement qui montait à sa gorge.

– N'ayez pas peur, murmura-t-il.

Ce qui ne l'empêcha pas d'être terrorisée. Surtout quand elle aperçut le cocon ouvert sur le dessus-de-lit fané. Elle qui avait toujours eu une sainte horreur des insectes. Ses frères aînés avaient eu la sale manie de la tourmenter avec des chenilles. Elle ne fut pas longue à faire le rapport entre le cocon sur le lit et cette créature : un insecte humain ! Cette idée lui donna la nausée. Elle eut envie de s'enfuir ou d'appeler à l'aide.

William parut ressentir sa détresse.

– Abby, dit-il...

C'était la première fois qu'il l'appelait par son prénom, comme l'aurait fait un adulte.

– Cette femme s'appelle Rosa Connor. Elle ne peut pas parler. Mais elle ne vous fera aucun mal. Tout ce qu'elle souhaite, c'est s'envoler. Elle est très fragile, et j'ai peur qu'elle ne soit blessée si les autres la découvrent ici. Abby, vous me comprenez ?

Bien sûr que non. Comment pourrait-on comprendre une chose pareille ?

Mais elle sut cependant saisir la sincérité de William. Curieux enfant, se dit-elle. Les enfants, pourtant, elle connaissait. Elle avait élevé sa fille, et les deux garçons de sa fille. Contact les avait emportés.

William ressemblait un peu à Cory, l'aîné de ses petits-fils. Cory ne rentrait jamais à la maison les mains vides ; chaque fois qu'il revenait de l'école, il étalait triomphalement ses trophées : cailloux, capsules de bouteille, pommes de pin – cocons. Elle s'était efforcée de partager son intérêt, de le rejoindre dans ce monde de l'enfance où tout est mystère et fascination. Peut-être William était-il fasciné par ce... cette créature.

Le cœur d'Abby cognait sourdement dans sa poitrine. Mais elle songea à Paul Jacopetti dans le sous-sol de l'hôpital, et refusa de céder à la même panique, de répéter la même erreur.

Elle ferma les yeux, avala sa salive.

– Si elle veut partir, dit-elle, pourquoi ne le fait-elle pas ?

– Abby, avez-vous déjà vu un papillon quand il vient de naître ? Les ailes sont mouillées. Elles doivent sécher avant qu'il puisse s'envoler. Sinon, il tombe.

– Oh... et combien de temps doit-elle encore attendre ?

– Quelques minutes.

– William... je ne pourrai pas les empêcher de monter.

– Mais si vous ne les appelez pas...

– Je ne dirai rien, affirma-t-elle, beaucoup plus calme. Mais le colonel Tyler est en train de fouiller la maison.

– Nous n'avons besoin que de quelques instants.

– Faites vite. Il ne va pas tarder.

Malgré la tension, William fut impressionné par la grâce de Rosa. Elle s'accrocha au chambranle de la fenêtre, tendant des bras et des doigts aussi fins que des fils de verre. Elle se leva, s'immobilisa un instant sur le rebord, puis déploya ses ailes derrière elle, les étira – larges voiles aux chamarrures d'or et de pourpre. Elle ressemblait à une énorme orchidée. Ses ailes frissonnèrent sous le vent.

J'y suis presque, dit-elle à William. *Maintenant.*

Abby poussa un cri étouffé quand la porte s'ouvrit brusquement derrière elle : le colonel Tyler.

Abby admira la maîtrise avec laquelle Tyler saisit la situation. Ses yeux passèrent d'Abby à William, puis de William à la femme-insecte. De toute évidence, il fut choqué. Mais pas paralysé, comme elle-même avait pu l'être. Ses mains se mirent immédiatement en mouvement.

Il sortit le revolver qu'il portait toujours sur lui.

– Non ! s'écria Abby.

Le colonel ne la regarda même pas. Il était entièrement concentré sur la créature que William avait appelée Rosa, et sa grimace exprimait un dégoût sans fond. Si Abby avait eu peur, le colonel, lui, semblait outragé.

Bien campé sur ses pieds écartés, il pointa le revolver sur Rosa.

Abby eut la sensation que le temps s'écoulait soudain au ralenti. Elle eut le loisir d'enregistrer le moindre détail de la scène. De voir l'inquiétude et la tristesse de William. De voir la femme-insecte étirer ses immenses ailes dans le ciel matinal. De voir l'arme de Tyler prête à cracher ses balles mortelles. D'entendre le râle de sa propre respiration.

Et puis William se mit en action.

Il fut rapide. D'une vivacité incroyable. Inhumaine.

Il se jeta sur Tyler. L'impact bascula le canon du revolver vers le plafond. Le coup partit. La détonation agressa cruellement les tympans.

– Nom de Dieu ! jura Tyler.

Abby se tourna vers la fenêtre. Les ailes de la femme-insecte se gonflèrent sous le vent, se ridèrent comme l'eau d'un lac sous la brise. Puis Rosa s'élança, voleta maladroitement sur quelques mètres, plana... et s'envola vers la pureté lavande du ciel.

En deux enjambées, Tyler fut devant la fenêtre. De nouveau, il pointa son arme sur Rosa.

William, aussitôt, se pendit à son bras.

Tyler le repoussa. Si brutalement qu'Abby entendit la tête du garçon heurter le mur.

– Non ! cria-t-elle.

Il n'avait pas le droit de traiter un enfant de cette manière.

William se redressa, indemne, mais c'était lui, désormais, que Tyler visait.

– Non ! répéta Abby, atterrée. Colonel, arrêtez !

William se tourna un instant vers elle. C'était absurde, mais Abby eut l'impression qu'il voulait la rassurer – elle. Lui dire qu'il n'y avait pas lieu de s'inquiéter pour lui.

Pourtant, Dieu sait qu'il y avait de quoi !

Le garçon rencontra ensuite le regard du colonel et lui dit, d'une voix claire et calme :

– Je sais qui vous êtes.

Le colonel appuya sur la gâchette. La poitrine de William explosa.

– NOOOOON ! hurla Abby.

Tyler tira encore. La tête, cette fois, où les yeux restaient fixés sur lui. Abby ne put supporter le bruit, le sang. Elle ne pouvait s'empêcher de penser à Cory et à son frère, Damian. A sa fille, Laura. Tous partis pour d'autres mondes. Bien que William fût un étranger, elle ne pouvait tolérer la perte d'un enfant, quel qu'il soit. Un enfant dont le seul crime avait été de s'opposer au colonel Tyler. Alors elle fit ce que William avait fait avant elle ; elle traversa la pièce, ses gestes toujours au ralenti, sachant qu'il était trop tard, consciente du sang qui éclaboussait le lit, les murs, et elle se jeta sur le colonel Tyler qui, surpris, tomba à la renverse. Animée d'une force physique qu'alimentait une haine féroce, Abby se battit pour arracher le revolver de la main de Tyler et le retourner contre lui, mais le doigt de Tyler restait fermement accroché à la gâchette. Il tira deux fois de plus ; deux coups assourdissants qui logèrent deux balles dans le mur. Et puis le courage et la force d'Abby la désertèrent. Tyler l'envoya bouler et se redressa, l'arme pointée sur elle. *Tue-moi, vas-y, salaud !* songea-t-elle. *Tire, tueur d'enfant !* Mais Tyler, horrifié, agita soudain son arme pour indiquer le corps du garçon.

– Abby, *il n'est pas humain.* Regardez !

Du bout du pied, il souleva légèrement le corps inerte.

– Ce n'est pas du sang. Bordel !... On dirait de l'huile de moteur !

Et alors ? Quelle importance ? Est-ce que ça excusait son crime ?

Sûrement pas.

Abby n'hésita pas. D'ailleurs, elle ne réfléchit même pas. Avec une précision qui la surprit, elle cracha au visage de Tyler.

Le colonel se figea.

Tout le monde, dans la chambre – ils avaient tous rappliqué, ameutés par les coups de feu : Ganish, Jacopetti, Joey – retint son souffle et attendit.

– Emmenez-la dans son motor-home, ordonna Tyler.

Le crachat dégoulinait sur sa joue ; sa voix était plus coupante qu'une lame de rasoir.

– Et qu'elle y reste. Je m'occuperai d'elle plus tard.

Rosa Perry Connor se laissa porter par les courants ascendants chauds jusqu'à ce que le ranch soit loin, très loin derrière elle.

Elle volait – non, elle nageait dans l'immensité du ciel. Un océan aux vagues mouvantes, aux courants sinueux. Un océan qui invitait à l'exploration, aux acrobaties. Elle se mit à tourner, à virer, tout en courbes gracieuses. Grisant. Enivrant.

Elle observa son ombre qui glissait sur les prairies,

sur les haies qui séparaient les champs. Le soleil était chaud sur ses ailes.

Elle savait ce qui s'était passé, dans le ranch. Elle ressentit la libération prématurée de William. Comme elle, il avait voulu jusqu'au dernier moment profiter de la Terre ; vieil homme redevenu enfant. Elle transmit ses regrets vers le Monde supérieur. L'extase du vol se mêlait au chagrin. William accepta son réconfort, mais il ne faisait en fait pas grand cas des événements ; lui aussi partageait le plaisir de son vol.

Il déplorait en revanche l'éternelle tragédie du théâtre humain.

La tragédie est le thème de la vie terrestre, William. Elle est leur océan, l'air qu'ils respirent.

Il répondit par une remarque empreinte de tristesse. *Tu as été humaine, toi aussi.*

Oui. Elle fixa son attention sur le sommet du Vaisseau-Home, bleu porcelaine dans la lumière matinale. *Je l'ai été. Mais plus maintenant.*

Abby Cushman, non sans peine, fut enfermée dans son motor-home devant lequel Joey monta la garde.

Incapable de réfléchir, l'esprit engourdi par le chagrin, par l'écœurement, elle pressa son visage contre la fenêtre et regarda les ailes mordorées de Rosa rapetisser dans le ciel limpide...

33

Provocation

Les détonations tirèrent Beth de sa caravane. Alors qu'elle se dirigeait en courant vers le ranch, elle croisa Joey et Bob Ganish qui emmenaient manu militari une Abby Cushman éplorée.

A l'étage, Matt se disputait avec le colonel Tyler. Beth, au bout du couloir, n'entendait pas distinctement de quoi il s'agissait, mais elle fut choquée par la férocité du ton et la façon dont les doigts du colonel se crispaient presque convulsivement sur la crosse de son revolver.

La violence inexpliquée qui régnait lui fit tourner la tête. Ces deux hommes admirables, Matt en jean délavé, chemise au col ouvert, et le colonel dans son uniforme usé jusqu'à la corde, paraissaient l'un et l'autre débordés par leur propre colère.

Elle distingua quelques bribes. Matt parlait de *meurtre*. Et le colonel Tyler rétorqua avec superbe : *C'était un espion.*

Pas humain, dit-il encore.

Mais de qui parlaient-ils ?

Et puis Matt décréta que Tyler n'avait pas le droit de garder Abby Cushman prisonnière, et le colonel rétorqua que le docteur n'était pas en mesure de donner des ordres. Suivirent d'autres propos durs, hargneux. Matt, finalement, sortit de la chambre – Beth se cacha dans une pièce vide à son passage – et l'altercation en resta là.

Elle se surprit soudain à songer que ces deux hommes l'avaient touchée : Tyler de sa main forte et large, Matt plus intimement. D'une certaine manière, elle se sentait personnellement concernée par leur différend.

Elle remonta le couloir jusqu'au colonel Tyler.

Il la vit arriver, bien que son regard demeurât lointain.

– Que s'est-il passé ? demanda-t-elle.

Derrière lui, dans la chambre, elle vit le trou béant de la fenêtre, et perçut une odeur âcre.

– C'est du sang ? s'enquit-elle en voyant des taches sombres.

Le colonel posa la main sur son épaule et la repoussa gentiment mais avec fermeté.

– Je vous expliquerai.

Le colonel expliqua, et Beth se retira dans sa caravane.

Ils avaient acquis tous ces véhicules chez un concessionnaire de la Coast Range, où le cyclone avait sévi beaucoup moins violemment qu'à Buchanan. C'était étrange de voir tout le monde vivre dans ces camping-cars et motor-homes à quarante mille dollars pièce, équipés de tout le confort moderne et imaginable. De superbes boîtes sur roues.

Des boîtes. Finalement, méditait Beth, l'homme était un véritable champion de la boîte. Une maison est une boîte, un immeuble une grosse boîte pleine de petites boîtes empilées ; la télévision, le four à micro-ondes, les cercueils. Des boîtes, des boîtes, des boîtes... Mais plus personne n'en fabriquait plus. Fini, l'âge de la boîte.

Seule, elle écouta la violence se répercuter dans le campement. Bruits de pas rageurs, portes qui claquent, éclats de voix.

La violence, elle ne connaissait pas. Ou mal. Sa mère, petite femme coquette et boulotte, avait suivi son nouveau mari à Toronto au lendemain des quinze ans de Beth. Et son père n'aurait jamais fait de mal à une mouche. Enfin, si l'on excepte quelques occasionnelles parties de chasse... Malgré ses colères fréquentes, il n'avait pas une fois levé la main sur elle. Et depuis cet incident de parcours à quatorze ans – cette brève mais mémorable visite à l'hôpital –, il ne l'avait pratiquement plus regardée. Plus personne ne la regardait, d'ailleurs, sauf pour la montrer du doigt ou se moquer d'elle. Personne sauf Joey.

Elle hiverna tout l'après-midi, n'osant sortir de sa tanière. A l'heure du dîner, elle mit enfin le nez dehors et trouva Tyler, Joey et Jacopetti en train de faire un feu derrière le ranch. A priori, personne n'avait envie de dîner dans la maison où William était mort. Le colonel l'ignora. Jacopetti l'ignora.

Joey la regarda comme à son habitude – en la suivant des yeux, sans un mot, et sans la moindre aménité. C'était ainsi qu'il la regardait depuis qu'ils avaient quitté Buchanan. Il la surveillait avec un air de propriétaire qui la mettait hors d'elle.

Elle préféra se passer de manger. Tournant les talons, elle entra dans la maison ; l'odeur âcre de poudre flottait encore un peu dans la cage d'escalier.

Miriam Flett était dans le salon, assise dans un fauteuil. Le regard perdu sur les robes colorées des petites poupées kachina. Beth s'approcha sans bruit. La vieille dame devait être horriblement triste. Elle avait aimé le garçon, c'était évident. Même s'il avait été un espion à la solde des « autres », les non-humains, ainsi que l'avait expliqué le colonel.

Miriam releva la tête à son approche. Beth la trouva plus ridée que jamais.

– Je suis désolée, dit Beth. Je ne voulais pas vous faire peur.

– Ce n'est pas grave.

Elle parlait tout bas. Presque un murmure.

– Vous devez...

Beth hésita. Que disait-on, dans ce genre de situation ?

– Vous devez avoir beaucoup de peine. Ce qui s'est passé est horrible.

– Ils vous ont dit ?

– Le colonel m'a expliqué. D'après lui, William était... euh...

– Pas tout à fait humain, oui. Mais j'étais au courant.

– Vraiment ? N'empêche que... qu'il est mort. C'est triste.

– S'il n'était pas humain, il n'est pas mort.

Beth fronça les sourcils.

– Ah oui, j'oubliais. J'ai du mal à me faire à cette idée.

Miriam fit alors quelque chose d'incongru, d'impensable pour elle : elle sourit.

– Moi aussi, avoua-t-elle.

Certains suggérèrent de reprendre la route, ou au moins de retourner sur le parking du snack-bar. Mais le colonel s'y opposa ; ils resteraient sur place, du moins jusqu'au matin. Chacun pouvait dormir dans son véhicule. Rien ne pressait. Beth se rendit à ses raisons. Mais le campement, ce soir-là, marina dans un silence pesant.

La nuit n'était pas tout à fait tombée ; une lueur rose s'accrochait encore sur le sommet du vaisseau humain quand Tim Belanger détacha la caravane de son camion et fila vers l'est. Encore un qui s'évadait, songea Beth avec tristesse. Comme Tom Kindle.

Un de moins.

Plus que neuf.

Elle regretta que ce ne soit pas Joey qui soit parti.

Joey était assis près du feu à moitié éteint, derrière la maison. Il n'y avait pas d'autre source de lumière que ces flammes, dans cette prairie, et Beth trouva dommage de les voir mourir.

Il portait son vieux T-shirt avec le crâne et les roses sous son blouson de cuir. Le revolver dépassait de sa ceinture. C'était un revolver de petit calibre, mais tout de même... Beth jugeait insensé que le colonel ait pu confier une arme, quelle qu'elle soit, à Joey. C'était un miracle qu'il ne se soit pas encore tiré une balle dans le pied... ou ailleurs.

Elle n'avait pas spécifiquement cherché à le voir. Elle voulait tout bonnement s'éloigner un peu du campement et marcher, seule, dans la prairie... regarder les étoiles naître une à une et essayer de trouver un sens aux récents événements. Mais Joey lui fit signe d'approcher.

– Assieds-toi, dit-il.

– Je n'ai pas le temps, répondit-elle, aussitôt consciente de la pauvreté de son excuse.

– Ah non ? Pourquoi ? T'as peur que le film commence sans toi ? Ou que les boutiques ferment ?

Il se mit à rire.

– C'est le désert, ici. Partout où on va, c'est complètement sec, sinistre. Y a donc qu'à Buchanan qu'il pleut ?

– Il pleut en Ohio, aussi.

– L'Ohio... répéta-t-il, dédaigneux.

Il ramassa une poignée de sable, l'éparpilla sur les braises.

– Ça a bardé, ce matin, hein ?

Elle acquiesça.

– J'ai tout vu, dit-il. Deux coups.

Il replia son index sur une arme imaginaire.

– Bam, le cœur. Re-bam, la tête. Heureusement que t'étais pas là. C'était pas beau à voir. Le gosse était pas humain, ça se voyait à l'œil nu. A l'intérieur, c'était comme... je sais pas. Comme une pastèque pleine de vieille huile de friture.

– Joey !

Il haussa les épaules, content de son effet.

– C'est la vie, qu'est-ce que tu veux...

– Et Abby ? Elle est toujours enfermée ?

– Jacopetti est devant sa porte. Ça l'a pas empêchée de sortir, remarque. Je vais le relayer dès que j'aurai fini ici. De toute façon, elle peut pas aller bien loin.

– Elle pourrait s'en aller, comme Tom Kindle ou Tim Belanger.

– Non. J'ai débranché sa tête de delco.

– Le colonel est au courant ?

– Il m'a dit que je faisais preuve d'initiative.

Sourire jusqu'aux oreilles.

Beth désapprouvait l'entente qui existait entre le colonel et Joey. C'était l'influence de Joey, elle n'en doutait pas, qui occasionnait tous les problèmes. Elle se rappela la main de Tyler sur son épaule, ce matin. Une main familière. Une sensation agréable.

Le geste du colonel appartenait à sa nouvelle vie. Et Joey, lui, représentait tout ce qu'elle voulait oublier. Les deux ensemble... un amalgame difficile à supporter.

– Bam, répéta Joey, revivant la scène. Je vais te dire une bonne chose. C'est qu'il y a beaucoup moins de bordel, maintenant.

La suffisance et la bêtise de Joey lui firent voir rouge.

– La fin du monde est une bonne chose parce qu'elle t'a permis de porter un revolver pour la première fois, c'est ça ? Quelle connerie !

– Si le monde s'était pas écroulé, je porterais pas d'arme, c'est vrai. Et toi tu baiserais pas avec un toubib.

Elle se sentit devenir pivoine sous le coup de la colère.

– Tu ne sais pas avec qui je couche. T'en as pas la moindre idée.

– En tout cas, quand on se trimbale avec un écriteau « A louer » entre les jambes, on prend pas des grands airs. On s'écrase.

Elle eut l'impression d'être giflée. Les larmes montèrent à ses yeux. Après une journée aussi éprouvante, où quelqu'un était mort, se faire traiter de putain, se faire prendre de haut, tourner en dérision... tout ce qu'elle avait cru accomplir, ce personnage nouveau qu'elle pensait devenir – réduits à néant par le mépris cruel de ce petit con. Elle le haït férocement.

Joey la regardait refouler ses larmes avec difficulté. Il l'observait avec intérêt, calme et détendu, et soudain Beth se rappela un de ses vieux fantasmes...

Joey est un cheval sauvage. Elle le chevauche. Elle le mène tout en haut d'une haute falaise. Il se cabre, elle l'éperonne. Et il saute.

Tais-toi, Beth. Tiens ta langue. N'envenime pas les choses.

Elle se sentait étourdie, curieusement légère.

Cette falaise, songea-t-elle. *Ce désert.*

– Salaud, dit-elle. Tu ne sais pas tout ce qui se passe dans ce camp.

– Tu veux parier ?

– A ta place, je ne fanfaronnerais pas.

Elle marqua une pause, hésitant à cracher son venin. Mais l'air arrogant de Joey l'aiguillonna.

– Tu sais ce qu'il fait de ses nuits, ton colonel ?

Joey marqua le coup. Son air un instant décontenancé récompensa largement Beth qui, sans rien ajouter, lui tourna le dos et s'éloigna.

34

Précipice

Matt n'avait pas tout à fait encore basculé dans le sommeil quand on frappa discrètement à la porte de son camping-car.

Il se redressa sur sa couchette et regarda par la fenêtre. Le halo laiteux de la lune apparaissait derrière un nuage.

Beth ? Non. Il était trop tard, même pour elle.

Alors, qui ? Quel nouveau drame se préparait encore ?

Il enfila un T-shirt, son jean.

Nouveaux coups.

– Oui, c'est bon, j'arrive !

Il ouvrit la porte et resta interdit un instant.

– Matthew, dit Tom Kindle, laissez-moi entrer avant que je me gèle le cul.

Kindle n'avait pas bonne mine. Son visage trahissait l'épuisement, les tourments. Matt essaya de se souvenir quand et où il avait déjà vu ce masque sur les traits de Kindle.

Oui, bien sûr : l'hôpital, quand Tom y était arrivé avec une jambe cassée, en plein délire, avec ses histoires de monstres. Quand était-ce ? Il y avait au moins dix siècles.

Matt lui versa une tasse de café tiède de la Thermos.

– Vous n'êtes pas allé bien loin, apparemment. Pas plus loin que Laramie, je parie.

Kindle posa son fusil et haussa les épaules. Ses yeux étaient perdus dans une marée de rides grosses comme des crevasses.

– Je suis allé me balader vers le sud. Vers cette chose, là...

– Le nouveau vaisseau.

– J'avoue qu'il m'intriguait. Pas vous ? Même posé sur l'horizon, il est assez gros pour remplir la moitié du ciel.

Il avala bruyamment une longue gorgée de café.

– C'est vraiment une chose bizarre, Matthew. Fascinante, vous voyez ce que je veux dire ? Vous êtes déjà allé à Moab ? Dans la vallée des canyons ? C'est le même genre de paysage hallucinant. Le roc rouge, le ciel bleu, et tout a une dimension gigantesque. J'imagine qu'on peut facilement sombrer dans la folie, dans ce genre de démesure. J'ai regardé cette chose-là longtemps, et j'ai commencé à me demander si je pouvais m'en approcher plus près.

– Et alors ?

Kindle secoua la tête.

– Je ne suis pas allé très loin. L'air devient vite irrespirable. Ça empeste le soufre ; j'ai cru que mes poumons allaient y passer. Et puis le sol n'est pas très stable, non plus. Cette chose est ancrée à la Terre, Matthew ! Enracinée, plus exactement. On dirait qu'elle a des racines de pierre. Du grès noir ou... ou peut-être de la pierre ponce. Des racines qui auraient des kilomètres de long et larges comme des... je ne sais pas, moi... des bras de mer. Et dans l'ombre de ces racines, on voit des choses qui bougent...

– Des choses ?

– Des machines, je suppose. Ou des animaux. Ou les deux, peut-être bien. En tout cas, des trucs assez gros pour être vus à des kilomètres de là. Je les voyais flous, vous savez, comme quand il y a de la chaleur. Ils devaient être aussi gros que des dinosaures et plus hauts que larges, avec des formes différentes, comme des girafes monstrueuses, ou des araignées, ou... des grues.

Il frissonna, resserra les mains sur son café froid.

– Ils ont dû construire cet engin depuis août. Vous vous rendez compte ? Une chose grosse comme une montagne en six mois ? Crénom... Et vous savez ce que j'ai pensé, en regardant ça ? Qu'ils ne doivent pas être loin d'avoir fini leur boulot ; c'est l'impression que ça donne, en tout cas. Et c'est un vaisseau, non ? Dès qu'il sera prêt, il va se mettre en orbite. Un vaisseau de la taille d'une ville comme Delaware. Vous imaginez ? Et on est là, en train de pique-niquer juste à côté. En roulant vers le nord, ce matin, je vous ai vus encore garés là, et je ne pense pas que ce soit trop intelligent.

– Ordre de Tyler, expliqua Matt. Il prétend avoir reçu un message radio. Il y aurait paraît-il des tempêtes dans l'est. Alors on reste plantés ici.

– Tout le monde est d'accord ?

– Il y a eu un vote – à la mode du colonel...

– Il a encore couillonné tout le monde, si je comprends bien.

– En quelque sorte.

– Et d'après lui, ce serait un message radio ?

– Oui, enfin... la radio a explosé.

– Pendant qu'il l'utilisait ?

– Paraît-il.

– Il y a des témoins ?

– Aucun.

– Et vous croyez à des conneries pareilles ?

– Le colonel est un homme intelligent, Tom. Il a complètement embobiné le comité. Et du coup, je passais pour un paranoïaque.

– Un petit peu de parano n'a jamais fait de mal à personne. J'ai été prudent, pour revenir. Je me suis garé à cinq cents mètres d'ici et je me suis caché tout l'après-midi derrière la petite colline, là-bas. Je vous ai observés. J'ai rêvé ou Joey monte la garde devant le motor-home d'Abby ?

Matt lui parla de la femme-insecte, de la mort de William et de l'altercation d'Abby avec le colonel.

Kindle écoutait avec attention, les yeux écarquillés.

– Elle avait des ailes ?

– Je l'ai vue voler, Tom. Oui, elle avait des ailes. On aurait dit un immense papillon.

– Oh, Matt... dans quel monde on vit, bon sang ?

Tous deux observèrent un instant de silence songeur. Kindle tenait toujours son fusil sur ses genoux.

– Et qu'est-ce que vous envisagez de faire ? demanda-t-il.

– Il ne peut pas garder Abby prisonnière éternellement. Tempête ou pas tempête, il va bien falloir qu'on se remette en route.

– S'il est encore temps. Je sais pas pourquoi Tyler rechigne à bouger d'ici, mais, à la limite, ça n'entre même pas en ligne de compte. Cette montagne sur l'horizon, là-bas, ne va pas nous attendre. Et c'est pas seulement sa vie, que Tyler met en jeu. Il y a Abby, et cette vieille femme, Miriam...

Et Beth, songea Matt.

– Mais Tyler tient le comité sous sa coupe.

– Il n'est plus question de voter, Matthew, mais de partir. De décamper en vitesse. Là, tout de suite. Tous ceux qui ne bouffent pas dans la main de ce colonel de mes deux. J'ai vu Belanger qui se tirait vers l'est, cet après-midi. C'est sûrement ce qu'il a fait de plus intelligent dans sa vie. Alors on va aller chercher Abby, Miriam...

– Beth...

– Et Beth, et on va foutre le camp avant que l'état-major ait le temps de comprendre ce qui se passe.

– Il faudra qu'on prenne mon camping-car, alors. Je veux avoir les médicaments avec moi.

– O.K. Il y a assez de place pour tout le monde jusqu'à ce qu'on trouve autre chose. On n'est qu'à deux jours de l'Ohio si on roule sans arrêt.

– Je croyais que vous ne vouliez pas y aller. Que vous vouliez rester dans le coin...

– Peut-être que j'ai envie de voir la chute du colonel. Et que je n'aime pas le fait qu'il ait enfermé Abby.

Kindle passa distraitement la main sur le canon de son Remington.

– Ou peut-être qu'un emmerdeur de toubib a fini par me faire renoncer à ma sacro-sainte solitude...

Beth était contente d'elle. Joey l'avait blessée, elle avait répondu. Tel qu'elle le connaissait, il devait être en train de ruminer sa colère.

Elle avait toujours aimé sa capacité à le provoquer. Tirer sur les moustaches du tigre pour voir s'il mord. Même si c'est sur elle qu'il doit se faire les dents. Surtout si c'est sur elle.

L'idée de Joey en train de macérer dans sa rogne l'excitait. Elle n'arrivait pas à trouver le sommeil.

Tu veux savoir où je passe la nuit, Joey ?

La seule évocation de ce qu'elle avait insinué lui faisait une drôle de sensation au creux du ventre.

Si elle sortait maintenant... le remarquerait-il ?

Il était de garde devant la caravane d'Abby. La joue pressée contre la vitre de sa petite fenêtre, Beth pouvait apercevoir la lueur du feu qu'il avait fait pour se tenir chaud. Joey prenait son rôle de sentinelle très au sérieux. Il ne dormait pratiquement plus. Et il ne semblait même pas en avoir besoin, en plus.

Il était accroupi, appuyé contre la porte de la caravane, en train de souffler sur ses doigts.

Si je quitte le campement par l'autre côté et que je reviens vers la maison...

Ce devait être possible.

Elle enfila son vieux jean et un chemisier, prit une longue inspiration et ouvrit la porte sur la nuit froide. Elle sortit sans bruit, pieds nus, les cheveux libres sur les épaules.

Il y avait plus de lumière qu'elle ne l'aurait souhaité. La lune venait juste de se lever. Et puis il y avait la luminosité du vaisseau. Une pulsation blême, comme s'il accumulait une sorte d'énergie particulière.

Beth se déplaçait lentement, aussi légère qu'un chat, dans la faible clarté phosphorescente.

Miriam, dans sa Travelaire, comprenait cette lueur. Allongée sur son lit, elle la sentait qui se glissait sous ses paupières closes.

Miriam était partagée entre deux endroits, désormais : le campement et le Vaisseau-Home. Les néocytes avaient brûlé les étapes. Il y avait la Miriam de là-bas, celle qui vivait sans corps, sans chair, et la Miriam d'ici – la vieille dame percluse d'arthrite, un pied dans la tombe – qui devenait plus légère, plus fragile à chaque seconde.

Tournant la tête vers la fenêtre, elle vit le vaisseau baigné dans son brouillard luminescent, aspirant les énergies qui lui permettraient de se détacher de la Terre.

Les énergies qui l'emporteraient vers les étoiles, épistémè humain palpitant dans la conscience de l'univers.

Bientôt, songea Miriam. Très bientôt.

Le colonel Tyler s'était installé dans une pièce du rez-de-chaussée de la maison. Pièce qui, quelques mois auparavant, avait été le bureau de Vince Connor. On y trouvait une grande table en bois de palissandre, des placards pleins de dossiers et un canapé assez large pour s'y étendre à son aise.

Le colonel s'assit dans le fauteuil préféré de Vince, un siège au dossier haut et droit, au rembourrage de cuir olive. Bien qu'il fût très tard, il ne dormait pas. Il n'avait pas fermé l'œil depuis trois nuits – un très mauvais signe.

Il haïssait l'obscurité. La nuit, Sissy avait tendance à disparaître. Or sa présence, pour détestable qu'elle fût, était souvent préférable à la solitude. Il voyait toujours se lever le jour avec soulagement. Le jour était le royaume du soleil, de la lumière. La nuit, les doutes revenaient le hanter.

Les doutes... et parfois la folie.

Le colonel avait la sensation que cette folie, qu'il maintenait à une époque dans une boîte bien fermée, s'était désormais infiltrée dans sa vie quotidienne. Elle se manifestait partout : avec Sissy, dont la quasi-omniprésence devenait suspecte ; dans le dérangement du monde ; dans l'envol de cette femme-insecte et dans la mort de ce pseudo-garçon, William.

Et aujourd'hui, Tim Belanger s'était enfui, et le colonel considérait cette échappée comme de très mauvais augure. C'était le symptôme d'une déliquescence qui avait tout d'abord atteint Tom Kindle pour contaminer Tim Belanger et qui s'attaquerait finalement à ses plus proches partisans : Ganish, Jacopetti, Joey. Et pourquoi pas lui-même...

– Colonel Tyler ?

Il releva la tête, surpris.

Beth Porter se tenait sur le seuil. Il ne l'avait pas entendue frapper.

Il s'éclaircit la gorge.

– Beth ?

Avec effort, il se reglissa dans la peau du colonel diurne.

Le regard de Beth s'arrêta sur le revolver qu'il avait placé sur l'accoudoir du fauteuil.

– Vous ne vous sentez pas bien ?

Quand lui avait-on demandé cela, la dernière fois ? A. W. Murdoch. Dans cette petite ville de Géorgie. Loftus.

– Mais si, bien sûr.

– Je peux entrer ?

Il l'y invita d'un signe de tête. Elle s'avança dans la lueur pâlichonne de la lampe et referma la porte derrière elle. Ce n'était plus une enfant, songea Tyler, et pas tout à fait une femme. Elle avait encore les gestes et l'inexpérience de l'adolescence.

– Qu'est-ce qui vous amène si tard ? demanda-t-il.
– Je me sentais seule, c'est tout, dit-elle. Je pensais qu'il ferait plus chaud, ici.

Matt et Kindle s'approchèrent furtivement du motor-home d'Abby, s'attendant à un « Qui va là ? » réglementaire de Joey. Le véhicule était plongé dans l'obscurité, porte fermée. Mais pas de Joey.
– Il en a peut-être eu assez ; il est allé dormir quelque part, suggéra Matt. Ou il a eu besoin d'aller aux toilettes.
Kindle secoua la tête.
– Joey ne dort pas, et il va pisser dans les buissons à côté pour ne pas s'éloigner. Non, il y a quelque chose de pas normal.
Il donna deux coups discrets à la porte.
La voix d'Abby, ensommeillée, leur parvint au bout de quelques secondes.
– Qui est-ce ?
– Moi, dit Kindle. Moi et Matt. Il faut qu'on parle.
La porte s'ouvrit sur une Abby en chemise de nuit bleue, les yeux encore bouffis de sommeil et brillants d'émotion.
– Sale vieux lâcheur...
– Le vieux lâcheur est revenu, la coupa Kindle. Abby, j'ignorais qu'il allait vous mettre aux arrêts.
– Où est Joey ? s'enquit-elle.
C'est à ce moment que claqua le premier coup de feu.

– Arrêtez ! cria Kindle. Surtout, attendez !
Il empêcha Matt et Abby de se précipiter vers la maison d'où semblait provenir la détonation.
– Réfléchissez une minute. Qui est dans la maison ?
– Tyler, sans doute, dit Matt. Autrement, je ne sais pas.
– Dans quelle pièce est-il ?

– Sur le côté.

– Montrez-moi. Mais ne vous approchez pas de la baraque.

Ils contournèrent les véhicules qui s'allumaient un à un.

– C'est là.

Il indiquait une petite fenêtre sur laquelle était tiré un store vénitien.

Ils virent nettement l'éclair lumineux du second coup de feu. La troisième détonation suivit à quelques secondes.

Rosa Perry Connor n'entendit pas les coups. Elle volait loin, bien loin de là, et répondait à d'autres impératifs.

Elle était à des kilomètres du ranch. Plus portée par le vent que par sa volonté propre, elle avait dépassé le vaisseau, vers le sud, pour survoler la tache grisâtre de Denver, ville abandonnée, puis les montagnes poudreuses et les plaines. Extase silencieuse.

La durée de vie de ce corps métamorphosé n'était guère plus longue que celle d'un éphémère. La nuit tombait. Elle se rapprochait des étoiles, poussée par des courants d'air froid. Elle se sentait devenir plus légère à mesure que s'épuisaient ses ressources physiques.

Il était temps de rejoindre le vaisseau. Les appels se répercutaient dans le monde entier. Tous ces retardataires de l'air, de l'océan, de la terre. Il était temps de rentrer, à présent. Temps de partir pour le grand voyage. Mais, telle une enfant sommée d'aller se coucher, Rosa grappillait quelques minutes de sursis.

La lune se leva sur l'immensité des plaines. *Un dernier battement d'ailes*, songea Rosa, *encore un*. Fermant les yeux, elle accueillit sur son visage la caresse du vent qui éparpillerait la poussière de son corps.

35

Blessures

Joey jouait les sentinelles tous les soirs depuis qu'ils avaient traversé le Snake, et il avait appris à écouter le silence.

Chaque nuit, il faisait un feu pour se tenir chaud. Au printemps, les journées étaient souvent chaudes, mais la chaleur s'effaçait très vite devant le crépuscule naissant et le vent sec et glacial figeait les traits, engourdissait les mains.

Le feu était très important. Trop gros, il étouffait les bruits. Au début, Joey brûlait les branches, les détritus, les planches qu'il trouvait dans des granges. Mais les nœuds, dans le vieux bois, explosaient comme des coups de feu dans les flammes, et les étincelles menaçaient d'embraser les feuilles de sauge sèches qui tapissaient les sous-bois. C'est le colonel qui lui avait montré comment se servir de la tourbe, et Joey, au fil des villes qu'ils avaient traversées, s'était constitué un stock de sacs trouvés dans les jardineries. La tourbe brûlait pratiquement sans bruit, un simple murmure quand le vent agitait les flammes, mais elle offrait une source de chaleur précieuse – suffisante, en tout cas, pour dégourdir les mains. Par chance, Joey n'était pas frileux. Son blouson de cuir était un rempart efficace contre le froid.

Les véhicules étaient garés en demi-cercle devant le ranch, et Joey, accroupi devant son feu, écoutait.

Son sens auditif s'était très vite aiguisé. Le monde semblait peut-être désert, plongé dans le sommeil, mais Joey savait qu'il n'en était rien. D'abord, il y avait les animaux. Des chiens domestiques, devenus sauvages depuis le départ de leurs maîtres. Ou des loups – il en avait entendu plusieurs hurler, quelques jours plus tôt. C'était étonnant, la variété des bruits qui se manifestaient dans le calme de la nuit. Il lui arrivait même de surprendre des voix, derrière les fines cloisons des caravanes. Les gens parlaient dans leur sommeil ; ou bien ils se retournaient dans leur lit, faisant grincer les amortisseurs des véhicules. Quelqu'un se levait de temps à autre pour utiliser les toilettes de la maison, ou bien sortait simplement pour contempler les étoiles.

Ce soir, il s'efforçait d'apaiser son esprit pour être plus attentif. Mais sa rencontre avec Beth l'avait salement perturbé.

Le reproche qu'elle lui avait lancé ne tenait pas debout. Il savait parfaitement ce qui se tramait dans le campement, surtout la nuit. Et il n'ignorait rien de la façon dont Beth les passait, ces nuits : seule dans son lit, le plus souvent ; dans celui du toubib, parfois.

C'était déjà assez exaspérant comme ça. Le plus bizarre, avec Beth, c'est qu'elle pouvait autant l'exciter que le laisser froid comme un cadavre. Quelquefois, rien que de la regarder passer, moulée dans son jean, il lui prenait des envies de la culbuter sur place ; mais à d'autres moments, elle était aussi attirante qu'une tranche de jambon périmée. Des fois, il ne supportait pas de penser à elle ; des fois, il ne supportait pas de penser que quelqu'un d'autre pense à elle.

Elle devait baiser avec le toubib ; il ne pouvait pas dire que ça le laissait indifférent, ça non. Mais il commençait à se faire à cette idée.

Par contre, ce qu'elle lui avait dit ce soir... cette insinuation malveillante sur le colonel Tyler. Alors là, non. Impossible. Le colonel Tyler, aux yeux de Joey, était un ange vengeur, une force pure et puissante bien supérieure à ce minable convoi. C'est lui, le colonel Tyler, qui était arrivé dans Buchanan en ruine revêtu de son uniforme propre, un revolver sur la hanche, et qui avait demandé à parler à M. Joseph Commoner. C'est lui aussi qui avait eu suffisamment confiance en Joey pour lui confier une arme et la surveillance du campement.

L'idée que le colonel pourrait s'abaisser à sauter une moins que rien comme Beth... Non, franchement, c'était obscène. Il ne voulait pas le croire.

Mais la nuit s'étirait, et la lune se levait, et la lueur du nouveau vaisseau palpitait dans l'obscurité, et Joey entendit la porte de la caravane de Beth s'ouvrir furtivement, et il se redressa pour s'avancer sans bruit au coin de celle d'Abby, rongé de curiosité, et il vit Beth, ombre silencieuse, se diriger jusqu'à la maison, et y entrer.

Elle devait aller aux toilettes, rien de plus. Mais le poison était là, bien présent dans ses veines, et, malgré lui, il contourna la maison jusqu'à la fenêtre du bureau, là où le colonel s'était installé.

Il y avait encore de la lumière. Le store était baissé, mais Joey, le nez pratiquement collé à la vitre, put apercevoir un angle de la pièce. Le colonel Tyler était assis dans le fauteuil, le revolver posé sur l'accoudoir.

Joey, machinalement, effleura la crosse de son propre revolver, glissé dans sa ceinture. Il savait que le colonel ne pouvait pas le voir, que la vitre était un miroir sur la nuit opaque, mais il n'en devint pas moins rouge de honte. Suspecter le colonel ! Un homme justement au-dessus de tout soupçon.

Soudain, il le vit qui relevait les yeux vers la porte, vit ses lèvres bouger sans toutefois pouvoir entendre les mots.

La porte était de l'autre côté de la pièce et Joey ne pouvait voir le visiteur... mais il n'eut aucun mal à l'imaginer.

Sa respiration devint courte, saccadée.

Le colonel parla. Une pause. Il reprit la parole.

Joey enregistra les images, mais sans les interpréter. Les rouages de son esprit s'étaient comme enrayés. Il ne pouvait plus que regarder, sans penser. Spectateur passif.

Beth arriva dans son angle de vision. Habillée bien trop légèrement pour la fraîcheur de la nuit. Ses joues roses trahissaient son émotion. Elle avait l'air nerveuse et émoustillée ; ses cheveux flottaient librement sur ses épaules.

Elle s'approcha tout près du fauteuil. Tout près du colonel. Il ne bougea pas. Beth parlait. Mots inaudibles. Elle se pencha pour prendre la grande main du colonel dans la sienne et la posa sur son chemisier, sur son sein ; elle la faisait glisser sur son ventre d'une manière que Joey jugea intolérablement indécente.

Il tira son revolver de sous sa ceinture et courut jusqu'à l'entrée de la maison.

Dès que les intentions de Beth furent clairement établies, Tyler se sentit tout à fait maître de la situation.

Beth n'était somme toute pas différente des centaines de filles dont il avait, à un moment ou un autre de sa vie, loué les services, et tout bien pesé, il ne s'étonnait pas de sa présence ici ce soir. Apparemment, Matt Wheeler ne s'était pas contenté de lui léguer son marteau de président.

Elle lui avait pris la main pour la poser sur sa poitrine et il sentit dans sa paume le mamelon dur de son sein. Il prit plaisir à voir sa propre peau brune et crevassée sur le tissu clair, soyeux.

Il se leva et l'attira contre lui. Elle n'était pas très grande. La tête rejetée en arrière, les yeux mi-clos, elle attendait un baiser. Mais Tyler n'embrassait pas. Jamais. C'était une sale habitude. Il enfouit sa main dans les cheveux de Beth et tira.

Elle ouvrit grands les yeux, sa bouche s'entrouvrit. Mais il lui fit signe de se taire. Il n'aimait pas les filles bavardes.

Il pressa ses hanches contre elle et, de sa main

libre, explora les dessous de son chemisier. Il tira encore sur les cheveux, jusqu'à ce que sa gorge fût totalement exposée. Une gorge blanche, lisse. Beth ne savait trop comment accepter la douleur, semblait hésiter entre l'excitation et la peur.

Une rangée de boutons fermait son jean. Tyler en avait ouvert deux quand Joey poussa la porte d'un coup de pied.

Le colonel Tyler n'avait jamais été blessé au combat – pour la bonne raison qu'il ne s'était jamais trouvé en première ligne –, et la balle qui l'atteignit le prit totalement au dépourvu.

Il éprouva une douleur, de la colère, aussi, mais, avant tout, une énorme surprise. Comme s'il s'agissait d'un acte de Dieu, une force venue d'il ne savait où qui le projetait en arrière.

Il se rattrapa au fauteuil de sa main droite. L'autre, tout le bras, en fait, ne répondait plus. Comme s'il avait à son insu été remplacé par une prothèse en caoutchouc. Du sang inondait son épaule.

Beth était toujours debout devant lui, et la balle avait dû frôler sa tête de très près. Tyler se rendit compte qu'elle hurlait, et que le son lui paraissait appartenir à un autre monde.

– Pousse-toi, ordonna Joey. Reste pas là, bordel !

Tyler se cala contre le fauteuil et tendit la main vers son arme.

Il l'avait rechargée dans la soirée. Avec la simple intention de sentir l'acier froid contre sa tempe, ou peut-être le goût du canon sur sa langue, comme il aimait à le faire. Mais pas d'appuyer sur la gâchette. Pas de danger. Sissy l'en avait toujours découragé. Mais à présent, quelqu'un d'autre avait tiré, quelqu'un d'autre l'avait pris pour cible. Joey l'avait blessé.

Ses doigts se resserrèrent sur le revolver ; il se retourna brusquement.

Cependant, son pied glissa sur le parquet verni ; il

tomba par terre, assis, le dos contre le fauteuil. Joey, toujours concentré sur Beth, ne lui accorda même pas un regard. Aux yeux du colonel, Joey était grotesque, défiguré jusqu'à la caricature par la jalousie.

– Dégage, merde ! s'impatientait Joey.

Beth finit par comprendre. Elle se recula de deux pas vers la fenêtre et se tourna vers Tyler. Peut-être vit-elle le sang pour la première fois. Ses yeux s'arrondirent démesurément. Tyler se demanda si elle allait hurler, encore. Elle aussi frisait le ridicule, avec son ventre nu apparaissant entre les boutons ouverts de son pantalon.

Joey se tourna enfin vers le colonel qui lui logea une balle dans la tête.

Il n'y avait eu aucune précision, aucune élégance dans le geste. Rien que l'arme qu'on lève, le doigt qui se crispe sur la gâchette, la chute de Joey et ses mouvements convulsifs pendant trente ou quarante affreuses secondes avant qu'il s'immobilise enfin. Mort.

Beth se précipita sur Joey et s'agenouilla au-dessus de lui. Un son sourd monta de sa gorge quand elle vit sa blessure. Sa main se posa sur le revolver que Joey avait lâché près de lui. Le colonel regardait la main. *Fais attention à cette main*, l'avertit Sissy. Parce que Sissy venait d'apparaître, présence nébuleuse flottant au plafond, mais Tyler ne chercha même pas à la voir ; il écouta tout juste son conseil, et ne quitta pas des yeux la main de Beth sur l'arme.

Elle leva le revolver et le pointa vers Tyler.

Lui offrait-elle ? L'en menaçait-elle ? Difficile de déchiffrer l'expression de son visage que la douleur déformait. Impossible d'évaluer le danger.

Dans le doute, le colonel appuya de nouveau sur la gâchette.

Au son du troisième coup de feu, Matt courut dans son camping-car et en sortit sa sacoche.

Kindle essaya de le retenir.

– N’y allez pas, Matthew. On ne sait pas ce qui s’est passé. Matthew ! Attendez un peu, crénom de Dieu !

Matt l’ignora et se rua vers la maison aux fenêtres éteintes, soudain sinistre dans sa flaque de clarté lunaire.

36

Prophylaxie

La fille était une erreur, dit Sissy.

Le colonel Tyler, affaibli par la perte de sang, se hissa tant bien que mal sur le fauteuil et adressa un regard las au fantôme de sa mère.

Cette visite sortait de l'ordinaire à plus d'un égard. D'abord, il n'entrait pas dans les habitudes de Sissy d'apparaître la nuit. Et ensuite, sa présence était presque tangible. Ses vêtements s'empilaient sur son ventre replet ; ses yeux fous, vissés dans son visage crayeux, demeuraient fixes et attentifs. Tyler était certain de pouvoir la toucher s'il s'avançait jusqu'au coin de la pièce.

Tu n'aurais pas dû tirer sur la fille. Tu aurais pu expliquer, pour le garçon. Les autres auraient peut-être accepté. Mais pas pour la fille.

« Tu m'as dit de surveiller sa main. »

Mais pas de tirer.

« Elle avait pris le revolver ! »

Elle ne s'en serait pas servi.

Tyler s'apprêtait à répondre quand la porte s'ouvrit.

Matthew Wheeler resta planté là, sa sacoche à la main, l'air hagard, cherchant de toute évidence à comprendre ce qui avait pu se passer. Ses yeux passèrent d'un corps à l'autre – Joey, Beth – pour revenir à Tyler.

Le colonel leva son arme, un geste réflexe, et la braqua sur le médecin.

Maintenant écoute-moi bien, dit Sissy. *Si tu ne fais*

pas exactement ce qu'il faut, tout le monde va rappliquer ici. Ils vont venir fouiller et voir ce que tu as fait. Et nous serons perdus. Alors écoute. Ecoute bien.

– Colonel Tyler, dit Wheeler, je ne peux soigner personne sous la menace d'une arme. Laissez-moi entrer.

Son attention était manifestement centrée sur Beth. La respiration mouillée de la fille envahissait la pièce. Tyler avait l'impression d'entendre une baignoire qui se vidait.

Le revolver bien assuré dans sa main, il écoutait les conseils murmurés de Sissy. Puis il répondit au médecin :

– Entrez. Refermez la porte derrière vous.

– J'entrerai si vous reposez cette arme.

– Vous entrez ou je vous tue, docteur Wheeler. C'est aussi simple que ça.

Wheeler hésita, mais se décida enfin à franchir le seuil après un long regard appuyé sur Beth.

– Maintenant, fermez la porte, ordonna Tyler.

Wheeler s'exécuta. Il s'avança aussitôt vers la fille et ouvrit sa sacoche, mais Tyler l'arrêta.

– Non. Pas encore.

Wheeler ne put cacher son irritation.

– Elle a besoin de soins. Cette jeune femme est gravement blessée.

– Je le sais, c'est moi qui ai tiré. A présent, allez jusqu'à la fenêtre.

Wheeler regarda l'arme, sceptique.

– Je n'hésiterai pas à m'en servir. Vous en doutez encore ? Nous avons déjà deux cadavres, ici.

– Un seul, objecta Wheeler. Elle est en vie.

Tyler acquiesça avec impatience et suivit le nouveau conseil de Sissy : il se pencha, bien que son bras le fît souffrir, et pointa le revolver vers Beth.

– Pour l'instant. Et je suppose que vous tenez à ce qu'elle le reste. Alors allez jusqu'à la fenêtre.

Wheeler hésita encore, puis se résigna à suivre l'ordre du colonel.

– Relevez le store. Jusqu'en haut. Bien. Maintenant ouvrez la fenêtre. Parfait. Et éteignez la lampe.

– Je ne pourrai pas travailler sans lumière.

– Vous ne travaillez pas encore, docteur Wheeler. Eteignez, je vous prie.

Wheeler, une fois de plus, n'eut d'autre choix que d'obtempérer. La pièce fut plongée dans l'obscurité. Plus de lumière, sinon le clair de lune. Sinon la faible luminosité bleutée du vaisseau. Tyler se tourna vers la fenêtre ouverte. Le dernier véhicule du convoi, la grosse caravane de Bob Ganish, était garée à quelques mètres de là.

– Je veux que tout le monde vienne se mettre là où je pourrai les voir.

– Et comment suis-je censé organiser ça, colonel ?

– Avec vos dons de persuasion, docteur. Dites-leur que vous avez un revolver braqué sur vous.

Wheeler se pencha par la fenêtre et fit signe à Abby, qui attendait non loin de là, d'approcher.

Sissy fut un instant distraite par la lumière du vaisseau qui parut s'intensifier sous le regard de Tyler.

Cette montagne est peut-être bien prête à s'envoler.

Parfait, songea Tyler. Alors on pourra se mettre en route pour l'Ohio.

Et personne ne saura qui nous sommes.

Sauf ceux-là.

Qui ne doivent pas venir avec nous.

Comment les en empêcher ?

Tu le sais très bien.

Ça fait tout de même du monde à tuer, songea Tyler.

Nous ferons preuve d'intelligence, répondit Sissy. *Nous trouverons bien une solution.*

Matt demanda à Abby de rassembler tout le monde devant la caravane de Bob Ganish.

– Dites-leur de se mettre là où le colonel peut les voir, Abby.

Abby restait prudemment à distance, visiblement angoissée.

– Que se passe-t-il, Matt ? Il y a des blessés ?

– Je ne peux rien dire, Abby.

Elle s'avança d'un pas. Les verres de ses lunettes réfléchissaient le clair de lune. Elle avait l'air d'un hibou, songea Matt. Un hibou apeuré.

Il faillit enjamber la fenêtre et la rejoindre dehors, abandonnant le colonel à son hémorragie. Mais Beth avait besoin de lui. Chacune de ses respirations semblait un combat qu'elle menait contre la mort. Il avait hâte d'en terminer avec le jeu dangereux du colonel et d'aller lui prodiguer les soins appropriés.

Abby s'approcha suffisamment pour distinguer Tyler dans la pièce sombre et le revolver pointé vers Beth.

– Dieu du ciel, murmura-t-elle.

– Faites ce que je vous dis, Abby. Battez le rappel. Et essayez de ne pas trop vous inquiéter.

Le poing pressé contre la bouche, elle s'éloigna en toute hâte.

– Maintenant écartez-vous de la fenêtre, ordonna Tyler.

Matt obéit.

– Je peux soigner Beth ?

– Pas encore.

– Elle est peut-être en train de mourir.

– Sans doute. Mais je veux d'abord avoir tout le monde sous les yeux.

– Oh, bon sang, Tyler ! explosa Matt.

Le colonel, du canon de l'arme, indiqua le corps inerte de Beth.

– Si vous n'êtes pas plus coopératif que cela, docteur, il me sera très facile d'apporter une solution expéditive au problème.

Les yeux rivés à ceux de Tyler, Matt eut la sensation de plonger dans un cloaque. En l'espace d'une seule journée, le colonel avait tué deux personnes, et peut-être une troisième s'il persistait à retarder les soins. Matt n'eut plus de doute. Cet homme était fou.

Il était donc vital de prendre garde à ce qu'il répondait, à peser ses mots avant de les formuler.

– Ce que j'ai dans ma sacoche ne suffira pas, dit-il. Je vais avoir besoin de bandes...

– Au moment venu. Taisez-vous.

Le colonel concentra son attention sur ce qui se passait à l'extérieur. Abby avait commencé à rassembler les gens devant la caravane. Matt les compta avec impatience. Abby, Bob Ganish, Chuck Makepeace, Paul Jacopetti... il en manquait.

Kindle. Où était passé Tom Kindle ?

Mais non... Kindle n'était revenu au campement que depuis une heure. Tyler n'avait donc aucune raison de l'attendre.

La question n'en restait pas moins. *Où était-il ?*

– Retournez à la fenêtre, dit Tyler. Lentement. Bien. Maintenant, faites signe à Mme Cushman. Et signalez-lui qu'il manque quelqu'un.

Matt glissa un regard oblique vers Tyler. Comment avait-il su pour Kindle ?

– La vieille femme, ajouta Tyler. Miriam Flett.

Matt transmit le message à Abby.

– Je sais ! dit-elle.

Elle se tenait devant la fenêtre, les yeux fixés sur le revolver de Tyler. Pleins de haine – pour l'arme, pour Tyler.

– J'allais vous prévenir, dit-elle. Miriam est dans sa caravane, mais on ne peut pas la réveiller.

Il ne manquait plus que cela ! Comme s'il avait besoin d'un nouveau malade sur les bras... Et d'où venait cette lumière, bon sang ?

– Très bien, dit Tyler. Dites à Mme Cushman de faire monter tout le monde dans la caravane et d'en fermer la porte.

– Je vous entends très clairement, colonel Tyler, répondit Abby. Pour combien de temps ?

– Jusqu'à nouvel ordre.

– Allez-y, Abby, dit Matt. Tout se passera bien. Je vous le promets.

Il la regarda qui rejoignait les derniers survivants de Buchanan – Ganish, Makepeace, Jacopetti –, et refermait la porte de la caravane après y être montée derrière eux. Matt se sentit soudain plus seul que jamais.

Sur le point de se détourner de la fenêtre, il surprit un fugace éclair de lumière au coin de la caravane. Il se trompait peut-être, mais... il lui avait semblé distinguer le canon du Remington de Kindle.

Tyler l'avait-il vu, lui aussi ?

Apparemment non.

L'uniforme du colonel était trempé de sang. Il devait être considérablement affaibli, songea Matt. Et en état de choc. Son attitude calme n'en apparaissait que plus effrayante. Surnaturelle.

– J'ai besoin de bandes, dit Matt.

– Je ne veux pas que vous alliez retrouver ces gens.

– Je ne fais pas de miracles, colonel. Ces blessures nécessitent des bandages. La vôtre, par exemple. Il me faut au moins des linges propres.

– Vous devriez trouver ce qu'il vous faut dans la maison. Il y a un placard à linge dans le couloir de l'étage.

– Vous me faites confiance ?

– Ne soyez pas stupide. Si vous n'êtes pas de retour dans dix minutes, ou si je vous vois dehors, j'achèverai la fille. Allez chercher ce qu'il vous faut. Mais faites vite.

Le visage de Tyler était pâle et brillant de sueur.

Matt ne resta pas absent plus de cinq minutes. Il revint avec une pile de serviettes et de torchons propres, un paquet de coton hydrophile trouvé dans la salle de bains de Rosa Connor, et un plan.

Un plan dangereux, aisé à détecter, mais qui représentait le seul espoir pour lui-même et, peut-être, pour Beth.

L'ex-bureau de Vince Connor était baigné de la luminosité bleutée provenant de l'extérieur. Matt, toujours conscient de cette lumière, ne pouvait cependant perdre une seule seconde à s'interroger sur son origine. Il était totalement concentré sur sa tâche. Comme à l'époque de son internat. Parfois, à la fin d'un long service, alors qu'il dormait pratiquement debout, une urgence se présentait. Il était arrivé que son état de fatigue mette la vie du patient en danger ; mais le plus souvent, Matt parvenait à faire face par son pouvoir de concentration.

Il fixa son attention sur Tyler et Beth, sur la meilleure façon d'aborder le problème, sur la mort qui rôdait dans la pièce.

Il s'avançait vers Beth quand Tyler s'interposa :

– Pas encore. Je saigne énormément. Il n'est pas question que je perde connaissance.

– Son état est plus grave que le vôtre, colonel.

– Je le sais, répondit-il avec humeur. Je veux que vous arrêtiez cette hémorragie. Ensuite, vous pourrez vous occuper d'elle.

Matt n'argumenta pas. *Concentre-toi.* La moindre distraction pouvait lui être fatale.

Tyler maintint le revolver dirigé vers Beth mais laissa Matt l'approcher suffisamment pour étudier sa blessure. La clarté, plus intense semblait-il, permit à Matt de voir que la balle avait proprement traversé l'épaule de part en part.

– C'est Joey qui vous a blessé ?

– Oui. Il m'a trouvé avec la fille.

Il guetta la réaction de Matt.

– Ça vous choque ?

– Pas vraiment.

– Elle était... quel est le terme poli pour ce genre de chose ? Légère ?

Matt garda ses réflexions pour lui. Il prit le pouls du colonel. Rapide mais régulier.

– Avez-vous des nausées ? Des vertiges ?

– Non, pas particulièrement.

– La blessure est moins grave qu'elle n'y paraît.

– Je ne sens plus mon bras.

– La balle a vraisemblablement touché un nerf. Etant donné les circonstances, je ne peux rien faire. Vous comprenez ?

Tyler confirma de la tête.

Matt découpa la chemise et appliqua un gros bouchon de coton de chaque côté de la blessure avant d'improviser un bandage avec des lanières de torchon autour de l'épaule. Tyler grimaçait. La douleur commençait à entamer ses forces.

Une fois le bandage en place, Matt ouvrit sa sacoche. Il en sortit une seringue dont il ôta l'étui de plastique.

Son regard ne cessait de revenir au revolver, braqué presque négligemment sur Beth. Quelle force fallait-il pour presser la gâchette ?

Il planta l'aiguille dans le bouchon de caoutchouc d'une petite bouteille brune et en tira quelques millilitres de liquide.

Tyler l'observait.

– Qu'est-ce que c'est ?

– Un antibiotique. Les balles ne sont pas spécifiquement propres.

– Est-ce nécessaire ?

– Tout dépend. Si vous voulez prendre le risque de la gangrène...

Tyler le considéra un long moment en silence. Curieux, songea Matt. Il semblait écouter. Quelle voix intérieure lui parlait ? Quelle présence invisible lui dictait ses actions ?

– Pouvez-vous piquer le bras blessé ? Il n'est pas question que je pose cette arme. Je ne suis pas bête à ce point.

– Alors la jambe ? suggéra Matt. La cuisse.

– Je ne retirerai pas mon pantalon.

– L'aiguille est longue. Elle franchira le tissu sans problème.

Tyler, distrait par la douleur, acquiesça d'un battement de paupières.

Matt expulsa l'air de la seringue, planta l'aiguille dans la cuisse de Tyler et injecta le liquide.

– Puis-je m'occuper de Beth, maintenant ?

– Allez-y.

Sissy, se plaignit le colonel. Je suis trop faible.

Mais non. Surtout ne dors pas. Reste éveillé !

Elle flottait toujours dans le coin de la pièce, dégageant une odeur de sang froid – à moins que ce ne fût la pièce elle-même qui empestait.

Ta blessure n'est pas grave ! Le docteur l'a dit.

Tu as confiance en lui ?

Il a fait le serment d'Hippocrate. Comme tous les médecins.

Mais je suis tellement fatigué.

Tu as toutes les cartes en main, insista Sissy. *Joey est mort, la fille est fichue, Tom Kindle est parti, Tim Belanger aussi. La vieille femme n'est pas une menace. Tu peux tuer le docteur quand tu veux. Et ils ne sont que quatre dans la caravane. Dont une femme et un homme âgé. Sans armes. Tu n'auras pas de mal à te débarrasser de ces quatre-là.*

Tous ces crimes, songea Tyler. Il en avait la tête qui tournait.

Il le faut, persista Sissy. *Sinon les gens sauront.*

Tyler jugea la chose possible. Tuer Wheeler. Aller jusqu'à la caravane. Le plus dur serait de marcher jusque-là. Ouvrir la porte et tirer, supprimer jusqu'au dernier souffle de vie.

L'opération ne présentait aucune difficulté majeure, mais son épuisement la rendait presque insurmontable.

Il leva le revolver, qui avait piqué du nez, mais l'arme lui parut peser une tonne dans sa main. Une nouvelle suspicion germa dans l'esprit du colonel.

La lumière était de plus en plus vive.

Matt s'agenouilla au-dessus de Beth. Anxieux, il déboutonna le chemisier et en écarta les pans, exposant ses seins menus, sa peau pâle éclaboussée de sang.

La balle avait perforé la poitrine et l'air s'engouffrait dans la cage thoracique ; chaque fois que Beth exhalait, des bulles de sang se formaient sur la blessure. Ses inspirations étaient laborieuses, étouffées, liquides.

A priori, la balle était restée dans le corps, peut-être déviée par un os.

Il prit le pouls carotidien qu'il trouva faible et irrégulier. Couverte de sueur, Beth n'eut aucune réaction quand il souleva sa paupière.

Il utilisa le sachet de plastique du coton pour couvrir la blessure. Il était urgent de fermer cette ouverture, et le sachet était relativement propre, relativement hermétique quand il l'appliqua avec du ruban adhésif chirurgical. Il la souleva ensuite, la redressa en position mi-assise, le corps penché sur la blessure, de sorte que sa respiration devint un peu moins malaisée. Sa tête roula sur le côté.

Il fallait qu'il l'empêche de perdre trop de sang, et qu'il la conduise dans un hôpital. Et même là, avec tout l'équipement moderne à sa disposition, il n'était pas certain de pouvoir opérer seul. Il lui faudrait sans doute extraire la balle.

Il releva les yeux vers Tyler.

Les paupières du colonel devenaient lourdes. Ses lèvres bougeaient ; il parlait, sans bruit. A qui ?

Matt regarda la main de Tyler retomber ; le revolver était désormais pointé vers le sol. Sa bouche restait béante, ses yeux clos. Matt reporta son attention sur Beth.

Il aurait besoin d'une civière de fortune, et d'un véhicule rapide pour la transporter au plus proche hôpital. Où ? A Laramie ? A Cheyenne ?

Il se tourna et s'avança vers la porte...

Il ne fut pas le seul à bouger. Sous les yeux ébahis de Matt, le colonel se leva, lui aussi. Tel Neptune émergeant des eaux tumultueuses, il sortit du vieux fauteuil de Vince Connor. Regard halluciné, pupilles dilatées. Auréolé d'un halo spectral de lumière bleutée.

– Ce n'était pas un antibiotique, dit-il.

Non. C'était de la morphine, peut-être assez pour le terrasser, en tout cas suffisamment pour l'endormir. Par quel miracle de volonté diabolique parvenait-il à résister aussi longtemps ?

La main valide de Tyler, toujours serrée sur la crosse du revolver, se souleva.

Je vais mourir ici, songea Matt. Dans cette maison inconnue. Au milieu de nulle part. Par la folie d'un homme.

Et puis une expression de surprise passa sur le visage de Tyler qui tourna soudain la tête et vomit sur le bureau de Vince Connor.

Matt s'allongea par terre. Il n'avait besoin que de quelques secondes de plus, assez pour laisser la drogue agir. Il roula dans le coin de la pièce, renversant une lampe.

Au bruit, Tyler se retourna.

Le revolver suivit le mouvement.

Au même instant, la porte s'ouvrit à toute volée.

Tom Kindle s'encadra sur le seuil, le canon de son fusil balayant la pièce.

Tyler se tourna vers lui.

Kindle tira.

Tyler tira.

Les deux détonations, dans cet espace réduit, furent assourdissantes. Même Beth, du fond de son inconscience, réagit par un léger sursaut.

Kindle poussa un cri et disparut dans le couloir.

Le colonel Tyler tomba, mais en silence, la balle de Tom Kindle logée en plein cœur.

John ! s'exclama Sissy au moment où il s'affaissait. C'était la première fois qu'elle l'appelait par son prénom. La première fois depuis qu'il était enfant.

Tyler la regarda alors que la vie le quittait, emportée par un puissant soupir. C'était comme s'il avait retenu son souffle depuis cinquante-deux ans ; sa respiration était sa vie, et il venait de la laisser s'échapper de ses lèvres.

John, dit-elle, d'une voix de plus en plus faible. *Maintenant tu peux de nouveau venir vivre avec moi.*

C'est fini, songea Matt. Les mots se répercutaient dans sa tête. Il venait de vivre des moments horribles, et il fallait désormais s'occuper de Beth, et de Kindle dans le couloir. Au moins Tyler était mort. Le responsable du carnage n'était plus.

C'est fini.

Il avait dû prononcer les mots à haute voix en se penchant sur Tom Kindle, qui avait reçu la balle dans le mollet de sa mauvaise jambe.

– Non, Matthew, dit-il à travers ses dents serrées. C'est loin d'être fini.

Matt banda sommairement la blessure.

– Que voulez-vous dire, Tom ?

– Vous êtes aveugle, ou quoi ? Il fait aussi jour qu'en plein midi, dehors. 2 heures du matin et on y voit clair ! Et le bruit ! Crénom, Matthew, vous êtes devenu sourd, en plus ?

Pas sourd. Distrait, tout au plus.

Il l'entendait, maintenant, ce bruit. Un distant grondement.

Porté par le vent. Et par la Terre. Les entrailles de la Terre.

La maison commença à trembler.

Le Vaisseau-Home quittait la planète Terre.

37

Ascension

Du seuil de la caravane de Bob Ganish, Abby pouvait voir la maison – la fenêtre sombre où le colonel Tyler tenait Matt en otage – et, au-delà, sur l'horizon, le disque du nouveau vaisseau, lumineux comme un gigantesque projecteur.

Paul Jacopetti, après avoir pris un propanolol, reposait sur la couchette. Ganish et Makepeace étaient assis, nerveux, à la table de la kitchenette. Ils avaient protesté contre cette consigne, mais pas trop fort. Après tout, l'ordre venait de Tyler, dont ils étaient les électeurs. Ils semblaient compter sur le fait que leur docilité leur vaudrait d'être dans les petits papiers du colonel une fois que tout serait terminé.

– On ne sait pas ce qui se passe réellement, argumenta Makepeace. Tout jugement serait donc prématuré.

Crétin, songea Abby.

Elle s'inquiétait pour Matt, et pour Miriam, curieusement amaigrie, et pour Tom, aussi, dissimulé dans l'ombre avec son fusil de chasse. Mais son regard ne cessait de revenir sur le vaisseau. Elle s'était habituée à sa présence au point d'en oublier son caractère extraordinaire. Elle avait un vaisseau spatial sous les yeux, rond comme une boule de billard, gros comme une montagne. Un vaisseau accroché à la Terre comme une tique sur le dos d'un chien. Qui s'était nourri de cette Terre et rempli d'humanité. Et maintenant, rassasié, il s'apprêtait à partir.

Sa luminosité devenait trop intense pour le regard.

Abby, la main en visière, se tenait sur le seuil de la caravane. Elle guettait. D'autres coups de feu, ou la libération de Matt. Ou l'arrivée du colonel Tyler. Ou la fin du monde. Avec cette étrange lumière bleue illuminant la prairie, on pouvait s'attendre à tout.

– Vous n'entendez pas quelque chose de bizarre ? demanda Bob Ganish.

L'ex-vendeur de voitures se tordait le cou pour écouter.

Chuck Makepeace, renfrogné, interrompit une seconde sa réussite.

– Non.

– On dirait un roulement de tambour, dit Ganish. Ou un gros camion qui passe. Vous n'entendez vraiment rien ?

Abby pressa sa joue contre la vitre froide et éprouva une nouvelle vague de cette peur qui ne l'avait pas quittée depuis le matin.

– Moi, j'entends, dit-elle.

Faible mais distinct, le bruit évoquait un distant orage, ou le tir d'artillerie d'une lointaine guerre.

Et puis ce fut comme si les canons se rapprochaient, comme si les engins blindés déferlaient sur les champs avoisinants. La caravane commença à se balancer, à tanguer.

Abby se plaqua contre la porte. Jacopetti, du fond de sa couchette, se mit à marmonner des mots incompréhensibles, toujours les mêmes, qu'il répétait inlassablement comme une litanie, mais qui se perdaient dans le grondement de plus en plus puissant. Abby essaya de lire sur ses lèvres. Mais il ne lui parlait pas, il ne parlait à personne en particulier. Il parlait peut-être à Dieu, songea-t-elle. Son regard était fou, paniqué. *Tremblement de terre !* répétait-il.

Chuck Makepeace tomba par terre, entraînant la table dans sa chute. Les cartes virevoltèrent comme des oiseaux effarouchés. Bob Ganish promena un regard ahuri autour de lui avant de s'accroupir contre la cloison, les bras repliés sur la tête. Il avait stocké à peu près tout ce qu'il était possible de trouver, et le sol se retrouva soudain jonché de boîtes de conserve, de bouteilles, de paquets de sucre et de café.

Abby était la seule encore debout.

Elle vit le vaisseau s'élever. L'horizon avait jusque-là occulté sa partie inférieure, mais un trou, immense, véritable cratère, semblait à présent se dessiner.

Le vaisseau montait avec la légèreté inimaginable d'un ballon gonflé à l'hélium.

Une gerbe de gaz volcaniques explosa dans son sillage.

Et le tir d'artillerie devint un grondement plus sourd, plus effrayant. Et le sol s'affaissa sous la caravane, et se souleva de nouveau, et s'effondra...

Abby, à son tour, fut projetée à terre.

Le Vaisseau-Home avait plongé ses racines au plus profond de la lithosphère. Son artère centrale, véritable cordon ombilical le reliant à la Terre, descendait sous la croûte basaltique jusqu'au magma liquide.

Le départ du vaisseau fractura le substrat sous le magma, le morcela en monolithes flottant dans la masse pâteuse en fusion, et exposa le roc liquide à l'air froid de la nuit.

Le manteau protestait par de violentes secousses. Une onde de choc tectonique se propagea par des vagues centrifuges depuis son épicentre dans le Colorado du Nord, suivie d'une seconde et, immédiatement, d'une troisième.

La cavité creusée dans le sol vomit un nuage de gaz lumineux – magnifique « nuée ardente ». Le nuage, expulsé à une vitesse incroyable et sous l'effet d'une pression intense, éclaboussa la base du vaisseau de déjections volcaniques. Il se déploya autour du cratère et incendia la prairie sur un cercle de plusieurs kilomètres de diamètre.

Le vaisseau, qui s'élevait à la crête du maelström, accéléra vers les couches supérieures de l'atmosphère, vers les étoiles.

De haut, l'éruption ressemblait à une fleur, avec ses étamines de lave en fusion et ses pétales de fumée grise bordés de flammes incandescentes.

Le Vaisseau-Home montait sans bruit au-dessus d'une nuée tourbillonnante. Sa force motrice, silencieuse, transformait ses quelques gigawatts d'énergie perdue en un sillage de photons blanc bleuté.

A l'intérieur, les déserts frissonnaient sous la chaleur rouge du soleil, les prés alpins embaumaient les fleurs sauvages printanières. Les nouveaux océans léchaient les côtes des nouveaux continents.

Au-dessous, dans l'obscurité de la nuit, le volcan exhalait de gros soupirs de cendres et le feu se répandait sur les froids plateaux du Colorado.

Le premier choc projeta Matt par terre, près de Kindle.

Sans en avoir jamais vécu, il sut avec certitude qu'il s'agissait d'un tremblement de terre. Il chercha à s'agripper quelque part. En vain. Il se sentait aussi démuni qu'une souris dans son tambour. Après avoir été chahuté pendant d'interminables minutes, il parvint enfin à s'accrocher à la poignée d'une porte et à relever la tête pour regarder autour de lui.

Le couloir était envahi de poussière. Le séisme semblait la dénicher dans les moindres recoins où elle se tapissait. Et puis, outre le grondement de la terre, Matt distingua le bruit sec des solives qui se brisaient. Combien de temps encore la maison resterait-elle debout ?

Kindle se tordait sur le sol, une main crispée sur sa jambe blessée.

Matt se traîna jusqu'à la pièce où le colonel était mort. Les secousses paraissaient diminuer de violence, bien qu'elles n'aient pas encore tout à fait cessé. Il chercha Beth des yeux. Le corps de Tyler avait roulé jusqu'à celui de Joey ; les deux cadavres semblaient unis dans une macabre étreinte. Beth était pratiquement là où il l'avait laissée ; elle avait toutefois glissé de son appui et gisait par terre, légèrement sur le côté. Sa respiration était toujours aussi laborieuse, sinon plus.

Le sol trembla encore, et Matt s'accrocha à la porte jusqu'à la fin de la secousse. Il entendit ce qui devait être l'effondrement de la grange, derrière la maison : une série de craquements, de déchirures de bois. La vitre explosa, projetant une pluie de verre sur la pelouse.

Dès qu'il le put, Matt se précipita devant le trou béant de la fenêtre et regarda dehors.

Il ne pouvait voir le vaisseau, mais le devinait qui s'élevait, de l'autre côté de la maison. Il produisait toujours cette même luminosité bleutée et projetait des ombres qui devenaient plus courtes au fil de son ascension.

La porte de la caravane s'ouvrit, et Abby s'encadra sur le seuil, apparemment meurtrie et hébétée. Elle leva la main pour protéger ses yeux de la lumière trop vive. Matt entendit quelqu'un crier à l'intérieur – Jacopetti, peut-être. Il voulut avertir Abby de ne pas s'approcher de la maison qui risquait de s'effondrer d'une minute à l'autre ; les murs se lézardaient et il était miraculeux que seule la grange se soit pour l'instant écroulée. Il lui fallait d'urgence sortir Beth et Kindle, avant la prochaine secousse.

Mais il n'eut pas le temps de faire le moindre geste. Abby ouvrit soudain la bouche en un cri d'étonnement muet et se cramponna à la porte de la caravane.

Matt supposa – bien plus tard – que la caravane avait dû être garée au-dessus d'une grotte ou d'une rivière souterraine, un couloir naturel creusé dans la croûte terrestre qui se serait ouvert sous la violence du séisme. Sous ses yeux horrifiés, la caravane bascula sur le flanc, ainsi que le camping-car voisin – le sien. Les deux véhicules se télescopèrent et versèrent dans une cuvette de deux ou trois mètres de profondeur.

Abby retomba en arrière, dans l'intérieur sombre de la caravane. Les hurlements affolés de Jacopetti se turent abruptement.

Des étincelles fusèrent de la collision des deux véhicules.

– Mon Dieu, non... murmura Matt, atterré.

L'idée ne s'était pas plus tôt formée dans son esprit que l'essence, provenant sans doute du réservoir éventré du camping-car, s'enflamma.

Les flammes, soudain, jaillirent de partout. L'incendie, inexistant quelques secondes plus tôt, se propagea à une vitesse fulgurante.

Matt enjamba le rebord de la fenêtre et courut à travers la pelouse jusqu'à la caravane. Une bouteille de gaz explosa quelque part ; des morceaux de métal sifflèrent à ses oreilles.

La cuvette était moins profonde qu'il ne le redoutait. Mais au moment où il tentait de s'approcher de la caravane, un rideau de flammes se dressa devant la porte, le forçant à reculer.

Il appela Abby. Aucune réponse ne lui parvint. Il courut à l'arrière du véhicule. Les flammes ne l'avaient pas encore atteint, mais la chaleur écaillait la peinture sur l'aluminium ; quand il essaya de s'accrocher à la fenêtre, ses paumes se meurtrirent au métal brûlant.

Matt s'éloigna en rampant jusqu'à ce que la fournaise des véhicules incendiés ne fût plus aussi douloureuse.

Le vaisseau, rétréci par l'altitude, se coucha derrière l'horizon. Sa lumière déclina.

Il laissait derrière lui la lueur des véhicules en feu, et celle, funeste, du lointain volcan, incommensurable colonne de fumée déployée en éventail à l'endroit où il s'était élevé dans le ciel nocturne.

La prairie continuait à ondoyer, parcourue par des

vagues de moindre vigueur. Comme celles d'un lac sous la brise.

Matt sortit de son état de stupeur. Ce n'était pas le moment de s'endormir. Beth et Kindle l'attendaient.

Il parvint à traîner Beth hors de la maison. Après l'avoir mise en sécurité, il revint chercher Kindle, qui était parvenu à ramper jusqu'à la porte avant de perdre connaissance.

C'est alors qu'il se rappela Miriam. La vieille dame avait été trop malade pour être séquestrée avec les autres. Sa petite caravane était encore intacte. Matt força la porte légèrement bloquée par la chaleur ambiante.

Mais Miriam n'était plus là. Sur sa couchette, ne restait plus, indifférente, que sa peau vide.

Entre-temps, le soleil s'était levé.

L'horizon, au sud, disparaissait sous un écran de fumée opaque plus large que ne l'avait été le vaisseau. Le ciel devenait plus gris à chaque seconde et une cendre noirâtre, comme une neige sale, commençait à tomber.

Beth respirait toujours. Mais chaque inspiration relevait du miracle ; et chaque expiration était une victoire arrachée au destin.

Sans trop savoir comment, il réussit à hisser Beth et Kindle sur les couchettes d'un motor-home intact.

Alors débuta pour lui le plus long voyage de sa vie.

38

L'œil de Dieu

Il faisait froid, à l'ombre du nuage volcanique.

Le soleil n'était qu'une pâle tache de lumière dans le ciel sombre. Matt roulait en pleins phares.

Il se dirigeait vers Cheyenne, sur la I-80. L'endroit où le vaisseau avait été ancré à la Terre lui apparaissait de temps à autre sur sa droite. Pas le cratère lui-même, mais la lueur de distants incendies et de coulées de lave. Périodiquement, le sol tremblait sous ses roues.

La route n'était pas aisée à suivre. La cendre tombait en pluie persistante, drue. Elle s'écartait au passage du camping-car et se redéposait sur les bas-côtés en congères charbonneuses. Par moments, la route semblait tout bonnement disparaître. Matt devait se repérer aux panneaux, aux bornes kilométriques transformées en petites pierres tombales grises. Les roues dérapaient, crissaient sur le mâchefer, sur les scories rejetées par le volcan. La progression était laborieuse.

Il traversa Laramie, paysage désolé de ruines et de décombres. Aux environs de midi, il s'arrêta dans une station-service qui, en dehors de ses vitres brisées, paraissait avoir échappé au désastre. Il sortit dans le brouillard cendré, un cache-col noué sur le nez et la bouche. L'odeur de la cendre volcanique, fine poussière qui se glissait partout, évoquait vaguement celle des œufs pourris. Dans le local battu par le vent, il trouva une carte du Colorado et du Wyoming.

Le motor-home aurait eu besoin d'essence, mais les pompes ne fonctionnaient pas.

Matt frissonna ; l'air était glacé. De l'autre côté de la route, la carcasse d'un bâtiment exhalait une fumée âcre. Tout n'était que cendre, partout où son regard se portait. Cendres et brouillard.

Il était temps de voir où en était Kindle. Où en était Beth.

Il les avait laissés dans le motor-home, enveloppés dans des couvertures. Sa réserve pharmaceutique, soigneusement stockée, avait été intégralement détruite par le feu. Par chance, il avait pu leur administrer les antibiotiques qu'il transportait dans sa sacoche.

Kindle, par instants, reprenait conscience. Pas Beth ; sa respiration devenait terriblement, désespérément faible, son pouls de plus en plus rapide. Elle souffrait manifestement d'une hémorragie interne.

Il vérifia son pansement ; il n'avait pas besoin d'être changé. Matt se sentait impuissant. A part prendre garde qu'elle ne se refroidisse pas, et s'assurer qu'elle reste en position mi-assise afin de ralentir l'hémorragie, il ne pouvait lui être d'un grand secours.

Il travaillait à la lueur d'une lampe-torche. La lumière du jour, trop faible, perçait difficilement les vitres couvertes de cendre.

Il se tourna ensuite vers Kindle. Celui-ci ouvrit les yeux alors que Matt se penchait sur sa jambe blessée.

La blessure ne présentait aucun caractère de gravité, mais la balle avait peut-être touché le péroné. Or, il s'agissait de la jambe que Kindle s'était déjà brisée l'automne précédent. Il faudrait l'immobiliser avant de pouvoir procéder à un examen minutieux.

Relevant la tête, il rencontra le regard de Kindle.

– Matthew ! Vos mains...

Ses mains ?

Il les exposa à la lumière. Ah oui. Les brûlures. Il

s'était brûlé en essayant de sortir Abby de la caravane en feu. Les paumes rouges, couvertes d'ampoules, pelaient, suintaient, saignaient. Il déchira deux lanières d'une des serviettes qu'il avait emportées et les enroula autour de ses mains.

– Ça doit faire un mal de chien, dit Kindle.

– J'ai des analgésiques.

– Vous avez roulé toute la nuit ?

– Mmmh mmh.

– Et vous tenez uniquement avec des analgésiques ?

– Et des amphétamines.

– Du speed ?

Matt confirma.

– Vous transportez du speed dans votre sacoche ?

– Je l'ai trouvé dans les affaires de Joey.

– Je comprends pourquoi vous avez cette mine épouvantable.

Il marmonna en tentant de changer de position sous sa couverture.

– Beth est vivante ?

– Oui.

– Où sommes-nous ?

– A quelques kilomètres de Cheyenne.

Kindle tourna la tête vers la vitre.

– Il fait toujours nuit ?

– On est en plein jour.

– Alors pourquoi... il neige ?

– C'est de la cendre.

– De la cendre ! soupira Kindle, incrédule.

Kindle avait raison. Matt veillait depuis trop longtemps. Il progressait avec une lenteur désespérante. Et cette cendre qui n'arrêtait pas de tomber. Difficile de croire que la terre pouvait en produire autant.

Il avait lu quelque part que la cendre volcanique était riche en phosphore et en oligo-éléments. La terre serait fertilisée pour les années à venir. Il se demanda ce qui pousserait, dans ces contrées abandonnées.

Le compteur plafonnait à moins de vingt kilomètres-heure.

Une pensée vint le hanter alors que l'après-midi semblait glisser à son insu dans le crépuscule : *Beth allait peut-être mourir.*

Depuis des heures, il repoussait cette idée. Il en avait peur. Par une sorte de superstition, il redoutait d'influencer le destin en la laissant prendre forme dans son esprit. Songer à la mort ne risquait-il pas de lui ouvrir toute grande la porte ?

Mais l'idée, patiemment, attendait. Telle une invitée sans-gêne, elle sut profiter de sa faiblesse pour s'installer.

Oui, Beth pouvait très bien mourir. C'était une éventualité qu'il ne pouvait ignorer plus longtemps. Elle pouvait mourir même s'il trouvait tout le sang nécessaire pour le lui transfuser, même s'il trouvait un hôpital encore debout et fonctionnel – ce qui lui apparaissait de plus en plus improbable.

Il devait se familiariser avec cette idée.

Après tout, il avait choisi de vivre dans ce monde. Un monde où la mort n'était pas seulement un risque mais une certitude. Le monde mortel.

Il se rappela Contact. La mémoire s'ouvrait aisément, dans ce crépuscule blafard. Il aurait pu choisir cet autre monde, celui de l'immortalité, de l'infinie connaissance... le Monde supérieur, comme ils l'appelaient.

Le monde sans crime, sans vieillesse, sans mal. Il se souvenait d'un poème que Celeste avait beaucoup aimé. *Le Pays du cœur*. Impossible, en revanche, de se rappeler l'auteur. Sans doute quelque romantique de l'époque victorienne. La voix de Celeste en train de lire les vers fut soudain presque tangible, comme si elle se trouvait assise à côté de lui.

Je façonnerai un monde de feu et de rosée
Où la tristesse n'aura pas droit de cité,
Où rien ni personne ne pourra te faire de mal

Sans doute était-ce ce qu'ils avaient construit, là-bas, sur l'horizon, dans leur drôle de montagne : un monde de feu et de rosée...

Où la beauté jamais ne connaîtra de reflux,
Mais où la joie sera sagesse,
le temps une mélodie sans fin.

Des mots qui résumaient un désir humain de toute éternité, inscrit dans les gènes. Un rêve dont personne ne voulait se réveiller.

Un monde sans chair, mais non sans joie. Les Contactés avaient su préserver leurs plaisirs. Leur renoncement était de nature bien plus subtile.

Il avait fallu des années à Matt pour apprendre à vivre dans un monde où tout ce qu'il aimait risquait de disparaître. Et encore n'avait-il jamais pu supporter cette idée. Toutefois, il avait appris à s'y résigner. Il avait en quelque sorte passé un contrat avec elle. On ne lésine pas sur l'amour, même si ceux que l'on aime vieillissent ou s'éloignent. On sauve une vie quand on le peut, même si tout le monde est destiné à mourir. On ne gagne rien à se restreindre. Vivre au jour le jour est l'unique récompense.

Mais le prix, songea Matt. Mon Dieu, le prix.

Le chagrin. La douleur. La souffrance infligée par un univers indifférent : les blessures de l'âge, les cruautés de la maladie. Ou la souffrance qu'on s'inflige à soi-même. La mort qui tombe en pluie du ventre des bombardiers ; la mort qui s'abrite sous l'uniforme des jeunes militaires. La mort qui se tapit dans les ruelles sombres, au bout d'un couteau, ou sous des électrodes dans les sous-sols des locaux gouvernementaux. La souffrance dispensée par les salauds convaincus, par les salauds occasionnels, ou par les cerveaux vides ambulants, comme le colonel Tyler.

Alors, finalement, ils avaient peut-être eu raison, ces Voyageurs. Et Rachel, et la majorité des humains. Peut-être sommes-nous incurables, incorrigibles. Peut-être que le Monde supérieur était préférable – absence de chair, de corps ; exemption de la roue terrestre de vie et de mort.

Peut-être avait-il fait le mauvais choix.

Peut-être.

Il arriva à Cheyenne à la nuit tombante. Autant du moins qu'il pouvait en juger. Les rues étaient pour la plupart impraticables. Il quitta la I.80 et s'engagea dans ce qu'il supposait être la Seizième Rue, envisageant la possibilité de s'arrêter pour la nuit.

Mais au moment où il s'apprêtait à couper le moteur, il leva les yeux vers le ciel. C'est alors qu'il vit les étoiles. Un véritable miracle, ces étoiles.

Un vent s'était levé qui venait du nord. Un vent froid, suffisamment fort pour amasser la cendre en dangereuses congères. Mais la cendre elle-même avait cessé de tomber. La nuit s'était quelque peu éclaircie.

Il desserra ses mains du volant. Pour voir. Il ne ressentait rien. Pas de douleur. Il avait dépassé ce stade.

L'incendie avait ravagé une grosse partie de la ville.

Il traversa un paysage de murs noircis, d'étranges colonnades de brique branlantes comme des dents gâtées, de bâtiments ouverts à tous vents, sans toit, sans fenêtres.

L'hôpital De Paul : des ruines fumantes.

Le centre médical, non loin de là, n'avait pas brûlé – il s'était effondré.

Une fois de plus, il se pencha sur les blessés.

Kindle sortit de son sommeil juste assez longtemps pour lui faire signe de ne pas s'inquiéter.

Beth, quant à elle...

Elle vivait encore. Mais par quel miracle, impossible à dire. Il pouvait à peine sentir son pouls. Et elle manquait d'oxygène : ses lèvres devenaient bleutées. Ses pupilles étaient longues à se dilater quand il soulevait ses paupières.

Malgré tout, elle continuait à respirer.

Ce combat était un défi qu'elle lançait à la mort. Et Matt avait la sensation qu'elle y mettait un courage et une détermination étonnants. Malgré cela, aucune inspiration ne pouvait satisfaire son besoin d'oxygène et chacune exigeait un effort considérable. Chacune était une nouvelle montagne à gravir.

Elle n'était pas morte, non, mais elle mourait. Tout doucement.

Dans quelle ville pourrait-il trouver un centre médical intact ? Il étudia sa carte. Ses yeux ne parvenaient plus à se concentrer. Il lui faudrait franchir la barrière de cendre. Denver ? Non. Il devrait pour cela traverser le cratère lui-même. Casper, au nord ? Comment savoir ce qu'il découvrirait au terme d'un nouveau voyage long, pénible, semé d'embûches imprévisibles ?

Tout était trop loin.

Elle pouvait s'éteindre à tout moment. Dans une heure, peut-être moins.

– Dormez, dit Kindle. Je sais ce que vous éprouvez, Matthew. Mais vous ne gagnerez rien à vous épuiser. Vous allez finir par tomber raide mort de fatigue. Dormez un peu.

– Je n'ai pas le temps.

– Il y a maintenant un quart d'heure que vous avez le nez collé sur une carte. Qu'est-ce que vous cherchez ? Une ville avec un hôpital ? Et vous ne trouvez rien, je parie. De toute façon, vous ne pouvez pas rouler dans ce capharnaüm.

Il s'était redressé pour regarder par la vitre.

– On est en pleine apocalypse, ici.

Matt replia la carte et la posa sur le siège libre près de lui.

– Beth est gravement blessée.

– Je m'en suis aperçu. Sa respiration n'est pas brillante.

– Je n'ai pas ce qu'il faut pour l'aider.

– Matthew, je sais.

Sa voix se fit douce, persuasive :

– Je ne vous dis pas de renoncer, mais de regarder la réalité en face. Il ne servirait à rien de vous reprocher quoi que ce soit. Vous avez fait le maximum. Regardez-vous. Vous êtes dans un état lamentable. On se demande comment vous tenez encore debout.

Kindle avait malheureusement raison. Jamais il ne pourrait atteindre un hôpital. Autant l'admettre.

Mais une autre idée avait fait son chemin dans son esprit. Malgré lui. Malgré ses réticences.

– Il y a une autre possibilité, dit-il.

Il en fit part à Kindle et écouta ses objections, mais, craignant de perdre un temps précieux, il se remit au volant et effectua un rapide demi-tour.

Le nouveau vaisseau continuait sa course dans le ciel. Un ciel que les étoiles, une à une, désertaient. Une pluie froide s'était mise à tomber.

L'amalgame de cendre et de pluie devint une infâme gadoue glissante. Matt fut contraint de ralentir encore et, malgré cela, l'arrière du motor-home dérapait de temps à autre sur la chaussée transformée en chemin boueux.

Par chance, il n'eut pas à aller loin.

Il trouva le capitole local, du moins ce qu'il en restait, au bout d'une large avenue bordée d'arbres gainés d'une couche de cendre. La coupole était aux trois quarts démolie. Le feu couvait encore à l'intérieur, donnant à cette énorme ampoule brisée une luminosité rougeoyante.

Matt n'était pas sûr de trouver ce qu'il cherchait. Mais le capitole constituait le point central de chaque grande ville, comme la mairie à Buchanan, et c'était là, en conséquence, qu'il avait le plus de chance de découvrir un Serveur.

Il se gara, ouvrit la portière. Ses mains laissaient des traces sanglantes sur le volant, sur ses vêtements.

Ses pieds glissèrent sur la cendre boueuse. La pluie n'était pas seulement froide, elle était sale. Pleine de suie. De longues traînées noires s'inscrivaient sur sa peau. Matt se rendit compte qu'il avait oublié son blouson près de Kindle. Il retourna le chercher.

Le souffle de Beth était à peine perceptible.

– Ne faites pas ça, dit Kindle.

Matt enfila son blouson.

Kindle se redressa et lui prit le bras.

– Matthew, il y a de fortes chances pour que ça ne marche pas. Mais si ça marchait tout de même... vous y avez pensé ?

– Oui.

– Vous n'avez pas affaire à un hôpital, ni à un docteur. C'est quelque chose qui vient de l'espace et qu'on n'a jamais compris. Ça n'a rien d'humain. Comment ça pourrait l'être ? Ce que vous faites, là, c'est pas un appel au secours. C'est rien de plus qu'adresser une prière à on ne sait pas quel dieu...

– Elle va mourir, dit Matt.

– Comme si je le voyais pas ! Vous croyez que je l'entends pas qui se bat contre la mort ? Mais au moins elle meurt comme un être humain. C'est bien ce qu'on a décidé, non ? C'est ce qu'on a répondu, finalement. « Non merci, mais je préfère crever humain. » Vous, moi... même le colonel Tyler. Même Beth.

– Ce n'est pas le problème.

– Mais bien sûr que si ! Je n'en vois pas d'autre. Les Voyageurs sont partis. C'est ce qu'ils ont fait de mieux jusqu'à présent. Et ce nouveau vaisseau va sûrement suivre le même chemin. Parfait. Au moins, il nous restera un minimum de dignité humaine. Mais si vous allez là-bas prier ce colosse, j'ai bien peur qu'il ne vous aide, et qu'après il n'arrête plus d'aider, et qu'on n'ait un nouveau dieu dans le ciel. Et alors, adieu humanité, d'une manière ou d'une autre.

– Je suis le seul à le faire, objecta Matt.

– C'est peut-être largement suffisant. Je serais pas étonné qu'ils aient le pouvoir de s'occuper de mille choses à la fois.

– Il faut que j'agisse, répéta obstinément Matt, incapable d'entendre les objections de Kindle.

– Pourquoi ?

– Parce que c'est mon devoir. Et mon souhait.

Il s'avança vers la porte.

– Matthew !

Matt se retourna.

– A aucun prix ne laissez cette statue s'approcher de moi, d'accord ? Même si je suis à l'article de la mort. Jurez-le-moi.

Matt acquiesça en silence.

Le Serveur, comme prévu, se dressait au pied des marches du capitole. La pluie glacée collait des plumes de cendre sur sa surface rigide et terne.

Matt se sentait fiévreux, au bord de l'épuisement. Quelle scène étrange... Debout devant cette statue extraterrestre, pataugeant dans la cendre, sous la pluie, les ruines du capitole rutilant dans la grisaille.

Il frissonna. Le frisson devint convulsion, et il se pencha, se tenant la taille, jusqu'à ce que le spasme se dissipe, priant pour ne pas s'évanouir.

La pluie ruisselait sur le Serveur en grosses gouttes noires. Matt eut l'impression que ce Serveur était moins grand, moins bien façonné que celui de Buchanan. A moins qu'une sorte d'érosion ne commence à avoir prise sur lui. Peut-être finirait-il par se dissoudre dans la terre, à moins qu'il ne termine en poussière, lui aussi, comme les peaux.

Il n'avait pas d'yeux. Il ne le regardait pas. Il demeurait impassible, indifférent à la détresse de son visiteur.

Matt lui parla de Beth. Il décrivit ses blessures. Un témoin silencieux, en lui, écoutait le son de sa propre voix et admirait la note mélancolique que ce monologue ajoutait aux larmes de la pluie et au sifflement du vent. Il eut la sensation d'être un interne en tournée exposant les symptômes d'un patient à un chef de clinique insensible. Etait-ce bien nécessaire ? Il voulait le croire.

– Je sais ce que vous pouvez faire, les Voyageurs, dit-il. J'ai vu cette femme – cette femme-insecte. Si vous pouvez métamorphoser un être humain, vous êtes capable de soigner une blessure. Et j'ai vu Cindy Rhee, la petite fille avec sa tumeur au cerveau. Elle a été guérie, aussi.

Le Serveur demeurait imperturbable.

Etait-il mort ? Ou simplement sourd ?

– Réponds-moi, insista Matt. Parle-moi.

Le froid le pénétrait cruellement. Il ne pourrait pas rester plus longtemps immobile sous cette pluie glacée. Il s'avança, posa les mains sur le corps du Serveur. Un contact aussi froid que le vent. Il laissa des empreintes sanglantes sur cette matière inconnue.

Le Serveur resta muet.

Il sortit Beth du motor-home.

Il était conscient de sa folie. Exposer une femme mourante au froid polaire. Mais il ne voulait, ne pouvait plus raisonner logiquement. Il entrait de plain-pied dans le monde de l'irrationnel.

Et dans celui de la panique.

Beth était lourde. Et il était surtout à bout de forces. Sa tête roula sur son épaule et sa respiration cessa. Il attendit qu'elle reprenne. *Respire*, lui ordonna-t-il en silence. Elle suffoqua. Une bulle de sang se forma sur ses lèvres.

Il lui dit combien il regrettait tout ce qui était

arrivé. Elle ne le méritait pas. Elle n'était que la victime innocente d'une de ces tragédies imprévisibles, comme un tremblement de terre, un incendie.

Il la posa, pâle et inerte, devant la sentinelle noire. La pluie plaqua ses vêtements sur son corps maigre. Matt la recouvrit de son blouson et releva une mèche de ses cheveux collée sur son visage.

Puis il s'adressa de nouveau au Serveur.

– Voilà, dit-il. Soigne-la.

Etait-ce trop péremptoire ? Peut-être. Il ne savait comment le dire autrement.

Pour toute réponse, le colosse observa une immobilité totale.

– Je sais que tu peux la soigner. Tu n'as pas d'excuse.

Le silence semblait s'éterniser. La pluie, sous les bourrasques, devenait des aiguilles sur sa peau. Le vent mugissait dans les décombres du capitole.

Le Serveur était relié au vaisseau. Du moins le supposait-il. Et le vaisseau était peuplé d'êtres qui avaient été humains.

– Vous êtes tous là ? cria-t-il à plusieurs milliards d'âmes. Vous m'entendez ?

Rien.

La tête lui tournait. Il s'appuya contre le Serveur pour combattre son vertige.

– Il y a quelqu'un ? demanda-t-il encore d'une voix éraillée. Jim ? Lillian ? Annie ? Vous m'entendez ? Rachel ?

Le silence. Le bruissement de la pluie.

– Vous n'avez aucune excuse. Vous pouvez aider cette fille. Rachel, écoute-moi ! Tu ne peux pas faire la sourde oreille. Tu n'as pas le droit de la laisser mourir, comme ça, sous la pluie.

Il ferma les yeux.

Rien n'avait changé.

Ses jambes fléchirent ; il se sentit glisser. S'agenouilla près de Beth. Il ne l'entendait plus respirer. Peut-être que son cœur avait cessé de battre. Le bourdonnement dans sa tête couvrait tout autre son.

– Si vous êtes humains, dit-il, vous devriez l'aider.

Il se démenait pour rester éveillé, mais sa conscience lui échappait, dérivait déjà. Ne restait plus en lui qu'une immense frustration.

– Si vous étiez humains, répéta-t-il. Mais vous ne l'êtes pas. Vous vous moquez de ce qu'on deviendra. Cette fille n'est pas votre problème. Elle peut bien mourir, vous vous en foutez. Vous n'êtes que des salauds. Tous autant que vous êtes.

Il voulut ouvrir les yeux. Dut y renoncer. Un temps s'écoula.

Il s'éveilla de nouveau.

– Rachel ! Viens ! Montre-toi !

Un dernier effort.

– *Rachel !*

Il rêva. Il rêva que Rachel répondait à son appel. Qu'elle venait à lui.

Il rêva que le Serveur n'était plus le Serveur. Qu'il avait pris la forme de sa fille, Rachel. Une Rachel taillée dans un marbre noir et mat, toute mouillée de pluie, comme si elle s'était roulée dans la rosée du matin.

Il rêva qu'elle touchait Beth, qu'elle le touchait, lui, et sentit la chaleur de cette caresse.

Il rêva qu'elle murmurait. Des mots merveilleux, réconfortants, qu'il ne put comprendre car le langage qu'elle employait n'était pas humain. Mais dont il entendait la musique. Des mots qui le berçaient.

39

Direction

Dès qu'il fut à peu près certain de pouvoir laisser Matt quelques heures seul, Tom Kindle repéra une voiture en état de marche – une Honda sur laquelle dégoulinaient des traînées de cendre délavée par la pluie et au volant de laquelle il prit la direction du nord, vers Casper.

Sa jambe le faisait horriblement souffrir. Il avait la sensation d'avoir une boule de braises incandescentes couvant dans le mollet. Au moins la blessure était-elle propre. Matt, de plus, l'avait bien bandée, et Kindle découvrit qu'il pouvait se déplacer sans trop de peine.

Une vague d'air frais, en provenance du nord, du Canada, avait chassé la pluie. Il emprunta une route – déserte, évidemment – et franchit la barrière de cendre pour entrer dans un paysage champêtre. Un peu de verdure après toute cette grisaille. Il en éprouva un plaisir inattendu. Il y avait même des fleurs le long des ruisseaux.

Moins réjouissant fut le spectacle de tous les animaux morts le long de la route et dans les prés. Le départ du vaisseau avait tué nombre d'entre eux. Le savaient-ils ? S'en souciaient-ils, ces soi-disant héritiers de l'humanité ? Kindle en doutait. Une saloperie de plus à ajouter à celles que l'homme infligeait au règne animal depuis la nuit des temps. Mais après tout, ce n'était pas pire qu'une catastrophe naturelle. Le bétail reviendrait rapidement à présent que les barrières étaient tombées.

A Casper, il trouva un émetteur-récepteur qui, il l'espérait, fonctionnerait avec une batterie de douze volts. Il ne savait trop comment la brancher, mais il n'était pas plus bête qu'un autre – il lirait le mode d'emploi.

Il aurait été tout de même plus simple d'avoir les conseils de Joey.

A la nuit tombante, il se mit en quête d'eau. Depuis que les robinets avaient cessé de couler, l'eau devenait une denrée rare. Dans un grand supermarché aux baies vitrées éclatées, il trouva une dizaine de bidons d'eau minérale.

Il les chargea dans une autre voiture pour le retour : une Buick commerciale avec le plein d'essence. Les pompes ne marchaient pas mieux que la plomberie mais, heureusement, ce n'étaient pas les véhicules qui manquaient.

Il roula de nuit, avec le chauffage et une odeur de métal chaud mêlée à des senteurs de pin synthétique. Vers le sud. Vers la lueur rouge sur l'horizon. Le cratère. Vers ce pays désolé de cendre et de boue. Vers l'enfer.

A Cheyenne, le lendemain matin, Kindle fabriqua deux croix de bois avec les planches trouvées dans une ancienne scierie.

A l'aide d'un clou, il grava une lettre dans la planche horizontale de la première croix. Travail long et difficile. Mais il persista.

L'une derrière l'autre, il aligna les lettres : A, B.

Puis il s'arrêta pour réfléchir. Aurait-elle préféré son nom complet, Abigail ? Ou son surnom ?

Il l'avait toujours connue sous le nom d'Abby, alors il se décida pour la plus simple version :

ABBY CUSHMAN

Sur la seconde croix, il inscrivit :

Il emporta ensuite les deux croix qu'il planta sur la pelouse grise devant les ruines du capitole, près de la statue d'un certain E. H. Morris. Bien entendu, Joey et Abby n'étaient pas enterrés là. Leurs corps étaient perdus, ensevelis quelque part sous les décombres, la terre et la cendre. Mais ils avaient droit à un geste commémoratif. Deux croix qui les rappelleraient au souvenir d'une humanité disparue.

Quant à Jacopetti, Ganish, Makepeace et Tyler...

Ils pouvaient pourrir sur place.

Il retourna au motor-home et reprit la garde devant les deux corps inertes de Matthew et de Beth.

Matthew semblait dormir. Ses mains, couvertes d'une substance brillante et charbonneuse, paraissaient gantées.

– Matthew ? demanda Kindle. Vous m'entendez, Matthew ?

Mais le médecin ne répondit pas. Pas plus qu'il ne l'avait fait la veille ou deux jours plus tôt.

Beth était recouverte de la même substance, mais de la taille au sommet du crâne. Kindle ne chercha même pas à lui parler. A quoi bon ? Elle avait la tête couverte. Le nez, la bouche.

Il fit un feu et regarda la fumée s'élever dans le crépuscule indigo.

Il y avait peu de chance pour que quelqu'un le repère depuis Cheyenne. La moitié de la ville fumait encore. Mais il lui faudrait se montrer prudent en rase campagne où il serait aisé de remarquer un feu de camp la nuit. Il y avait peut-être encore des irréductibles qui n'avaient pas choisi l'Ohio. Il pouvait rôder d'autres colonels Tyler.

Matt se réveilla au petit matin.
Ses gants de goudron noir avaient disparu. Kindle se demanda où. Absorbés par le corps ? Evaporés ?
– J'ai soif, dit Matt.
Kindle lui apporta de l'eau. Matt tendit les mains devant lui ; elles étaient toutes neuves.
– J'ai rêvé de Beth, dit-il. J'ai rêvé qu'ils la guérissaient.
– C'est peut-être bien vrai, acquiesça Kindle.

Matt l'aida à faire le feu pour le soir. Ils réchauffèrent le café et s'assirent près de la source de chaleur vacillante.
– Je pensais que vous étiez peut-être parti pour toujours, dit Kindle. Que vous finiriez en peau vide, comme les autres.
Matt secoua la tête. Non, ce n'était pas la décision qu'il avait prise.
Kindle laissa le silence s'installer. Rien ne pressait. Le ciel du Wyoming était étoilé, ce soir.
– J'ai parlé avec l'Ohio, dit-il enfin.
– Vous avez trouvé une radio ?
– Oui. Les Serveurs ont repris du service. Je suppose qu'ils n'ont pas dû marcher pendant un moment. Tout s'est arrêté quand le vaisseau des Voyageurs, le premier, est parti. Plus de courant. Les Voyageurs entretenaient toutes les machines, les turbines, etc. S'il y avait encore de l'électricité dans le pays, et ailleurs, je suppose, c'est grâce à eux. Maintenant, c'est revenu. Mais d'après le gars, seulement en Ohio et sur un certain périmètre autour de la nouvelle ville. Et dans quelques autres endroits du monde.
– Un périmètre ?
– Pas une barrière, bien sûr. Mais d'après ce que j'ai compris, si on s'éloigne un peu trop, on se retrouve vraiment seul. Plus de courant, plus d'eau, plus aucune sécurité.
– C'est un lieu protégé, autrement dit.
– Le paradis, ironisa Kindle. On peut pas trouver

mieux, non ? Un vrai jardin d'Eden. Venez vivre ici, on s'occupe de vous. Dieu vous garde pendant toute votre vie. Dieu fait briller le soleil. Dieu fait pousser l'herbe.

– Ils ne sont pas Dieu.

– Vous voyez une différence ?

– Leur paradis ne va pas au-delà de l'Ohio. Et il durera peut-être juste le temps que le vaisseau gravite encore autour de la Terre.

– On n'est pas sûr qu'il parte. Le type d'Ohio disait que rien n'était encore décidé, d'après les Serveurs.

– La guerre au paradis ?

– Une controverse, en tout cas.

Matt se tourna vers la triste pelouse du capitole où se dressait toujours la statue du Serveur, de *leur* Serveur – celui à qui il avait adressé sa prière.

– Si on lui parle...

– Il est revenu à la vie un moment, Matthew, mais je crois que c'est fini. Si vous voulez encore parler à un Serveur, à mon avis, faut aller en Ohio.

Matt acquiesça. De temps à autre, il baissait les yeux sur ses mains. Ses mains roses, régénérées.

– Vous pensez que je suis responsable ?

– De quoi ? Du fait que le vaisseau reste là ?

Il haussa les épaules. Il y avait réfléchi.

– Il s'agit de la décision collective de milliards d'âmes ; je serais étonné que Matthew Wheeler ait fait pencher la balance. Mais en tout cas, vous êtes tombé en plein cœur de leurs débats, c'est sûr. Ça les a sûrement obligés à regarder un peu ce qu'ils ont laissé derrière eux. Et peut-être, en plus, que vous n'étiez pas le seul. Si ça se trouve, ce genre de petite scène s'est reproduite des milliers de fois sur la planète. Les gens les suppliaient : si vous voulez être Dieu, alors montrez un peu de compassion divine. Ou si vous êtes encore humain, un peu de compassion humaine.

– Vous m'en voulez de ce que j'ai fait ?

– Non.

– Mais ça ne vous plaît pas.

– Non.

Kindle trempa les lèvres dans son café réchauffé. Trop fort. Trop amer.

– Non, vraiment pas.

Beth se réveilla, complètement groggy, le lendemain matin. Groggy, mais guérie. Une petite reprise de peau saine et neuve avait remplacé la blessure.

Elle demanda des nouvelles de Joey et du colonel Tyler. Matt lui expliqua, plutôt brutalement parce qu'il était difficile de le dire en douceur, ce qui s'était passé.

Elle écouta attentivement mais ne parla guère par la suite.

Le soir, elle s'assit près du feu, tassée sur elle-même, sa tasse de café à la main. La discussion glissait autour de son silence, comme l'eau de la rivière autour d'une pierre.

Régulièrement, sa main remontait sur son épaule et se posait sur le blouson, là où avait été gravé le tatouage – où il était encore, d'ailleurs. Le Serveur ne l'avait pas ôté. Sans doute que certaines blessures étaient plus difficiles à soigner que d'autres.

Elle dormit ce soir-là roulée en position fœtale sur un matelas du motor-home.

Au matin, ils se mirent en route vers l'est et franchirent la frontière du Nebraska.

Tom Kindle promit de parcourir un bout de chemin avec eux. Seulement un bout.

Le Nebraska était un Etat mixte. Aride à l'ouest, fécond à l'est. La route 80 rejoignait le Platte à l'est du barrage de Kingsley, et le Platte fertilisait une riche vallée où poussaient en abondance blé, betteraves, et pommes de terre.

Matt conduisait presque tout le temps. Kindle était

gêné par sa jambe qui, très vite, avait tendance à se crisper en crampes douloureuses. Parfois, Beth venait s'asseoir près de lui. Quand Kindle n'y était pas.

Loin des oreilles de Kindle, elle parlait plus volontiers de ce qui s'était passé – de ce qui *pourrait* se passer.

– Ils sont encore en nous, dit-elle. Les... comment ils les appellent, déjà ? Les néocytes.

– Ils seront avec nous encore longtemps.

– Toi aussi, tu sais ?

– Oui.

– Comme moi ? Je veux dire... personne ne t'a dit, mais tu sais, c'est ça ?

– C'est ça.

– Ils sont en nous. Mais en sommeil. Ils ne feront rien jusqu'à ce que...

– Tu peux le dire, Beth.

Elle hésita.

– Jusqu'à ce qu'on meure. Alors ils nous donneront une autre chance de dire oui. D'aller avec eux.

Matt hocha la tête.

– Comme le paradis, dit-elle.

– Si tu veux, oui.

– Et pas seulement nous. Tous ceux qui vivent dans cette ville, cette ville en Ohio.

Toutes les âmes au paradis, songea Matt.

Ils roulèrent de nuit.

Ce fut Kindle qui remarqua le premier la ligne de démarcation qui apparaissait sur le vaisseau, un équateur sombre sur le cercle lumineux.

– C'est la division, dit Kindle qui avait de nouveau communiqué avec l'Ohio. C'est ce qu'ils m'ont expliqué. Il y aura deux vaisseaux au lieu d'un. Un qui partira se promener dans les étoiles. Et un autre qui restera là.

– Comme un berger.

– Ou un dieu local, répliqua Kindle avec un regard

appuyé à l'attention de Matt. Vous n'avez pas l'air plus surpris que ça.

– Non, c'est vrai.

– Vous étiez au courant ?

– Oui.

– Comment ?

Matt haussa les épaules.

Kindle se détourna. Un long moment, il regarda la route défiler.

– Vous n'êtes plus le même, dit-il enfin.

– Plus tout à fait.

– Crénom, dit Kindle.

Ce n'était adressé à personne en particulier. Pas à Matt, en tout cas. C'était juste un pauvre juron qui résonna tristement dans la semi-pénombre de la cabine.

– Crénom de Dieu !

ÉPILOGUE

En dépit de leur infinie sagesse, les Voyageurs étaient venus vers la Terre avec des raisons et des opinions soumises à leur propre jugement. Et donc limitées. C'étaient des géants de bonne volonté mais pataudS. Et les héritiers de l'humanité, désormais seuls en orbite, étaient malgré eux victimes de la métamorphose inachevée dont ils avaient fait l'objet.

Dans les océans, la population des organismes créés par les Voyageurs se réduisit considérablement. Toutefois, ceux qui restaient poursuivirent leur travail ; il y avait encore trop de gaz carbonique dans l'atmosphère. Mais leur tâche ne revêtait plus un caractère d'urgence. Finis les cyclones.

Il n'était plus nécessaire non plus de maintenir le courant et l'eau dans toutes les villes de la planète. Une tâche que les Voyageurs, qui n'avaient pas prévu l'entêtement incompréhensible de la race humaine à se cramponner à sa propre mortalité, avaient dû organiser au pied levé.

La race humaine s'organisa – en Ohio, en Ukraine, en Chine, au Kenya, et dans une dizaine d'autres points du globe.

Hors de ces limites résidait l'infinitude de la terre sauvage, pour ceux qui le souhaitaient.

Le vaisseau humain, lui, se divisa en deux. Le premier partit à l'aventure dans la Galaxie. L'autre resta pour chérir son propre passé, ses parents, et le berceau de sa naissance.

Après un hiver affreusement éprouvant, le printemps fleurit enfin sous un ciel paisible et dégagé.

Kindle s'arrêta à la frontière de l'Iowa et refusa d'aller plus loin.

Il disparut pendant une journée entière. Quand il revint, il chevauchait un cheval nerveux que la solitude et les rigueurs de l'hiver n'avaient pas tout à fait encore rendu à l'état sauvage. D'après lui, pendant la saison sèche, l'essence finirait par s'évaporer des réservoirs de tous ces véhicules abandonnés ; ou l'huile s'épaissirait, les moteurs rouilleraient. Enfin bref, l'espèce automobile était en voie d'extinction. Un bon cheval, en définitive, que pouvait-on rêver de mieux ?

– Vous allez vers l'ouest ? demanda Matt. Vers les Whiskey Mountains ?

– Quelque part par là, oui, confirma Kindle.

Beth, qui observait les deux hommes en train de se séparer, eut la sensation que chacun voyait en l'autre le reflet de ce qu'il aurait pu être – ce qu'il aurait dû être – mais ne serait jamais. Un regret qui allait au-delà de l'amitié, de la tristesse.

Leurs chemins divergeaient et jamais plus ne se croiseraient. L'un et l'autre en étaient conscients.

Kindle descendit rejoindre la route sous le soleil chaud de fin d'après-midi.

Matt resta longtemps immobile à le suivre des yeux.

Elle était auprès de lui le soir où le vaisseau passa au-dessus d'eux – énorme huit sur le point de se scinder. Deux parties de l'humanité.

Elle se réchauffa les mains au feu qui semblait seul, sans Kindle. Elle n'avait pas voulu qu'il parte. Mais quel choix avait-elle eu ?

– Les choses changent, dit-elle à haute voix.

Les mots résonnèrent étrangement dans le silence

de l'immense plaine. N'était-ce pas ce dont tout le monde avait peur ? Du changement ? Le passé s'éloigne, s'efface, jusqu'à devenir insaisissable, étrange. Et l'avenir n'est que mystère. Et rien n'est immuable. Ni pour nous, ni pour ces gens dans le ciel. Rien n'est solide. Pas même les arbres, les montagnes, les planètes, les étoiles. Si on regarde assez longtemps, on les voit s'éteindre, disparaître. Elle l'avait vu avec l'œil de son esprit.

– C'est une danse perpétuelle, dit-elle encore.

On ne peut s'accrocher à ce qu'on aime, parce que tout bouge, tout danse. L'amour, l'amitié, les hommes, les molécules. Un ballet d'éphémères à la lueur d'une flamme.

Elle releva des yeux désespérés vers Matt. Comprenait-il ?

Elle eut la sensation que oui. Peut-être même l'avait-il compris depuis longtemps.

Son regard se tourna vers l'est, où les étoiles naissaient dans le ciel sombre.

– Le paysage est de plus en plus verdoyant, dit-elle. Et il fait plus chaud.

Les nuits n'étaient plus aussi froides qu'elles l'avaient été.

– Nous aurons peut-être un bel été, répondit-elle.

Plus chaud, plus vert, plus doux. C'était ça, l'Ohio ?

– Ce serait bien, dit-elle.

Elle eut envie de pleurer, sans raison particulière.

– Je crois que nous en aurons besoin.

Science-Fiction

En 1970, J'ai lu crée la première collection de poche de Science-Fiction, mettant à la portée d'un très vaste public des chefs-d'œuvre méconnus.

Aujourd'hui, J'ai lu révèle les nouveaux talents, qui seront les maîtres de demain : James Blaylock, David Brin, K. W. Jeter, Loïs McMaster Bujold, Paul Preuss, Tim Powers, Michael Swanwick...

ANDERSON Poul

La reine de l'air et des ténèbres
1268/3
Sur la planète Roland, loin de la Terre, la population se divise en deux groupes hétérogènes. Les scientifiques habitent des cités modernes, sur la côte, tandis qu'à l'intérieur des terres, des paysans superstitieux croient encore à la toute-puissance de la reine de l'Air et des Ténèbres et aux monstres voleurs d'enfants.

La patrouille du temps
1409/3

ASIMOV Isaac

(1920-1992)
Auteur majeur de la S-F américaine, Isaac Asimov est né en Russie. Naturalisé américain, il fait des études de chimie et de biologie, tout en écrivant des romans et des nouvelles qui deviendront des best-sellers. Avec les robots, il trouve son principal thème d'inspiration.

Les cavernes d'acier
404/4
Les cavernes d'acier sont les villes souterraines du futur, peuplées d'humains qui n'ont jamais vu le soleil. Dans cet univers infernal, un homme et un robot s'affrontent.

Les robots
453/3

Face aux feux du soleil
468/3
Sur la lointaine planète Solaria, les hommes n'acceptent plus de se rencontrer mais se «visionnent» par écran interposé. Dans ces conditions, comment un meurtre a-t-il pu être commis ?

Tyrann
484/3

Un défilé de robots
542/3

Cailloux dans le ciel
552/3

La voie martienne
870/3

Les robots de l'aube
1602/3 & 1603/3

Le voyage fantastique
1635/3
Après avoir été miniaturisée, une équipe de chirurgiens s'embarque à bord d'un sous-marin microscopique et plonge à l'intérieur du corps d'un homme blessé, qui tient le sort du monde entre ses mains.

Les robots et l'empire
1996/4 & 1997/4

Espace vital
2055/3

Asimov parallèle
2277/4 Inédit

La cité des robots

- La cité des robots
2573/6 Inédit

- Cyborg
2875/6

- Refuge
2975/6

Robots et extra-terrestres

- Le renégat
3094/6 Inédit
Une nouvelle grande série sous la direction du créateur de l'univers des robots. Naufragé dans un monde sauvage peuplé de créatures-loups, Derec affronte un robot rebelle.

- L'intrus
3185/6 Inédit
Deuxième volet d'une série passionnante, par deux jeunes talents de la S-F parrainés par Asimov.

- Humanité
3290/6 Inédit

Robots temporels

- L'âge des dinosaures
3473/6 Inédit

- Le robot de Caliban
3503/6

APRIL Jean-Pierre

Berlin-Bangkok
3419/4 Inédit
A Bangkok, la Babel du XXIe siècle, un scientifique allemand en mal d'épouse se fait piéger dans un gigantesque complot.

AYERDHAL

L'histrion
3526/6 Inédit

BLAYLOCK James

Homunculus
3052/4

BLISH James

Semailles humaines
752/3

Science-Fiction

BRIN David

Marée stellaire
1981/5 Inédit
Le facteur
2261/5 Inédit
Elévation
2552/5 & 2553/5

Lorsque les Galactiques décident de donner une leçon aux trop ambitieux humains, Robert Oneagle et Athaclena, la mutante, s'enfoncent dans la forêt pour préparer la contre-attaque.

CANAL Richard

Swap-Swap
2836/3 Inédit
Ombres blanches
3455/4 Inédit
Aube noire
3669/5 (Avril 94)

Dans une Amérique où les conflits raciaux se sont exacerbés, un musicien de jazz noir tente de se soustraire aux nouvelles persécutions qui accablent son peuple. Une réflexion sur le racisme, qui clôt une trilogie inaugurée par *Swap-Swap*.

CARD Orson Scott

Abyss
2657/4

CHERRYH C.J.

Hestia
1183/3
Les adieux du soleil
1354/3
Chanur
1475/4 Inédit
L'épopée de Chanur
2104/3 Inédit
La vengeance de Chanur
2289/4 Inédit
Le retour de Chanur
2609/7 Inédit
L'héritage de Chanur
3648/8 Inédit (Mars 94)
La pierre de rêve
1738/3
L'œuf du coucou
2307/3
Cyteen
2935/6 & 2936/6 Inédit
Forteresse des étoiles
3330/7
Temps fort
3417/8 Inédit

XXIe siècle. Dans le cosmos, les matières premières se raréfient. Sur les ordres de la puissante Compagnie qui exploite le minerai des astéroïdes, Bird et Ben prospectent leur secteur. Soudain, ils captent un SOS lancé par un vaisseau spatial à la dérive...

CLARKE Arthur C.

Né en 1917 en Angleterre, Arthur C. Clarke vit depuis de nombreuses années à Ceylan.Cet ancien président de l'Association interplanétaire anglaise, également membre distingué de l'Académie astronautique, a écrit une cinquantaine d'ouvrages, dont certains sont devenus des classiques de la Science-Fiction.

2001 : l'odyssée de l'espace
349/2

Quelque part, du côté d'un satellite de Saturne, une source inconnue émet des radiations d'une extraordinaire puissance. Une mission secrète va entraîner Explorateur I et son équipage aux confins du cosmos, leur permettant de percer le mystère des origines de la vie.

2010 : odyssée deux
1721/3
2061 : odyssée trois
3075/3
Les enfants d'Icare
799/3
Avant l'Eden
830/3
Terre, planète impériale
904/4
L'étoile
966/3
Rendez-vous avec Rama
1047/7
Rama II
3204/7 Inédit *(avec Gentry Lee)*
Les jardins de Rama
3619/6 Inédit *(avec Gentry Lee)*

Lorsque Rama II, l'astronef d'origine extra-terrestre, quitte le système solaire, il emporte à son bord trois humains, dont la mission est de reconstituer une colonie, loin de leur planète d'origine. Mais l'entreprise va s'avérer périlleuse.

Après Rendez-vous avec *Rama* et *Rama II*, le troisième volume d'une grande série.

Les fontaines du Paradis
1304/3
Les chants de la terre lointaine
2262/4
Base Vénus

Lorsqu'elle reprend conscience, Sparta s'aperçoit que trois ans de son existence ont totalement disparu de sa mémoire. Plus troublant encore : elle se découvre d'étranges pouvoirs. Comme si son corps et ses perceptions avaient été reconfigurés... A la recherche de son passé, Sparta rejoint alors l'orbite de Vénus.

- Point de rupture
2668/4 Inédit
- Maelström
2679/4 Inédit
- Cache-cache
3006/4 Inédit
- Méduse
3224/4 Inédit
- La lune de diamant
3350/4 Inédit
- Les lumineux
3379/4 Inédit

Le fantôme venu des profondeurs
3511/4 Inédit
La Terre est un berceau
3565/7 *(avec Gentry Lee)*

Science-Fiction

CURVAL Philippe
La face cachée du désir
3024/3

DARTEVELLE Alain
Imago
3601/4

DICK Philip K
Loterie solaire
547/2
Dr Bloodmoney
563/4
Le maître du Haut Château
567/4

En 1947, les Alliés capitulent. Hitler impose alors la tyrannie nazie à l'est des Etats-Unis, tandis que les Japonais s'emparent de l'ouest. Dans la nouvelle civilisation nippone circule cependant une étrange rumeur : un homme vivant dans un Haut Château a écrit un livre racontant la victoire des Alliés en 1945.

L'homme doré
1291/3
Blade Runner
1768/3

Un blade runner, c'est un tueur chargé d'éliminer les androïdes qui s'infiltrent sur Terre. Et Rick est le meilleur blade runner de la côte ouest. Jusqu'au jour où on lui propose une somme fabuleuse pour éliminer de dangereux Nexus 6, signalés en Californie.

Le dieu venu du Centaure
1379/3

DICK & NELSON
Les machines à illusions
1067/3

FARMER Philip José
Les amants étrangers
537/3
L'univers à l'envers
581/2
Des rapports étranges
712/3

FOSTER Alan Dean
Alien
1115/3

Le Nostromo vogue vers la Terre, encore lointaine, lorsque le Cerveau Central réveille l'équipage en hibernation. Il a capté un appel de détresse, en provenance d'un astéroïde mystérieux. Trois navigateurs se portent volontaires. Mais lorsque le Nostromo reprend sa route, il emmène un nouveau passager. La mort a pénétré dans l'astronef.

AlienS
2105/4
Alien 3
3294/4

GIBSON William
Neuromancien
2325/4

Dans une société future hypertechnologique, dominée par les ordinateurs, un homme se perd dans le cyberspace.

Mona Lisa s'éclate
2735/4 Inédit
Gravé sur chrome
2940/3

GODWIN Parke
En attendant le bus galactique
2938/4 Inédit

HABER Karen
Voir aussi Silverberg
Super-mutant
3187/4 Inédit

HALDEMAN Joe
La guerre éternelle
1769/3
Immortalité à vendre
3097/5 Inédit

HAMILTON Edmond
Les rois des étoiles
432/4
Le retour aux étoiles
490/4

HARRISON Harry
Le rat en acier inox
3242/3
Le rat en acier inox se venge
3546/3

HEINLEIN Robert A.
Une porte sur l'été
510/3
Etoiles, garde à vous
562/4
Vendredi
1782/5

Un cerveau d'ordinateur, un corps surentraîné et la beauté en plus : telle est Vendredi. L'agent idéal en ce monde futur. Mais Vendredi, la non-humaine, est hantée par des souvenirs tragiques. Aurait-elle une âme ?

Au-delà du crépuscule
2591/7 Inédit

HERBERT Frank
La ruche d'Hellstrom
1139/5

JETER K. W.
Horizon vertical
2798/4 Inédit

Arrimé à sa Norton, Ny arpente les flancs d'un monde vertical, en quête d'un contrat avec un gang de guerriers ou d'une séquence vidéo qu'il pourra vendre à Info-Express. Mais le chasseur d'images devient bientôt gibier.

Madlands
3309/3 Inédit

JONES Raymond F.
Renaissance
957/4

KEYES Daniel
Des fleurs pour Algernon
427/3

KUBE McDOWELL & McQUAY
Exilé
3689/7 (Mai 94)

Science-Fiction

LEE Tanith
Cyrion
1649/4
Tuer les morts
2194/3
Terre de lierre
2469/3

LEIGH Stephen
Le cri du tyrannosaure
3307/4 Inédit

LEINSTER Murray
La planète oubliée
1184/2
De gigantesques papillons carnivores, des hannetons tueurs, des fourmis semblables à des loups... Tels sont les prédateurs qui pourchassent les descendants de l'équipage du vaisseau *Icare*, égaré il y a des siècles, sur une planète dont le programme de développement vital s'est arrêté aux Insectes.

LEOURIER Christian
La terre de promesse
3709/3 (Juin 94)
Pour clôturer le cycle de Lanmeur, une étrange visite dans un monde parallèle, l'Irgendwo. Mais s'agit-il d'une réalité ou d'un autre niveau virtuel créé par les rêves des Lanmeuriens ?

LEVIN Ira
Un bonheur insoutenable
434/4
Les femmes de Stepford
649/2

McMASTER BUJOLD Lois
Miles Vorkosigan
3288/5 Inédit
Cordelia Vorkosigan
3687/5 Inédit (Mai 94)
Barrayar
3454/5 Inédit

MOORE Catherine L.
Shambleau
415/4
La nuit du jugement
700/3

NIVEN Larry
L'Anneau-Monde
3527/5

PADGETT Lewis
L'échiquier fabuleux
689/2

PELOT Pierre
Delirium circus
773/3

POWERS Tim
Les voies d'Anubis
2011/5
Lorsque Brendan Doyle, jeune professeur californien, accepte de venir faire une conférence à Londres, il ne se doute pas qu'il va être précipité à travers une brèche temporelle. C'est ainsi qu'il se retrouve en 1811, parmi une secte égyptienne qui vénère encore le dieu Anubis.
Sur des mers plus ignorées...
2371/4 Inédit
Le Palais du Déviant
2610/4
A la recherche de la femme qu'il a aimée autrefois, Greg Rivas pénètre dans le Palais du Déviant. Là, il devra affronter l'horreur absolue, en la personne de Norton Jaybush. Greg ne s'en remettra pas. Le monde non plus.
Poker d'âmes
3602/8
A Las vegas, Scott Crane se livre à un jeu étrange, dont les règles s'inspirent à la fois du poker et des tarots. Mais ici, ce sont des corps et des âmes qu'il s'agit d'échanger. Une intrigue d'une virtuosité éblouissante, mêlant Science-Fiction et fantastique.

RAYER Francis G.
Le lendemain de la machine
424/4

RODDENBERRY Gene
Star Trek
1071/3
Un immense nuage vert, luminescent, fonce vers la Terre, anéantissant tout sur son passage. Seul le croiseur *Enterprise*, dirigé par l'amiral Kirk, peut l'intercepter.
Star Trek, qui inspira une célèbre série télévisée, est devenu un classique de la Science-Fiction.

SILVERBERG Robert
L'homme dans le labyrinthe
495/4 (Avril 94)
Les ailes de la nuit
585/3
Jeu cruel
800/3
Les chants de l'été
1392/3
Le château de Lord Valentin
2656/8
Opération Pendule
3059/3 Inédit
La saison des mutants
3021/5 (*Avec Karen Haber*)
(Avril 94)
Tom O'Bedlam
3111/5
Thèbes aux cent portes
3227/4
Au-delà de la ruelle puante où il venait de se matérialiser, rien d'autre n'était visible qu'un palmier malingre, montant dans le ciel bleu immaculé. Il était en Egypte, sous la XVIIIe dynastie et la ville qu'il apercevait, c'était Thèbes aux cent portes !

3733

Photocomposition Assistance 44-Bouguenais
Achevé d'imprimer en Europe (France)
par Brodard et Taupin à La Flèche (Sarthe)
le 22 juin 1994. 6279 J-5
Dépôt légal juin 1994. ISBN 2-277-23733-7
Éditions J'ai lu
27, rue Cassette, 75006 Paris
Diffusion France et étranger : Flammarion